악부시집

고취곡사 鼓吹曲辭

樂府詩集

악부시집

고취곡사 鼓吹曲辭

곽무천 지음
주기평 · 이지운 · 서용준 · 김수희 · 홍혜진 · 임도현 · 이욱진 역해

學古房

일러두기

1 이 책은 ≪악부시집樂府詩集≫(중화서국출판, 1996)을 저본으로 하였다. 원문의 교감은 별도로 하지 않고 저본에서의 내용을 그대로 따랐으며, 저본의 원문이 다른 서적들과 차이가 있는 경우 필요에 따라 주석을 통해 이를 밝혔으며 출전을 따로 표시하지는 않았다.

2 일정 분량을 한 사람이 맡아 번역과 주해를 하였고 역해자 전원이 참석하는 토론을 통해 내용을 수정하고 전체적인 내용을 정하였다.

3 번역은 직역을 원칙으로 하되 가독성을 위해 의역을 하기도 하였다. 해설에서는 시의 이해를 돕기 위해 내용을 차례대로 요약하면서 그 뜻을 설명하였다.

4 주석의 표제음은 두음법칙을 적용하여 표기하였으며, 한 글자인 경우 이를 적용하지 않고 원음을 표기하였다.

5 이 책에 사용된 부호는 다음과 같다.

    ≪ ≫ : 서명.
    < > : 편명 또는 작품명.
    ( ) : 시의 제목 및 인용문의 원문.
    " " : 인용문.
    ' ' : 강조.

역자서문

　중국 고전문학은 선진先秦 시기부터 청대淸代에 이르기까지 수천 년을 이어온 역사적 전통을 지니고 있다. 그뿐 아니라 시대에 따라 시, 산문과 같은 상층 귀족의 문학과 소설, 희곡과 같은 하층 민중의 문학이 출현하며 그 형식과 내용 및 수준과 풍격 등에 상호 영향을 주고받음으로써 다양하고 방대한 중국 고전문학의 세계를 형성해왔다. 그중에서도 중국 고전시는 중국 문학의 기원이 되는 문학 양식으로서 다른 문학 양식에 비해 가장 많은 작자와 작품이 존재할 뿐 아니라, 중국 고전문학 전시기에 걸쳐 부단히 창작되며 각 시대의 상황을 반영하고 문학적 이념과 지향 및 그 변화의 양상들을 고스란히 반영하고 있어 가히 중국 고전문학을 대표하는 문학 양식이라 칭할 수 있다.

　지난 2012년부터 서울대학교 중어중문학과 중국 고전시 전공자들을 중심으로 역대 주요 중국 시인들의 시를 완역하는 모임이 꾸려진 지 올해로 어느덧 12년이 되었다. 이 모임은 중국 고전시가 중국 고전문학을 대표하는 양식임에도 그동안 주요 시인의 변변한 완역집이 존재하지 않는다는 중국 고전시가 전공자로서의 자각과 반성에서 시작되었다. 그리고 부족하나마 그 연구 성과들을 차례로 세상에 내어놓게 되었다.

　2014년에는 고려시대 우리 선조들이 선록하고 주석을 달아 그 학술적 가치가 높으면서도 우리의 국문학 연구에도 도움이 될 수 있는 ≪협주명현십초시夾注明賢十抄詩≫를 완역하였고, 2016년에는 ≪사령운 사혜련 시≫를 통해 중국 산수시의 대가로 꼽히는 남조 송나라의 사령운謝靈運과 그의 친척 동생 사혜련謝惠蓮의 시를 완역하였다.

이어 2017년에는 ≪진자앙 시≫를 통해 당나라 초기에 건안풍골建安風骨의 흥기를 주장하며 완약婉弱한 남조 제량齊梁의 유풍을 일소하여 성당시 발전의 토대를 이루었다고 평가받는 진자앙陳子昂의 시를 완역하였다.

이후에는 보다 장기적인 계획하에 중국 고전시 연구의 토대를 마련하는 것에 공감하였고, 이에 따라 고대 중국 민가의 총집이자 후대 오칠언 고시와 근체시 및 사詞의 바탕이 되었던 ≪악부시집樂府詩集≫을 완역하는 것을 목표로 하였다. 여기에는 총 5,300여 수에 달하는 작품이 수록되어 있어, 그 방대한 작품 수량으로 인해 ≪악부시집≫의 문학사적 가치와 중요성에도 불구하고 아직 중국에서조차 완역본이나 주석본조차 나와 있지 않다. 이에 먼저 위진남북조魏晉南北朝 시대의 민가들이 주로 수록된 <청상곡사淸商曲辭>부터 시작하여 2020년과 2021년에 각각 ≪악부시집·청상곡사1≫과 ≪악부시집·청상곡사2≫를 번역 출간하였고, 이는 2022년 대한민국학술원 우수학술도서에 선정되기도 하였다.

이번에 출간한 ≪악부시집·고취곡사鼓吹曲辭≫는 그 후속 작업으로 이루어진 것으로, 여기에는 한대 이후 수당대에 이르기까지 고대 타악기와 취주악기를 반주로 삼은 악곡의 가사들이 수록되어 있다. 고취곡은 한대 군대의 음악에서 기원한 것으로, 이후 위진남북조 시기에 들어오면서 연주 방식과 악기의 정비 및 신악곡의 창작 등을 통해 황제의 의장이나 치세의 선양 등을 목적으로 황실이나 조정에서 본격적으로 사용되면서 아악화雅樂化의 길로 들어서게 된다. 이에 따라 곡사 또한 기존의 민간 정서에 바탕한 내용보다는

6

신왕조 건국의 정당성이나 황제의 공업과 공덕을 칭송하는 내용으로 변화되게 되었다. 따라서 고취곡사는 중국의 민간악부와 문인의악부 간의 계승과 창신의 관계를 파악하는 데 중요한 자료가 된다고 할 수 있다.

본서의 원문은 ≪악부시집樂府詩集≫(중화서국출판, 1996)을 저본으로 하였다. ≪악부시집≫에는 작품뿐 아니라 해제에서 편자인 송宋 곽무천郭茂倩이 인용한 여러 전적이 소개되어 있다. 그 내용이 인용한 실제 서적과 일치하지 않는 부분 또한 더러 있는데 중화서국 판본에서는 이에 대해 비교적 충실히 교감하고 그 내용을 밝히고 있다. 따라서 교감에 대한 역해자들의 수고를 덜고 작품 번역과 해설에 보다 충실을 기할 수 있도록 이를 저본으로 하였으며, 필요에 따라 기타 판본 상의 차이에 대해 간략하게 만 언급하였다.

본 역해서에서는 전체 작품을 일정 분량으로 나누어 한 사람이 맡아 번역과 주해를 하는 책임번역의 방식을 취하였다. 그러나 모든 작품에 대해 참여자 전원이 공동으로 검토하고 논의하여 이를 다시 수정 보완하는 과정을 거쳤으니, 혹 이에 대한 오류나 잘못이 있다고 한다면 이는 전적으로 역해 작업에 참여한 모두의 공동 책임임을 밝힌다.

본 번역을 진행하는 동안 개개인의 신분 변동도 많았다. 김수희, 이욱진 두 분 선생님이 각각 중앙대와 충북대 전임교수가 되셨으며, 임도현 선생님은 영남대 학술연구교수가 되어 각기 서울과 지방에 거주하게 된 까닭에 모임을 함께하기가 여의치 않았다. 그러나 이러한 시공간적 제약에도 불구하고 매주 또는 격주 원격화상회의를 통해 끝까지 모임을 유지해 올 수 있었으니, 이 자리를 빌어 다시 한번 여러 선생님의 열의와 헌신에 감사드린다. 앞으로도 우리의 연구는 계속될 것임을 약속하며 독자들의 많은 관심과 격려를 기대한다.

2024. 11.

역해자를 대표하여

벽송碧松 **주 기 평** 삼가 씀

목차

12

14

15

고취곡사鼓吹曲辭에 대하여

1. 고취곡사鼓吹曲辭의 개념과 기능

고취곡사鼓吹曲辭는 타악기와 취주악기로 연주된 음악의 가사를 말한다. '고'와 '취'를 사용한 합주는 상주商周 시기부터 있어왔지만 고취곡이란 말이 쓰이기 시작한 것은 한대漢代 이후이다. '고취'란 말은 《한서漢書 · 서전敍傳》에서 처음 나타난다. 기록에 따르면 반씨 가문의 시조였던 반일班壹이 진말秦末의 혼란을 피해 북방 누번樓煩(지금의 산서성 영무현寧武縣)으로 옮겨갔는데 효혜孝惠, 고후高后 때에 재력으로 위세를 떨치며 출입을 하거나 사냥을 나갈 때에 "깃발을 날리며 두드리고 부는(旌旗鼓吹)" 행위가 있었던 듯하다. 또한 남조南朝 제齊 유환劉瓛의 《정군례定軍禮》에서도 반일을 언급하였는데 "호가胡笳를 울려서 퉁소 소리에 이울리게 하니, 팔음이 아니다.(鳴笳以和簫聲, 非八音也)"라고 하여 연주 방식에 대한 구체적인 설명이 있었다. 여기서 호가는 북방 흉노족과 서역에서 즐겨 쓴 악기로 강렬하면서도 처량한 음색을 가졌는데 한대에 주목을 받았던 듯하다. 이상의 두 문헌을 토대로 보면 고취곡의 지역성과 사용된 악기를 유추할 수 있다. 즉 고취곡은 서한西漢 초기에 북방의 영향을 받아 만들어진 이색적인 신흥 음악으로 호가胡笳와 소簫의 죽관류 악기를 주로 사용했음을 뜻한다. 이렇게 형성된 초기의 고취곡은 민간에서 '가시歌詩' 형태로 전해지다가 이후 일부는 악부樂府로 흡수되었을 것으로 보인다. 그러다 동한에 들어 점차 아악雅樂의 영향을 받게 되는데 그 계기는 악부樂府의 폐지였다. 애제哀帝 때에 음악의 기강을 바로잡는다는 명분 아래 정성鄭聲과 악부를 폐지하고 나머지 음악은 아악의 관장 기구였던 태악太樂으로 보냈는데 고취곡도 여기에 포함되었을 것이다. 이후 명제明帝가 다시 예악禮樂을 새롭게 정비하며 한악漢樂 사품四品을 두었는데 여기에 고취곡이 들어있었다. 사품에 대한 얘기는 채옹蔡邕의 ≪예악지禮樂志≫에 실려 있다. 음악을 기능에 따라 분류하여 대여악大予樂, 아송악雅頌樂, 황문고취黃門鼓吹, 단소요가短簫鐃歌라 하였나. 대여악과 아송악은 모두 교묘 제사를 비롯하여 전례 의식과 관련된 정통 아악雅樂이었다. 황문고취에 대해 말하면 '황문'이란 본래 궁궐에서 황제와 측근만 다닐 수 있는 문을 가리키는데 여기서는 황제 전용 음악으로 신하들과 잔치를 벌일 때 쓰는 연회악宴會樂과 황제가 참여하는 의례, 어가행렬 등의 의례악義禮樂을 말하였다. 그러나 악곡과 가사는 전해지는 것이 없어서 정확한 내용은 알 수 없다. 마지막으로 단소요가는 군악으로 취악기 '단소'와 타악기 '요'를 써서 반주와 절주를 맞추었다. ≪예악지≫에서 "위엄을 세우고 덕을 드날리며 적을 교화하고 군사를 권면한다.(建威揚德, 風敵勸土)"라고 했듯이 덕화德化, 교화敎化적 기능을 갖춘 의식악의 하나였다. 황문고취가 궁궐내에서 쓰인 것이라면 단소요가는 주로 외부 행사에 쓰여 황제가 먼 곳으로 출타하여 유람할 때나, 군사의 사기를 높이고 독려할 때, 무공武功을 이룬 장군과 신하들의 업적을 치하하거나 이에 대한 하사품의 용도로 쓰였다.

이러한 사품 중에서 고취곡은 황문고취가 아니라 단소요가로 분류되었다. 고취곡을 단소요가이자 군악으로 보면 고취곡의 출현 시점이 황제黃帝 시대 기백岐伯으로까지 거슬러 올라가게 된다. 그러나 황제의 실존 여부가 불분명하고 앞서 살펴본 두 개의 문헌을 함께 고려한다면 여전히 서한으로 볼 수 있겠다. 그래도 고취곡사가 어떤 종류의 음악이며 어떤 기능을 하였나는 질문에 대해 사품은 그 답변이 되어 준 듯하다. 곽무천郭茂倩도 역시 이에 동의하며 "고취곡은 '단소요가'라고도 한다.(鼓吹曲, 一曰短簫鐃歌)"고 하여 고취곡의 별칭이 단소요가이듯 말하였다. 이러한 관점은 위진남북조 시기에 조정에서 지어진 고취곡사의 내용이 대부분 전쟁과 관련되면서 더욱 힘이 실린 듯하다.

그런데 사품상으로는 용어를 구분하였으나 실제로는 고취곡으로 쓰이는 경우가 많았다. 곽무천 역시 이러한 현상을 의식하고 ≪서경잡기西京雜記≫, ≪진중흥서晉中興書≫, ≪동관한기東觀漢記≫ 등을 근거로 들며 황문고취, 단소요가, 횡취곡이 그 쓰임은 달랐으나 한대에 이미 모두 고취곡으로 통칭되었다고 말하며 고취곡의 사용 범주가 넓었음을 입증하였다. 특히 황문고취와 단소요가의 구분이 모호해진 것을 두고 악대 편성 때문이라는 주장이 있는데 설득력이 있다고 생각한다. 즉, 단소요가에는 독립된 악대와 악공이 없어서 규모가 컸던 황문고취에서 이를 같이 수행하다 보니 고취란 말로 통일되었다는 것이다. 곽무천이 ≪진서晉書 · 악지樂志≫의 "한대에 단소요가의 음악이 있었는데 … 고취에 배치하였으며 대부분 전장의 일을 나타내었다.(漢時有短簫鐃歌之樂, … 列于鼓吹, 多序戰陣之事)"란 구절과, 최표崔豹가 ≪고금주古今注≫에서 "단소요가는 고취곡의 한 악장일 따름이다.(短簫鐃歌, 鼓吹之一章爾)"라는 문장을 인용한 것도 이를 뒷받침한다. 또한 사품에서 대여악, 아송악의 아악류를 제외한 나머지 음악을 고취곡으로 불렀던 것으로 볼 수도 있다. 황문고취와 단소요가가 궁중 음악이긴 하나 엄격한 기준에서는 아악이 아니었기 때문이다.

따라서 고취곡은 협의의 의미에서는 사품에서 분류한 단소요가를 뜻하고, 광의적으로는 황문고취, 단소요가, 횡취곡, 기취곡 등의 속악을 총칭하는 말이었다. 그런데 실제로는 광의적 의미로 많이 쓰여 고취악이라 하면 군악만 가리키는 것이 아니라 연회악, 의례악, 개선악, 하사품 등 의례악에서 연회악까지도 모두 아우르는 궁중 음악으로 볼 수 있다. 이러한 의미 구분은 궁중으로 편입된 고취곡을 대상으로 한 것이고 이외에 초기에 북방 음악의 영향을 받은 것으로 추정되는 가시 형태의 민가까지도 모두 고취곡의 범주에 포함시켜야 할 것이다. 이러한 상황이 반영되었는지 지금 현존하는 한대 고취곡사 요가 18수의 가사를 살펴보면 군악과 연관된 것은 <전성남戰城南> 정도일 뿐이다. 한 요가가 궁중 음악으로 활용되었지만 군악의 성격에 맞춰 가사를 수정하지 않았음을 뜻한다. 명확한 증거는 없으나, 당시 음악의 비중이 훨씬 높았기 때문에 가사를 신경쓰지 않았거나, 또는 고취곡의 사용 범주가 넓었기 때문에 가사를 고칠 필요를 느끼지 못했던 것으로 추정할 수 있겠다.

송대宋代 곽무천의 ≪악부시집樂府詩集≫에는 고취곡사로 한漢 요가鐃歌와 그 의작시 그리고 개악류의 작품 250여 편이 수록되어 있다. 이를 자세히 구분하면 크게 네 갈래로 나눌 수 있다. 첫째는 한 요가 18수로 고곡古曲을 바탕으로 한 고사古辭이다. 민가에 기반하여 황실에서부터 서민에 이르는 여러 계층의 삶과 정서를 담아내었다. 이와 같이 한 요가가 지닌 18수의 다양한 음악과 가사는 위진 이후 황실과 문인에 의해 의작되며 두 개의 각기 다른 특징을 만들어냈다.

둘째는 황실의 주도 아래 왕조 창건의 송축과 초대 황제의 송덕을 위해 지은 것이다. 고취곡의 군악적 기능을 극대화시킨 작품으로 관제 의작시라고 말할 수 있다. 연작시의 형태로 한 요가 18수를 그 원형으로 삼았는데 고곡을 계승하면서도 새롭게 개조하려는 의지가 강하게 반영되었다. 악곡의 변화는 알 수 없으나 지금 남아있는 작품을 살펴보면 곡명과 가사가 모두 한 요가와 다르다. 대부분 위진남북조 시기에 지어졌는데 엄격한 의미의 관제 의작시는 61수이고 유사 관제 의작시가 37수이다. 후자에 속하는 작품으로 하승천何承天의 송고취곡사 15수, 번왕藩王의 명을 받고 지은 사조謝朓의 제수왕고취곡사 齊隨王鼓吹曲辭 10수가 있다. 모두 황실의 명을 받고 지은 것이 아니라서 개인 저작으로 분류하는데 초기 문인시로 볼 만한 특징들이 나타나 있다. 이외에 유종원柳宗元의 당고 취곡사 12수가 있는데 개인 저작이긴 하나 하승천, 사조의 작품과 달리 관제류 의작시와 매우 가깝다.

셋째는 문인 한 요가 의작시이다. ≪악부시집≫에서는 한 요가의 작품을 순서대로 상(6곡), 중(6곡), 하(10곡)으로 분류하였는데 모두 121수이다. 위진에서 당대까지 지어진 작품으로 한 요가의 곡명을 그대로 사용하였으나 고곡과는 무관하였다. 내용은 한 요가를 계승하거나 또는 곡명만 빌리고 내용은 달리하여 개성적인 새로운 시의를 만들어내었다. 형식상 잡언체나 4언체가 아닌 5언체를 위주로 하여 문인화 현상이 가시화되었다.

넷째는 개가凱歌와 개악류凱樂類이다. 남조 송대 장화張華의 개가, 수대 익명의 개가가사凱歌歌辭, 당대 익명의 개악가사 4수, 잠삼岑參의 개가가 있다. 개가는 노래의 일종이고 개악은 음악과 가사를 갖춘 독립적인 음악 형식으로 당대에 확립되었다.

고취곡사는 대략 서한 시기에 출현하여 음악상으로는 북방 이민족의 영향을 받아 생성된 독특하고 새로운 음악이었다. 동한 때에 궁중 음악의 군악으로 편성되고 위진남북조 시기 약 370년 동안에는 황실과 문인 양측의 적극적인 관심을 받으며 더욱 위상이 높아졌던 특별한 악부시였다. 고취곡사의 음악과 가사는 한대부터 위진남북조 시기까지 모두 유지되었는데 기본적으로는 한 요가를 계승하였고 송, 제에 대한 기록이 불충분하긴 하나 남북조까지 활발히 연주되었던 듯하고, 수당 이후로는 더욱 연주악의 성향이 높아져 수대는 4부의 강고부棡鼓部, 요고부鐃鼓部, 대횡취부大橫吹部, 소횡취부小橫吹部, 당대는 5부의 고취부鼓吹部, 우보부羽葆部, 요취부鐃吹部, 대횡취부大橫吹部, 소횡취부小橫吹部로 체계화되었다. 이로 인해 수당에 들어 관제 의작시는 더 이상 지어지지 않았다. 이외에 고취곡은 궁중 악무로도 발전하였다. <고취십이안鼓吹十二案> 또는 <고취웅비십이안鼓吹熊羆十二案>으로 불렸는데 양 무제 때부터 생겨나 북주, 수, 당, 북송까지 이어지며 연회용으로 쓰였다. 이렇듯 고취곡사는 민가에서부터 궁정 음악, 궁정 악무, 그리고 문인시로 확장되며 중국 고대 문학과 예술 발전에 중요한 기반으로 작용하였다.

2. 한漢 요가鐃歌 18수의 특징과 문학사적 의미

고취곡사는 갈효음葛曉音의 ≪팔대시사八代詩史≫에서 상화가사相和歌辭, 잡곡가사雜曲歌辭와 함께 한대의 악부 민가가 잘 보존되어 있는 것으로 그 중요성이 지적된 바 있다. 악부시의 대표작으로 잘 알려진 <상야上邪>, <유소사有所思>, <전성남戰城南>이 바로 고취곡사 한 요가의 작품이다. 한 요가는 한 고취요가鼓吹鐃歌라고도 하는데 대략 서한 시기에 지어진 것으로, 초기 악부시로서 시대사적 의의가 매우 크다. 심약의 ≪송서宋書·악지樂志≫에 처음 나타나는데, 본래는 모두 22편이나 그중 18편만 전해지고, 나머지 <무성務成>, <현운玄雲>, <황작黃爵>, <조간釣竿>은 가사 없이 곡명만 남아 있다. 18편의 곡명은 <주로朱鷺>, <사비옹思悲翁>, <예이장艾如張>, <상지회上之回>, <옹리擁離>, <전성남戰城南>, <무산고巫山高>, <상릉上陵>, <장진주將進酒>, <군마황君馬黃>, <방수芳樹>, <유소사有所思>, <치자반雉子斑>, <성인출聖人出>, <상야上邪>, <임고대臨高臺>, <원여기遠如期>, <석류石留>이다. 다만 잘못된 글자가 많고 해독이 어렵다는 것이 정설이며, 특히 <석류>편은 구두점이 없어서 의미를 판단하기 힘들다. 이러한 현상에 대해 심약은 "무릇 옛 음악의 기록은 모두 큰 글자가 가사이고 작은 글자가 소리인데, 소리와 가사를 합쳐 써서, 그래서 이해할 수 없게 된 것이다.(凡古樂錄皆 大字是辭, 細字是聲, 聲辭合寫, 故致然耳)"라고 하였다. '사辭'는 가사이고 '성聲'은 일종의 추임 새인데 이를 함께 기록했기 때문에 시의를 파악하기 어려웠다고 말하였다. 한 요가가 문헌상의 취약점을 갖고 있긴 하지만 전 작품이 모두 불분명한 것은 아니다. <상지회>, <전성남>, <무산고>, <장진주>, <유소사>, <성인출>, <상야>, <임고대>, <원 여기> 등은 시의가 비교적 분명한 편이다. 이와 함께 지금까지의 연구 성과를 토대로 각 작품의 내용을 살펴보면 크게 현실사회의 반영, 가공송덕歌功頌德, 연정, 음주오락 등으로 나눌 수 있다. 먼저 각계각층의 생활상과 현실사회를 반영한 작품으로는 <주 로>, <사비옹>, <예이장>, <전성남>, <무산고>, <조간> 등이 있는데 시대에 대한 풍자, 비판, 불만의 어조도 담겨 있다. <주로>에서 '주로朱鷺'는 해오라기 장식이 있는 건고建鼓의 일종인데 황제에게 간언할 것이 있을 때 두드리는 '간고諫鼓'로 보기도 한다. 부패한 정치와 부조리한 사회 문제로 인한 고통과 그 심각성을 간언자에게 알려서 바로잡아야 함을 강조하였다. <사비옹>에서 '옹翁'은 노인 또는 공신功臣, 충신忠臣으로 보기도 한다. 포악한 이들의 약탈과 납치로 처참해진 가족의 모습을 통해 잔인한 시대상 을 폭로하였다. <예이장>에서는 그물을 피해 날아다니는 '황작黃雀'의 모습으로 혹독 한 정치권, 엄격한 법률을 원망하였다. 이러한 해석과 달리 곽무천은 사냥의 행위에 초점을 두고 군영에서 벌이는 군사 훈련으로도 볼 수 있다는 의견을 제시하였는데 한 요가가 지닌 군악적 성격을 고려한 듯하다. 또 <전성남>은 전사자에 대한 애도를 나타내며 전쟁의 참혹한 실상을 고발하였다. <무산고>는 고향을 그리워하는 나그네의 심정을 묘사하였다. 혹은 전쟁에 출정했으나 돌아갈 기약이 없는 답답한 현실을 반영했 다고 보기도 한다. <조간>에 대해서는 최표의 《고금주》를 참고할 수 있는데 남편이 원수를 피해 황하黃河로 가서 어부가 되자 아내가 그리워하며 지은 것이라고 하였다. 둘째, 황제에 대한 가공속덕을 위주로 한 작품으로는 <상릉>, <상지회>, <성인출>,

<임고대>, <원여기>가 있는데 역사적 사실과 부합하는 면이 있다. <상지회>와 <성인출>은 무제의 행차를 칭송한 것이며, 그중 <상지회>는 무제武帝가 원봉元封 4년(B.C.107)에 오치五時에 제사를 지내기 위해 행차했던 일을 반영하였다. <상릉>과 <원여기>는 선제宣帝를 찬미한 것이다. <상릉>은 감로甘露 2년(B.C.52)에 상서로운 기운이 나타났던 일을 나타내었고, <원여기>는 선우單于가 황제에게 복종하고 귀의하게 되었음을 칭송하였다. 이외에 <임고대>는 황제가 벌인 연회를 찬미하고 축수祝壽한 것이다. 셋째는 연정에 대한 것으로 <유소사>, <방수>, <상야>가 있다. <유소사>, <방수>는 남자의 변심으로 실연 당한 여인의 심정을 그리고, <상야>는 사랑의 맹세를 나타내었는데 모두 여인의 입장에서 묘사한 것이 특징이다. 넷째는 연회오락으로 음주가창을 나타낸 <장진주>가 있다. 이밖에 <군마황>은 돈독히 우정을 나누다가 결별한 후 자신을 알아주는 사람이 나타나길 바라는 것이고, <치자반>은 불행한 가족의 모습을 탄식한 것 또는 꿩 사냥의 폐해를 비판한 것으로 보기도 하는데 두 작품 모두 이견이 많다. <옹리>는 작품의 일부만 남아 의미를 단정하기 어렵고, <석류> 또한 난해하다고 얘기된다.

지금까지 살펴본 대로 한 요가 18수는 황제의 행차, 연회에 대한 칭송에서부터 당시의 사회적 문제, 전쟁, 계층 간의 핍박과 갈등, 음주 연회, 향수, 이별, 그리움, 사랑, 실연, 우정, 절연까지 다양한 사회현실과 생활상을 반영하였다. 더불어 각종 감정의 유형들, 사랑, 기쁨, 자유분방, 그리움, 비애, 한탄, 애틋함, 서글픔, 비장, 격분, 원한, 억울함, 불평불만의 정서를 질박하고 솔직한 언어를 써서 적극적으로 표출하였다. 음악상으로는 북방의 음악, 민가民歌, 개악凱樂, 연악宴樂적 성향들이 복합적으로 섞여있던 신흥 음악이었는데, 큰 틀에서는 속악에 포함되나 황실과 연관되면서 점차 아악적 요인들이 증가하게 되었다. 한 요가가 지닌 음악과 가사의 다채로운 특징은 위진 이후에도 황실과 문인의 환영을 받으며 각각의 필요에 따라 새롭게 재탄생되었다.

3. 고취곡사鼓吹曲辭 관제官制 의작시擬作詩의 수용과 변용

한 요가는 후대의 각 왕조에 의해 계승되어 그 위상을 유지하면서도 시대의 필요에 따라 변용되었다. 왕조 교체가 빈번했던 위진남북조 시기에 황실은 왕조 건립의 정당성을 확고히 하려는 정치적 목적으로 한 요가의 의작을 짓기 시작하였다. 이를 추진 시키기 위해 위진 시기부터 고취서鼓吹署를 두고 무습繆襲(위魏), 위소韋昭(오吳), 부현傅玄(진晉) 등의 문인들을 적극적으로 참여시켰다. 기본적으로 한 요가의 음악은 그대로 두었으나 곡명, 가사, 구법, 작품수까지 전면 교체하여 이전과 다른 새로운 고취곡사가 등장하게 되었다. 황실은 요가를 통해 반란을 정벌하고 나라를 세운 과정의 전말을 가사에 담아내었다. 이 순차적인 전개에 연작시의 구조는 매우 유용하였다. 가사의 내용은 전쟁의 경위, 승전의 경축, 개선 칭송, 왕조 수립의 찬양, 개국 황제와 개국 공신에 대한 가공송덕으로 한정되었다. 전반적으로 전아한 특징을 보였으며 실재 역사적 사건을 바탕으로 하여 서사적, 사실적 묘사의 비중이 컸다. 음악상으로는 개악凱樂과 연악宴樂의 성격이 뚜렷해졌고 전대에 비해 궁중 아악雅樂으로서의 면모가 더 심화되었다.

각 시대별 수용 양상을 살펴보면 위魏는 한 요가의 22곡 중에서 12곡은 곡명을 바꾸고 나머지는 그대로 두었지만 지금은 실전되었다. 내용은 앞의 9곡은 위 무제의 북벌 성공과 무공을 찬양하고, 나머지는 조비曹丕와 조예曹睿의 황제 즉위를 칭송하였다. 각 작품마다 구법을 따로 적었는데 <초지평>, <평관중>만 모두 3언이고 나머지는 잡언체를 사용했다. 위 이후로 관제 의작시에서 <주로>에 대응하는 작품들은 모두 <초지평>의 3언 30구를 따랐다.

오吳는 위의 12곡을 답습하였는데 곡명은 모두 바꿨다. 내용은 손견孫堅, 손권孫權 부자의 정벌 활동과 손휴孫休의 즉위를 칭송하였다. <초지평>의 3언 30구를 따른 <염정결>을 제외하면 나머지는 잡언체이다.

진晉 또한 위를 답습하였다. 요가 22곡을 모두 의작하여 20편은 곡명을 바꾸고 <현운>, <조간>은 그대로 사용하였다. 사마의司馬懿, 사마사司馬師, 사마소司馬昭, 사마염司

馬炎의 활약을 묘사하였는데 그 중 12편의 상당수를 사마염에 배정하여 그의 선양과 치세를 칭송하였다. 위, 오처럼 구법을 따로 밝히지는 않았으나, <주로>편에 대응되는 <영지상>은 3언 30구로 위를 따랐다. 또 하나 특이한 점은 <당요>, <현운>, <백익>이 모두 5언체를 사용했는데, 본래 한 요가에는 가사가 없었기 때문에 당시 유행하던 5언체를 반영한 것으로 보인다.

　宋末의 작품은 3곡이고 1곡만 곡명을 바꿨는데 해독이 어려워 의미를 파악할 수 없다. ≪수서隋書·음악지音樂志≫에서 "송과 제는 모두 한나라 악곡을 사용했으며 또 조회에서 16곡을 사용하였다.(宋齊並用漢曲, 又充庭用十六曲)"고 하였는데 이 '한곡漢曲'에 대한 견해가 엇갈려 한 요가로 보거나 또는 바로 앞 시대인 진晉의 의작시로 보기도 하는데 입증하기 어렵다. 이외에 하승천何承天이 지은 15편이 있는데 대체로 요가의 곡명을 그대로 따랐다. ≪송서·악지≫에서 "동진 의희 연간 말에 개인적으로 지은 것이다.(晉義熙末私造)"라고 되어 있는데, 곽무천도 "별도로 새로운 뜻을 더하였다.(別增新意)"고 말하여 그 성격이 다름을 지적하였다. 당시 하승천은 송 고조 유유劉裕의 치하에 있었고 부량傅亮과 '조의朝儀'를 짓기도 하였다. 다만 그의 고취곡사는 황명을 받고 지은 것이 아니고, 역대로 한 요가 의작이 지어졌던 것을 의식하여 스스로 지은 듯하다. 이런 추론을 제외하더라도 '사작'으로 의심받을 만큼 그의 작품에는 이전 관제 의작시와는 다른 점들이 뚜렷이 나타났다. 가장 눈에 띄는 것은 5언체의 출현이다. <주로편>, <옹리편>, <군마편>, <치자유원택편>, <상야편>, <원기편>이 모두 5언 20구로 되어 있어 당시 문인시의 특징을 반영했다고 볼 수 있다. 또한 내용상으로 유유가 이룬 왕조 교체의 치적을 칭송한 <주로편>, <사비공편>, <옹리편>, <전성남편>, <무산고편>, <상야편>, <원기편>의 7편만 관제 의작시를 답습하고, 나머지 8편은 한 요가의 서정성과 비판적 태도를 다시 회복시켰다. 다만 본의를 따른 것은 <방수편>뿐이고 대부분 제목에 맞춰 새롭게 시를 지었다. 예를 들어 <상릉자편>은 인생무상의 감회를 느끼며 즐거움을 추구한 것이고, <유소사편>은 모친에 대한 그리움을 나타냈으며, <치자유원택편>은 혼란란 세상을 피해 자유로운 은자의 삶 추구하였으며, <임고대편>은 현명한 군주를 따르겠다는 다짐을 나타냈고, <석류편>은 세월에 대한 한탄과 자기 삶에 대한 반성과 위로를 표현했으며, <장진주편>은 지나친 음주를 경계했고, <군마편>은 백성보다 말을 중시하는 태도를 질책하는 내용이다. 이러한 하승천의 고취곡사는 관제류에서 개인 저작의 문인 의작시로 넘어가는 과도기적 특징을 나타냈다는 점에서 의의가 있다.

제齊의 의작시는 지금 전해지는 것은 없으나 앞서 인용한 ≪수서·음악지≫를 고려했을 때 송대와 비슷했던 것으로 보인다. 이외에 수왕隨王의 뜻을 받아 사조謝朓가 지은 10편이 있다. 곡명을 모두 바꿨는데 한 요가의 어느 작품과 대응되는지는 밝히지 않았다. 또한 황실이 아닌 번왕藩王에 의해 지어지고 내용 또한 모두 왕조 창건과 그에 대한 가공송덕에만 치중된 것이 아니다. <원회곡元會曲>, <교사곡郊祀曲>, <균천곡鈞天曲>은 황제의 조회, 교사, 연회에 대한 칭송이고, <입조곡入朝曲>, <출번곡出藩曲>, <교렵곡校獵曲>은 번왕의 입조, 형주荊州 부임, 사냥에 대한 칭송을 나타내었다. 그런데 나머지 <종융곡從戎曲>, <송원곡送遠曲>, <등산곡登山曲>, <범수곡泛水曲>은 종군의 심정, 이별의 아쉬움, 인생에 대한 감회, 뱃놀이 중에 느끼는 인생무상을 나타내며 앞의 6편과 다르게 서정적 특징이 부각되었다. 번왕의 생활상이 반영된 것으로 볼 수도 있는데 그와 무관하게 불특정인의 정서를 담은 것으로 봐도 무리가 없다. 이러한 부분은 형식상 모두 5언 10구로 정형화되었다는 특징과 함께 사조가 관제류 의작시를 의식하지 않고 자유롭게 지은 것으로 문인시로 변화하는 과정 중에 나타난 현상이라 할 수 있다. 이후 당대 문인의 관심을 받아 이백의 <입조곡>, 장적張籍의 <송원곡>, 왕건王建의 <범수곡>으로 의작되었다.

양梁의 의작시은 모두 12곡이다. ≪수서·음악지≫에서 "고조가 4곡을 없애고 12곡을 남겨서 사시와 합치되게 하고 다시 새 노래를 지어 공덕을 나타내었다.(高祖乃去四曲, 留其十二, 合四時也, 更制新歌, 以述功德)"고 하였는데, 앞에서 인용한 ≪수서·음악지≫와 이어지는 부분으로 송과 제에서 만든 조회용 16곡에서 12곡을 답습했다는 것이다. 곡명은 모두 다르며 내용은 소연蕭衍이 제의 신하로 무공을 세우고 선위되어 양의 황제로 즉위한 과정을 나타내었다. 양의 작품은 이후 북조에도 영향을 주었다. 북제北齊는 한 요가의

22편에서 <황작>, <조간>외에는 모두 곡명을 바꾸고 신무제神武帝 고환高歡의 무공과 건국을 나타내었다. 또한 북주北周는 선제宣帝 우문윤宇文贇이 <주로>에서 <상야>까지 15곡만 곡명을 바꿔 지었다. 북제와 북주의 의작시는 가사가 남아있지 않고 곡명만 전해지는데 ≪수서·음악지≫에 기록되어 있다. 이외에 북위北魏에 대해서는 ≪위서魏書·악지樂志≫에 나타나 있는데 곡명과 곡사에 대해서는 언급된 바가 없다.

이러한 요가 의작시는 당대에도 나타났는데 유종원柳宗元의 고취요가 12곡이 있다. 영주永州 폄적기인 원화元和 원년(806)에서 원화 10년(815) 사이에 지어진 것으로 보인다. 그의 시집에 있는 서문에 따르면 당대에 고취요가 없어 이를 계승하고자 지었다고 되어있다. 하승천처럼 개인 저작이긴 하나 내용은 모두 역사적 사건에 기반한 가공송덕의 전형적인 관제 의작시를 따르고 있어서 둘 사이에 차이가 있다. <진양무晉陽武>, <수지궁獸之窮>, <분경패奔鯨沛>, <포얼苞枿>, <하우평河右平>의 5편은 당 고조 이연李淵의 치적을 나타내었고, 나머지 <전무뢰戰武牢>, <경수황涇水黃>, <철산쇄鐵山碎>, <정본방靖本邦>, <토곡혼吐谷渾>, <고창高昌>, <동만東蠻>의 7편은 당 태종 이세민李世民의 치적을 칭송하였다. 위진남북조 시기처럼 매 작품마다 구법을 표기하였고 첫 번째 <진양무> 역시 3언체를 따랐다. 나머지는 3언과 4언을 위주로 한 잡언체이나 <토곡혼>, <고창>, <동만>의 3편은 5언체로 이뤄져 위진 이후 진행된 시체의 변화를 고르게 반영했다고 볼 수 있다.

지금까지 살펴본 내용을 정리하면 한 요가 18수는 후대에 전승되어 관제 의작시라는 새로운 갈래를 형성하며 독자적인 특징을 만들었다. 관제 의작시를 엄격히 구분하면 황명에 의해 지어진 것과 개인 저작의 유사 관제시로 구분할 수 있다. 위, 오, 진, 양에 지어진 것은 전자에 속하고, 송 하승천, 제 사조, 당 유종원의 작품은 후자에 속한다. 관제 의작시에 속하는 작품들은 기본적으로 정치적 필요성에 의해 지어졌다. 각 왕조 모두 왕조 건립과 송축의 내용으로 통일되었으며 기본적인 체재는 위魏에서 만들어진 것은 따랐다. 곡명, 가사, 구법을 모두 바꿨고 음악은 한곡漢曲을 계승한 것으로 보이나 작품의 길이와 구법이 다른 것으로 보아 가감이 있었던 듯하다. 특히 위, 오, 진, 양의

26

관제 의작시는 매 작품마다 구법을 기록하였는데 첫 번째 <주로>에 대응하는 작품은 모두 3언체를 사용였다. 그 외에는 3, 4언을 위주로 한 잡언체였는데 당시 음악의 절주에 적합한 형식이었던 듯하다. 드물지만 5언을 위주한 작품들이 보이는데 시대별로 <상릉>에 대응하는 <평남형>, <통형문>, <문황통백규>, <혼주자음특>과 <유소사>에 대응하는 <응제기>, <종역수>, <유용촉>, <기운집>이 있다. 진에서는 요가 18수에서 가사가 없었던 <무성>, <현운>, <황작>, <조간>을 모두 5언체로 지었다. 한 요가에는 5언체가 거의 보이지 않으나 후대로 가면서 점차 그 쓰임이 늘어나고 있음을 알 수 있다. 또한 황실의 의식악, 의례악으로 변화되면서 규범화되어 가사의 풍격은 전아하고 장중, 비장해졌으며 역사 사실과 부합하는 내용을 위주로 하였기 때문에 서정성이 현저히 줄어들었다.

　유사 관제 의작시는 개인이 지은 것으로 황실의 채택을 받은 것이 아니다. 유종원은 관제 의작시를 그대로 따랐으나, 하승천과 사조는 차이를 보였다. 즉 한 요가의 서정성 회복, 곡명에 기반한 작시, 탈음화에 따른 5언체 사용의 증가이다. 이러한 특징은 관제형에서 문인 의작시로 넘어가는 과도기적 추세를 반영한 것으로 볼 수 있다. 이렇게 고취곡사는 한 요가를 기반으로 하면서도 후대의 시대적 요구에 따라 수용과 변용을 거치면서 여러 갈래의 특징을 보였다.

漢(22수)	魏(12수)	吳(12수)	晉(22수)	宋(3수)		齊	梁(12수)	北齊(20수, 辭亡)	北周(15수, 辭亡)
	武帝	孫休	武帝			隨王	武帝		宣帝
	繆襲	韋昭	傅玄		何承天(15수, 私作)	謝朓(10수)	沈約		
朱鷺	楚之平	炎精缺	靈之祥		朱路		木紀謝	水德謝	玄精季
思悲翁	戰滎陽	漢之季	宣受命		思悲公篇		賢首山	出山東	征隴西
艾如張	獲呂布	據武師	征遼東	艾如張曲	同(亡)		桐柏山	戰韓陵	迎魏帝
上之回	克官渡	伐烏林	宣輔政		同(亡)		道亡	殄關隴	平竇泰
擁離	舊邦	秋風	時運多難		雍離篇		忱威	滅山胡	復恒衣

漢(22수)	魏(12수)	吳(12수)	晉(22수)	宋(3수)		齊(12수)	梁(12수)	北齊(20수, 辭亡)	北周(15수, 辭亡)
	武帝	孫休	武帝			隨王	武帝		宣帝
	繆襲	韋昭	傅玄		何承天(15수, 私作)	謝朓(10수)	沈約		
戰城南	定武功	克皖城	景龍飛		戰城南篇		漢東流	立武定	克沙苑
巫山高	屠柳城	關背德	平玉衡		巫山高篇		鶴樓峻	戰芒山	戰河陰
上陵	平南荊	通荊門	文皇統百揆		上陵者篇		昏主恣淫慝	擒蕭明	平漢東
將進酒	平關中	章洪德	因時運		將進酒篇		石首局	破侯景	取巴蜀
君馬黃	同(亡)	同(亡)	金靈運		君馬篇		同(亡)	定汝潁	哲皇出
芳樹	邕熙	承天命	天序		芳樹篇		於穆	克淮南	受魏禪
有所思	應帝期	從曆數	惟庸蜀		有所思篇		期運集	嗣丕基	拔江陵
雉子班	同(亡)	同(亡)	於穆我皇		雉子遊原澤篇		同(亡)	聖道洽	平東夏
聖人出	同(亡)	同(亡)	仲春振旅		同(亡)		同(亡)	受魏禪	擒明徹
上邪	太和	玄化	大晉承運期	上邪曲	上邪篇		惟大梁	平瀚海	宣重光
臨高臺	同(亡)	同(亡)	夏苗田		臨高臺篇		同(亡)	服江南	
遠如期	同(亡)	同(亡)	仲秋獮田	晚芝曲	遠期篇		同(亡)	刑罰中	
石留	同(亡)	同(亡)	順天道		石流篇		同(亡)	遠夷至	
務成 (辭亡)	同(亡)	同(亡)	唐堯		同(亡)		同(亡)	嘉瑞臻	
玄雲 (辭亡)	同(亡)	同(亡)	同		同(亡)		同(亡)	成禮樂	
黃爵 (辭亡)	同(亡)	同(亡)	伯益		同(亡)		同(亡)		
釣竿 (辭亡)	同(亡)	同(亡)	同		同(亡)		同(亡)		

4. 고취곡사鼓吹曲辭 문인文人 의작시擬作詩의 특징

문인 의작시는 빠르게는 송 하승천과 제 사조의 고취곡사에서부터 그 징후가 발견되었다. 관제형에서 벗어난 문인 개인의 의작시에는 시인 62명의 121수가 있다. 여기에 사조의 제고취곡사를 의작한 이백의 <입조곡入朝曲>, 장적의 <송원곡送遠曲>, 왕건의 <범수곡泛水曲> 3수가 더 포함된다.

대다수를 차지하고 있는 한 요가 의작시를 중심으로 그 특징을 살펴보면, 먼저 작품수는 시기별로 위진남조 71수, 수 5수, 당 45수가 있는데 특히, 양과 진의 작품이 많았다. 의작 대상은 요가 22곡 중에 15곡이었다. 각 작품을 수량별로 정리하면 <유소사> 25수, <무산고> 22수, <방수> 16수, <임고대> 11수, <상지회> 7수, <조간> 7수, <주로> 6수, <전성남> 6수, <치자반> 6수, <장진주> 4수, <군마황> 4수, <예이장> 2수, <원기> 2수, <현운> 1수, <황작행> 1수가 있다. 이 가운데 <유소사>, <무산고>, <방수>, <임고대>의 비중이 높은데 이것은 제량시기에 활약한 경릉팔우竟陵八友의 영향 때문이다. 이 문인 집단은 제나라 무제武帝 영명永明시기에 경릉왕竟陵王 소자량蕭子良을 중심으로 사조謝朓, 왕융王融, 임방任昉, 심약沈約, 육수陸倕, 범운范雲, 소침蕭琛, 소연蕭衍 8명이 참여하였다. 이들은 진송晉宋 시기에 전아하나 감정을 녹여내지 못하고 시어만 번다했던 풍조에 반대하고 새로운 시체를 제시하였는데 이를 영명체永明體라 불렀다. 그중에서도 심약과 사조의 성과가 높아서 심약은 사성팔병四聲八病을 제창하여 성률의 정교함을 강구하고, 사조는 자연스럽고 완곡하면서도 청신한 면모를 추구하며 오연율시의 기반을 다졌다. 사조의 ≪사선성시집謝宣城詩集≫(권제2卷第二)에는 <심약이 여러 공들과 함께 고취곡명으로 시를 지었는데 먼저 지은 것을 차례대로 두었다(同沈右率諸公賦鼓吹曲名先成爲次)>가 실려있는데, 경릉팔우 중에 심약, 범운, 사고, 왕융, 유회가 지은 11편을 말한다. 각각 2편씩 지었는데 범운의 '당대주當對酒'를 제외하면 모두 한 요가 <방수>, <유소사>, <무산고>, <임고대>의 곡명을 시제로 삼아 지은 것이다. 이러한 의작을 통해 악부시가 지닌 구어적, 통속적, 감성적 표현을 답습함으로써 질박하고 자연스런 시풍을 확충하고자 하였다. 이후 소연이 양 무제武帝로 즉위한 후 간문제簡文帝 소강蕭綱, 원제元帝 소역蕭繹 형제의 활약으로 제량 시기는 고취곡사 의작의 최고기를 맞게 되었고, 진 후주後主를 비롯한 장정견張正見, 강총江總의 문인 집단으로 이어져 당대에까지 영향을 주었다. 남조부터 당대에 나타난 고취곡사 문인 의작시의 특징을 정리하면 다음과 같다. 첫째, 한 요가에 나타났던 본의를 계승하였다. 관제 의작시와 달리 본래 고취곡사가 지녔던 민가적 요인을 회복시켰는데 그중에서도 서정성이 높은 작품의 창작률이 높았다. <방수>, <유소사>는 사랑, 변심, 이별, 그리움을 나타내었고 <임고대>는 나그네, 고향, 그리움의 정서를 담았다. <예이장>은 '황작黃雀'과 그물의 대립 구도를 그대로 사용하였고 <상지회>는 황제의 회중궁 행차를 그대로 쓰되 경물 묘사를 부각시켰다. <장진주>는 음주 연회의 흥취와 오락성을 그대로 반영하였다. 때에 따라서 한 요가의 불확실했던 시의를 더 명확히 한 작품도 있는데 <군마황>이 그러하다. 진 채군지蔡君知와 당 이백은 우정을 나누던 두 남자의 사이가 더 이상 유지되지 못하고 이별한 상심을 나타내었다. 이외에 사조의 고취곡사를 의작한 이백의 <입조곡>, 장적의 <송원곡>, 왕건의 <범수곡> 역시 본의에서 크게 벗어나지 않았다.

둘째, 요가의 곡명을 그대로 사용하되 새로운 시적 화자를 등장시켜 개인 내면의 정서 표출에 중점을 두었다. 시적 화자는 충신, 지식인, 은자, 신녀, 아내, 여인, 첩, 나그네, 병사 등의 다양한 인간상을 보여주었고 저마다 처한 상황에서 일어나는 감정의 변화, 자신의 의지, 삶에 대한 소회를 섬세하고 절묘하게 나타내었다. 특히 소외 계급으로 주목받지 못했던 이들의 감정은 제량 시기 이후 문인 의작시의 주요 대상이 되었다. 아름다운 봄날의 아쉬움, 고향에 대한 그리움, 정인情人의 부재, 이별의 회한, 버림받은 남녀의 그리움과 원망, 남편과 아내 사이의 불화, 나그네의 서글픔, 연정과 변심, 무산신녀에 대한 사랑과 그리움, 세상을 피한 은자, 은자의 탐욕, 실패한 지식인의 회재불우의 고뇌 등이다. 예를 들면 양 배헌백裴憲伯의 <주로>에서는 주로를 총애를 잃은 신하에 비유하고, 양 오균吳均의 <치자반>에서 꿩은 절조를 지켜 군은君恩에 보답하려는 충신의 의지를 나타내었다. <무산고>는 당대에까지 모두 무산巫山 신녀의 고사를 이용하여 인간과 신선과의 간절한 그리움과 애틋하면서도 낭만적 사랑을 나타내었다. 노동盧소의 <유소사>는 변심한 사람을 여인으로 바꾸고 실연 당한 남성의 마음을 전하는 데 초점을 두었다. 장정견의 <조간>, 심전기沈佺期의 <조간>은 세상을 피한 은자가 물고기 잡이에 갖는 탐욕마저도 반성하며 세속을 철저히 회피하려는 뜻을 보여줬다. 원진元稹의 <방수>는 자신을 홀로 핀 꽃에 비유하며 벌과 참새의 공격을 맞는 대립구도를 만들었는데 그 안에서 분쟁하지 않고 자신이 추구하는 삶을 묵묵히 살아내려는 적극적인 태도를 나타내었다. 나은羅隱의 <방수> 역시 유한한 삶을 초탈하여 자신의 방식대로 살아가려는 자율적 의지를 보여주었다. 이백의 <장진주>는 실패한 지식인의 인생무상과 회재불우의 고뇌를 잠시라도 떨쳐버리려는 호탕한 기개를 담았다. 이밖에 동일한 곡명도 시인에 따라 달리 사용되었는데, 위 문제文帝의 <임고대>는 고니를 등장시켜 충신에 비유하였고, 당 저량褚亮의 <임고대>는 장화대章華臺에서 바라본 경관 묘사 속에서 부귀영화의 덧없음과 인생무상의 회환을 나타내었다.

셋째, 곡명은 그대로 따랐으나 완전히 색다른 신의新意를 나타내었다. 이러한 특징은 위진남조보다 당대에 두드러졌다. 원진의 <장진주>는 첩으로 사는 여인의 한탄을 나타내었고, 이백의 <유소사>는 신선을 그리워하는 내용이다. 또한 이백의 <치자반>은 벽사기辟邪伎와 고취악대의 치자반 공연에 대한 감회를 쓴 것이다. 여기서 이백은 꿩의 모습을 묘사하고 그들처럼 타고난 본성에 따른 자유로운 삶을 추구한다는 뜻을 표현하였다. 이외에 현실사회와 풍속에 대한 비판을 나타낸 작품들도 있는데 이 역시 위진남조 시기에는 찾아보기 어렵다. 장적의 <주로>는 권세가에게 붙잡힌 주로의 신세를 나타내었고, 이백의 <상지회>는 연회에 빠져 정치를 등한시 하는 황제를 비판하며 그의 총애를 잃은 궁녀의 회환을 함께 나타내었다.

넷째, 변새시의 한 갈래를 형성하였다. 군악으로 쓰였던 단소요가의 기능을 그대로 계승한 것인데 위진남북조와 당대를 거치면서 <전성남>외에 <군마황>, <유소사>, <상지회>까지 확대되어 변방의 생활상, 참전 병사의 심정 등이 더욱 세밀하게 묘사되었다. 오균, 장정견, 승僧 관휴貫休, 노조린盧照隣이 지은 <전성남>, 장전견 <군마황>, 심약 <유소사>에서는 무공 수립에 대한 결의, 오랜 변방 생활의 노고와 번민, 승진 실패에 대한 좌절, 고향에 대한 그리움, 전쟁 대비 등을 나타내었다. 당대에 노조린, 이하李賀의 <상지회>는 북방 정벌, 선우의 귀의, 태평성대에 대한 송축을 나타내었다. 이백의 <전성남>은 본의를 충실히 따라 전쟁의 폐해를 사실적으로 묘사하였는데 여기에 당대 현실을 직접적으로 반영함으로써 현종玄宗의 끊임없는 정복 전쟁을 비판한 것이 특징이다.

이 외에 연회, 오락의 성향이 높았던 작품으로 진 후주, 장정견, 모처약毛處約, 강총의 <치자반>, 소각蕭慤의 <임고대>, 대호戴暠와 유효작劉孝綽의 <조간>, 이백의 <장진주> 등이 있다. 위진남조의 작품이 오락 활동에 대한 단순 묘사로 그쳤다면 이백의 시는 취흥을 빌어 자유로운 정신세계 속 한 인간의 피할 수 없는 깊은 고뇌를 호기롭게 보여주며 독자적인 시풍을 이뤄내었다.

다음으로 고취곡사 문인 의작시의 형식을 살펴보면 한대 잡언체를 계승하면서도 점차 변화하며 격률을 갖추게 되었다. 제, 양, 진 때에는 5언 8구가 기본 형식으로 가장 많이 쓰였다. 관제 의작시에서 나타났던 3, 4언의 혼용 혹은 잡언체는 위 문제의 <임고대>에서만 나타나고 거의 쓰이지 않았다. 제나라 영명체라는 당시 새로운 시체의 영향을 받았기 때문이었다. 수당대 역시 5언 8구를 기반으로 하였고 당대는 여기에 7언의 사용이 크게 늘어 7언 8구 또는 3언과 7언, 5언과 7언의 혼용 형식이 나타나 전대에 비해 훨씬 다양해졌다. 문인 의작시는 이미 음악과 무관해져 가사에 힘을 기울이고 격률에 집중하여 점차 5언 8구, 대구, 성률 등이 강화되며 율시의 기반을 마련하였다.

고취곡사는 한 요가 18수를 근간으로 하는데 민간에서부터 황실과 문인에 이르기까지 많은 관심을 받았던 특별한 악부시였다. 다른 악부시와 달리 궁중과의 관계가 밀접하여 한대에는 민가에서 단소요가 군악으로 편입되었고 위진남북조 시기에는 왕조 교체의 당위성을 알리는 역할을 맡게 되었는데 새로운 시대에 걸맞춰 음악은 계승되었어도 곡명과 가사는 모두 새롭게 개조되었다. 이와 같이 황실이 개입하여 만든 고취곡사는 왕조의 흥망성쇠를 반영한 시대의 산물로써 한 요가의 본의에서 벗어나 아송雅頌의 성격이 짙어지며 또 하나의 갈래를 형성하였다. 그중에서 하승천, 사조가 지은 일부 작품은 관제류에서 문인시로 넘어가는 과도기적 특징을 보이며 문인들의 참여를 반영하였다. 문인들은 요가 18수의 곡명을 시제로 활용하며 본의를 계승하거나 혹은 이와 무관하게 새로운 시의를 만들어 내었다. 주요 인물은 제량 시기에 경릉팔우, 양 무제와 그의 형제를 중심으로 한 문인 집단으로 진송의 시풍에 반대하며 새로운 시체를 모색하였는데 한 요가에 대한 의작시는 그 과정에서 실천된 하나의 방법으로 이해할 수 있겠다. 이들은 18수가 가지고 있었던 본질적 가치 즉 인간 삶과 내면에 대한 탐색, 현실사회의 문제 직시에 대해 되돌아보는 계기를 만들었다. 이를 바탕으로 남조 문인들은 이전 시대에서 충분하게 표현되지 못했던 소외 계층의 성정을 비롯하여 인간 개인의 서정성 표출에 중점을 두었고 체제상으로는 5언 8구의 기반을 다졌다. 이러한 특징은 당대로 이어져 초당 사걸, 심전기, 이백, 원진, 이하, 장적 등이 주축이 되어 개인적 삶에 대한 통찰, 시대에 대한 사실적, 비판적 태도를 크게 확대시키며 문인 자신만의 개성적, 독자적인 시풍을 창출하며 고취곡사를 더욱 다채롭게 발전시켰다.

고취곡사鼓吹曲辭

고취곡은 '단소요가'라고도 한다. 유환의 《정군례》에서는 "고취곡은 그 시작을 알 수 없는데, 한대 반일이 북방 황야를 차지하고서 이것이 있었다. 호가를 불어 퉁소 소리에 어울리게 하니, 팔음이 아니다. 굴원이 '피리를 울리고 생황을 분다.'라 한 것이 이것이다." 라 하였다. 채옹의 《예악지》에서는 "한나라 음악 네 종류 중 네 번째가 단소요가로, 군악이다. 황제 때 기백이 만들어 이로써 위엄을 세우고 덕을 드날리며 적을 회유하고 군사를 권면하였다."라 하였다. 《주례·대사악》에서는 "왕의 군대가 크게 바치면 개악을 연주하게 하였다."라 하고, 《주례·대사마》에서는 "군대에 공이 있으면 개악을 울리며 사직에 바쳤다."라 하였는데, 정현은 이르기를, "군대의 음악을 '개憎'라 하니 공을 알리는 음악이다."라 하였다. 《춘추》에 "진 문공이 성복에서 초나라를 격파하였다."라 하고, 《좌전》에 "군대를 정돈하고 개악을 울리며 (진나리로) 들어왔다."라 하였으며, 《사마법》에서 "득의하면 개악과 개가로 기쁨을 나타내었다."라 하였다.

《송서·악지》에 "옹문주가 맹상군에게 '깊이를 헤아릴 수 없는 연못에서 두드리고 분다.' 라 말하였는데, 말하는 사람이 '각자 하나의 사물을 두드리고 각자 피리나 퉁소의 부류를 부는 것으로, 두드리고 부는 것을 합주하는 것이 아니라 따로 하나의 음악 이름이다.'라 하였다. 따라서 단소요가는 이때에는 아직 '고취'라 부르지 않았다. 응소의 《한로부도》에 는 오직 말을 타고 피리를 쥐고 있는 것만 있으며 피리는 즉 호가였으니, '고취'라 이르지 않았다. 그러나 한대에 '황문고취黃門鼓吹'라는 것이 있었다. 한대 연회나 식사할 때의 음악 13종은 위대의 '고취장소鼓吹長簫'와 같다. 장소와 단소는 《기록》에서 아울러 이르기를, '대 뿌리 끝에서 난 대나무를 합쳐 만들며, 박자를 두드리는 사람이 노래한다.'라 하였다. 또한 ≪건초록≫에 이르기를, '<무성>, <황작>, <현운>, <원기>는 모두가 기취곡騎吹曲이지 고취곡鼓吹曲이 아니다.'라 하였다. 이는 즉 궁정에서 줄지어 있는 것을 '고취'라 하고 지금의 행렬을 따라가며 고취한 것은 '기취'라 한 것이었으니, 두 곡은 다른 것이다. 또한 손권이 위 무제의 군대를 보고 고취곡을 짓고 돌아왔는데, 이것은 응당 지금의 고취곡이다. 위대와 진대에는 또한 여러 장수와 아문에 내려준 곡이 대개 고취곡이 었으니, 이는 즉 당시에야 비로소 이를 고취곡이라 부른 것이다."라 하였다.

고찰해보면, ≪서경잡기≫에 "한 황제의 어가가 감천궁과 분음에 제사 지낼 때 천 수레와 만 기병을 갖추고 황문의 전후부에서 고취함이 있었다."라 하였으니, 유독 궁정에서 줄지어 있는 것만 '고취'라 한 것은 아니었다. 한대 <원여기곡>의 가사에 '아악이 펼쳐지네.'와 '만 년의 수명을 더하소서.' 등의 말이 있는데 말 위에서 음악을 연주한다는 뜻이 없으니, <원기>는 또한 기취곡이 아니다. ≪진중흥서≫에 이르기를, "한 무제 때 월남에 교지, 구진, 일남, 합포, 남해, 울림, 창오의 일곱 군을 더하여 설치하였는데, 모두 고취곡을 하사하 였다."라 하였다. ≪동관한기≫에 이르기를, "건초 연간에 반초가 장사에 임명되어 고취곡 과 대장군의 깃발을 하사하였다."라 하였으니, 즉 단소요가는 한대에 이미 고취곡이라 불렀으며 위진대로부터 시작한 것이 아니다. 최표의 ≪고금주≫에 이르기를, "한나라 악곡 에 '황문고취'가 있는데 천자가 군신들과 연회하는 음악이다. 단소요가는 고취곡의 한 장일 따름이며, 또한 공이 있는 제후에게 하사하였다."라 하였다. 따라서 황문고취와 단소 요가는 횡취곡과 더불어 '고취'로 통칭되었으며, 다만 그 쓰임새가 달랐을 뿐이다.

한대에 <주로> 등 22곡이 있었는데, 고취곡에 배열하고 '요가'라 불렀다. 위나라가 천명을 받게 됨에 무습에게 그중 12곡을 바꾸게 하였고, <군마황>, <치자반>, <성인출>, <임 고대>, <원여기>, <석류>, <무성>, <현운>, <황작>, <조간>의 10곡은 모두 옛 이름을 그대로 하였다. 이때 오나라 또한 위소에게 12곡을 바꾸어 만들게 하였는데 그 10곡은 역시 이를 따랐다. 그러나 위와 오의 가사로 남은 것은 오직 12곡이고 나머지는 모두 전하지 않는다. 진 무제 때 선양을 받고 부현에게 22곡을 만들도록 명하였는데, <현 운>, <조간>의 이름은 옛 한나라 때와 바뀌지 않았다. 송과 제는 모두 한나라 곡을 사용했으며, 16곡을 조회곡으로 사용하였다. 양 고조는 4곡을 없애고 12곡을 남겼는데,

다시 새 노래로 만들어 4계절에 합치시켰다. 북제의 20곡은 모두 옛 이름을 바꾸었으며, 그중 <황작>과 <조간>은 생략하고 사용하지 않았다.

북주 선제는 전대의 고취곡을 개혁하여 15곡으로 제정하였고, 아울러 공덕과 천명을 받은 것을 서술하는 것으로 대신하여 대체로 전장과 군진의 일을 많이 말하였다. 수나라 제도에서는 고취곡을 배열하여 4부로 만들었으며, 당나라 제도에서는 다시 5부로 늘렸고 부에는 각기 곡이 있었다. 다만 <우보>의 여러 곡은 공업을 갖추어 서술하여 전대의 제도와 같았다. 처음에 위진대에는 고취곡을 내려주는 것이 매우 가벼워 아문의 장군이나 다섯 교위가 모두 고취가 있었는데, 송제 이후에는 매우 엄중해졌다. 제 무제 때에는 수창전 남합에 <백로> 고취곡 2곡을 누어 연회의 음악으로 삼았다. 진 후주는 늘 궁녀에게 북방의 통소와 북을 익히게 하여 이를 <대북>이라 부르며 술자리가 무르익으면 이를 연주하였다. 이것은 또한 사적인 연회에서도 행해졌다.

≪고금악록≫에 따르면, 양과 진대의 궁궐 지도가 있어 사방 모퉁이에 각각 고취루가 있는데 건고는 없다. 고취루는 옛날 소사가 진나라에서 통소를 부니 진나라 사람이 그를 위해 봉대를 쌓은 것이었다. 따라서 고취루는 육지에서는 누거로, 물에서는 누선으로, 궁정에서는 악기 틀로 누대를 삼았다. 양나라에는 또한 '고취웅비' 12안이라는 것이 있었고 그 악기로 용머리가 있는 큰 걸북, 중간 걸북, 단독으로 건 작은 북이 있었으며, 역시 품계 등급에 따라 하사하였다. 북주 무제는 매년 원단 조회 때 양나라의 안으로써 편종 사이에 설치하고 정악과 합주하였다. 수나라는 안 아래에 곰과 맹수를 설치하여 오르거나 기대는 모습으로 이를 받들며 온갖 짐승의 춤을 형상하였다. 당나라는 이를 따랐다.

鼓吹曲, 一曰短簫鐃歌. 劉瓛≪定軍禮≫云, 鼓吹未知其始也, 漢班壹雄朔野而有之矣.[1] 鳴笳以和簫聲, 非八音也.[2] 騷人曰, 鳴簴吹竽,[3] 是也. 蔡邕≪禮樂志≫曰, 漢樂四品,[4] 其四曰短簫鐃歌, 軍樂也. 黃帝岐伯所作[5] 以建威揚德風敵勸士也. ≪周禮 · 大司樂≫曰, 王師大獻, 則令奏愷樂. ≪大司馬≫曰, 師有功, 則愷樂獻于社. 鄭康成云, 兵樂曰愷, 獻功之樂也. ≪春秋≫曰, 晉文公敗楚於城濮 ≪左傳≫曰, 振旅愷以入. ≪司馬法≫曰, 得意則愷樂愷歌以示喜也. ≪宋書 · 樂志≫曰, 雍門周說孟嘗君[6] 鼓吹于不測之淵. 說者云, 鼓自一物, 吹自竽籟之屬,非簫鼓合奏, 別爲一樂之名也. 然則短簫鐃歌, 此時未名鼓吹矣. 應劭《漢鹵簿圖》,[7] 唯有騎執笳, 笳卽笳, 不云鼓吹. 而漢世有黃門鼓吹. 漢享宴食擧樂十三曲,[8] 與魏世鼓吹長簫同. 長簫短簫, 《伎錄》並云, 孫竹合作,[9] 執節者歌.[10] 又《建初錄》云, <務成><黃爵><玄雲><遠期>, 皆騎吹曲, 非鼓吹曲. 此則列於殿庭者名鼓吹, 今之從行鼓吹爲騎吹, 二曲異也. 又孫權觀魏武軍, 作鼓吹而還, 此應是今之鼓吹.[11] 魏晉世, 又假諸將帥及牙門曲蓋鼓吹, 斯則其時方謂之鼓吹矣. 按《西京雜記》, 漢大駕祠甘泉汾陰,[12] 備千乘萬騎, 有黃門前後部鼓吹. 則不獨列於殿庭者名鼓吹也. 漢<遠如期曲>辭, 有雅樂陳及增壽萬年等語, 馬上奏樂之意,[13] 則<遠期>又非騎吹曲也. 《晉中興書》曰, 漢武帝時, 南越加置交趾九眞日南合浦南海鬱林蒼梧七郡, 皆假鼓吹. 《東觀漢記》曰, 建初中, 班超拜長史, 假鼓吹麾幢. 則短簫鐃歌, 漢時已名鼓吹, 不自魏晉始也. 崔豹《古今註》曰, 漢樂有黃門鼓吹, 天子所以宴樂群臣也. 短簫鐃歌, 鼓吹之一章爾, 亦以賜有功諸侯. 然則黃門鼓吹短簫鐃歌與橫吹曲, 得通名鼓吹, 但所用異爾. 漢有<朱鷺>等二十二曲, 列於鼓吹, 謂之鐃歌. 及魏受命, 使繆襲改其十二曲, 而<君馬黃><雉子斑><聖人出><臨高臺><遠如期><石留><務成><玄雲><黃爵><釣竿>十曲, 並仍舊名. 是時吳亦使韋昭改製十二曲, 其十曲亦因之. 而魏吳歌辭, 存者唯十二曲, 餘皆不傳. 晉武帝受禪, 命傅玄製二十二曲, 而<玄雲><釣竿>之名不改舊漢. 宋齊並用漢曲, 又充庭十六曲.[14] 梁高祖乃去其四, 留其十二, 更制新歌, 合四時也. 北齊二十曲, 皆改古名. 其<黃爵><釣竿>, 略而不用. 後周宣帝革前代鼓吹, 制爲十五曲, 並述功德受命以相代, 大抵多言戰陣之事. 隋制列鼓吹爲四部, 唐則又增爲五部, 部各有曲. 唯<羽葆>諸曲, 備敍功業, 如前代之制. 初, 魏晉之世, 給鼓吹甚輕, 牙門督將五校悉有鼓吹.[15] 宋齊已後, 則甚重矣. 齊武帝時, 壽昌殿南閣置<白鷺>鼓吹二曲, 以爲宴樂. 陳後主常遣宮女習北方簫鼓, 謂之<代北>,[16] 酒酣

則奏之. 此又施於燕私矣.[17] 按≪古今樂錄≫, 有梁陳時宮懸圖,[18] 四隅各有鼓
吹樓而無建鼓.[19] 鼓吹樓者, 昔簫史吹簫於秦, 秦人爲之築鳳臺. 故鼓吹陸則樓
車, 水則樓船, 其在庭則以篪虡爲樓也.[20] 梁又有鼓吹熊羆十二案,[21] 其樂器有
龍頭大棡鼓中鼓獨揭小鼓.[22] 亦隨品秩給賜焉. 周武帝每元正大會, 以梁案
架,[23] 列於懸間,[24] 與正樂合奏. 隋又於案下設熊羆貙豹,[25] 騰倚承之, 以象百
獸之舞. 唐因之.

주석

1) 班壹(반일) : 사적에 기록된 반씨班氏의 선조로, 본디 초楚 사람이다. 진秦나라 말기 천하가
   혼란하였을 때 전란을 피해 누번樓煩으로 옮겨가 목축으로 집안을 일으켰다. 수천 마리의
   소와 말과 양을 보유하여 북방의 영웅이 되었으며, 수렵하며 드나들 때 깃발을 세우고
   고취곡을 연주하여 제왕의 모습이 있었다고 한다.

2) 八音(팔음) : 금金, 석石, 사絲, 죽竹, 포匏, 토土, 혁革, 목木 등 여덟 종류의 상이한 재질로
   만든 고대 악기의 총칭. 여기서는 전통적인 악기로 연주하는 것이 아님을 말한다.

3) 鳴篪吹竽(명지취우) : 피리를 울리고 생황을 분다. 굴원屈原의 <구가九歌 · 동군東君>에서
   "피리를 울리고 생황을 부니, 영보가 현숙하고 아름답네.(鳴篪兮吹竽, 思靈保兮賢姱)"라
   한 것을 가리킨다.

4) 漢樂四品(한악사품) : 한나라의 음악 네 종. 대여악大予樂, 주송아악周頌雅樂, 황문고취黃門鼓
   吹, 단소요가短簫鐃歌를 가리킨다.

5) 岐伯(기백) : 전설상 황제皇帝 때의 저명한 의술가로, 황제의 명을 받들어 단소요가를 만들었
   다고 한다.

6) 雍門周(옹문주) : 전국시대 제齊나라 사람으로 이름이 주周이다. 일찍이 제나라 서쪽 성문인
   옹문雍門 아래에 살아 이와 같이 불렀으며, 옹문자주雍門子周라 하기도 한다. 언변과 금琴
   연주에 뛰어나, 맹상군孟嘗君이 그를 만났을 때 그의 말을 듣고 눈물을 글썽이고 그의 금
   연주를 듣고 슬픔을 견딜 수 없었다고 한다.
   孟嘗君(맹상군) : 전국시대 제齊나라 선왕宣王의 조카로, 이름이 전문田文이다. 널리 인재를
   모아 많은 식객을 두어 위魏나라 신릉군信陵君, 조趙나라 평원군平原君, 초楚나라 춘신군春申君

과 더불어 전국사공자戰國四公子 중의 하나로 불린다.

7) 鹵簿(노부) : 고대 제왕이 출행할 때 호종하는 의장대.

8) 享宴食舉樂(향연식거악) : 고대 제왕이 연회 하거나 식사할 때 연주하는 음악.

9) 孫竹(손죽) : 대나무의 가지나 뿌리 끝에 자라난 대나무.

10) 執節者(집절자) : 나무판을 쥐고 박자를 두드리는 사람.

11) 今之鼓吹(금지고취) : 지금의 고취곡. 군악軍樂으로서의 고취곡을 의미한다.

12) 汾陰(분음) : 지명. 분수汾水 남쪽 지역을 가리키며, 한漢 무제武帝 때 일찍이 이곳에서 세발 솥을 얻었다고 한다.

13) 馬上(마상) : 말 위. 의미상 앞에 '무無'가 누락된 것으로 여겨진다.

14) 充庭(충정) : 고대의 조례朝禮 의식. 궁궐의 마당에 황제의 수레나 가마 등의 의장을 진열하는 것을 가리킨다.

15) 五校(오교) : 다섯 교위校尉. 한대 보병步兵, 둔기屯騎, 장수長水, 월기越騎, 사성射聲 등 다섯 교위를 가리킨다. 궁궐의 숙위宿衛를 담당하였다.

16) 代北(대북) : 악곡 이름. 북방 음악을 대신한다는 의미이다.

17) 燕私(연사) : 사적인 연회.

18) 宮懸圖(궁현도) : 악단 및 악기의 배치도.

19) 建鼓(건고) : 북의 한 유형. 북의 몸통을 나무로 꿰뚫어 받침을 만들어 세워 설치하였다.

20) 簨虡(순거) : 북이나 경쇠 등의 악기를 거는 틀.

21) 案(안) : 탁자 모양의 설치물. 여기서는 여러 종류의 북을 매달아 설치한 것을 가리킨다.

22) 棡鼓(강고) : 틀에 매단 북.

23) 懸間(현간) : 매달아 놓은 사이. 편종 사이를 가리킨다.

23) 案架(안가) : 악기를 올려 설치하고 매다는 것의 총칭. 여기서는 '안案'을 의미한다.

24) 懸間(현간) : 매단 악기 사이. 여기서는 매달아 놓은 편종을 가리킨다.

25) 熊羆貙豹(웅비추표) : 각각 곰, 큰곰, 추, 표범을 가리키며 맹수를 의미한다.

1. 한요가 漢鐃歌 18수

고사古辭

≪고금악록≫에서 말하기를, "한 고취요기 18곡은 글자에 잘못된 것이 많다. 첫째는 <주로>이며 둘째는 <사비옹>, 셋째는 <예이장>, 넷째는 <상지회>, 다섯째는 <옹리>, 여섯째는 <전성남>, 일곱째는 <무산고>, 여덟째는 <상릉>, 아홉째는 <장진주>, 열째는 <군마황>, 열한째는 <방수>, 열두째는 <유소사>, 열셋째는 <치자반>, 열넷째는 <성인출>, 열다섯째는 <상야>, 열여섯째는 <임고대>, 열일곱째는 <원여기>, 열여덟째는 <석류>이다. 또 <무성>, <현운>, <황작>, <조간>이 있는데 또한 한나라의 곡으로, 그 가사는 없어졌다. 혹은 한 요가는 21곡으로 <조간>이 없으며 <옹리擁離>는 <옹리翁離>라 하기도 한다."라 하였다.

≪古今樂錄≫曰, 漢鼓吹鐃歌十八曲, 字多訛誤. 一曰<朱鷺>, 二曰<思悲翁>, 三曰<艾如張>, 四曰<上之回>, 五曰<擁離>, 六曰<戰城南>, 七曰<巫山高>, 八曰<上陵>, 九曰<將進酒>, 十曰<君馬黃>, 十一曰<芳樹>, 十二曰<有所思>, 十三曰<雉子斑>, 十四曰<聖人出>, 十五曰<上邪ㄹ>, 十六曰<臨高臺>, 十七曰<遠如期>, 十八曰<石留>. 又有<務成><玄雲><黃爵><釣竿>, 亦漢曲也. 其辭亡. 或云, 漢鐃歌二十一無<釣竿>, <擁離>亦曰<翁離>.

1-1 주로 朱鷺

≪의례·대사의≫에서 말하기를, "건고는 동쪽을 향하는 계단의 서남쪽에 있는 북이다."라 하였다. ≪전≫에서 말하기를, "건은 세운다는 것과 같으니, 나무로 관통하여 이를 올려놓고 받침대에 세운다."라 하였다. ≪수서·악지≫에서 말하기를, "건고는 은나라에서 만든 것이다. 또한 그 위쪽에 날개를 펼친 모습의 해오라기를 머물게 하였는데 어느 시대에 더해진 것인지는 모른다. 혹자는 고니라 하며 그 소리가 드날려 멀리까지 들리는 것을 취한 것이라 하고, 혹자는 해오라기이며 북의 정령이라 한다. 혹자는 모두 아니고 ≪시경≫에서 '무수한 해오라기여, 해오라기가 날아가네. 북소리는 둥둥, 취하여 돌아가네.'라 하였으니, 옛날의 군자가 주나라의 도가 쇠하고 칭송의 소리가 그친 것을 슬퍼하여 북에 해오라기를 장식하여 그 풍류를 남긴 것이라 하니, 무엇이 옳은지 모르겠다."라 하였다. 공영달은 "초 위왕 때 붉은 해오라기가 모여 날다가 와서 춤을 추었으니, 옛날 고취곡 <주로곡>이 이것이다."라 하였다. 따라서 한나라 곡은 아마도 북에 해오라기로 장식을 했기 때문에 곡에 이름을 붙인 것이다. 남조 송나라 하승천의 <주로편>에서는 "붉은 수레에서 온화한 난새 방울 소리 드날리고, 푸른 수레 덮개는 금화전에 빛나네."라 하였는데, 다만 황제 수레의 아름다움을 성대히 칭송한 것으로, 한나라 곡과는 다르다.

≪儀禮·大射儀≫曰, 建鼓在阼階西南鼓.[1] ≪傳≫云, 建猶樹也, 以木貫而載之, 樹之跗也. ≪隋書·樂志≫曰, 建鼓, 殷所作. 又棲翔鷺於其上, 不知何代所加. 或曰, 鵠也, 取其聲揚而遠聞. 或曰, 鷺, 鼓精也. 或曰, 皆非也. ≪詩≫云, 振振鷺,[2] 鷺于飛. 鼓咽咽,[3] 醉言歸. 言古之君子, 悲周道之衰, 頌聲之息, 飾鼓以鷺, 存其風流, 未知孰是. 孔穎達曰, 楚威王時, 有朱鷺合沓飛翔而來舞.[4] 舊鼓吹<朱鷺曲>是也. 然則漢曲蓋因飾鼓以鷺而名曲焉. 宋何承天<朱路篇>曰, 朱路揚和鸞,[5] 翠蓋曜金華. 但盛稱路車之美,[6] 與漢曲異矣.

주석

1) 建鼓(건고) : 북의 한 유형. 북의 몸통을 나무로 꿰뚫어 받침을 만들어 세워 설치하였다.
   阼階(조계) : 당堂에서 동쪽을 향하는 계단. 주인의 자리로, 천자나 제후 및 대부가 손님을 맞이하거나 제사를 지낼 때 이곳으로 오른다.

2) 振振(진진) : 새가 무리 지어 나는 모양.

3) 咽咽(연연) : 북이 울리는 소리. 이상은 ≪시경詩經 · 노송魯頌 · 유필有駜≫을 인용한 것이다.

4) 合沓(합답) : 겹겹이 무리 지어 있는 모양.

5) 朱路(주로) : 천자가 타는 붉은 수레.

6) 路車(노거) : 천자가 타는 수레.

朱鷺,[1]	붉은 해오라기가
魚以烏.[2]	물고기를 토해내네.
(路訾邪)鷺何食,[3]	해오라기는 무엇을 먹나?
食茄下.[4]	연 줄기 아래에서 먹는다네
不之食,[5]	그것을 먹지도 않고
不以吐,[6]	먹고서 토하지도 않으니
將以問誅者.[7]	간언하는 자에게 장차 물어보리.

주석

1) 朱鷺(주로) : 붉은 해오라기. 물새의 일종으로 일반적인 해오라기는 푸른빛을 띠어 '벽로碧鷺'라고 부르며, 주로는 붉은빛을 띠어 상서로운 새로 여겨진다. 우리나라에서는 따오기로 알려져 있다.

2) 烏(오) : 토해내다.

3) 路訾邪(노자야) : 표성자表聲字. 의미 없는 소리이다.

4) 茄(가) : 연 줄기.

5) 之食(지식) : 그것을 먹다. 물고기를 먹는 것을 가리키며, 자신의 진정이나 하소연을 받아들이는 것을 비유한다.

6) 以吐(이토) : 먹고서 토하다. 황제에게 자신의 뜻을 대신 아뢰는 것을 비유한다.

7) 誅者(주자) : 간언하는 자. '간諫'의 오기로 여겨지며, '간諫'으로 되어있는 판본도 있다.

이 시에서는 북에 장식된 해오라기를 북에 비유하고, 황제에게 간언하는 자가 제 역할을 하지 못하고 있는 것을 비판하고 있다.

1-2 사비옹 思悲翁

思悲翁,[1]	비통한 늙은이를 생각하면
唐思,[2]	너무나도 슬프니,
奪我美人侵以遇.[3]	우연히도 우리의 아름다운 이를 빼앗겼네.
悲翁也,	비통한 늙은이여
但我思.	다만 우리가 슬퍼하네.
蓬首狗,[4]	용맹한 개가
逐狡兔,[5]	교활한 토끼를 쫓았건만
食交君.[6]	그대를 씹어 먹고 말았네.
梟子五,[7]	올빼미 새끼 다섯과
梟母六,	올빼미 어미 여섯이
拉沓高飛暮安宿.[8]	선회하며 높이 날다 저녁에 편안히 잠자네.

주석

1) 思悲翁(사비옹) : 슬프고 비통한 늙은이. 여기서는 미인을 빼앗긴 충신을 비유한다.

2) 唐(당) : 크다. 또는 헛되다.

3) 我美人(아미인) : 우리의 아름다운 사람. 비옹悲翁이 아끼는 사람으로, 자신들에게도 소중한 사람임을 의미한다.

4) 蓬首狗(봉수구) : 머리에 털이 무성한 개. 용맹한 개를 가리키며, 여기서는 미인美人을 비유한다.

5) 狡兔(교토) : 교활한 토끼. 적을 가리키며, 이 구는 전장에서 용맹을 발휘하여 많은 전공을 세운 것을 의미한다.

6) 食交(식교) : 씹어 먹다. '교交'는 '교咬'와 같다.

君(군) : 그대. 개를 가리키며, 여기서는 올빼미에게 해를 당한 비웅의 미인을 비유한다.

7) 梟(효) : 올빼미. 악조惡鳥를 의미하며, 여기서는 자신의 미인을 빼앗아간 악한을 비유한다.

8) 拉沓(납답) : 선회하며 나는 모양.

해설

　　이 시에서는 교활한 악한에게 미인을 빼앗긴 충신의 원통함과 나라를 위한 헌신적인 노력에도 불구하고 마침내 악한에게 죽임을 당하고 만 미인의 억울함을 애통해하며, 이들과 달리 유유자적하게 노닐며 안락한 삶을 누리고 있는 악한을 비난하고 있다.

1-3 예이장 艾如張

　　'애艾'는 '예刈'와 같으니, ≪설문≫에 "풀을 베는 것이다."라 하였다. '여如'는 '이而'로 읽으니, ≪춘추≫에서 "별이 떨어지고 비가 내린다."라 한 것과 같다. 옛 가사에서 "베어서 그물을 펼친다."라 하고, 또 "참새가 높이 나니 참새를 어찌하리?"라 하였다. ≪춘추곡량전≫에 "난초를 베어 경계를 만들고 깃발을 세워 군영의 문으로 삼는다."라 하였으니, 사냥으로써 군사의 일을 익히는 것을 말한다. 난초는 향초이니, 풀을 베어 사냥터의 큰 경계로 삼는다고 하는 것이 이것이다. 남조 진나라 소자경이 "쑥 가에 기구를 설치한다."라 하고, 당나라 이하가 "쑥 잎과 초록 꽃을 누가 새겼나?"라 한 것은 모두가 옛 제목의 본뜻을 잃었다.

艾與刈同, ≪說文≫曰, 芟草也.[1] 如讀爲而, 猶≪春秋≫曰星隕如雨也. 古詞曰, 艾而張羅. 又曰, 雀以高飛奈雀何. ≪穀梁傳≫曰, 艾蘭以爲防, 置旃以爲轅門,[2] 謂因蒐狩以習武事也.[3] 蘭, 香草也, 言艾草以爲田之大防是也.[4] 若陳蘇子卿云, 張機蓬艾側. 唐李賀云, 艾葉綠花誰翦刻. 俱失古題本意.

1) 芟草(삼초) : 풀을 베다.

2) 旃(전) : 군영에서 쓰는 큰 깃발.

　轅門(원문) : 군영에서 수레의 끌채를 연결하여 임시로 설치한 문.

3) 蒐狩(수수) : 사냥하다.

4) 田(전) : 사냥터.

艾而張羅,[1]	베어서 그물을 펼치고
(夷於何)行成之.[2]	행하여 이를 완성하였네.
四時和,	사시가 조화로워
山出黃雀亦有羅,[3]	산에서 누런 새가 나오고 또한 그물이 있건만
雀以高飛奈雀何.	새가 높이 나니 새를 어찌하리?
爲此倚欲,[4]	이 새에 의지하고자 하나
誰肯礑室.[5]	누가 새장으로 떨어지려 하리?

1) 艾(예) : 풀을 베다. '예刈'와 같다.

　羅(라) : 그물.

2) 夷於何(이어하) : 표성자表聲字. 의미 없는 소리이다.

3) 黃雀(황작) : 누런 새. 누런빛이 나는 애완용 새로, 여기서는 은자를 비유한다.

4) 倚欲(의욕) : 의지하고자 하다. '욕의欲倚'가 도치된 표현으로, 은자를 초빙하고자 하는 뜻을 나타낸다.

5) 礑(몽) : 떨어지다. '추礑'의 뜻이다.

　室(실) : 집. 여기서는 새장을 비유하며, 은자가 출사出仕하는 것을 의미한다.

이 시에서는 산에 사는 황작에 은자를 비유하며 그물을 쳐서 황작을 잡으려 하는 행동으로 그를 초빙하고 싶은 마음을 나타내고 있다. 그러나 하늘 높이 날며 새장에 있으려 하지 않는 은자의 모습에서 안타까움을 느끼고 있다.

1-4 상지회 上之回

≪한서≫에서 말하기를, "효문제 14년(B.C.166)에 흉노가 조나와 소관으로 들어와 마침내 팽양에 이르렀다. 기병을 시켜 들어와 회중궁을 불태우고 척후의 기병은 옹주의 감천궁에 이르렀다."라 하였다. 회중은 지역이 안정에 있는데 그 안에 궁이 있었다. ≪무제기≫에서 말하기를, "원봉 4년(B.C.107) 겨울 10월에 옹주로 행차하여 오치에 제사지냈다. 회중도를 개통하고 마침내 북으로 소관을 나갔다."라 하였다. 오긍의 ≪악부해제≫에서 말하기를, "한 무제가 회중도를 개통하고 후에 여러 번 출행하였다."라 하였다. 심건의 ≪악부광제≫에서 말하기를, "한나라의 곡은 모두가 당시의 일을 찬미한 것이다. 고찰해보면 석관은 궁궐의 이름으로, 감천궁에 가까웠다. 사마상여의 <상림부>에서 '석관에 오르고 봉만을 지난다.'라 한 것이 이것이다."라 하였다.

≪漢書≫曰, 孝文十四年, 匈奴入朝那蕭關,[1] 遂至彭陽.[2] 使騎兵入燒回中宮,[3] 候騎至雍甘泉.[4] 回中地在安定,[5] 其中有宮也. ≪武帝紀≫曰, 元封四年冬十月, 行幸雍, 祠五畤.[6] 通回中道, 遂北出蕭關. 吳兢≪樂府解題≫曰, 漢武通回中道, 後數出遊幸焉. 沈建≪廣題≫曰, 漢曲皆美當時之事. 按石關, 宮闕名, 近甘泉宮. 相如≪上林賦≫云蹶石關,[7] 歷封巒是也.[8]

주석

1) 朝那(조나) : 지명. 지금의 영하寧夏 팽양현彭陽縣 지역.
   蕭關(소관) : 지명. 지금의 영하寧夏 고원현高原縣 지역.
2) 彭陽(팽양) : 지명. 지금의 영하寧夏 팽양현彭陽縣 지역.
3) 回中宮(회중궁) : 진대 궁궐 이름. 진秦 시황始皇이 세운 것으로, 지금의 섬서성陝西省 농현隴縣 지역에 옛터가 있다.

4) 雍(옹-) : 고대 주州 이름. 지금의 섬서성陝西省 봉상현鳳翔縣 지역.

5) 安定(안정) : 지명. 지금의 감숙성甘肅省 동부 지역이다.

6) 五時(오치) : 옹주에 속한 지명. 진한秦漢 시기 황제가 천제께 제사 지내던 장소로 부치鄜畤,
   밀치密畤, 오양상치吳陽上畤, 오양하치吳陽下畤, 북치北畤를 두어 각각 백제白帝, 청제青帝, 적제
   赤帝, 황제黃帝, 흑제黑帝에게 제사 지냈다.

7) 石關(석관) : 한대 궁궐 이름. 감천궁甘泉宮에 가까이 있다.

8) 封巒(봉만) : 누관樓觀 이름. 한 무제 건원建元 연간에 세워졌으며, 감천궁 밖에 있다.

上之回所中,[1]	임금께서 회중으로 가시니
益夏將至.[2]	여름이 더해져 장차 하지가 되네.
行將北,	북으로 행차하여,
以承甘泉宮[3]	감천궁에서
寒暑德.[4]	사계절의 하늘의 덕을 받드시네.
游石關,[5]	석관궁을 노닐고
望諸國.	여러 제후국을 바라보니,
月支臣,[6]	월지가 신하가 되고
匈奴服.	흉노가 복종하네.
令從百官疾驅馳,	따르는 백관들을 급히 달려오게 하시니
千秋萬歲樂無極.	천추만세 즐거움 다함이 없으시길.

| 주석

1) 上(상) : 임금. 여기서는 한漢 무제武帝를 가리킨다.
   回所中(회소중) : 회중回中에 있는 황제의 행재소行在所. 여기서는 회중궁回中宮을 가리킨다.

2) 益(익) : 더해지다. 성해지다.
   至(지) : 하지가 되다.

3) 承(승) : 받들다.

甘泉宮(감천궁) : 진대에 함양咸陽의 감천산甘泉山에 세운 궁궐로, 한 무제 때 증축하여 변방 제후들의 조회를 받거나 여름에 피서용으로 활용하였다.

4) 寒暑德(한서덕) : 겨울의 추운 덕과 여름의 더운 덕. ≪여씨춘추呂氏春秋 · 귀신편貴信篇≫에서 "봄의 덕은 바람이고 여름의 덕은 더위이며, 가을의 덕은 비이고 겨울의 덕은 추위이다.(春之德風, 夏之德暑, 秋之德雨, 冬之德寒)"라 하였는데, 여기서는 하늘이 베푸는 사계절의 덕을 가리킨다.

5) 石關(석관) : 한대 궁궐 이름. 감천궁에 가까이 있다.

6) 月支(월지) : 한대 서북 지역 소수민족 이름. '월지月氏'라고도 한다.

해설

이 시에서는 한 무제가 여름을 맞아 회중으로 나가 감천궁과 석관궁을 유람하는 모습을 찬미하며 천년만년 황제의 즐거움이 다함이 없기를 축원하고 있다.

1-5 옹리 翁離[1]

擁離趾中可築室,[2]	궁궁이로 둘러싸인 산자락에도 집을 지을 수 있으니
何用葺之蕙用蘭.[3]	어찌 혜초와 난초로 지붕을 이을 필요 있으리?
擁離趾中.	궁궁이로 둘러싸인 산자락에도.

주석

1) 翁離(옹리) : '옹리擁離' 또는 '옹리雍離'로 되어 있는 판본도 있으며, 시 본문의 첫 두 글자를 따서 제목을 삼은 것으로 여겨진다.

2) 擁離(옹리) : 궁궁이로 에워싸다. '리離'는 '리蘺'의 의미로 궁궁이를 가리키며, 산형과에 속하는 여러해살이풀로 천궁川芎이라고도 한다.
   趾(지) : 산 아래쪽.

3) 葺(즙) : 지붕을 잇다.
   蕙蘭(혜란) : 혜초와 난초. 향초 이름이다.

48

　이 시에서는 궁궁이와 같은 잡풀로 둘러싸인 곳에서도 집을 짓고 평온하게 사는 은자의 삶을 나타내며, 집을 지음에 굳이 난초와 혜초 같은 고귀한 향초가 필요치 않음을 말하고 있다.

1-6 전성남 戰城南

戰城南,	성 남쪽에서 싸우다
死郭北,	성곽 북쪽에서 죽으니,
野死不葬烏可食.	들에서 죽어 매장하지 않아 까마귀가 먹을 수 있다네.
爲我謂烏,[1]	나를 대신해 까마귀에게 일러주오,
且爲客豪,[2]	"잠시 객을 위해 울어주렴.
野死諒不葬,	들에서 죽어 참으로 매장하지 않으니
腐肉安能去子逃.	썩은 육신이 어찌 너를 피해 달아날 수 있으리?"
水深激激,[3]	물은 깊고 맑으며
蒲葦冥冥.[4]	부들과 갈대는 짙고 무성한데,
梟騎戰鬪死,[5]	용맹한 기병은 전투하다 죽고
駑馬徘徊鳴.[6]	노둔한 말은 배회하며 우네.
(梁)築室,[7]	집을 짓는데
何以南(梁)何北[8],	어찌하여 남과 북에다 하는가?
禾黍不穫君何食.[9]	벼와 기장을 수확하지 못하면 임금은 무엇을 먹을 건가?
願爲忠臣安可得.	충신이 되길 원하지만 어찌 될 수 있으리?
思子良臣,[10]	어진 신하를 그리워하니
良臣誠可思,	어진 신하가 참으로 그립기만 하네.
朝行出攻,	아침에 공격하러 나갔다가
暮不夜歸.	저녁이 되어도 밤에 돌아오지 못하네.

주석

1) 爲我(위아) : 나를 대신하다.

2) 客(객) : 죽은 이를 가리킨다.

　豪(호) : 울부짖다. '호謡'와 같다.

3) 激激(격격) : 물이 맑은 모양.

4) 冥冥(명명) : 짙고 무성한 모양.

5) 梟騎(효기) : 용맹한 기병騎兵.

6) 駑馬(노마) : 노둔駑鈍한 말. 주인을 잃고 배회하는 말을 가리킨다.

7) 梁(량) : 표성자表聲字. 의미 없는 소리이다.

8) 何北(하북) : 어찌하여 북에다 짓는가? '하이북何以北'으로 되어있는 판본도 있다.

9) 禾黍(화서) : 벼와 기장.

　不穫(불확) : 수확하지 못하다. 토목공사에 끌려와 곡식을 수확할 시기를 놓치는 것을 말한다. ≪송서宋書·악지樂誌≫에는 '불不'이 '이而'로 되어있다.

10) 子(자) : 어조사.

　良臣(양신) : 어진 신하. 황제를 잘 보필하여 민생을 구제하는 신하를 가리킨다.

해설

　이 시에서는 전장에서 죽어 장사도 지내지 못한 채 버려진 병사를 애도하며 전쟁의 참혹함을 고발하고, 남북을 가리지 않고 각지에서 토목공사를 진행하느라 인력이 동원되어 민생이 피폐해진 현실을 비판하고 있다.

1-7 무산고 巫山高

　≪악부해제≫에서 말하기를, "옛 가사에서 '장강과 회수는 물이 깊고 건널 수 있는 다리가 없으니, 물에 임해 멀리 바라보며 돌아갈 것을 생각할 뿐이라네.'라 하였다. 제나라 왕융이 '무산의 높음을 상상하네.'라 하고 양나라 범운이 '무산은 높아 다할 수가 없네.'라 한

것과 같은 것은 양대의 신녀의 일을 섞어놓았으니, 멀리서 바라보며 돌아갈 것을 생각하는 뜻은 없다."라 하였다. 또한 <연무산고>가 있는데, 기원은 상세하지 않다.

《樂府解題》曰, 古詞言, 江淮水深, 無梁可度, 臨水遠望, 思歸而已. 若齊王融想像巫山高,[1] 梁范雲巫山高不極,[2] 雜以陽臺神女之事,[3] 無復遠望思歸之意也. 又有<演巫山高>,[4] 不詳所起.

주석

1) 王融(왕융) : 남조南朝 제齊나라 사람으로, 자가 원장元長이다. 경릉왕竟陵王 소자량蕭子良의 막부에 있으며 이른바 '경릉팔우竟陵八友' 중의 하나로 불렸다. 인용한 원시 제목은 <무산고巫山高>이다.

2) 范雲(범운) : 남조南朝 양梁나라 사람으로, 자가 언룡彥龍이다. 왕융과 함께 '경릉팔우' 중의 한 사람이었으며 양나라 때 재상을 지냈다. 인용한 원시 제목은 <무산고巫山高>이다.

3) 陽臺神女(양대신녀) : 양대에 사는 신녀. 송옥宋玉의 <고당부高唐賦>에서 초楚 회왕懷王과 운우지정雲雨之情을 나누었다고 한 무산신녀巫山神女를 가리킨다. 무산신녀가 초 회왕과 작별하며 "저는 무산의 남쪽, 고구의 북쪽에서 아침에는 아침 구름이 되고 저녁에는 내리는 비가 되어 아침마다 저녁마다 양대 아래에 있습니다.(妾在巫山之陽, 高丘之阻. 旦爲朝雲, 暮爲行雨, 朝朝暮暮, 陽臺之下)"라 하였다.

4) 演巫山高(연무산고) : 작품 이름. 지금은 전하지 않아 어떤 내용인지 알 수 없다.

巫山高,	무산은 높아
高以大,	높고도 크며,
淮水深,	회수는 깊어
難以逝.[1]	가기 어렵네.
我欲東歸,	내 동쪽으로 돌아가고자 하나
害(曷)不爲.[2]	어찌하여 가지 못하는가?
我集無高曳,[3]	내 이르렀건만 상앗대와 노가 없고
水何(梁)湯湯回回.[4]	물은 어찌 그리 드넓고 휘도는지?

臨水遠望,	물에 임해 멀리 바라보니
泣下霑衣.	눈물 떨어져 옷을 적시네.
遠道之人心思歸,	먼 길 떠나온 사람 마음은 돌아가길 생각하지만
謂之何.	무엇을 말하리?

주석

1) 逝(서) : 가다. 물을 타고 가는 것을 의미한다.
2) 害(할) : 어찌.
   梁(량) : 표성자表聲字. 의미 없는 소리이다.
3) 集(집) : 이르다. 다다르다.
   高枻(고예) : 상앗대와 노. '고예篙栧'와 같다.
4) 湯湯(상상) : 물이 많은 모양.
   回回(회회) : 물이 소용돌이치다.

해설

이 시에서는 고향으로 돌아가고도 싶어도 돌아가지 못하는 나그네의 슬픔과 향수를 노래하고 있다.

1-8 상릉 上陵

≪고금악록≫에서 말하기를, "한나라 장제 원화 연간에 종묘식거악 여섯 곡이 있었는데 <중래>와 <상릉> 두 곡이 더해져서 <상릉> 식거악이 되었다."라 하였다. ≪후한서 · 예의지≫에서 말하기를, "정월 상순 정일에 남교에 제사 지내고 다음으로 북교, 명당, 고묘, 세조묘에 제사 지냈으니 이를 '오공'이라 하였다. 예가 끝나면 다음으로 선조의 능에 제사를 지냈다. 서도 때에 예로부터 선조의 능에 제사 지내는 것이 있었다. 동도 때의 의례는 태관이 음식을 올리면 태상악이 식거악을 연주하였다."라 하였다. 옛 가사를

고찰해보면 대체로 신선의 일을 말하였는데, 식거곡과 같은 것인지는 모르겠다. 남조 송나라 하승천의 <상릉자편>에서 "언덕에 오르는 자들이 서로 뒤따르고 끌어준다."라 하였는데, 다만 높이 올라 멀리 바라보며 시절을 아파하고 탄식하는 것을 말할 따름이었다.

《古今樂錄》曰, 漢章帝元和中, 有宗廟食擧六曲,[1] 加<重來><上陵>二曲, 爲<上陵>食擧. 《後漢書·禮儀志》曰, 正月上丁祠南郊,[2] 次北郊明堂高廟世祖廟, 謂之五供. 禮畢, 以次上陵.[3] 西都舊有上陵. 東都之儀, 太官上食, 太常樂奏食擧. 按古詞大略言神仙事, 不知與食擧曲同否. 宋何承天<上陵者篇>曰, 上陵者相追攀,[4] 但言升高望遠傷時怨歎而已.

주석

1) 宗廟食擧(종묘식거) : 종묘식거악. 식거악은 고대 제왕이 식사할 때 연주하는 음악으로, 종묘에서 제사하고 식사할 때 연주하는 음악을 가리킨다.

2) 上丁(상정) : 매월 상순上旬의 정일丁日.

3) 上陵(상릉) : 고대 제왕이 선조의 능에 이르러 올리는 제사.

4) 上陵者(상릉자) : 언덕에 오르는 자. 하승천何承天의 시에서는 '상릉'을 높은 언덕에 오른다는 의미로 사용하였다.

上陵何美美,[1]	언덕에 오르니 어찌 그리 아름다운가?
下津風以寒.[2]	나루에 내려오니 바람은 차갑네.
問客從何來,[3]	객에게 어디에서 왔는지 물으니
言從水中央.	물 가운데에서 왔다고 말하네.
桂樹爲君船,[4]	계수나무로 그대의 배를 만들고
青絲爲君筰,[5]	푸른 실로 그대의 밧줄을 만들었으며,
木蘭爲君櫂,[6]	목란으로 그대의 노를 만들고
黃金錯其間.	황금으로 그 사이를 장식하였네.
滄海之雀赤翅鴻,[7]	창해의 공작은 붉은 날개가 크고,

白雁隨.	흰 기러기가 뒤를 따르네.
山林乍開乍合,[8]	산림은 잠시 열렸다가 닫히니
曾不知日月明.	해와 달의 밝음도 알지 못하겠네.
醴泉之水,[9]	예천의 물은
光澤何蔚蔚.[10]	광택이 어찌 그리 찬란한지.
芝爲車,	영지로 수레를 만들고
龍爲馬,	용으로 말을 삼아,
覽遨遊,	유람하며 즐겁게 노니네
四海外.	사해 바깥을.
甘露初二年,[11]	감로 2년에
芝生銅池中,[12]	영지가 구리 통에서 자라고
仙人下來飮,	신선이 내려와 마시며
延壽千萬歲.	천년만년 수명을 늘렸다네.

주석

1) 上陵(상릉) : 높은 언덕에 오르다. 여기서는 '선조의 능에 올리는 제사'보다는 다음 구의 '하진下津'과 대비되는 표현으로 보는 것이 좋을 듯하다.
   美美(미미) : 매우 아름답다.
2) 下津(하진) : 연못 나루로 내려오다.
3) 客(객) : 손님. 연못에 나타난 선객仙客을 가리킨다.
4) 君(군) : 그대. 여기서는 객客을 가리킨다.
5) 靑絲(청사) : 푸른 실. 푸른 색의 가느다란 대나무를 가리킨다.
   筰(착) : 대나무를 꼬아 만든 배의 밧줄.
6) 櫂(도) : 노.
7) 滄海(창해) : 드넓은 바다. 여기서는 연못을 가리킨다.
   雀(작) : 공작孔雀.

8) 山林(산림) : 산과 숲. 연못 안에 있는 산림을 가리킨다.

乍開乍合(사개사합) : 잠시 열렸다가 닫히다. 안개가 끼었다 걷혔다 하는 신비로운 모습을 나타낸다.

9) 醴泉(예천) : 술이 나오는 샘.

10) 蔚蔚(울울) : 무성한 모양.

11) 甘露(감로) : 한漢 선제宣帝의 연호(B.C. 53~B.C. 50).

初二年(초이년) : 한漢 선제宣帝 감로甘露 2년(B.C. 52).

12) 銅池(동지) : 신선의 이슬인 감로를 받기 위해 한대 함덕전函德殿에 설치한 구리 통. ≪한서漢書·선제기宣帝紀≫에 따르면, 신작神爵 원년(B.C. 61)에 상서로운 새인 신작神爵이 모여들고 금지金芝와 구경九莖의 선초가 함덕전의 동지銅池에서 자라났다. 또한 감로甘露 2년(B.C. 52)에 봉황과 감로가 도성에 모이고 황룡이 일어나고 예천이 흐르는 등 상서로운 기운이 가득했다고 한다.

해설

이 시에서는 언덕에 오르고 연못에 내려와 신선을 만나게 된 상황을 말하고, 신선이 탄 배의 모습과 연못 주변의 신비로운 경관을 묘사하고 있다. 이어 영지로 장식한 수레와 용의 끄는 말을 타고 세상을 자유롭게 노니는 신선의 모습을 묘사하고, 마지막 단락에서는 선제宣帝 때 상서로운 사물들이 출현했던 실제 역사적 사실을 언급하며 자신이 경험한 신선의 모습이 결코 허구가 아님을 강조하고 있다.

1-9 장진주 將進酒

옛 가사에서 "술 드시기를 청하니, 큰 잔을 올립니다."라 하였는데, 대체로 술 마시고 노래하는 것을 말한 것이다. 남조 송나라 하승천의 <장진주편>에서 "술 드시기를 청하니 새해 첫날을 축하하며, 후한 예를 갖추고 좋은 안주를 바치네."라 하였으니, 조회에서 술을 올리는 것을 말하는 것이며, 술에 빠져 뜻을 어지럽히는 것을 경계한 것이다. 양나라 소명태자가 "낙양의 경박한 자제"라고 말한 것과 같은 것은 다만 놀고 즐기며 술 마시는 것을 서술한 것일 따름이다.

古詞曰, 將進酒,[1] 乘大白.[2] 大略以飮酒放歌爲言. 宋何承天<將進酒篇>曰, 將進酒, 慶三朝.[3] 備繁禮,[4] 薦嘉肴.[5] 則言朝會進酒, 且以濡首荒志爲戒.[6] 若梁昭明太子云洛陽輕薄子,[7] 但敍遊樂飮酒而已.

주석

1) 將進酒(장진주) : 술을 드십시오. '장將'은 '청請'의 뜻이다.

2) 大白(대백) : 큰 술잔.

3) 三朝(삼조) : 1월 1일. 원단元旦을 가리키며, 연괴 월, 일의 시작인 까닭에 이와 같이 불렀다.

4) 繁禮(번례) : 성대한 예의.

5) 嘉肴(가효) : 좋은 안주.

6) 濡首荒志(유수황지) : 절제하지 못하고 술에 빠져 뜻을 그르치다.

7) 梁昭明太子(양소명태자) : 양나라 소명태자 소통蕭統. 인용한 원시 제목은 <장진주將進酒>이다.

將進酒,	술 드시기를 청하니,
乘大白.	큰 잔을 올립니다.
辨加哉,[1]	술을 거듭 따르니
詩審搏.[2]	시가 정밀하고 아름답네.
放故歌,	옛 노래를 부르니
心所作.[3]	마음에서 일어난 것이네.
同陰氣,[4]	함께 술을 마시며
詩悉索.[5]	시를 모두 써내네.
使禹良工觀者苦.[6]	우 임금의 어진 신하가 본다면 괴로워하리.

주석

1) 辨加(변가) : 두루 더하다. '변辨'은 '편遍'과 통하며, 술을 거듭하여 따르는 것을 말한다.

2) 審博(심박) : 정밀하고 아름답다. '박博'은 '박博'과 통한다.

3) 作(작) : 진작振作하다. 마음에서 흥이 일어 노래하는 것을 말한다.

4) 同陰氣(동음기) : 음기를 함께 하다. 양기를 기른다는 '양양기養陽氣'와 같은 의미로, 여기서는 함께 술을 마시는 것을 말한다. ≪예기禮記·왕제王制≫에 "모든 마시는 것은 양기陽氣를 기르고, 모든 먹는 것은 음기陰氣를 기른다.(凡飮, 養陽氣. 凡食, 養陰氣)"라 하였다.

5) 悉索(실색) : 모두 찾다. 사람들이 모두 시를 써내는 것을 말한다.

6) 禹良工(우양공) : 우 임금의 어진 신하. 우 임금과 함께 치수治水에 종사하느라 술과 연회를 즐길 여유가 없었던 신하들을 가리킨다.

   苦(고) : 괴로워하다.

해설

이 시에서는 함께 모여 술 마시고 노래하며 시를 쓰는 즐거움을 노래하고, 우 임금의 신하들을 떠올리며 그들은 공무에 바빠 자신들처럼 즐거운 연회를 즐기지는 못했음을 안타까워하고 있다.

1-10 군마황 君馬黃

君馬黃,	임금의 말은 누렇고
臣馬蒼,[1]	신하의 말은 희끗한데
二馬同逐臣馬良.[2]	두 말이 함께 달리면 신하의 말이 뛰어나다네.
易之有騩蔡有赭,[3]	역수에는 검은 말이 있고 채 땅에는 붉은 말이 있어,
美人歸以南,[4]	미인은 남쪽으로 돌아가며
駕車馳馬,	수레를 몰고 말을 달리니
美人傷我心.[5]	미인이 나의 마음을 아프게 하네.
佳人歸以北,[6]	가인은 북쪽으로 돌아가며
駕車馳馬,	수레를 몰고 말을 달리니
佳人安終極.[7]	가인을 어찌하면 그칠 수 있으리?

주석

1) 臣(신) : 신하. 작자 자신을 비유한다.

蒼(창) : 푸른 빛이 감도는 희끗한 색. 여기서는 색이 그다지 뛰어나지 않은 것을 의미한다.

2) 臣馬良(신마량) : 신하의 말이 뛰어나다. 자신의 말이 비록 외관은 보잘것없어도 황제가 타는 어떤 말보다도 뛰어남을 말한다.

3) 易驪(역괴) : 지금의 하북성 역수易水에서 나는 검은빛의 말.

蔡赭(채자) : 지금의 하남성 채蔡 땅에서 나는 붉은빛의 말. 여기서는 '역괴'와 함께 겉모습이 화려하고 아름다운 말을 가리키며, 겉보기에만 그럴싸한 사람을 비유한다.

4) 美人(미인) : 아름다운 사람. 여기서는 임금을 비유한다.

歸以南(귀이남) : 남쪽으로 돌아가다. 채자蔡赭와 같은 사람을 구하러 가는 것을 의미한다.

5) 傷我心(상아심) : 나의 마음을 아프게 하다. 임금이 자신의 존재를 알아보지 못함을 안타까워한 것이다.

6) 佳人(가인) : 어여쁜 사람. 앞 구의 '미인'과 같이 임금을 비유한다.

歸以北(귀이북) : 북쪽으로 돌아가다. 역괴易驪와 같은 사람을 구하러 가는 것을 의미한다.

7) 終極(종극) : 그치다. 끝나다.

해설

이 시에서는 외관이 보잘것없는 말에 자신을 비유하며 그래도 능력만큼은 어떤 말보다도 뛰어남을 자부하고 있다. 그러나 임금이 겉모습에만 현혹되어 멀리서만 인재를 구하려 할 뿐 정작 가까이 있는 자신을 알아주지 못함을 안타까워하고 있다.

1-11 방수 芳樹

《악부해제》에서 말하기를, "옛 가사에서 '시기하는 이들이 사람을 몹시 시름겹게 하네. 임금께선 다른 마음이 있으시어, 즐거움을 그만두지 못하시네.'라 하였다. 남조 제나라 왕융이 '이른 봄날에 서로 그리워하네.'라 하고, 사조가 '아침에 꽃 핀 연못 그늘에서 노닌다.'라 한 것과 같은 것은 다만 때가 저물고 뭇 꽃이 시든 것을 말했을 따름이다.”라 하였다.
≪樂府解題≫曰, 古詞中有云, 妒人之子愁殺人, 君有他心, 樂不可禁. 若齊王融相思
早春日,[1] 謝朓早玩華池陰,[2] 但言時暮衆芳歇絶而已.[3]

주석

1) 王融(왕융) : 남조南朝 제齊나라 사람으로, 자가 원장元長이다. 경릉왕竟陵王 소자량蕭子良의
   막부에 있으며 이른바 '경릉팔우竟陵八友' 중의 하나로 불렸다. 인용한 원시 제목은 <방수芳
   樹>이다.

2) 謝朓(사조) : 남조南朝 제齊나라 사람으로, 자가 현휘玄暉이다. 사령운謝靈運과 대비되어 '소사
   小謝'로 불렸으며, 왕융과 더불어 '경릉팔우竟陵八友' 중의 한 사람이었다. 인용한 한 원시
   제목은 <방수芳樹>이다.

3) 歇絶(헐절) : 시들다.

芳樹日月,[1]	향기로운 나무는 해와 달 아래에 있고
君亂如於風,[2]	임금께선 바람 속에 있는 것처럼 어지러운데,
芳樹不上無心.[3]	향기로운 나무는 오르려 하지 않고 마음도 없네.
溫而鵠,[4]	온유하고 단정하게
三而爲行.[5]	많은 이들이 줄지어 있네.
臨蘭池,[6]	난초 연못에 임해
心中懷我悵.	마음속 생각에 나는 슬퍼지네.
心不可匡,[7]	임금의 마음을 바로잡지 못하고
目不可顧,	임금의 눈을 돌아보게 할 수 없으니
妒人之子愁殺人.[8]	시기하는 이들이 사람을 몹시 시름겹게 하네.
君有他心,	임금께선 다른 마음이 있으시어
樂不可禁.	즐거움을 그만두지 못하시네.
王將何似,	임금께서 무엇과 같은가?

如孫如魚乎,⁹⁾   어린아이 같고 물고기 같으니

悲矣.   슬프도다.

주석

1) 芳樹(방수) : 향기로운 나무. 화자 자신을 비유한다.

2) 於風(어풍) : 바람 속에 있다. '於(어)'가 '언旅'으로 되어있는 판본도 있으며, 이 경우 깃발
   등이 바람에 나부끼는 것을 의미한다.

3) 不上無心(불상무심) : 올라가려 하지 않고 마음도 없다. 임금의 마음에 들려 하거나 간신들과
   총애를 다투려 하지도 않는 것을 의미한다. '상上'은 '상尙'의 의미로 보아 '숭상하다'는 뜻으
   로 볼 수 있다.

4) 溫而鵠(온이곡) : 온유하고 단정하다. 간신들이 임금의 뜻에 영합하며 아부하는 것을 의미한다.

5) 三(삼) : 셋. 많은 수를 의미하며, 여기서는 간신들을 가리킨다.

6) 蘭池(난지) : 난초가 자란 연못. 또는 궁궐 연못의 이름.

7) 匡(광) : 바로 잡다. 간신이 득세하며 임금을 어지럽히는 상황을 바로 잡는 것을 의미한다.

8) 妒人之子(투인지자) : 자신을 시기하는 이.
   愁殺(수살) : 몹시 시름겹다.

9) 孫魚(손어) : 어린아이와 물고기. 임금이 생각이 없으며 노닐고 즐기기만 하는 것을 비유한다.

해설

이 시에서는 향기로운 나무에 비유하며 자신의 고결함과 충심을 나타내고, 간신들에게
현혹되어 올바른 판단을 내리지 못하고 유희에만 빠져 있는 임금을 비판하고 있다.

1-12 유소사 有所思

《악부해제》에서 말하기를, "옛 가사에서 '그리워하는 이가 있으니, 큰 바다 남쪽에 계신
다네. 무엇으로 문안하며 그대에게 보낼까? 한 쌍 구슬 달린 대모 장식 비녀라네. 그대에게
다른 마음 있다는 말 듣고, 불태우고 바람에 그 재를 날려버렸네. 지금부터 이후로 다시

그리워하지 않고 그대와는 끝이라네.'라 하였다. ≪고금악록≫을 고찰해보면, 한나라 태상
악의 식거악 제7곡 또한 이것을 사용하였는데 이것과 같은 것인지는 모르겠다. 남조 제나라
왕융이 '그리워하는 이를 어찌하랴?'라 하고, 양나라 유회가 '헤어짐이 어찌 다시금 할
만한 것이겠는가?'라 한 것과 같은 것은 다만 이별의 그리움을 말했을 따름이다. 남조
송나라 하승천의 <유소사편>에서 '그리워하는 이가 있어 옛사람을 그리워하니 증자와
민자건 두 사람은 부모를 잘 봉양했다네.'라 한 것은 근심이 일어 괴롭고 자애로운 부모를
볼 수 없음이 애통함을 말한 것이다."라 하였다.

≪樂府解題≫曰, 古詞言有所思, 乃在大海南. 何用問遺君, 雙珠玳瑁簪. 聞君有他心,
燒之當風揚其灰. 從今已往, 勿復相思而與君絶也. 按≪古今樂錄≫漢太樂食擧第七
曲亦用之,[1] 不知與此同否. 若齊王融如何有所思,[2] 梁劉繪別離安可再,[3] 但言離思而
已. 宋何承天<有所思篇>曰, 有所思, 思昔人, 曾閔二子善養親[4] 則言生罹荼苦,[5] 哀
慈親之不得見也.

주석

1) 太樂食擧(태악식거) : 태상악太常樂이 연주한 식거악食擧樂. 식거악은 고대 제왕이 식사할
   때 연주하는 음악으로, 한대의 예법에 태관太官이 음식을 올리면 태상악太常樂이 식거악을
   연주하였다.

2) 王融(왕융) : 왕융의 <유소사有所思> 시를 가리킨다.

3) 劉繪(유회) : 유회의 <유소사有所思> 시를 가리킨다.

4) 曾閔(증민) : 증자曾子와 민자건閔子騫. 둘 다 공자孔子의 제자로, 효행으로 널리 칭해졌다.

5) 生罹(생리) : 근심이 생겨나다.
   荼苦(도고) : 쓰리고 괴롭다.

有所思,	그리워하는 이가 있으니
乃在大海南.	큰 바다 남쪽에 계신다네.
何用問遺君,	무엇으로 문안하며 그대에게 보낼까?
雙珠玳瑁簪,[1]	한 쌍 구슬 달린 대모 장식 비녀는

用玉紹繚之. [2]	옥으로 이어 감았네.
聞君有他心,	그대에게 다른 마음 있다는 말 듣고
拉雜摧燒之. [3]	부러뜨려 흩트리고 꺾어 불태워버렸네.
摧燒之,	꺾어 불태우고
當風揚其灰.	바람에 그 재를 날려버렸네.
從今以往,	지금부터 이후로
勿復相思.	다시 그리워하지 않으리.
相思與君絶.	그리움도 그대와는 끝이라네.
雞鳴狗吠, [4]	닭 울고 개 짖으면
兄嫂當知之. [5]	형과 형수는 응당 아시겠죠.
(妃呼豨)秋風肅肅晨風颸, [6]	가을바람 스산하고 새벽바람 몰아치는데
東方須臾高知之. [7]	동방에 잠깐 사이 해 높이 뜨면 아시겠죠.

주석

1) 玳瑁簪(대모잠) : 대모玳瑁로 장식한 비녀. '대모'는 바다거북의 일종으로 등껍질에 화려한 문양이 있어 가구나 장신구의 장식으로 사용되었다.

2) 紹繚(소료) : 이어서 둘러싸 감다.

3) 拉雜(납잡) : 부러뜨려 조각을 흩트리다.

4) 雞鳴狗吠(계명구폐) : 닭이 울고 개가 짖다. 날이 밝는 것을 의미한다.

5) 兄嫂(형수) : 형과 형수. 여인의 집안사람을 가리킨다.

6) 妃呼豨(비호희) : 표성자表聲字. 의미 없는 소리이다.

   肅肅(숙숙) : 바람이 스산하게 부는 모양. '소소蕭蕭'와 같다. 여기서는 쓸쓸한 자신의 심정을 비유한다.

   颸(시) : 급히 부는 바람. 여기서는 안정되지 않은 자신의 심정을 비유한다.

7) 須臾(수유) : 잠깐 사이.

   高(고) : 높아지다. 해가 높이 뜨는 것을 의미한다.

이 시에서는 멀리 떨어져 있으며 변심한 임에 대한 원망을 나타내고 있다. 임에 대한 실망은 절교와 함께 다시는 그리워하지 않겠노라는 다짐으로 이어지고 있으며, 날이 밝으면 온 집안사람이 자신들의 이별을 알게 될 것이라 말하고 있다. 평자에 따라서는 '계명鷄鳴' 이하 두 구를 임과의 옛 추억을 회상한 것으로 보고, 이를 떠올리며 마지막 구에서 다시금 그리움에 빠져들며 변함없는 자신의 사랑을 나타낸 것으로 보기도 한다.

1-13 치자반 雉子斑

≪악부해제≫에서 말하기를, "옛 가사에서 '꿩 새끼가 높이 날다 멈추고 누런 고니는 날아 천 리를 가니, 수컷이 날아와 암컷을 따르며 보네.'라 하였다. 양나라 간문제가 '투기판에서 때로 농산을 향하네.'라 한 것은 다만 꿩을 읊었을 따름이다. 송나라 하승천의 <치자유원택편>이 있는데, 세상을 피한 선비는 고상한 뜻이 푸른 하늘에 있어 공경과 재상의 공명 보기를 얼음과 석탄을 함께 섞을 수 없는 것처럼 여기는 것을 말한 것이다."라 하였다.
≪樂府解題≫曰, 古詞云, 雉子高飛止, 黃鵠飛之以千里, 雄來飛, 從雌視. 若梁簡文帝 妒場時向隴,[1] 但詠雉而已. 宋何承天有<雉子遊原澤篇>, 則言避世之士, 抗志清霄,[2] 視卿相功名猶冰炭之不相入也.[3]

1) 梁簡文(양간문) : 남조 양梁나라 간문제. 인용된 작품은 지금 전하지 않아 자세한 내용은 알 수 없다.
  妒場(투장) : 시기와 질투가 가득한 곳. 인간 세상을 가리킨다.
  隴(롱) : 농산隴山.
2) 抗志(항지) : 고상한 뜻.
  清霄(청소) : 높고 푸른 하늘.
3) 冰炭(빙탄) : 차가운 얼음과 뜨거운 탄. 함께 섞일 수 없는 것을 비유한다.

雉子,[1]	새끼 꿩아,
斑如此.[2]	알록달록 문양이 이와 같구나.
之于雉梁,[3]	먹이처로 가면
無以吾翁孺,[4]	아비와 새끼가 만날 수 없게 되리,
雉子.	새끼 꿩아.
知得雉子高蜚止,[5]	새끼 꿩은 높이 날다 멈출 것을 알아야 하니,
黃鵠蜚,	누런 고니는 날아
之以千里,[6]	천 리를 가니
王可思.[7]	왕도를 생각할 수 있다네.
雄來蜚從雌,	수컷이 날아와 암컷을 따라
視子趨一雉.[8]	새끼를 찾으며 한 마리 미끼 꿩을 쫓아가네.
雉子,	새끼 꿩이
車大駕馬滕,[9]	큰 수레와 달리는 말에 실려
被王送行所中.[10]	왕에 의해 행궁으로 보내지네.
堯羊蜚從王孫行.[11]	배회하고 날며 왕손의 행차를 따르네.

주석

1) 雉子(치자) : 꿩의 새끼.
2) 斑(반) : 여러 색이 엇섞여 아름다운 모양.
3) 雉梁(치량) : 산간에 있는 다리. 꿩이 날아와 먹이를 구하는 곳을 가리키며, 여기서는 부귀와 공명을 비유한다.
4) 吾(오) : 만나다. 맞이하다. '오俉'와 같으며, 여기서는 새끼 꿩이 세상의 부귀와 공명을 추구하면 자신과 함께할 수 없음을 말한다.
   翁孺(옹유) : 늙은이와 어린이. 여기서는 아비 꿩과 새끼 꿩을 가리킨다.
5) 蜚(비) : 날다. '비飛'와 같다.
6) 之(지) : 가다.

7) 王(왕) : 왕도王道. 홍곡이 지닌 웅대한 뜻을 가리킨다.

8) 趨(추) : 뒤따르며 쫓아가다. 사로잡힌 새끼 꿩을 부모 꿩이 뒤쫓아 가는 것을 말한다.

　一雉(일치) : 한 마리 꿩. 여기서는 꿩을 잡을 때 미끼로 쓰는 꿩을 가리킨다.

9) 滕(등) : 말이 달리다. '등騰'과 같다.

10) 行所(행소) : 행재소行在所. 왕의 임시 거소를 가리킨다.

11) 堯羊(요양) : 배회하다. '상양徜徉'과 같다.

해설

　이 시에서는 수컷 꿩의 입을 빌어 새끼 꿩에게 경계와 권면의 뜻을 나타내고 있다. 그러나 이에도 불구하고 새끼 꿩이 왕손에게 사로잡히자 암컷 꿩과 함께 이를 뒤따르며 안타까움을 나타내고 있다. 평자에 따라서는 이 시가 출사하지 않으려 하는 은자를 자식을 인질로 강제로 출사하게 하는 것을 비판한 것으로 보기도 한다.

1-14 성인출 聖人出

聖人出,[1]	성인이 나오시니
陰陽和.	음과 양이 조화롭네.
美人出,[2]	미인이 나와
遊九河.[3]	황하를 노니네.
佳人來,[4]	가인이 오니
騑離哉何.[5]	말이 늘어선 것이여, 얼마나 되는가?
駕六飛龍四時和.[6]	하늘 나는 육룡을 모니 사시가 조화롭네.
君之臣明護不道,[7]	임금의 신하는 현명하여 부도함을 구제하니,
美人哉,	미인이여,
宜天子.	천자에 어울리도다.
免甘星筮樂甫始,[8]	면씨와 감씨가 별점을 치고 음악이 막 시작되니,

美人子,⁹⁾　　　　미인은 교화하며

含四海.　　　　　사해를 포용하네.

주석

1) 聖人(성인) : 성인. 여기서는 한漢 무제武帝를 비유한다.

2) 美人(미인) : 미인. 한 무제를 수행하는 신군神君 또는 재상을 비유한다.

3) 九河(구하) : 황하黃河의 여러 지류. 황하를 범칭한다.

4) 佳人(가인) : 가인. 무사巫師 또는 현신賢臣을 비유한다.

5) 騑離(비리) : 참마驂馬들이 늘어서다.

6) 六飛龍(육비룡) : 하늘 나는 여섯 마리 용. 천자가 타는 수레를 끄는 여섯 마리 말을 비유한다.

7) 護(호) : 구제하다.

8) 免甘(면감) : 면씨와 감씨. 춘추시대 위衛나라와 제齊나라의 성씨로 점술에 정통하였다. ≪사기史記·천관서天官書≫에 옛날에 천수天數를 전한 사람으로 제齊 감공甘公이 있었다고 하였다.

　　甫始(보시) : 막 시작되다. 음악이 막 연주되는 것을 의미한다.

9) 子(자) : 보호하며 기르다. '자字'와 같으며, 천하의 백성을 교화하고 양육하는 것을 의미한다.

해설

　이 시에서는 한 무제가 출행하는 모습과 그를 따르는 신하와 무사巫師들의 행렬을 찬양하며 황제의 은혜와 신하들의 헌신으로 인해 천하에 태평성세가 이루어졌음을 칭송하고 있다.

1-15 상야 上邪

上邪,　　　　　　하늘이시어

我欲與君相知,¹⁾　　저는 임과 친하고자 하니

長命無絶衰.²⁾　　　오래도록 헤어지고 시들함이 없기를.

山無陵,　　　　　산에 언덕이 없어지고

江水爲竭,[3]   강물이 마르며,

冬雷震震夏雨雪,[4]   겨울 우레가 둥둥 치고 여름에 눈 내리고

天地合,   하늘과 땅이 합쳐진다면

乃敢與君絶.   그제야 임과 헤어지리.

주석

1) 相知(상지) : 서로 친하게 지내다.

2) 命(명) : ~하게 하다. '령令'과 같다.

3) 竭(갈) : 물이 마르다.

4) 震震(진진) : 우레가 치는 소리.

   雨(우) : 내리다. 동사로, '하下'와 같다.

해설

  이 시에서는 임과의 사랑이 변함없이 이어지기를 하늘에 갈구하며, 이루어질 수 없는 상황을 전제로 하여 임과 결코 헤어지지 않겠다는 결의를 나타내고 있다.

1-16 임고대 臨高臺

≪악부해제≫에서 말하기를, "옛 가사에서 '높은 누대에 올라 아래를 보니 맑은 물속에 누런 고니가 날고 있어, 활 당겨 쏘니 우리 임금님 만세를 누리시길.'이라 하였다. 제나라 사조가 '천 리 떨어져 항상 돌아갈 것을 생각한다.'라 한 것과 같은 것은 다만 올라 바라보며 감정을 아파했을 따름이다. 송나라 하승천의 <임고대편>에서 '높은 누대에 임하여 하늘을 바라보니, 훌쩍 가벼이 몸이 들려 하늘로 올라가네.'라 한 것은 상제의 땅으로 올라가 요대에서 만난 것을 말한 것이다."라 하였다.

≪樂府解題≫曰, 古詞言, 臨高臺, 下見淸水中有黃鵠飛翻, 關弓射之, 令我主萬年. 若齊謝朓千里常思歸, 但言臨望傷情而已. 宋何承天<臨高臺篇>曰, 臨高臺, 望天衢,[1]

飄然輕擧凌太虛.[2] 則言超帝鄉而會瑤臺也.[3]

주석

1) 天衢(천구) : 하늘의 거리. 천상의 세계를 의미한다.

2) 太虛(태허) : 적막하고 공허한 지역. 하늘 높은 곳을 가리킨다.

3) 帝鄉(제향) : 전설상 상제가 다스리는 지역.

   瑤臺(요대) : 전설상 신선의 거주처.

臨高臺以軒,[1]　　　　높은 누대에 올라 난간에 임하니

下有清水清且寒.　　　아래로 맑은 물이 있어 맑고 차갑네.

江有香草目以蘭,[2]　　강에는 향초가 있어 난초를 가리키고

黃鵠高飛離哉翻.[3]　　누런 고니는 높이 올라 열 지어 날아가네.

關弓射鵠,[4]　　　　　활 당겨 고니를 쏘니

令我主壽萬年.　　　　우리 임금 만세를 누리시길.

(收中吾)[5]

주석

1) 軒(헌) : 누대의 난간.

2) 目(목) : 지목하다. 가리키다. '채菜'의 오기로 보아 향초의 일종인 구리때를 의미하는 것으로 보기도 한다.

3) 離(리) : 나열하다. 열 짓다.

4) 關弓(만궁) : 활을 당기다.

5) 收中吾(수중오) : 표성자表聲字. 의미 없는 소리이다.

해설

　이 시에서는 임금을 수행하여 높은 누대에 올라 강과 주변의 경관을 감상하고 있는 상황을 말하고, 고니를 사냥하여 바치며 임금의 만세를 축원하고 있다.

1-17 원여기 遠如期

<원기>라 하기도 한다. ≪송서·악지≫에 <만지곡>이 있는데, 심약이 "옛 역사서에서 의미를 이해할 수 없다고 했는데, 아마도 한나라의 <원기곡>인 듯하다."라 하였다. ≪고금 악록≫에 "한나라 태상악의 식거곡에 <원기>가 있었는데, 위나라에 이르러서는 이를 생략하였다."라 하였다.

一曰<遠期>. ≪宋書·樂志≫有<晚芝曲>, 沈約言舊史云詁不可解,[1] 疑是漢<遠期曲>也. ≪古今樂錄≫曰, 漢太樂食擧曲有<遠期>,[2] 至魏省之.

주석

1) 詁(고) : 자의字意나 말의 뜻.
2) 太樂食擧(태악식거) : 태상악太常樂이 연주한 식거악食擧樂. 식거악은 고대 제왕이 식사할 때 연주하는 음악으로, 한대의 예법에 태관太官이 음식을 올리면 태상악太常樂이 식거악을 연주하였다.

遠如期,[1]	기한을 멀리하시고
益如壽.	수명을 더하소서.
處天左側,[2]	하늘의 왼편에 있으며
大樂萬歲,	만세를 크게 기뻐하니,
與天無極.	하늘과 더불어 다함이 없으소서.
雅樂陳,[3]	아악이 펼쳐지니
佳哉紛.	아름답도다, 분분함이여.
單于自歸,	선우가 스스로 귀의하니
動如驚心.	놀란 마음으로 움직인 것이라네.
虞心大佳,[4]	기쁜 마음으로 크게 가상하게 여기니
萬人還來,	만인이 돌아오고,

謁者引鄉殿陳,[5]   알현하는 자가 데려와 대전에 늘어서니

累世未嘗聞之.   대대로 들어보지 못한 일이었네.

增壽萬年亦誠哉[6]   만년을 거듭 축수하니 또한 정성스럽도다.

주석

1) 遠如期(원여기) : 기한을 멀리하다. 삶의 기한을 멀리하라는 의미로, 장수를 축원하는 말이다.
   <원기遠期>로도 칭하는 것으로 보아, '여如'는 뜻 없는 글자로 여겨진다.

2) 處天左側(처천좌측) : 하늘의 왼쪽에 처해 있다. 한나라의 왼쪽 변방에 있다는 의미로, 흉노
   의 선우가 스스로를 낮추어 말한 것이다.

3) 雅樂陳(아악진) : 아악이 펼쳐지다. 황제의 연회 자리가 시작된 것을 말한다.

4) 虞心(우심) : 즐거운 마음. '우虞'는 '오娛'와 같다.

5) 謁者(알자) : 관직 이름. 빈객을 인도하여 접대하는 관원이다.
   鄉殿(향전) : 대전을 향하다. '향鄉'은 '향向'과 같다.

6) 增壽(증수) : 축수祝壽를 더하다. 거듭하여 만세를 축원하는 것을 말한다.

해설

이 시에서는 연회에서 황제의 만수를 축원하며 흉노를 복속시키고 태평성세를 이룩한
공덕을 칭송하고 있다. 평자에 따라서는 한漢 선제宣帝 때 흉노의 선우가 화친을 청하며 조정
에 귀의했던 일을 칭송한 것으로 보기도 한다.

1-18 석류 石留[1]

石留涼陽涼石,[2]   돌에 흐르는 물은 차가워 돌을 차갑게 하고

水流爲沙錫以微.[3]   물이 흘러 돌이 모래가 되어 부드럽고 세미해지네.

河爲香向始鮴,[4]   강물은 향기롭고 막 시냇물이 흐르니

冷將風陽北逝.[5]   차가움이 바람과 함께 하지만 양기가 북으로 가네.

肯無敢與于揚,[6]   어찌 버들과 함께하는 일이 없으랴만,

心邪懷蘭志.[7]   마음은 난초의 뜻을 품고 있다네.

金安薄北方,[8]   창칼로 어찌하면 북방을 약하게 할 수 있을까?

開留離蘭.[9]   물은 흘러 난초를 떠나네.

주석

1) 石留(석류) : 돌에 흐르는 물. '류留'는 '류流'와 같으며, '류流'로 되어있는 판본도 있다.

2) 涼陽(양양) : 따뜻하고 차갑다. 의미가 통하지 않으니, '양陽'은 표성자로서 '량涼'의 뜻만 있는 것으로 여겨진다.

3) 錫(석) : 부드럽다. 고운 베를 의미하는 '석緆'의 의미로 여겨진다.

4) 綵(계) : 시내를 의미하는 '계溪'와 같으며, 여기서는 동사로 사용된 듯하다.

5) 陽北逝(양북서) : 양기陽氣가 북으로 가다. 기온이 점차 올라가는 것을 의미한다.

6) 與于揚(여우양) : 버들과 함께하다. 버들을 꺾어 이별하는 것을 말한다. '양揚'은 버들을 의미하는 '양楊'과 같다.

7) 邪(야) : 어기사.

8) 金(금) : 창과 칼 등의 병기兵器를 가리킨다.
     薄(박) : 박약하게 하다. 전쟁을 통해 흉노의 세력을 약화시키는 것을 말한다. '박搏'의 뜻으로 보아 공격하다는 뜻으로 볼 수도 있다.

9) 開留離蘭(개류리란) : 물은 흘러 난초를 떠나다. 북방으로 종군하는 것을 의미한다. 의미 없는 표성자表聲字로 보기도 한다.

해설

이 시는 자의가 불분명하며 평자마다 구두를 달리하는 등 역대로 의미가 난해한 것으로 알려져 왔다. 저본 또한 다른 작품들과 달리 구두점이 없어 해독이 어려운 것으로 여겨진다. 부분적인 내용으로 보아 북방으로 종군하는 이가 계절의 흐름과 변화를 느끼며 이별의 아쉬움을 이겨내고 공업을 수립하고자 하는 포부를 나타낸 것으로 여겨지나, 분명하지 않다.

2. 한요가 漢鐃歌

2-1 주로 朱鷺 6수

2-1-1 양梁 왕승유王僧孺

因風弄玉水,[1]	바람에 의지하여 옥빛 물을 희롱하고
映日上金堤.	햇빛에 빛나며 금빛 제방을 오르니,
猶持畏羅繳,[2]	그물과 주살을 두려워하는 마음 있는 것은
未得異鳧鷖.[3]	오리나 갈매기와 다름이 없다네.
聞君愛白雉,[4]	듣기에 임금께선 흰 꿩을 사랑하고
兼因重碧雞.[5]	아울러 푸른 닭을 소중히 여긴다고 하니,
未能聲似鳳,	봉황과 같이 소리 낼 수는 없어도
聊變色如珪.[6]	그나마 색을 바꾸면 옥과 같아진다네.
願識昆明路,[7]	바라건대, 곤명지에 이르는 길을 알아
乘流飲復棲.	물결 따라 먹고 마시며 지내기를.

주석

1) 因(인) : 순응하다. 의지하다.
2) 羅繳(나격) : 그물과 주살.
3) 鳧鷖(부예) : 오리와 갈매기.
4) 白雉(백치) : 흰 꿩. 고대에 상서로운 새로 여겨졌다.
5) 碧雞(벽계) : 푸른 닭. 전설상의 신물神物로, 태평성세에 출현한다고 한다.

6) 如珪(여규) : 옥과 같다. 주로의 색깔이 벽옥 빛으로 변하는 것을 말한다.

7) 昆明(곤명) : 곤명지昆明池. 한漢 무제武帝 때 조성한 못으로, 본디 서쪽 변방의 나라 이름이다. 장안 서남쪽에 있으며 둘레가 40리이다. 한 무제가 견독국(身毒國, 지금의 인도인 천축국天竺國)과 통하고자 하였으나 곤명국昆明國에 가로막히게 되었는데, 곤명국에 사방 3백 리나 되는 전지滇池가 있었기 때문이었다. 이에 무제는 곤명국을 치고자 원수元狩 3년(B.C. 120) 장안 인근에 전지를 본 떠 곤명지를 만들어 그곳에서 수전水戰을 익히게 하였다.

해설

이 시에서는 호수와 제방 위를 노닐며 날아다니는 주로朱鷺의 모습을 묘사하며, 주로 또한 어느 물새와 다름없이 그물과 주살을 두려워하는 존재임을 말하고 있다. 아울러 임금이 상서로운 새를 좋아함을 말하며, 주로가 비록 부족함이 있지만 임금의 부름을 받아 보호를 받고 편안하게 지낼 수 있기를 바라고 있다.

2-1-2 배헌백裴憲伯

秋來懼寒勁,[1]	가을이 오니 추위 거세지는 것이 두렵고
歲去畏冰堅.[2]	한 해가 가니 얼음 단단해지는 것이 두려우니,
群飛向葭下,[3]	무리 지어 날다 갈대 아래로 향하고
奮羽欲南遷.	힘써 날갯짓하며 남으로 옮겨가려 하네.
暫戲龍池側,[4]	잠시 용 연못가에서 노닐었고
時往鳳樓前.[5]	때때로 봉황 누각 앞으로 갔었건만,
所歎恩光歇,[6]	은택이 다한 것을 탄식하니
不得久聯翩.[7]	오래도록 이어짐을 얻지 못하였네.

주석

1) 勁(경) : 굳세다. 강성하다.
2) 堅(견) : 견고하다.

3) 葭(가) : 갈대.

4) 龍池(용지) : 용 연못. 궁궐의 연못을 의미한다.

5) 鳳樓(봉루) : 봉황 누각. 궁궐의 누각을 의미한다.

6) 恩光(은광) : 은택. 황제의 은총을 가리킨다.

   歇(헐) : 다하다. 그치다.

7) 聯翩(연편) : 끊임없이 이어지다.

해설

　이 시에서는 겨울이 되어 남으로 날아가는 주로朱鷺의 모습을 묘사하며 주로가 옛날에는 용 연못과 봉황 누각 가까이에서 임금의 사랑을 받으며 노닐었지만, 지금은 총애를 잃고 멀리 남으로 날아가야 하는 상황을 안타까워하고 있다.

2-1-3 진陳 후주後主

參差蒲未齊,1)	들쭉날쭉하며 부들은 가지런하지 않고
沉漾苦浮綠.2)	일렁이며 이끼에는 푸른 빛이 떠오르네.
朱鷺戲蘋藻,3)	주로는 네가래와 말을 희롱하고
徘徊留澗曲.	배회하며 계곡 구비에 머무네.
澗曲多巖樹,	계곡 구비에는 바위와 나무가 많아
逶迤復斷續.4)	구불거리며 끊어졌다가 이어지니,
振振雖以明,5)	무리 지어 날아가야 함이 비록 분명하지만
湯湯今又矚.6)	물이 호탕하게 흐르니 지금 다시금 눈여겨본다네.

주석

1) 參差(참치) : 들쭉날쭉 가지런하지 않은 모양.

2) 沉漾(침양) : 물빛이 일렁이는 모양.

   苦(고) : 이끼. '태苔'의 오류로 여겨진다.

3) 蘋藻(빈조) : 네가래와 말. 물풀의 일종이다.

4) 逶迤(위이) : 구불거리며 길게 이어지는 모양.

5) 振振(진진) : 새가 무리 지어 나는 모습.

6) 湯湯(상상) : 물이 호탕하게 흐르는 모양. '상상瀁瀁'과 같다.

　　矚(촉) : 눈여겨보다. 주목하다.

　이 시에서는 주로가 날아가다가 산간 계곡에서 잠시 머물러 지내고 있는 상황을 말하며, 그 이유가 바위와 나무로 뒤덮이고 호탕한 물이 흐르는 계곡의 아름다운 경관 때문임을 말하고 있다.

2-1-4 장정견張正見

金堤有朱鷺,	금빛 제방에 주로가 있어
刷羽望滄瀛.[1]	깃털 다듬으며 창해를 바라보네.
周詩振雅曲,[2]	주나라의 시에서는 전아한 곡을 떨쳤고
漢鼓發奇聲.[3]	한나라의 고취곡에서는 빼어난 소리를 드러내었네.
時將赤雁並,[4]	때로 붉은 기러기 따라 함께하고
乍逐彩鸞行.[5]	잠깐 채색 난새 좇아 날아가네.
別有翻潮處,[6]	조수가 역류하는 곳이 따로 있으니
異色不相驚.[7]	색이 달라져도 놀랍지 않다네.

1) 刷羽(쇄우) : 깃털을 다듬다. 새가 부리로 깃털을 쪼아 다듬는 것을 가리키는 것으로, 하늘로 날아오를 준비를 하는 것을 의미한다.

　　滄瀛(창영) : 드넓은 바다. '창해滄海'와 같다.

2) 周詩(주시) : 주周나라의 시. ≪시경詩經≫을 가리킨다. 주로가 ≪시경≫에서 읊어진 것을 말한다.

75

3) 漢鼓(한고) : 한漢나라의 북. 한漢 <고취요가鼓吹鐃歌>를 가리킨다.

4) 將(장) : 뒤를 따르다.

   赤雁(적안) : 붉은 기러기. 고대에 상서로운 새로 여겨졌다.

5) 彩鸞(채란) : 채색 난새. 전설상의 상서로운 새.

6) 翻潮處(번조처) : 조수가 뒤집히며 역류하는 곳. 여기서는 주로의 털 색이 변하는 곳을 의미한다.

7) 異色(이색) : 색이 변하다.

해설

이 시에서는 창해를 꿈꾸며 날아오를 준비를 하는 주로를 묘사하며, 주로가 ≪시경≫과 <고취요가>에서 전아하고 빼어난 노래로 불렸음을 말하고 있다. 이어 주로가 붉은 기러기와 채색 난새를 따르고 함께하며 털의 색깔도 바꾸는 등 상서로운 새임을 말하고 있다.

2-1-5 소자경蘇子卿

玉山一朱鷺,[1]	옥산의 한 마리 주로가
容與入王畿.[2]	한가로이 도성으로 들어왔네.
欲向天池飲,[3]	하늘의 못을 향해서 물 마시려 하고
還遶上林飛.[4]	이내 상림원을 에두르며 나네.
金堤曬羽翮,[5]	금빛 제방에서 날개와 깃 촉을 햇빛에 말리고
丹水浴毛衣.[6]	단수에서 깃털을 씻는다네.
非貪葭下食,[7]	갈대 아래에서 먹는 것을 탐하지 않으니
懷恩自遠歸.[8]	은혜를 생각하여 먼 곳에서 귀의한 것이라네.

주석

1) 玉山(옥산) : 전설상의 선산仙山.

2) 容與(용여) : 느긋하고 한가로운 모양.

王畿(왕기) : 도성 주위 천 리 지역. 도성을 범칭한다.

3) 天池(천지) : 하늘의 연못. 여기서는 황제의 못을 비유한다.

4) 上林(상림) : 상림원上林苑. 한대漢代 황제의 정원이다.

5) 羽翮(우핵) : 새의 날개와 깃 촉.

6) 丹水(단수) : 전설상 곤륜산崑崙山에서 나온다는 강으로 적수赤水라고도 하며, 여기서는 황궁에 흐르는 물을 가리킨다.

7) 葭下食(가하식) : 갈대 아래에서 먹다. 탐욕 하는 삶을 비유한다.

8) 懷恩(회은) : 은혜를 생각하다. 황제의 은덕을 가리킨다.

해설

　이 시에서는 선계仙界의 옥산玉山에서 사는 상서로운 새인 주로가 도성으로 내려왔음을 말하며 지금이 태평성세의 시기임을 나타내고, 주로가 머물고 있는 황제의 거처를 선계에 비유하며 주로가 이곳에 온 이유가 황제의 은혜에 감동해서이기 때문임을 말하고 있다.

2-1-6 당唐 장적張籍

翩翩兮朱鷺,[1]	훨훨 나는 주로여
來泛春塘栖綠樹.[2]	봄 연못으로 와 떠다니고 푸른 나무에 깃들이네.
羽毛如翦色如染,	깃털은 자른 듯하고 색은 물들인 듯한데
遠飛欲下雙翅斂.[3]	멀리 날다 내려와 두 날개를 쉬려 하네.
避人引子入深瀯,[4]	사람 피해 새끼 이끌고 깊은 도랑으로 들어가지만
動處水紋開灩灩.[5]	움직이는 곳에서 물결무늬가 일렁이며 생겨난다네.
誰知豪家網爾軀,[6]	권세가들이 네 몸을 그물질할 줄 어찌 알았으리?
不如飮啄江海隅.	강과 바다 모퉁이에서 먹고 마시는 것만 못하다네.

주석

1) 翩翩(편편) : 높이 나는 모양.

2) 泛(범) : 물 위에 뜨다. '욕浴'으로 되어있는 판본도 있다.

3) 雙翅斂(쌍시렴) : 두 날개를 거두어들이다. 날개를 접고 쉬는 것을 말한다. '렴歛'은 '렴斂'과 같다.

4) 深塹(심참) : 깊은 구덩이. 깊은 산속의 동굴을 가리킨다.

5) 灩灩(염염) : 물빛이 일렁이는 모양.

6) 豪家(호가) : 돈과 권세가 있는 사람.

網(망) : 그물질하다. 그물을 쳐 새를 잡는 것을 의미한다.

해설

이 시에서는 봄 연못으로 날아와 쉬고 있는 주로의 모습을 묘사하고, 사람을 피해 깊은 도랑에 숨었지만 결국은 사람에게 자취가 들통나게 되었음을 말하고 있다. 이어 권세가에게 사로잡혀 있는 신세를 말하며, 비록 먹을 걱정은 없어도 강과 바다에서 자유롭게 지내는 것이 나은 삶이라 말하고 있다.

2-2 예이장 艾如張 2수

2-2-1 진陳 소자경蘇子卿

誰在閑門外,[1]	누가 한가로운 문밖에 있나?
羅家諸少年.[2]	새 그물잡이 하는 여러 젊은이라네.
張機蓬艾側,[3]	쑥 덤불 옆에 기구를 설치하고
結網槿籬邊.	무궁화 울타리 가에 그물을 치네.
若能飛自勉,	만약 능히 날아 스스로 힘쓸 수 있다면
豈爲繒所纏.[4]	어찌 그물에 잡힐 수 있으리?
黃雀儻爲誡,[5]	누런 새가 아마도 경계가 될 수 있으리니
朱絲猶可延.[6]	붉은 실이 어찌 닿을 수 있으리?

주석

1) 閑門(한문) : 사람들의 출입이 뜸한 집. 은자의 집을 비유한다.

2) 羅家(나가) : 그물질하는 사람. 그물로 새를 잡는 사람을 가리킨다.

3) 張機(장기) : 새를 잡는 기구를 설치하다.

　蓬艾(봉애) : 쑥.

4) 繒(증) : 그물 또는 주살. 새를 잡는 도구를 가리킨다.

5) 黃雀(황작) : 누런 새. 누런빛이 나는 애완용 새이다.

　儻(당) : 혹시. 아마도.

6) 朱絲(주사) : 붉은 실. 화살 줄을 가리킨다.

　延(연) : 닿다. 이르다.

해설

　이 시에서는 은자인 자신을 새에 비유하여 사람들이 자신을 잡아 세상에 나오게 하려 기구와 그물을 설치했음을 말하고 있다. 그러나 스스로 힘써 높이 날 수 있으면 그물에 잡히는 화에서 벗어날 수 있음을 말하고, 높이 날아 사람을 피할 수 있었던 누런 새를 자신의 경계로 삼고 있다.

2-2-2 당唐 이하李賀

錦襜褕,¹⁾	화려한 비단 홑옷을 입은 듯
繡襠襦,²⁾	수놓은 조끼 입은 듯,
强强飮啄哺爾雛.³⁾	서로 따르며 마시고 쪼아 너의 새끼를 먹이는구나.
隴東臥穟滿風雨,⁴⁾	밭두둑 동쪽에는 익어 기운 이삭에 비바람 가득한데
莫信籠媒隴西去.⁵⁾	미끼 새가 밭두둑 서쪽에서 가버렸다 믿지 말지니.
齊人織網如素空,⁶⁾	제나라 사람이 짠 그물은 흰 비단 같이 보이지 않고
張在野春平碧中.⁷⁾	봄 들의 푸르름 속에 펼쳐져 있네.
網絲漠漠無形影,⁸⁾	그물은 아득히 펼쳐져 형체와 그림자도 없으니

誤爾觸之傷首紅.⁹⁾　　잘못하여 네가 그것에 닿으면 붉은 머리 상하게 되리.
艾葉綠花誰翦刻,¹⁰⁾　쑥잎과 초록 꽃을 누가 잘라 새겨놓았나?
中藏禍機不可測.¹¹⁾　그 속에 재앙의 기미가 감춰져 있음을 헤아릴 수 없다네.

주석

1) 襜褕(첨유) : 길이가 비교적 긴 비단 홑옷.

2) 裲襠(당유) : 고대 여인이 착용하던 조끼 모양의 겉옷. 여기서는 앞 구와 함께 알록달록한 꿩의 깃털을 비유한다.

3) 强强(강강) : 서로 따르는 모양.
   哺(포) : 먹이다.

4) 臥穟(와수) : 드러누운 이삭. 익어서 아래로 기울어진 곡식의 이삭을 가리킨다.

5) 信(신) : 믿다. '축逐'으로 되어있는 판본도 있다.
   籠媒(농매) : 미끼 새. 꿩 사냥할 때 유인하기 위하여 미끼로 쓰는 꿩을 가리킨다. '양매良媒'로 되어있는 판본도 있다.

6) 空(공) : 비어 있다. 그물이 얇고 가늘어 눈에 보이지 않는 것을 의미한다.

7) 野春(야춘) : 봄 들판. '야전野田'으로 되어있는 판본도 있다.
   碧中(벽중) : 드넓게 펼쳐진 푸른 빛.

8) 漠漠(막막) : 아득히 펼쳐져 있는 모양.

9) 首紅(수홍) : 붉은 머리.

10) 翦刻(전각) : 잘라 아로새기다. 여기서는 쑥잎과 꽃을 잘라 그물에 장식하여 그물을 위장하는 것을 말한다.

11) 禍機(화기) : 재앙의 기미, 또는 재앙을 가져오는 도구.
   測(측) : 헤아려 알다. '식識'으로 되어있는 판본도 있다.

해설

　이 시에서는 수꿩은 비단같이 알록달록한 깃털의 꿩이 밭두둑 사이를 날며 힘써 먹이를 구해 새끼를 기르고 있음을 말하고, 밭두둑 동쪽과 서쪽 어느 곳이든 위험이 있음을 말하고 있다. 이어 사람들이 미끼 새를 풀고 그물을 설치하여 꿩을 유인하여 잡으려 하고 있음을 말하며 꿩에게 이를 경계하고 조심할 것을 당부하고 있다.

2-3 상지회 上之回 7수

2-3-1 양梁 간문제簡文帝

前旆拂回中,[1]	선두의 깃발은 회중 땅을 스치고
後車臨桂宮.[2]	뒤쪽의 수레는 계궁에 임하였네.
輕絲駐雲罕,[3]	아지랑이는 깃발에 머물고
春色繞川風.	봄기운은 바람 부는 시내에 감도네.
桃林方灼灼,[4]	복숭아 숲은 바야흐로 밝게 빛나고
柳路日曈曈.[5]	버들 길에 해가 밝아오네.
笳聲駭胡騎,	갈대 피리 소리는 호인 기병을 놀라게 하고
淸磬讋山戎.[6]	맑은 경쇠 소리는 산융족을 두렵게 하네.
微臣今拜手,[7]	미천한 신은 지금 두 손 모아 절하며
願帝永無窮.	황제께서 영원토록 무궁하시길 원합니다.

주석

1) 旆(패) : 대장군의 깃발. 여기서는 황제의 깃발을 가리킨다.
   回中(회중) : 지명. 지금의 섬서성陝西省 농현隴縣 지역으로, 진秦 시황始皇이 세운 회중궁回中宮이 있었다. 여기서는 회중궁을 가리키는 것으로 볼 수도 있다.
2) 桂宮(계궁) : 궁궐 이름. 한漢 무제武帝가 세웠으며, 지금의 섬서성陝西省 서안시西安市 서북쪽에 옛터가 있다.
3) 輕絲(경사) : 가벼운 실. 아지랑이를 비유한다.
   雲罕(운한) : 깃발의 별칭.
4) 灼灼(작작) : 밝고 선명한 모양.
5) 曈曈(동동) : 날이 점점 환해지는 모양.

6) 讋(섭) : 두려워하다.

　山戎(산융) : 고대 북방 이민족의 이름. '북융北戎'이라고도 하며 흉노匈奴의 한 갈래이다.

7) 拜手(배수) : 무릎을 꿇고 양손을 모아 절하다. '배수拜首'라고도 한다.

해설

　이 시에서는 황제가 회중回中 땅으로 행차하며 그 행렬이 계궁까지 길게 이어졌음을 말하고, 봄기운이 가득한 세상과 주위가 환하게 밝아오는 경관을 통해 황제의 빛나는 성덕을 나타내고 있다. 이어 북방 이민족을 평정한 황제의 위엄과 공적을 칭송하고, 예를 갖추어 황제의 만수를 축원하고 있다.

2-3-2 진陳 장정견張正見

林光稱避暑,[1]	임광궁은 더위를 피하기에 알맞으니
回中乃吉行.[2]	회중 땅으로 길한 행차를 하시네.
龍媒躡影駃,[3]	준마는 해그림자를 밟듯이 날쌔고
玉輦御雲輕.[4]	황제의 수레는 구름을 타듯 가볍네.
風烏繞鳷鵲,[5]	까마귀 풍향계가 지작궁을 에워싸고 있고
綵鷁照昆明.[6]	채색 익조 배는 곤명호에 비치네.
欲知鍾箭遠,[7]	시간이 아직 먼지 알아보려 하니
遙聽寶雞聲.[8]	멀리서 보계의 울음소리가 들려오네.

주석

1) 林光(임광) : 궁궐 이름. 호해胡亥가 세운 진대秦代의 이궁離宮으로, 지금의 섬서성陝西省 함양시咸陽市 지역에 옛터가 있다.

　稱(칭) : 알맞다. 어울리다.

2) 吉行(길행) : 상서로운 행차. 황제의 행차를 가리킨다.

3) 龍媒(용매) : 용의 짝. 준마駿馬를 가리킨다. ≪한서漢書 · 예악지禮樂志≫에 "천마가 오니, 용의 매개이다.(天馬徠, 龍之媒)"라 하였다.

躡影(섭영) : 해그림자를 밟다. 움직임이 매우 빠른 것을 비유한다.

　　駃(쾌) : 날쌔다. '쾌快'와 같다.

4) 玉輦(옥련) : 황제의 수레.

　　御雲(어운) : 구름을 타다.

5) 風烏(풍오) : 까마귀 풍향계. 고대에 높은 곳에 까마귀의 모형을 설치하여 바람의 방향을 측정하였다. 여기서는 황제를 호종하는 수레에 달린 풍향계들을 가리키며, 황제의 성대한 행차를 의미한다.

　　鳷鵲(지작) : 궁궐 이름. 한 무제가 세웠으며, 감천궁甘泉宮 바깥에 있었다.

6) 綵鷁(채익) : 채색 익조. 아름다운 장식의 배를 가리킨다. '익鷁'은 물새 이름으로, 고대에 통상 배의 앞머리에 익조를 그려놓았던 까닭에 이와 같이 불렀다.

　　昆明(곤명) : 곤명지昆明池. 한漢 무제武帝 때 곤명국昆明國을 정벌하기 위해 병사들에게 수전水戰을 익히게 할 목적으로 장안 인근에 조성하였다.

7) 鍾箭(종전) : 누전漏箭. 밤의 시간을 알리는 도구로, 일반적으로 시간을 의미한다.

8) 寶雞(보계) : 전설상의 신령한 닭. 이것을 얻으면 패왕霸王의 업을 이룰 수 있다고 한다.

해설

　　이 시에서는 황제가 피서를 위해 회중 땅으로 행차하게 되었음을 말하고 있다. 이어 날쌘 준마와 가벼운 수레를 묘사하며 황제가 행차할 때 장차 사용할 도구를 나타내고, 궁궐을 둘러싼 수많은 수레와 궁성 연못에 있는 화려한 배를 묘사하며 황제를 호위하는 행렬의 위용을 나타내고 있다. 마지막에서는 길을 떠날 채비를 하며 날이 밝아오기를 기다리고 있다.

2-3-3 수隋　소각蕭慤

發軔城西時,[1]	성 서쪽 제 터에서 수레를 출발하고
回輿事北遊.	어가를 돌려 북쪽을 순유하시네.
山寒石道凍,	산은 차가워 돌길은 얼어붙고
葉下故宮秋.	낙엽은 져서 옛 궁성은 가을이네.
朔路傳淸警,[2]	북방의 길에 황제의 행차가 전해지니

邊風卷畫旒.³⁾ 변방의 바람에 채색 깃발이 말리네.
歲餘巡省畢,⁴⁾ 세모에 순행을 마치시고
擁仗返皇州.⁵⁾ 의장 거느리고 도성으로 돌아오시네.

주석

1) 發軔(발인) : 수레를 출발하다. '인軔'은 수레바퀴를 고정하는 목침을 가리킨다.
   畤(치) : 진한秦漢 시기 황제가 천제께 제사 지내던 장소. 여기서는 서쪽의 부치鄜畤를 가리킨다. 부치鄜畤, 밀치密畤, 오양상치吳陽上畤, 오양하치吳陽下畤, 북치北畤 등 오치五畤가 있었으며, 각각 백제白帝, 청제青帝, 적제赤帝, 황제黃帝, 흑제黑帝에게 제사 지냈다.
2) 淸警(청경) : 고대에 황제가 출행할 때 길을 깨끗이 치우고 행인을 경계하는 것을 가리키는 것으로, 여기서는 황제가 북방으로 행차한 것을 의미한다.
3) 畫旒(화류) : 채색 장식의 깃발. 황제의 깃발을 가리킨다.
4) 巡省(순성) : 순시하여 살피다.
5) 擁仗(옹장) : 의장儀仗을 거느리다. '안절按節'로 되어있는 판본도 있으며, 이 경우 '말채찍을 놀리다.'는 의미이다.
   皇州(황주) : 도성都城.

해설

  이 시에서는 황제가 제 터에서 제사를 마치고 북쪽으로 순유하여 황량한 북방에 황제의 어가가 이르게 되었음을 말하고, 세모까지 이어진 순행이 끝나 도성으로 오는 상황을 나타내고 있다.

2-3-4 진자량陳子良

承平重遊樂,¹⁾ 태평 시대에 순유의 즐거움이 거듭되니
詔蹕上之回.²⁾ 출행하시어 임금께서 회중 땅으로 가시네.
屬車響流水,³⁾ 수행하는 수레에 흐르는 물은 울리고
淸筎轉落梅. 맑은 갈대 피리 소리에 떨어진 매화는 구르네.

嶺雲蓋道轉,[4]	산줄기 구름은 길을 덮으며 흐르고
巖花映綬開.[5]	바위의 꽃은 인끈을 비추며 피어 있네.
下輦便高宴,[6]	수레에서 내려 곧 성대한 연회를 여시니
何如在瑤臺.[7]	요대에서의 연회와 비교해 어떠한지?

주석

1) 承平(승평) : 태평함을 계승하다. 태평 시대를 가리킨다.
2) 詔蹕(조필) : 황제의 출행出行.
3) 屬車(속거) : 황제가 출행할 때 시종하는 수레.
4) 蓋道(개도) : 길을 덮다. 황제가 지나가는 길이 구름에 덮여 있는 것을 가리킨다.
　轉(전) : 돌며 흐르다.
5) 綬(수) : 인끈. 관원의 도장 끈을 의미하며, 여기서는 황제를 수행하는 관원을 가리킨다.
6) 高宴(고연) : 성대한 연회.
7) 瑤臺(요대) : 옥으로 장식한 아름다운 누대. 전설상 서왕모西王母의 거처로, 여기서는 선계의
　연회를 비유한다.

해설

　이 시에서는 태평성세에 황제가 순유를 거듭하여 회중 땅으로 행차하였음을 말하고, 어가를 수행하며 물과 산을 지나는 상황을 묘사하고 있다. 이어 행재소에서 연회를 여는 상황을 나타내며 그 모습이 선계의 연회와 다름없이 성대함을 말하고 있다.

2-3-5 당唐 노조린盧照鄰

回中道路險,	회중 땅의 길은 험하고
蕭關烽候多.[1]	소관에는 봉화대가 많네.
五營屯北地,[2]	다섯 군영은 북쪽 땅에 주둔하고 있고
萬乘出西河.[3]	만 대 수레가 서쪽 황하에서 나오네.

單于拜玉璽,[4]	선우는 절하여 옥새를 받고
天子按雕戈.[5]	천자께선 아로새긴 창을 어루만지시네.
振旅汾川曲,[6]	분수 구비에서 군대를 정돈하니
秋風橫大歌.	가을바람 속에 커다란 노랫소리가 가로지르네.

주석

1) 蕭關(소관) : 관문 이름. 함곡관函谷關, 무관武關, 대산관大散關과 더불어 변방 4대 관문 중의
  하나로, 지금의 영하회족자치구寧夏回族自治區 고원현固原縣 지역이다.
  烽候(봉후) : 봉화대.

2) 五營(오영) : 한대漢代에 둔기屯騎, 월기越騎, 보병步兵, 장수長水, 사성射聲 등 다섯 교위校尉가
  인솔하는 부대로, 모든 군대를 가리킨다.

3) 萬乘(만승) : 만 대의 수레. 천자의 군대를 의미한다.

4) 單于(선우) : 흉노匈奴의 왕.
  玉璽(옥새) : 옥새. 황제가 조정에 귀의한 선우에게 하사한 옥새를 가리킨다.

5) 按(안) : 어루만지다.
  雕戈(조과) : 아로새긴 창. 창의 미칭美稱.

6) 振旅(진려) : 군대를 정돈하고 훈련하다. ≪시경詩經·소아小雅·채기采芑≫에 "북소리 둥둥
  울리며, 북소리 속에 군대를 정돈하네.(伐鼓淵淵, 振旅闐闐)"라 하였다.
  汾川(분천) : 물 이름. 분수汾水을 가리키며, 지금의 산서성山西省 영무현寧武縣에서 발원하여
  황하黃河로 들어간다.

해설

  이 시에서는 황제의 군대가 황하 서북 지역을 정벌하여 황제가 직접 선우의 항복을 받아내
었음을 말하고, 황제가 분수에서 친히 군대를 정비하여 군대의 사기가 높고 충만함을 나타내
고 있다.

2-3-6 이백李白

三十六離宮,[1]	서른여섯 이궁에
樓臺與天通.	누대는 하늘과 통하는데,
閣道步行月,[2]	누각 복도에서 달빛을 거닐며
美人愁煙空.[3]	미인은 안개 낀 하늘을 시름겨워하네.
恩疏寵不及,[4]	은애가 소원해져 총애가 이르지 못해
桃李傷春風.	복사꽃과 오얏꽃은 봄바람을 아파하는데,
淫樂意何極,[5]	지나치게 즐기는 뜻을 어찌 그칠 수 있으리?
金輿向回中.[6]	황금 수레가 회중궁으로 향하네.
萬乘出黃道,[7]	만 대 수레가 천자의 길에서 나오고
千旗揚彩虹.	천 개 깃발이 채색 무지개처럼 드날리니,
前軍細柳北,[8]	앞의 군대는 세류 북쪽에 있고
後騎甘泉東.[9]	뒤의 기병은 감천궁 동쪽에 있네.
豈問渭川老,[10]	위수 물가의 늙은이에게 어찌 물어볼 것이며
寧邀襄野童.[11]	양성 들판의 아이를 어찌 부르리?
但慕瑤池宴,[12]	다만 요지의 연회를 흠모하여
歸來樂未窮.	돌아와서도 즐거움이 다하지 않는구나.

주석

1) 三十六離宮(삼십육이궁) : 서른여섯 개의 별궁別宮. 반고班固의 <서도부西都賦>에 따르면 한대漢代에 서른여섯 개의 별궁이 있었다고 한다.

2) 閣道(각도) : 누각 사이를 연결하는 복도.
   行月(행월) : 지나가는 달. 달빛을 가리킨다.

3) 煙空(연공) : 안개가 자욱한 하늘. 미인의 시름겨운 마음을 비유한다.

4) 恩疏(은소) : 사랑하는 마음이 소원해지다.

5) 淫樂(음락) : 절제함이 없는 과도한 즐거움.

6) 回中(회중) : 회중궁回中宮. 진秦 시황始皇이 세운 별궁으로, 지금의 섬서성陝西省 농현隴縣 지역에 옛터가 있다.

7) 黃道(황도) : 태양이 지나가는 길. 천자가 다니는 길을 비유한다.

8) 細柳(세류) : 지명. 지금의 섬서성 함양시咸陽市 남서쪽.

9) 甘泉(감천) : 감천궁甘泉宮. 진대에 함양咸陽의 감천산甘泉山에 세운 궁궐로, 한 무제 때 증축하여 변방 제후들의 조회를 받거나 여름에 피서용으로 활용하였다.
   이상 두 구는 황제의 행렬이 길게 이어진 것을 말한다.

10) 渭川老(위천로) : 위수渭水 물가의 늙은이. 주周나라 강태공姜太公 여상呂尙을 가리킨다. 위수가에서 낚시하며 지내다가 주周 문왕文王을 만나 그의 스승이 되었고 재상으로 등용되어 많은 공적을 세웠다.

11) 襄野童(양야동) : 양성襄城 들판의 아이. ≪장자莊子 · 서무귀徐無鬼≫에 따르면 황제黃帝가 대외大隗를 만나러 구자산具茨山으로 가다가 양성 들판에서 말을 방목하는 아이를 만나 세상을 다스리는 법을 배웠다고 한다.

12) 瑤池宴(요지연) : 요지瑤池에서의 연회. ≪목천자전穆天子傳≫에 따르면 주周 목왕穆王이 곤륜산崑崙山을 찾아가 요지瑤池에서 서왕모西王母와 연회를 벌였다고 한다.

해설

이 시에서는 황제의 총애를 잃은 궁녀의 회한을 나타내고, 황제가 회중궁으로 행차하는 화려하고 성대한 모습을 묘사하고 있다. 이어 여상呂尙을 스승으로 삼았던 주 문왕과 목동에게조차 치세의 이치를 물었던 황제黃帝를 들어 절제함이 없이 연회에만 빠져 정사를 돌보지 않는 당唐 현종玄宗을 비판하고 있다.

2-3-7 이하李賀

上之回,	임금께서 회중 땅으로 행차하시니
大旗喜.	큰 깃발이 기뻐하네.
懸虹彗,1)	무지갯빛 깃발을 내거니
撻鳳尾.2)	바람이 깃발의 봉황 꼬리를 때리네.

劍匣破,	칼집을 깨치고
舞蛟龍.[3]	교룡이 춤을 추니,
蚩尤死,[4]	치우가 죽고
鼓逢逢.[5]	북소리 둥둥 울리네.
天高慶雷齊墜地,[6]	높은 하늘에서 경사로운 우렛소리가 일제히 땅에 떨어지니
地無驚煙海千里.[7]	땅에는 세상 천 리에 전쟁의 연기 사라졌네.

주석

1) 虹彗(홍혜) : 무지갯빛 깃발. '홍운紅雲'으로 되어있는 판본도 있다.

2) 撻(달) : 때리다.

   鳳尾(봉미) : 봉황鳳凰의 꼬리. 깃발 끝에 매단 새의 꼬리 깃털을 가리킨다.

3) 蛟龍(교룡) : 보검寶劍을 비유한다. ≪습유기拾遺記≫에 따르면 전욱顓頊에게 예영검曳影劍이
   있었는데 갑 속에 있을 때 용이나 호랑이 울음소리를 내며 울다가 칼집에서 허공으로 뛰어
   올라 사방 적들을 무찔렀다고 한다.

4) 蚩尤(치우) : 전설상 고대 구여족九黎族의 수령으로, 탁록涿鹿에서 황제黃帝와 전투하여 패해
   피살되었다. 여기서는 북방 이민족의 수장을 가리킨다.

5) 逢逢(봉봉) : 의성어. 북이 울리는 소리.

6) 慶雷(경뢰) : 경사로운 우렛소리. '경운慶雲'으로 되어있는 판본도 있다.

7) 驚煙(경연) : 놀라운 연기. 전쟁의 봉화를 가리킨다.

   海(해) : 사해四海. 온 세상을 가리킨다.

해설

이 시에서는 임금이 회중 땅으로 행차하는 위용을 묘사하고, 이민족의 수장을 죽이고 북방
을 평정하여 온 세상에 전란의 우환이 사라지게 되었음을 말하고 있다.

2-4 전성남 戰城南 7수

2-4-1 양梁 오균吳均

躞蹀青驪馬,[1]	청려마를 달려
往戰城南畿.	가서 성 남쪽 땅에서 싸우네.
五歷魚麗陣,[2]	어려진을 다섯 번 겪고
三入九重圍.[3]	겹겹 포위망을 세 번 들어갔네.
名慴武安將,[4]	명성은 진의 명장 백기를 위협하고
血汙秦王衣.[5]	피는 진왕의 옷을 더럽혔네.
爲君意氣重,[6]	임금을 위한 의기는 장중하니
無功終不歸.	공이 없으면 끝내 돌아가지 않으리.

주석

1) 躞蹀(섭접) : 말이 종종걸음으로 걷는 모양.
   青驪馬(청려마) : 푸른색과 검은색 털이 섞여 있는 말. 준마駿馬를 가리킨다.
2) 魚麗陣(어려진) : 고대 전투 진형의 이름으로, '어려진魚麗陳'이라고도 한다. 전투 시 전차 25승乘을 1편偏으로 삼고 병사 5인을 1오伍로 삼아, 전차 1편이 선두에 서고 그 뒤를 5오의 병사들이 따르며 전차의 빈틈을 보완하는 대형을 가리킨다.
3) 九重圍(구중위) : 아홉 겹의 포위. 겹겹의 삼엄한 포위망을 가리킨다.
4) 慴(습) : 두렵게 하다. 위협하다.
   武安將(무안장) : 전국시대 진秦의 명장 백기白起. 진秦 소왕昭王을 보좌하여 여러 차례 전공을 세워 육국 통일에 커다란 기여를 하였으며, 무안군武安君에 봉해졌다. 여기서는 적장을 비유한다.
5) 汙(오) : 더럽히다.
   秦王(진왕) : 진秦나라 왕. 진秦 소왕昭王을 의미하며 여기서는 적국의 왕을 가리킨다.
6) 重(중) : 막중하다. 장중莊重하다.

이 시에서는 전장으로 나아가 여러 번의 격렬한 전투를 치르고 있는 상황을 말하고, 적의 장수와 임금을 전국시대 진秦나라의 백기白起와 소왕昭王에 비유하여 이들을 격퇴하는 모습으로 공업 수립에 대한 포부와 결의를 나타내고 있다.

2-4-2 진陳 장정견張正見

薊北馳胡騎,[1]	계북 땅에 오랑캐 기병이 침범하여
城南接短兵.[2]	성 남쪽에서 짧은 창들이 접전하네.
雲屯兩陣合,[3]	구름이 일어 두 진지가 합해지고
劍聚七星明.[4]	칼이 모여 북두성처럼 빛나네.
旗交無復影,[5]	깃발이 교차하며 물러나 돌아오는 그림자 없고
角憤有餘聲.[6]	호각은 분노하며 끊임없는 소리 이어지네.
戰罷披軍策,[7]	전투 끝나고 군사 책략을 펼치며
還嗟李少卿.[8]	다시금 흉노에 패했던 이릉을 탄식한다네.

주석

1) 薊北(계북) : 계문薊門의 북쪽 지역. 계문은 계구薊丘라고도 하며, 지금의 북경시北京市 동남쪽 덕승문德勝門 바깥 지역이다.

2) 接(접) : 접전하다. 전투가 시작된 것을 의미한다.
   短兵(단병) : 짧은 창. 창을 든 병사를 가리킨다.

3) 雲屯(둔) : 구름이 주둔하다. 전투의 먼지가 피어오르는 것을 의미한다.
   兩陣(양진) : 두 진지. 아군과 적군의 진지를 가리킨다.

4) 七星(칠성) : 북두성.

5) 復影(복영) : 돌아오는 깃발 그림자. 군대가 후퇴하는 것을 가리킨다.

6) 憤(분) : 분발하다. 분노하다.
   餘聲(여성) : 남은 소리. 전투를 독려하는 호각 소리가 끊임없이 이어지는 것을 가리킨다.

7) 披(피) : 펼치다. 드러내다.

　　軍策(군책) : 군사 책략. 전투의 계획을 의미한다.

8) 李少卿(이소경) : 이릉李陵. 한漢의 명장名將 이광李廣의 손자로, 자가 소경少卿이다. 한 무제武帝
　　때 대장군이 되어 흉노匈奴 정벌에 나섰다가 패하고 흉노에 투항하였다.

해설

　　이 시에서는 계북을 침략한 오랑캐에 대항하여 전투를 벌이게 된 상황을 말하고, 치열하고
격렬했던 전투의 진행 과정을 묘사하고 있다. 마지막에는 다음 전투를 대비하며 책략을 세우
고 있는 상황을 말하고, 옛날 흉노의 계략에 빠져 패전했던 이릉에 대한 안타까움을 나타내고
있다.

2-4-3 당唐 노조린盧照鄰

將軍出紫塞,[1]	장군이 장성으로 나가니
冒頓在烏貪.[2]	묵돌 선우가 오탐국에 있어서라네.
笳喧雁門北,[3]	갈대 피리 소리는 안문산 북쪽에서 떠들썩하고
陣翼龍城南.[4]	진지는 용성 남쪽을 날개처럼 에워쌌네.
琱弓夜宛轉,[5]	아로새긴 활을 든 궁수는 밤에도 이리저리 오가고
鐵騎曉參潭.[6]	철갑 기병은 새벽에도 달리네.
應須駐白日,	응당 흰 태양을 멈추어
爲待戰方酣.[7]	전투가 바야흐로 한창일 때를 대비해야 하리.

주석

1) 紫塞(자새) : 자색 변새. 장성長城을 가리킨다. ≪고금주古今注≫에 "진나라에서 장성을 쌓음
　　에 흙의 색이 모두 자줏빛이었다. 한나라의 변새도 그러하였으니, 따라서 자새라 칭하였다.
　　(秦築長城, 土色皆紫. 漢塞亦然, 故稱紫塞)"라 하였다.

2) 冒頓(묵돌) : 진말한초秦末漢初 선우單于의 이름. 여기서는 서북 소수민족의 수령을 가리킨다.

烏貪(오탐) : 한대 서역에 있던 오탐자리국烏貪訾離國의 약칭. 여기서는 서북 변방 지역을 가리킨다.

3) 雁門(안문) : 산 이름. 지금의 산서성山西省 대현代縣 서북쪽에 있다.

4) 翼(익) : 날개처럼 좌우를 에워싸다.

龍城(용성) : 한대 흉노의 지명으로, 지금의 몽골공화국 경내에 있다. ≪사기史記·흉노열전 匈奴列傳≫에 따르면 흉노족들이 5월이면 이곳에 모여 하늘에 제사를 지냈다고 한다.

5) 彫弓(조궁) : 아로새겨 장식한 활.

宛轉(완전) : 많은 사람이나 사물이 끊임없이 움직이는 모양.

6) 參潭(참담) : 말이 달리는 모양. '참담驂驔'으로 되어있는 판본도 있다.

7) 戰方酣(전방감) : 전투가 바야흐로 무르익다. 전투가 한창 격렬할 때를 의미한다. ≪회남자淮 南子·남명훈覽冥訓≫에 "노 양공이 한나라와 교전을 하였는데, 전투가 한창일 때 해가 저물 자 창을 끌어당겨 이를 치니 해가 90리를 물러났다.(魯陽公與韓搆難, 戰酣日暮, 援戈而撝之, 日為之反三舍)"라 한 뜻을 차용하였다.

해설

이 시에서는 흉노를 정벌하러 장성을 나와 흉노의 근거지인 용성을 포위하고 있는 상황을 나타내고, 궁병과 기병을 총동원하여 하루해가 채 저물기 전에 용성을 함락시켜야 함을 말하고 있다.

2-4-4 이백李白

去年戰,	작년의 전쟁은
桑乾源,[1]	상건하의 발원지였고,
今年戰,	올해의 전쟁은
葱河道.[2]	총령하의 길이었네.
洗兵條支海上波,[3]	조지국 바다의 물결에 병기를 씻고
放馬天山雪中草.[4]	천산 눈 속의 풀에 말을 풀었네.
萬里長征戰,	만 리 기나긴 정벌 전쟁에

93

三軍盡衰老.[5]	군대는 모두 노쇠해져 버렸네.
匈奴以殺戮爲耕作,[6]	흉노는 살육을 업으로 삼으니
古來唯見白骨黃沙田.	예부터 누런 모래밭에 백골만 보이네.
秦家築城備胡處,	진나라 때 성을 쌓아 오랑캐를 대비하던 곳에
漢家還有烽火然.[7]	한나라 때 여전히 봉화가 타오르고 있네.
烽火然不息,	봉화가 타며 그치지 않으니
征戰無已時.[8]	정벌 전쟁은 끝나는 때가 없네.
野戰格鬪死,[9]	들판 전투에서 싸우다 죽으니
敗馬號鳴向天悲.	패한 말은 울부짖으며 하늘 향해 비통해하네.
烏鳶啄人腸,	까마귀와 솔개는 사람의 창자를 쪼아
銜飛上挂枯樹枝.[10]	물고 날아올라 마른 가지에 걸어 놓았네.
士卒塗草莽,[11]	병사들은 풀덤불을 피로 물들이고
將軍空爾爲.[12]	장군은 헛되이 이런 전쟁을 하네.
乃知兵者是凶器,	병기가 흉한 기물임을 이에 알겠으니,
聖人不得已而用之.[13]	성인은 부득이할 때에만 이를 사용하였다네.

주석

1) 桑乾(상건) : 물 이름. 상건하桑乾河라 부르며, 산서성山西省 삭현朔縣 동쪽에서 발원하여 하북성河北省 경내를 지난다. 매년 오디가 익을 때 강물이 마른다고 하여 이와 같이 불렸다.

2) 葱河(총하) : 물 이름. 총령하葱嶺河라 부르며, 돈황 서쪽 총령葱嶺에서 발원한다.

3) 條支(조지) : 나라 이름. 한나라 때 서역에 있던 나라로, 여기서는 서쪽 변방을 가리킨다.

4) 天山(천산) : 산 이름. 지금의 신강 위구르자치구 중부에 있다. 만년설이 덮여 있어 '설산雪山' 또는 '백산白山'이라고도 불린다.

5) 三軍(삼군) : 보병步兵, 거병車兵, 기병騎兵을 가리키며, 군대를 통칭한다.

6) 耕作(경작) : 농사일. 여기서는 생계의 수단으로 삼는 것을 의미한다.

7) 然(연) : 타다. '연燃'과 같다.

8) 征戰(정전) : 정벌 전쟁. '장정長征'으로 되어있는 판본도 있다.

9) 格鬪(격투) : 싸우다. '격格'은 '격擊'의 뜻이다.

10) 上挂枯樹枝(상괘고수지) : 날아올라 마른 나뭇가지에 걸다. '상고지上枯枝'로 되어있는 판본도 있다.

11) 塗(도) : 칠하다. 피로 물들이는 것을 의미한다.

12) 爾爲(이위) : 이렇게 하다. 원정 나와 전쟁을 하는 것을 가리킨다.

13) 不得已而用之(부득이이용지) : 부득이할 때만 이를 사용하다. ≪육도六韜 · 병략兵略≫에 "성인은 병기를 흉한 기물이라 부르고, 부득이할 때만 이를 사용하였다.(聖人號兵爲凶器, 不得已而用之)"라 한 것을 차용한 것이다.

해설

이 시에서는 오랫동안 이어지는 서역 정벌 전쟁의 상황과 참혹하게 죽은 병사들의 모습을 묘사하며 영토확장을 위한 당 현종의 정벌 전쟁에 비판을 나타내고 있다.

2-4-5 유가劉駕

城南征戰多,	성 남쪽에 정벌 전쟁이 많아
城北無飢鴉.1)	성 북쪽에 굶주린 까마귀가 없다네.
白骨馬蹄下,	백골은 말발굽 아래에 있으니
誰言皆有家.2)	모두가 집이 있었다고 누가 말하리?
城前水聲苦,	성 앞에 흐르는 물소리는 괴로운데
倏忽流萬古.3)	문득 만고의 시절을 흘렀음을 느끼네.
莫爭城外地,	성 밖의 땅을 다투지는 말지니
城裏有閑土.4)	성안에도 빈 땅이 있다네.

주석

1) 無飢鴉(무기아) : 굶주린 까마귀가 없다. 병사들의 시신이 많아 까마귀가 굶주리지 않은

것을 말한다.

2) 皆有家(개유가) : 모두 집이 있다. 백골이 되어 널린 사람들도 모두 돌아가 머물 곳이 있었음을 말한다.

3) 倐忽(숙홀) : 매우 짧은 시간. 순식간.

4) 閑土(한토) : 빈 땅. 주인 없이 버려져 있는 땅을 가리킨다.

해설

이 시에서는 곳곳에 널려져 있는 시신을 통해 전쟁의 참혹함을 나타내고, 흐르는 강물을 바라보며 홀연 오랜 세월 끊임없이 전쟁이 이어져 왔음을 비통해하며 그저 땅을 빼앗기 위해 행해지는 전쟁을 비판하고 있다.

2-4-6-1 승僧 관휴貫休 2수

萬里桑乾傍,1)	만 리 상건하 가
茫茫古蕃壤.2)	옛 번국의 땅은 아득하기만 한데,
將軍貌憔悴,	장군은 초췌한 모습으로
撫劍悲年長.3)	검 어루만지며 긴 세월을 비통해하네.
胡兵尚陵逼,4)	오랑캐 병사는 늘 짐략하며
久住亦非强.5)	오래도록 점거하고 있지만 강한 것은 아니니,
邯鄲少年輩,6)	한단의 젊은이들은
個個有伎倆.7)	각기 기량이 있다네.
拖槍半夜去,8)	창 끌어당겨 한밤중에 가니
雪片大如掌.	눈송이는 손바닥만큼이나 크네.

주석

1) 桑乾(상건) : 물 이름. 상건하桑乾河라 부르며, 산서성 삭현朔縣 동쪽에서 발원하여 하북성河北省 경내를 지난다.

96

2) 茫茫(망망) : 멀고 아득한 모양.

　蕃壤(번양) : 번국蕃國 땅. 고대 구주九州 바깥 지역을 가리키는 것으로, 여기서는 변방 지역을
　의미한다.

3) 年長(연장) : 해가 길어지다. 정벌 전쟁의 기간이 늘어나는 것을 의미한다.

4) 陵逼(능핍) : 침략하여 핍박하다.

5) 久住(구주) : 오래도록 머물다. 오랑캐가 변방 지역을 오랫동안 점거하고 있는 것을 의미한다.

6) 邯鄲(한단) : 전국시대 조趙의 도성으로, 지금의 하북성 한단시邯鄲市. 예로부터 협객이 많기
　로 유명하였다.

7) 伎倆(기량) : 기량. 재주나 능력을 가리킨다.

8) 拖槍(타창) : 창을 끌다.

해설

　이 시에서는 변방에서 종군하며 오랜 기간 오랑캐와 전투하고 있는 장군의 비애를 말하고,
병사들을 한단의 뛰어난 협객에 비유하며 승전에 대한 자신감과 전장의 혹독한 자연환경을
나타내고 있다.

2-4-6-2

磧中有陰兵,[1]	사막에는 귀신같은 병사가 있는데
戰馬時驚蹶.[2]	전마는 시시때때로 놀라 넘어지네.
輕猛李陵心,[3]	날래고 용맹스러웠던 이릉의 마음이여
摧殘蘇武節.[4]	꺾이고 닳아버린 소무의 부절이라네.
黃金鎖子甲,[5]	황금 갑옷은
風吹色如鐵.[6]	바람이 불어 색이 쇠처럼 되었고,
十載不封侯,[7]	십 년을 제후에 봉해지지 못했으니
茫茫向誰說.[8]	막막한 심경을 누구에게 말하리?

주석

1) 磧(적) : 사막沙漠. '석石'으로 되어있는 판본도 있다.

　　陰兵(음병) : 신병神兵. 귀병鬼兵. 뛰어난 병사를 의미하며, 여기서는 당나라의 병사를 가리킨다.

2) 驚蹶(경궐) : 놀라 넘어지다.

3) 輕猛(경맹) : 날래고 용맹하다.

　　李陵(이릉) : 한漢의 명장名將 이광李廣의 손자로, 자가 소경少卿이다. 한 무제武帝 때 대장군이
　　되어 흉노匈奴 정벌에 나섰다가 패하고 흉노에 투항하였다.

4) 摧殘(최잔) : 꺾이고 쇠잔해지다. 오랜 종군생활로 장군의 부절이 닳아서 해진 것을 가리킨다.

　　蘇武(소무) : 한漢 두릉杜陵 사람으로, 자가 자경子卿이다. 한 무제 때 흉노에 사신으로 나갔다
　　가 억류되었으며, 흉노의 선우가 여러 차례 투항할 것을 협박하였으나 절개를 지키며 끝내
　　굽히지 않았다. 이후 북해北海로 이송되어 양 치는 일을 하다가 19년 만에 한나라로 돌아왔다.

　　節(절) : 부절符節. 소무가 사신으로 가며 지니고 있었던 한나라의 부절을 가리킨다.

5) 鎖子甲(쇄자갑) : 갑옷의 일종. 다섯 개의 고리가 서로 맞물리도록 제작하여 적의 화살을
　　방어하였다.

6) 色如鐵(색여철) : 색이 쇠와 같다. 오랜 전투로 갑옷의 빛이 바랜 것을 의미한다.

7) 封侯(봉후) : 제후에 봉해지다. 전공을 세워 공업을 이루는 것을 의미한다.

8) 茫茫(망망) : 막막한 모양. 여기서는 생각과 번민이 많은 것을 가리킨다.

해설

　　이 시에서는 끝없이 이어지는 전투로 인해 처음의 용맹과 의기가 이제는 쇠해져 버렸음을
말하고, 십 년이 지나도록 공업을 이루지 못한 번민과 회한을 나타내고 있다.

2-5 무산고 巫山高 21수

2-5-1 무산고巫山高
　　　　　제齊 우희虞羲

南國多奇山,　　　남방에는 기이한 산이 많은데

荊巫獨靈異.[1]   형산과 무산이 유독 신령하구나.

雲雨麗以佳,   구름과 비가 아리땁고 고운데

陽臺千里思.[2]   양대는 천 리 밖의 그리움.

勿言可再得,[3]   다시 얻을 수 있다고 말하지 말라

特美君王意.   임금의 마음에 특히 아름다웠으니.

高唐一斷絶,[4]   고당의 꿈이 한 번 끊기니

光陰不可遲.   시간은 멈출 수가 없구나.

주석

1) 荊巫(형무) : 형산과 무산. 형산은 변화卞和가 옥을 얻은 곳으로 전해진다. 무산은 무산신녀巫
山神女의 고사로 유명하다.

2) 陽臺(양대) : 송옥宋玉의 <고당부高唐賦>에서 무산신녀가 초나라 왕과 작별하며 "저는
무산의 남쪽, 고구에 있습니다. 아침에는 아침 구름이 되고 저녁에는 내리는 비가 되어
아침마다 저녁마다 양대에 있습니다.(妾在巫山之陽, 高丘之阻. 旦爲朝雲, 暮爲行雨, 朝朝暮
暮, 陽臺之下)"라 하였다.
千里(천리) : 무산신녀와 초나라 왕이 서로 멀리 떨어져 있음을 뜻한다. '중원重怨'(깊은
원망)으로 된 판본도 있다.

3) 可再(가재) : '재가再可'로 된 판본도 있다.

4) 高唐(고당) : 운몽택雲夢澤에 있던 건물. <고당부>에서 "옛날 선왕께서 고당에서 노니실
적에 피로하여 낮잠을 주무셨습니다. 꿈에 어느 부인을 보았는데 말하기를, '저는 무산의
신녀인데 고당에 손님으로 있습니다. 임금께서 고당에서 노니신다고 하여 베개와 깔개에서
모시고자 합니다'라고 하니, 임금께서 함께 하셨습니다.(昔者, 先王嘗游高唐, 怠而晝寢. 夢見
一婦人曰, 妾巫山之女也. 爲高唐之客, 聞君游高唐, 願薦枕席. 王因幸之)"라 하였다.

해설

이 시에서는 구름과 비로 상징되는 무산신녀의 전설과 그에 대한 왕의 그리움을 나타내고
있다.

2-5-2 무산고巫山高
王융王融

想像巫山高,[1]	무산 높은 모습 떠올리나니
薄暮陽臺曲.[2]	양대 그윽한 곳에 해가 저무네.
煙雲乍舒卷,[3]	안개구름은 금방 펼쳐졌다 걷히고
猨鳥時斷續.[4]	원숭이와 새 울음소리 때때로 끊겼다 이어지네.
彼美如可期,[5]	저 미인과 만날 수 있을 것만 같아
寤言紛在矚.[6]	만나서 이야기 나누는 모습 눈에 어지럽네.
憮然坐相望,[7]	멍하니 앉아 바라보나니
秋風下庭綠.	가을바람이 뜨락 푸른 잎에 내려온다.

주석

1) 想像(상상) : 마음으로 모습을 그리다. '방불(彷彿)'로 된 판본도 있는데, '어렴풋하다'는 뜻이다.

2) 曲(곡) : 외진 곳.

3) 乍(사) : 문득. 갑자기.

4) 猨鳥(원조) : 원숭이와 새. '형방(蘅芳)'으로 된 판본도 있는데, '족두리풀 향기'라는 뜻이다. 이 두 구는 '안개 같은 꽃이 금방 봉오리 맺혔다 피어나고, 길가의 화초는 때때로 끊겼다 이어지네.(煙華乍卷舒, 行芳時斷續)'로 된 판본도 있다.

5) 期(기) : 기약하다. 만나다.

6) 寤言(오언) : 만나서 이야기하다. '오언(晤言)'과 같다.
   矚(촉) : 보다. 시야.

7) 憮然(무연) : 실의하여 멍한 모습.

해설

이 시에서는 화자가 환상 속에서 양대에 있다고 전해지는 무산신녀를 만나 이야기 나누다

가 문득 깨어나는 모습을 그리고 있다. 풍유눌馮惟訥의 ≪고시기古詩紀≫에는 <同沈右率諸公
賦鼓吹曲二首(심우율 등 여러 공과 함께 읊은 고취곡 두 수)>의 제하에 이 시와 <방수芳樹>
가 실려 있다.

2-5-3 무산고巫山高
유회劉繪

高唐與巫山,	고당과 무산은
參差鬱相望.[1]	들쭉날쭉 빽빽이 서로 마주보면서,
灼爍在雲間,[2]	빛나며 구름 사이에 있고
氛氳出霞上.[3]	성대히 노을 위에 나왔네.
散雨收夕臺,[4]	저녁의 양대에 흩뿌리던 비는 그치고
行雲卷晨障.[5]	아침의 봉우리에 지나던 구름은 걷혔네.
出沒不易期,[6]	나타났다 사라졌다 만나기가 어려우니
嬋娟似惆悵.[7]	고운 모습 슬픈 듯하네.

주석

1) 參差(참치) : 들쭉날쭉한 모습.
2) 灼爍(작삭) : 빛나는 모습.
3) 氛氳(분온) : 성대한 모습.
4) 臺(대) : 돈대. 무산신녀가 있는 양대陽臺를 가리킨다.
5) 障(장) : 산봉우리. '장(嶂)'의 뜻이다.
6) 期(기) : 만나다. 기약하다.
7) 嬋娟(선연) : 자태가 아름답다.
   惆悵(추창) : 실의하여 마음 아파하다.

해설

이 시에서는 고당과 무산의 장관을 묘사한 뒤, 구름과 비로 상징되는 무산신녀를 보지 못한다고 하면서 그 역시 슬퍼할 것이라고 추측하고 있다.

2-5-4 무산고巫山高
　　　　양梁 원제元帝

巫山高不窮,	무산은 높이가 끝이 없어
逈出荊門中.[1]	아득히 형문 일대에 솟아있다.
灘聲下濺石,[2]	여울 소리는 아래로 바위에 뿌려지고
猿鳴上逐風.	원숭이 울음은 위로 바람을 쫓는다.
樹雜山如畫,[3]	나무가 우거져 산은 그림 같고
林暗澗疑空.[4]	숲이 어두워 골짜기는 텅 빈 듯하다.
無因謝神女,[5]	신녀에게 작별 인사할 길이 없는 것은
一爲出房櫳.[6]	줄곧 집을 나가 있기 때문이리.

주석

1) 逈(형) : 멀다. 정도의 강함을 나타낸다.

　荊門(형문) : 형문산. 호북성 의창시宜昌市 의도시宜都市 서북부의 장강長江 남안에 있다. 맞은편의 호아산虎牙山과 함께 강 양안의 절벽을 형성하여 험준한 요새로 알려졌다.

2) 灘(탄) : 여울. 물이 세차게 흐르는 구간.

　濺(천) : 흩뿌리다.

3) 雜(잡) : 많다. 번성하다.

4) 澗(간) : 계곡.

5) 謝(사) : 물러나다. 헤어지다.

6) 房櫳(방롱) : 집. 무산신녀의 거처를 가리킨다. 또는 화자가 묵던 숙소. 그 경우 이 두 구는 '신녀에게 작별 인사할 길이 없어 다만 숙소를 나선다네'로 풀이할 수 있다.

이 시에서는 무산의 장대한 광경을 묘사한 뒤, 찾아가도 만날 수 없는 무산신녀에 대한 아쉬움을 말하고 있다.

2-5-5 무산고巫山高
          범운范雲

巫山高不極,	무산은 높이가 끝이 없어
白日隱光暉.[1]	태양도 빛을 감추네.
靄靄朝雲去,[2]	빽빽하던 아침 구름 걷히고
溟溟暮雨歸.[3]	어둑어둑 저녁 비 돌아오네.
巖懸獸無跡,	바위가 매달려 있어 짐승은 발자국도 없고
林暗鳥疑飛.[4]	숲이 어두우니 새는 아마 날아갔으리.
枕席竟誰薦,	베개와 깔개에서 끝내 누가 모셔드리리
相望空依依.[5]	바라보며 괜스레 연연하노라.

주석

1) 暉(휘) : 빛.
2) 靄靄(애애) : 구름이 많이 낀 모습.
3) 溟溟(명명) : 어두운 모습.
4) 疑(의) : 마치 ~한 듯하다. '경(驚)'으로 된 판본도 있는데, 이때는 새가 어둠에 놀라 날아갔다는 뜻이다.
5) 依依(의의) : 미련을 두고 계속 생각하는 모습.

해설

이 시에서는 무산의 험준하고 적막한 모습을 묘사한 뒤, 아침 구름과 저녁 비는 여전하되 초나라 왕을 모시던 무산신녀는 더이상 찾을 수 없음을 아쉬워하고 있다.

2-5-6 무산고巫山高
　　　　비창費昶

巫山光欲晚,[1]	무산에 빛이 저물려 하니
陽臺色依依,[2]	양대는 색이 어슴푸레하다.
彼美巖之曲,	저 미인이 바위 모퉁이에서
寧知心是非.	마음의 시비를 어찌 알리오.
朝雲觸石起,	아침 구름은 암석을 스치며 일어나고
暮雨潤羅衣.	저녁 비는 비단옷을 적시네.
願解千金珮,[3]	원컨대 천금의 패물을 풀어드리고
請逐大王歸.	대왕을 따라 돌아가기를 청하나이다.

주석

1) 晚(만) : 저녁. '효(曉)'로 된 판본도 있는데, 이때는 새벽이라는 뜻이다.

2) 依依(의의) : 희미한 모습.

3) 珮(패) : 옛날 허리띠에 차던 장식품. 임금에게 바치는 예물이다.

해설

　이 시에서는 저물녘의 무산과 양대를 묘사하면서 옳고 그름을 따지지 않고 자신의 모든 것을 바쳐 초나라 왕을 영원히 섬기고자 하는 무산신녀의 염원을 노래하였다.

2-5-7 무산고巫山高
　　　　왕태王泰

迢遞巫山竦,[1]	높다랗게 무산이 우뚝 솟아
遠天新霽時,[2]	먼 하늘이 갓 개었네.
樹交涼去遠,	나무가 우거져 시원함이 멀리 가고

草合影開遲.　　풀이 뭉쳐서 그늘이 느리게 걷히네.

谷深流響咽,³⁾　골짜기가 깊어 물소리가 오열하고

峽近猿聲悲.　　협곡이 가까워 원숭이 소리 슬프다.

只言雲雨狀,　　단지 비구름의 모습만 말하지만

自有神仙期.　　절로 신선의 기약이 있다네.

주석

1) 迢遞(초체) : 높은 모습.

   竦(송) : 곧추서다.

2) 霽(제) : 비가 그치다.

3) 咽(열) : 목메다.

해설

　이 시에서는 무산의 산세가 험준하고 수풀이 무성하여 비구름이 잦으며 어둡고 조용한 모습을 묘사하였다. 이들은 구름과 비와 더불어 무산신녀와의 만남을 비유한다.

2-5-8 무산고巫山高

　　　　진陳 후주後主

巫山巫峽深,¹⁾　무산은 무협이 깊은데

峭壁聳春林.²⁾　벼랑에는 봄의 수풀이 솟아있네.

風巖朝蕊落,³⁾　바람 부는 바위에는 아침 꽃이 떨어지고

霧嶺晚猿吟.⁴⁾　안개 낀 고개에는 저녁 원숭이가 신음하네.

雲來足薦枕,⁵⁾　구름 오니 깔개와 베개에서 모시기 족했으나

雨過非感琴.⁶⁾　비 지나니 금의 연주 소리 느끼기 어려워라.

仙姬將夜月,⁷⁾　신녀가 밤에 달을 따라가니

度影自浮沉.⁸⁾　물 건너는 그림자만 혼자 떴다 가라앉네.

주석

1) 巫峽(무협) : 장강삼협長江三峽의 하나로, 무산巫山으로 인해 이름이 붙여졌다. 양안의 절벽이
　길게 이어지고 강폭이 좁아 물살이 거세기로 유명하다.

2) 峭壁(초벽) : 담장처럼 가파른 낭떠러지.
　聳(용) : 높이 솟다.

3) 蕊(예) : 꽃술. 꽃.

4) 吟(음) : 신음하다. 구슬픈 울음소리를 뜻한다.

5) 薦枕(천침) : 침석을 바치다. 잠자리에서 모신다는 뜻이다.

6) 琴(금) : 나무로 만든 현악기로 일곱 개의 현이 있다.

7) 仙姬(선희) : 선녀. 무산신녀를 가리킨다.
　將(장) : 뒤따르다.

8) 度(도) : '도(渡)'와 같다. 무협을 건넌다는 말이다.

해설

　이 시에서는 숲이 우거진 무산에서 꽃이 지고 원숭이가 우는 이미지로 무산신녀를 나타내
었다. 운우로 상징되는 무산신녀는 임금을 떠나 협곡의 강물에 비친 달그림자로만 자취를
남기고 있다.

2-5-9 무산고巫山高
　　　　소전蕭詮

巫山映巫峽,	무산이 무협에 비치는데
高高殊未窮.	높디높아 도무지 다함이 없네.
猿聲不辨處,	원숭이 소리는 나는 곳 알 수 없고
雨色詎分空.	비 오는 풍경에 어찌 하늘을 나누랴.
懸崖下桂月,[1]	매달린 듯 높은 벼랑에 달이 지고
深澗響松風.	깊숙한 계곡에 솔바람이 울리네.

別有仙雲起,　　피어오르는 신선 구름이 따로 있어
時向楚王宮.　　때때로 초왕의 궁궐을 향하네.

주석
1) 桂月(계월) : 달. 전설에 달에는 계수나무가 있다고 한다.

해설

　이 시에서는 높고 광활하여 곳곳에서 원숭이 울음소리가 들리고 온 하늘에 비가 뿌리는
무산과 협곡의 풍경을 노래하였다. 초나라 왕의 궁전 쪽으로 떠가는 구름은 무산신녀의 화신
으로 여겨진다.

2-5-10 무산고巫山高
　　　　당唐 정세익鄭世翼

巫山凌太淸,[1]　　무산은 하늘을 넘어서서
崒嶢類削成.[2]　　험준함이 깎아서 이룬 듯하네.
霏霏暮雨合,[3]　　주룩주룩 저녁 비가 쏟아지고
靄靄朝雲生.[4]　　자욱이 아침 구름이 끼네.
危峰入鳥道,[5]　　높은 봉우리로 새의 길이 들어가고
深谷瀉猿聲,　　깊은 골짜기로 원숭이 소리 쏟아지네.
別有幽棲客,[6]　　그윽한 곳에서 지내는 길손이 따로 있어
淹留攀桂情.[7]　　계수나무 더위잡으며 오래 머무네.

주석
1) 凌(릉) : 능가하다.
　太淸(태청) : 하늘.
2) 崒嶢(초요) : 산이 높고 험한 모습.

107

3) 霏霏(비비) : 큰비가 내리는 모습.

4) 靄靄(애애) : 구름이 자욱한 모습.

5) 鳥道(조도) : 새만 날아갈 수 있을 정도로 험준한 산길.

6) 棲(서) : 쉬다. 머물다.

7) 淹留(엄류) : 객지에 오래 머물다.

   攀桂情(반계정) : 은거하려는 마음. 회남소산淮南小山의 <초은사招隱士>에 "계수나무 잡고
   올라 한참을 머무네.(攀援桂枝兮淹留)"라고 하였다.

해설

　이 시에서는 무산신녀를 상징하는 구름과 비로 가득한 무산의 험준함을 묘사한 뒤, 새와
원숭이만 살고 있는 적막한 곳에 은거하려는 심정을 나타내고 있다.

2-5-11 무산고巫山高
　　　　심전기沈佺期

巫山峰十二,[1]	무산은 봉우리가 열두 개
環合隱昭回,[2]	고리처럼 둘러서니 해와 달을 가리네.
俯眺琵琶峽,[3]	굽어보니 비파협이요
平看雲雨臺.[4]	앞을 보니 운우대로다.
古槎天外倚,[5]	옛 뗏목은 하늘 너머에 기대었고
瀑水日邊來.[6]	폭포수가 태양 곁에서 내려오네.
何忽啼猿夜,	어디선가 문득 원숭이 우는 밤
荊王枕席開.[7]	초나라 왕의 베개와 깔개가 펴져 있으리.

주석

1) 峰十二(봉십이) : 봉우리가 열두 개이다. 무산의 봉우리 가운데 두드러진 열두 개를 꼽은
   것으로 이름은 문헌마다 조금씩 차이가 있다.

2) 環合(환합) : 둥근 고리의 모양으로 에워싸다. '합답合沓'으로 된 판본도 있는데, 그때는 '겹겹이 모이다'의 뜻이다.

  昭回(소회) : 해와 달을 가리킨다.

3) 琵琶峽(비파협) : 무산. 산세가 비파의 형태를 닮았다.

4) 雲雨臺(운우대) : 양대. 무산신녀가 아침에는 구름, 저녁에는 비가 된다는 전설이 있다.

5) 古槎(고사) : 오래된 뗏목. 장화張華의 《박물지博物志》에 "옛 설에 은하수는 바다와 통했다고 한다. 근래에 어떤 사람이 바닷가에 살면서 해마다 팔월에 뗏목을 띄워 오갔는데 때를 놓치는 일이 없었다.(舊說云, 天河與海通. 近世有人居海渚者, 年年八月有浮槎去來不失期)"라고 하였다.

6) 瀑水(폭수) : 폭포. 장강의 거센 물결을 가리킨다.

  日邊(일변) : 태양의 가장자리. 먼 하늘을 가리킨다.

7) 荊(형) : 초나라의 옛 이름.

해설

  이 시에서는 해와 달을 가릴 만큼 높이 솟은 무산의 봉우리를 묘사한 뒤, 무협을 거세게 흐르는 물이 먼 하늘에서 쏟아지는 폭포수로서 옛 전설처럼 뗏목이 오갈 만하다는 상상을 제기했다. 마지막은 밤에 무산신녀가 초나라 왕을 모시는 모습으로 마무리했다.

2-5-12 무산고巫山高
    심전기沈佺期

神女向高唐,	신녀가 고당을 향할 때
巫山下夕陽.	무산은 저녁해가 졌네.
徘徊作行雨,	배회하며 지나는 비가 되고
婉孌逐荊王.[1]	아리땁게 초나라 왕을 따랐네.
電影江前落,[2]	번개 그림자가 강물 앞에 떨어지고
雷聲峽外長.	우레 소리가 협곡 너머 길게 이어졌네.

霽雲無處所,[3]   구름이 걷히자 온데간데없이 사라지니
臺館曉蒼蒼.[4]   양대의 집은 새벽빛만 검푸르네.

주석

1) 婉變(완련) : 맵시 있다. 곱다.
2) 電影(전영) : 강물에 비친 번개의 그림자.
3) 霽(제) : 개다.
4) 蒼蒼(창창) : 짙은 푸른빛.

해설

이 시에서는 무산신녀가 저물녘 고당에 머무는 초나라 왕을 만나 잠자리를 모시는 모습을 나타내었다. 무협에 밤새 천둥이 울리고 번개가 치다 새벽에 개어 구름이 사라진 모습으로 저녁 비와 아침 구름으로 상징되는 무산신녀가 나타났다 떠난 일련의 고사를 형상화하였다.

2-5-13 무산고巫山高
　　　　노조린盧照鄰

巫山望不極,   무산은 끝이 보이지 않는데
望望下朝雰.[1]   아침 안개 내리는 것을 하염없이 보네.
莫辨啼猿樹,   원숭이가 우는 나무는 분간할 길 없고
徒看神女雲.   그저 신녀의 구름만 보일 따름.
驚濤亂水脈,[2]   놀라운 파도에 물길이 어지럽고
驟雨暗峰文.[3]   몰아치는 비에 봉우리가 어둡네.
霑裳卽此地,[4]   눈물로 치마를 적시며 이 땅에 왔거늘
況復遠思君.[5]   게다가 멀리 임금을 그리네.

1) 望望(망망) : 끊임없이 바라보고 있는 모습.

 雰(분) : 안개.

2) 驚濤(경도) : 사람이 놀랄 만큼 거세게 치는 물결.

 水脈(수맥) : 물의 흐름. 하천을 인간의 핏줄에 비유한 표현이다.

3) 驟雨(취우) : 말을 빨리 몰듯이 갑자기 쏟아지는 큰비.

 峰文(봉문) : 산봉우리의 형세. 무산의 열두 봉우리가 일종의 무늬를 이룬 모습이다.

4) 霑裳(점상) : 치마를 적시다. 무산신녀가 이별의 슬픔에 눈물을 흘린 것이다.

 卽(즉) : 나아가다.

5) 況復(황부) : 더구나. 또한.

해설

이 시는 아침 구름으로 상징되는 무산신녀의 등장을 자욱한 안개와 거센 비, 협곡의 파도로 형상화하였다. 무산신녀가 초나라 왕에 대한 그리움에 눈물을 뿌리며 무산을 찾았다가 왕을 뵙지 못한 채 더 깊은 그리움과 슬픔에 빠진 모습을 세차게 내리는 비로 비유하였다.

2-5-14 무산고巫山高
장순지張循之

巫山高不極,	무산은 높이가 끝이 없어
沓沓狀奇新,[1]	겹겹이 들어선 모습 신기하구나.
暗谷疑風雨,	어두운 골짜기는 비바람 치는 듯하고
幽巖若鬼神.	으슥한 바위는 귀신과 같네.
月明三峽曙,[2]	달 밝은 삼협의 새벽
潮滿二江春.[3]	조수 들어찬 듯한 이강의 봄.
爲問陽臺夕,[4]	양대의 저녁 일을 묻는 것을 보니
應知入夢人.[5]	꿈에 나타난 이가 누구였는지 아는구나.

주석

1) 沓沓(답답) : 겹쳐진 모습.

   奇新(기신) : 기이하고 새롭다.

2) 曙(서) : 새벽.

3) 二江(이강) : 지금의 사천성 경내의 비강郫江(지금의 부하府河)과 유강流江(지금의 유강하流江河)을 가리킨다. '구강九江'이라고 된 판본이 있는데, 그때는 한나라 때의 심양尋陽(지금의 호북성 황강시黃岡市) 경내에서 장강으로 유입하는 하천 일대를 가리킨다.

   潮(조) : 조수. 여기서는 불어난 강물을 가리킨다.

4) 爲問(위문) : 시험 삼아 묻다. '차문借問'과 같다.

5) 入夢人(입몽인) : 꿈에 들어온 사람. 화자의 꿈에 나온 무산신녀를 가리킨다.

해설

　이 시에서는 무산의 험준한 모습, 비바람과 귀신의 출현, 아침 구름이 걷혀 달이 보였다가 저녁 비 때문에 강물이 조수처럼 불어난 모습을 묘사했다. 무산에서 하룻밤 묵은 화자가 깨어나자 주위에서 양대의 저녁이 어땠느냐고 물어본다. 이들은 모두 초나라 왕처럼 꿈에서 무산신녀를 만나리라 기대하고 있었던 것이다.

2-5-15 무산고巫山高
　　　　　유방평劉方平

楚國巫山秀,	초나라는 무산이 빼어난데
淸猿日夜啼.[1]	처량한 소리의 원숭이가 밤낮으로 우네.
萬重春樹合,	봄철 나무는 만 겹으로 합쳐져 있고
十二碧峰齊.	푸른 봉우리는 열두 개가 일제히 높네.
峽出朝雲下,	협곡에서 아침 구름 피어 내려오고
江來暮雨西.[2]	장강에서 저녁 비가 서쪽부터 쏟아지네.
陽臺歸路直,	양대에서 돌아가는 길은 곧바로이니

不畏向家迷.　　집을 향할 때 헤맬 걱정 없겠네.

주석

1) 清猿(청원) : 맑고 구슬피 우는 원숭이.
2) 暮雨西(모우서) : 무산신녀는 양대에 있으면서 저녁에 비가 되어 내린다. 앞의 구에서 구름이
   협곡에서 장강 하류로 내려오듯이 비도 서쪽의 상류에서 동쪽의 하류로 옮겨간다.

해설

　이 시에서는 무산에 숲이 우거지고 봉우리가 많으며 구름과 비가 잦지만, 화자는 현실
세계로 쉽게 복귀할 수 있으리라 믿으며 무산신녀에게 미혹되지 않으리라 생각하고 있다.

2-5-16 무산고巫山高
　　　　황보염皇甫冉

巫峽見巴東,[1]	무협에서 파동이 보이는데
迢迢半出空.[2]	우뚝 반쯤 공중에 솟아 있네.
雲藏神女館,[3]	구름은 신녀의 집을 감추고
雨到楚王宮.[4]	비는 초왕의 궁전에 다다르네.
朝暮泉聲落,	아침저녁으로 여울 소리 떨어지고
寒暄樹色同.[5]	춥든 덥든 나무 빛깔은 같아라.
清猿不可聽,[6]	처량한 원숭이 소리를 차마 들을 수 없는 것은
偏在九秋中.[7]	유독 가을이기 때문이지.

주석

1) 巴東(파동) : 지금의 호북성 서남부의 은시토가족묘족자치주恩施土家族苗族自治州에 위치한
   현. 무협의 동쪽에 접해 있다.
2) 迢迢(초초) : 높이 솟은 모습.

113

3) 神女館(신녀관) : 신녀의 집. 무산신녀가 머무는 양대陽臺.

4) 楚王宮(초왕궁) : 초나라 왕의 궁전. 고당高唐의 누각을 가리킨다.

5) 寒暄(한훤) : 추위와 더위.

6) 淸猿(청원) : 맑고 구슬피 우는 원숭이.

7) 九秋(구추) : 가을을 가리킨다.

해설

이 시에서는 전반부에서 높은 절벽에 둘러싸인 깊은 무산 계곡에 신녀의 전설 그대로 늘 비가 내리고 구름이 끼는 모습을 묘사했다. 후반부에서는 무산신녀의 사랑 이야기처럼 자연물의 형상이 늘 그대로인 반면, 신녀를 만나지 못해 원숭이 울음소리는 가을에 특히 처량하게 들리는 시름의 정서를 나타내었다.

2-5-17 무산고巫山高
　　　　　이단李端

巫山十二峰,	무산 열두 봉우리
皆在碧虛中.[1]	모두 푸른 하늘에 있네.
回合雲藏日,[2]	에워싸는 구름은 해를 감추고
霏微雨帶風.[3]	뿌옇게 내리는 비는 바람과 함께하네.
猿聲寒過水,	원숭이 소리는 차가운 물을 건너고
樹色暮連空.	나무의 빛은 저녁 하늘로 이어지네.
愁向高唐望,	시름에 고당을 향해 바라보니
淸秋見楚宮.	맑은 가을에 초왕의 궁전이 보이네.

주석

1) 碧虛(벽허) : 푸른 하늘.

2) 回合(회합) : 에워싸 합쳐진 모습.

3) 霏微(비미) : 비가 가늘게 내리는 모습.

해설

이 시에서는 늘 구름과 비바람이 있고 원숭이 울음과 푸른 숲만 남은 무산의 시름을 묘사한
뒤, 문득 날이 개어 초나라 왕이 있던 고당의 궁전이 바라다 보이는 광경을 나타내었다.

2-5-18 무산고巫山高
　　　　우분于濆

何山無朝雲,	무슨 산인들 아침 구름 없으랴만
彼雲亦悠揚.1)	저 구름이야말로 아득하구나.
何山無暮雨,	무슨 산인들 저녁 비가 없으랴만
彼雨亦蒼茫.2)	저 비야말로 끝이 없구나.
宋玉恃才者,3)	송옥은 재주를 믿는 자로서
憑雲構高唐.4)	구름에 기대어 <고당부>를 지었다.
自重文賦名,	스스로 문장과 부의 명성을 중시하면서
荒淫歸楚襄.5)	황음한 말을 초 양왕에게 귀결시키니,
峨峨十二峰,6)	우뚝한 열두 봉우리가
永作妖鬼鄕.	영원히 요사스러운 귀신의 땅으로 되어버렸네.

주석

1) 悠揚(유양) : 끝없이 이어지는 모습.
2) 蒼茫(창망) : 가없이 너른 모습.
3) 恃(시) : 믿다. 의지하다.
4) 憑雲(빙운) : 구름처럼 무상한 것에 의거하다. <고당부>가 근거 없는 이야기임을 비판한
　　 것이다.
　　 構高唐(구고당) : <고당부>를 짓다.

5) 襄王(양왕) : 초 경양왕(頃襄王, ?~B.C.263). 초 회왕懷王의 아들로 회왕이 진秦나라에 억류되
자 볼모로 있던 제나라에서 귀국하여 왕이 되었다. 진나라 백기白起가 수도 영郢을 공략하고
선왕이 묻힌 이릉夷陵을 불사르자 진陳으로 천도했다. 송옥의 <고당부>에는 양왕이 송옥
과 함께 운몽雲夢에서 노닐다가 고당의 운무를 보고 무산신녀의 고사와 그곳의 경관을 들은
것으로 되어 있다.

6) 峨峨(아아) : 산이 험준한 모습.

해설

이 시에서는 무산이 다른 산보다 월등한 경관을 자랑하는 곳인데 송옥이 근거 없이 무산을
초 양왕과 무산신녀의 사랑 이야기에 결부시킴으로써 이곳이 후대에 길이 요괴 전설의 땅으
로 인식되게 만들었다고 비판하였다.

2-5-19 무산고巫山高
       맹교孟郊

2-5-19-1

巴江上峽重復重,¹⁾	파강 가의 협곡은 겹치고 또 겹쳐

巴江上峽重復重,¹⁾　파강 가의 협곡은 겹치고 또 겹쳐
陽臺碧峭十二峰.　양대의 푸른 벼랑 열두 봉우리.
荊王獵時逢暮雨,　초나라 왕이 사냥할 때 저녁 비를 만나
夜臥高丘夢神女.²⁾　밤에 고구에 누워 신녀를 꿈꿨네.
輕紅流煙濕艷姿,³⁾　담홍색 흐르는 안개에 고운 자태가 젖었는데
行雲飛去明星稀.⁴⁾　열구름 날아가고 샛별이 희미하네.
目極魂斷望不見,　눈 닿는 데까지 보아도 넋이 끊겨 바라보이지 않으니
猿啼三聲淚沾衣.⁵⁾　원숭이 울음 세 번에 눈물이 옷을 적시네.

주석

1) 巴江(파강) : <삼파기三巴記>에 부릉涪陵(지금의 중경시)으로 유입하는 하천이 세 번 굽이

116

처 흘러 '파巴'자 모양을 이루므로 파강이라 하며, 협곡을 통과하는 구역을 파협巴峽 및 파강이라 한다고 하였다.

2) 高丘(고구) : 송옥宋玉의 <고당부高唐賦>에서 무산신녀가 초나라 왕과 작별하며 "저는 무산의 남쪽, 고구에 있습니다. 아침에는 아침 구름이 되고 저녁에는 내리는 비가 되어 아침마다 저녁마다 양대에 있습니다.(妾在巫山之陽, 高丘之阻. 旦爲朝雲, 暮爲行雨, 朝朝暮暮, 陽臺之下)"라 하였다.

3) 輕紅(경홍) : 옅은 붉은색.
   艶姿(염자) : 아리따운 모습.

4) 明星(명성) : 금성. 새벽에 동쪽 하늘에서 볼 수 있다.
   行雲(행운) : 지나가는 구름.

5) 啼(제) : 울다.
   沾(점) : 적시다.

해설

이 시에서는 초나라 왕이 꿈에 무산신녀와 함께 했으나 새벽에 아침 구름과 함께 신녀가 사라진 모습을 눈물로 그리워하는 모습을 그렸다.

2-5-19-2

見盡數萬里,	수만 리를 다 보아도
不聞三聲猿.	세 번의 원숭이 울음은 들리지 않네.
但飛蕭蕭雨,[1]	단지 부슬부슬 비가 날리고
中有亭亭魂.[2]	그 속에 청초한 넋이 있네.
千載楚襄恨,	천 년토록 이어진 초 양왕의 한과
遺文宋玉言.[3]	송옥이 남긴 문장이여.
至今青冥裏,[4]	지금까지 푸른 산속에
雲結深閨門.[5]	구름이 깊은 규방 문에 맺혀 있네.

1) 蕭蕭(소소) : 비가 내리는 소리.

2) 亭亭(정정) : 아름답고 고결한 모습.

3) 宋玉言(송옥언) : 송옥의 말. <고당부高唐賦>를 가리킨다.

4) 靑冥(청명) : 푸른 산.

5) 閨門(규문) : 여자가 사는 방의 문. 무산신녀의 거처를 가리킨다.

해설

이 시에서는 슬픔을 일으키는 원숭이 소리조차 사라진 적막한 공간으로 무산을 상정하고, 저녁 빗속의 고결한 영혼과 아침 구름이 낀 거처를 통해 무산신녀의 전설을 형상화하고 있다.

2-5-20 무산고巫山高
　　　　이하李賀

碧叢叢,1)	푸르름이 뭉텅이로
高揷天.	높이 하늘에 꽂혔다.
大江翻瀾神曳煙,2)	장강이 물결을 뒤집고 신이 안개를 끌고
楚魂尋夢風颯然,3)	초나라 왕의 넋이 꿈에서 찾는지 바람이 쏴아 부는데
曉風飛雨生苔錢.4)	새벽바람이 비를 날리니 이끼가 돋네.
瑤姬一去一千年,5)	요희가 한 번 떠난지 천 년토록
丁香筇竹啼老猿.6)	정향나무와 공죽 숲에서 늙은 원숭이가 운다.
古祠近月蟾桂寒,7)	옛 사당이 달에 가까운데 두꺼비와 계수나무는 차갑고
椒花墜紅濕雲間.8)	화초의 붉은 꽃이 젖은 구름 사이로 떨어진다.

1) 叢叢(총총) : 사물이 한데 모여 있는 모습.

118

2) 瀾(란) : 파도.

  神曳煙(신예연) : 신이 연기를 끌다. 무산신녀가 아침 구름이 되어 떠가는 것을 가리킨다.

3) 楚魂尋夢(초혼심몽) : 초나라 임금의 혼령이 꿈에서 무산신녀를 찾다. <고당부>에서 "옛날
  선왕께서 고당에서 노니실 적에 피로하여 낮잠을 주무셨습니다. 꿈에 어느 부인을 보았는
  데 말하기를, '저는 무산의 신녀인데 고당에 손님으로 있습니다. 임금께서 고당에서 노니신
  다고 하여 베개와 깔개에서 모시고자 합니다'라고 하니, 임금께서 함께 하셨습니다.(昔者,
  先王嘗游高唐, 怠而晝寢. 夢見一婦人曰, 妾巫山之女也. 爲高唐之客, 聞君游高唐, 願薦枕席.
  王因幸之)"라 하였다.

  颰(시) : 바람이 부는 소리.

4) 曉風飛雨(효풍비우) : 새벽바람에 비가 날리다. '효람曉嵐'으로 된 판본이 있는데, 그때는
  새벽 산안개에 비가 날린다는 뜻이다.

  苔錢(태전) : 엽전 모양으로 둥글게 난 이끼.

5) 瑤姬(요희) : 무산신녀. 천제天帝의 막내딸. 시집가지 못하고 죽어서 무산 남쪽에 장사지냈는
  데 정령이 영지靈芝로 돋아났다고 한다. 일설에는 서왕모西王母의 딸인 운화부인雲華夫人이라
  고도 한다.

6) 丁香(정향) : 계설향鷄舌香. 정자향丁子香. 동남아시아의 열대지방에서 자라는 상록교목으로
  키가 10~20미터까지 자라며, 꽃봉오리를 말려 향신료로 쓴다.

  筇竹(공죽) : 공주邛州(지금의 사천성 성도시成都市)에서 나는 대나무. 키가 6미터까지 자라
  며 따뜻하고 습한 지역에 분포한다. 4월에 자주색 꽃이 피고 5월에 검은 열매가 맺힌다.

7) 古祠(고사) : 무산신녀에게 제사를 지내던 사당.

  蟾桂(섬계) : 달 속의 두꺼비와 금목서金木犀의 무늬.

8) 椒花墜紅(초화추홍) : 화초花椒의 붉은 꽃이 떨어지다. 화초는 운향과의 낙엽관목으로 가지에
  잔가시가 나고 5~6월에 누런색의 꽃이 피고 9월에 붉은색의 열매가 무더기로 열린다. 주석
  가들은 꽃이 누런색임에 비추어 떨어지는 것은 꽃이 아니라 열매로 보고 있다.

해설

  이 시에서는 높은 무산 봉우리와 거센 협곡의 물결에서 구름과 비바람이 이는 모습으로
무산신녀의 전설을 드러내었다. 사랑하는 여자와 헤어진 임금의 처연하고 쓸쓸한 심정을

이국적인 자연 경물로 묘사하고 있다. 이 시를 안녹산의 난을 피해 촉 땅으로 가던 중 마외馬嵬
에서 죽은 양귀비와 그를 그리워하는 당 현종의 이야기로 보는 평도 있다.

2-5-21 무산고巫山高
　　　　　승제기僧齊己

巫山高,	무산은 높고
巫女妖. [1]	무녀는 아리땁다.
雨爲暮兮雲爲朝,	비 오면 저녁이요 구름 끼면 아침인데
楚王憔悴魂欲銷. [2]	초나라 왕은 초췌하여 넋이 나기려 하네.
秋猿嚤嚤日將夕, [3]	가을 원숭이 끽끽거리고 해가 저물려 하는데
紅霞紫煙凝老壁.	붉은 노을 자줏빛 안개가 오래된 절벽에 엉기네.
千巖萬壑花皆坼, [4]	수많은 바위와 골짜기에 꽃이 다 피어도
但恐芳菲無正色. [5]	단지 향기로운 화초에 제 빛깔이 없을 것만 같네.
不知今古行人行,	모르겠네 지금이나 옛날이나 나그네가 지날 적에
幾人經此無秋情. [6]	몇 사람이나 이곳을 지나면서 가을 정취 없었으랴.
雲深廟遠不可覓, [7]	구름은 깊고 사당은 멀어 찾을 수 없는데
十二峰頭插天碧.	열두 봉우리가 하늘에 꽂혀 푸르네.

주석

1) 巫女(무녀) : 무산신녀.
　　妖(요) : 아름답다.
2) 魂欲銷(혼욕소) : 영혼이 육신을 벗어나 흩어지려 하다. 애수가 극에 달한 모습이다.
3) 嚤嚤(호호) : 울부짖는 소리.
4) 坼(탁) : 터지다. 꽃이 피다.
5) 芳菲(방비) : 향기로운 화초.
　　正色(정색) : 미색. 아름다운 모습.

6) 秋情(추정) : 가을의 정서. 쓸쓸함.
7) 廟(묘) : 무산신녀를 모신 사당.

해설

이 시에서는 꿈에서 만난 무산신녀를 다시 보지 못해 초췌해진 초나라 왕의 모습을 상상하며, 가을의 쓸쓸한 정취를 드러내었다. 무산에 들른 행인이 모두 시름에 젖어 만발한 꽃도 아름다워 보이지 않지만, 그저 무산 봉우리만 무심하게 높이 솟아 있다고 하였다.

2-6 장진주 將進酒 4수

2-6-1 장진주將進酒
   양梁 소명태자昭明太子

洛陽輕薄子,[1]	낙양의 경박한 자제와
長安遊俠兒.[2]	장안의 협객들이,
宜城溢渠盌,[3]	의성주를 조개잔에 넘치도록 붓고
中山浮羽巵.[4]	중산주에 날개잔을 띄운다네.

주석

1) 輕薄子(경박자) : 언행이 신중하지 못한 젊은이.
2) 遊俠兒(유협아) : 의협심이 있어 몸을 아끼지 않고 남을 돕는 사나이.
3) 宜城(의성) : 맛 좋은 술 이름. 고대 양주襄州 의성(지금의 호북성 양양시襄陽市)의 술이 유명했는데, 이곳의 금사천金沙泉 물로 빚은 술을 의성춘宜城春 또는 죽엽주竹葉酒라고 한다. 渠盌(거완) : 거거車渠라는 수레바퀴 무늬의 조개껍데기로 만든 술잔. '거완渠椀'이라고도 한다.
4) 中山(중산) : 맛 좋은 술 이름으로 천일주千日酒라고도 한다. 중산은 춘추전국시대의 제후국으로 지금의 하북성 정주시定州市에 있었다.

羽卮(우치) : 술잔의 양쪽에 달린 귀가 새의 날개 모양이라서 붙은 이름이라는 설이 있다. '우상羽觴'이라고도 한다.

해설

이 시에서는 낙양이나 장안 같은 큰 도회지에서 경박한 젊은이와 협객이 값비싼 술을 마시는 모습을 서술하고 있다.

2-6-2 장진주將進酒
　　　　당唐 이백李白

君不見黃河之水天上來,	그대는 보지 못했나 황하가 하늘에서 내려와
奔流到海不復回.	바다로 세차게 흘러가 되돌아오지 않는 것이.
君不見高堂明鏡悲白髮,	그대는 보지 못했나 저택의 거울 보고 슬픈 백발이,
朝如靑絲暮成雪.[1]	아침에는 검푸른 실 같았는데 저녁에 눈이 된 것이.
人生得意須盡歡,	인생에 득의하면야 당연히 기쁨을 다하겠지만
莫使金樽空對月.[2]	금빛 술통이 텅 비어 달만 비치게 하지 말라.
天生我材必有用,[3]	하늘이 나의 재주 냈으면 반드시 쓰일 곳 있으리니
千金散盡還復來.	천금을 다 흩어도 또다시 오리라.
烹羊宰牛且爲樂[4]	양 삶고 소 잡아 일단 즐기세
會須一飮三百杯.[5]	한 번 마시면 삼백 잔은 해야지.
岑夫子,[6]	잠부자여
丹丘生,[7]	단구생이여,
將進酒[8]	술을 드시오
杯莫停.	잔 놓지 마시오.
與君歌一曲,	그대에게 노래 한 곡 불러줄 테니
請君爲我傾耳聽.	그대는 내게 귀를 기울여 들어주오.

鐘鼓饌玉不足貴,9)	훌륭한 음악, 진수성찬도 귀할 것 없으니
但願長醉不復醒.	단지 오래 취한 채 다시 깨지 않았으면.
古來聖賢皆寂寞,10)	예로부터 성현은 다 적막하고
唯有飲者留其名.	오직 술 마시는 이만 이름을 남겼다네.
陳王昔時宴平樂,11)	조식은 옛날 평락관에서 잔치를 열어
斗酒十千恣歡謔.12)	술을 만 말이나 마시며 즐거움을 만끽했다지.
主人何爲言少錢,	주인은 어째서 돈이 모자란다고 하시나
徑須沽取對君酌.13)	얼른 사다가 그대 마주하고 한 잔 해야지.
五花馬,14)	오화마와
千金裘,15)	천금구를,
呼兒將出換美酒,16)	아이 불러 가져가서 좋은 술로 바꿔주오
與爾同銷萬古愁.17)	여러분과 함께 만고의 시름을 풀어보세나.

주석

1) 暮成雪(모성설) : 저물녘에 눈이 되다. 늘그막에 머리가 눈처럼 하얗게 세었다는 말이다.

2) 金樽(금준) : 술통을 아름답게 이르는 이름.

3) 天生我材必有用(천생아재필유용) : 왕기王琦 주注 ≪이태백집李太白集≫에는 "하늘이 우리를 낳아 뛰어난 재주가 있는데(天生我徒有俊材)"라고 되어 있는데 다음 구와 압운이 일치한다.

4) 宰(재) : 도축하다.

　　且(차) : 잠시. 일단.

5) 會須(회수) : 반드시. 모름지기.

6) 岑夫子(잠부자) : 이백의 친구 잠훈岑勛. '부자夫子'는 남자에 대한 높임말이다.

7) 丹丘生(단구생) : 이백의 친구인 도사 원단구元丹丘. '생生'은 선생先生의 줄임말로 지식인을 가리킨다.

8) 將進酒(장진주) : '장'은 청하다. '진'은 마신다는 뜻이다.

9) 鐘鼓(종고) : 종과 북. 예식에 쓰이는 음악 연주.

饌玉(찬옥) : 옥처럼 귀한 음식.

이 구는 "종과 솥, 옥과 비단도 기뻐할 것 없으니(鐘鼎玉帛不足悅)"라고 된 판본도 있다.

10) 寂寞(적막) : 고요하다. 성현은 죽은 뒤 아무도 알아주지 않는다는 뜻이다.

11) 陳王(진왕) : 조식曹植(192~232). 자는 자건子建, 시호는 사思이다. 삼국시대 위나라 명제明帝 때 진왕으로 봉해졌다. 역대로 최고의 글솜씨로 인정받았다. ≪조자건집曹子建集≫에 80여 수의 시가 전한다.

平樂(평락) : 평락관平樂觀. 한나라 명제明帝 때 낙양성 서쪽에 평락관을 지었는데 위나라 때까지 열병閱兵과 연회용으로 쓰였다.

12) 斗酒十千(두주십천) : 만 말의 술. 조식의 <명도편名都篇>에 "사냥에서 돌아와 평락관에서 잔치를 여니 맛 좋은 술이 만 말이나 있네.(歸來宴平樂, 美酒斗十千)"라고 하였다. 한 말에 만금인 값진 술로 보는 설도 있다.

恣(자) : 마음대로 하다.

歡謔(환학) : 즐거움. 기쁨.

13) 徑須(경수) : 곧장 해야 한다.

沽(고) : 사다.

14) 五花馬(오화마) : 꽃잎이 다섯 장인 꽃무늬로 털을 장식한 말.

15) 千金裘(천금구) : 천금의 값진 가죽옷.

16) 將出(장출) : 갖고 나가다.

17) 銷(소) : 없애다.

爾(이) : 이인칭. 잠부자와 단구생을 가리킨다.

해설

이 시에서는 흐르는 시간을 돌이킬 수 없으니 뜻을 얻어 출세하기를 기다리지 말고 지금 이 자리에서 술을 마시며 즐거움을 누리자고 제안하고 있다. 고대광실도 부귀영화도 성현도 다 필요 없고 술만 있으면 된다고 하였지만, 사실은 조식처럼 재능이 있어도 인정받지 못하는 시인의 처지가 만고의 시름이 생기는 원인이라고 할 수 있다.

2-6-3 장진주將進酒
　　　　원진元稹

將進酒,	술 한 잔 드세요
將進酒,	술 한 잔 드세요,
酒中有毒酖主父,[1]	술에는 독이 있어 나리를 해칠 텐데
言之主父傷主母.[2]	나리께 말씀드리면 마님이 다칠 테지요.
母爲妾地父妾天,	마님은 첩에게 땅이요 나리는 첩에게 하늘인데
仰天俯地不忍言.[3]	하늘을 우러르고 땅을 굽어보니 차마 말할 수 없네요.
佯爲僵踣主父前,[4]	실수인 척 나리 앞에서 엎어지니
主父不知加妾鞭.[5]	나리는 사정도 모르고 첩을 매질했지요.
旁人知妾爲主說,[6]	다른 이가 첩을 알아주어 대신 나리께 말씀드리니
主將淚洗鞭頭血.	나리는 눈물이 흘러 채찍 끝에 묻은 피를 씻었지요.
推椎主母牽下堂,[7]	마님을 밀치고 때려 당에서 끌어내리고
扶妾遣升堂上牀.[8]	첩을 부축하여 당상의 침상에 올려보내시네요.
將進酒,	술 한 잔 드세요.
酒中無毒令主壽.	술에 독이 없으니 나리께서는 오래 사실 거예요.
願主回恩歸主母,[9]	나리께서 은혜를 마님에게 돌려주시고
遣妾如此事主父.[10]	첩이 이렇게 나리를 모시게 해주시길.
妾爲此事人偶知,	첩이 이 일을 한 것을 남이 우연히 알게 되니
自慚不密方自悲.[11]	남모르게 하지 못한 것이 스스로 부끄러워 스스로 슬퍼하네요.
主今顚倒安置妾,[12]	나리가 이제 거꾸로 첩을 대우하면
貪天僭地誰不爲.[13]	하늘을 탐내고 땅을 넘어선다고 하지 않는 이 누가 있겠어요.

주석

1) 酖(짐) : 독주. 여기서는 독주로 사람을 해친다는 뜻.

   主父(주부) : 첩이나 하인이 남자 주인을 부르는 말.

2) 主母(주모) : 첩이나 하인이 여자 주인을 부르는 말.

3) 俯(부) : 내려다보다.

4) 佯(양) : 거짓으로 꾸미다.

   僵踣(강북) : 거꾸러지다. 엎어지다.

5) 鞭(편) : 채찍질하다.

6) 旁人(방인) : 다른 사람.

7) 推(퇴) : 밀치다.

   椎(추) : 몽둥이질하다.

8) 牀(상) : 침상.

9) 回恩歸(회은귀) : 은혜를 되돌려 주다. 마님을 용서하라는 뜻이다.

10) 如此(여차) : 이와 같이. 지금처럼.

11) 密(밀) : 비밀. 남이 알지 못하게 하다.

12) 安置(안치) : 안배하다. 첩을 마님의 지위로 높인 것이다.

13) 僭地(참지) : 땅에게 참람하게 굴다. 첩이 마님의 지위를 넘보는 것이다.

해설

《사기 · 소진열전蘇秦列傳》에 소진이 제나라와 연나라에서 재상 벼슬을 겸직했는데 제나라가 연나라의 땅을 빼앗았다. 그러자 소진은 땅을 돌려주는 것이 제나라에도 이익이라고 제나라 왕을 설득하여 일을 성사시킨다. 하지만 소진은 정적의 참언으로 연나라 왕의 의심을 받았다. 소진은 연나라 왕에게 유세하였다. 아내가 간통을 들키지 않으려고 술에 독약을 타서 첩이 남편에게 드리게 했는데, 첩이 아내도 쫓겨나지 않고 남편도 죽지 않게 하려고 실수인 척 엎어져 술을 쏟고는 남편에게 매를 50대 맞았다는 것이다. 즉 자신도 그런 처지임을 피력함으로써 연나라 왕을 설득해 복직에 성공한다.

그런데 원진은 <장진주>에서 한 걸음 더 나아가 사실을 알게 된 나리가 마님을 내쫓고 첩을 마님의 자리에 앉힌 상황을 설정하면서 그것이 아랫사람이 윗사람을 넘보게 만드는 불합리한 처사임을 피력하였다. 소진이 연나라와 제나라 왕을 위해 일하다가 곤경에 처하자 나리와 마님의 갈등을 해결하려다 매를 맞은 첩의 이야기를 지어냈듯이, 원진 또한 당시 모종의 권력 다툼을 염두에 두고 이 작품을 구상하여 풍간한 것으로 보인다.

2-6-4 장진주將進酒
이하李賀

瑠璃鍾,[1]	청금석 술통에는
琥珀濃,[2]	호박빛이 짙고,
小槽酒滴眞珠紅.[3]	압착기에서는 진주홍 술 방울이 떨어지네.
烹龍炮鳳玉脂泣,[4]	용을 삶고 봉황을 구우니 옥 기름이 흐느끼고
羅屛繡幕圍香風.[5]	수놓은 비단 장막은 향기를 둘러쳤네.
吹龍笛,[6]	용 피리를 불고
擊鼉鼓,[7]	악어 북을 치며,
皓齒歌,[8]	하얀 이가 노래하고
細腰舞.[9]	가는 허리가 춤추네.
況是靑春日將暮,[10]	하물며 푸른 봄의 날이 다 지나가고
桃花亂落如紅雨.	복사꽃 어지러이 떨어져 붉은 비와 같음에랴.
勸君終日酩酊醉,[11]	그대 종일 어질어질 취하도록 드시기를 권하니
酒不到劉伶墳上土.[12]	술은 유령의 무덤 위 흙에 이르지 않는다네.

주석

1) 瑠璃(유리) : 서역에서 나는 푸른빛 보석. 오늘날에는 청금석靑金石으로 알려져 있다. 유리는 '琉璃'라고도 한다.
  鍾(종) : 술을 담는 그릇.
2) 琥珀(호박) : 송진 등의 수지樹脂가 땅속에서 오랜 세월 응결하여 생성된 누런빛 또는 적황색 보석. 맛 좋은 술의 빛깔을 가리킨다. 호박으로 만든 술잔으로 볼 수도 있다.

3) 小槽(소조) : 원료를 짜서 술을 만드는 기구.

　　眞珠紅(진주홍) : 술 이름.

4) 烹龍炮鳳(팽룡포봉) : 용을 삶고 봉황을 굽다. 진귀한 요리를 형용한다.

　　玉脂泣(옥지읍) : 옥처럼 하얀 기름이 흐느끼다. 기름진 음식을 조리하는 모습.

5) 羅屛繡幕(나병수막) : 비단에 화려한 무늬를 수놓아 만든 장막.

　　香風(향풍) : 향기를 띤 바람.

6) 龍笛(용적) : 소리가 물속의 용울음과 비슷하다는 피리.

7) 鼉鼓(타고) : 악어가죽으로 만든 북.

8) 皓齒(호치) : 치아가 새하얀 미인.

9) 細腰(세요) : 허리가 날씬한 미인.

10) 靑春(청춘) : 초목이 푸르른 봄철.

　　日將暮(일장모) : 해가 저물려 하다. 여기서는 봄날이 다 지나가려는 것을 가리킨다.

11) 酩酊(명정) : 술에 취한 모습.

12) 劉伶(유령) : 서진西晉의 명사로 자는 백륜伯倫, 패국沛國(오늘날의 안휘성 회북시淮北市) 사람. 죽림칠현으로 일컬어졌으며 술을 좋아하기로 유명하다. 저작에 <주덕송酒德頌>이 있다.

해설

　이 시에서는 호화로운 술과 안주에 가무 공연을 곁들인 잔치를 벌이며 마음껏 술을 마시도록 권하고 있다. 아무리 생전에 술을 많이 마시던 유령이라도 죽고 나면 더이상 마실 수 없게 되기 때문이다.

2-7 군마황 君馬黃 3수

2-7-1 군마황君馬黃
　　　　진陳 채군지蔡君知

　君馬徑西極,[1]　　임금의 말은 서쪽 끝으로 가고

臣馬出東方. 신하의 말은 동방으로 나가네.
足策浮雲影,[2] 발은 부운의 그림자를 채찍질하고
珂連明月光.[3] 굴레 장식은 명월주의 빛에 이어지네.
水凍恒傷骨, 물이 얼어 늘 뼈까지 시리고
蹄寒爲踐霜.[4] 서리를 밟으니 말발굽도 차갑네.
躊躇嗟伏櫪,[5] 주저하며 구유에 엎드린 신세를 탄식하나니
空想欲從良.[6] 공연히 왕량을 따라가 볼까 생각하네.

주석

1) 徑(경) : 지나다.
   西極(서극) : 서쪽 변경의 끝.
2) 浮雲(부운) : 한漢 문제文帝가 대代에서 데려온 아홉 마리 준마 중 하나.
   이 구는 '策擧浮雲影(채찍은 뜬구름 그림자를 들어올리고)'으로 된 판본도 있다.
3) 珂(가) : 말에 씌우는 굴레의 장식.
   明月(명월) : 밝은 달처럼 빛나는 구슬. 야광주夜光珠라고도 한다.
4) 蹄(제) : 말발굽.
5) 躊躇(주저) : 머뭇거리다.
   嗟(차) : 탄식하다.
   伏櫪(복력) : 말구유에 엎드리다. 마구간에 갇혀 지내는 말을 가리킨다.
6) 良(량) : 왕량王良. 춘추시대 조趙나라의 말을 잘 몰기로 유명했던 사람. 《서경잡기西京雜記》
   에 한 문제가 아홉 마리 준마를 잘 다루는 내선來宣을 왕량이라 불렀다는 기록이 있다.

해설

이 시에서는 임금에게 인정받지 못한 채 고생하는 신하의 신세를 한탄하고 있다. 체력도
뛰어나고 마구馬具의 장식도 훌륭하지만, 임금을 따라 서쪽의 원정에 참여하지 못하고 헛되이
고생하면서 자신을 알아주는 새로운 주인을 만나고 싶어하는 말의 처지에 스스로를 비유하였다.

2-7-2 군마황君馬黃

장정견張正見

2-7-2-1

幽幷重騎射,[1]	유주와 병주는 말타기와 활쏘기를 중시하는데
征馬正盤桓.[2]	원정 가는 말은 막 주저하고 있네.
風去長嘶遠,[3]	바람이 부니 긴 울음 멀리까지 퍼지고
冰堅度足寒.[4]	얼음이 단단하니 건너는 발굽 차갑다.
出關聊變色,[5]	관문을 나서니 얼굴빛이 언뜻 변하였고
上坂屢停鞍.[6]	비탈을 오를 때 자주 안장을 멈추었네.
卽今隨御史,[7]	지금은 어사를 따라가지만
非復在樓蘭.[8]	다시는 누란에 있지 않으리.

주석

1) 幽幷(유병) : 유주와 병주. 지금의 하북성, 산서성 북부 및 내몽골, 요령성 일부에 해당한다. 풍속이 임협任俠을 숭상하여 호방하고 의협심 있는 기상으로 유명하다.

2) 正(정) : 힌창. '자自'로 된 판본이 있는데 스스로, 저 혼자의 뜻이다.

盤桓(반환) : 배회하다. 머뭇거리다.

3) 嘶(시) : 말 울음소리.

4) 度(도) : 강을 건너다. '도渡'와 같다.

5) 聊(료) : 약간. 결국.

變色(변색) : 두려움으로 낯빛이 변하다.

6) 坂(판) : 비탈. 언덕.

7) 卽今(즉금) : 지금. 오늘. '즉령卽令'으로 된 판본이 있는데 곧바로 명령하다의 뜻이다.

御史(어사) : 감찰, 감독의 직책을 맡은 관원.

8) 樓蘭(누란) : 지금의 신장 위구르자치구 바인궈렁 몽골자치주에 있던 토하라계 도시국가로 토하라어로는 '크로란Krorän'이라고 한다. 타림 분지에서 실크로드 교역으로 번영하면서

월지, 흉노의 지배를 받으며 한나라와 자주 무력 충돌을 빚었다. 한 무제의 정벌 이후 점차 한나라의 세력권에 들어왔고, 기원전 77년에 한나라에 멸망하여 선선鄯善으로 국호가 바뀌었다. 진晉나라 이후 4세기경에는 황폐하여 버려진 땅이 되었다.

이 시에서는 말을 타고 변방으로 길을 떠나 거칠고 낯선 자연환경에 긴장하는 모습을 묘사하고 있다. 어사를 따라 출정하지만 다시는 누란과 같은 황폐한 변방에 있지 않으리라는 결심을 나타내었다.

2-7-2-2

五色乘馬黃,[1)	오색마 네 마리 말은 누렇고
追風時滅沒.[2)	바람을 쫓아 때때로 사라진 듯 빠르네.
血汗染龍花,[3)	핏빛 땀은 용마의 꽃을 물들이고
胡鞍抱秋月.[4)	호인의 말안장은 가을 달을 안았네.
唯騰渥洼水,[5)	오직 악와수로만 뛰어들고
不飲長城窟.[6)	장성굴에서 물도 마시지 않네.
詎待燕昭王,[7)	어찌 기다리리 연 소왕이
千金市駿骨.[8)	천금으로 준마의 뼈를 사들이는 때를.

1) 五色(오색) : 준마의 이름. 털에 오색의 꽃무늬가 있는 것으로 보인다.
   乘馬(승마) : 수레를 끄는 네 마리의 말.
2) 追風(추풍) : 바람을 쫓아 빠르게 달리다. 준마의 이름으로 볼 수도 있다.
   滅沒(멸몰) : 달리는 속도가 빨라 사라진 듯하다는 뜻.
3) 血汗(혈한) : 옛날 대원大宛(지금의 우즈베키스탄 페르가나 분지)에서 나던 명마로 핏빛의 땀을 흘린다고 알려졌다.

龍花(용화) : 용마龍馬의 꽃무늬.

4) 胡鞍(호안) : 변방 이민족 병사의 말안장.

抱(포) : 껴안다. 달빛이 안장에 비친 모습을 비유한 말이다.

5) 騰(등) : 말이 내달리다.

渥洼水(악와수) : 지금의 감숙성 안서현(安西縣)에 흐르는 물. 명마의 산지로 유명하다.

6) 長城窟(장성굴) : 장성 주둔군의 말의 식수를 저장하던 우물.

7) 詎(거) : 어찌.

燕昭王(연소왕) : 전국시대 연나라의 임금. 소양왕昭襄王이라고도 하며, 성명은 희직姬職. 연나라가 자지子之의 난과 제나라의 침공으로 피폐해진 가운데 즉위했다. 악의樂毅 등 인재를 등용하여 부국강병에 힘쓰고, 제나라에 복수전을 벌여 수도 임치臨淄를 함락하는 등 국력을 신장하였다.

8) 千金(천금) 구 : 연 소왕이 인재를 구하려고 곽외郭隗에게 조언을 구하자, 곽외는 천리마를 구하려고 죽은 명마의 머리를 오백 금에 사들인 임금의 이야기를 들려주었다. 이어서 인재를 찾으려면 우선 자신부터 대우해달라고 하였다. 이에 곽외를 후대하니 악의, 추연鄒衍, 극신劇辛 등의 인재가 각국에서 모여들었다.

해설

이 시에서는 변경의 명마가 속도와 용맹을 뽐내는 기상을 나타내었다. 땀에 얼룩진 털무늬와 밤에 달빛이 비친 안장이 색과 온도의 대비를 이룬다. 악와수에 뛰어드는 것은 장성의 우물을 마실 틈도 없기 때문이다. 명마는 현상금을 걸고 따로 찾을 필요도 없이 바로 이 말에게 중요한 임무를 맡기고 적합한 대우를 해주어야 한다는 뜻을 담고 있다.

2-7-3 군마황君馬黃
　　　　당唐 이백李白

君馬黃,　　　　그대의 말은 누렇고
我馬白.　　　　내 말은 하얗네.
馬色雖不同,　　말의 색깔은 비록 달라도

人心本無隔.[1]	사람 마음은 본디 격의가 없네.
共作遊冶盤,[2]	함께 유흥의 즐거움을 누리고
雙行洛陽陌.[3]	짝지어 낙양의 거리를 다니네.
長劍旣照曜,[4]	긴 칼이 이미 번뜩이는 데다가
高冠何絶赫.[5]	높은 관은 어찌나 돋보이는지.
各有千金裘,[6]	각자 천금의 갓옷이 있으며
俱爲五侯客.[7]	다들 제후의 문객이 되었네.
猛虎落陷阱,	사나운 호랑이도 함정에 빠지고
壯夫時屈厄.[8]	씩씩한 사나이도 때로는 곤궁하네.
相知在急難,[9]	지기는 재난 구제에 있는데
獨好亦何益.	혼자만 좋으면 또 어디에 보탬이 되겠는가.

주석

1) 隔(격) : 간격. 격의隔意.

2) 遊冶(유야) : 유흥. 음주, 가무의 향락을 가리킨다.
   盤(반) : 유락遊樂. 오락.

3) 陌(맥) : 저잣거리.

4) 照曜(조요) : 빛나다.

5) 絶赫(혁혁) : 빛나는 모양.

6) 裘(구) : 짐승의 털가죽으로 안을 댄 옷.

7) 五侯(오후) : 권문세족. 예컨대 후한 때 대장군 양기梁冀가 권력을 휘둘러 아들 양윤梁胤,
   숙부 양양梁讓, 친족 양숙梁淑, 양충梁忠, 양극梁戟 다섯 명을 모두 제후에 봉한 사례가 있다.

8) 壯夫(장부) : 혈기가 왕성한 영웅호걸.
   屈厄(굴액) : 곤궁.

9) 相知(상지) : 서로를 알아줌. 속마음을 알아주는 친구.
   急難(급난) : 다른 사람이 곤경에서 빠져나오도록 애씀.

이 시에서는 함께 부귀영화를 즐기되 곤경에 빠지면 서로를 도우며 살자고 당부하였다. 염량세태에 대한 풍자가 담겨 있다.

2-8 방수 芳樹 13수

2-8-1 방수芳樹
제齊 사조謝朓

早玩華池陰,[1]	아침에 꽃 핀 못 그늘을 구경하고
復鼓滄洲栧.[2]	다시 물가에서 노를 젓는다.
旖旎芳若斯,[3]	흐드러진 꽃이 이와 같고
葳蕤紛可繼.[4]	울창한 나무는 어지러이 이어지네.
霜下桂枝銷,[5]	서리 내리면 계수 가지에서 사라지니
怨與飛蓬逝.[6]	날리는 쑥과 함께 가버리는 것이 원망스럽네.
不厠玉盤滋,[7]	옥쟁반에 풍성하게 담을 수 없어
誰憐終委細.[8]	끝내 초라해지는 것을 누가 가련히 여길까.

주석

1) 華池陰(화지음) : 연못가에 핀 꽃나무의 그늘. '화지'는 꽃이 아름답게 핀 연못.

2) 鼓滄洲栧(고창주예) : 물가에서 노를 젓다. '고예鼓栧'는 노를 저어 배를 움직이다. '창주'는 물가. 은자가 머무는 곳을 말한다.

3) 旖旎(의니) : 성대하고 아름다운 모습.

4) 葳蕤(위유) : 가지와 잎이 무성한 모습.

5) 桂枝(계지) : 계수의 가지. 계수는 목서. 물푸레나무과의 꽃나무로 9월경에 향기로운 꽃이 핀다.

銷(소) : 사라지다. 서리를 맞아 꽃이 지는 것을 말한다.

6) 飛蓬(비봉) : 날리는 쑥. 또는 민망초로 보기도 한다. 민망초는 국화과의 두해살이풀로 높이는 15~90cm이다.

7) 厠(측) : 섞다. 늘어놓다. '측렬厠列'의 뜻이다.

　　玉盤(옥반) : 옥쟁반.

　　滋(자) : 풍성한 물건.

8) 委細(위세) : 사소하다. 자잘하다.

해설

이 시에서는 꽃이 가득 핀 나무가 가을에 시들어 앙상해진 것을 탄식하였다. 전반부에서 울창하게 우거진 나무에 꽃이 활짝 핀 성대함을 묘사하였고, 후반부에서 서리를 맞아 꽃이 져서 쟁반에 담을 것도 없이 초라해진 모습을 안타까워하였다. 이는 능력을 인정받지 못하고 재야에 머무는 신세를 한탄한 것으로 볼 수 있다.

2-8-2 방수芳樹
　　　　왕융王融

相望早春日,[1]	서로를 바라보던 이른 봄날에는
煙華雜如霧.[2]	자욱이 핀 꽃이 안개처럼 뒤섞였는데
復此佳麗人,	이곳에 다시 돌아온 미인은
含情結芳樹.[3]	품은 감정이 꽃 핀 나무에 맺히네.
綺羅己自憐,[4]	미인은 너무나 자신이 가엾어
萱風多有趣.[5]	원추리 바람에 흥취가 많다네.
去來徘徊者,	오가며 배회하는 자를
佳人不可遇.	가인은 만날 수 없다네.

주석

1) 相望(상망) : 서로 바라보다. '상사相思'로 된 판본도 있는데, '서로 그리워하다'라는 뜻이다.

2) 煙華(연화) : 안개처럼 자욱이 핀 꽃.

3) 含情(함정) : 품은 감정. '함자含姿'로 된 판본도 있는데, '아름다운 자태를 띠다'라는 뜻이다.

4) 綺羅(기라) : 화려한 비단옷을 입은 이. 앞의 미인을 가리킨다.

　已(이) : 너무.

　自憐(자련) : 자기 신세를 가련히 여기다.

5) 萱風(훤풍) : 원추리로부터 부는 바람. 원추리는 근심을 잊는 풀이라는 뜻인 망우초忘憂草라고도 한다. ≪시경詩經≫ <백혜伯兮>에 "어떡하면 원추리를 얻어 뒤뜰에 심을까. 임이 그리워 내 마음 아프네.(焉得諼草, 言樹之背. 願言思伯, 使我心痗.)"라고 하였다. '훤풍喧風'으로 된 판본도 있는데, 따뜻한 봄바람이라는 뜻이다.

해설

　이 시에서는 미인이 헤어진 임을 그리는 모습을 나타내었다. 예전에 임과 함께 노닐던 꽃나무에 다시 왔으나 임은 곁에 없어 그리운 감정만 품고 있다. 근심을 잊게 하는 원추리를 아끼고 좋아하지만 먼 곳을 떠도는 임을 만나지 못하는 신세이다.

2-8-3 방수芳樹
　　　　양梁 무제武帝

綠樹始搖芳,	푸른 나무가 향기를 흔들기 시작하는데
芳生非一葉.	향기가 나는 것은 한 장의 꽃잎이 아니라네.
一葉度春風,[1]	한 장의 꽃잎에 봄바람 불어오면
芳芳自相接.[2]	향기와 향기가 서로 맞닿네.
色雜亂參差,[3]	빛깔이 섞여 어지러이 들쭉날쭉하고
衆花紛重疊.[4]	뭇 꽃이 분분히 포개지네.
重疊不可思,	포개진 꽃을 일일이 떠올릴 수 없으니

思此誰能愜.⁵⁾   이를 생각하면 누가 즐거워하리.

주석

1) 度春風(도춘풍) : 봄바람을 거치다.

2) 自相(자상) : 서로.

3) 參差(참치) : 가지런하지 않은 모양. 여러 색의 꽃이 뒤섞인 모습이다.

4) 重疊(중첩) : 같은 사물이 층층이 겹친 모양.

5) 愜(협) : 만족하다.

해설

이 시에서는 떨기로 꽃이 핀 나무에 바람이 불어 향기가 날리는데 향기로운 꽃잎 하나하나를 가려내어 정을 주지 못하는 모습을 세밀하게 묘사하였다. 봄바람은 임금에, 꽃나무는 궁중의 여인에 비유할 수 있다.

2-8-4 방수芳樹
양梁 원제元帝

芬芳君子樹,¹⁾	향기로운 군자수는
交柯御宿園.²⁾	어숙원에서 나뭇가지가 엇갈리네.
桂影含秋月,³⁾	계수의 그림자는 가을의 달을 머금고
桃色染春源.⁴⁾	복사나무 빛깔이 봄의 수원을 물들이네.
落英逐風聚,	떨어지는 꽃이 바람 따라 모이고
輕香帶蕊翻.⁵⁾	가벼운 향기는 꽃술과 함께 나부끼네.
叢枝臨北閣,⁶⁾	덤불진 가지는 북각을 향하고
灌木隱南軒.⁷⁾	키 작은 나무는 남헌에 숨어 있네.
交讓良宜重,⁸⁾	교양목은 참으로 중시해야 마땅하니
成蹊何用言.⁹⁾	오솔길이 생기는 것은 말해 무엇하리.

주석

1) 芬芳(분방) : 향기롭다.

   君子樹(군자수) : 나무 이름.

2) 柯(가) : 나뭇가지.

   御宿園(어숙원) : 한나라 때의 황실 원림 이름. 장안 남쪽 어숙천御宿川 가에 있었다고 함.

3) 桂影(계영) : 계수의 그림자. 계수는 목서. 물푸레나무과의 꽃나무로 9월경에 향기로운 꽃이 핀다.

   含秋月(함추월) : 가을에 뜬 달을 머금다. '함추색含秋色'으로 된 판본이 있는데, 가을의 경치를 띠었다는 뜻이다. '가을의 달을 따르다(隨秋月)'로 된 판본도 있다.

4) 桃色(도색) : 복사꽃의 색. '복사꽃(桃花)'으로 된 판본도 있다.

   春源(춘원) : 봄에 흐르는 냇물의 근원.

5) 蕊(예) : 꽃술.

6) 叢枝(총지) : 엉클어진 나뭇가지.

   北閣(북각) : 어숙원의 전각 이름으로 여겨진다.

7) 灌木(관목) : 줄기와 가지의 구별 없이 낮은 키로 자라는 나무.

   南軒(남헌) : 어숙원의 전각 이름으로 여겨진다.

8) 交讓(교양) : 서로 사양하다. 여기서는 교양목交讓木을 가리킨다. 교양목은 설이 분분한데, 한 꽃나무에서 한쪽과 다른 쪽의 꽃이 해마다 번갈아 꽃을 피우는 나무라는 설에 따른다.

   良(량) : 진실로.

9) 成蹊(성혜) : 사람이 자주 찾아 오솔길이 생기다. ≪사기史記 · 이장군열전李將軍列傳≫에 "복사꽃과 자두꽃은 말을 하지 않아도 아래에 저절로 오솔길이 생긴다.(桃李不言, 下自成蹊.)"라고 하였다. 여기서는 교양목의 꽃을 구경하러 사람이 모여드는 것을 말한다.

해설

이 시에서는 원림의 갖가지 향기로운 나무의 자태를 열거하며 군자의 덕성을 찬미하고 있다. 여러 가지 향기로운 나무가 철마다 달이나 냇물 등의 자연 경물과 어우러져 원림의 전각을 꾸며주는데, 그 가운데 한쪽과 다른 쪽의 꽃이 서로 양보하며 피는 교양목을 으뜸이라 하였다.

2-8-5 방수芳樹

       비창費昶

幸被夕風吹,	다행히 저녁에 부는 바람을 쐬고
屢得朝光照.	자주 아침에 비치는 햇살을 얻네.
枝偃疑欲舞,[1]	가지가 늘어지니 춤을 추려는 것 같고
花開似含笑.	꽃이 피니 웃음을 머금은 듯하네.
長夜路悠悠,	긴 밤에 길은 아득하여
所思不可召.[2]	그리운 이는 부를 수 없네.
行人早旋返,[3]	떠난 이가 일찍 돌아오시길
賤妾猶年少.[4]	저는 아직 나이가 어리니.

주석

1) 偃(언) : 가지를 가로로 뻗어 드리우다.
2) 召(소) : 부르다.
3) 旋返(선반) : 되돌아오다.
4) 賤妾(천첩) : 여자가 사랑하는 임에게 자기를 낮추어 이르는 말.

해설

  이 시에서는 향기로운 나무의 아름다운 모습을 묘사하고, 이어서 먼 길을 떠난 임이 일찍 돌아오기를 바라는 마음을 나타내었다. 바람과 햇빛을 충분히 받아 꽃과 가지가 무성한 나무와, 소식 없는 임을 밤새 기다리며 흐르는 세월을 염려하는 화자의 처지가 대조적이다.

2-8-6 방수芳樹

       심약沈約

發萼九華隈,[1]	구화전 모퉁이에 핀 꽃
開跗寒路側.[2]	추운 길가에 꽃이 피었네.

氳氲非一香,[3]　　자욱하니 한 가지 향기가 아니요

參差多異色.[4]　　들쭉날쭉 남다른 빛깔이 다채롭네.

宿昔寒飈擧,[5]　　밤에 찬바람이 거세게 불더니

摧殘不可識.[6]　　망가져 알아볼 수 없네.

霜雪交橫至,[7]　　눈서리 종횡으로 닥치니

對之長歎息.　　마주하며 길게 탄식하네.

주석

1) 萼(악) : 꽃받침. 꽃을 가리킨다.

　　九華(구화) : 구화전九華殿. 한나라 때 궁궐의 전각 이름이다.

　　隈(외) : 모퉁이.

2) 跗(부) : 꽃받침. 꽃을 가리킨다.

3) 氳氲(인온) : 향기가 짙은 것.

4) 參差(참치) : 일정하지 않은 모습.

　　異色(이색) : 특출난 빛깔.

5) 宿昔(숙석) : 늦은 밤.

　　寒飈(한표) : 거세게 부는 찬비람.

6) 摧殘(최잔) : 꺾여서 상한 모습.

7) 交橫(교횡) : 가로세로로 엇갈리다. 마구.

해설

　이 시에서는 늦가을 궁궐의 구석에 핀 꽃이 비록 향기롭고 빛깔이 특출났으나 찬바람, 눈과 서리를 맞아 꺾이고 시들어버린 아쉬움을 나타내었다.

2-8-7 방수芳樹

　　　구지丘遲

芳葉已漠漠,[1]	향기로운 잎이 우거진데다
嘉實復離離.[2]	탐스러운 열매 또한 주렁주렁 달렸네.
發景傍雲屋,[3]	높은 누각 곁으로 햇볕이 들기 시작하더니
凝暉覆華池.[4]	엉기는 볕기가 꽃 핀 연못을 덮네.
輕蜂掇浮穎,[5]	작은 벌은 떠다니는 까끄라기를 모으고
弱鳥隱深枝.	가냘픈 새는 깊은 숲의 나뭇가지에 숨었네.
一朝容色茂,[6]	하루아침에 용색이 무성하니
千春長不移.[7]	천년토록 길이 바뀌지 않겠네.

주석

1) 漠漠(막막) : 빽빽이 모여 있는 모습.

2) 離離(리리) : 열매가 가지에 가득 맺힌 모습.

3) 景(경) : 햇볕.

　傍(방) : 옆. 기대다.

　雲屋(운옥) : 높은 건물.

4) 凝暉(응휘) : 응결되는 햇볕의 기운. 해가 지면서 볕이 약해지는 모습으로 보인다.

　覆(부) : 덮다.

5) 掇(철) : 주워 모으다.

　穎(영) : 보리나 벼의 낱알 끝에 붙은 수염. 여기서는 꽃술을 가리키는 듯하다.

6) 容色(용색) : 용모와 안색. 꽃이 핀 나무의 모습을 가리킨다.

7) 千春(천춘) : 천년. 오랜 세월.

　移(이) : 바뀌다. 변화하다.

해설

　이 시에서는 꽃이 핀 나무와 주변의 경물을 묘사하며 그 아름다움이 변치 않기를 노래했다.

2-8-8 방수芳樹

　　　진陳 이상李爽

芳樹千株發,　　꽃나무 천 그루에 꽃이 피어

搖蕩三陽時.[1]　　초봄에 흔들리네.

氣軟來風易,[2]　　기운은 부드러워 오는 바람 편안하고

枝繁度鳥遲.[3]　　가지는 우거져 지나는 새가 더디다.

春至花如錦,　　봄이 오니 꽃은 비단 같고

夏近葉成帷.　　여름이 가까워지면 잎은 휘장이 되리.

欲寄邊城客,　　변방의 나그네에게 보내고 싶은데

路遠誰能持.　　길이 머니 누가 가져갈 수 있을까.

주석

1) 搖蕩(요탕) : 거세게 흔들리다.

　三陽(삼양) : 정월. 고대에는 동짓달을 일양一陽, 그믐달을 이양二陽, 음력 정월을 삼양三陽이
　라고 하였다.

2) 易(이) : 평화롭다. 편안하다.

3) 遲(지) : 느리다. 새가 나뭇가지에 머물다 간다는 뜻이다.

해설

　이 시에서는 봄에 꽃이 가득 피고 잎이 우거져 새도 쉬어 가는 나무를 읊으며 변방의
임에게도 그 정취를 부치고 싶은 마음을 그리고 있다.

2-8-9 방수芳樹

　　　고야왕顧野王

上林通建章,[1]　　상림원은 건장궁에 이어지는데

雜樹遍林芳.　　많은 나무가 온 숲에 싱그럽다.

日影桃蹊色,[2]　해가 비치니 복사나무 길은 빛깔이 곱고

風吹梅逕香.[3]　바람 부니 매화나무 길은 향기롭다.

幽山桂葉落,　　한갓진 산에 계수나무 잎이 떨어지고

馳道柳條長.[4]　마차 다니는 길에 수양버들 가지가 낭창거린다.

折榮疑路遠,　　꽃을 꺾었는데 길이 먼 것 같아

用表莫相忘.　　그로써 잊지 말자는 마음을 나타낸다.

1) 上林(상림) : 상림원. 한나라와 남조 송나라의 황실 원림.

　上章(건장) : 건장궁. 한나라와 송나라의 궁궐 이름.

2) 影(영) : 빛을 비추다.

　蹊(혜) : 오솔길.

3) 逕(경) : 작은 길.

4) 馳道(치도) : 임금의 마차가 다니는 길.

해설

　이 시에서는 상림원의 갖가지 나무가 아름다운 모습을 열거하고 꽃을 정표로 삼아 멀리 떠나는 임에게 사랑하는 마음을 드러내었다.

2-8-10 방수芳樹

　　　장정견張正見

奇樹舒春苑,[1]　신기한 나무가 봄날 원림에 펼쳐졌고

流芳入綺錢.[2]　흐르는 향기가 동전무늬 창문으로 들어온다.

合歡分四照,[3]　합환의 자귀나무 꽃은 사방에 비치는 꽃이 분명하고

同心彰萬年.[4]	동심의 연꽃은 만년토록 빛난다.
香浮佳氣裏,[5]	향기는 아름다운 안개 속에 떠있고
葉映彩雲前.	잎은 빛깔 고운 구름 앞에 반짝인다.
欲識揚雄賦,[6]	양웅의 부를 알고 싶나니
金玉滿甘泉.[7]	금과 옥이 <감천부>에 가득하도다.

주석

1) 舒(서) : 펴다. 나무가 원림에 퍼져 자라는 것을 말한다.

2) 綺錢(기전) : 동전 문양으로 둥글게 장식한 창문.

3) 合歡(합환) : 자귀나무. 콩과의 식물로 깃모양의 잎이 겹으로 나 있고, 암수한꽃인데 위가 붉고 아래가 흰 꽃술이 여러 가닥으로 5~7월에 핀다.

   四照(사조) : 사방에 환히 빛나는 꽃.

4) 同心(동심) : 동심련同心蓮. 연꽃의 일종으로 합환련合欢莲이라고도 한다.

5) 佳氣(가기) : 아름답게 낀 안개.

6) 揚雄(양웅) : 전한前漢의 문장가로 자는 자운子雲, 촉군蜀郡 성도成都(지금의 사천성 성도시) 사람이다. 부에 뛰어나 성제成帝의 인정을 받았다. <감천부甘泉賦>, <우렵부羽獵賦>, <장양부長楊賦> 등의 부와 ≪태현경太玄經≫, ≪법언法言≫ 등의 저작이 전한다.

7) 甘泉(감천) : <감천부>. 성제는 조황후趙皇后가 자식을 낳지 못하자 감천궁에 행차하여 제사를 거행했는데, 그때 양웅이 수행하여 <감천부>를 지어 바치고 황제의 총애를 받았다.

해설

이 시에서는 봄날 원림에 꽃을 피운 초목을 묘사하면서 아름다운 풍경을 양웅의 <감천부>에 견주었다. 묘사에 쓰인 식물은 남녀의 사랑을 비유하는 자귀나무와 동심련인데, 마지막에 언급한 <감천부>의 창작 배경으로 미루어보아 부부의 금실과 자손의 번창을 의미한 듯하다. 금과 옥이 <감천부>에 가득하다는 것은 훌륭한 자손을 낳아 번창하기를 기원한 것이다.

2-8-11 방수芳樹

당唐 심전기沈佺期

何地早芳菲,[1]	벌써 꽃향기 가득 나는 곳은 어디일까?
宛在長門殿.[2]	분명코 장문궁이리라.
夭桃色若綬,[3]	앳된 복사꽃은 색채가 비단 끈 같고
穠李光如練.[4]	아리따운 자두꽃은 빛깔이 흰 명주 같다.
啼鳥弄花疏,	우는 새는 드문드문 꽃구경하고
遊蜂飮香遍.	노니는 벌은 두루두루 꽃향기 마신다.
歎息春風起,	봄바람이 일어나는 것에 탄식하나니
飄零君不見.[5]	시들도록 임은 보아주지 않는다.

│주석

1) 芳菲(방비) : 꽃향기가 짙다.
2) 宛(완) : 완연하다. 뚜렷하다.
   長門殿(장문전) : 장문궁의 전각. 한 무제 때 진황후陳皇后가 총애를 잃자 장문궁에 유폐된 바 있다.
3) 夭桃(요도) : 어린 복사나무. ≪시경詩經·주남周南·도요桃夭≫에 "복숭아가 어린데 꽃이 흐드러졌네(桃之夭夭, 灼灼其華)"라는 구절이 있다.
   綬(수) : 비단실로 짠 띠.
4) 穠李(농리) : 아름다운 자두꽃.
   練(련) : 생사(生絲) 또는 누인 명주 등 물들이지 않은 흰 비단.
5) 飄零(표령) : 꽃이 시들다. 여기서는 사람의 용모가 노쇠한 것을 말한다.

│해설

이 시에서는 한 무제에게 버림받은 진황후처럼 임을 보지 못한 채 아름다운 꽃이 핀 봄 풍경 앞에서 탄식하는 여성을 노래하였다.

2-8-12 방수芳樹

　　　　노조린盧照鄰

芳樹本多奇,[1]　　꽃나무는 본시 훌륭한 자태가 많지만

年華復在斯.[2]　　한 해의 아름다움은 또한 여기에 있다.

結翠成新幄,[3]　　비췻빛 잎이 엉겨 새 장막이 되고

開紅滿舊枝.[4]　　붉은 꽃이 피어 옛 가지에 가득하다.

風歸花歷亂,[5]　　바람이 돌아오면 꽃은 어지럽고

日度影參差.[6]　　해가 움직이면 그림자는 들쭉날쭉하리.

容色朝朝落,[7]　　용모는 날마다 시드는데

思君君不知.　　임을 그려도 임은 모르겠지.

주석

1) 多奇(다기) : 뛰어남이 많다. 꽃나무가 사철 아름다운 모습이 많다는 뜻이다.

2) 年華(연화) : 일 년 중 가장 아름다운 때.

　斯(사) : 여기. 꽃 피는 봄을 말한다.

3) 結翠(결취) : 비췻빛을 맺다. 푸른 잎이 싹 트는 것을 말한다.

　幄(악) : 장막. 잎이 무성한 모습을 비유한다.

4) 開紅(개홍) : 붉은 것을 열다. 붉은 꽃이 핀 것을 말한다.

5) 歷亂(역란) : 어지럽다. 꽃이 바람에 날려 떨어지는 모습이다.

6) 參差(참치) : 들쭉날쭉하다. 해가 움직이면서 꽃나무 그림자의 형태가 일정치 않은 모습이다.

7) 容色(용색) : 외모.

　朝朝(조조) : 매일.

해설

　이 시에서는 봄에 아름답던 꽃나무의 모습이 변하듯이, 아름답던 용모가 나이 들어 시드는데도 자신의 사랑을 알아주지 않는 임을 원망하고 있다.

2-8-13 방수芳樹
서언백徐彦伯

玉花珍簟上,[1]	옥 같은 꽃무늬 값진 대자리 위에
金鏤畫屏開.[2]	황금을 아로새긴 그림 병풍이 펼쳐졌다.
曉月憐箏柱,[3]	새벽 달빛에 쟁의 기러기발이 구슬프고
春風憶鏡臺.[4]	봄바람에 경대가 마음속에 떠오른다.
箏柱春風吹曉月,	쟁의 기러기발 새벽 달빛에 봄바람이 불더니
芳樹落花朝暝歇.[5]	꽃나무의 꽃이 져서 하루 만에 없어진다.
藁砧刀頭未有時,[6]	남편은 돌아올 기약이 없으니
攀條拭淚坐相思.[7]	나뭇가지 더위잡고 눈물 훔치며 임을 그린다.

주석

1) 玉花(옥화) : 화려한 꽃무늬로 된 장식.
   珍簟(진점) : 보배로운 대나무 자리.
2) 金鏤(금루) : 황금으로 아로새겨 기물에 조각하는 기법.
   畫屏(화병) : 그림을 넣은 병풍.
3) 箏柱(쟁주) : 쟁의 줄 밑에 괴어 소리를 고르는 기구.
4) 鏡臺(경대) : 거울을 세우고 밑에 화장품 서랍을 넣은 가구.
5) 朝暝(조명) : 해가 뜬 아침과 어두워진 저녁. 하루를 뜻한다.
   歇(헐) : 다하다.
6) 藁砧(고침) : 거적에 놓은 받침. 죄수를 참형에 처할 때 머리를 받침에 대고 작두로 벤다.
   작두를 뜻하는 '鈇(부)'의 발음이 남편을 뜻하는 '夫(부)'와 같아 '고침'을 흔히 남편의 뜻으로 썼다.
   刀頭(도두) : 칼끝. 칼자루 끝의 고리를 뜻하는 '環(환)'의 발음이 돌아옴을 뜻하는 '還(환)'과 같아 칼끝은 사랑하는 이의 귀환을 가리킨다.

7) 攀條(반조) : 나뭇가지를 더위잡다.
   拭淚(식루) : 눈물을 닦다.

이 시에서는 남편이 떠나 쟁과 경대가 헛되이 놓인 규방에서 꽃이 다 진 나뭇가지만 부여잡
으며 슬퍼하는 아내의 모습을 묘사하고 있다.

2-8-14 방수芳樹
위응물韋應物

迢迢芳園樹,[1]	아득히 펼쳐져 있는 꽃동산의 나무들이
列映淸池曲.	맑은 못 굽이진 곳에 줄지어 비추고 있네.
對此傷人心,	이 경치를 대하고 마음이 아픈 것은
還如故時綠.	여전히 옛날처럼 푸르러서이지.
風條灑餘靄,[2]	바람 맞은 가지는 자욱한 안개 속에 흔들리고
露葉承新旭.[3]	이슬 젖은 이파리는 새로운 아침 햇빛 받고 있네.
佳人不再攀,[4]	어여쁜 이가 다시는 나무를 붙잡을 수 없지만
下有往來躅.[5]	그 아래에는 오고갔던 자취가 여전하네.

주석

1) 迢迢(초초) : 멀고 아득한 모양
2) 灑(쇄) : 흔들다.
   靄(애) : 자욱하게 낀 운무雲霧.
3) 旭(욱) : 아침 해.
4) 佳人(가인) : 어여쁜 이. 이 시를 도망시悼亡詩로 보면 아내를 가리키는 것으로 볼 수도 있다.
   攀(반) : 붙잡고 오르다. 끌어 잡다.
5) 躅(탁) : 자취.

이 시는 봄이 온 동산에 아름다운 꽃나무를 보고 헤어진 정인에 대한 그리움을 담고 있다. 여러 평자들이 위응물이 도망시를 많이 남긴 것에 근거하여 그 정인을 죽은 아내로 보고 이 시를 도망시로 여기기도 하였다. 꽃나무가 개울에 비친 모습은 정인과 아름다웠던 시절을 떠올리게 하는데, 나무는 옛날과 같이 푸르나 인사人事는 그렇지 못함을 마음 아파하였다. 정인이 더 이상 곁에 있지 않고 함께 오갔던 자취는 여전하니 그의 부재가 더욱 절실히 느껴진다.

2-8-15 방수芳樹
원진元稹

芳樹已寥落,[1]	꽃나무는 이미 시들었는데도
孤英尤可嘉.[2]	꽃송이가 하나 남아 더욱 대견한데,
可憐團團葉,[3]	사랑스럽도다, 무성한 이파리가
蓋覆深深花.	깊고 깊은 곳에 핀 꽃을 덮고 있네.
遊蜂競鑽刺,[4]	날아다니는 벌이 찔러대고
鬪雀亦紛挐.[5]	사나운 참새도 빈번하게 건드는데,
天生細碎物,[6]	하늘이 낳은 조그만 것들이
不愛好光華.	밝고 아름다운 것을 좋아하지 않네.
非無殲殄法,[7]	조그만 것들을 없앨 방법이 없는 것은 아니나
念爾有生涯.[8]	네 나름의 삶이 있음을 생각하네.
春雷一聲發,	봄 우레가 한바탕 울려
驚燕亦驚蛇.	제비도 깨우고 또 뱀도 깨우네.
淸池養神蔡,[9]	맑은 못에서는 신령한 큰 거북도 있지만
已復長蝦蟆.[10]	또 두꺼비도 있는 법이니,
雨露貴平施,[11]	비와 이슬이 고루 베풀어지는 것 귀히 여겨
吾其春草芽.[12]	나는 봄날의 새싹 되길 원하노라.

주석

1) 寥落(요락) : 쓸쓸하고 쇠락하다.

2) 可嘉(가가) : 칭찬할 만함.

3) 團團(단단) : 많이 모여 있는 모양.

4) 鑽刺(찬자) : 떼로 일어나 찌르다. 여기서는 벌이 꽃을 찌르고 못살게 구는 것을 이른다.

5) 紛拏(분나) : 여러 번 건드리다. 여기서는 참새가 꽃을 툭툭 건드리는 것을 이른다.

6) 細碎(세쇄) : 가늘고 조그맣다.

7) 殲殄(섬진) : 없애다.

8) 生涯(생애) : 삶.

9) 蔡(채) : 큰 거북.

10) 蝦蟆(하마) : 큰 개구리. 두꺼비. 여기서는 큰 거북과 대조되는 비천한 것을 이른다.

11) 平施(평시) : 공평하게 베풀다.

12) 其(기) : 어조사.

　　草芽(초아) : 풀의 싹.

해설

　이 시에서는 모든 것이 섞여 사는 만물을 보며 공평한 자연의 이치를 깨닫고는 자신에게도 같은 은혜를 바랐다. 시인은 시든 꽃나무에 남은 꽃 한 송이가 대견하다고 하며 그에 대한 흠모의 정을 드러낸 후 그를 괴롭히는 벌과 참새를 있는 것을 통해 아름다운 재능을 가지고 있어도 늘 시기하고 고통을 주는 이가 있음을 안타까워하였다. 괴롭히는 이들을 없앨 수 있지만 조물주는 아름다운 꽃도 괴롭히는 무리도 다 살려 둔다. 만물이 깨어나는 봄이 오고 맑은 못에 신령한 거북과 비천한 두꺼비가 함께 사는 것도 모두 만물에 공평한 조물주의 원칙인 것이다. 시인은 자신에게도 공평하게 우로와 같은 은혜가 내려져서 봄날의 새싹처럼 자라기를 바랐다.

2-8-16 방수芳樹
　　　　나은羅隱

細蕊慢逐風,[1]　　　　　작은 꽃송이가 느릿느릿 바람 따라 흔들리자

暖香閑破鼻.[2]　　　　　따스한 향기 조용히 코끝을 스치네.

靑帝固有心,[3]　　　　　봄신에게 진실로 마음이 있어서

時時動人意.[4]　　　　　언제나 사람의 생각을 움직이게 하네.

去年高枝猶壓地,　　　작년에 가지가 높이 뻗어 무성하게 땅에 드리웠는데

今年低枝已憔悴.　　　올해는 낮게 드리워 이미 시들어버렸으니,

吾所以見造化之權,[5]　조물주의 권세와

變通之理.[6]　　　　　변통의 이치를 내 알게 되었네.

春夏作頭,　　　　　　봄과 여름은 머리가 되고

秋冬爲尾,　　　　　　가을과 겨울은 꼬리가 되어,

循環反覆無窮已.　　　순환과 반복을 끝없이 하는데

今生長短同一軌.[7]　　현생의 삶은 길든 짧든 같은 길일 뿐.

若使威可以制,[8]　　　만약 위세로 그것을 제어할 수 있고

力可以止,　　　　　　힘으로 멈추게 할 수 있다면,

秦皇不肯斂手下沙丘,[9]　진시황도 손을 모은 채 사구로 내려가려하지 않았
　　　　　　　　　　을 것이고

孟賁不合低頭入蒿里.[10]　맹분도 고개를 숙이고 무덤으로 들어가려하지 않았
　　　　　　　　　　을 것이네.

伊人强猛猶如此,[11]　　굳세고 사나웠던 저들도 이렇게 되었건만

顧我勞生何足恃.[12]　　나의 수고로운 삶을 돌아보니 무엇에 의지할 수 있
　　　　　　　　　　으리오.

但願開素袍,[13]　　　　그저 흰 도포를 풀어 헤치고

傾綠蟻,[14]　　　　　　술잔을 기울이며,

151

陶陶兀兀大醉於靑冥白晝間,¹⁵⁾ 푸른 하늘 백주 대낮에 거나하게 대취하고 싶을 뿐.

任他上是天,¹⁶⁾ 내맡겨 버리고는 위는 하늘이요

下是地. 아래는 땅이로다.

주석

1) 細蕊(세예) : 작은 꽃술. 여기서는 작은 꽃을 의미한다.

2) 暖香(난향) : 따뜻한 기색이 느껴지는 향기.

   破鼻(파비) : 코를 찌르다.

3) 靑帝(청제) : 봄과 모든 꽃의 신.

4) 動人(동인) : 사람을 움직이다, 감동시키다.

5) 造化(조화) : 조화옹. 조물주.

   權(권) : 권세. 여기서는 조물주의 힘을 이른다.

6) 變通之理(변통지리) : 변통의 이치. 만물이 변화한다는 이치.

7) 今(금) : 지금. 어떤 판본에는 '인人'으로 되어 있다. 그렇다면 '인생人生'은 '사람이 태어나다'
   라는 뜻이다.

   軌(궤) : 바퀴자국. 길. 여기서는 생로병사의 길을 의미한다.

8) 威(위) : 위세. 황제의 권위.

   制(제) : 제압하다. 굴복시키다.

9) 斂手(염수) : 두 손을 마주잡고 공손히 서 있음. 여기서는 저항하지 않고 순순히 따른다는
   의미이다.

   沙丘(사구) : 옛 지명으로 지금의 하북성河北省 광종현廣宗縣 서북西北 대평대大平台. 진시황秦
   始皇이 순행 중에 병에 걸려 죽은 곳이다.

10) 孟賁(맹분) : 전국시대 제齊 나라의 용사. 물속에서는 교룡蛟龍을 피하지 않았고 뭍에서는
    범을 피하지 않았으며, 노성을 지르면 하늘까지 울렸다 한다.

    蒿里(호리) : 본래는 태산泰山 남쪽에 있는 산 이름인데 망자의 장지로 쓰여 이후로는 묘지를
    범칭하게 되었다.

11) 伊人(이인) : 그 사람. 여기서는 진시황과 맹분을 가리킨다.

12) 勞生(노생) : 힘들고 지친 삶이나 그런 사람을 가리킨다. ≪장자莊子·대종사大宗師≫에서
    "대자연은 내게 몸을 주어 사는 동안 힘들여 일하게 하고 늙는 것으로 편안하게 하며 죽는
    것으로 안식을 준다.(夫大塊載我以形, 勞我以生, 佚我以老, 息我以死)"라 하였다.
    恃(시) : 믿다, 의지하다.
13) 素袍(소포) : 흰 도포. 옛날 평민이나 벼슬을 하지 못한 선비들이 입는 흰 도포를 이른다.
14) 綠蟻(녹의) : 술이 익어가면서 위로 떠오르는 푸르스름한 거품. 여기서는 술을 이른다.
15) 陶陶兀兀(도도올올) : 술에 취한 모양.
    靑冥(청명) : 푸른 하늘.
16) 任他(임타) : 어쨌든. 그대로 내버려두다.

해설

　이 시에서는 봄날 꽃나무를 보고 시간과 자연의 이치, 삶의 유한함에 대한 생각을 드러내었
다. 계절이 바뀌고 시간이 지나면서 작년에 무성했던 나무도 올해는 시들어버리니 인간이
어쩔 수 없는 조물주의 권세와 자연은 변화한다는 이치를 깨닫게 된다. 시간에 따라 계절은
순환 반복하지만 사람은 생로병사의 길을 갈 수밖에 없다. 진시황이나 맹분 같이 강하고
사나운 사람들도 죽음을 면치 못했으니 자신처럼 나약한 이는 아무것도 의지할 것이 없다고
하며, 그저 모든 것을 내려놓고 술잔을 기울이며 대취할 뿐이다. 마지막 2구에서는 모든
것을 자연에 내맡겨 버리고 그저 하늘과 땅이 있다는 것을 인정하면서 삶에 연연하지 않고
초탈하고 싶다는 작자의 바람을 드러내었다.

2-9 유소사 有所思 26수

2-9-1 유소사有所思
제齊 유회劉繪

別離安可再,　　헤어짐이 어찌 다시금 할 만한 것이겠는가만
而我更重之.[1]　나는 또 그것을 거듭하게 되었네.

佳人不相見,	고운임 만날 수 없는데
明月空在帷.	밝은 달만 공연히 휘장에 걸려 있네.
共銜滿堂酌,[2]	집에 가득한 사람들은 함께 술을 마시고 있는데
獨斂向隅眉.[3]	나만 홀로 구석에서 눈썹 찌푸리고 있어,
中心亂如雪,[4]	마음은 눈발 같이 어지러운데
寧知有所思.	내게 사모하는 사람 있는 줄 어찌 알리오.

주석

1) 而我(이아) : 다른 판본에는 '가인佳人'이라 되어 있는데 이때는 어여쁜 이라는 뜻이다.

更(갱) : 다시.

重(중) : 중복하다.

2) 銜(함) : 입에 물다. 여기서는 마신다는 의미이다.

3) 斂眉(염미) : 눈썹을 찌푸리다. 근심할 때의 표정이다.

向隅(향우) : 모퉁이를 향하다. 그 자리에 모인 사람들은 모두 즐거워하나 자기만은 구석을 향한다는 뜻으로 기분이 좋지 못해 어울리지 못한다는 의미이다.

4) 中心(중심) : 마음속.

해설

이 시는 여러 번의 이별을 겪은 이의 그리움과 슬픔을 담고 있는데 아마도 화자는 기녀인 듯하다. 이별의 상심에 잠 못 이루는 밤 달빛만이 찾아와 공연히 방을 비추고 있다. 술을 마시며 왁자지껄한 손님이 계시나 화자는 홀로 귀퉁이에서 슬픔에 잠긴 채 마음이 어지러워 괴롭기만 하다. 그녀에게 마음속 품은 임이 있어 그리워하고 있음을 아무도 이해하지 못할 것이라 하였다.

154

2-9-2 유소사有所思
　　　　왕융王融

如何有所思,	그리워하는 이를 어찌하랴?
而無相見時.	만날 때가 없네.
宿昔夢顔色,¹⁾	지난 밤 그대 얼굴을 꿈꾸고
階庭尋履綦.²⁾	섬돌과 뜰에서 임의 자취를 찾아보았네.
高張更何已,³⁾	팽팽히 줄 당겨 거문고 타는 것 또 어찌 멈추랴
引滿終自持.⁴⁾	술잔 당겨 채우지만 끝내 홀로 마시는 수밖에.
欲知憂能老,	근심이 사람 늙게 함을 알고자 한다면
爲視鏡中絲.⁵⁾	거울 속의 흰 실 같은 머리 보시길.

주석

1) 宿昔(숙석) : 지난 밤.
2) 階庭(계정) : 섬돌과 뜰.
　履綦(이기) : 신발을 싸는 끈. 여기서는 종적, 자취를 이른다.
3) 高張(고장) : 줄을 팽팽히 당기다. 여기서는 기러기발을 조정해 연주하기 위해 거문고를
　조율한다는 의미이다.
4) 引滿(인만) : 물이나 술을 잔에 넘치게 채워 마시다.
　持(지) : 가지다. 여기서는 (술잔을) 든다는 의미이다.
5) 絲(사) : 흰 실. 여기서는 백발을 이른다.

해설

　이 시는 그리움의 슬픔과 상심을 담고 있다. 그리운 이를 만날 수 없었는데 꿈에서 그를
보게 되자 혹여 집에 온 게 아닐까 자취를 더듬는다. 거문고를 타보아도 들어줄 이가 없고
술을 따라보아도 함께 마셔줄 이가 없다. 그리움으로 근심하고 노쇠해질 정도라 하여 그리움
의 절절함을 말하였다.

2-9-3 유소사有所思
사조謝朓

佳期期未歸,[1]	좋은 기약했으나 기약 날 되어도 돌아오지 않아
望望下鳴機.[2]	실망스런 마음에 베틀에서 내려왔네.
徘徊東陌上,	동쪽 길을 배회하는데
月出行人稀.	달 떠오르고 길 가는 사람 드무네.

주석

1) 佳期(가기) : 좋은 기약. 여기서는 임이 돌아온다는 기약을 이른다.
2) 望望(망망) : 실망한 모양.
   鳴機(명기) : 베틀.

해설

이 시의 화자는 돌아오지 않는 임을 기다리며 베를 짜다가 실망스러운 마음에 그만 두고 베틀에서 내려온다. 답답한 마음으로 달이 뜨고 인적이 드물 때까지 배회하지만 고요한 가운데 그리움은 끝이 없음을 말하였다.

2-9-4 유소사有所思
양梁 무제武帝

誰言生離久,	생이별한지 오래 되었다고 누가 말하는가
適意與君別.[1]	마음 맞았다가 그대와 헤어지게 되었네.
衣上芳猶在,	옷에는 그대의 향기가 여전히 남아 있고
握裏書未滅.	손에 쥔 편지의 글씨는 아직 흐려지지 않았네.
腰中雙綺帶,[2]	허리에 두른 두 비단 띠를
夢爲同心結.[3]	꿈에서 동심결로 묶었지만,

156

常恐所思露,⁴⁾ 그리워하는 마음 들킬까 늘 두려워하여

瑤華未忍折.⁵⁾ 아름다운 꽃을 차마 꺾어주지 못하였네.

주석

1) 適意(적의) : 마음이 맞다.

2) 綺帶(기대) : 비단 띠.

3) 同心結(동심결) : 두 골을 내어 맞죄어서 매는 매듭.

4) 露(로) : 드러나다.

5) 瑤華(요화) : 옥 같이 아름다운 꽃.

해설

이 시는 오래 전에 이별하였으나 막 이별한 듯 그 슬픔이 생생함을 말하였다. 만날 기약 요원해 꿈에서나 만날까 하지만 평소에는 이 마음 들킬까 두려워 꽃을 꺾어주는 것 같은 마음의 표현을 하지 못한다고 하였다.

2-9-5 유소사有所思
양梁 간문제簡文帝

昔未離長信,¹⁾ 옛날 장신궁으로 떠나기 전에는

金翠奉乘輿.²⁾ 황금과 취옥으로 꾸며 천자를 받들었죠.

何言人事異, 어찌 인간사가 달라졌다고 말하겠어요?

夙昔故恩疏.³⁾ 지난날에 은혜가 소원해진 탓이지요.

寂寞錦筵靜,⁴⁾ 화려했던 잔치 자리 적막하고 고요하며

玲瓏玉殿虛. 아름답던 궁전은 영롱하나 텅 비어 있어요.

掩閨泣團扇,⁵⁾ 규방 문 잠그고 둥근 부채에 눈물지으며

羅幌詠蘼蕪.⁶⁾ 비단 휘장에서 궁궁이 싹을 노래할 뿐이죠.

주석

1) 離長信(이장신) : 장신궁에서 헤어지다. 한나라 때의 궁 이름. 성제成帝 때 반첩여班婕妤가 조비연의 모함으로 임금의 총애를 잃고 장신궁에서 태후를 모셨다.

2) 乘輿(승여) : 임금이 타는 수레. 여기서는 임금을 가리킨다.

3) 夙昔(숙석) : 지난 날.
   故恩(고은) : 옛 은혜.

4) 錦筵(금연) : 화려한 잔치 자리.

5) 團扇(단선) : 둥근 부채. 반첩여班婕妤의 <원가행怨歌行>에서 둥근 부채가 가을에 쓸모가 없어진 것으로 버림 받은 자신의 서글픈 처지를 말하였다.

6) 蘼蕪(미무) : 궁궁이 싹. 여기서는 한대 고시 <산에 올라 궁궁이를 캐다上山採蘼蕪>를 가리킨다. 이 시는 새 사람 때문에 쫓겨난 조강지처의 슬픔을 담고 있다.
   羅幌(나황) : 비단 휘장.

해설

이 시는 궁궐에서 왕의 총애가 식어 버려진 여인의 원망을 담고 있다. 궁궐에서 정성을 다해 왕을 모시며 마음을 한결같이 하였으나 하루아침에 은혜가 식어 궁궐 안은 공허하기만 하다. 여인은 규중에서 문을 닫은 채 눈물지으며 떠난 임에 대한 원망과 슬픔을 삼키고 있을 수밖에 없다.

2-9-6 유소사有所思
　　　소명태자昭明太子

公子遠于隔,[1]	공자께서는 멀리 떨어져 있어
乃在天一方.	하늘 한 모퉁이에 계시네.
望望江山阻,[2]	한참 바라보면 강과 산이 가로 막고 있고
悠悠道路長.	아득하여 길이 길기만 하네.
別前秋葉落,	헤어지기 전에 가을 잎 졌었는데

別後春花芳.　헤어지고 나니 봄꽃이 향기롭네.

雷歎一聲響,[3]　우레 같은 탄식 한 번 토해내자

雨淚忽成行.[4]　비 같은 눈물이 갑자기 줄줄 흐르는데,

悵望情無極,　슬픔 속에 바라보니 정은 끝이 없어

傾心還自傷.[5]　마음을 기울이니 또 절로 마음 아프네.

주석

1) 遠于隔(원우격) : 멀리 떨어져 있다.

2) 望望(망망) : 멀리 바라보는 모양.

3) 雷歎(뇌탄) : 우레와 같은 탄식.

4) 成行(성항) : 줄을 짓다. 여기서는 눈물이 줄줄 흐른다는 의미이다.

5) 傾心(경심) : 마음이 기울다, 앙모하다.

해설

　이 시의 작가가 ≪옥대신영玉臺新詠≫에는 유견오庾肩吾로 되어 있기도 하다. 이 시는 이별에 상심하며 임에 대한 그리움을 담고 있다. 임과 헤어진 지 시간이 흘렀고 만날 수가 없어 화자는 슬픔 속에 있다. 미련이 남았는지 그리움과 상심이 교차하고 있다.

2-9-7 유소사有所思
왕균王筠

丹墀生細草,[1]　붉은 계단 곁에는 가는 풀 자라고

紫殿納輕陰.[2]　자줏빛 전각에는 가벼운 그림자가 드리웠는데,

曖曖巫山遠,[3]　어렴풋이 펼쳐진 무산은 멀리만 있고

悠悠湘水深.[4]　아득히 흐르는 상수는 깊기만 하네.

徒歌鹿盧劍,[5]　헛되이 녹로검 노래를 불렀고

空貽玳瑁簪.[6]　공연히 대모잠을 주었네.

望君終不見,　　그대를 바라보나 끝내 보이지 않아
屑淚且長吟,⁷⁾　　눈물 뿌리며 길게 읊조려 보네.

주석

1) 丹墀(단지) : 붉은 칠을 한 궁전의 섬돌. 궁전을 가리킨다.
2) 紫殿(자전) : 자줏빛 전각.
   納(납) : 들이다. 여기서는 그림자가 드리워져 있는 것을 이른다.
3) 曖曖(애애) : 어렴풋한 모양.
   巫山(무산) : 사천성 동부와 호북성 경계에 있는 산 이름. 여기서는 무산의 신녀神女를 가리
   킨다.
4) 湘水(상수) : 상강湘江. 동정호洞庭湖로 흘러들어가는 호남성 최대의 강이다. 요임금의 딸인
   아황娥皇, 여영女英은 순舜의 아내가 되었는데, 순이 죽자 상강을 헤매며 슬피 울었다고
   한다. 그때 뿌린 눈물이 대나무에 얼룩이 되어 반죽班竹 또는 상비죽湘妃竹이 생겨났으며,
   또 그 둘이 상강에 몸을 던져 죽어서 신이 되었다는 전설이 있다.
5) 鹿盧劍(녹로검) : 진시황의 보검. 여기서는 공명에 대한 추구를 비유한다.
6) 玳瑁簪(대모잠) : 바다거북의 등껍질로 만든 비녀. 여기서는 사랑의 징표로 준 것을 이른다.
7) 屑淚(설루) : 눈물이 어지러이 떨어지다.

해설

　　이 시는 궁궐에서 근무하는 이가 헤어진 임을 그리워하는 것을 담고 있다. 무산과 상수에
얽힌 고사로 아름다운 신녀와 같은 이와 비극적으로 헤어졌음을 비유하였다. 공명을 추구하
느라 임과 헤어졌으며 사랑의 징표를 준 것도 헛되게 된 상황을 깨닫게 된다. 그러나 그리움은
계속되어 슬픔에 잠겨 있다고 하였다.

2-9-8 유소사有所思
　　　　유견오庾肩吾

佳期竟不歸,　　좋은 기약은 끝내 돌아오지 않고

160

春日坐芳菲,¹⁾　봄날 부질없이 향기만 진동하네.

拂匣看離扇,²⁾　궤짝 먼지 털어 손 떠난 부채 바라보고

開箱見別衣.　상자 여니 이별할 때 입었던 옷이 보이네.

井梧生未合,³⁾　우물가 오동나무는 자랐지만 아직 쓸모가 없고

宮槐卷復稀.⁴⁾　궁궐의 홰나무 잎은 말렸다가 다시 시들어 떨어져 버리니,

不及銜泥燕,⁵⁾　진흙 문 제비들이

從來相逐飛.　줄곧 암수 서로 좇으며 나는 것만 못하네.

주석

1) 坐(좌) : 공연히.

　芳菲(방비) : 화초가 향기롭고 꽃다움.

2) 匣(갑) : 궤짝.

　離扇(이선) : 손 떠난 부채. 반첩여班婕妤의 <원가행怨歌行>에서 둥근 부채가 가을에 쓸모가 없어 손을 떠난 것으로 버림 받은 자신의 서글픈 처지를 비유하였다.

3) 井梧(정오) : 우물가의 오동나무.

　合(합) : 적합하다. 이 구는 오동나무가 제 구실을 할 정도로 자라지 못했다는 의미이다.

4) 宮槐(궁괴) : 궁궐의 홰나무. 홰나무는 잎이 낮에는 맞붙고 밤에는 펴진다.

　稀(희) : 드물다. 잎이 시들어 떨어져 드물어진 것을 이른다. 이 두 구는 애정이 결실을 맺지 못하고 흐지부지 쇠해버린 것을 비유한 것이다.

5) 銜泥燕(함니연) : 진흙을 문 제비. 이 구는 봄날 제비가 진흙으로 둥지를 짓는 것으로 하나 되어 자신들의 공간을 만드는 것을 비유하였는데 사랑의 결실을 거두는 것을 이른 것이다.

해설

이 시는 멀리 떠난 임을 그리워하는 여인의 심정을 담고 있다. 다시 오겠다는 약속도 헛되었고 공연히 봄이 찾아와 마음을 설레게 한다. 부채와 헤어질 때의 옷을 보관하고 있지만 제대로 자라지 못한 우물가 오동나무와 잎이 떨어져버린 궁궐의 홰나무처럼 합쳐지지 못한 운명이니 둥지를 짓느라 분주한 한 쌍의 제비보다 못한 신세라 하였다.

2-9-9 유소사有所思

왕승유王僧孺

夜風吹熠燿,[1]	밤바람에 도깨비불이 날리더니
朝光照昔耶.[2]	아침 빛이 바위고사리에 비치는데,
幾銷蘼蕪葉,[3]	천궁 잎이 거의 다 없어지고
空落蒲桃花.[4]	갯복숭아 꽃이 공연히 떨어지네.
不堪長織素,[5]	오래도록 흰 비단을 짤 수도 없는데
誰能獨浣沙.[6]	누가 홀로 비단을 빨 수 있으리오.
光陰復何極,[7]	세월은 또 어찌 다할 것인가.
望促反成賒.[8]	빨리 가길 바랐지만 도리어 아득해져 버렸으니.
知君自蕩子,[9]	그대가 절로 돌아올 줄 모르는 이임을 아나니
奈妾亦倡家.[10]	첩이 또한 기녀임을 어찌하리오.

주석

1) 熠燿(습요) : 도깨비불. 어두운 밤에 묘지나 습지 또는 고목 등에서 인磷의 작용으로 번쩍거리는 푸른빛의 불빛. 또는 반딧불이. ≪시경·동산東山≫에서 "방안엔 쥐며느리, 문에는 거미줄. 빈 땅은 사슴놀이터가 되었고, 번쩍번쩍 도깨비불이 밤에 왔다 갔다 하네.(伊威在室, 蠨蛸在戶. 町畽鹿場, 熠燿宵行)"라고 하여 남자가 멀리 떠난 뒤의 경관을 묘사하였다.

2) 昔耶(석야) : 바위고사리. 음습한 곳에서 자란다. 지의류인데 이것이 자란 것은 인적이 드문 것을 뜻한다.

   이상 두 구는 남자가 멀리 떠나가서 여인이 있는 이곳이 황량해지고 인적이 드물어진 것을 표현한 것이다.

3) 幾銷(기소) : 거의 사라지다.

   蘼蕪(미무) : 천궁. 미나릿과의 여러해살이풀로 뿌리줄기는 굵고 향내가 나며, 가을에 흰 꽃이 핀다. 고대에는 이 잎과 가지를 주머니에 넣어서 차고 있으면 다산多産을 한다고 믿었다.

4) 蒲桃(포도) : 갯복숭아나무. 도금양과의 상록 교목으로 5월에 흰 꽃이 피고 열매에서는

옅은 장미향이 난다.

이상 두 구는 여인의 젊은 날이 지나가는 것을 비유하거나 좋은 시절을 임과 함께 지내지 못한 채 보내버리는 것을 표현한 것이다.

5) 長織素(장직소) : 오래도록 흰 천을 짜다. '소'는 흰 비단이다.

6) 浣沙(완사) : 비단을 빨다. '사'는 '사紗'의 옛 글자이고 비단이라는 뜻이다.

7) 光陰(광음) : 세월. 여기서는 홀로 지내는 시간을 말한다.

何極(하극) : 어찌 다할 것인가. 다할 수 없다는 말이다.

8) 望促(망촉) : 세월이 빨리 가기를 바라다. 또는 임이 빨리 오기를 바라다.

反(반) : 도리어.

成賒(성사) : 요원해지다.

이 구는 임과 만날 날이 얼른 오기를 바라지만 도리어 그 기약이 아득해졌다는 말이다.

9) 蕩子(탕자) : 집에서 멀리 떠나가 떠돌면서 돌아가기를 잊은 사람.

10) 奈(내) : 어찌하겠는가.

倡家(창가) : 기녀.

이 시는 버림받은 기녀가 멀리 떠난 이를 그리워하며 자신의 신세를 한탄하는 내용이다. 제1~4구에서는 밤바람이 세차게 분 뒤 천궁의 잎과 갯복숭아의 꽃이 다 떨어져 버린 모습을 묘사하였는데, 이를 통해 여인이 홀로 좋은 봄날을 공연히 보내고 있는 상황을 표현하였다. 제5~8구에서는 여인이 직조나 빨래와 같은 자신의 일에 흥미를 가지지 못한 채 더디 가는 세월 속에 더욱 애 졸이고 있음을 말하였다. 마지막 2구에서 자신의 신분이 기녀라서 멀리 떠나 돌아올 줄 모르는 임을 원망하면서도 어찌할 수 없음을 토로하였다.

2-9-10 유소사有所思

오균吳均

薄暮有所思,　　저물녘에 그리워하는 이가 있어

終持淚煎骨.[1]　　끝내 이 때문에 눈물이 뼈를 졸이네.

春風驚我心,　봄바람이 내 마음을 놀라게 하고
秋露傷君髮.²⁾　가을 이슬이 그대 머리칼을 상하게 하리.

주석

1) 持(지) : ~을 가지고서. 대상은 앞 구에 있는 그리움이다.
　　淚煎骨(누전골) : 그리움의 눈물이 뼈에 사무친다는 말이다.
2) 秋露(추로) : 가을 이슬. '추상秋霜'으로 된 곳도 있는데 '가을 서리'라는 뜻이다.
　　이 구는 가을에도 임이 떠돌고 있음을 가슴 아파한다는 말이다.

해설

　이 시는 해가 질 무렵 떠나간 이를 그리워하는 마음을 읊은 것이다. 봄이 오더라도 임과 같이 있지 못하고, 헤어진 채 세월을 보내며 늙어갈 것을 안타까워하였다.

2-9-11 유소사有所思
　　　　심약沈約

西征登隴首,¹⁾　서쪽으로 원정 와서 농수산에 올라
東望不見家.²⁾　동쪽을 바라보니 집이 보이질 않네.
關樹抽紫葉,　관문의 나무는 자줏빛 잎을 내밀고
塞草發青牙.　변새의 풀은 푸른 싹을 돋아내지만,
昆明當欲滿,³⁾　곤명지는 마땅히 물이 가득 차려 할 것이고
蒲萄應作花.⁴⁾　포도궁에는 응당 꽃망울을 맺었겠지.
垂淚對漢使,⁵⁾　눈물을 흘리며 한나라 사신을 대하였기에
因書寄狹邪.⁶⁾　편지를 써 고향의 좁은 골목으로 부친다.

주석

1) 隴首(농수) : 서쪽 변방의 산 이름. 또는 농산의 정상으로 풀이하기도 한다.

2) 東望(동망) : 동쪽으로 바라보다. 고향인 장안을 바라보는 것이다.

3) 昆明(곤명) : 원래는 서쪽 변방의 나라 이름인데, 여기서는 장안의 연못 이름이다. 한나라 무제가 견독국身毒國에 사신을 보내기 위해 곤명국에 길을 터줄 것을 요청했으나 이를 거절하자 곤명국을 치기로 하였다. 이에 그곳에 있는 전지滇池의 형상대로 장안 근처에 큰 못을 만들어서 수상전을 훈련하였다. 이 못을 곤명지라고 불렀다.

4) 蒲萄(포도) : 한나라 궁전의 이름. 한나라 애제哀帝 때 흉노의 우두머리인 선우가 내조하여 이곳에서 묵었다.

이상 두 구는 서역과 관련된 문물인 장안의 곤명지와 포도궁에 봄이 완연한 것을 말한 것이다.

5) 垂涙(수루) : 눈물을 흘리다.

漢使(한사) : 한나라 사신. 장안에서 서쪽 변방으로 파견 나온 사신을 말한다.

6) 狹邪(협사) : 좁은 골목. 고향 집이 있는 곳을 말한다.

해설

이 시는 서쪽 변방으로 원정 나간 이가 고향을 그리워하는 마음을 읊은 것이다. 변방에도 봄이 오고 장안에도 봄이 완연할 것이지만 전쟁이 끝나지 않아 돌아가지 못하고 그저 인편에 편지만 부칠 뿐이라고 하였다.

2-9-12 유소사有所思

비창費昶

上林鳥欲棲,[1]	상림원에 새가 깃들이려 하고
長門日行暮.[2]	장문궁에 해가 장차 지려 할 때,
所思鬱不見,[3]	그리운 이 보지 못해 답답하고
空想丹墀步.[4]	붉은 계단의 걸음을 공연히 생각하는데,
簾動意君來,	주렴이 움직이니 임금 오는가 생각하고
雷聲似車度.[5]	우렛소리는 수레가 오는 듯하네.
北方佳麗子,[6]	북방의 어여쁜 이

165

窈窕能回顧,[7]	아리따워서 눈길을 주며 돌아볼 줄 알기에,
夫君自迷惑,[8]	임금이 절로 미혹된 것이지
非爲妾心妬.	첩의 마음이 질투해서는 아니라네.

주석

1) 上林(상림) : 한나라 때 장안에 있던 원림으로 둘레가 삼백 리이고 이궁이 70여 채 있었다고 한다.

    鳥欲棲(조욕서) : 새가 깃들이려고 하다. 해가 질 녘이 되었음을 말한다.

2) 長門(장문) : 한나라 궁의 이름. 한나라 무제가 즉위한 후 진황후陳皇后는 십여 년간 총애를 받았으나 무제가 위자부衛子夫를 좋아하자 장문궁으로 쫓겨났다.

3) 鬱(울) : 답답하다.

4) 丹墀步(단지보) : 붉은 계단의 걸음. 천자가 궁궐에서 걷는 것을 말한다.

5) 雷聲(뇌성) : 우렛소리. 흔히 수레가 많이 지나가는 소리를 비유한다.

    이 구는 우렛소리가 나면 혹시 천자의 수레가 오는 것인가 기대한다는 말이다.

6) 北方佳麗子(북방가려자) : 북방의 아름다운 이. 원래는 한나라 무제의 총애를 받은 이부인李夫人을 가리킨다. ≪한서 · 외척전外戚傳≫에 따르면, 그의 오빠인 이연년李延年이 무제에게 "북방에 아름다운 이가 있는데 세상과 떨어져 홀로 서 있네. 한 번 돌아보면 온 성이 기울고 두 번 돌아보면 온 나라가 기우네.(北方有佳人, 絕世而獨立. 一顧傾人城, 再顧傾人國)"라고 노래하여 무제에게 이부인을 소개했다.

7) 窈窕(요조) : 정숙한 모양.

    回顧(회고) : 돌아보다. 미인이 돌아보며 시선을 주는 것이다.

8) 夫君(부군) : 군왕.

해설

이 시는 천자의 총애를 잃은 궁인이 자신의 결백을 주장하며 총애가 다시 돌아오기를 바라는 마음을 적은 것이다. 장문궁으로 쫓겨난 진황후에 자신의 신세를 비유하였고, 황제가 이부인과 같은 미인 때문에 현혹되었다고 하였다.

2-9-13 유소사有所思

　　　　진陳 후주後主

2-9-13-1

蕩子好蘭期,[1]	먼 곳을 떠도는 임은 난초의 기약을 좋아하기에
留人獨自思.[2]	머물러 있는 이는 홀로 그리워하니,
落花同淚臉,[3]	떨어지는 꽃은 눈물 흘린 얼굴과 같고
初月似愁眉.[4]	초승달은 근심 어린 눈썹과 같네.
階前看草蔓,[5]	계단 앞에 무성한 풀을 바라보고
窗中對網絲.[6]	창에서 거미줄을 대하면서,
不言千里望,	말 없이 천 리를 바라보는데
復是三春時.	또 이렇게 춘삼월이로구나.

주석

1) 蕩子(탕자) : 집에서 멀리 떠나가 떠도는 사람.
　蘭期(난기) : 난초의 기약. 아름다운 이와의 교유를 뜻한다.
　이 구는 정인이 다른 사람과의 교유를 좋아하여 자신을 떠나 떠돌고 있다는 말이다.
2) 留人(유인) : 머물러 있는 사람. 임이 돌아오기를 기다리는 여인을 가리킨다.
3) 淚臉(누검) : 눈물이 흐르는 뺨.
4) 初月(초월) : 초승달.
5) 草蔓(초만) : 풀이 무성하다. 계단에 풀이 무성한 것은 사람이 다니지 않는다는 뜻이다.
　또한 봄풀은 떠나간 이를 그리워하는 상념을 비유하기도 한다.
6) 網絲(망사) : 거미줄. '사絲'는 '사思'와 발음이 같아서 그리움을 상징한다.
　≪시경・정풍鄭風・야유만초野有蔓草≫에서 덩굴풀이 길게 자란 것이 정인과 만나는 것을
　의미하고 아침에 거미줄이 치면 좋은 일이 생긴다는 속설과 관련하여, 이상 두 구를 임이
　돌아올 기대를 가지고 있음을 보여준 것으로도 볼 수 있다.

해설

이 시의 제목이 <먼 곳을 바라보다(望遠)>로 된 곳도 있다. 이 시는 멀리 떠나가서 돌아오지 않는 임을 그리워하는 여인의 마음을 적은 것이다. 봄이 왔지만 즐기지 못하고 오히려 그리움만 커지기에 매년 찾아오는 봄이 야속하다고 하였다.

2-9-13-2

杳杳與人期,[1]	아득한 그이와의 기약
遙遙有所思.	머나먼 곳에 그리워하는 이가 있는데,
山川千里間,	산과 내는 천 리 떨어져 있지만
風月兩邊時.	바람과 달은 양쪽에서 함께하겠지.
相待春那劇,[2]	기다리자니 봄은 어찌나 가혹한가
相望景偏遲.[3]	바라보자니 시간은 유독 느린데,
當由分別久,	응당 헤어진 지 오래되었기에
夢來還自疑.	꿈에 찾아오더라도 또 절로 의심하겠지.

주석

1) 杳杳(묘묘) : 아득한 모양.
2) 那劇(나극) : 어찌나 가혹한가. 봄날을 견딜 수 없다는 말이다.
3) 景偏遲(경편지) : 세월이 유독 느리다. 봄날은 낮이 길기 때문에 이런 표현을 한 것이다.

해설

이 시는 멀리 떠나간 이를 봄날 그리워하는 마음을 적은 것이다. 멀리 있어 만날 기약이 없지만 그래도 바람과 달을 함께하며 상대방을 그리워하는데, 좋은 풍광과 길어진 봄날을 견딜 수 없으며 이제는 꿈에 보더라도 믿기지 않을 것 같다고 하였다.

2-9-13-3

佳人在北燕,[1]	아름다운 이가 북쪽 연 땅에 있는데

相望渭橋邊.[2] 위수 다리 가에서 바라보네.
團團落日樹,[3] 둥글고 둥근 해가 떨어지는 나무
耿耿曙河天.[4] 밝고 밝은 새벽이 된 은하수의 하늘.
愁多明月下, 밝은 달 아래서 근심이 많은데
淚盡雁行前.[5] 줄지어 나는 기러기 앞에서 눈물이 말랐네.
別心不可寄,[6] 이별의 마음을 부칠 수 없어
唯餘琴上弦. 그저 금 위의 현에 남길 뿐이네.

주석

1) 佳人(가인) : 여인이 자신의 남편을 부르는 호칭이다.
   燕(연) : 지금의 북경 지역이다.
2) 渭橋(위교) : 위수의 다리. 위수는 황하의 가장 큰 지류로 장안을 지나가며 흐른다.
3) 團團(단단) : 둥근 모양.
4) 耿耿(경경) : 밝은 모양.
   曙河(서하) : 새벽이 될 때의 은하수.
5) 淚盡(누진) : 눈물이 더 이상 흐르지 않을 정도로 많이 흘렸다는 말이다.
   雁行(안항) : 기러기 행렬. 고대에는 기러기가 멀리 있는 이에게 편지를 전해준다고 믿었다.
6) 別心(별심) : 헤어진 이의 마음. 그리워하는 마음.

해설

이 시는 장안에서 멀리 연 땅에 있는 임을 그리워한다는 내용이다. 해가 지고 날이 새도록 달을 바라보며 그리워하지만 그 마음을 전할 길이 없어 그저 금을 연주할 따름이라고 하였다.

2-9-14 유소사有所思
　　　　고야왕顧野王

賤妾有所思,[1] 소첩에게 그리운 이가 있으니
良人久征戍.[2] 낭군이 오래도록 수자리로 나가서라네.

笳鳴塞表城,³⁾　　변새 끝의 성에서 호드기가 울고

花開落芳樹,⁴⁾　　꽃이 졌던 나무에서 꽃이 피어나며,

白登澄月色,⁵⁾　　백등산에는 달빛이 맑고

黃龍起煙霧.⁶⁾　　황룡성에는 안개가 피어오를 텐데,

還聞雉子斑,⁷⁾　　또 <치자반>을 들으시지

非復長征賦.⁸⁾　　<장정부>를 다시 짓지는 않기를.

주석

1) 賤妾(천첩) : 부인이 자신을 부르는 겸칭이다.

2) 良人(양인) : 부인이 남편을 부르는 호칭이다.

　　征戍(정수) : 변방으로 수자리 살러 가다.

3) 笳(가) : 호드기. 군대에서 부는 관악기의 일종이다.

　　塞表城(새표성) : 변새 끝의 성. '호새표胡塞表'로 된 판본도 있는데 '오랑캐 변방 끝'이라는
　　뜻이다.

4) 落芳樹(낙방수) : 꽃이 진 나무.

　　이 구는 지난해 꽃이 졌던 나무에서 해가 지나 봄이 되어 다시 꽃이 폈다는 말이다.

5) 白登(백등) : 지금의 산시성에 있는 산이다. 한나라 고조가 이곳에서 흉노족에게 포위당했던
　　적이 있다. 여기서는 변방 지역을 가리킨다.

　　澄(징) : 맑다.

6) 黃龍(황룡) : 용성龍城으로 한나라 때 흉노의 지명이다. 변방을 가리킨다.

7) 雉子斑(치자반) : 한나라 악부 한요가漢鐃歌 18곡 중의 하나로, 어린 꿩이 사냥꾼에게 잡혀가
　　는 이야기를 적었다. 이를 통해 사랑하는 이와 헤어지기 어려워하는 마음을 기탁하였다.

8) 長征賦(장정부) : 남자가 먼 변방으로 종군 나간 것을 읊은 부. 아마도 큰 공을 세우고
　　돌아오겠다는 남자의 포부를 적은 것으로 보인다. 하지만 동일한 제목으로 현재 전해지는
　　작품은 없다.

이 시는 여인이 오래도록 종군하고 있는 임을 그리워한다는 내용이다. 임을 기다리는 동안 봄은 지나가 버리고 쓸쓸해진 변방의 모습을 묘사하였다. 마지막에는 변방의 남편이 더이상 변방에서 공을 세우기 위해 노력하지 말고 돌아오기를 바라는 마음을 표현하였다.

2-9-15 유소사有所思
장정견張正見

深閨久離別,	깊은 규방에서 오래도록 헤어져
積怨轉生愁.[1]	원망이 쌓여 점차 근심이 생기니,
徒思裂帛雁,[2]	비단 잘라 편지 부칠 기러기를 헛되어 생각하고
空上望歸樓.	돌아오길 바라는 누대에 공연히 올라보네.
看花憶塞草,	꽃을 보면 변새의 풀이 생각나고
對月想邊秋.	달을 대하면 변방의 가을을 상상하는데,
相思日日度,	그리워하며 하루하루 보내나니
淚臉年年流.[3]	얼굴의 눈물이 해마다 흐르네.

주석

1) 轉(전) : 점차. 또는 도리어.
2) 裂帛雁(열백안) : 비단을 잘라 쓴 편지를 부치는 기러기. 고대에서 기러기가 편지를 부쳐준다고 생각했다.
3) 淚臉(누검) : 눈물이 흐르는 얼굴.

해설

이 시는 규방에서 변방에 나가 오래도록 헤어진 임을 그리워한다는 내용이다. 봄꽃을 볼 때나 가을 달을 볼 때나 항상 변방의 임을 생각하지만, 편지를 보낼 방법도 없이 하염없이 누대에 올라 기다리며 매일 눈물을 흘리는 여인의 모습을 묘사하였다.

2-9-16 유소사有所思
　　　　 육계陸系

別念限城闉,[1]	겹겹 성문으로 떨어졌던 것을 헤어진 뒤 생각하고
還思樓上人.	또 누대 위의 사람을 그리워하는데.
淚想離前落,	눈물은 헤어지기 전에 흘렸으리라 생각하고
愁聞別後新.[2]	근심은 헤어진 뒤에 새로워졌다고 들었네.
月來疑舞扇,[3]	달이 뜨니 춤출 때의 부채인가 의심하고
花度憶歌塵.[4]	꽃이 건너오니 노래에 날리던 먼지를 생각하는데,
只看今夜裏,	단지 오늘 밤에 보아하니
那似隔河津.[5]	은하수 너머 떨어진 이들과 어찌나 비슷한가.

주석

1) 限(한) : 격절되어 있다. '한恨'으로 된 곳도 있는데 '한스러워한다'는 뜻이다.

　城闉(성인) : 겹겹으로 있는 성문.

　이 구는 그녀와 성 안팎으로 떨어져 있어 헤어진 뒤 그리워한다는 말이다.

2) 別後新(별후신) : 헤어진 뒤에 새롭다.

　이상 두 구는 헤어지기 전부터 이별을 슬퍼하며 눈물을 흘렸음을 알고 있고, 헤어진 뒤에는 늘 근심하고 있다고 들었다는 말이다.

3) 舞扇(무선) : 무희의 부채. 둥근달을 보고 연상한 것이다.

4) 花度(화도) : 꽃이 건너오다. 남쪽에서부터 꽃이 피며 봄기운이 올라오는 것을 말한다.

　歌塵(가진) : 한나라 유향劉向의 《별록別錄》에 따르면, 노魯나라 사람 우공虞公이 <아가雅歌>를 잘 불렀는데 소리를 내면 맑고 구슬퍼서 대들보의 먼지를 움직였다고 한다. 이로부터 노래로 대들보의 먼지를 움직였다는 것은 감동적인 노래를 비유하게 되었다.

　이상 두 구는 둥근 달을 보거나 봄꽃을 보면 그녀의 춤과 노래가 생각난다는 말이다.

5) 那似(나사) : 어찌나 비슷한가. 매우 비슷하다는 말이다.

　隔河津(격하진) : 은하수에 의해 떨어지다. 견우와 직녀가 은하수 양쪽으로 떨어져 있는 것을 말한다.

이 시는 예전에 만났던 가기와 헤어져 있는 것을 가슴 아파한다는 내용이다. 헤어진 뒤에도 달과 봄꽃을 보면 그녀의 춤과 노래가 생각나는데, 만나고 싶어도 못 만나는 것이 마치 견우 직녀와 같다고 하였다.

2-9-17 유소사有所思
　　　위魏 배양지裴讓之

夢中雖暫見,	꿈속에서 비록 잠깐 보았지만
及覺始知非.[1]	깨고 나니 비로소 거짓임을 알고는,
展轉不能寐,[2]	잠들지 못하고 뒤척이다가
徙倚獨披衣.[3]	홀로 옷을 걸치고 서성이네.
悽悽曉風急,[4]	구슬프게도 새벽바람이 빠르고
晻晻月光微.[5]	어둑어둑 달빛이 희미한데,
室空常達旦,[6]	방이 빈 채로 늘 새벽이 오니
所思終不歸.	그리운 이는 끝내 돌아오지 않네.

1) 覺(교) : 잠에서 깨다.

　　知非(지비) : 거짓임을 알다. 실제로 만난 것이 아님을 알았다는 말이다.

2) 展轉(전전) : 잠 못 이룬 채 뒤척이는 모양.

3) 徙倚(사의) : 배회하는 모양.

4) 悽悽(처처) : 처량한 모양.

5) 晻晻(암암) : 어둑한 모양.

6) 室空(실공) : 방이 비다. 임과 함께 있지 않다는 말이다.

　　達旦(달단) : 새벽이 되다.

해설

　이 시는 꿈속에서 임을 잠깐 본 뒤 깨고 나서 밤새 새벽이 될 때까지 임을 그리워한다는
내용이다. 그리움에 잠 못 들고 서성이다 새벽바람을 맞으며 희미한 달빛 아래 임을 생각하는
모습을 묘사하였다.

2-9-18 유소사有所思
　　　　수隋 노사도盧思道

長門與長信,[1)	장문궁과 장신궁
憂思並難任.[2)	근심을 모두 견디기 어려웠지.
洞房明月下,[3)	유심한 규방에는 밝은 달빛이 비치고
空庭綠草深.	빈 정원에 푸른 풀만 무성한데,
怨歌裁潔素,[4)	깨끗한 비단으로 만들었다고 원망하며 노래했고
能賦受黃金.[5)	부를 잘 지어 황금을 받았다지.
復聞隔湘水,	상수에 가로막혔다고 또 들었고
猶言限桂林.[6)	계림에 막혔다고 여전히 말하는데,
悽悽日已暮,[7)	서글프게도 날은 이미 저물었으니
誰見此時心.	누가 이때의 마음을 볼 수 있을까?

주석

1) 長門(장문) : 한나라 궁의 이름. 한나라 무제가 즉위한 후 진황후陳皇后는 십여 년간 총애를
　받았으나 무제가 위자부衛子夫를 좋아하자 장문궁으로 쫓겨났다.
　長信(장신) : 한나라 궁의 이름. 한나라 성제成帝의 어머니인 태후太后가 거처했던 궁으로
　장추궁長秋宮이라고도 한다. 조비연趙飛燕 자매가 황제의 총애를 받게 되자 총애를 잃은
　반첩여班捷予가 장신궁에서 태후를 공양하기를 청하니 성제가 이를 허락하였다.
2) 憂思(우사) : 근심.
　並(병) : 모두. 장문궁의 진황후와 장신궁의 반첩여를 가리킨다.

難任(난임) : 견디기 어렵다.

3) 洞房(동방) : 유심幽深한 방. 규방을 가리킨다.

   下(하) : 달빛이 아래로 비추다. 또는 달이 지다.

4) 裁潔素(재결소) : 깨끗한 흰 비단을 자르다. 반첩여가 총애를 잃은 뒤 그 마음을 <원가행怨歌行>을 지어 표현했는데, "제나라 하얀 비단 새로 자르니 희고 깨끗하기가 눈과 서리 같구나. 마름하여 합환선을 만드니 둥글둥글 밝은 달과 같네. 그대의 품과 소매에서 나고 들며 흔들면 미풍을 일으키네. 항상 두렵기는 가을이 와서 서늘한 바람이 무더위를 쫓는 것이니, 상자 속에 내버려져 사랑이 중도에 끊어지겠지.(新裂齊紈素, 皎潔如霜雪. 裁爲合歡扇, 團團似明月. 出入君懷袖, 動搖微風發. 常恐秋節至, 涼風奪炎熱. 棄捐篋笥中, 恩情中道絶)"라고 하였다.

5) 受黃金(수황금) : 황금을 받다. 진황후는 총애를 잃은 뒤 성도의 사마상여司馬相如가 글을 잘 쓴다는 소문을 듣고는 황금 백 근을 보내 글을 지어달라고 부탁했다. 사마상여가 <장문부長門賦>를 지어 무제에게 바치니 그 내용에 감동하여 진황후를 다시 총애하였다고 한다.

6) 限桂林(한계림) : 계림에 막히다. '계림'은 지금의 광서장족자치구에 있는 지명인데, 동정호에서 장강으로 들어가는 상수의 상류가 그 인근을 지나간다. 한나라 장형張衡의 <사수시四愁詩>에 "내가 그리워하는 이가 계림에 있는데, 가서 좇으려 하여도 상수가 깊기에, 몸 기울여 남쪽 바라보노라니 눈물이 옷깃을 적신다.(我所思兮在桂林, 欲往從之湘水深, 側身南望涕沾襟)"라는 말이 있다.

   이상 두 구는 상수와 계수나무 숲 너머에 있는 임을 만나지 못하는 상황이라고 말을 한다는 뜻인데, 황제의 총애를 받지 못해 떨어져 있는 것을 상수와 계림 너머로 떨어져 있는 것과 같다고 비유한 것이다.

7) 悽悽(처처) : 처량한 모양.

해설

이 시는 장문궁의 진황후와 장신궁의 반첩여가 황제의 총애를 잃고 근심했던 이야기를 하였다. 마치 계림과 상수 너머로 떨어져 있는 것 같다고 하면서 그 격절감을 묘사하였다.

2-9-19 유소사有所思

　　　　당唐 심전기沈佺期

君子事行役,[1]	낭군이 행역을 일삼기에
再空芳歲期.[2]	꽃피는 시기를 또 허탕 쳤고,
美人曠延佇,[3]	아름다운 이는 헛되이 기다리며
萬里浮雲思.[4]	만 리의 뜬구름을 생각하네.
園槿綻紅豔,[5]	정원의 무궁화는 터진 붉은 꽃이 아름답고
郊桑柔綠滋.[6]	교외의 뽕나무는 부드러운 푸른 잎이 무성한데,
坐看長夏晚,	앉아서 긴 여름 저무는 걸 보노라니
秋月生羅帷.[7]	가을 달이 비단 휘장에 떠오르네.

주석

1) 君子(군자) : 부인이 남편을 부르는 호칭이다.

　　行役(행역) : 집을 떠나 일을 하다.

2) 再空(재공) : 다시 허사가 되다. 또는 두 번 허탕 치다.

　　芳歲期(방세기) : 꽃이 피는 시기. 봄철. 또는 청춘시기.

　　이상 두 구는 남편이 멀리 행역을 나갔기에 꽃이 핀 봄을 함께 즐기지 못했다는 말이다.

3) 美人(미인) : 고향에서 남편을 기다리는 부인을 가리킨다.

　　曠(광) : 헛되이.

　　延佇(연저) : 목을 빼고 서 있다. 절실하게 기다리는 모습이다.

4) 浮雲(부운) : 뜬 구름. 객지를 떠도는 남편을 비유한다.

5) 槿(근) : 무궁화.

　　綻(탄) : 꽃봉우리가 터지다. 꽃이 피다.

6) 滋(자) : 무성하다.

7) 羅帷(나유) : 비단 휘장. 여인의 처소를 가리킨다.

이 시는 멀리 행역을 나간 남자를 그리워하는 여인의 모습을 묘사하였다. 꽃피는 봄날을 같이 보내지도 못하고서 기나긴 여름 내내 기다리는데 어느덧 가을이 되었음을 말하였다.

2-9-20 유소사有所思

이백李白

我思仙人,	내가 신선을 그리워하는데
乃在碧海之東隅.	바로 푸른 바다 동쪽 끝에 있지.
海寒多天風,	바다는 차갑고 하늘의 바람은 거세니
白波連山倒蓬壺.[1]	흰 파도가 산처럼 이어져 봉래산을 뒤집네.
長鯨噴湧不可涉,[2]	큰 고래가 물을 뿜어 건너갈 수 없기에
撫心茫茫淚如珠.[3]	가슴을 쓸어내리는데 아득하여 눈물이 구슬과 같네.
西來靑鳥東飛去,[4]	서쪽에서 온 청조가 동쪽으로 날아가는데
願寄一書謝麻姑.[5]	마고에게 안부 묻는 편지 한 통 부쳐주기를.

주석

1) 蓬壺(봉호) : 봉래산蓬萊山. 동쪽 바다에 신선이 산다는 전설의 산이다.
2) 長鯨(장경) : 큰 고래.
   噴湧(분용) : 물을 거세게 내뿜다. 또는 노하여 날뛰다.
3) 撫心(무심) : 가슴을 어루만지다. 탄식하는 모습이다.
   茫茫(망망) : 아득한 모양.
4) 靑鳥(청조) : 곤륜산에 산다는 신선인 서왕모西王母의 새인데, 그의 소식을 전해준다고 한다.
5) 謝(사) : 안부를 묻다.
   麻姑(마고) : 여자 신선으로 동해가 뽕밭으로 변하는 것을 세 번 봤다고 한다.

해설

≪이태백시집≫에는 제목이 <옛 유소사(古有所思)>로 되어 있다. 이 시는 신선 세계로 가고 싶어하는 마음을 표현한 것이다. 동쪽 바다 끝에 있는 신선세계에 가려고 하지만 풍랑이 거세고 고래가 날뛰고 있어서 탄식할 뿐인데, 마침 서왕모의 청조가 동쪽으로 날아가기에 그편에 마고에게 소식을 전하려고 한다고 하였다.

2-9-21 유소사有所思
　　　　　맹교孟郊

桔槔烽火晝不滅,[1]	두레박틀 형식의 봉화가 낮에도 꺼지지 않는데
客路迢迢信難越.[2]	나그넷길은 멀고 멀어 진실로 지나가기 어려우리.
古鎭刀攢萬片霜,[3]	오래된 진에 모인 칼날은 만 조각 서리와 같고
寒江浪起千堆雪.	차가운 강에 일어나는 파도는 천 무더기 눈과 같으리.
此時西去定如何,	이러한 때 서쪽으로 가니 정녕 어떠하겠는가?
空使南心遠淒切.[4]	남쪽 사람의 마음을 공연히 멀리서 처절하게 하리라.

주석

1) 桔槔烽火(길고봉화) : '길고'는 원래 우물물을 쉽게 긷는 장치인데, 긴 막대기 한쪽 끝에는 물 뜨는 동이를 매달고 다른 한쪽 끝에는 돌과 같은 중량물을 달아서 무거운 물동이를 쉽게 들어 올릴 수 있게 한 것이다. 길고봉화는 그런 형식으로 봉홧불을 높이 올리도록 만든 것이다.
2) 迢迢(초초) : 먼 모양.
　信(신) : 진실로. 편지로 볼 수도 있다.
　越(월) : 건너가다. 지나가다.
3) 鎭(진) : 변경의 요지에 설치하여 병사가 주둔한 곳이다.
　攢(찬) : 모이다.
4) 南心(남심) : 남쪽 사람의 마음. 남쪽에 남아서 멀리 떠나간 이를 걱정하는 마음.

이 시는 서쪽 변방으로 종군하는 이를 걱정한다는 내용이다. 머나먼 원정길과 혹독한 추위 속에서 고생할 것을 처절하게 걱정한다고 하였다. 이와 달리 변방으로 떠나와 고향을 그리워 하는 남자의 심정을 읊은 것으로 볼 수도 있다.

2-9-22 유소사有所思
　　　　노동盧仝

當時我醉美人家,	당시 내가 미인의 집에서 취했는데
美人顏色嬌如花.	미인의 얼굴빛은 꽃처럼 아름다웠지.
今日美人棄我去,	이제 미인은 날 버리고 떠나갔고
靑樓珠箔天之涯.[1]	푸른 집의 주렴은 하늘 끝에 있게 되었네.
天涯娟娟常娥月,[2]	하늘 끝에 곱디고운 항아의 달
三五二八盈又缺.[3]	열닷새 열엿새 찼다가 또 기우네.
翠眉蟬鬢生別離,[4]	푸른 눈썹 매미 머리칼과 생이별하니
一望不見心斷絶.[5]	줄곧 바라봐도 보이지 않고 마음은 끊어져 버렸네.
心斷絶,	마음이 끊어져
幾千里.	수천 리 멀어졌네.
夢中醉臥巫山雲,[6]	꿈속에 무산의 구름에 취해 누웠다가
覺來淚滴湘江水.[7]	깨고 난 뒤 상강 물에 눈물을 떨구었네.
湘江兩岸花木深,	상강 양쪽 기슭에 꽃나무 무성한데
美人不見愁人心.	미인이 보이지 않아 마음이 근심스럽네.
含愁更奏綠綺琴,[8]	근심을 머금고 다시 녹기금을 연주하는데
調高絃絶無知音.[9]	곡조가 높아지자 현이 끊어지니 지음이 없어서이지.
美人兮美人,	미인이여, 미인이여
不知爲暮雨兮爲朝雲.	저녁 비가 되었는지 아침 구름이 되었는지 모르겠구나.

179

相思一夜梅花發,　　밤새 그리워하는데 매화꽃이 피어

忽到窗前疑是君.　　홀연 창 앞에 왔기에 혹시 그대인가 생각하네.

주석

1) 靑樓(청루) : 푸른색으로 칠한 호화로운 건물. 미인의 처소이다.

　　珠箔(주박) : 구슬을 꿰어 만든 발.

　　이 구는 미인을 만날 수 없게 된 상황을 표현한 것이다.

2) 娟娟(연연) : 아름다운 모양.

　　常娥(상아) : 신화에 나오는 달에 사는 여신. 항아姮娥라고도 한다.

3) 三五(삼오) : 음력 보름.

　　二八(이팔) : 음력 열엿새.

　　缺(결) : 달이 기울다. 여기서는 두 사람이 헤어져 있는 상황을 비유한다.

4) 翠眉蟬鬢(취미선빈) : 눈썹을 파랗게 칠하고 머리를 매미 날개 모양으로 장식한 것. 미인을 상징한다.

5) 心斷絕(심단절) : 마음이 서로 떨어지게 되다. 또는 마음이 애통하다.

6) 巫山(무산) : 지금의 중경시 봉절에 있는 산의 이름. 송옥의 <고당부高唐賦>에 따르면, 무산의 신녀가 고당에 있는 초나라 왕을 찾아와 하룻밤을 보내고 떠나가면서 무산의 양대陽臺 아래에서 아침에는 구름이 되고 저녁에는 비가 되어 늘 있을 것이라고 하였다.

7) 覺(교) : 잠에서 깨다.

　　淚滴(누적) : 눈물이 방울져 떨어지다.

　　湘江(상강) : 동정호에서 장강으로 흘러들어가는 지류이다. 순임금이 남방을 순수하다가 창오蒼梧에서 죽자 그의 두 부인인 아황娥黃과 여영女英이 상수에 와서 울었다고 한다.

8) 綠綺琴(녹기금) : 옛날 금의 이름으로 한나라 사마상여司馬相如가 양왕梁王에게서 하사받았다고 한다. 사마상여는 이 금을 연주하여 탁문군卓文君을 유혹하여 결국 같이 살게 되었다.

9) 調高(조고) : 곡조가 높아지다. 격정적으로 연주한다는 뜻이다. 또는 곡조가 고아하다고 풀이할 수도 있다.

　　知音(지음) : 여기서는 일전에 만났던 미인을 가리킨다.

이 시는 만나 같이 술을 마셨던 미인과 헤어진 뒤 만나지 못해 그리워하는 마음을 표현하였다. 제1~4구에서는 꽃처럼 아름다운 미인과 함께 술을 마시고 취했는데 지금은 만날 수 없어서 마치 하늘 끝에 떨어져 있는 것과 같다고 하였다. 제5~10구에서는 하늘에 뜬 아름다운 보름달은 두 사람의 아름다운 만남을 연상시키는데 그 달이 기울 듯이 아름다운 모습의 그녀와 다시는 못 만날 것을 가슴 아파하였다. 제11~14구에서는 꿈에 다시 무산의 신녀와 같은 그녀를 만났지만 깨고 나서는 순임금을 잃은 아황과 여영처럼 눈물을 흘렸다고 하고는 아름다운 꽃나무를 바라보며 홀로 있는 안타까움을 말하였다. 제15~18구에서는 자신의 슬픔을 금 연주로 표현해보지만 이를 알아줄 그녀가 없음을 애달파한다고 하였다. 마지막 두 구에서는 매화가 피었는데 혹 그녀가 온 것은 아닐까 상상해보는 장면을 묘사하였다.

2-9-23 유소사有所思

위응물韋應物

借問江上柳,	물어봅시다, 강가의 버들은
靑靑爲誰春.	푸릇푸릇 누굴 위한 봄인가?
空遊昨日地,	지난날의 그곳을 공연히 거닐어 보는데
不見昨日人.	지난날의 사람은 보이질 않네.
繚繞萬家井,[1]	만 집의 우물을 돌아다니고
往來車馬塵.[2]	거마의 먼지 속을 이리저리 다니네.
莫道無相識,[3]	아는 이 없다고 말하지 말라
要非心所親.[4]	요컨대 마음이 친하지 않은 거라네.

1) 繚繞(요요) : 주위를 맴돌다. 그곳을 벗어나지 않는다는 말이다.
2) 車馬塵(거마진) : 수레와 말이 다니는 길의 먼지. 사람의 왕래가 많은 곳을 가리킨다. 이상 두 구는 많은 사람과 접촉한다는 말이다.

3) 道(도) : 말하다.

4) 要(요) : 요컨대.

이상 두 구는 내가 알고 지내는 사람은 많지만 정작 친한 사람은 예전에 같이 노닐던 그 사람뿐이라는 말이다.

해설

이 시는 지난날 노닒에서 만났던 이를 다시 만나지 못해 안타까워한다는 내용이다. 여러 사람과 교왕하지만 결국 그 사람만 좋아한다고 하였다.

2-9-24 유소사有所思

유씨운劉氏雲

朝亦有所思,	아침에도 그리워하는 바가 있고
暮亦有所思.	저녁에도 그리워하는 바가 있어,
登樓望君處,	누대에 올라 그이 있는 곳을 바라보지만
藹藹浮雲飛.[1]	자욱하게 뜬구름이 날아가네.
浮雲遮卻陽關道,[2]	뜬구름이 양관의 길을 가려버렸으니
向晚誰知妾懷抱.[3]	해 지물 때 내 마음을 누가 알리오.
玉井蒼苔春院深,[4]	우물의 푸른 이끼는 봄 정원에 짙어지고
桐花落地無人掃.	오동꽃은 땅에 떨어져도 아무도 쓸지 않네.

주석

1) 藹藹(애애) : 자욱한 모양.

2) 遮卻(차각) : 가렸다. '각'은 동작의 완료를 나타낸다.

陽關(양관) : 옛날 관문의 이름으로 지금의 감숙성 돈황 인근에 있었다.

3) 向晚(향만) : 해가 저물어 갈 때.

이상 세 구는 "암담한 소관의 길. 뜬구름 행해 눈물을 훔치는데 내 마음을 누가 알까?(藹藹 蕭關道. 掩淚向浮雲, 誰知妾懷抱)"로 된 곳도 있다.

4) 玉井(옥정) : 우물의 미칭.

　蒼苔(창태) : 푸른 이끼.

　이하 두 구는 사람이 왕래하지 않아 이끼가 두텁게 끼고 꽃잎이 떨어져도 쓸지 않고 방치한다는 말이다.

　이 시는 서쪽 변방으로 나간 이를 그리워한다는 내용이다. 서쪽 변방으로 멀리 떠난 이를 그리워하며 누대에 올라 양관 방향으로 바라보지만 구름에 가려 잘 보이지 않아 더욱 애달파하고, 봄이 되었지만 같이 즐길 이가 없기에 정원에는 이끼만 무성해지고 꽃잎이 떨어져도 신경을 쓰지 않는다고 하였다.

2-10 치자반 雉子斑 6수

2-10-1 치자반雉子斑

　　　양梁 오균吳均

可憐雉子斑,[1]	아름답구나, 어린 꿩의 알록달록한 깃
群飛集野旬.[2]	무리 지어 날다가 너른 들판에 내려앉았는데,
文章始陸離,[3]	무늬는 화려해지기 시작했으며
意氣已驚狷.[4]	의기는 이미 매우 굳세구나.
幽幷遊俠子,[5]	유주와 병주의 협객
直心亦如箭.	곧은 마음이 또한 화살대와 같은데,
死節報君恩,[6]	절조로 죽어 임금의 은혜에 보답하니
誰能孤恩眄.[7]	누가 은혜로운 눈길을 저버릴 수 있으랴.

주석

1) 雉子(치자) : 어린 꿩.

   斑(반) : 여러 색이 섞여 아름다운 모양.

2) 野甸(야전) : 교외의 너른 들.

3) 文章(문장) : 무늬.

   陸離(육리) : 빛나며 아름다운 모양.

4) 驚猂(경견) : 매우 강직하다.

5) 幽幷(유병) : 유주와 병주. 동북 변방 지역으로 예로부터 협객이 많기로 유명했다.

   遊俠子(유협자) : 협객. 의리와 절조를 지키며 남을 돕는 사람.

6) 死節(사절) : 절조를 지키며 죽음을 택하다.

7) 孤(고) : 저버리다.

   恩眄(은면) : 은혜로운 눈길. 군주가 돌보는 것을 말한다.

해설

　이 시는 어린 꿩이 화려한 깃털을 형성하고 의기가 곧아지는 것을 말한 뒤, 이들처럼 곧은 의지와 절조로 임금의 은혜에 보답하는 협객을 칭송하였다.

2-10-2 치사반雉子斑
　　　진陳 후주後主

四野秋原暗,	사방의 가을 들판이 어둑한데
十步啄方前.[1)	열 걸음에 한 번 쪼며 한창 나아가네.
雊聲風處遠,[2)	울음소리는 바람 부는 곳에 멀어지고
翅影雲間連.[3)	날개 모습은 구름 사이에 이어지네.
箭射妖姬笑,[4)	화살이 맞히자 아름다운 여인이 웃었으며
裘值盛明然.[5)	갖옷의 가치는 성명한 시대에 어울리니,
己足南皮賞,[6)	이미 남피의 칭송으로 충분한데
復會北宮篇.[7)	또 북궁의 작품과 만났네.

1) 啄(탁) : 새가 부리로 쪼다.

　方前(방전) : 한창 앞으로 나아가다.

　이 구는 ≪장자·양생주養生主≫에 있는 "못가의 꿩이 열 걸음 가다가 한 번 쪼고 백 걸음 가다가 한 번 물을 마시는데 새장 안에서 길러지길 바라지는 않는다.(澤雉十步一啄, 百步一飮, 不期畜乎樊中)"라는 말을 이용한 것이다. 이는 꿩이 자유롭게 사는 모습을 형용한 것이다.

2) 雊聲(구성) : 꿩이 우는 소리.

　風處遠(풍처원) : 바람 부는 곳에 멀다. 바람 소리 따라 멀리 울려 퍼진다는 말이다.

3) 翅影(시영) : 날개의 모습.

4) 箭射(전석) : 화살이 꿩을 맞히다.

　妖姬(요희) : 아름다운 여인. ≪좌전左傳·소공昭公 28년≫에 따르면, 못생긴 가賈나라의 대부가 아름다운 부인을 얻었는데 그 부인이 말도 하지 않고 웃지도 않기에, 수레를 타고 습지로 가서 활을 쏘아 꿩을 잡았더니 그의 부인이 말을 하고 웃었다고 한다. 이는 그의 재능을 인정했기 때문이었다.

5) 裘(구) : 갖옷. 원래는 동물의 털가죽으로 만든 옷인데 여기서는 꿩의 깃털로 장식한 갖옷을 가리키는 것으로 보인다.

　盛明(성명) : 태평성세.

　然(연) : 어울리다. 적합하다.

6) 南皮賞(남피상) : 남피의 칭송. 남피는 지금의 하북성에 있던 지명이다. 건안 연간에 조비曹丕가 오관중랑장五官中郎將으로 있을 때 여러 문인과 함께 이곳에서 글을 짓고 술을 마시고 꿩사냥을 하는 등 즐거운 모임을 하였다. 그 이전에 조조가 남피에서 하루에 꿩 36마리를 잡았다는 기록이 있다. 조비와 그 문인이 당시 지었던 작품에 혹 조조의 이야기가 있을 수도 있다.

7) 北宮篇(북궁편) : 북궁의 작품. 북궁은 한나라의 궁궐로 장안과 낙양에 있었다. 여기서는 아마도 낙양을 도읍으로 둔 서진西晉 문인 반악潘岳의 <사치부射雉賦>를 언급하는 것으로 보인다. <사치부>에 가대부의 전고가 인용되어 있다. '북궁'이 복성이기도 한데 혹 꿩과 관련된 작품을 지은 이가 있는지는 잘 모르겠다.

해설

이 시는 꿩이 들판에서 활기차게 살고 있는 것을 읊은 뒤, 꿩을 쏘아 맞힌 전고를 언급하고 꿩이 유명한 작품에서 오래도록 노래되었음을 말하였다.

2-10-3 치자반雉子斑

　　　장정견張正見

陳倉雉未飛,[1]	진창에 꿩이 날지 않고
斂翮依芳甸.[2]	날개를 거두고서 향기로운 들에 의지하는데,
朱冠色尚淺,[3]	붉은 관은 색이 아직 옅고
錦臆毛初變.[4]	비단 가슴은 털이 갓 변했네.
雊麥且專場,[5]	보리 사이에서 울면서 또 들을 독차지하고
排花聊勇戰.[6]	꽃을 밀치며 그저 싸움터에서 용맹하니,
唯當渡弱水,[7]	설령 약수를 건너게 되더라도
不怯如皋箭.[8]	여고의 화살을 겁내지 않으리라.

주석

1) 陳倉(진창) : 지명으로 지금의 섬서성 보계寶鷄이나. 조비의 《열이전(列異傳)》에 다음과 같은 이야기가 있다. 진秦 목공穆公 시기에 진창 사람이 땅을 파다가 물건을 얻었는데 양이나 돼지와 비슷했다. 목공에게 바치려고 가다가 아이 두 명을 만났는데, 아이들이 말하기를, "이것은 이름이 온媼인데 항상 땅속에 있으면서 죽은 사람의 뇌를 먹습니다. 만약 그것을 죽이고 싶으면 측백나무 가지를 그 머리에 꽂으세요."라고 하였다. 온이 다시 말하기를, "저 두 아이는 이름이 진보陳寶입니다. 수컷을 얻으면 왕이 되고 암컷을 얻으면 패자霸者가 됩니다."라고 하였다. 진창 사람이 온을 버리고 두 아이를 쫓자 아이들은 꿩으로 변하여 숲으로 날아 들어갔다. 목공이 군사를 동원하여 결국 암꿩을 잡았는데 다시 돌로 변하자 그것을 견수汧水와 위수渭水 사이에 두었다. 문공文公 시기에 이르러 사당을 세워주고 이름을 진보사陳寶祠라고 하였다. 수컷은 날아가 남쪽에 내려앉았는데 지금의 남양南陽 치현雉縣이 그곳이다. 매번 진창陳倉에서 제사를 지낼 때마다 길이가 수십 장이 되는 붉은 빛이 치현에서

와서 진창의 사당 안으로 들어가는데 수꿩의 울음소리와 났다.

2) 斂翮(염핵) : 날개를 거두다. 날지 않는 모습이다.

  芳甸(방전) : 향기로운 풀이 무성한 들.

3) 朱冠(주관) : 붉은 관. 꿩의 볏을 가리킨다.

4) 錦臆(금억) : 비단 같은 가슴. 꿩의 가슴이 알록달록한 것을 가리킨다.

5) 雊麥(구맥) : 보리 사이에서 꿩이 울다. 반악潘岳의 <사치부射雉賦>에 "보리가 점점 자라 이삭이 돋고 꿩이 꿩꿩하며 아침에 운다.(麥漸漸以擢芒, 雉鷕鷕而朝雊)"라는 말이 있다.

  專場(전장) : 들을 독차지하다.

6) 排花(배화) : 꽃을 밀치다.

  勇戰(용전) : 싸움터에서 용감하다. 용맹하게 싸우다.

7) 弱水(약수) : 전설 속의 강 이름으로 물이 약해 어떤 것도 떠 있을 수 없다고 한다. ≪해내십주기海內十洲記≫에 "봉린주는 서해 중앙에 있는데 그 땅은 사방 천오백 리이다. 봉린주 사방을 약수가 두르고 있는데 기러기 털도 떠 있을 수 없어 건널 수가 없다.(鳳麟洲在西海之中央, 地方一千五百里, 洲四面有弱水繞之, 鴻毛不浮, 不可越也)"라는 말이 있다.

8) 怯(겁) : 겁내다.

  如皐箭(여고전) : 여고의 화살. ≪좌전左傳·소공昭公 28년≫에 따르면, 못생긴 가賈나라의 대부가 아름다운 부인을 얻었는데 그 부인이 말도 하지 않고 웃지도 않기에, 수레를 타고 습지로 가서 활을 쏘아 꿩을 잡았더니 그의 부인이 말을 하고 웃었다고 한다. 여기서 '수레를 타고 습지로 가다'라는 부분이 '御以如皐'인데 '여고'를 지명으로 이해하는 경우가 예로부터 있었다. 예컨대 <사치부>에서도 "그 옛날 가대부가 여고로 갔을 때 화살 한 대에 비로소 부인의 얼굴이 풀렸다.(昔賈氏之如皐, 始解顔於一箭)"라고 하였다. 이 시에서는 '여고'를 지명으로 보았다.

해설

  이 시는 진창의 돌꿩을 읊은 것이다. 어린 꿩이 성장하여 이제 갓 모습을 갖추기 시작했으며 들에서 힘찬 모습을 보여주고 있으니, 장차 용맹한 기상을 떨치리라는 것을 말하였다.

2-10-4 치자반雉子斑
　　　　모처약毛處約

春物始芳菲,¹⁾	봄날 만물이 비로소 향기로워지자
春雉正相追.²⁾	봄 꿩이 한창 서로 뒤쫓으니,
澗響連朝雊,³⁾	개울 소리 속에 연일 울어대고
花光帶錦衣.⁴⁾	꽃빛에 비단옷을 둘렀네.
竄跡時移影,⁵⁾	자취를 감추어 때때로 모습을 옮기고
驚媒或亂飛.⁶⁾	미끼 새를 놀라게 하며 간혹 어지러이 날지만,
能使如皐路,⁷⁾	습지의 길로 가게 할 수 있어야
相逢巧笑歸.⁸⁾	서로 만나면 아름다운 웃음 지으며 돌아가겠지.

주석

1) 芳菲(방비) : 향기롭다.

2) 正(정) : 한창.

3) 雊(구) : 꿩 울음소리.

4) 錦衣(금의) : 비단 옷. 꿩의 화려한 깃털을 가리킨다.

5) 竄跡(찬적) : 모습을 감추다. 풀더미에 숨어 있는 것이다.

　移影(이영) : 모습을 이동하다.

6) 媒(매) : 미끼 새. 꿩을 사냥할 때는 길들인 꿩을 묶어두고서 울게 하여 다른 꿩을 불러들인다.

7) 如皐路(여고로) : 습지의 길로 가다. ≪좌전左傳 · 소공昭公 28년≫에 따르면, 못생긴 가賈나라
   의 대부가 아름다운 부인을 얻었는데 그 부인이 말도 하지 않고 웃지도 않기에, 수레를
   타고 습지로 가서 활을 쏘아 꿩을 잡았더니 그의 부인이 말을 하고 웃었다고 한다.

8) 巧笑(교소) : 아름다운 웃음. 가나라 대부 부인을 두고 한 말이다.

해설

　이 시는 봄날 꿩사냥 할 때의 광경을 묘사하였다. 아름다운 꿩이 풀숲에 숨어있고 미끼새를

놀리기도 하는 재기발랄한 모습을 칭송하였으며, 가나라 대부 정도가 되어야 이 꿩을 잡을
수 있을 것이라고 하였다.

2-10-5 치자반雉子斑
　　　　　 강총江總

麥壟新秋來,[1]	보리밭 두둑에 추수철이 새로 오자
澤雉屢徘徊.	못가의 꿩이 자주 왔다 갔다 하는데,
依花似協妬,[2]	꽃에 기대고서 마치 질투심을 화합시키는 듯하고
拂草乍驚媒.[3]	풀을 밀치면서 갑자기 미끼 새를 놀라게 하네.
三春桃照李,	춘삼월 복숭아꽃이 자두꽃을 비추고
二月柳爭梅.	이월에 버들이 매화와 다툴 때,
暫往如皐路,[4]	잠시라도 여고의 길을 간다면
當令巧笑開.[5]	마땅히 아름다운 웃음을 짓게 할 것이라네.

주석

1) 麥壟(맥롱) : 보리밭의 두둑.

　新秋(신추) : 새로운 추수철. 보리는 초여름에 추수한다. 가을에 추수하기도 한다.

2) 協妬(협투) : 질투심을 화합시키다. 질투심이 없도록 하는 모습인 것으로 보인다. 꿩은 암컷
　을 두고 다투는데 대개 장끼 한 마리가 두 마리의 까투리를 거느린다고 한다.

3) 拂草(불초) : 풀을 밀치다. 풀숲에서 갑자기 나타나는 모습이다.

　乍(사) : 갑자기.

　媒(매) : 미끼 새. 꿩을 사냥할 때는 길들인 꿩을 묶어두고서 울게 하여 다른 꿩을 불러들인다.

4) 如皐路(여고로) : 여고의 길. ≪좌전左傳 · 소공昭公 28년≫에 따르면, 못생긴 가賈나라의 대부
　가 아름다운 부인을 얻었는데 그 부인이 말도 하지 않고 웃지도 않기에, 수레를 타고 습지로
　가서 활을 쏘아 꿩을 잡았더니 그의 부인이 말을 하고 웃었다고 한다. 여기서 '수레를 타고
　습지로 가다'라는 부분이 '御以如皐'인데 '여고'를 지명으로 이해하는 경우가 예로부터 있었

다. 예컨대 <사치부>에서도 "그 옛날 가대부가 여고로 갔을 때 화살 한 대에 비로소 부인의 얼굴이 풀렸다.(昔賈氏之如皐, 始解顔於一箭)"라고 하였다. 이 시에서는 '여고'를 지명으로 보았다.

5) 巧笑(교소) : 아름다운 웃음. 가나라 대부 부인을 두고 한 말이다.

해설

이 시는 봄날 자유롭게 노는 꿩을 묘사하였는데, 아름다운 봄날 자칫 잘못하면 죽을 수도 있으니 조심해야 할 것임을 말하였다.

2-10-6 치자반雉子斑
　　　당唐 이백李白

≪고금악록≫에서 말하기를, "양나라 삼조악 41번째는 벽사기를 연기하는 것이다. 고취악 대로 <치자반> 곡을 연주하며 이끌고 왔다 갔다 한다."라고 하였다.
≪古今樂錄≫曰, 梁三朝樂第四十一, 設辟邪伎. 鼓吹作<雉子斑>曲引去來.

辟邪伎作鼓吹驚,[1]	벽사기를 연기하며 북과 피리를 떠들썩하게 연주하여,
雉子斑之奏曲成,	<치자반> 가락이 이루어지니,
喔咿振迅欲飛鳴.[2]	꿩꿩 푸덕푸덕 날아가며 우는 듯하네.
扇錦翼,[3]	비단 날개를 휘저으니
雄風生.	세찬 바람이 생겨나고,
雙雌同飮啄,[4]	두 마리 까투리와 함께 마시고 쪼는데
趫悍誰能爭.[5]	날래고 사나움을 누가 겨를 수 있으리.
乍向草中耿介死,[6]	차라리 풀 속에서 꼿꼿하게 죽을지언정
不求黃金籠下生.	황금 조롱 안에서 살기를 구하지 않네.
天地至廣大,	천지는 지극히 광대하니
何惜遂物情.[7]	어찌 만물의 본성에 부합하기를 두려워하겠는가.

善卷讓天子,[8]	선권은 천자 자리를 사양했고
務光亦逃名,[9]	무광은 또한 명성을 피했으니,
所貴曠士懷,[10]	귀하게 여기는 것은 탁 트인 선비의 마음이라
朗然合太淸.[11]	넓은 하늘과 깨끗하게 합치되네.

주석

1) 辟邪伎(벽사기) : 벽사 분장을 하고 춤을 추는 놀이 또는 그 놀이꾼을 뜻한다. 벽사는 고대 전설 속의 동물로서 사슴과 비슷하며 꼬리가 길고 뿔이 두 개 있다고 한다.
   鼓吹(고취) : 북을 치고 피리나 나팔을 불며 음악을 연주하는 것이다.
   驚(경) : 놀라게 하다. 음악 소리가 크고 우렁찬 것을 형용한 말이다.

2) 喔咿(악이) : 꿩이 우는 소리.
   振迅(진신) : 날개를 퍼덕이는 소리.

3) 扇(선) : 원래는 부채질하다는 뜻인데, 여기서는 날개를 퍼덕인다는 말이다.

4) 雙雌(쌍자) : 암컷 두 마리. 꿩은 대개 수컷 한 마리가 암컷 두 마리를 거느린다.

5) 趫悍(교한) : 날래고 사납다.

6) 牟(사) : 차라리.
   耿介(경개) : 곧음을 지켜 꺾이지 않다. 꿩은 사람에게 잡히면 스스로 자신의 목을 꺾어서 죽는다고 한다.

7) 惜(석) : 두려워하다.
   物情(물정) : 세상 만물의 본성.

8) 善卷(선권) : 요순시대의 은자. ≪장자·양왕讓王≫에 이런 이야기가 있다. 순임금이 선권에게 천하를 물려주려 하였으나 "나는 우주의 한가운데 있으면서 겨울에는 털옷을 입고 여름에는 갈옷을 입으며, 봄에는 씨 뿌려 경작하고 가을에는 수확하는데 해가 뜨면 일어나서 일을 하고 해가 지면 들어와서 쉽니다. 천지간을 소요하면서 내 마음대로 하는데, 뭣 하러 천하를 다스리겠습니까."라고 거절하고는 깊은 산 속으로 들어갔다.

9) 務光(무광) : 고대의 은자. ≪장자·양왕≫에 이런 이야기가 있다. 탕임금이 걸을 정벌하고 천자의 자리를 무광에게 물려주려 하였으나, "윗사람을 폐하는 것은 의로운 행동이 아니고

백성을 죽이는 것은 어진 행동이 아니다. 의로운 일이 아니면 봉록을 받지 않고 세상에 도가 없으면 그 땅을 밟지 않는다는데 하물며 나를 높이다니. 내가 이러한 것을 오래도록 볼 수 없다"라고 하고는 돌을 안고 물에 빠져 죽었다.

逃名(도명) : 명성을 피하다.

10) 曠士(광사) : 마음이 사물에 구애받지 않는 선비.

11) 朗然(낭연) : 깨끗한 모양. 밝은 모양.

太淸(태청) : 도교의 삼청三淸 중의 하나로 도덕천존道德天尊이 사는 높은 곳이다. 여기서는 하늘을 뜻한다.

해설

《이태백시집》에는 제목이 <벽사기를 연기하고 <치자반>을 연주하는 곡의 가사(設辟邪伎鼓吹雉子斑辭)>로 되어 있다. 이 시는 벽사기와 치자반의 공연을 보면서 느낀 감회를 쓴 것이다. 꿩이 들에서 힘차게 사는 모습을 묘사한 후에 자신 역시 사물이 타고난 본성과 옛 은자의 행동을 따라 부귀공명에 연연하지 않고 자유롭게 살겠다는 뜻을 표현하였다.

2-11 임고대 臨高臺 11수

2-11-1 임고대臨高臺
위魏 문제文帝

臨臺高,	누대 높은 곳에서 굽어보니
高以軒.[1]	높아서 드날리는데,
下有水,	아래에 있는 물은
淸且寒.	맑고 차가우며,
中有黃鵠,	그 가운데 누런 고니가 있어
往且翻.[2]	와서 잠시 날아다니네.

行爲臣,[3]	바야흐로 신하가 되어
當盡忠.	마땅히 충성을 다해야 하니,
願令皇帝陛下三千歲,	원컨대 황제 폐하가 삼천 세를 누리면서
宜居此宮.	마땅히 이 궁에 머물게 하기를.
鵠欲南遊,	고니가 남쪽으로 가고자 하지만
雌不能隨.	암컷은 따를 수가 없네.
我欲躬銜汝,[4]	"내가 몸소 너를 물고 가고자 하지만
口噤不能開.[5]	입이 굳게 닫혀 벌릴 수가 없고,
我欲負之,[6]	내가 등에 업고자 하지만
毛衣摧頹.[7]	깃털 옷이 망가졌네."
五里一顧,	오 리를 가서 한 번 돌아보고
六里徘徊.	육 리를 가서 머뭇거리네.

주석

1) 軒(헌) : 높이 들리다. 드날리다.

2) 黃鵠(황혹) : 누런 고니.

   翻(번) : 날다.

3) 行(행) : 바야흐로. 한창.

4) 我(아) : 수컷 고니를 가리킨다.

   躬(궁) : 몸소. 또는 허리를 구부리다.

   銜汝(함여) : 너를 머금다. 암컷을 물고 날아가겠다는 말이다.

5) 噤(금) : 입을 다물다. 힘들어 하는 모습이다.

6) 負(부) : 등에 업다.

7) 毛衣(모의) : 깃털 옷. 고니의 깃털을 말한다.

   摧頹(최퇴) : 망가지다.

해설

이 시는 <한요가 · 임고대> 고사古辭의 내용과 상화가사 <염가하상행艶歌何嘗行>(일명
<비혹행飛鵠行>) 고사古辭의 내용을 합친 것이다. 두 가사에 모두 황혹이 나오는 데 착안하여
두 노래를 연결해서 부르면서 이 가사를 지은 것으로 보인다.

전반부에서는 높은 누대 아래에는 맑은 물이 흐르고 그곳에 누런 고니가 와서 날고 있는데,
신하가 되어 충심을 다하여 황제를 보필하겠다는 내용을 서술하였으며, 후반부에서는 고니가
남쪽으로 날아가는데 암컷과 같이 갈 수 없어서 안타까워한다는 내용을 서술하였다.

2-11-2 임고대臨高臺
　　　제齊 사조謝朓

千里常思歸,	천 리 떨어져 항상 돌아가길 생각하며
登臺臨綺翼.[1]	누대에 올라 화려한 처마에서 굽어보니,
纔見孤鳥還,[2]	돌아가는 외로운 새가 비로소 보이지만
未辨連山極.[3]	이어진 산의 끝은 분별할 수 없구나.
四面動春風,	사방에서 봄바람이 일지만
朝夜起寒色.	아침저녁으로는 찬 기운이 이는데,
誰知倦遊者,[4]	누가 알겠는가, 떠돌다 지친 이가
嗟此故鄕憶.	이러한 고향 생각에 탄식하는 줄을.

주석

1) 綺翼(기익) : 화려한 처마. '익'은 원래 날개라는 뜻인데 여기서는 날 듯이 높이 솟은 누대의
처마를 가리킨다.
2) 纔(재) : 하자마자.
3) 極(극) : 끝. 이 구는 산이 끝없이 이어져 있다는 말이다.
4) 倦遊(권유) : 떠도는 것에 지치다. '유'는 관직을 구하거나 지방관직을 하며 떠도는 것을
말한다.

이 시는 먼 타향에서 고향을 그리워하는 마음을 읊은 것이다. 높은 누대에 올라 바라보니 돌아가는 외로운 새만 보이고 이어진 산 끝에 있을 자신의 고향은 보이지 않는다. 봄바람이 불지만 여전히 한기가 있어 고향을 그리워하는 마음을 더욱 처량하게 만든다.

2-11-3 임고대臨高臺
왕융王融

遊人欲騁望,[1]	떠도는 이가 마음껏 바라보려고
積步上高臺.[2]	걷고 걸어서 높은 누대에 올랐는데,
井蓮當夏吐,[3]	우물가 연꽃은 여름이 되어야 돋아날 것이고
窗桂逐秋開.[4]	창가 계화는 가을을 좇으며 피겠지.
花飛低不入,[5]	꽃잎은 날리지만 낮아서 들어오질 못하고
鳥散遠時來.[6]	새는 흩어졌다가 멀리서 때맞춰 오는데,
還看雲棟影,[7]	또한 높이 솟은 마룻대의 그림자를 보고는
含月共徘徊.[8]	달빛 받으며 함께 서성거리네.

주석

1) 遊人(유인) : 집을 떠나 타향에서 머물고 있는 사람.
   騁望(빙망) : 마음껏 먼 곳을 다 바라보다. 초사楚辭 <구가九歌·상부인湘夫人>에 "흰 물풀이 자란 언덕에 올라 마음껏 바라보는데, 아름다운 이와 기약한 것은 어스름 펴질 때라네. (登白蘋兮騁望, 與佳期兮夕張)"라는 말이 있다.
2) 積步(적보) : 계속 걷다.
3) 井蓮(정련) : 인가의 우물가 연못에 있는 연.
   吐(토) : 꽃봉오리가 나온다는 말이다.
   이 구는 아직 연꽃이 피지 않았지만 여름에 필 것을 기대한다는 말이다.
4) 逐秋開(축추개) : 가을을 좇아서 피다. 가을이 되어야 핀다는 말이다.

5) 低不入(저불입) : 꽃잎이 낮게 날려서 높은 누대까지 들어오지 않는다는 말이다.

6) 遠時來(원시래) : 멀리서 때맞춰 오다. 저녁이 되어 새들이 둥지로 돌아온다는 말이다.

7) 雲棟(운동) : 구름까지 솟은 높은 마룻대. '동'은 '진陣'으로 된 판본도 있는데 진을 친 듯이 넓게 퍼진 구름을 뜻한다.

8) 徘徊(배회) : 서성거리다.

이 구는 달빛을 받으며 시인이 서성거린다는 말이다. 위 구의 '진陣'을 채택하면 구름에 가려졌다 나왔다 하는 달의 모습을 묘사한 것이다.

해설

이 시는 멀리 떠나온 이가 누대에 올라 본 경물을 묘사한 것이다. 연못의 연과 창가의 계수가 보이지만 아직 꽃을 피울 때가 아니며, 꽃잎은 자기와 떨어진 아래에서만 날리고 있는데 새들은 저녁이 되자 어김없이 둥지로 돌아오고 있다. 저녁이 되어 달이 뜨자 달빛을 받으며 서성이며 상념에 잠기고 있다.

2-11-4 임고대臨高臺

양梁 간문제簡文帝

高臺半行雲,	높은 누대 절반쯤에 구름이 지나가는데
望望高不極.[1]	바라보고 바라보자니 높아서 끝이 보이질 않네.
草樹無參差,[2]	풀과 나무는 가지런하지 않음이 없고
山河同一色.	산과 강은 한 가지 색으로 같으며,
彷彿洛陽道,[3]	어렴풋이 낙양의 길이 보이는 듯하지만
道遠難別識.[4]	길은 멀어 분별하기 어렵네.
玉階故情人,[5]	옥 계단의 오랜 정인
情來共相憶.	감정이 일어 함께 서로 그리워하네.

주석

1) 高不極(고불극) : 누대가 높기에 끝부분이 보이지 않는다는 말이다. '不可極'으로 된 판본도

있는데 끝까지 다 볼 수 없다는 뜻이다.

2) 參差(참치) : 들쭉날쭉한 모양.

이하 두 구는 멀리 아련하게 보이기에 초목이 가지런하게 보이고 산과 강이 푸른빛으로 구분이 가지 않는다는 뜻으로 누대가 아주 높아 아래에 보이는 것이 확연히 구분되지 않는다는 말이다.

3) 彷彿(방불) : 모호한 모양.

4) 別識(별식) : 구분하다.

5) 玉階(옥계) : 옥 계단. 계단의 미칭이다. 여기서는 그리워하는 임이 있는 곳을 가리킨다.

해설

이 시의 작가가 《옥대신영玉臺新詠》 등에는 양나라 무제武帝로 되어 있다. 이 시는 누대에 올라 멀리 낙양에 있는 이를 그리워한다는 내용이다. 높고 높은 누대에 올라갔는데 낙양은 아득히 멀어서 잘 보이지도 않지만, 그래도 그 길 너머에 있는 임도 나를 그리워할 것이라고 하였다.

2-11-5 임고대臨高臺
　　　심약沈約

高臺不可望,	높은 누대에서 바라볼 수 없으니
望遠使人愁.	멀리 바라보면 근심스러워져서인데,
連山無斷絕,	이어진 산은 끊어지지 않으며
河水復悠悠.	강물은 또 유장하구나.
所思曖何在,1)	그리워하는 이는 가려져 어디 있는가
洛陽南陌頭.2)	낙양의 남쪽 길가일 터,
可望不可至,	바라볼 뿐 갈 수는 없으니
何用解人憂.3)	무엇으로 근심을 없앨까.

주석

1) 曖(애) : 가려지다.

2) 陌頭(맥두) : 길가.

3) 何用(하용) : 무엇을 가지고.

해설

이 시는 누대에 올라서 낙양에 있는 임을 그리워한다는 내용이다. 멀리 바라보면 산과 강물이 끝없이 이어진 것만 보일 뿐 임은 보이지 않아 차마 누대에 올라 바라볼 수가 없다고 하였다.

2-11-6 임고대臨高臺

진陳 후주後主

晚景登高臺,	저녁 어스름에 높은 누대에 올라
迥望春光來.[1]	봄빛이 오는 것을 멀리 바라보는데,
霧濃山後暗,	안개가 짙어 산 뒤쪽이 어둡고
日落雲傍開.[2]	해가 지니 구름 옆이 환해지네.
煙裏看鴻小,	안개 속에 기러기를 보니 조그맣고
風來望葉回.	바람이 불어 잎을 바라보니 빙빙 도는데,
臨窗已響吹,[3]	창에 다가가자 이미 소리 내며 불기에
極眺且傾杯.[4]	끝까지 바라보다가 또 잔을 기울이네.

주석

1) 迥望(형망) : 멀리 바라보다.

2) 開(개) : 걷히다.

3) 響吹(향취) : 소리가 바람에 날려오다.

4) 極眺(극조) : 끝까지 바라보다.

이 시는 저녁에 누대에 올라 멀리 바라본 경물과 느낌을 적은 것이다. 어둠 속에 기러기가 멀리 날아가고 바람에 잎이 날리는 모습을 보고는 애상에 젖어 술을 마신다고 하였다.

2-11-7 임고대臨高臺
　　　　장정견張正見

曾臺邇淸漢,¹⁾	층층 누대는 하늘에 가깝고

曾臺邇淸漢,¹⁾　　층층 누대는 하늘에 가깝고
出逈架重棼.²⁾　　높이 솟아 겹겹으로 마룻대를 엮었는데,
飛棟臨黃鶴,　　나는 듯한 용마루는 누런 학을 굽어보고
高窗度白雲.³⁾　　높은 창에는 흰 구름이 지나가네.
風前朱幌色,⁴⁾　　바람 앞에는 붉은 휘장이 화려하고
霞處綺疏分.⁵⁾　　노을 진 곳에는 화려하게 조각한 창이 뚜렷한데,
此中多怨曲,　　이곳에 원망의 노래가 많았지만
地遠詎能聞.⁶⁾　　땅이 멀어 어찌 들을 수 있었으랴.

주석

1) 曾臺(층대) : 층층으로 높은 누대.
　　邇(이) : 가깝다.
　　淸漢(청한) : 하늘.
2) 出逈(출형) : 높이 우뚝 솟다.
　　架(가) : 건물을 엮어서 짓다.
　　重棼(중분) : 교차하며 겹쳐서 설치한 마룻대.
3) 度(도) : 지나가다.
4) 朱幌(주황) : 붉은 휘장.
5) 綺疏(기소) : 조각하여 꽃무늬 등의 모양을 뚫어새긴 창.
　　이상 두 구는 누대의 장식을 묘사한 것이다.
6) 詎(거) : 어찌.

해설

　이 시는 높은 누대에 올라 원망 어린 곡을 노래한다는 내용이다. 높은 곳에 위치한 누대의 모습과 그곳에서 내려다보이는 경관을 묘사한 뒤, 사람들이 이곳에서 원망의 노래를 많이 불렀지만 소용이 없었을 것이라고 말하였다.

2-11-8 임고대臨高臺

　　　수隋 소각蕭慤

崇臺高百尺,[1]	높은 누대는 높이가 백 척
逈出望仙宮.[2]	높이 솟은 망선궁,
畫栱浮朝氣,[3]	화려한 두공에는 아침 기운이 떠 있고
飛梁照晚虹.	날듯한 들보에는 저녁 무지개가 비치는데,
小衫飄霧縠,[4]	짧은 적삼에는 얇은 비단이 나풀거리고
豔粉拂輕紅.[5]	아름다운 화장에는 옅은 붉은빛이 스치네.
笙吹汶陽篠,[6]	생은 문양의 대나무로 만든 것을 불고
琴奏嶧山桐.[7]	금은 역산의 오동나무로 만든 것을 연주하며,
舞逐飛龍引,[8]	춤은 <비룡인>을 따르고
花隨少女風.[9]	꽃은 소녀의 바람을 따르네.
臨春今若此,[10]	임춘궁이 지금 이와 같으니
極宴豈無窮.[11]	극도의 즐거움이 아마도 끝이 없으리라.

주석

1) 崇臺(숭대) : 높은 누대.

2) 逈出(형출) : 높이 솟은 모양.

　望仙宮(망선궁) : 남조 진나라 후주가 세운 누각이다. 광조전光照殿 앞에 임춘臨春, 결기結綺와 함께 망선궁을 세웠는데 화려하기 그지없었다고 한다. 당시 진나라 후주의 두 비빈을 머물게 하였다.

3) 畫栱(화공) : 채색하여 장식한 두공栱栱. 두공은 목조건축물에서 기둥 위에 지붕을 떠받치는 구조물이다.

4) 小衫(소삼) : 짧은 적삼.
   霧縠(무곡) : 안개처럼 속이 아슴푸레 비치는 얇은 비단.

5) 豔粉(염분) : 연지와 분. 아름다운 화장을 뜻한다.

6) 汶陽(문양) : 지명으로 지금의 산동성 태안泰安 인근이다.
   篠(소) : 조릿대.

7) 嶧山(역산) : 지명으로 지금의 산동성 추현鄒縣 인근이다. 이곳에 특이한 오동나무가 난다고 한다.

8) 飛龍引(비룡인) : 금곡琴曲의 이름이다. 대체로 황제黃帝가 정호鼎湖에서 솥을 만든 뒤 하늘로 올라가 궁인들과 즐겁게 노니는 내용을 표현하였다.

9) 少女風(소녀풍) : 서풍을 가리키는데, 향락을 즐기는 것을 상징한다. ≪삼국지三國志·위지魏志·관로전管輅傳≫에 "함께 즐긴다(共爲歡樂)"라는 말이 있는데 배송지裴松之의 주에서 ≪관로별전管輅別傳≫의 "나무 위에는 이미 살랑거리는 서풍이 있고 나무 사이에는 또 그늘의 새가 있어 어울려 지저귄다.(樹上已有少女微風, 樹間又有陰鳥和鳴)"라는 것을 인용하였다. '소녀'는 팔괘 중에서 태兌를 의미하며 서쪽을 상징한다.

10) 臨春(임춘) : 남조 진나라 후주가 세운 누각의 이름으로 진나라 후주가 머물렀다.

11) 極宴(극연) : 즐거움을 맘껏 하다. 극도의 즐거움.
    豈(기) : 아마.

해설

이 시는 남조 진나라 후주가 망선궁과 임춘궁을 화려하게 지어놓고 즐거움을 행한 것을 묘사하였다. 화려하게 장식한 누대에서 아름다운 여인이 좋은 음악을 연주하는 장면을 묘사하였다.

2-11-9 임고대臨高臺
　　　　당唐 저량褚亮

高臺暫俯臨,[1]　　높은 누대에서 잠시 굽어보자니

飛翼聳輕音.²⁾	날듯한 지붕이 경쾌한 소리 속에 솟아있는데,
浮光隨日度.³⁾	떠다니는 빛은 태양 따라 건너가고
漾影逐波深.⁴⁾	일렁이는 그림자는 파도 따라 깊어지네.
逈瞰周平野.⁵⁾	멀리 바라보니 너른 들이 둘렀고
開懷暢遠襟.⁶⁾	가슴을 여니 원대한 마음이 탁 트이지만,
獨此三休上.⁷⁾	이 삼휴대 위에 홀로 있자니
還傷千歲心.⁸⁾	다시 천 년의 마음에 애달프구나.

주석

1) 俯臨(부림) : 높은 곳에서 아래를 내려보다.

2) 飛翼(비익) : 원래는 날개라는 뜻인데, 여기서는 날 듯이 치켜 올려진 누대의 처마를 가리킨다.

   聳(용) : 높이 솟다.

   輕音(경음) : 가벼운 소리. 누대 아래의 물소리를 가리키는 것으로 보인다.

3) 浮光(부광) : 건물에 반사되는 빛.

4) 漾影(양영) : 일렁이는 물결에 비친 그림자.

5) 逈瞰(형감) : 멀리 바라보다.

6) 開懷(개회) : 가슴을 열다.

   遠襟(원금) : 원대한 마음.

7) 三休(삼휴) : 삼휴대三休臺. 초나라의 장화대章華臺를 가리킨다. 한나라 가의賈誼의 《신서新書 · 퇴양退讓》에 "적왕이 사신을 초나라로 보냈는데 초나라 왕이 과시하고 싶어서 장화대 위에서 빈객을 접대하였다. 그곳에 올라가는 자는 세 번 쉬고서야 비로소 그 정상에 이르렀다.(翟王使使至楚, 楚王欲誇之, 故饗客於章華之臺上, 上者三休而乃至其上)"라는 말이 있다.

8) 千歲心(천세심) : 천 년의 마음. 부귀영화의 덧없음에 대한 감개인 것으로 보인다.

해설

이 시는 장화대에 올라 바라본 경관과 그 감회를 적은 것이다. 누대에 햇빛이 비치고 아래의 물에 그림자가 비치는 모습을 묘사한 뒤, 비록 마음이 탁 트이기는 하지만 부귀영화의 덧없음에 대해 안타까워한다는 내용을 적었다.

2-11-10 임고대臨高臺
　　　　왕발王勃

臨高臺,	높은 누대에서 굽어보니
高臺迢遞絶浮埃.[1]	높은 누대는 까마득해 세속과 절연했네.
瑤軒綺構何崔嵬,[2]	옥 난간 화려한 구조물 어찌나 높은가
鸞歌鳳吹清且哀.[3]	난새 노래와 봉황 악기 맑고도 구슬프네.
俯瞰長安道,[4]	장안의 길을 아래로 보니
萋萋御溝草.[5]	궁궐 도랑의 풀이 우거졌고,
斜對甘泉路,[6]	감천궁의 길을 비스듬히 마주해서 보니
蒼蒼茂陵樹.[7]	무릉의 숲이 무성하네.
高臺四望同,	높은 누대에서 사방을 바라보니 모두 똑같아
帝鄉佳氣鬱葱葱.[8]	황제의 도읍 아름다운 기운이 자욱하게 엉겼는데,
紫閣丹樓紛照曜,[9]	자줏빛 누각과 붉은 누대는 어지러이 빛나고
璧房錦殿相玲瓏.[10]	벽옥 건물과 비단 전각에는 서로 영롱하네.
東彌長樂觀,[11]	동쪽으로는 장락관에 이어지고
西指未央宮.[12]	서쪽으로는 미앙궁을 가리키는데,
赤城映朝日,[13]	붉은 성에는 아침 해가 비치고
綠樹搖春風.	푸른 나무는 봄바람에 흔들리네.
旗亭百隊開新市,[14]	깃발 꽂은 상점 백 갈래 행렬로 새로운 저자를 열었고
甲第千甍分戚里,[15]	으리으리한 집 천 개의 용마루로 외척 마을을 나누었는데,
朱輪翠蓋不勝春,[16]	붉은 수레바퀴 물총새 깃 덮개는 봄빛을 이기지 못하고
疊樹層楹相對起.[17]	겹겹의 정자 층층의 기둥은 서로 마주 보며 솟았네.
復有青樓大道中,[18]	또 큰길에 청루가 있는데
繡戶文窗雕綺櫳.[19]	수놓은 문 화려한 창문에 창틀은 아름답게 조각했네.
錦衣晝不襞,[20]	비단 옷은 낮에 주름이 지지 않고

羅帷夕未空.	비단 휘장은 저녁에 텅 비지 않는데,
歌屛朝掩翠,[21]	노래 병풍은 아침에 비췻빛을 가려 놓았고
妝鏡晚窺紅.[22]	화장 거울은 저녁에 붉은 얼굴을 보네.
爲吾安寶髻,[23]	날 위해 보계를 올리니
娥眉罷花叢.[24]	아름다운 눈썹은 꽃 무더기를 무색하게 하네.
狹路塵間黯將暮,	좁은 길 먼지 사이에 어둑하게 해가 저물면
雲間月色明如素.	구름 사이 달빛은 흰 비단 같이 밝은데,
鴛鴦池上兩兩飛,	원앙은 연못 위에서 쌍쌍이 날고
鳳皇樓下雙雙度.	봉황은 누대 아래로 짝지어 지나가네.
物色正如此,	경관이 정말 이와 같으니
佳期那不顧.[25]	아름다운 기약을 어찌 돌아보지 않으랴.
銀鞍繡轂盛繁華,[26]	은빛 안장 장식한 수레바퀴는 매우 화려한데
可憐今夜宿倡家.[27]	아름답구나, 오늘 밤은 기녀 집에서 머물리라.
倡家少婦不須嚬,[28]	기녀 집의 젊은 여인은 얼굴 찌푸릴 필요 없으니
東園桃李片時春.[29]	동쪽 정원의 복사꽃 자두꽃은 잠깐의 봄인 법.
君看舊日高臺處,	그대 보게나, 옛날 높은 누대가 있던 곳
柏梁銅雀生黃塵.[30]	백량대와 동작대에 누런 먼지가 생긴 것을.

주석

1) 高臺(고대) : 높은 누대. ≪왕자안집王子安集≫에는 이 앞에 '림臨' 자가 더 있어서 첫 구가 두 번 반복되어 있다.

   迢遞(초체) : 높이 솟은 모양.

   絶浮埃(절부애) : 뜬 먼지와 끊어지다. 세속의 잡스러움이 없다는 말이다.

2) 瑤軒(요헌) : 옥으로 장식한 난간.

   綺構(기구) : 화려하게 지은 건축물.

   崔嵬(최외) : 높은 모양.

3) 鸞歌(난가) : 난새의 노래. 아름다운 노래를 가리킨다. 다음의 '봉취'와 연용하여 생이나

소의 음악을 가리키기도 한다.

鳳吹(봉취) : 봉황 소리를 내는 관악기.

哀(애) : 구슬프다. 감동적이라는 말이다.

4) 俯瞰(부감) : 내려다보다.

5) 萋萋(처처) : 무성한 모양.

御溝(어구) : 황궁의 도랑.

6) 甘泉(감천) : 지금의 섬서성 순화淳化 서북쪽 감천산에 있던 궁의 이름. 원래 진나라의 궁이었
는데 한나라 무제가 증축하였으며 외국의 빈객에게 연회를 베풀거나 여름에 피서지로 사용
하였다.

7) 蒼蒼(창창) : 무성한 모양.

茂陵(무릉) : 한나라 무제의 능묘.

8) 帝鄕(제향) : 황제의 도성.

鬱葱葱(울총총) : 자욱하게 무성하다.

9) 照曜(조요) : 빛나다.

10) 璧房(벽방) : 벽옥으로 장식한 건물.

錦殿(금전) : 비단처럼 아름답게 장식한 전각.

玲瓏(영롱) : 벽옥이 부딪치며 나는 소리. 또는 아름답게 빛나는 모양.

11) 彌(미) : 다하다. 멀리 이어져 있다는 말이다.

長樂觀(장락관) : 한나라 고제가 개축하여 만든 장락궁.

12) 未央宮(미앙궁) : 한나라 고제가 지은 궁궐.

13) 赤城(적성) : 붉게 칠한 성. 황제의 성을 가리킨다.

14) 旗亭(기정) : 깃발을 꽂은 상점.

隊(대) : 대열.

15) 甲第(갑제) : 훌륭한 집.

甍(맹) : 용마루.

戚里(척리) : 황제의 외척이 사는 마을. 부유하고 권세가 있는 이들이 사는 마을을 뜻한다.

16) 翠蓋(취개) : 물총새 깃털로 장식한 수레 덮개.

不勝春(불승춘) : 봄빛을 이기지 못하다.

이 구는 화려한 수레를 탄 이들이 봄나들이를 위해 바깥으로 나온다는 말이다.

17) 疊榭(첩수) : 내용상 '수'는 '사榭'의 오류로 보인다. 겹겹으로 있는 정자를 뜻한다.

層楹(층영) : 층층의 기둥. 높이 솟은 건물을 말한다.

18) 靑樓(청루) : 푸른색으로 칠한 건물. 화려한 건물을 뜻한다. 이와 달리 기루를 뜻하는 것으로 볼 수도 있다.

19) 文窗(문창) : 여러 무늬로 장식한 창.

綺櫳(기롱) : 조각으로 아름다운 무늬를 뚫어서 만든 창.

20) 襞(벽) : 주름이 지다. 구겨지다.

21) 歌屛(가병) : 노래할 때 치는 병풍.

掩翠(엄취) : 비췻빛을 가리다. 비췻빛으로 장식하거나 푸른 산수를 그려놓은 병풍을 접어놓은 모양이다.

22) 窺紅(규홍) : 붉은빛을 엿보다.

이 구는 붉은 얼굴의 여인이 저녁에 화장 거울을 보며 치장한다는 말이다.

23) 安(안) : 설치하다. 여기서는 보계를 머리 위에 올리는 것을 말한다.

寶髻(보계) : 고대 여인의 머리 형식 중 하나.

24) 娥眉(아미) : 나방 더듬이 모양의 눈썹. 미인을 상징한다.

罷花叢(피화총) : 무더기 꽃을 무력하게 하다. 미인의 아름다움에 꽃이 무색해진다는 말이다.

25) 佳期(가기) : 아름다운 기약. 남녀의 만남을 말한다. 이와 달리 아름다운 시절로 풀이하여 좋은 날의 노닒을 뜻할 수도 있다.

那(나) : 어찌.

26) 繡轂(수곡) : 아름답게 장식한 수레바퀴.

27) 倡家(창가) : 기녀의 집.

28) 嚬(빈) : 얼굴을 찡그리다. 지나가는 봄을 아쉬워하는 표정이다.

29) 片時(편시) : 잠시.

30) 柏梁(백량) : 장안성 북문 안에 있던 백량대柏梁臺로 한나라 무제가 세운 것이다. 무제는 이곳에서 연회를 베풀며 신하들이 시를 짓게 하였다.

銅雀(동작) : 위나라 조조가 업성鄴城(지금의 하북성 임장臨漳)에 세운 동작대銅雀臺로 120칸의 방이 있었다고 한다.

이 시는 높은 누대에 올라가 내려다본 장안의 화려한 모습을 묘사하고는 짧은 봄날 즐기기를 바라는 마음을 표현하였다. 오언구와 칠언구를 섞어가며 36구에 걸쳐 장안의 화려한 건축물과 호사스러운 생활을 묘사하였으며 자신과 만나기로 한 아름다운 여인이 단장하고 기다리고 있음을 말하였다. 마지막 네 구에서 백량대와 동작대의 권력도 무상하니 지나가는 봄을 아쉬워하지 말고 이 순간을 즐기자고 말하였다.

2-11-11 임고대臨高臺
　　　　　僧僧 관휴貫休

涼風吹遠念,[1]	서늘한 바람이 먼 곳 그리는 상념에 부니
使我升高臺.	나를 높은 누대에 오르게 하였네.
寧知數片雲,	어찌 알겠는가, 몇 개의 조각구름이
不是舊山來.[2]	고향 산에서 온 것이 아니라는 것을.
故人天一涯,[3]	친구는 하늘 한쪽 끝에 있는데
久客殊未回.[4]	오랜 객살이에 아직 돌아가지 못하는구나.
雁來不得書,[5]	기러기가 와도 편지를 얻지 못했는데
空寄聲哀哀.[6]	공연히 구슬픈 소리만 부치는구나.

1) 遠念(원념) : 먼 곳을 그리워하는 상념.

2) 舊山(구산) : 고향.

3) 天一涯(천일애) : 하늘 가. 아주 먼 곳을 뜻하는데 여기서는 고향을 가리킨다.

3) 殊(수) : 아직. 결국.

4) 雁(안) : 기러기. 고대에는 소식을 전해준다고 믿었다.

5) 哀哀(애애) : 슬픔이 다하지 않는 모양. 구슬픈 기러기의 울음소리를 형용한 것으로 볼 수도 있다.

해설

　이 시는 높은 곳에 올라 고향을 그리워하는 마음을 표현하였다. 서늘한 바람이 부는 가을이
되자 고향을 그리워하는 마음이 더욱 깊어져 높은 곳에 올랐는데, 하늘에 뜬 구름은 마치
고향에서 온 것인 듯하다. 먼 고향에 있는 친구를 그리워하면서 오래도록 떠돌면서 아직
돌아가지 못하는데 소식 접할 길이 없어서 그저 구슬프게 울고 있을 따름이다.

2-12 원기 遠期 2수

2-12-1 원기遠期
　　　　양梁 장솔張率

遠期終不歸,[1)	오래도록 기대했지만 끝내 돌아오지 않고
節物坐將變.[2)	계절 따라 경물은 이에 변해가니,
白露愴單衫,[3)	흰 이슬에 홑옷이 구슬프고
秋風息團扇.[4)	가을바람에 둥근 부채는 버려지네.
誰能久離別,	누가 오래도록 헤어져 있을 수 있으리오
他鄉且異縣.	타향에서 또 다른 고을로 옮기겠지.
浮雲蔽重山,	뜬구름이 겹겹의 산을 가려
相望何時見.	서로 바라봐도 언제 만날 수 있을까?
寄言遠期者,[5)	오래도록 기대한 이에게 말을 부치나니
空閨淚如霰.[6)	빈 규방에서 눈물이 싸락눈 같다고.

주석

1) 遠期(원기) : 오래도록 기대하다. 오래 기다리다.
2) 節物(절물) : 계절 따라 변하는 경물.
　坐(좌) : 인하여. 이에. 점점.

3) 愴(창) : 구슬프다. '濕'으로 된 판본도 있는데 젖다는 뜻이다.
4) 息(식) : 그만두다.
   團扇(단선) : 둥근 부채. 한나라 반첩여班婕妤가 성제成帝에게 버림받고 지은 <원가행怨歌行>에서는 가을의 둥근 부채로 버림받은 신세를 비유하였다.
5) 遠期者(원기자) : 오래도록 기대한 이. 멀리 떠나간 임을 가리킨다. '기'가 '행行'으로 된 판본도 있는데 '멀리 떠난 자'라는 뜻이 된다.
6) 空閨(공규) : 빈 규방. 임을 기다리며 홀로 지내는 여인의 방이다.
   霰(산) : 싸락눈.

해설

　이 시는 멀리 떠나간 임을 그리워하는 여인의 마음을 표현하였다. 오래 기다리다가 가을이 되어 찬 이슬이 내려 구슬프지만 결국은 둥근 부채처럼 버려질 것을 걱정하고는 여러 타향을 떠돌고 있을 임을 하염없이 그리워하며 눈물 흘릴 것이라고 말하였다.

2-12-2 원기遠期
　　　유성사庚成師

憶別春花飛,　　봄꽃 날릴 때 헤어진 걸 추억하다가
已見秋葉稀.　　가을 잎 드물어진 걸 이미 보게 되었네.
淚粉羞明鏡,[1)]　　눈물진 화장이라 밝은 거울에 부끄럽고
愁帶減寬衣.[2)]　　근심의 허리띠라 헐렁해진 옷에 줄어들었네.
得書言未反,　　편지를 받았으나 돌아오지 않는다고 하는데
夢見道應歸.[3)]　　꿈에서 볼 때는 응당 돌아간다고 말했지.
坐使紅顔歇,[4)]　　이에 붉은 얼굴 시들게 하나니
獨掩青樓扉.[5)]　　홀로 청루의 사립문을 닫네.

주석

1) 淚粉(누분) : 눈물로 얼룩진 화장.

2) 愁帶(수대) : 근심하는 사람의 허리띠.

　寬衣(관의) : 큰 옷. 근심으로 살이 빠져 옷이 헐렁해진 것이다.

3) 道(도) : 말하다.

4) 坐(좌) : 이에. 점점.

　歇(헐) : 시들다.

5) 靑樓(청루) : 기루妓樓를 뜻한다.

해설

　이 시는 헤어진 임을 그리워하는 여인의 슬픔을 표현한 것이다. 봄에 헤어지고 가을이 되도록 줄곧 그리워하면서 눈물 지으며 슬퍼하는 모습을 그렸다. 꿈에서는 온다고 했지만 편지에서는 안 온다고 하니, 하염없이 흘러가는 세월 속에 늙어가는 자신의 모습을 한스러워하였다.

2-13 현운 玄雲

장솔張率

壞陣壓峨壟,¹⁾	망가진 진과 같은 구름이 높은 언덕을 누르는데
遮窗暗思扉.²⁾	창을 가리고 그리움의 문을 어둡게 하네.
映日斜生海,³⁾	햇빛이 비스듬히 바다에서 떠올라
跨樹似鵬飛.⁴⁾	마치 붕새가 날 듯 나무를 뛰어넘네.
夢山妾已去,⁵⁾	몽산에서 저는 이미 떠나왔는데
落麗何由歸.⁶⁾	얼굴 장식을 떨어트렸지만 어떻게 돌아갈까?

1) 壞陣(괴진) : 망가진 진. 여기서는 검은 구름의 모양을 형용한 것이다.

   峨壟(아롱) : 높은 언덕.

2) 遮窗(차창) : 창을 가리다.

   思扉(사비) : 그리워하는 사람이 사는 집의 문.

3) 映日(영일) : 햇빛.

4) 跨樹(과수) : 나무를 뛰어넘다. 햇살이 퍼지는 모습을 형용한 것이다.

5) 夢山(몽산) : 지금의 강서성 신건新建에 있는 산이다. 삼국시대 촉나라 유비의 손자 유호劉護
   가 이곳에 와서 산채를 짓고 방비했다. 어머니 나씨羅氏가 병사들에게 산과일을 나눠주어
   먹게 했는데 이로 인해 병사들이 잠을 잘 자 꿈을 꿀 수 있었다고 한다. 이로 인해 산의
   이름이 지어졌다.

6) 靨(엽) : 여인의 얼굴 장식이다.

   이상 두 구는 꿈에 전쟁터에 있는 임을 만났다가 얼굴 장식을 떨어트렸는데 지금 깨고
   난 뒤 다시 돌아갈 길이 없다는 말이다.

해설

이 시는 어두운 구름이 자욱한 여인의 집에서 밤새도록 전쟁터의 임을 생각하는 여인을
묘사하였다.

2-14 황작행 黃雀行

당唐 장남걸莊南傑

穿屋穿牆不知止,[1]	지붕을 뚫고 담장을 뚫고도 그칠 줄 모르고
爭樹爭巢入營死,[2]	나무를 다투고 둥지를 다투는데 죽어라 들어오려 하네.
林間公子挾彈弓,[3]	숲 사이의 공자가 탄궁을 쥐고
一丸致斃花叢裏.[4]	탄환 한 알로 꽃 무더기 안에서 죽어버렸네.

小雛黃口未有知,[5]	어린 새끼 누런 부리는 아직 지각도 없어서
靑天不解高高飛.[6]	푸른 하늘을 높고 높이 날 줄 모르네.
虞人設網當要路,[7]	잘 다니는 길에 원림 관리인이 그물을 설치하니
白日啾嘈禍萬機.[8]	대낮에 짹짹거리는데 재앙이 만 가지구나.

주석

1) 穿屋(천옥) : 지붕에 구멍을 내다. 참새가 쪼는 것이다.

2) 入營(입영) : 들어와서 살다. 나무에 둥지를 트는 것이다.

3) 挾(협) : 활을 쥐다.

  彈弓(탄궁) : 탄환을 쏠 수 있는 활.

4) 致斃(치폐) : 죽음에 이르게 하다.

5) 小雛(소추) : 어린 새.

  黃口(황구) : 노란 부리. 어린 새를 가리킨다.

  有知(유지) : 지각이 있다. 지식이 있다.

6) 解(해) : 할 줄 알다.

7) 虞人(우인) : 산림이나 소택을 관리하는 사람.

8) 啾嘈(추조) : 새가 지저귀는 소리.

  萬機(만기) : 만 가지의 기관. '기'는 새나 동물을 잡는 장치이다.

해설

이 시는 집을 망가뜨리는 참새를 잡는 내용을 적은 것이다. 생존을 위해 마구 행동하는 참새를 사냥꾼이 잡아버렸으며, 어린 새는 날 줄도 모르는데 여전히 숲속에 여러 위험이 도사리고 있음을 말하였다.

212

2-15 조간 釣竿 3수

2-15-1 조간釣竿
위魏 문제文帝

최표의 《고금주》에서 말하기를, "<조간>은 백상자가 원수를 피해 황하 물가에서 어부가 되었는데 그의 부인이 그리워하면서 지은 것으로, 매번 황하 옆에 이르면 번번이 이를 불렀다. 후에 사마상여가 <조간> 시를 지었는데 이에 전해져 악곡이 되었다."라고 하였다.

崔豹《古今注》曰, <釣竿>者, 伯常子避仇河濱爲漁者, 其妻思之而作也. 每至河側輒歌之. 後司馬相如作<釣竿>詩, 遂傳爲樂曲.

東越河濟水,[1]	동쪽으로 황하와 제수를 건너
遙望大海涯.	멀리 큰 바다의 가장자리를 바라보네.
釣竿何珊珊,[2]	낚싯대는 얼마나 반짝이고
魚尾何蓰蓰.[3]	물고기 꼬리는 얼마나 펄떡이는가.
行路之好者,[4]	길을 가는 것이 편안했던 이여
芳餌欲何爲.[5]	좋은 미끼로 무엇을 하려고 하는가?

주석

1) 河濟(하제) : 황하와 제수. 제수는 지금의 산동성 지역을 흐르는 강으로 황하와 함께 사독四瀆에 포함된다.
2) 釣竿(조간) : 낚싯대.
   珊珊(산산) : 반짝이는 모양. 좋은 낚싯대의 모습을 형용한 것이다.
3) 蓰蓰(사사) : 물고기가 물속에서 펄떡거리는 모양.
4) 行路(행로) : 길을 가다. 인생살이를 비유한다.
5) 芳餌(방이) : 맛이 좋은 미끼.

이상 네 구는 탁문군卓文君이 지었다고 하는 <백두음白頭吟>에 나오는 "대나무 낚싯대는 어찌 그리 휘청이고 물고기 꼬리는 어찌 그리 펄떡이는가. 남아가 의기를 중시해야지 돈은 어디다 쓰려는가.(竹竿何嫋嫋, 魚尾何簁簁. 男兒重意氣, 何用錢刀爲)"라고 한 내용과 관련이 있어 보인다.

해설

이 시는 동해에서 좋은 장비로 큰 물고기를 잡으려고 한 자를 경계한 것이다. 부유한 공자가 물고기를 잡으러 동해에 왔지만 좋은 낚싯대와 미끼만으로 잡으려고 해서는 안된다고 하였다. 이를 통해 훌륭한 성취는 부귀함으로는 얻을 수 없음을 비유적으로 표현하였다. 이와 달리 진심이 아닌 부귀함으로 여인을 구하려고 해서는 안된다고 권계한 것으로 볼 수도 있다.

2-15-2 조간釣竿
양梁 심약沈約

桂舟旣容與,[1]	계수나무 배는 물결 따라 다니고
綠浦復回紆.[2]	푸른 포구는 굽이도는데,
輕絲動弱芝,[3]	가벼운 낚싯줄은 약한 마름을 움직이고
微楫起單鳧.[4]	살살 젓는 노는 홀로 있는 물오리를 일으킨다.
扣舷忘日暮,[5]	뱃전을 두드리며 날 저무는 것도 잊었는데
卒歲以爲娛.[6]	해 다하도록 이를 즐거움으로 삼으리라.

주석

1) 桂舟(계주) : 계수나무로 만든 배. 배의 미칭이다.
   容與(용여) : 물결 따라 이리저리 떠다니는 모양.
2) 回紆(회우) : 굽이진 모양.
3) 輕絲(경사) : 가벼운 실. 여기서는 가느다란 낚싯줄을 가리킨다.
   芝(지) : 세발마름. 물풀이다.

4) 微楫(미즙) : 가볍게 젓는 노.

　　單鳬(단부) : 홀로 물에 떠 있는 물오리.

5) 扣舷(고현) : 뱃전을 두드리다. 노래에 박자를 맞추는 것이다.

6) 卒歲(졸세) : 한해가 다하다. 한햇동안.

해설

　이 시는 낚시로 소일하며 지내는 생활을 표현하였다. 물결 따라 이리저리 다니는 배를
타고 한가롭게 낚시하는 즐거움으로 한해를 보낸다고 하였다.

2-15-3 釣竿조간釣竿

　　　　대호戴嵩

試持玄者釣,[1]	현묘한 자의 낚싯대를 한번 잡아보고자
暫罷池陽獵.[2]	잠시 지양에서의 사냥을 그만두었네.
翠羽飾長綸,[3]	물총새 깃털로 긴 낚싯줄은 장식하고
蕖花裝小艓.[4]	연꽃으로 조그만 배를 꾸몄는데,
鉤利斷蓴絲,[5]	낚싯바늘이 날카로워 순채 줄기를 끊고
帆擧牽菱葉.[6]	돛을 올리니 마름 잎이 끌려오네.
聊載前魚童,[7]	아쉬우나마 앞에는 물고기 잡는 아이를 태우고
過看後舟妾.	지나가며 뒤에 있는 배의 여인을 보네.

주석

1) 玄者(현자) : 오묘한 도를 깨친 이를 가리킨다.

2) 池陽(지양) : 지금의 섬서성에 있던 지명.

3) 翠羽(취우) : 물총새 깃털. 낚싯대의 찌로 사용한 것이다.

　　綸(륜) : 낚싯줄.

4) 蕖花(거화) : 연꽃.

裝(장) : 장식하다.

艓(접) : 작은 배.

5) 鈎利(구리) : 낚싯바늘이 날카롭다.

蓴絲(순사) : 순채의 가느다란 줄기. 순채는 물풀의 일종이다.

6) 菱(릉) : 마름. 물풀의 일종이다.

7) 魚童(어동) : 물고기 잡는 아이.

해설

이 시의 작가가 《문원영화》에는 유효위劉孝威로 되어 있다. 이 시는 낚시의 오묘한 이치를 한번 느껴보려고 한 모습을 표현하였다. 살육을 주로 하는 사냥을 그만두고 은자의 낚시를 즐기는 모습을 묘사하였는데, 정작 다른 배의 여인을 희롱한다는 내용이다.

2-16 조간편 釣竿篇 4수

2-16-1 조간편釣竿篇

유효작劉孝綽

釣舟畵采鷁,[1]   낚싯배에 화려한 익조를 그리고

漁子服冰紈.[2]   물고기 잡는 이는 깨끗한 비단옷을 입었는데,

金轄茱萸網,[3]   금빛 조거에 수유빛 그물

銀鈎翡翠竿.[4]   은빛 낚싯바늘에 비췻빛 낚싯대.

斂橈隨水脈,[5]   노를 거두어 물의 흐름을 따르다가

急槳渡江湍.[6]   삿대를 급히 놀려 강여울을 건너네.

湍長自不辭,   긴 여울도 절로 마다하지 않으니

前浦有佳期.   앞 포구에서 아름다운 기약이 있어서이지.

船交棹影合,[7]   배를 맞대고 노 그림자를 합치니

浦深魚出遲. 　포구가 깊어 물고기가 늦게 나오는데,

荷根時觸餌,[8] 　연뿌리가 간혹 미끼에 부딪히고

菱芒乍胃絲.[9] 　마름 가시가 갑자기 낚싯줄에 얽히네.

蓮渡江南手,[10] 　연 따러 건너온 강남 여인의 손

衣渝京兆眉.[11] 　옷이 흐트러진 경조윤이 그린 눈썹,

垂竿自來樂, 　낚싯대를 드리우고 절로 즐거우니

誰能爲太師.[12] 　누가 어찌 태사가 되겠는가.

주석

1) 釣舟(조주) : 낚싯배.

采鷁(채익) : 채색한 익조. 익조는 물새의 이름으로 뱃머리에 이 새의 모습을 그려놓아 배가 안전하게 운항하기를 기원하였다.

2) 冰紈(빙환) : 깨끗한 비단옷.

3) 轄(할) : 낚싯줄을 감았다 풀었다 할 수 있는 장치인 조거釣車의 부품.

茱萸網(수유망) : 수유빛 그물. 수유의 꽃은 흰색 또는 노란색이고 열매는 붉은색이다.

4) 鉤(구) : 낚싯바늘.

翡翠竿(비취간) : 비췻빛 낚싯대. 대나무 낚싯대이다.

5) 斂橈(염뇨) : 노를 거두다. '촉도促棹'로 된 판본도 있는데 '노를 급히 젓다'는 뜻이다.

水脈(수맥) : 물의 흐름.

6) 急槳(급장) : 상앗대를 급히 젓다.

江湍(강단) : 강의 여울.

7) 船交(선교) : 뱃머리를 교차시키다. 두 척의 배가 같이 있는 것이다.

8) 觸餌(촉이) : 낚싯대의 미끼를 건드리다.

9) 菱芒(능망) : 마름 열매의 가시.

乍(사) : 갑자기.

胃絲(견사) : 낚싯줄을 걸다.

이상 두 구는 낚시하면서 연과 마름을 따러 나온 여인을 희롱하는 모습을 묘사한 것이다.

10) 江南手(강남수) : 강남 사람의 손. 강남 여인이 연을 잘 따는 솜씨를 말한다.

11) 渝(유) : 느슨하다. 벗다. 여기서는 여인이 장난치면서 옷이 흐트러진 것을 말한다.

　京兆眉(경조미) : 한나라 때 경조윤京兆尹을 지낸 장창張敞이 부인의 눈썹을 잘 그려주었다고 한 데서 착안한 말로, 아름다운 눈썹을 가리킨다.

12) 能(능) : 어찌.

　太師(태사) : 재상에 해당하는 삼공三公 중에서 가장 높은 직위이다. 여기서는 위수渭水에서 낚시하다가 문왕을 만나 태사에 배수된 강태공姜太公을 가리킨다.

　이상 네 구는 낚시하며 아름다운 여인들과 즐길 수 있는데 굳이 관직에 나갈 필요 없다는 말이다.

해설

이 시의 작자가 ≪예문류취藝文類聚≫에는 유효위劉孝威로 되어 있다. 이 시는 귀공자가 배를 타고 가서 여인과 만나 즐겁게 낚시하는 내용을 적었다. 화려한 배, 멋진 낚시 도구, 말끔한 복장을 한 남자가 배를 타고 가서 여인을 만나 한가하게 낚시하며 애정을 나누는 모습을 표현하였다.

2-16-2 조간편釣竿篇
　　　진陳 장정견張正見

結宇長江側,[1)	장강 옆에 집을 짓고
垂釣廣川潯.[2)	넓은 강 물가에서 낚싯대를 드리우니,
竹竿橫翡翠,[3)	대나무 장대는 비췻빛을 가로질렀고
桂髓擲黃金.[4)	육계의 정수를 단 황금 바늘을 던졌네.
人來水鳥沒,	사람이 오니 물새는 잠수하고
檝渡岸花沈.[5)	노가 지나가니 강기슭의 꽃이 잠기며,
蓮搖見魚近,	연이 흔들려야 가까이 오는 물고기를 보고
綸盡覺潭深.[6)	낚싯줄이 다해야 물이 깊은 것을 아는구나.

218

渭水終須卜,[7]	위수는 끝내 점쳐야 하는 곳이고
滄浪徒自吟.[8]	창랑은 그저 스스로 읊조린 것인데,
空嗟芳餌下,[9]	공연히 한탄하노니, 맛 좋은 미끼 드리우고
獨見有貪心.	유독 탐욕의 마음이 있음을 보였구나.

주석

1) 結宇(결우) : 집을 짓다.

2) 廣川潯(광천심) : 넓은 강의 물가. '광천'을 지금의 하북성 기주冀州의 지명으로 보는 설도 있지만 합당치 않은 것으로 보인다.

3) 竹竿(죽간) : 대나무 낚싯대.
   翡翠(비취) : 대나무의 푸른빛을 가리킨다. 이와 달리 비취새의 깃털로 만든 찌를 가리킬 수도 있다.

4) 桂髓(계수) : 육계肉桂나무의 정수로 만든 미끼.
   擲黃金(척황금) : 황금으로 만든 낚싯바늘을 던지다. 이와 달리 황금과 같이 좋은 미끼를 던지는 것으로 풀이할 수도 있다. ≪태평어람太平御覽≫에 인용된 ≪궐자闕子≫에 다음과 같은 이야기가 있다. "노나라 사람 중에 낚시를 좋아하는 자가 있었는데 육계나무로 미끼를 만들고 황금으로 만든 낚싯바늘을 은빛과 푸른빛으로 장식한 뒤 물총새 깃털을 단 낚싯줄을 드리웠다. 그가 가진 낚싯대의 수준이 이와 같았지만 그가 낚은 물고기는 얼마 되지 않았다. 그러므로 '낚시를 잘하는 것은 맛 좋은 미끼에 있는 것이 아니고, 일을 서둘러 하는 것은 논변 잘하는 말에 달려 있는 것이 아니다.'라고 한다.(魯人有好釣者, 以桂爲餌, 黃金之鉤, 錯以銀碧, 垂翡翠之綸, 其持竿處位卽是, 然其得魚不幾矣. 故曰釣之務不在芳飾, 事之急不在辯言)"

5) 檝渡(즙도) : 노가 지나가다. 배가 지나간다는 말이다.

6) 綸盡(윤진) : 낚싯줄이 다하다. 낚싯줄이 다 풀려나간 것을 말한다.

7) 渭水(위수) : 황하의 가장 큰 지류. 문왕이 꿈을 꾼 뒤 훌륭한 은자를 만날 것을 점치고는 위수에서 낚시질 하고 있는 강태공을 만났다.

8) 滄浪(창랑) : 물 이름. <어부사漁父辭>에서 "창랑의 물이 맑으면 내 갓끈을 씻을 수 있고, 창랑의 물이 탁하면 내 발을 씻을 수 있다.(滄浪之水淸兮, 可以濯我纓. 滄浪之水濁兮, 可以濯

我足)"라고 하였다.

9) 嗟(차) : 한탄하다.

　芳餌(방이) : 맛 좋은 미끼.

　이 시는 화려하게 치장하고 낚시하는 이의 탐욕스러움을 풍자한 것이다. 좋은 낚싯대, 황금 낚싯바늘, 육계 미끼 등을 사용하여 낚시를 하지만 자연 경물은 그를 도외시하는 듯하고 낚시에 대한 진정성이 없어 물고기를 낚지 못한다. 강태공과 같은 마음을 가져야 비로소 왕의 선택을 받을 수 있는 것이고, <어부사>의 어부처럼 세상의 흐름과 동화되어 살아야 진정한 은일을 즐길 수 있는데, 탐욕스런 마음을 가지고 낚시하는 것은 거짓일 뿐이다.

2-16-3 조간편釣竿篇

　　수隋 이거인李巨仁

潺湲面江海,[1]	흘러가는 강과 바다를 마주하고
滉瀁矚波瀾.[2]	깊고 넓은 물결과 파도를 바라보네.
不惜黃金餌,[3]	황금 미끼도 아까워하지 않고
唯憐翡翠竿.[4]	그저 비췻빛 낚싯대를 사랑하니,
斜綸控急水,[5]	비스듬한 낚싯줄은 빠른 물결 속에서 조절하고
定楫下飛湍.[6]	안정된 노는 날듯한 여울을 내려가네.
潭逈風來易,[7]	외진 소에 바람이 쉬이 불어오고
川長霧歇難.[8]	긴 내에 안개가 그치기 어렵지만,
寄言朝市客,[9]	조정과 저자의 빈객에서 말을 부치나니
滄浪徒自安.[10]	창랑에서 그저 절로 편안하다고.

1) 潺湲(잔원) : 물이 흘러가는 모양.

面(면) : 마주하다. 바라보다.

江海(강해) : 여기서는 넓은 강을 뜻한다.

2) 滉瀁(황양) : 물이 깊고 넓은 모양.

矚(촉) : 보다.

3) 黃金餌(황금이) : 비싼 미끼. 좋은 미끼.

4) 翡翠竿(비취간) : 푸른 대나무 낚싯대를 가리킨다.

5) 斜綸(사륜) : 비스듬히 드리운 낚싯줄.

控(공) : 제어하다. 당기다.

6) 定楫(정즙) : 안정적으로 움직이는 노. 또는 젓지 않고 멈춘 노.

飛湍(비단) : 날듯이 빨리 흘러가는 여울.

7) 潭逈(담형) : 소가 멀다. 깊게 고여 있는 물이 멀리 외진 곳에 있다는 말이다.

8) 霧歇(무헐) : 안개가 걷히다.

9) 朝市客(조시객) : 조정과 저자의 사람. 세속의 이익을 추구하는 무리를 가리킨다.

10) 滄浪(창랑) : 물 이름. <어부사漁父辭>에서 "창랑의 물이 맑으면 내 갓끈을 씻을 수 있고, 창랑의 물이 탁하면 내 발을 씻을 수 있다.(滄浪之水淸兮, 可以濯我纓. 滄浪之水濁兮, 可以濯我足)"라고 하였다.

徒(도) : 그저.

해설

이 시는 강에서 배를 타고 다니며 낚시하는 은자의 즐거움을 적은 것이다. 비록 바람과 안개가 있지만 그래도 절로 편안히 즐기고 있으니 세속의 이익을 좇기 위해 애쓰지는 않는다고 하였다.

2-16-4 조간편釣竿篇

당唐 심전기沈佺期

| 朝日斂紅煙,[1] | 아침 햇살에 붉은 안개 걷히자 |
| 垂竿向綠川. | 낚싯대 드리우러 푸른 냇가로 향하니, |

人疑天上坐,	사람은 마치 하늘 위에 앉은 듯
魚似鏡中懸.[2]	물고기는 마치 거울 속에 매달려 있는 듯.
避楫時驚透,[3]	노를 피하다가 때때로 놀라 튀어 오르고
猜鉤每誤牽.[4]	낚싯바늘을 의심해도 매번 잘못 걸려드네.
湍危不理轄,[5]	여울이 급하니 조거를 조절할 필요도 없고
潭靜欲留船.	소가 조용하니 배를 머물고 싶어지네.
釣玉君徒尙,[6]	옥 낚는 것을 그대는 공연히 숭상하지만
徵金我未賢.[7]	황금으로 인재 초빙해도 나는 아직 뛰어나지 못하네.
爲看芳餌下,	맛 좋은 미끼 드리운 걸 보노라면
貪得會無全.[8]	탐욕으로 마땅히 온전함을 지키지 못하기 때문이지.

주석

1) 斂紅煙(염홍연) : 붉은 안개가 걷히다. 아침노을이 비치던 안개가 걷힌 것이다.

2) 人疑(인의) 2구 : 강물에 구름이 비치니 강가에 앉은 것이 마치 하늘 위에 앉은 것과 같고, 물이 맑아서 투명하니 물고기가 마치 허공에서 노는 것과 같다는 말이다.

3) 避楫(피즙) : 노를 피하다.
   驚透(경투) : 놀라 튀어 오르다.

4) 猜鉤(시구) : 낚싯바늘을 의심하다.
   誤牽(오견) : 잘못하여 낚싯바늘에 걸리다.
   이상 두 구는 물속의 물고기가 노를 피해 펄떡 뛰기도 하고 낚싯바늘을 의심하다가도 잘못하여 미끼를 물어 잡힌다는 말이다.

5) 湍危(단위) : 여울이 급하다.
   理轄(이할) : 조거釣車를 조절하다. 조거는 낚싯줄을 감았다 풀었다 하는 장치인데, '할'은 조거의 부품이다.

6) 釣玉(조옥) : 옥을 낚다. 어진 인재를 발탁하는 것을 의미한다.
   君(군) : 그대. 같이 낚시하는 동료나 일반인을 가리킨다.
   이 구는 낚시하다가 등용된 강태공의 일화를 염두에 두고 한 말이다.

7) 徵金(징금) : 금을 두고서 인재를 모집하다. 전국시대 연燕나라 소왕昭王이 황금대를 만들어
   전국의 인재를 초빙한 것을 가리킨다.
   이 구는 황금대의 초빙에 응할 정도로 자신은 뛰어나지 못하다는 말로서, 출사에 대한
   의지가 없음을 표현한 것이다.
8) 貪得(탐득) : 탐욕으로 구하다.
   會(회) : 마땅히.
   無全(무전) : 온전함이 없다. 물고기가 미끼를 탐하다가 잡히는 것을 말한다.

해설

이 시는 물가에서 낚시하며 유유자적하게 사는 은자의 모습을 표현한 것이다. 맑은 물에서
마치 신선이 된 느낌을 받으며 낚시를 하는데, 욕심을 부리다가 잘못하여 잡히게 되는 물고기
를 바라보고는 세속의 욕망이 오히려 신세를 망칠 수 있음을 경계하는 뜻을 표현하였다.

3. 위고취곡 魏鼓吹曲 12수

무습繆襲

≪진서 · 악지≫에서 말하기를, "위나라 무제가 무습을 시켜서 고취 12곡을 만들어 한나라 곡을 대신하도록 하였다. 첫 번째는 <초지평>, 두 번째는 <전형양>, 세 번째는 <획여포>, 네 번째는 <극관도>, 다섯 번째는 <구방>, 여섯 번째는 <정무공>, 일곱 번째는 <도류성>, 여덟 번째는 <평남형>, 아홉 번째는 <평관중>, 열 번째는 <응제기>, 열한 번째는 <옹희>, 열두 번째는 <태화>이다."라고 하였다.

≪晉書 · 樂志≫曰, 魏武帝使繆襲造鼓吹十二曲以代漢曲. 一曰<楚之平>, 二曰<戰滎陽>, 三曰<獲呂布>, 四曰<克官渡>, 五曰<舊邦>, 六曰<定武功>, 七曰<屠柳城>, 八曰<平南荊>, 九曰<平關中>, 十曰<應帝期>, 十一曰<邕熙>, 十二曰<太和>.

3-1 초지평 楚之平

≪진서 · 악지≫에서 말하기를, "한나라의 <주로>를 고쳐서 <초지평楚之平>을 만들었는데, 위나라에 대해 말한 것이다."라고 하였다. ≪고금악록≫에는 <초지평初之平>이라고 되어 있다.

≪晉書 · 樂志≫曰, 改漢<朱鷺>爲<楚之平>, 言魏也. ≪古今樂錄≫作<初之平>.

楚之平,[1]	초평 연간에
義兵征.[2]	의로운 군대가 정벌하였으니,

神武奮,[3)	신령스런 무위가 떨쳐
金鼓鳴.[4)	징을 울리며,
邁武德,[5)	무덕에 매진하고
揚洪名.	큰 이름을 드날렸네.
漢室微,	한나라 왕실이 쇠미해져
社稷傾.	사직이 기울었으며,
皇道失,	황실의 도를 잃었으니
桓與靈.[6)	환제와 영제 때,
閹官熾,[7)	환관이 득세하고
群雄爭.	군웅이 다투었는데,
邊韓起,[8)	변장과 한수가 일어나
亂金城.	금성을 어지럽히니,
中國擾,[9)	중원이 혼란스러웠고
無紀經.	기강이 없었네.
赫武皇,[10)	위엄 있는 무황제께서
起旗旌.[11)	깃발을 일으켜,
麾天下,	천하를 지휘하시니
天下平.	천하가 태평해졌고,
濟九州,	구주를 구제하시니
九州寧.	구주가 평안해졌으며,
創武功,[12)	무공을 창건하시니
武功成.	무공이 이루어졌네.
越五帝,[13)	오제를 뛰어넘고
邈三王.[14)	삼왕을 초월하셔서,
興禮樂,	예악을 일으키고

定紀綱.	기강을 정했으니,
普日月,¹⁵⁾	해와 달처럼 두루 비추시고
齊輝光.	환한 빛과 나란하시리라.

<초지평>곡은 모두 30구이며 한 구가 3자이다.
<楚之平>曲凡三十句, 句三字.

주석

1) 楚之平(초지평) : ≪송서 · 악지樂志≫에는 시의 제목과 첫 구가 '초지평初之平'으로 되어 있다.
   내용이 초나라와 관계가 없으므로 '初之平'이 맞는 것으로 보인다. 한나라의 마지막 황제인
   헌제獻帝의 연호인 초평初平(190~193)을 뜻한다. 이때 동탁董卓의 난이 일어나 동한의 국세가
   기울기 시작한다.

2) 義兵(의병) : 위나라 무제武帝 조조曹操의 군대를 가리킨다.

3) 神武(신무) : 신령스러운 무위武威.

4) 金鼓(금고) : 정鉦. 징과 비슷한 악기인데 행군 중에 울려서 보조를 맞춘다.

5) 邁(매) : 힘쓰다. 매진하다.
   武德(무덕) : 무위의 넉.

6) 桓與靈(환여령) : 동한 말의 환제와 영제. 환관을 총애하여 환관이 전횡하였다.

7) 閹官(엄관) : 환관.
   熾(치) : 흥성하다.

8) 邊韓(변한) : 동한의 변장邊章과 한수韓遂. 금성金城(지금의 감숙성 난주蘭州)를 기반으로 반란
   을 일으켰다. 관군이 몇 차례 토벌하였지만 모두 패배했다. 조조의 군대가 토벌할 때 한수가
   변장을 죽였고 한수는 항전하다가 죽었다.

9) 中國(중국) : 중원 지역을 가리킨다.
   擾(요) : 혼란하다.

10) 赫(혁) : 위엄이 있고 통찰력이 있다.
    武皇(무황) : 위나라 무제武帝인 조조를 가리킨다.

11) 旗旌(기정) : 깃발.

12) 武功(무공) : 전쟁에서 세운 공으로, 여기서는 위나라의 기초를 무덕으로 세운 것을 말한다.

13) 五帝(오제) : 고대 전설 속의 다섯 제왕으로 여러 설이 있다. 그중 하나는 황제黃帝, 전욱顓頊, 제곡帝嚳, 당요唐堯, 우순虞舜이다.

14) 邈(막) : 뛰어넘다.

  三王(삼왕) : 하상주 삼대의 왕으로 여러 설이 있다. 그중 하나는 하나라의 우임금, 상나라의 탕임금, 주나라의 무왕이다.

15) 普(보) : 두루 비춘다는 뜻이다.

해설

이 시는 조조가 한나라 말의 혼란을 평정하였고 새로운 왕조의 기초를 다졌음을 칭송하는 것이다. 제1~6구에서는 총론으로 조조가 무위로 명성을 떨쳤음을 말하였다. 제7~16구에서는 동한 말의 혼란스러운 상황을 서술하였다. 제17~24구에서는 조조가 군대를 일으켜 천하를 구제했음을 서술하였다. 제25~30구에서는 그의 업적이 오제와 삼왕을 뛰어넘어서 해와 달과 같이 언제나 빛날 것이라고 칭송하였다.

3-2 전형양 戰滎陽

≪진서·악지≫에서 말하기를, "한나라 <사비옹>을 고쳐서 <전형양>을 만들었는데, 조조에 대해 말한 것이다."라고 하였다.

≪晉書·樂志≫曰, 改漢<思悲翁>爲<戰滎陽>, 言曹公也.

戰滎陽,[1]	형양에서 싸우니
汴水陂.[2]	변수의 제방이었는데,
戎士憤怒,[3]	병사들이 분노하여
貫甲馳.[4]	갑옷을 입고 치달렸지.

陣未成,	진영이 미처 완성되지 못해
退徐榮.	서영에게 패배했으니,
二萬騎,	2만의 기병이
蹔壘平.5)	참호와 보루를 짓밟아,
戎馬傷,	전마가 다쳤고
六軍驚.	육군이 혼비백산해서,
勢不集,	세력이 모이지 않았고
衆幾傾.	무리가 거의 궤멸하였지.
白日沒,	흰 해가 저물어
時晦冥.6)	어둑해졌을 때,
顧中牟,7)	중모를 돌아보니
心屛營.8)	마음이 불안했지.
同盟疑,	동맹군은 의심하고
計無成.9)	계책은 성사되지 못했지만,
賴我武皇,	우리 무황제에 의지하여
萬國寧.	천하가 평안해졌네.

<전형양>곡은 모두 20구인데 18구는 한 구가 3자이고 2구는 한 구가 4자이다.
<戰滎陽>曲凡二十句, 其十八句, 句三字, 二句, 句四字.

주석

1) 滎陽(형양) : 지금의 하남성 형양. 초평初平 원년(190) 정월 원술袁術 등이 발해태수渤海太守 원소袁紹를 추대하여 맹주로 삼았으며 조조는 분무장군奮武將軍의 신분으로 동탁董卓을 토벌하는 군대에 참여했다. 2월 연합군에게 패배한 동탁은 헌제獻帝를 위협하여 장안으로 수도를 옮기고는 낙양의 궁실을 불태우고 왕릉을 도굴하였으며 백성을 수탈하여 인근 200리가 초토화되었다. 관동의 연합군은 이러한 동탁의 정예군의 위력을 두려워하며 누구도 관서로

진군하려고 하지 않았으며 산조酸棗(지금의 하북성 연진延津)에 주둔하였다. 조조는 결전할 때가 되었다고 여기고는 홀로 군대를 이끌고 서쪽으로 갔다. 형양의 변수汴水에 이르러 동탁의 장군 서영徐榮과 교전하였지만 병사의 숫자에서 현격한 차이가 있어서 대패하였으며 군대의 절반이 죽었고 조조 역시 화살에 맞아 부상을 입었다. 다행히 친척동생인 조홍曹洪의 도움으로 피할 수 있었다.

2) 陂(피) : 제방.

3) 戎士(융사) : 병사.

4) 貫甲(관갑) : 갑옷을 입다.

5) 塹壘(참루) : 참호와 보루.

　平(평) : 평평해지다. 참호와 보루가 망가졌다는 말이다.

6) 晦冥(회명) : 어둡다.

7) 中牟(중모) : 지금의 하남성 중모. 형양에서 동쪽으로 40km 정도 떨어져 있다.

8) 屛營(병영) : 두려워하는 모양.

9) 同盟(동맹) 2구 : 조조는 패배한 뒤 다시 산조로 돌아와서 여러 장수에게 각자 요충지를 차지한 뒤 병사를 나누어 무관武關(지금의 섬서성 단봉丹鳳)으로 가서 동탁을 포위하자고 권했지만 여러 장수들은 따르지 않았다. 여러 장수들은 동탁을 토벌하는 데 목적이 있었던 것이 아니라 기회를 틈타 자신의 세력을 넓히려고 하였기 때문에 결국 연합군 내에서 마찰이 생겨 서로 다투게 되었고 동맹은 와해되었다.

해설

이 시는 조조가 동탁을 토벌하러 갔다가 형양에서 패배한 이야기를 서술하였다. 조조의 군대가 분노하여 치달려 갔지만 서영의 군대에 의해 궤멸하였으며, 돌아와서도 결국 계책을 성사하지 못했음을 말했다. 마지막 2구에서는 비록 패배했지만 혼자서라도 반군을 물리치겠다는 결연한 의지가 돋보였기에 결국 조조에 의지해 천하가 평안해질 수 있었다고 칭송하였다.

3-3 획여포 獲呂布

≪진서 · 악지≫에서 말하기를, "한나라의 <예이장>을 고쳐서 <획여포>를 만들었는데,
조조가 동쪽으로 임회를 포위하고 여포를 생포한 것에 대해 말한 것이다."라고 하였다.
≪晉書 · 樂志≫曰, 改漢<艾如張>爲<獲呂布>, 言曹公東圍臨淮, 生擒呂布也.

獲呂布,[1]	여포를 잡고
戮陳宮.[2]	진궁을 죽였네.
芟夷鯨鯢,[3]	고래를 제거하고
驅騁群雄.[4]	군웅을 내쫓으니,
囊括天下,[5]	천하를 포괄하고
運掌中.	손바닥 위에서 운용하셨네.

<획여포>곡은 모두 6구인데, 3구는 한 구가 3자이고 3구는 한 구가 4자이다.
<獲呂布>曲凡六句, 其三句, 句三字, 三句, 句四字.

주석

1) 呂布(여포) : 동한말 군웅 중의 한 명이다. 동탁董卓의 양자가 되었다가 그를 죽이고 분무장군
   개부의동삼사奮武將軍開府儀同三司가 되었다. 동탁 부대의 공격을 받은 뒤 이리저리 전전하다
   가 장양張楊에게 의지하였다. 흥평興平 원년(194) 연주兗州로 들어가 조조와 2년간 혈전을
   벌이다가 결국 조조에게 패배하였다. 이후 유비에게 의지하다가 그를 공격하는 등 엎치락뒤
   치락하였다. 건안建安 3년(198) 유비와 하후돈을 격퇴시켰는데, 조조가 그를 정벌하였으며
   결국 잡혀 죽었다.
2) 戮(륙) : 죽이다.
   陳宮(진궁) : 원래 조조의 심복이었는데 그를 떠나 여포의 모사가 되었다. 건안 3년 여포와
   함께 조조에게 잡혀 투항을 권유받았지만 거절하고 죽음을 선택했다.

3) 芟夷(삼이) : 제거하다.

　鯨鯢(경예) : 고래. 흉포한 자를 비유한다.
4) 驅騁(구빙) : 내쫓다. 이와 달리 '내달리게 하다'는 뜻으로 풀이할 수도 있다.
5) 囊括(낭괄) : 포괄하다.

해설

　이 시는 조조가 동탁과 진궁을 죽인 일을 서술하였다. 조조가 흉포한 무리를 처단하였으며 천하를 손바닥 위에서 운용하게 되었음을 칭송하였다.

3-4 극관도 克官渡

≪진서·악지≫에서 "한나라 <상지회>를 고쳐서 <극관도>를 만들었는데, 조조가 원소와 싸워서 관도에서 무찌른 것에 대해 말한 것이다."라고 하였다.
≪晉書·樂志≫曰, 改漢<上之回>爲<克官渡>, 言曹公與袁紹戰, 破之於官渡也.

克紹官渡,1)	관도에서 원소를 이긴 것은
由白馬.2)	백마에서 시작되었으니,
僵屍流血,3)	시체에서 피가 흘러
被原野.	너른 들을 뒤덮었는데,
賊衆如犬羊,4)	적의 무리는 개나 양과 같았고
王師尚寡.5)	왕의 군대는 오히려 적었네.
沙塠旁,6)	모래가 옆에 쌓이고
風飛揚.	바람이 드날리며,
轉戰不利,	점점 전세는 불리해졌고
士卒傷.	병사들은 다쳤네.

今日不勝,	오늘 승리하지 못하면
後何望.	후에 어찌 가망 있으리.
土山地道,[7]	토산을 쌓고 땅굴을 파니
不可當.	감당할 수 없었지만,
卒勝大捷,[8]	끝내 이겨 크게 승리하여
震冀方.[9]	기 땅 지역을 뒤흔들었으니,
屠城破邑,[10]	성을 도륙하고 고을을 쳐부수어
神武遂章.[11]	신령한 무위가 마침내 빛났네.

<극관도>곡은 모두 18구인데, 8구는 한 구가 3자이고, 1구는 5자이며, 8구는 한 구가 4자이다.
<克官渡>曲凡十八句, 其八句, 句三字, 一句, 五字, 九句, 句四字.

주석

1) 克(극) : 이기다.

　紹(소) : 동한말 군웅 중의 한 명인 원소袁紹.

　官渡(관도) : 지금의 하남성 중모中牟. 관도의 전쟁은 동한말 삼대 전투 중의 하나이며 적은 군사로 많은 적을 이긴 전투로 유명하다. 건안 5년(200) 조조의 군대는 원소의 군대와 관도에서 오랜 시간 대치하면서 상당히 불리한 상황에 처했는데, 조조가 원소의 식량창고를 기습하면서 승기를 마련하였다. 원소의 주력군을 궤멸시켰으며 조조가 북방을 통일시키는 기반을 다지게 되었다.

2) 白馬(백마) : 지금의 하남성 활현滑縣. 건안 5년 봄 원소가 백마의 유연劉延을 포위하자 조조는 원소의 군대를 공격하였으며, 결국 원소 휘하의 장군 안량顔良과 문추文醜를 죽이고 포위를 풀게 하였다.

3) 僵屍(강시) : 시체.

4) 如犬羊(여견양) : 개나 양과 같다. 상대방 군대에 대한 멸시의 표현이다. 또는 숫자가 많은 것을 비유적으로 표현한 것으로 볼 수도 있다.

5) 王師(왕사) : 왕의 군대. 조조의 군대를 가리킨다. 백마의 전투에서 원소의 군대를 패배시키기는 하였지만, 군사의 숫자나 군량미 등의 물자에 있어서 조조의 군대는 원소의 군대에 비하면 크게 열세였다.

6) 塠(퇴) : 쌓다. 또는 무더기.

7) 土山(토산) : 흙으로 쌓은 산. 원소와 조조가 대치하고 있을 때 원소의 군대가 토산을 쌓아서 조조의 군영에 화살을 쏘자, 조조는 투석기인 벽력거霹靂車를 만들어 토산에 있는 망루를 파괴하였다.

  地道(지도) : 땅을 파서 길을 내다. 원소의 군대가 땅굴을 파서 조조의 영내로 침입하였는데, 조조의 군대 역시 땅굴을 파서 이를 막아냈다.

8) 大捷(대첩) : 크게 승리하다.

9) 冀方(기방) : 당시 원소가 점거하고 있던 청주靑州, 기주冀州, 유주,幽州, 병주幷州 일대를 가리킨다. 당시 북방 지역의 대부분이다.

10) 屠城(도성) : 성의 사람을 도륙하다.

11) 神武(신무) : 신령한 무위武威. 조조의 무위를 가리킨다.

  章(장) : 빛나다.

해설

  이 시는 관도에서 조조가 원소를 물리치고 북방 통일의 기원을 마련한 일을 칭송한 것이다. 제1~6구에서는 관도 전투의 시발점이 된 백마의 승리에 관해 적었는데, 병력의 열세에도 불구하고 대승을 거두었다고 하였다. 제7~10구에서는 계속되는 원소 군대의 압박으로 힘든 항전을 이어가고 있었음을 말하였다. 제11~18구에서는 원소 군대의 토산 공격과 땅굴 공격을 결국 다 막아내고 크게 승리하여 북방 지역을 다 장악할 수 있었음을 말하였다.

3-5 구방 舊邦

≪진서·악지≫에서 말하기를, "한나라 <옹리>를 고쳐서 <구방>을 만들었는데, 조조가 관도에서 원소에게 승리한 뒤 초현으로 돌아와 사망한 병사를 거두어 장사지낸 것에 대해

말한 것이다."라고 하였다.

≪晉書 · 樂志≫曰, 改漢<翁離>爲<舊邦>, 言曹公勝袁紹於官渡, 還譙收藏死亡士卒也

舊邦蕭條,[1]	고향이 쓸쓸하여
心傷悲.	마음이 구슬프니,
孤魂翩翩,[2]	외로운 혼백은 훨훨 날아
當何依.	마땅히 어디에 의지할까.
遊士戀故,[3]	떠돌던 병사가 옛 전우를 그리워하여
涕如摧.[4]	눈물이 흘러 몸이 망가질 듯하니,
兵起事大,	군대가 일어나 일은 위대했지만
令願違.[5]	아름다운 바람이 어긋나버려서라지.
傳求親戚,[6]	친척을 전해 찾나니
在者誰.	남아 있는 자는 누구인가?
立廟置後,[7]	묘당을 세우고 후사를 세울 터이니
魂來歸.	혼이여 돌아오라.

<구방>곡은 모두 12구인데, 6구는 한 구가 3자이고 6구는 한 구가 4자이다.
<舊邦>曲凡十二句, 其六句, 句三字, 六句, 句四字.

주석

1) 舊邦(구방) : 고향. 여기서는 조조의 고향인 초현譙縣으로 지금의 안휘성 호주亳州이다.
   蕭條(소조) : 쓸쓸한 모양.
2) 孤魂(고혼) : 외로운 혼백. 관도의 전투에서 죽은 조조 병사의 혼백을 말한다.
   翩翩(편편) : 훨훨 날다.
3) 遊士(유사) : 이리저리 떠도는 이. 여기서는 조조와 살아남은 병사를 가리킨다.
   戀故(연고) : 옛사람을 그리워하다. 죽은 병사를 그리워한다는 말이다.

4) 摧(최) : 몸이 망가지다. 죽다.

5) 令願(영원) : 아름다운 바람. 병사들과 함께 혼란을 종식시키고 같이 잘 살자는 바람을 말한다.

6) 傳求(전구) : 전해서 찾다. 널리 찾다.

   親戚(친척) : 여기서는 죽은 병사의 친척을 가리킨다.

7) 置後(치후) : 후사後嗣를 세우다. 조조가 초현에 주둔하면서 내린 명령은 다음과 같다. "내가 의병을 일으킨 것은 천하의 폭란을 없애기 위해서였는데, 고향 사람이 거의 다 죽어 도성을 종일 돌아다녀도 아는 사람을 만날 수 없으니 나를 처참하고 애달프게 하였다. 의병을 일으킨 이래로 장수와 병사 중에 후손이 없어 대가 끊어진 자는 그 친척을 찾아서 후사로 삼으라. 밭을 주고 경작할 수 있는 소를 관에는 공급하며 선생을 두어 그들을 교육시켜라. 후손이 남아 있는 자에게는 묘당을 짓고 그 선조를 제사 지내게 하라. 혼이 되어서 영령이 있다면 내가 백 년 후에 어찌 한스럽겠는가.(吾起義兵, 爲天下除暴亂. 舊土人民, 死喪略盡, 國中終日行, 不見所識, 使吾悽愴傷懷. 其擧義兵已來, 將士絶無後者, 求其親戚以後之, 授土田, 官給耕牛, 置學師以敎之. 爲存者立廟, 使祀其先人, 魂而有靈, 吾百年之後何恨哉)"

해설

이 시는 조조가 관도의 전투에서 죽은 병사들의 넋을 위로한다는 내용이다. 의로운 전쟁을 같이 했지만 그 영화를 같이 누리지 못하고 죽어버린 이들의 혼을 위로하기 위해, 대가 끊어진 자는 친척을 찾아 후사로 삼아 그들에게 제사 지내도록 했음을 말하였다. 이 시는 칠언시로도 볼 수 있다.

3-6 정무공 定武功

≪진서·악지≫에서 말하기를, "한나라 <전성남>을 고쳐서 <정무공>을 만들었는데, 조조가 애초 업성을 함락하였고 무공이 세워진 것이 이에서 시작된 것에 대해 말한 것이다."라고 하였다.

≪晉書·樂志≫曰, 改漢<戰城南>爲<定武功>, 言曹公初破鄴, 武功之定始乎此也.

定武功,[1]	무공을 세우려
濟黃河.[2]	황하를 건너가는데,
河水湯湯,[3]	황하물은 드넓어서
旦暮有橫流波.	아침저녁으로 마구 흐르는 물결이 있네.
袁氏欲衰,	원씨가 쇠망하려는 듯
兄弟尋干戈.[4]	형제가 창과 방패를 찾았는데,
決漳水,[5]	장수의 둑이 터져서
水流滂沱.[6]	물이 콸콸 흘러,
嗟城中如流魚,[7]	아, 성의 사람은 마치 물속의 물고기와 같아졌으니
誰能復顧室家.	누가 다시 집안을 돌볼 수 있었겠는가.
計窮慮盡,	계책과 생각을 다하여
求來連和.[8]	화친을 하려 했지만,
和不時,[9]	화해는 때가 맞지 않았기에
心中憂戚.[10]	마음은 근심하였네.
賊衆內潰,[11]	적의 무리가 안으로 궤멸하여
君臣奔北,[12]	임금과 신하가 북쪽으로 도망가서,
拔鄴城,[13]	업성을 빼앗으니
奄有魏國.[14]	갑자기 위나라가 있게 되었네.
王業艱難,	제왕의 과업은 어려운데
覽觀古今,	고금을 살펴봐도
可爲長歎.[15]	길이 찬미할 만하구나.

<정무공>곡은 모두 21구인데, 5구는 한 구가 3자이고 3구는 한 구가 6자이며, 12구는 한 구가 4자이고 1구는 5자이다.

<定武功>曲凡二十一句, 其五句, 句三字, 三句, 句六字, 十二句, 句四字, 一句五字.

1) 定(정) : 완성하다.

   武功(무공) : 무력으로 이룬 공. 여기서는 조조가 중원을 평정하고 위나라의 기초를 세운 것을 말한다.

2) 濟(제) : 강을 건너다. 조조는 원래 황하 남쪽의 허창許昌(지금의 하남성 허창)에 있었는데 건안 9년(204) 원소袁紹의 두 아들이 차지하고 있던 북쪽 업성鄴城(지금의 하북성 임장臨漳)을 빼앗아 그곳으로 옮겼다.

3) 湯湯(탕탕) : 강물이 넓은 모양.

4) 兄弟(형제) : 원소의 두 아들인 원상袁尙과 원담袁譚을 말한다. 원소가 죽은 뒤 둘은 권력을 차지하기 위해 서로 싸웠다.

   尋干戈(심간과) : 방패와 창을 찾다. 전쟁을 한다는 뜻이다.

5) 決(결) : 강둑을 트다.

   漳水(장수) : 업성 주위를 흐르는 강의 이름.

6) 滂沱(방타) : 물이 많이 흐르는 모양.

   이상 두 구는 당시 업성이 수재를 당해 백성들이 어려운 처지에 있었음을 묘사한 것으로 보인다. 이와 달리 원씨 형제가 차지하고 있던 업성이 위태로워졌음을 비유적으로 표현한 것으로 볼 수도 있다.

7) 嗟(차) : 탄식하는 소리.

   流魚(유어) : 물에 있는 물고기.

8) 連和(연화) : 화친을 하다.

9) 不時(불시) : 시의적절하지 않다.

10) 憂戚(우척) : 근심스럽다.

    이상 네 구는 조조가 원씨 형제와 화친하려고 했지만 그럴 수가 없어서 근심했다는 말이다.

11) 內潰(내궤) : 안으로 궤멸하다. 원씨 형제가 서로 싸운 것을 말한다.

12) 奔北(분북) : 북쪽으로 도망가다. 업성이 함락당한 뒤 원상은 요서遼西로 도망갔고 원담은 남피南皮(지금의 하북성 창주滄州)로 도망갔다.

13) 拔(발) : 공격해서 차지하다.

14) 奄(엄) : 갑자기.

魏國(위국) : 업성에서 조조는 위공魏公에 봉해졌으며, 그의 아들 조비曹丕가 위나라를 세우고 업성을 도읍으로 삼았다.

15) 長歎(장탄) : 오래도록 찬미하다.

해설

이 시는 조조가 업성을 차지하여 위나라 건국의 기초를 세운 것을 칭송하였다. 제1∼4구에서는 조조가 황하를 건너 무공을 세우게 되었음을 말하였다. 제5∼18구까지는 원씨 형제가 서로 다투어서 궤멸하였고 이에 조조가 업성을 차지하게 되었음을 말하였다. 제19∼21구에서는 위나라의 기초를 세운 조조의 위업이 고금에 찬미할 일이라고 하였다.

3-7 도류성 屠柳城

≪진서 · 악지≫에서 말하기를, "한나라 <무산고>를 고쳐서 <도류성>을 지어 조조가 북쪽 변방을 넘고 백단을 지나 유성에서 삼군의 오환을 물리쳤음을 말하였다."라고 하였다. ≪晉書 · 樂志≫曰, 改漢<巫山高>爲<屠柳城>, 言曹公越北塞, 歷白檀,[1] 破三郡烏桓於柳城也.[2]

주석

1) 白檀(백단) : 지금의 하북성 난평현灤平縣이다.

2) 三郡烏桓(삼군오환) : '삼군'은 요서遼西, 요동遼東, 우북평右北平이고 '오환'은 삼군에 살던 북방 민족을 총칭하는 말로 통일되지 않고 나뉘어져 우두머리가 따로 있었다. 본래 동호족東胡族의 한 부류였는데 서한 초에 흉노에게 패하고 오환산烏桓山으로 옮기며 붙여진 이름이다. 건안建安 12년(207)에 답돈蹋頓이 조조曹操에게 패한 후 뿔뿔이 흩어졌다. ≪자치통감資治通鑑≫에 "삼군오환은 요서의 답돈, 요동의 소복연, 우북평의 오연이다.(三郡烏桓, 遼西蹋頓, 遼東蘇僕延, 右北平烏延也)"라고 하였다.

柳城(유성) : 지금의 요령성遼寧省 조양시朝陽市이다.

屠柳城,[1]	유성을 격파하나니
功誠難.	공을 세움은 실로 어렵다네.
越度隴塞[2]	변방을 지나가는데
路漫漫.[3]	길이 끝없이 멀었네.
北踰岡平,[4]	북으로 평강을 넘어가려니
但聞悲風正酸[5]	그저 구슬픈 바람소리에 바로 슬퍼졌네.
蹋頓授首[6]	답돈이 머리를 내주어
遂登白狼山,[7]	마침내 백랑산에 올랐네.
神武慹海外,[8]	신령한 무위로 변방을 두렵게 만들었으니
永無北顧患.	영원토록 북방을 돌아보면 근심이 없으리라.

<도류성>곡은 모두 10구인데 3구는 한 구가 3자이고 3구는 한 구가 4자이고 3구는 한 구가 5자이고 1구는 6자이다.

<屠柳城>曲凡十句, 其三句句三字, 三句句四字, 三句句五字, 一句六字.

주석

1) 屠(도) : 물리치다. 죽이다.

2) 越度(월도) : 넘어가다.
   隴塞(농새) : '농'은 본래 변방 산이름으로 섬서陝西와 감숙甘肅의 접경에 이어진다. 여기서는 넓은 변방의 의미로 사용되었다.

3) 漫漫(만만) : 끝없이 넓고 먼 모양.

4) 岡平(강평) : 평강平岡을 가리키는 듯하다. ≪자치통감資治通鑑≫에 따르면 조조曹操는 백단白檀, 평강平岡, 선비정鮮卑庭을 거쳐 유성柳城에 이른 것으로 되어있다.

5) 酸(산) : 슬프다.

6) 蹋頓(답돈) : 요서遼西의 오환족 왕으로 가장 세력이 컸다. 한나라 헌제獻帝 초평初平 연간에 구력거丘力居가 죽자 조카 답돈이 즉위하였는데 유성에서 조조에게 대항하여 싸우다 죽었다.

授首(수수) : 머리를 내주다. 참수당하다.

7) 白狼山(백랑산) : 지금의 요령성遼寧省 객좌현喀左縣의 태양산太陽山을 가리키는 듯하다.

8) 慹(집) : 두렵게 만들다. 여기서는 두려워 항복하게 만들었다는 뜻이다.

　　海外(해외) : 세상 밖. 여기서는 변방을 말한다.

9) 北顧(북고) : 북방을 돌아보다.

해설

　이 시는 조조가 북방 정벌을 위해 유성柳城으로 가서 오환의 맹주였던 답돈蹋頓의 무리를 백랑산白狼山에서 격파하였던 일을 나타내었다. 제1~8구에서는 변새로 가는 험난한 여정과 고단한 심경을 묘사하고 마지막 두 구에서는 어려운 상황에서도 정벌에 성공한 조조의 무공武功을 칭송하였다.

3-8 평남형 平南荊

《진서·악지》에서 말하기를, "한나라 <상릉>을 고쳐 <평남형>을 짓고 조조가 남으로 형주를 평정했음을 말하였다."라고 하였다.

《晉書·樂志》曰, 改漢<上陵>爲<平南荊>, 言曹公南平荊州也.

南荊何遼遼,[1]　　남쪽의 형주는 너무도 멀고

江漢濁不淸.[2]　　장강과 한수는 탁하여 맑지 않았네.

菁茅久不貢,[3]　　청모를 오랫동안 바치지 않아

王師赫南征.[4]　　천자의 군대가 성대히 남쪽으로 출병하였네.

劉琮據襄陽,[5]　　유종이 양양에 머물렀고

賊備屯樊城.[6]　　도적 유비가 번성에 주둔했네.

六軍廬新野,[7]　　육군이 신야에 머물게 되자

金鼓震天庭.[8]	징과 북소리가 궁궐을 뒤흔들었네.
劉子面縛至,[9]	유표의 아들이 손이 뒤로 묶인 채 이르니
武皇許其成.[10]	무제가 그의 성취를 인정했네.
許與其成,[11]	땅을 수락하고
撫其民.[12]	백성을 어루만졌네.
陶陶江漢間,[13]	광대한 장강과 한수 사이는
普爲大魏臣.[14]	두루 대위의 신하가 되었네.
大魏臣,	위대한 위나라의 신하는
向風思自新.[15]	풍모를 우러르며 스스로 새로워질 것을 생각하였네.
思自新,	스스로 새로워질 것을 생각하며
齊功古人.[16]	함께 고인을 배웠네.
在昔虞與唐,[17]	옛날 순임금과 요임금처럼
大魏得與均.[18]	위대한 위나라도 같아질 수 있게 되었네.
多選忠義士,	충의의 선비를 많이 선발하여
爲喉唇.[19]	중신으로 삼았네.
天下一定,	천하가 모두 평정되었으니
萬世無風塵.[20]	영원토록 먼지가 일지 않으리라.

<평남형>곡은 모두 24구인데 17구는 한 구가 5자이고 4구는 한 구가 3자이고 3구는 한 구가 4자이다.
<平南荊>曲凡二十四句, 其十七句句五字, 四句句三字, 三句句四字.

주석

1) 南荊(남형) : 남쪽 형주荊州. '형주'는 지금의 호북성 강릉江陵이다.
　遼遼(요료) : 아득히 먼 모양.

241

2) 江漢(강한) : 장강長江과 한수漢水. 여기서는 장강과 한수가 만나는 형주荊州 일대를 가리킨다.

3) 菁茅(청모) : 띠 풀의 일종. 고대 제사에서 술을 거를 때 이를 엮어 사용하였다.

不貢(불공) : 공물을 바치지 않다. ≪좌전左傳 · 희공僖公 4년≫에 초나라가 3년 동안이나 천자에게 청모를 바치지 않자 제나라 환공桓公이 정벌하러 갔다고 되어 있다. 유표劉表가 황제에 대한 예우를 소홀히 했음을 의미하는 것인데 그 근거는 확실치 않다. 유표는 조조가 남하할 때 병사했다.

4) 王師(왕사) : 왕의 군대. 여기서는 조조의 군대를 가리킨다.

赫(혁) : 성대하다.

5) 劉琮(유종) : 동한 말에 형주목荊州牧 유표劉表의 차남이다. 건안建安 13년(208) 8월에 유표가 병으로 죽고 그 뒤를 이었으나 9월에 조조의 대군이 남하하자 형주를 내주고 투항하였다. 조조는 그를 청주자사靑州刺史로 삼고 다시 열후列侯에 봉했다.

襄陽(양양) : 지금의 호북성 양양시이다. 유표의 근거지였다.

6) 賊備(적비) : 도적 유비劉備.

樊城(번성) : 지금의 호북성 서북부이다. 유비는 조조가 쳐들어오자 번성에 있다가 도망쳐 손권孫權에게 가서 동맹을 제안하였다.

7) 六軍(육군) : 천자의 군대.

廬(려) : 기거하다. 머물다.

新野(신야) : 지금의 하남성 남양시南陽市 신야현新野縣이다. 남쪽으로 형주, 양양과 접해 있다. 조조가 신야에 이르자 유종劉琮이 항복하였다.

8) 金鼓(금고) : 징과 같은 금속류 악기와 북을 가리킨다.

天庭(천정) : 천자의 궁궐.

9) 劉子(유자) : 유표의 아들인 유종을 말한다.

面縛(면박) : 앞을 보게 하고 손을 뒤로 묶은 것이다. 투항을 의미한다.

10) 武皇(무황) : 조조를 가리킨다.

許(허) : 수락하다.

成(성) : 옛날 토지 구획의 단위. 여기서는 유종이 투항하며 내준 형주 땅을 말한다.

11) 許與(허여) : 수락하다.

12) 撫(무) : 어루만지다.

13) 陶陶(도도) : 넓은 모습.

14) 爲大魏臣(위대위신) : 위대한 위나라의 신하가 되다. 조조는 유종을 청주자사에 명하고
그 수하에 있던 괴월蒯越, 한숭韓嵩 등에게 벼슬을 내렸다.

15) 向風(향풍) : 풍모를 우러르다.

16) 齊功(제공) : 함께 힘을 합쳐 배우다. '功'은 '攻'의 의미로 쓰인 듯하다.

17) 在昔(재석) : 옛날.
虞與唐(우여당) : 우순虞舜과 당요唐堯. 순임금과 요임금.

18) 與均(여균) : 같아지다. 요순처럼 돈독한 군주와 신하의 관계를 이루길 바라는 것으로 보인다.

19) 喉脣(후순) : 목구멍과 입술. 황제의 곁에서 왕명을 출납하며 보좌하는 중신重臣을 가리킨다.

20) 風塵(풍진) : 바람에 이는 먼지. 전란을 비유한다.

해설

이 시는 통일 대업을 이루고자 하였던 조조曹操가 북방 정벌이후 남쪽의 형주荊州를 차지하게 된 공적을 찬양하였다. 형주는 유표劉表가 다스리고 있었는데 유비劉備를 신뢰하며 형주를 물려주고자 했으나 유비는 이를 사양하고 장남 유기劉琦를 지지하였다. 그러나 양양襄陽의 강력한 호족이었던 채모蔡瑁가 차남 유종劉琮에게 힘을 실어주어 유표의 뒤를 잇게 되었다. 조조가 쳐들어오자 유종은 투항하였고 유비는 강동으로 도망쳐 훗날을 도모하였다. 전체 내용은 크게 두 부분으로 나눌 수 있는데 전반부는 조조가 유종과 유비가 있는 형주를 정벌하러 가서 유종의 투항을 받아낸 것이고 제13구에서 마지막까지는 형주 땅의 사람들을 위나라의 신하로 삼아 요순시대와 같이 화평해졌음을 말하였다.

3-9 평관중 平關中

《진서·악지》에서 말하기를, "한나라 <장진주>를 고쳐 <평관중>을 짓고 조조가 마초를 정벌하고 관중을 평정했음을 말하였다."라고 하였다.
《晉書·樂志》, 改漢<將進酒>爲<平關中>, 言曹公征馬超,[1] 定關中也.[2]

주석

1) 馬超(마초) : 촉한蜀漢의 장군. 한수韓遂와 함께 동관潼關에서 조조曹操에게 대항하였으나 실패하고 유비劉備에게 망명하여 좌장군左將軍, 표기장군驃騎將軍을 지냈다.

2) 關中(관중) : 섬서성 위수渭水 주변의 평야 지대를 가리킨다. 동쪽의 동관潼關, 서쪽의 산관散關, 남쪽의 무관武關, 북쪽 소관蕭關의 가운데를 가리키는 것으로 보기도 한다. '관중을 차지하는 자가 천하를 얻는다'는 말이 있을 정도로 중요한 요충지였다.

平關中,	관중을 평정하고자
路向潼.[1]	동관으로 향했네.
濟濁水,[2]	탁한 강물을 건너
立高墉.[3]	높은 성벽을 세웠네.
鬪韓馬,[4]	한수, 마초를 싸우게 하여
離群凶.[5]	흉악한 무리를 이간질하였네.
選驍騎,[6]	용맹한 기병을 뽑아
縱兩翼,[7]	좌우의 군대에서 출병시키니,
虜崩潰,[8]	적군이 무너져
級萬億.[9]	잘린 머리가 무수히 많았다네.

<평관중>곡은 모두 10구로 한 구가 3자이다.
<平關中>曲凡十句, 句三字.

주석

1) 潼(동) : 동관潼關. 동곡관潼谷關이라고도 한다.

2) 濁水(탁수) : 위수渭水를 가리킨다.

3) 墉(용) : 성벽. 보루.

4) 鬪(투) : 싸우게 하다.
   韓馬(한마) : 한수韓遂와 마초馬超. 관중의 양대 군벌이었다.

5) 離(리) : 떨어지게 하다.

　　群凶(군흉) : 한수와 마초를 따랐던 장수들을 가리키는 듯하다.

6) 驍騎(효기) : 용맹한 기병.

7) 縱(종) : 출병시키다. '종병縱兵'의 의미로 쓰였다.

　　兩翼(양익) : 좌우 양쪽의 군대.

8) 虜(노) : 북방 이민족을 폄하하는 말이다. 여기서는 마초의 부대를 가리킨다.

　　崩潰(붕궤) : 무너지다.

9) 級(급) : 잘린 머리.

해설

　　이 시는 조조가 마초馬超와 한수韓遂의 연합군보다 열세에 놓여있었으나 이들을 이간책으로 서로 불신하게 만들어 동관潼關에서 대파하였던 일을 나타내며 조조의 탁월한 전략을 칭송하였다.

3-10 응제기 *應帝期*

≪진서·악지≫에서 말하기를, "한나라 <유소사>를 고쳐 <응제기>를 짓고 문제가 성덕으로 천명을 받아 시운에 응했음을 말하였다."라고 하였다.

≪晉書·樂志≫曰, 改漢<有所思>爲<應帝期>, 言文帝以聖德受命, 應運期也.

應帝期,[1]	황제의 시운에 응하여
於昭我文皇,[2]	아! 빛나는 우리 문제여.
曆數承天序,[3]	운수가 하늘이 정해준 순서를 이어받으니
龍飛自許昌,[4]	용이 허창에서 날아올랐네.
聰明昭四表,[5]	총명함이 사방 끝까지 빛나고

恩德動遐方.[6]	은덕이 먼 곳까지 감동시켰네.
星辰爲垂耀,	별들이 드리워 빛나고
日月爲重光.[7]	일월이 거듭 비추었네.
河洛吐符瑞,[8]	하도와 낙수가 길조를 토해내고
草木挺嘉祥.[9]	초목이 상서로운 징조를 뽑아내었네.
麒麟步郊野,[10]	기린이 교외 들판에서 거닐고
黃龍遊津梁.	황룡이 나루터와 다리에서 노닐었네.
白虎依山林,	백호가 숲에 의거하고
鳳皇鳴高岡.	봉황이 높은 산마루에서 울었네.
考圖定篇籍,[11]	하도를 살펴 전적을 바로잡으니
功配上古羲皇.[12]	공이 옛날 복희 황제에 필적하였네.
羲皇無遺文,	복희 황제가 남긴 문장은 없지만
仁聖相因循.[13]	어질고 성스러움을 따랐네.
期運三千歲,[14]	운수가 삼천년 이어져
一生聖明君.	한 명의 성스럽고 슬기로운 군주를 나게하고,
堯授舜萬國,[15]	요임금이 순임금에게 천하를 물려주니
萬國皆附親.[16]	천하가 모두 따랐네.
四門爲穆穆,[17]	사방이 문에서 공손하고
敎化常如神.	교화가 항상 신령하니,
大魏興盛,	위대한 위나라의 흥성함이
與之爲鄰.[18]	그와 비슷해지리라.

<응제기>곡은 모두 26구인데 1구는 3자이고 2구는 한 구가 4자이고 22구는 한 구가 5자이며 1구는 6자이다.
<應帝期>曲凡二十六句, 其一句三字, 二句句四字, 二十二句句五字, 一句六字.

1) 帝期(제기) : 황제의 시운.

2) 於(오) : 감탄사.

    文皇(문황) : 위魏 문제文帝 조비曹丕.

3) 曆數(역수) : 운수.

    天序(천서) : 하늘이 정해준 순서.

4) 龍飛(용비) : 용이 날아가다. 황제의 즉위를 나타낸다. 건안建安 25년(220)에 조조가 세상을 떠나자 조비가 위왕魏王의 자리를 승계하였고 또 그해 헌제獻帝의 양위를 이어받아 황제에 올랐다.

    許昌(허창) : 지금의 하남성 허창시. 건안 원년(196)에 조조가 낙양洛陽에서 자신의 근거지였던 허창으로 도성을 옮겼다. 조비가 즉위한 후에는 다시 낙양으로 천도하였다.

5) 四表(사표) : 사방의 끝. 천하를 가리킨다.

6) 遐方(하방) : 먼 곳.

7) 重光(중광) : 거듭 비추다. 황제의 제위를 계승하는 것이다. 조비가 조조의 뒤를 이었음을 뜻한다.

8) 河洛(하락) : 하도河圖와 낙서洛書. 하도는 복희 황제가 다스릴 때에 황하에서 나온 용마龍馬의 무늬를 그린 것이라고 한다. 낙서는 우왕禹王이 치수할 때 낙수에서 나온 거북이 등에 쓰인 글로 모두 황제가 천명을 받았음을 뜻한다.

    符瑞(부서) : 상서로운 징조. 황제가 천명을 받았음을 나타낸다.

9) 挺(정) : 뽑아내다.

    嘉祥(가상) : 길조.

10) 麒麟(기린) : 기린. 다음 구의 황룡, 백호, 봉황과 함께 모두 황제가 나타날 상서로운 징조를 의미하고 있다.

11) 考圖(고도) : 하도河圖를 살피다.

    定篇籍(정편적) : 전적을 바로잡다.

12) 功配(공배) : 공이 필적하다.

    羲皇(희황) : 복희씨伏羲氏.

13) 因循(인순) : 계승하다.

14) 期運(기운) : 운수.

15) 堯授舜(요수순) : 요임금이 순임금에게 물려주다. 여기서는 헌제가 문제에게 왕위를 선양한 것을 뜻한다.

16) 附親(부친) : 따르며 가까이하다.

17) 四門(사문) : 황제가 정무를 하는 곳의 사방의 문.

穆穆(목목) : 공손한 모양. 사방 제후들이 공손하게 예의를 갖추는 것이다.

18) 之(지) : 요임금과 순임금이 선양하고 태평성대를 이룬 것을 뜻한다.

爲鄰(위린) : 가까워지다. 비슷해지다.

해설

　이 시는 조비曹丕가 천명을 받아 위나라 황제에 즉위하고 복희씨, 요임금, 순임금을 따라 세상을 다스리니 오래도록 위대한 군주로 남아 위나라를 번창시킬 것임을 칭송하였다. 제1~4구는 시운으로 황제에 오른 것을 말하였고 제5~8구는 황제의 슬기와 덕망을 나타내었고 제9~14구는 황제의 상서로운 기운을 묘사하였고 제15~18구는 복희 황제를 계승하여 총명한 군주가 되고 제19~22구는 요순을 이어받아 황제의 제위를 물려받고, 제23~26구는 세상을 교화시켜 위나라의 태평성대를 이룩할 것임을 나타내었다.

3-11 옹희 邕熙

《진서 · 악지》에서 말하기를, "한나라 <방수>를 고쳐 <옹희>를 짓고 위씨가 나라를 다스리자 군신이 화목해지고 많은 업적이 두루 빛나게 되었음을 말하였다."라고 하였다.

《晉書 · 樂志》曰, 改漢<芳樹>爲<邕熙>, 言魏氏臨其國,[1] 君臣邕穆,[2] 庶積咸熙也[3]

주석

1) 臨(림) : 다스리다.

2) 邕穆(옹목) : 화목하다.

3) 庶積(서적) : 많은 업적.
   咸熙(함희) : 두루 빛나다.

邕熙,[1]	화목하나니
君臣合德,	군신이 덕에 부합하여,
天下治.	천하가 잘 다스려졌네.
隆帝道,	제왕의 도를 성대히 하여
獲瑞寶,[2]	상서로운 보배를 얻고,
頌聲並作,	칭송의 노래가 아울러 일어나니
洋洋浩浩.[3]	맑고 우렁찼다네.
吉日臨高堂,	길일에 높은 당에 오르니
置酒列名倡.[4]	술을 놓고 이름난 기녀를 줄지어 두었네.
歌聲一何紆餘,[5]	노랫소리가 한결 같이 어찌나 곡절이 있는지
雜笙簧.[6]	생을 섞어 연주하였네.
八音諧[7]	여덟 개 악기 소리가 조화로우면서도
有紀綱.	기강이 있었네.
子孫永建萬國,	자손이 영원히 만국을 세울 것이니
壽考樂無央[8]	장수하며 즐거움이 끝이 없으리라.

<옹희>곡은 모두 15구인데 6구는 한 구가 3자이고 3구는 한 구가 4자이고 1구는 2자이며
3구는 한 구가 5자이며 2구는 한 구가 6자이다.
<邕熙>曲凡十五句, 其六句句三字, 三句句四字, 一句二字, 三句句五字, 二句句六字.

주석

1) 邕熙(옹희) : 화목하다. 화락하다.
2) 瑞寶(서보) : 상서로운 보물.

3) 洋洋(양양) : 소리가 맑다.

　　浩浩(호호) : 소리가 우렁차다.

4) 名倡(명창) : 유명한 가무인.

5) 紆餘(우여) : 곡절이 있다.

6) 笙簧(생황) : 생.

7) 八音(팔음) : 여러 악기. 금金, 석石, 사絲, 죽竹, 포匏, 토土, 혁革, 목木의 여덟 개의 재료로
　　만든 악기.

8) 壽考(수고) : 나이가 많다. 장수하다.

　　無央(무앙) : 끝이 없다.

해설

　이 시는 위나라가 천하 통일을 이루고 군신이 화목하게 덕으로 나라를 다스리니 이를
노래와 연주로 칭송하며 대대로 번창하여 길이 화락하길 염원하는 것이다.

3-12 태화 太和

≪진서 · 악지≫에서 말하기를, "한나라 <상야>를 고쳐 <태화>를 짓고 멍제가 제위를
계승하여 태화로 연호를 고치고 은택이 널리 퍼졌음을 말하였다."라고 하였다.
≪晉書 · 樂志≫曰, 改漢<上邪>爲<太和>,[1] 言明帝繼體承統[2] 太和政元, 德澤流布也

주석

1) 太和(태화) : 위나라 2대 황제인 명제明帝의 연호(226～239).

2) 明帝(명제) : 조비의 장남 조예曹叡.

　　繼體(계체) : 왕위를 계승하다. '승통承統'도 같은 의미이다.

惟太和元年,	태화 원년에
皇帝踐阼,[1]	황제가 즉위하니,
聖且仁,	성스럽고 어질어
德澤爲流布.	은택이 두루 펼쳐졌네.
災蝗一時爲絶息[2]	메뚜기 떼의 재앙이 일시에 그치고
上天時雨露.[3]	하늘에서 때 맞춰 비가 내렸네.
五穀溢田疇,[4]	오곡이 밭에 넘쳐나고
四民相率遵軌度.[5]	온 백성이 서로 법도를 따랐네.
事務澂淸,[6]	정무는 투명하게 처리하고
天下獄訟察以情.[7]	천하의 송사는 실정으로 살폈네.
元首明,[8]	군주가 밝으시고
魏家如此,	위나라가 이와 같았으니,
那得不太平.	어찌 태평하지 않을 수 있겠는가!

<태화>곡은 모두 13구인데 2구는 한 구가 3자이고, 5구는 한 구가 5자이고 3구는 한 구가 4자이고 3구는 한 구가 7자이다.
<太和>曲凡十三句, 其二句句三字, 五句句五字, 三句句四字, 三句句七字.

주석

1) 皇帝(황제) : 위魏 명제明帝.
   踐阼(천조) : 즉위하다.

2) 災蝗(재황) : 메뚜기 떼의 재앙. 메뚜기가 크게 번식한 것이다.

3) 雨露(우로) : 비와 이슬. 넓은 뜻으로 비를 가리키며 은택을 비유한다.

4) 田疇(전주) : 밭.

5) 四民(사민) : 사농공상士農工商에 종사하는 백성을 말한다.
   率遵(솔준) : 따르다.
   軌度(궤도) : 법도.

6) 澂淸(징청) : 깨끗하다. 맑다.

7) 獄訟(옥송) : 송사訟事.

8) 元首(원수) : 군주.

해설

이 시는 위나라 2대 황제였던 명제明帝가 즉위한 후 은택을 베풀어 가뭄이 해결되고 엄격하고 투명하게 정무를 살피되 송사는 실정을 근거로 처리하여 태평성대를 맞게 되었음을 칭송하였다.

4. 오고취곡 吳鼓吹曲 12수

위소韋昭

≪진서·악지≫에서 말하기를, "오나라에서 위소에게 고취 12곡을 만들게 하여 첫째는
<염정결>, 둘째는 <한지계>, 셋째는 <터무사>, 넷째는 <벌오림>, 다섯째는 <추
풍>, 여섯째는 <극환성>, 일곱째는 <관배덕>, 여덟째는 <통형문>, 아홉째는 <장홍
덕>, 열째는 <종력수>, 열한째는 <승천명>, 열두째는 <현화>이다."라고 하였다.
≪晉書·樂志≫曰, 吳使韋昭製鼓吹十二曲, 一曰<炎精缺>, 二曰<漢之季>, 三曰
<攄武師>, 四曰<伐烏林>, 五曰<秋風>, 六曰<克皖城>, 七曰<關背德>, 八曰
<通荊門>, 九曰<章洪德>, 十曰<從曆數>, 十一曰<承天命>, 十二曰<玄化>.

4-1 염정결 炎精缺

≪고금악록≫에서 말하기를, "<염정결>은 한나라 왕실이 쇠락하자 손견이 용맹한 뜻을
재빨리 떨치고 일어나 바로잡아 구하는 데 뜻을 두었으니 왕업이 여기서 비롯되었음을
말하였다. 한나라의 <주로>에 해당한다."라고 하였다.
≪古今樂錄≫曰, <炎精缺>者, 言漢室衰, 孫堅奮迅猛志,[1] 念在匡救,[2] 王迹始乎此也[3]
當漢<朱鷺>.

주석

1) 孫堅(손견) : 후한 말기의 무장. 자는 문대文臺이고 지금의 절강성 항주 부양富陽 사람이다. 오나라 초대 황제 손권孫權의 부친이다. 시호는 무열황제武烈皇帝이다.

　　奮迅(분신) : 빠르게 떨쳐 일어나다.

2) 匡救(광구) : 잘못된 것을 바로 잡아 구제하다.

3) 王迹(왕적) : 제왕의 공업功業.

炎精缺,[1)	불의 덕이 이지러지고
漢道微.	한나라의 도가 쇠미해지니,
皇綱弛,[2)	조정의 기강이 해이해지고
政德違.	올바른 덕행을 어겨서,
衆姦熾,[3)	뭇 간사한 이들이 기승을 부려
民罔依.	백성이 의지할 데가 없었도다.
赫武烈,[4)	무력의 위엄을 성대히 하여
越龍飛.[5)	월 땅의 용이 날아오르며,
陟天衢,[6)	드넓은 하늘로 올라
耀靈威.[7)	영묘한 위세를 빛냈도다.
鳴雷鼓,[8)	우레 소리 나는 북을 울리고
抗電麾.[9)	번쩍이는 깃발을 들었으며,
撫乾衡,[10)	하늘의 북두성을 쥐고
鎭地機.[11)	땅의 요충지를 지켰네.
厲虎旅,[12)	용맹한 군대를 진작시키고
騁熊羆.[13)	매서운 군사를 달리게 했으며,
發神聰,[14)	신명한 판단을 발휘하고
吐英奇.	뛰어난 재주를 드러냈네.

254

張角破,[15]	장각을 공격하고
邊韓羈.[16]	변장과 한수를 구속하여,
宛潁平,[17]	宛 땅, 潁 땅이 평정되고
南土綏.[18]	남쪽 땅이 편안해졌네.
神武章,[19]	신령한 무공이 드날리고
渥澤施.[20]	은혜가 펼쳐졌으며,
金聲震,[21]	음악 소리가 울리고
仁風馳.[22]	은택의 바람이 세차게 불었네.
顯高門,[23]	고귀한 가문을 드러내고
啓皇基.[24]	왕업을 열었으니,
統罔極,[25]	다스림이 끝이 없이
垂將來.[26]	장차 전해지리라.

<炎精缺>곡은 모두 30구이고 한 구는 3자이다.

<炎精缺>曲凡三十句, 句三字.

주석

1) 炎精(염정) : 화덕火德. 여기서는 한나라 황실을 가리킨다.

    缺(결) : 이지러지다.

2) 皇綱(황강) : 조정의 기강.

    弛(리) : 느슨해지다.

3) 熾(치) : 기세가 높다. 기승을 부리다.

4) 赫(혁) : 성대히 하다. 성대히 드러내다.

    武烈(무열) : 무력의 위엄. 무공武功의 뜻으로도 쓰인다.

5) 越龍(월용) : 월 땅의 용. 절강성 항주 출신의 손견을 가리킨다.

6) 陟(척) : 오르다.

天衢(천구) : 하늘의 넓은 거리. 여기서는 경도를 가리킨다.

7) 靈威(영위) : 영묘한 위엄.

8) 雷鼓(전고) : 큰 북. 우레 같은 소리가 나는 북.

9) 抗(항) : 들다.

電麾(전휘) : 번개 같은 깃발. 빠르게 펼쳤다가 거두는 깃발.

10) 撫(무) : 잡다. 쥐다.

乾衡(건형) : 북두성의 자루를 이루는 세 개의 별 중에 옥형玉衡이다. 여기서는 북두성을 가리킨다.

11) 鎭(진) : 지키다.

地機(지기) : 군사상 지형이 험하고 중요한 요충지.

이상 두 구는 손견이 하늘과 땅을 모두 파악하고 장악했음을 나타내는 것이다.

12) 厲(려) : 진작시키다.

虎旅(호려) : 용맹한 군대. 호분씨虎賁氏와 여분씨旅賁氏의 병칭으로 왕의 호위를 맡았다. 호위무사나 더 넓게는 군대를 가리킨다.

13) 騁(빙) : 날쌔게 달리다.

熊羆(웅비) : 곰과 큰 곰. 여기서는 용맹한 군사를 뜻한다.

14) 神聽(신청) : 듣고 헤아리는 능력이 뛰어남을 가리킨다.

15) 張角(장각) : 황건적의 우두머리. 천공장군天公將軍이라고도 불렀다. 중평中平 원년(184)에 한나라를 타도하기 위해 군사를 일으켰는데 실패하였다. 당시 손견은 중랑장中郎將 주준朱儁의 휘하에서 좌군사마左軍司馬로 참전하였다.

16) 邊韓(변한) : 변장邊章과 한수韓遂. 중평 원년(184)～중평 6년(189)에 양주涼州에서 변장과 한수가 난을 일으켰다. 중평 2년(185)에 거기장군車騎將軍 장온張溫이 토벌하러 나서며 손견을 참군사參軍事로 삼았다.

羈(기) : 구속하다.

17) 宛潁(완영) : 완 땅과 영 땅. 모두 옛 지명으로 완宛은 지금의 하남성 남양南陽이고, 영潁은 하남성 등봉현登封縣이다. 황건적의 주둔지였다.

18) 綏(수) : 편안하다.

19) 章(장) : 드러내다.

20) 渥澤(악택) : 은혜.

21) 金聲(금성) : 금석 소리. 여기서는 아름다운 음악소리를 가리킨다.

22) 仁風(인풍) : 어진 은택이 바람처럼 퍼지는 것을 뜻한다.

23) 高門(고문) : 고귀한 가문.

24) 皇基(황기) : 제왕의 기업基業.

25) 統(통) : 통치.

26) 垂(수) : 전해지다.

해설

　이 시는 손견(155~191)이 한나라 왕실이 쇠락해가자 이를 구하기 위해 의기를 다지고 여러 반란을 토벌하여 무공을 세웠는데 이후 오나라가 기강을 세우고 황제의 공업이 마련되는 밑거름이 되었음을 칭송하였다. 제1~6구는 쇠락한 한나라의 상황, 제7~16구는 손견의 뛰어난 능력, 제17구~30구는 장각張角, 변장邊章, 한수韓遂의 반란을 진압하여 그의 공으로 세상이 제대로 다스려지게 되었음을 나타내었다. 손견의 활약을 살펴보면 중평中平 원년(184)에 장각이 황건黃巾의 난을 일으키자 토벌하였고 중평 2년에는 변장과 한수가 난을 일으켜 이를 토벌하러 나섰으며 초평初平 원년(190)에 동탁董卓 토벌전을 시작하여 그를 패배시키고 여포呂布를 물리쳤다. 그러나 초평 3년(192)에 형주荊州의 유표劉表를 공격하다가 현산峴山에서 유표가 보낸 황조皇祖의 군사에 의해 결국 전사하였다.

4-2 한지계 漢之季

　≪고금악록≫에서 말하기를, "<한지계>는 손견이 한나라의 쇠미함을 슬퍼하고 동탁의 난을 가슴 아파하여 병사를 일으켜 공격하니 공업이 온 나라를 뒤덮었음을 말하였다. 한나라의 <사비옹>에 해당한다."라고 하였다.

≪古今樂錄≫曰, <漢之季>者, 言孫堅悼漢之微,[1] 痛董卓之亂,[2] 興兵奮擊,[3] 功蓋海內也.[4] 當漢<思悲翁>.

257

주석

1) 孫堅(손견) : 후한 말기의 무장이며 오나라 초대 황제 손권孫權의 부친이다.

2) 董卓之亂(동탁지란) : 동탁의 난. 동탁은 후한 말의 무장이다. 자는 중영仲穎이고 섬서 임조臨洮(지금의 감숙성 민현岷縣) 사람이다. 동탁은 소제少帝를 폐위시키고 헌제獻帝를 즉위시켜 실권을 잡았다. 초평初平 원년(190)에 지방 세력들이 연합하여 원소袁紹를 맹주로 삼고 동탁 토벌에 나섰다. 얼마 지나지 않아 와해되긴 했으나 이들의 견제로 동탁은 도성 낙양洛陽을 불태우고 장안長安으로 천도하는데 폭정을 일삼다가 초평 3년에 부하 여포呂布에게 살해되었다.

3) 奮擊(분격) : 떨치고 일어나 공격하다. ≪삼국지・오서・손견전≫에 따르면 손견이 양인성陽人城에서 동탁의 군대를 크게 격파하고 낙양을 탈환했다고 하였다.

4) 蓋(개) : 덮다.

漢之季,[1]	동한 말에
董卓亂.	동탁이 난을 일으키자,
桓桓武烈,[2]	용맹스런 무공으로
應時運.[3]	시대의 운수에 응하였네.
義兵興,	의로운 병사들을 일으키고
雲旗建.[4]	구름 깃발을 세우며,
厲六師,[5]	육사를 진작시키고
羅八陣.[6]	팔진을 배열하였네.
飛鳴鏑,[7]	우는 화살을 날리고
接白刃.[8]	번득이는 칼을 맞부딪치니,
輕騎發,	날쎈 기병이 출병하고
介士奮.[9]	강건한 무사들이 떨쳐 일어났네.
醜虜震,[10]	추악한 포로가 떨고
使衆散.[11]	부리던 사람들이 흩어지니,

劫漢主,[12]　　　한나라 군주를 위협하여

遷西館.[13]　　　서쪽 궁관으로 옮겼네.

雄豪怒,　　　　영웅호걸이 분노하여

元惡僨,[14]　　　악의 우두머리가 넘어지니,

赫赫皇祖,[15]　　성대하나니 황제의 조상

功名聞.　　　　공명이 널리 알려졌도다.

<한지계>곡은 모두 20구인데 그중 18구는 한 구가 3자이고 2구는 한 구가 4자이다.
<漢之季>曲凡二十句, 其十八句句三字, 二句句四字.

주석

1) 季(계) : 끝. 마지막.

2) 桓桓(환환) : 용맹한 모습.
　　武烈(무열) : 무력의 위엄. 무공武功의 뜻으로도 쓰인다.

3) 時運(시운) : 시대의 운수. 여기서는 손견이 시대의 사명을 부여받았음을 나타낸다.

4) 雲旗(운기) : 구름 깃발. 웅호熊虎 문양이 그려진 큰 깃발을 뜻한다.

5) 厲(려) : 진작시키다.
　　六師(육사) : 육군六軍. 황제의 군대.

6) 八陣(팔진) : 고대 전쟁에서 여덟 개의 진을 치는 방법.

7) 鳴鏑(명적) : 소리가 울리는 화살. 화살을 쏠 때 소리가 난다하여 붙여진 이름이다. 전쟁을
　　비유한다.

8) 接(접) : 맞부딪치다.
　　白刃(백인) : 날카로운 칼. 전쟁을 가리킨다.
　　이상 두 구는 손견이 동탁의 군대와 교전하는 것이다.

9) 介士(개사) : 강건한 무사.

10) 醜虜(추로) : 추악한 포로. 동탁의 군대를 말한다.

11) 使衆(사중) : 부리던 무리. 동탁의 군대를 말한다.

12) 劫(겁) : 위협하다.

　　漢主(한주) : 한나라 군주. 헌제獻帝를 가리킨다.

13) 西館(서관) : 서쪽 궁관宮館. 동탁이 낙양에서 서쪽 장안으로 천도한 것을 뜻한다.

14) 元惡(원악) : 악당의 우두머리. 여기서는 동탁을 가리킨다.

　　僨(분) : 넘어지다. 실패하다.

15) 赫赫(혁혁) : 성대함을 드러낸 모양.

　　皇祖(황조) : 황제의 조상. 손견을 가리킨다.

해설

　이 시는 동탁의 난을 격파했던 손견의 드높은 기상과 무공을 칭송하였다. 제1~4구는 동탁의 난이 일어났음을 말하고 제5~8구는 손견이 군대를 이끌고 용맹히 출전하는 모습이며 제9~12는 손견과 동탁의 교전을 나타내고 제13~16구는 손견이 토벌에 성공하여 동탁이 장안으로 천도한 것이며, 제17~20구는 동탁이 패망에 이르며 손견의 공이 세상에 널리 알려지게 되었음을 나타내었다.

　동탁이 난을 일으키자 손견은 후장군後將軍 원술袁術의 명을 받고 동탁 토벌에 나섰다. 그의 위세를 두려워한 동탁이 화친을 청했으나 거절하고 크게 대패시킨 후 진군하여 낙양을 수복하고 동탁이 도굴한 황릉을 복원하였다. ≪삼국연의三國演義≫에는 이때 손견이 옥새를 발견했다고 되어있으나 진수陳壽의 기록에는 보이지 않으니 사실이 아닌 듯하다.

4-3 터무사 攄武師

≪고금악록≫에서 말하기를, "<터무사>는 손권이 부친의 공업을 마치고 정벌에 나섰음을 말하였다. 한나라의 <예이장>에 해당한다."고 하였다.

≪古今樂錄≫曰, <攄武師>者, 言孫權卒父之業而征伐也.[1] 當漢<艾如張>.

주석

1) 孫權(손권) : 오나라 초대 황제로 225~252년 동안 재위하였다. 자는 중모仲謀이고 시호는
대황제大皇帝이다. 손견의 둘째 아들이다. 형 손책孫策이 죽은 후 그 뒤를 이어 강남 지역을
다스렸다. 유비劉備와 연맹하여 적벽赤壁에서 조조曹操를 대패시키고 이후 오나라를 세워
삼국정립을 이루었다.

　　父之業(부지업) : 부친의 공업. 여기서는 손견을 가리킨다.

攄武師,[1]	용맹한 군대를 진작시켜
斬黃祖,[2]	황조를 처단하며,
肅夷凶族,[3]	흉악한 무리를 제거하여
革平西夏,[4]	한수 서쪽을 개혁해 평정하니,
炎炎大烈,[5]	맹렬한 큰 위엄이
震天下.	천하를 울렸도다.

<터무사>곡은 모두 6구인데 그중 3구는 한 구가 3자이고, 3구는 한 구가 4자이다.
<攄武師>曲凡六句, 其三句句三字, 三句句四字.

주석

1) 攄(터) : 진작시키다.

　　武師(무사) : 용맹한 군대.

2) 斬(참) : 베다.

　　黃祖(황조) : 후한 말에 형주자사荊州刺史 유표劉表의 장수로 강하태수江夏太守를 지냈다.
초평初平 2년(191)에 손견孫堅은 원술元述의 명을 받고 유표의 거점지인 양양襄陽을 공격하다
가 황조의 군대에 의해 전사하였다. 이 일로 황조는 손씨 집안의 원수가 되었다.

3) 肅夷(숙이) : 제거하다.

4) 革平(혁평) : 개혁하여 평정하다.

　　西夏(서하) : 하수夏水 서쪽. 하수는 한수漢水의 옛 이름이다. 형주荊州, 양양襄陽 일대로 여기

서는 황조의 근거지를 가리키는 듯하다.

5) 炎炎(염염) : 맹렬한 모양.

烈(렬) : 위엄.

이 시는 손권이 건안建安 13년(208)에 부친의 원수를 갚기 위해 대군을 이끌고 황조皇祖를 공격하여 그를 죽이고 주변 일대를 평정한 공을 칭송하였다.

4-4 벌오림 伐烏林

≪고금악록≫에서 말하기를, "<벌오림>은 위 무제가 이미 형주를 격파하고 장강을 따라 동으로 내려가 손권과 싸우려 하자, 손권이 장군 주유에게 오림으로 가서 맞서 싸우라 명하여 격파하고 패주시켰음을 말하였다. 한나라의 <상지회>에 해당한다."라고 하였다. ≪古今樂錄≫曰, <伐烏林>者, 言魏武旣破荊州,[1] 順流東下, 欲來爭鋒.[2] 孫權命將周瑜逆擊之於烏林而破走也.[3] 當漢 <上之回>.

주석

1) 魏武(위무) : 위 무제 조조曹操. 자는 맹덕孟德이고 패국沛國 초현譙縣(지금의 안휘성 호주시豪州市) 사람이다. 시호는 무황제武皇帝이다. 건안建安 18년(213)에 위공魏公에 올랐다. 건안 21년에 스스로 위왕魏王에 책봉하고 권력을 행사하였다.

破荊州(파형주) : 형주를 격파하다. 건안 13년(208)에 무제가 형주를 토벌하고 나서 손권孫權을 공격하려했다.

2) 爭鋒(쟁봉) : 전쟁을 하다.

3) 周瑜(주유) : 자는 공근公瑾이고 여강廬江 서현舒縣(지금의 안휘성 여강현) 사람이다. 손견과 그의 두 아들을 모두 섬겼다. 조조의 위세에 개의치 않고 손권을 설득한 후 유비劉備와 연합하여 적벽대전赤壁大戰에서 조조의 군대를 대파하였다. 이를 계기로 손권은 강남 땅을 지배하고 유비는 형주 서쪽을 차지하여 삼국정립의 형세를 이루게 되었다.

262

逆擊(역격) : 맞서 싸우다.

烏林(오림) : 지명. 조조의 군대가 주둔하고 있었다. 지금의 호북성 가어현嘉魚縣 서쪽이다.

破走(파주) : 격파하여 패주시키다.

曹操北伐,	조조가 북벌을 하여
拔柳城.[1]	유성을 빼앗고,
乘勝席卷,[2]	승승장구하여 땅을 차지하여
遂南征.[3]	마침내 남쪽 정벌에 나섰네.
劉氏不睦,[4]	유씨 집안이 화목하지 않아
八郡震驚.[5]	형주가 떨며 두려워하는데,
衆旣降,[6]	무리가 이미 투항하여
操屠荊.[7]	조조가 형주를 짓밟았네.
舟車十萬,[8]	배와 수레의 십만 병사로
揚風聲.[9]	바람 소리를 드날렸는데,
議者狐疑,[10]	논의한 자들이 여우처럼 의심하며
慮無成.[11]	성사되지 못할까 근심했네.
賴我大皇,[12]	우리 대황께 힘입어
發聖明.	성스러운 명덕이 펼쳐지고,
虎臣雄烈,[13]	호랑이처럼 용맹한 신하가 씩씩하고 매서우니
周與程.[14]	주유와 정보였네.
破操烏林,[15]	오림에서 조조를 격파하여
顯章功名.[16]	공명을 훤히 드러냈도다.

<벌오림>곡은 모두 18구이고 그중 10구는 한 구가 4자이고 8구는 한 구가 3자이다.

<伐烏林>曲凡十八句, 其十句句四字, 八句句三字.

263

주석

1) 拔(발) : 공격하여 빼앗다.

   柳城(유성) : 지금의 요령성遼寧省 조양시朝陽市이다. 조조가 북방 정벌을 위해 유성柳城으로 가서 오환의 맹주였던 답돈蹋頓의 무리를 백랑산白狼山에서 격파하였다. 앞의 <도류성屠柳城>시 참고.

2) 乘勝(승승) : 싸움에서 승리하는 형세.

   席卷(석권) : 영토를 모두 차지하다.

3) 南征(남정) : 남쪽을 정벌하다. 조조는 북방 정벌의 위세를 몰아 남쪽으로 가서 형주荊州를 차지하였다.

4) 劉氏不睦(유씨불목) : 유씨 집안이 화목하지 않다. 유표劉表는 유기劉琦와 유종劉琮의 두 아들이 있었다. 큰 아들 유기劉琦가 후계자에서 밀려나고 유종이 부친의 뒤를 잇게 되면서 사이가 벌어졌다.

5) 八郡(팔군) : 형주에 속한 여덟 개 군. 장사長沙, 영릉零陵, 계양桂陽, 남양南陽, 강하江夏, 무릉武陵, 남군南郡, 장릉章陵을 말한다. 여기서는 형주를 가리킨다.

   震驚(진경) : 떨며 두려워하다.

6) 衆旣降(중기항) : 무리가 이미 투항하다. 유종이 조조와 싸우지 않고 자신의 군대를 바치고 항복했음을 말하는 것이다.

7) 屠荊(도형) : 형주荊州를 공격하여 짓밟다. 건안 13년(208) 8월에 유표가 죽고 그 뒤를 유종이 이었는데 9월에 조조의 대군이 남하하자 바로 형주를 내주고 투항하였다.

8) 十萬(십만) : 손권과 유비의 십만 연합군을 뜻한다.

9) 揚風聲(양풍성) : 바람 소리를 드날리다. 바람이 사납게 부는 것이다. ≪삼국지·오서·주유전≫에 따르면 적벽대전에서 오군吳軍은 화공 작전으로 배에 불을 질렀는데 마침 바람이 사나워 조조의 배들은 물론 강 언덕 위의 군영까지 모두 태울 정도였다고 하였다.

10) 狐疑(호의) : 여우처럼 의심이 많다. '호의미결狐疑未決'의 의미로 의심이 많아 결정을 내리지 못하는 것이다.

11) 無成(무성) : 성사되지 못하다. 여기서는 손권이 생각한 십만 연합군의 화공법이 성사되지 못할 것임을 말한다.

12) 大皇(대황) : 대황제. 손권을 가리킨다.

13) 虎臣(호신) : 호랑이 같은 신하. 용맹한 신하.

　　雄烈(웅렬) : 용맹하고 매섭다.

14) 周與程(주여정) : 주유周瑜와 정보程普. 손권은 조조와의 전쟁을 앞두고 이 둘을 각각 좌우독
　　左右督에 임명하였다.

15) 破操(파조) : 조조를 격파하다.

　　烏林(오림) : 앞의 주석 참고. 적벽대전이 일어난 장소를 두고 '적벽'과 '오림'으로 의견이
　　엇갈리는데 모두 이 전투를 가리키는 것으로 이해한다.

16) 顯章(현장) : 훤히 나타내다.

　이 시는 손권이 유비와 연합하여 적벽대전에서 조조를 격파한 공로를 기린 것이다. 당시
조조는 북벌에 성공하고 남벌에 나서 형주를 차지한 이후 다시 강동을 차지하기 위해 백만
대군을 이끌고 적벽으로 쳐들어갔으나 손권과 유비의 연합군에 의해 대패하였다. 제1~8구는
조조가 북벌에 성공하고 다시 남벌에 나서 형주를 차지한 것이다. 제9~18구는 손권이 겨우
십만 병사이나 화공의 전략을 생각해내고 주유周瑜와 정보程普의 활약으로 적벽대전에서 승리
했음을 나타내었다.

4-5 추풍 秋風

≪고금악록≫에서 말하기를, "<추풍>은 손권이 기뻐하며 백성을 통치하니 백성들이 죽
음도 잊었음을 말하였다. 한나라의 <옹리>에 해당한다."라고 하였다.

≪古今樂錄≫曰, <秋風>者, 言孫權悅以使民,1) 民忘其死也. 當漢<擁離>.

1) 孫權(손권) : 앞의 주석 참고.

　　使民(사민) : 백성을 통치하다.

秋風揚沙塵,[1]	가을바람이 모래와 먼지를 일으키고
寒露沾衣裳.[2]	찬 이슬이 옷을 적시며,
角弓持弦急,[3]	뿔 장식 활에서 활시위를 당김이 팽팽해지고
鳩鳥化爲鷹.[4]	비둘기가 변해 매가 되었네.
邊垂飛羽檄,[5]	변방에서 급보를 날리며
寇賊侵界疆.[6]	도적떼가 경계선을 침입했다 하여,
跨馬披介冑,[7]	말을 타고 갑옷과 투구를 쓰는데
慷慨懷悲傷.[8]	강개함 속에 서글픔이 생겼네.
辭親向長路,[9]	부모와 이별하고 먼 길을 향하니
安知存與亡.	어찌 생사를 알 수 있을까 하나,
窮達固有分,	빈궁과 영달에는 진실로 구분이 있으니
志士思立功.	뜻 있는 선비는 공을 세우고 싶어 했네.
思立功,[10]	공을 세우려는 생각으로
邀之戰場.[11]	전쟁터를 맞는데,
身逸獲高賞,[12]	몸이 날래면 높은 상을 받을 것이고
身沒有遺封.[13]	몸이 죽더라도 하사받은 상은 남겠지.

<추풍>곡은 모두 16구로 그중 14구는 한 구가 5자이고, 1구는 3자이고 1구는 4자이다.
<秋風>曲凡十六句, 其十四句句五字, 一句三字, 一句四字.

주석

1) 沙塵(사진) : 모래와 먼지.
2) 沾(점) : 적시다.
3) 角弓(각궁) : 소나 양의 뿔로 장식된 활.

持弦(지현) : 활시위를 당기다.

急(급) : 팽팽해지다.

4) 鳩鳥化爲鷹(구조화위응) : 비둘기가 변하여 매가 되다. 때가 되어 가을로 바뀌었음을 나타낸다.

5) 邊垂(변수) : 변방.

羽檄(우격) : 새의 깃을 단 격문. 급한 공문을 뜻한다.

6) 寇賊(구적) : 도둑.

7) 跨馬(과마) : 말을 타다.

介胄(개주) : 갑옷과 투구.

8) 慷慨(강개) : 마음이 격앙된 모양.

9) 辭親(사친) : 부모와 이별하다.

10) 思立功(사입공) : 공을 세울 것을 생각하다. ≪송서宋書≫에는 '사입공思立功'이 없다. 이로 인해 아래 문장에서 '일구삼자一句三字'의 네 자도 없다.

11) 邀(료) : 맞이하다.

12) 身逸(신일) : 몸이 뛰어나다. 큰 공을 세우다.

13) 遺封(유봉) : 사후에 내린 상.

해설

이 시는 가을날 출정하는 병사의 비분강개함을 나타낸 것이다. 장담할 수 없는 생사 앞에 가슴 한편이 먹먹해지지만 공업의 뜻을 품고 전쟁터로 향하는 심경을 담아내었다. 제1~4구는 가을이 되었음을 나타내었고 제5~8구는 전쟁이 발발하여 병사들이 채비를 갖추고 출정에 나서는 모습이다. 제9~12구는 집을 떠나며 공을 세우고 싶어 하는 병사의 마음을 나타내었고 제13~16구에서는 전쟁터를 마주한 채 죽음을 각오하며 공을 세우려는 의지를 다졌다.

4-6 극완성 克皖城

≪고금악록≫에서 말하기를, "<극완성>은 위 무제가 병합을 도모함에 뜻을 두고 주광을

여강태수로 명하니 손권이 직접 주광을 정벌하고 완성에서 그를 격파하였음을 말하였다. 한나라의 <전성남>에 해당한다.”라고 하였다.

≪古今樂錄≫曰, <克皖城>者, 言魏武志圖幷兼,[1] 而令朱光爲盧江太守.[2] 孫權親征光,[3] 破之於皖城也.[4] 當漢<戰城南>.

주석

1) 魏武(위무) : 위나라 무제武帝. 조조曹操를 가리킨다.
　　志圖(지도) : 도모함에 뜻을 두다.
　　幷兼(병겸) : 병합하다.
2) 朱光(주광) : 위나라 조조의 부하. 조조는 주광을 여강태수盧江太守로 명하고 완성皖城에 주둔시켰다. ≪삼국지 · 오서 · 오주전吳主傳≫에 따르면 조조는 장강 주변의 군현이 손권에게 넘어갈 것을 우려하여 그곳의 백성을 내륙으로 이주시키라 명하였다. 이를 듣고 여강盧江, 구강九江, 기춘蘄春, 광릉군廣陵郡 일대의 백성들이 놀라 동쪽으로 옮기니 강서 일대가 텅 비게 되어 합비合肥 이남에 완성皖城만 남게 되었다.
3) 征光(정광) : 주광朱光을 정벌하다. ≪삼국지 · 오서 · 여몽전呂蒙傳≫에 따르면 주광이 완현皖縣을 다스리며 농지를 개간하고 파양鄱陽의 도적 우두머리를 불러다 내통을 시키자, 여몽이 이를 우려하고 손권에게 격파할 것을 제안했다고 하였다.
4) 皖城(완성) : 지금의 안휘성 잠산현潛山縣 북쪽이다.

克滅皖城,[1]	완성을 함락시키고
遏寇賊.[2]	도적을 막고자 하였으니,
惡此凶孽,[3]	이 반역자를 싫어하여
阻姦慝.[4]	간악함을 막았네.
王師赫征,[5]	왕의 군대가 성대히 정벌하여
衆傾覆.[6]	무리가 쓰러지고 엎어지며,
除穢去暴,[7]	더러운 이를 없애고 포악한 자를 제거하여

戢兵革.[8]	무기, 갑옷, 투구를 거뒀네.
民得就農,[9]	백성들이 농사를 짓게 되고
邊境息.[10]	변방이 평화로워졌으며,
誅君弔臣,[11]	왕을 죽이고 신하를 위로하여
昭至德.	지극한 덕을 환히 밝혔도다.

<극완성>곡은 모두 12구이고 그중 6구는 한 구가 3자이고, 6구는 한 구가 4자이다.
<克皖城>曲凡十二句, 其六句句三字, 六句句四字.

주석

1) 克滅(극멸) : 이겨 함락시키다. 평정하여 멸망시키다.

2) 遏(알) : 막다.
   寇賊(구적) : 도적. 위나라 주광朱光을 가리킨다.

3) 惡(오) : 미워하다.
   凶孽(흉얼) : 반역자. 주광을 가리킨다.

4) 阻(조) : 막히다.
   姦慝(간특) : 간악한 사람. 주광을 가리킨다.

5) 王師(왕사) : 손권의 군대. 여몽이 군대를 이끌고 토벌에 나섰다.

6) 傾覆(경복) : 넘어지다. 전멸되다.

7) 除穢(제예) : 더러운 것을 없애다.

8) 戢(집) : 거두다. 적들의 무기를 거두고 대승했음을 의미한다.
   兵革(병혁) : '병兵'은 병기이고 '혁革'은 갑옷과 투구로 전쟁에 쓰이는 무기와 용품을 가리킨다.

9) 就農(취농) : 농사를 짓다.

10) 息(식) : 평화롭다.

11) 誅君(주군) : 임금을 죽이다. 완성 땅의 우두머리로 있던 주광을 섬멸한 것을 비유한다.
    弔臣(조신) : 신하를 위로하다. '신臣'은 백성을 비유한다. 이 구절은 ≪맹자孟子·양혜왕하梁惠王下≫에 "(탕왕이) 걸왕桀王을 베고 백성을 위로하니 마치 때맞춰 비가 내리는 것 같아 백성이 크게 기뻐하였다.(誅君而吊民, 若時雨降, 民大悅)"란 구절을 인용한 듯하다. 걸왕의 폭정으로 백성들이 탕왕이 싸워주길 바랬던 것처럼 조조가 손견의 견제책으로 지나친 이주정책을 벌여 신하와 백성을 혼란에 빠뜨리자 손권이 완성을 정벌하고 그곳의 백성들을 위로했음을 말하는 듯하다.

해설

건안建安 19년(214)에 손권이 조조에 맞서 완성을 함락시키고 여강태수 주광, 참군參軍 동화董和 및 수많은 사람을 포로로 잡아들였다. 이 시는 완성 일대를 평정한 손권의 치적을 기린 것이다.

4-7 관배덕 關背德

《고금악록》에서 말하기를, "<관배덕>은 촉나라 장군 관우가 오나라의 덕을 저버리고 마음으로 따르지 않자 손권이 군대를 이끌고 강에 배를 띄워 그를 사로잡았음을 말하였다. 한나라의 <무산고>에 해당한다."라고 하였다.

《古今樂錄》曰, <關背德>者, 言蜀將關羽背棄吳德,[1] 心懷不軌.[2] 孫權引師浮江而擒之也.[3] 當漢<巫山高>.

주석

1) 關羽(관우) : 후한의 무장. 자는 운장雲長이다. 유비劉備, 장비張飛와 황건적의 난, 적벽赤壁, 번양樊襄 전쟁 등에서 공적을 세웠다.
   背棄(배기) : 저버리다. 배신하다. 건안建安 13년(208)에 손권과 유비의 연맹군이 적벽에서 승리한 후 유비가 형주의 일부를 차지했다. 건안 19년(214)에 유비가 익주益州를 차지하자 손권은 형주 3개 군의 반환을 요구하며 태수와 관리를 보냈는데 관우가 모두 쫓아버리자 대노하고 여몽呂蒙을 보내 대치하였다. 그러다 건안 24년(219)에 관우가 번성과 양양을 공격하자 손권이 그를 죽이고 형주를 탈환하였다.
2) 軌(궤) : 따르다.

3) 引師(인사) : 군대를 이끌다.
　　擒(금) : 사로잡다.

關背德,[1]	관우가 오나라의 덕을 배반하고
作鴟張.[2]	솔개처럼 날개를 펼쳐,
割我邑城,[3]	우리 읍성을 할거하고
圖不祥.	상서롭지 못한 짓을 도모하였네.
稱兵北伐,[4]	군사를 일으켜 북쪽을 정벌하여
圍樊襄陽.[5]	번성과 양양을 포위하였으니,
嗟臂大於股,[6]	아! 팔이 다리보다 굵은 격이라
將受其殃.	장차 재앙을 받겠구나.
巍巍夫聖主,[7]	위대한 성군이여
睿德與玄通.[8]	왕의 은덕이 하늘과 통하고,
與玄通,	하늘과 통하여
親任呂蒙.[9]	친히 여몽을 임명하였네.
泛舟洪氾池,[10]	배를 물이 불은 못에 띄우고
溯涉長江.[11]	장강을 거슬러 건넜다네.
神武一何桓桓,[12]	신묘한 무공이 어찌나 용맹했던가!
聲烈正與風翔.[13]	명성이 대단하여 한창 바람과 함께 드날렸네.
歷撫江安城,[14]	공안성을 가서 차지하고
大據郢邦.[15]	영 땅을 크게 차지하였네.
虜羽授首,[16]	관우를 생포하여 죽이니
百蠻咸來同,[17]	모든 남쪽 오랑캐들이 모두 와서 함께하여
盛哉無比隆.	성대하나니! 비할 데 없이 번창하였도다.

<관배덕>곡은 모두 21구이고 그중 8구는 한 구가 4자이고 2구는 한 구가 4자이고 7구는

한 구가 5자이고 4구는 한 구가 3자이다.

<關背德>曲凡二十一句, 其八句句四字, 二句句六字, 七句句五字, 四句句三字.

주석

1) 關背德(관배덕) : 관우가 오나라 덕을 배반하다. 앞의 주석 참고.

2) 鴟張(치장) : 솔개가 날개를 펼치다. 위세를 부리며 포악하게 구는 것을 비유한다.

3) 割(할) : 할거하다.

   我邑城(아읍성) : 우리 읍성. 오나라의 형주荊州를 가리킨다.

4) 稱兵(칭병) : 군사를 일으키다. 전쟁을 비유한다.

5) 樊襄陽(번양양) : 번성樊城과 양양襄陽. 건안 24년(219)에 관우가 양양과 번성으로 북진하였다.

6) 臂大於股(비대어고) : 팔이 다리보다 굵다. 상황이 나빠질 것을 비유한다. ≪전국책戰國策 · 진삼秦三 · 응후위소왕應侯謂昭王≫에, "손가락이 팔보다 굵고 팔이 다리보다 굵은 것이니 이와 같으면 병이 필시 위중해질 것이다.(指大于臂, 臂大于股, 若有此, 則病必甚矣)"라고 하였다.

7) 巍巍(외외) : 숭고하고 위대하다.

   夫聖主(부성주) : 성군. 손권을 가리킨다. '부夫'는 조사이다. '오성주吳聖主'로 된 판본도 있다.

8) 睿德(예덕) : 황제의 은덕.

   玄通(현통) : 하늘과 통하다.

9) 呂蒙(여몽) : 손권의 부하. 자는 자명子明이다. 주유周瑜, 노숙魯肅과 함께 오나라의 명장이다. 손권의 권유로 학문을 연마하였는데 일취월장하여 노숙이 놀랐다는 '괄목상대刮目相對'의 장본인이다. 적벽, 완성皖城, 유수濡須, 형주 토벌에서 큰 공을 세웠다.

10) 洪氾(홍범) : 강물이 불다. ≪삼국지 · 오서 · 오주전吳主傳≫에 따르면 당시 한수漢水가 크게 범람하였다고 되어 있다.

11) 溯涉(소섭) : 거슬러 건너다. ≪삼국지 · 오서 · 여몽전呂蒙傳≫에 따르면 여몽은 관우가 번성을 토벌하고 양양으로 군사를 집결시키면 강을 거슬러 가서 군사가 없는 남군南郡(치소江陵)을 공격하겠다고 하였다. 손권이 이에 동의하자 여몽은 상선商船으로 위장하고 기습하였다.

12) 桓桓(환환) : 용감하고 씩씩한 모양.

13) 聲烈(성렬) : 명성이 대단하다. 명성이 아름답다.

14) 歷撫(역무) : 차지하다.

　　江安城(강안성) : 공안성公安城의 오기이다. ≪삼국지·오서·여몽전≫에 따르면 관우가 번성을 토벌하고 병력을 공안公安과 남군南郡에 남겨 수비하게 했다고 하였다.

15) 郢邦(영방) : 영 땅. 옛 초나라 도성이 있던 곳으로 지금의 호북성 강릉현江陵縣 부근이다. 이 두 구는 여몽이 공안과 강릉을 점령하였음을 나타내었다.

16) 虜狩(노우) : 관우를 사로잡다.

　　授首(수수) : 처형하다.

17) 百蠻(백만) : 모든 남쪽 오랑캐. 남쪽까지 크게 세력을 확장했음을 나타내는 듯하다.

해설

　이 시는 손권이 관우를 처단하고 형주 탈환에 성공한 일을 칭송한 것이다. 건안建安 24년 (219)에 관우가 북진을 도모하며 번성, 양양을 공격하였는데 일부 군대는 공안과 남군에 남겨 수비하게 하였다. 손권은 관우가 번성 전투에 매진하는 틈을 빌려 형주를 공략하고자 하였다. 이에 여몽이 상선商船에 정예병을 태워 관우의 진영을 기습한 후 공안과 강릉까지 항복시켰다. 관우는 맥성麥城으로 퇴각했으나 포위되어 탈출을 시도했다가 생포되어 처형되었다. 이로써 마침내 손권의 형주 평정이 이뤄졌다. 제1~4구는 관우가 형주 땅을 내주지 않음을 말하였고, 제5~8구는 관우가 북진하여 번성과 양양을 포위한 것이다. 제9~12구는 손권이 여몽을 임명함을 말하고 제13~18구는 상선으로 관우의 군대를 기습하고 공안, 강릉을 차지했음을 나타냈고 제19~21구에서는 관우를 죽이고 형주 평정에 성공했음을 말하였다.

4-8 통형문 通荆門

≪고금악록≫에서 말하기를, "<통형문>은 손권이 촉나라와 우호를 맺고 동맹하였는데 중간에서 관우가 스스로 잃는 잘못을 저질러 오랑캐가 어지러움을 즐기며 변고를 일으키고

우환을 만들었다. 촉나라는 오나라의 현혹됨을 의심하고 오나라는 촉나라의 기만함을 싫어하여 이에 크게 군대를 다스려 마침내 처음의 우호를 회복했음을 말하였다. 한나라의 <상릉>에 해당한다."라고 하였다.

≪古今樂錄≫曰, <通荊門>者, 言孫權與蜀交好齊盟,[1] 中有關羽自失之愆,[2] 戎蠻樂亂,[3] 生變作患, 蜀疑其眩,[4] 吳惡其詐,[5] 乃大治兵,[6] 終復初好也. 當漢<上陵>.

주석

1) 交好(교호) : 우호를 맺다. 우의를 맺다.

　齊盟(제맹) : 동맹하다. 건안建安 13년(208)에 손권은 유비와 연합하여 적벽에서 조조를 물리쳤고 이후로도 동맹 관계가 한동안 유지되었다.

2) 關羽自失(관우자실) : 관우가 스스로 잃다. 관우가 동맹관계에 있던 오나라에 저지른 실책을 뜻한다. 건안 19년(214)에 손권이 형주 반환을 요구했으나 유비가 미루고 다음을 약속하였다. 손권이 이를 못마땅하게 여기고 형주의 3개 군에 관리를 보냈는데 당시 형주를 맡았던 관우가 추방하여 손권이 대노하고 군대를 보냈다.

　愆(건) : 잘못. 허물.

3) 戎蠻(융만) : 오랑캐. 춘추시기에 지금의 하남성 영하潁河 상류 지역에 살았던 종족. 주로 남쪽 이민족을 가리키는 말로 쓰인다. 여기서는 형주 땅의 이민족을 나타내는 듯하다.

4) 眩(현) : 현혹되다. 여기서는 유비가 관우가 무언가에 현혹되어 실수한 것이라 의심했음을 나타내는 듯하다.

5) 詐(사) : 기만하다. 손권은 형주를 내주지 않는 촉나라가 자신을 기만했다고 여겼다.

6) 治兵(치병) : 군대를 다스리다. 정벌하다.

荊門限巫山,[1]	형문산은 무산에서 끝나는데
高峻與雲連.[2]	우뚝 솟아 구름과 이어지고,
蠻夷阻其險,	오랑캐는 그 험난함에 막혔는데
歷世懷不賓.[3]	오래도록 복종할 마음이 없었네.
漢王據蜀郡,[4]	유비가 촉 땅을 차지하고서

崇好結和親.[5] 우호를 숭상하여 화친을 맺었으나,

乖微中情疑.[6] 배반하고 숨겼다고 속으로 의심하니

讒夫亂其間.[7] 거짓된 이가 그 사이를 어지럽혀서네.

大皇赫斯怒.[8] 위대한 황제가 크게 노하고

虎臣勇氣震.[9] 호랑이 같은 신하의 씩씩한 기운이 진동하여,

蕩滌幽藪,[10] 외진 늪지대까지 소탕하며

討不恭. 불손한 이들을 토벌하였네.

觀兵揚炎耀,[11] 병력을 드러내고 위엄을 드날려

厲鋒整封疆.[12] 칼을 떨쳐 영토를 정돈하였고,

整封疆, 영토를 정돈하여

闡揚威武容.[13] 위엄 있고 씩씩한 모습을 널리 떨치게 되었네.

功赫戱,[14] 공로가 성대하여

洪烈炳章.[15] 위대한 공업이 훤히 드러나니,

邈矣帝皇世,[16] 아득하도다, 삼황오제의 시대여

聖吳同厥風.[17] 성스런 오나라가 그 풍모를 함께했구나.

荒裔望清化,[18] 변방에서 청명한 교화를 바라보니

化恢弘.[19] 교화가 널리 펼쳐져,

煌煌大吳,[20] 빛나는 위대한 오나라는

延祚永未央.[21] 복이 이어져 영원토록 끝이 없으리라.

<통형문>곡은 모두 24구인데 그중 17구는 한 구가 5자이고 4구는 한 구가 3자이며 3구는 한 구가 4자이다.

<通荊門>曲凡二十四句, 其十七句句五字, 四句句三字, 三句句四字.

주석

1) 荊門(형문) : 형문산. 지금의 호북성 의도현宜都縣 서북쪽이다. 여기서는 형주 땅을 가리킨다.

   限(한) : 가로막히다.

   巫山(무산) : 사천성 동부와 호북성 경계에 있는 산이다. 북쪽으로 대파산大巴山과 이어져 있고 '무巫' 자를 닮았다하여 이름 붙여졌다. 무산은 남군南君에 속하는데 유비가 차지하고 있었다.

2) 高峻(고준) : 우뚝 높이 솟아 있다.

3) 歷世(역세) : 오랫동안.

   賓(빈) : 복종하다. 따르다.

4) 漢王(한왕) : 유비劉備를 가리킨다.

   蜀郡(촉군) : 촉 땅.

5) 崇好(숭호) : 우호를 중시하다.

6) 乖微(괴미) : 배반하고 숨기다.

   中情疑(중정의) : 속으로 의심하다.

7) 讒夫(참부) : 거짓을 아뢰는 자. 여기서는 관우를 가리킨다.

   亂其間(난기간) : 그 사이를 어지럽히다. 이간질하다의 뜻으로 볼 수 있겠다.

8) 大皇(대황) : 위대한 황제. 여기서는 손권을 가리킨다.

9) 虎臣(호신) : 호랑이 같은 신하. 손권의 군대를 비유한다.

10) 蕩滌(탕척) : 소탕하다.

    幽藪(유수) : 외진 늪.

11) 觀兵(관병) : 병력을 드러내 보이다.

    炎耀(염요) : 불길이 뜨겁다. 여기서는 군대의 위엄을 비유한다.

12) 厲鋒(여봉) : 칼을 떨치다.

    整封彊(정봉강) : 영토를 정돈하다. 여기서는 형주 탈환을 나타낸다.

13) 闡揚(천양) : 널리 떨치다.

14) 赫戲(혁희) : 빛나는 모양.

15) 洪烈(홍렬) : 위대한 공업.

    炳章(병장) : 밝게 드러나다.

16) 邈(막) : 아득하다.

　　帝皇(제황) : 삼황三皇과 오제五帝.

17) 厥(궐) : 그것.

18) 荒裔(황예) : 변방 지역.

　　淸化(청화) : 청명한 교화.

19) 恢弘(회홍) : 널리 펼쳐지다.

20) 煌煌(황황) : 빛나는 모양.

21) 延祚(연조) : 복록이 이어지다.

　　未央(미앙) : 끝이 없다.

해설

　　이 시는 관우의 불손함으로 촉과 오의 동맹관계가 깨지게 되었으나 손권이 정벌에 나서 형주 탈환을 이루고 다시 우호관계를 회복하게 되었음을 나타내었다. 앞의 <관배덕關背德> 과 함께 관우를 비판한 시이다. 제1~4구는 형주 땅에 오랑캐가 오래도록 있었음을 말하였고, 제5~8구는 유비와 동맹을 맺었으나 관우에 의해 깨지게 되었음을 나타냈고, 제9~12구 손권 이 대노하고 그 불손함을 질책하며 정벌에 나섰음을, 제13~16구는 형주 땅을 탈환하였음을, 제17~20구는 손권의 공업이 삼황오제에 버금감을 칭송하였고 제21~24구는 오나라의 교화 로 길이 번영하길 기원하였다.

4-9 장홍덕　章洪德

≪고금악록≫에서 말하기를, "<장홍덕>은 손권이 큰 덕을 드러내어 먼 곳에서도 찾아와 의지했음을 말하였다. 한나라의 <장진주>에 해당한다."라고 하였다.
≪古今樂錄≫曰, <章洪德>者, 言孫權章其大德,[1] 而遠方來附也.[2] 當漢<將進酒>.

주석

1) 章(장) : 드러내다.

2) 遠方(원방) : 먼 곳. 여기서는 남쪽 및 남해 지역까지를 가리킨다.

　　來附(내부) : 찾아와 의지하다. 찾아와 따르다.

章洪德,[1]	큰 덕을 드러내고
邁威神.[2]	신명한 위엄을 멀리까지 펼치며,
感殊風,[3]	다른 풍속을 감화시켰고
懷遠鄰.	먼 이웃까지 품었다네.
平南裔,[4]	남쪽 변방을 평정하고
齊海濱.[5]	해안가까지 다스려,
越裳貢,[6]	월상국은 공물을 바치고
扶南臣.[7]	부남국은 신하가 되어,
珍貨充庭,	진귀한 재물이 궁전을 채우니
所見日新.[8]	보는 것이 날마다 새로웠네.

<장홍덕>곡은 모두 10구이고 그중 8구는 한 구가 3자이고 2구는 한 구가 4자이다.
<章洪德>曲凡十句, 其八句句三字, 二句句四字.

주석

1) 洪德(홍덕) : 큰 덕.

2) 邁(매) : 멀리 가다. 멀리까지 펼치다.

3) 殊風(수풍) : 다른 풍속.

4) 南裔(남예) : 남쪽 변방 지역.

5) 齊(제) : 다스리다.

　　海濱(해빈) : 해안가.

6) 越裳(월상) : 월상국. 옛날 남해에 있던 나라라고 하나 어느 지역인지 분명하지 않다.

　　貢(공) : 공물을 바치다.

7) 扶南(부남) : 부남국. 옛날 중국의 남쪽 반도에 있던 나라이다. 지금의 캄보디아부터 라오스

남쪽과 베트남 남쪽이었다고 한다.

8) 日新(일신) : 매일 같이 새로운 보물들이 바쳐졌음을 뜻한다.

해설

이 시는 손권이 영토 확장에 힘써 남쪽 해안가까지 평정하였는데 덕치德治를 펼쳐 교화시켰음을 칭송하였다.

4-10 종역수 從曆數

≪고금악록≫에서 말하기를, "<종역수>는 손권이 도참의 징조를 좇아 황제의 칭호를 세웠음을 말하였다. 한나라의 <유소사>에 해당한다."라고 하였다.

≪古今樂錄≫曰, <從曆數>者, 言孫權從圖籙之符,¹⁾ 而建大號也.²⁾ 當漢<有所思>.

주석

1) 圖籙(도록) : 도참圖讖. 길흉화복을 예언한 책.

   符(부) : 징조. 부명符命. 하늘이 제왕이 될 사람에게 명을 내릴 징조를 가리킨다.

2) 大號(대호) : 황제의 칭호. 황무黃武 8년(229) 4월에 손권은 스스로 황제의 자리에 오르고 연호를 황룡黃龍으로 바꿨다.

從曆數,¹⁾	운명을 좇으니
於穆我皇帝.²⁾	오, 아름답도다! 우리 황제여,
聖哲受之天,³⁾	명철함은 하늘에게서 받았고
神明表奇異.	신명함은 기이함을 나타내었네.
建號創皇基,⁴⁾	황제의 칭호를 세워 왕업을 열고
聰睿協神思.⁵⁾	밝은 지혜가 신령한 생각에 합치되니,

德澤浸及昆蟲,[6] 은덕이 곤충에게까지 스며들고

浩蕩越前代.[7] 드넓음이 지난 시대를 뛰어넘었네.

三光顯精耀,[8] 해, 달, 별이 정기를 드러내고

陰陽稱至治.[9] 음양이 지극한 치도에 부합하여,

肉角步郊畛,[10] 기린이 교외 들판을 걷고

鳳皇棲靈圃.[11] 봉황이 신령한 원림에서 살았네.

神龜游沼池,[12] 신령한 거북이가 못에서 노니니

圖讖摹文字.[13] 도참에서 문자로 본떠 나타내었고,

黃龍覿鱗,[14] 황룡이 비늘을 드러내니

符祥日月記.[15] 징조가 해와 달로 표시되었네.

覽往以察今,[16] 지난날을 보고 지금을 살펴서

我皇多噲事,[17] 우리 황제가 일을 시원스럽게 많이 하여,

上欽昊天象,[18] 위로는 넓은 하늘의 징조를 공경하고

下副萬姓意.[19] 아래로는 만백성의 뜻에 부합했네.

光被彌蒼生,[20] 두루 퍼짐이 백성에게 미치니

家戶蒙惠賚.[21] 집집마다 은혜의 하사를 입었고,

風敎肅以平,[22] 풍속의 교화가 엄정하고 공정하여

頌聲章嘉喜,[23] 찬미의 소리로 기쁨을 드러냈으니,

大吳興隆,[24] 위대한 오나라가 번영하며

綽有餘裕.[25] 느긋하여 여유가 있으리라.

<종역수>곡은 모두 26구이고 그중 1구는 3자이고 3구는 한 구가 4자이고 21구는 한 구가 5자이고 1구는 6자이다.

<從曆數>曲凡二十六句, 其一句三字, 三句句四字, 二十一句句五字[1], 一句六字.

1) 曆數(역수) : 운수. 운명.

2) 於(오) : 감탄사.

   穆(목) : 아름답다.

   我皇帝(아황제) : 우리 황제. 여기서는 손권을 가리킨다.

3) 聖哲(성철) : 명철하다. 재덕才德이 걸출한 인물로 황제를 가리키기도 한다.

4) 建號(건호) : 황제의 칭호를 세우다.

   創皇基(창황기) : 황제의 기업基業을 열다.

5) 聰睿(총예) : 총명과 예지睿知.

   神思(신사) : 신령한 생각.

6) 德澤(덕택) : 은덕.

   浸(침) : 스며들다. 적시다. 여기서는 은혜를 베푼다는 뜻이다.

   昆蟲(곤충) : 벌레의 총칭.

7) 浩蕩(호탕) : 드넓은 모양. 은덕이 멀리까지 두루 미침을 나타내는 듯하다.

   越(월) : 뛰어넘다.

8) 三光(삼광) : 해, 달, 별을 가리킨다.

   精耀(정요) : 정기精氣.

9) 稱(칭) : 부합하다. 알맞다.

   至治(지치) : 잘 다스려진 세상.

10) 肉角(육각) : 기린. 봉황, 용, 거북과 함께 '사령四靈'으로 불리는 상서로운 기운의 동물이다.

    郊畛(교진) : 성 밖 들판. 교외 들판.

11) 靈囿(영유) : 신령한 원림. 제왕이 동물을 기르는 정원을 가리킨다.

12) 沼池(소지) : 못.

13) 圖讖(도참) : 길흉화복을 예언한 책.

    摹文字(모문자) : 문자로 본뜨다.

14) 黃龍(황룡) : 전설상의 동물. 제왕의 상서로운 징조를 나타낸다. 손권이 황제로 즉위하기 전에 하구夏口와 무창武昌에서 황룡과 봉황이 나타났다고 보고되었다. 즉위 후 이를 연호로 사용하였다.

覿(적) : 드러내다.

15) 符祥(부상) : 징조.

記(기) : 표시하다. 명시하다.

16) 覽往(남왕) : 지난날을 돌아보다.

17) 噲事(쾌사) : 시원스럽게 처리한 일.

18) 欽(흠) : 공경하다.

昊天象(호천상) : 넓은 하늘의 징조.

19) 副(부) : 부합하다.

萬姓(만성) : 만백성. 모든 백성.

20) 光被(광피) : 두루 미치다. ≪서書 · 요전堯典≫에 “세상에 두루 미치고, 하늘과 땅에 이르렀
다.(光被四表, 格於上下)”라고 하였다.

彌(미) : 두루 퍼지다.

蒼生(창생) : 백성.

21) 蒙(몽) : 받다. 입다.

惠賚(혜뢰) : 은혜의 하사.

22) 風敎(풍교) : 풍속의 교화.

肅以平(숙이평) : 엄정하고 공정하다.

23) 頌聲(송성) : 찬미의 소리.

章(장) : 드러내다.

24) 興隆(흥륭) : 융성하다. 번영하다.

25) 綽有餘裕(작유여유) : 느긋하여 여유가 있다. 태도가 느긋하여 서두르거나 당황하지 않음을
나타낸다.

해설

손권은 황초黃初 2년(221)에 위나라가 내린 봉호를 받아 무창武昌에서 오왕吳王이 되었다가
황룡黃龍 원년(229) 7월에 스스로 칭제하고 건업建業(지금의 남경)을 도읍으로 정하였다. 이
시는 손권이 상서로운 징조를 좇아 황제로 즉위하고 백성들의 뜻에 부합하는 정치를 펼쳐
오나라가 크게 번영하였음을 칭송하였다. 제1~8구는 천명을 받아 손권이 칭제하고 왕업을

열어 덕치를 펼쳤음을 나타내었고, 제9~16구는 하늘의 해, 달, 별에서부터 기린, 봉황, 거북, 용 등의 상서로운 징조들이 나타났음을 묘사하였고 제17~26구는 손권이 선정善政을 펼치고 풍속의 교화에 힘써 크게 번영하였음을 말하였다.

4-11 승천명 承天命

≪고금악록≫에서 말하기를, "<승천명>은 황제가 높은 덕으로 즉위하고 도덕의 교화가 지극히 성대해졌음을 말하였다. 한나라의 <방수>에 해당한다."라고 하였다.
≪古今樂錄≫曰, <承天命>者, 言上以聖德踐位,¹⁾ 道化至盛也.²⁾ 當漢<芳樹>.

주석

1) 聖德(성덕) : 성스러운 덕. 지극히 높은 덕. 옛날 성인의 덕이나 또는 제왕의 덕을 가리킨다.
   踐位(천위) : 즉위하다.
2) 道化(도화) : 도덕의 교화.

承天命,	천명을 받드니
於昭聖德.¹⁾	오, 빛나도다! 높은 덕이여,
三精垂象,²⁾	세 개의 정기가 징조를 나타내었고
符靈表德.³⁾	신령한 징조는 덕을 드러냈네.
巨石立,	큰 돌이 일어나고
九穗植.⁴⁾	아홉 개 이삭이 달린 벼가 자랐으며,
龍金其鱗,⁵⁾	용은 비늘이 황금빛이고
烏赤其色.⁶⁾	까마귀는 색이 붉었네.
興人歌,⁷⁾	여러 사람들이 노래하고
億夫歎息.⁸⁾	수많은 이들이 감탄하나니,

超龍升,[9]　　　　도약하여 용이 날아오르고

襲帝服.[10]　　　　황제의 옷을 물려받았네.

窮淳懿,[11]　　　　두터운 아름다움을 다하고

體玄嘿.[12]　　　　고요한 침묵을 체득하였으며,

夙興臨朝,[13]　　　일찍 일어나 조정에 이르고

勞謙日昃.[14]　　　겸양에 힘쓰다보니 해가 기울었네.

易簡以崇仁,　　　쉽고 간단함으로 인을 숭상하여

放遠讒與慝.[15]　　사악함과 간사함을 멀리 내치고,

擧賢才,　　　　　어진 인재를 등용하며

親近有德.　　　　유덕자를 가까이하였네.

均田疇,[16]　　　　밭을 고르게 나눠

茂稼穡.[17]　　　　농작물을 무성하게 만들며,

審法令,[18]　　　　법령을 살피고

定品式.[19]　　　　규정을 정했네.

考功能,[20]　　　　재능을 살펴

明黜陟.[21]　　　　강등과 승진을 분명히 하니,

人思自盡,　　　　사람들이 생각함에 스스로 다하고자 하는 것이

唯心與力.　　　　오직 마음과 능력이었네.

家國治,[22]　　　　집안과 나라가 다스려지고

王道直.　　　　　왕의 도가 바르게 되어,

思我帝皇,[23]　　　우리 황제를 생각하며

壽萬億,[24]　　　　오랜 세월 장수하여,

長保天祿,[25]　　　하늘이 내린 복을 길이 지키며

祚無極.[26]　　　　복이 무궁하시기를.

284

<승천명>곡은 모두 34구이고 그중 19구는 한 구가 3자이고 2구는 한 구가 5자이고 13구는 한 구가 4자이다.

＜承天命＞曲凡三十四句, 其十九句句三字, 二句句五字, 十三句句四字.

주석

1) 於(오) : 감탄사.

   昭(소) : 밝다.

2) 三精(삼정) : 세 개의 정기. 해, 달, 별을 가리킨다.

   垂象(수상) : 징조를 보이다.

3) 符靈(부령) : 징조가 신령하다.

4) 九穗(구수) : 아홉 개 이삭. 상서로운 벼로 '가화嘉禾'로 칭하기도 한다. ≪논형論衡·길험吉驗≫에 한 줄기에 아홉 개의 이삭이 있고 보통의 벼보다 1~2척이 크다고 하였다. ≪삼국지·오서·오주전吳主傳≫에 따르면 회계군會稽郡 남시평현南始平縣에 '가화嘉禾'가 자랐다는 말을 듣고 그 다음해에 연호를 이것으로 고쳤다고 하였다.

5) 龍金(용금) 구 : 황룡黃龍이 나타난 것이다. 전설상의 동물로 제왕이 나타날 상서로운 징조로 여겨졌다.

6) 烏赤(오적) 구 : 적오赤烏가 나타난 것이다. 고대 전설상의 상서로운 새이다. 손권은 칭제 후 황룡(229~231), 가화(232~238), 적오(238~251), 태원太元(251~252), 신봉神凤(252) 순으로 연호를 바꿨다.

7) 輿人(여인) : 여러 사람.

   億夫(억부) : 많은 사람.

8) 體玄(체현) : 현묘함을 몸소 살피다.

9) 超(초) : 도약시키다. 솟아오르게 하다.

   龍升(용승) : 용이 날아오르다. 제왕의 즉위를 나타낸다.

10) 襲(습) : 물려받다. 계승하다.

11) 淳懿(순의) : 두터운 아름다움.

12) 體(체) : 체득하다.

玄嘿(현묵) : 조용히 있으며 말하지 않다. 침묵하다.

13) 夙興(숙흥) : 아침 일찍 일어나다.

臨朝(임조) : 조정에 가다.

14) 勞謙(노겸) : 겸양에 힘쓰다.

日昃(일측) : 해가 기울다. 오후를 가리킨다.

15) 讒與慝(참여특) : 사악함과 간사함.

16) 均(균) : 고르게 나누다.

田疇(전주) : 밭. 경작지.

17) 茂(무) : 무성하다.

稼穡(가색) : 농작물.

18) 審(심) : 살피다.

19) 品式(품식) : 표준. 규정.

20) 考(고) : 살피다.

功能(공능) : 재능.

21) 黜陟(출척) : 관직의 강등과 승진.

22) 家國(가국) : 집안과 국가. 또는 나라를 가리킨다.

23) 我帝皇(아제황) : 우리 황제. 손권을 가리킨다.

24) 萬億(만억) : 오랜 세월.

25) 天祿(천록) : 하늘이 내린 복.

26) 祚(조) : 복.

해설

이 시는 손권이 상서로운 징조로 보여 황위에 오르게 되었고 그 후 덕치를 펼치며 인재 등용, 농지 분배, 법령 제정 등에 힘써 태평성대를 이루니 하늘의 복이 오래도록 이어지길 염원하였다.

제1~4구는 하늘이 상서로운 징조를 보였음을 말하였고 제5~8구는 '가화', '황룡', '적오'의 상서로운 징조가 나타났음을 말하였다. 제9~12구는 손권이 칭제했음을 말하였고 제13~16구는 손권이 정치에 임하는 성실한 태도를, 제17~20구는 인을 따르며 인재를 등용하고 덕

있는 자를 가까이 했음을, 제21~24구는 농지 분배와 법령 제정에 노력했음을, 제25~28구는 실력에 따라 관직을 공정히 부여했음을 나타내었다. 마지막 제29~34구에서는 왕도를 바로잡아 행하니 황제가 장수하여 하늘의 복이 무궁하길 기원하였다.

4-12 현화 玄化

≪고금악록≫에서 말하기를, "<현화>는 황제가 문덕을 닦고 무예를 훈련하며 하늘을 법도로 삼아 행하여 인덕과 은혜가 두루 미치니 천하가 기뻐하였음을 말하였다. 한나라의 <상야>에 해당한다."라고 하였다.
≪古今樂錄≫曰, <玄化>者, 言上修文訓武,[1] 則天而行,[2] 仁澤流洽,[3] 天下喜樂也. 當漢<上邪>.

| 주석

1) 修文(수문) : 문덕 文德을 닦다.
   訓武(훈무) : 무예를 훈련하다.
2) 則天(칙천) : 하늘을 법도로 삼다.
3) 仁澤(인택) : 인덕과 은혜.
   流洽(유흡) : 두루 퍼지다. 두루 미치다.

玄化象以天,[1]	성덕의 교화는 하늘을 법도로 삼고
陛下聖眞.[2]	황제께서는 성스럽고 참되어,
張皇綱,[3]	황제의 기강을 펼치고
率道以安民.[4]	도를 따라서 백성을 안정시켰네.
惠澤宣流而雲布,[5]	은택이 두루 미쳐 구름처럼 펼쳐지니
上下睦親.[6]	위아래의 사람들이 화목하고,

君臣酣宴樂,[7]	군신이 아악을 즐기며
激發弦歌揚妙新.[8]	현에 맞춰 노래를 힘껏 불러 오묘함과 새로움을 드날렸네.
修文籌廟勝,[9]	문덕을 닦으며 조정에서 계획한 승리를 도모하고
須時備駕巡洛津.[10]	때를 기다리며 수레를 갖추고 낙수 나루터를 순시하였네.
康哉泰,[11]	태평하고 평안해서
四海歡忻,[12]	천하가 기뻐하니
越與三五鄰.[13]	월 땅이 삼황오제 때와 비슷하도다.

<현화곡>은 모두 13구인데 그중 5구는 한 구가 5자이고 2구는 한 구가 3자이고 3구는 한 구가 7자이다.

<玄化曲>凡十三句, 其五句句五字, 二句句三字, 三句句四字, 三句句七字.

주석

1) 玄化(현화) : 성덕聖德의 교화.
   象(상) : 법도로 삼다.
2) 陛下(폐하) : 황제. 손권을 가리킨다.
3) 皇綱(황강) : 황제의 기강. 황제가 지켜야 할 법도, 규칙을 말한다.
4) 率道(솔도) : 도를 따르다.
5) 宣流(선류) : 두루 미치다.
   雲布(운포) : 구름처럼 퍼지다.
6) 上下(상하) : 신분상의 윗사람과 아랫사람.
   睦親(목친) : 화목하다.
7) 酣(감) : 즐기다.
   宴樂(연악) : 고대 궁중 연회 음악.
8) 激發(격발) : 힘차게 연주하다.
   弦歌(현가) : 현에 맞춰 노래하다.
9) 籌(주) : 꾀하다. 계획하다.

288

廟勝(묘승) : 조정에서 세운 승리. 제왕이 신하들과 전쟁에서 이길 방도를 계획하는 것이다.

10) 須時(수시) : 때를 기다리다.

備駕(비가) : 수레를 준비하다.

巡(순) : 돌다. 순행하며 살피는 것을 뜻한다.

洛津(낙진) : 낙수洛水 나루터. '낙수'는 지금의 하남성 낙하洛河이다. 위나라와 인접한 오나라 북쪽을 나타내는 듯하다.

11) 康哉(강재) : 태평하다.

泰(태) : 평안하다.

12) 歡忻(환흔) : 기뻐하다.

13) 越(월) : 월 땅. 여기서는 손권이 다스린 오나라를 가리킨다.

三五(삼오) : 삼황오제三皇五帝. 삼황오제 때의 태평성대를 가리킨다.

鄰(린) : 비슷하다.

해설

이 시는 손권이 문무를 겸비하고 인덕의 교화를 펼쳐 오나라를 통치하니 삼황오제 때의 태평성대를 이루게 되었음을 칭송하였다.

5. 진고취곡 晉鼓吹曲 22수

부현傳玄

《진서·악지》에서 말하기를, "무제가 부현에게 명하여 고취곡 22편을 지어 위나라 곡을 대신하게 하였다. 첫째는 <영지상>, 둘째는 <선수명>, 셋째는 <정요동>, 넷째는 <선보정>, 다섯째는 <시운다난>, 여섯째는 <경용비>, 일곱째는 <평옥형>, 여덟째는 <문황통백규>, 아홉째는 <인시운>, 열째는 <유용촉>, 열한째는 <천서>, 열두째는 <대진승운기>, 열셋째는 <금령운>, 열넷째는 <오목아황>, 열다섯째는 <중춘진려>, 열여섯째는 <하묘전>, 열일곱째는 <중추선전>, 열여덟째는 <순천도>, 열아홉째는 <당요>, 스무째는 <현운>, 스물한째는 <백익>, 스물두째는 <조간>이다."라고 하였다.

《晉書·樂志》曰, 武帝令傅玄製鼓吹曲二十二篇以代魏曲,[1] 一曰<靈之祥>, 二曰<宣受命>, 三曰<征遼東>, 四曰<宣輔政>, 五曰<時運多難>, 六曰<景龍飛>, 七曰<平玉衡>, 八曰<文皇統百揆>, 九曰<因時運>, 十曰<惟庸蜀>, 十一曰<天序>, 十二曰<大晉承運期>, 十三曰<金靈運>, 十四曰<於穆我皇>, 十五曰<仲春振旅>, 十六曰<夏苗田>, 十七曰<仲秋獮田>, 十八曰<順天道>, 十九曰<唐堯>, 二十曰<玄雲>, 二十一曰<伯益>, 二十二曰<釣竿>.

주석

1) 武帝(무제) : 사마염司馬炎. 서진西晉의 초대 황제이다. 태시泰始 원년(265)에 위나라 원제元帝로부터 선위禪位를 받아 진나라를 세우고 태강太康 원년(280)에 오나라를 멸망시켜 천하를 통일했다.

魏曲(위곡) : 위고취곡魏鼓吹曲을 말한다.

5-1 영지상 靈之祥

옛날의 <주로행>이다. ≪고금악록≫에서 말하기를, "<영지상>은 선황제가 위나라를
보좌한 것이 마치 순임금이 요임금을 섬긴 듯하였고 이미 돌에 상서로운 징조가 있었고
또한 무력으로 맹달의 반란을 토벌할 수 있었음을 말하였다."라고 하였다.
古<朱鷺行>. ≪古今樂錄≫曰, <靈之祥>, 言宣皇帝之佐魏[1] 猶虞舜之事堯也.[2] 旣
有石瑞之徵, 又能用武以誅孟度之逆命也.[3]

주석

1) 宣皇帝(선황제) : 사마의司馬懿(179~251). 자는 중달仲達이고 하남성 온현溫縣 사람이다. 위나
   라의 중신으로 활약하여 조조曹操(무제武帝), 조비曹丕(문제文帝), 조예曹叡(명제明帝), 조방曹
   芳(제왕齊王) 4대 황제를 보좌하고 무양후舞陽侯에 봉해졌다. 그러다 가평嘉平 원년(249)에
   정권을 잡아 서진西晉 건국의 기틀을 다졌다. 손자 사마염司馬炎이 태시泰始 원년(265)에
   서진西晉을 세운 후 선제宣帝로 추존하였다.
   佐魏(좌위) : 위나라를 보좌하다.
2) 虞舜(우순) : 순임금. '우虞'는 나라 이름이고 '순舜'은 시호이다. 성은 요姚이고 이름은 중화重
   華이다. 우虞나라를 세워 '우순'이라 불렀다.
3) 誅(주) : 토벌하다. 죽이다.
   孟度(맹도) : 맹달孟達. 자는 자도子度이다. 촉나라 장군으로 활약했으나 위기에 빠진 관우關
   羽를 돕지 않은 일로 유비劉備의 원한을 사게 되자 위나라에 투항하였다. 후일에 조비曹丕가
   사망하고 제갈량諸葛亮이 위나라를 공략하자 다시 촉나라로 돌아가기 위해 반란을 기도하
   였다가 사마의에게 죽임을 당했다.
   逆命(역명) : 명을 거역하다. 여기서는 맹달의 반란을 가리킨다.

靈之祥,[1]	신령의 길함으로
石瑞章,[2]	바위에 상서로움이 드러나,
旌金德,[3]	금의 덕을 나타내며

出西方.[4]　　　서쪽에서 나왔네.

天降命,　　　하늘에서 명을 내려

授宣皇.[5]　　　선황제에게 주니,

應期運[6]　　　시운에 응하여

時龍驤.[7]　　　때 맞춰 용이 날아올랐네.

繼大舜[8]　　　순임금이

佐陶唐.[9]　　　요임금을 돕던 것을 계승하고,

讚武文,[10]　　　무제와 문제를 도우며

建帝綱.[11]　　　제왕의 법도를 세웠네.

孟氏叛,[12]　　　맹달이 반란을 일으켜

據南疆.[13]　　　남쪽 영토를 차지하고,

追有扈[14]　　　유호가

亂五常.[15]　　　오상을 어지럽혔던 것을 따랐네.

吳寇勁,[16]　　　오나라 도적이 힘세고

蜀虜强.[17]　　　촉나라 적이 강하니,

交誓盟,[18]　　　맹세를 나눠

連遐荒.[19]　　　외지고 척박한 곳까지 이어졌네.

宣赫怒,[20]　　　선황제가 크게 성을 내며

奮鷹揚.[21]　　　매가 날듯이 떨치고 일어나,

震乾威,[22]　　　하늘의 위엄을 일으키고

曜電光[23]　　　번개 같은 빛을 비췄네.

陵九天,[24]　　　하늘로 올라가

陷石城.[25]　　　석성을 함락시켰으며,

梟逆命,[26]　　　반란자를 효수하고

拯有生.[27]　　　백성들을 구했네.

萬國安,　　　온 나라가 안정되고

四海寧.　　　온 나라가 평안해졌도다.

주석

1) 靈(영) : 신령.

　祥(상) : 길조.

2) 章(장) : 드러내다.

3) 旌(정) : 드러내다.

　金德(금덕) : 진나라. ≪위서魏書・예지일禮志一≫에 "진나라가 위나라를 이어받자 토에서 금이 생겨 진을 금의 덕이라 하였다.(晉承魏, 土生金, 故晉爲金德)"라고 하였다.

4) 西方(서방) : 서쪽. 오행五行에서 금金의 방향이다.

5) 宣皇(선황) : 사마의司馬懿를 가리킨다.

6) 時運(시운) : 시기의 운수.

7) 龍驤(용양) : 용이 머리를 쳐들고 올라가다. 여기서는 사마의가 위세를 떨치며 중신으로 활약하는 모습을 비유한다.

8) 大舜(대순) : 순임금에 대한 존칭.

9) 陶唐(도당) : 요堯임금의 성씨.

10) 讚(찬) : 기리다. 찬양하다.

　武文(무문) : 무제武帝와 문제文帝. 위나라 조조曹操와 조비曹丕를 가리키다.

11) 帝綱(제강) : 제왕의 법도.

12) 孟氏(맹씨) : 맹달孟達.

13) 據(거) : 차지하다.

　南疆(남강) : 남쪽 영토.

14) 追有扈(추유호) : 유호씨有扈氏를 따르다. 우왕禹王의 아들 계啓가 즉위하였는데 제후 유호씨가 쳐들어와서 정벌하였다. 여기서는 맹달의 반란을 비유한다.

15) 亂五常(난오상) : 오상을 어지럽히다. 오상은 인의예지신仁義禮智信을 가리킨다. ≪사기史記・하본기夏本紀≫에 "유호씨가 위세를 떨치며 오행을 업신여기고 삼정을 게을리하며 버려두었다.(有扈氏威侮五行, 怠棄三正)"고 하였다.

16) 吳寇(오구) : 오나라 도적.

17) 蜀虜(촉로) : 촉나라 적.

18) 誓盟(서맹) : 맹세.

19) 遐荒(하황) : 외지고 척박한 땅.

　　이상 네 구는 ≪자치통감資治通鑑≫70권에 따르면 오와 촉이 각각 군대를 보내 맹달을 구하게 했으나 사마의가 이를 막았다고 되어 있다. 맹달이 오, 촉과 내통했음을 나타내는 듯하다.

20) 赫怒(혁노) : 크게 분노하다.

21) 鷹揚(응양) : 매가 날아오르다. 위엄 있고 씩씩한 모습을 나타낸다.

22) 震(진) : 두려워 떨다.

　　乾威(건위) : 하늘의 위엄. 군왕의 위엄을 가리킨다.

23) 電光(전광) : 번개 같은 빛. 여기서는 위엄을 비유한다.

24) 陵(릉) : 오르다.

　　九天(구천) : 하늘의 중앙과 팔방. 높은 하늘을 뜻하는 것으로 보았다.

25) 石城(석성) : 정확히 어느 곳을 가리키는지 알 수 없다. 당시 맹달이 신성태수新城太守로 있었고 사마의가 이곳을 공격하였으므로 신성을 가리키는 듯하다.

26) 梟(효) : 효수梟首. 목을 베어 저자거리에 걸어두는 것이다.

　　逆命(역명) : 명을 거역하다. 반란.

27) 拯(증) : 구하다.

　　生(생) : 생민生民. 백성들.

해설

　　이 시는 사마의司馬懿가 위나라 신하로 황제를 충실히 보필하였는데 태화太和 2년(228)에 맹달孟達이 반란을 일으키자 신성新城을 토벌하고 그를 참수했던 공적을 칭송한 것이다. 제1~4구는 상서로운 기운을 보이며 서진의 시대가 점차 다가올 것을 말하였고 제5~8구는 사마의가 하늘의 명을 받아 활약하게 되었음을 나타내었고, 제9~12구는 황제를 보좌하며 나라의 기강을 세웠던 업적을 말하였고, 제13~16구는 맹달의 반란을 나타내었고, 제17~20구는 오와 촉이 모두 맹달을 지원했음을 나타내었고 제21~24구 사마의가 이에 대해 크게 분노하였음을, 제25~30구는 신황제가 맹달을 참수했음을, 그리고 마지막 두 구에서는 이로 인해 온

나라가 안정되고 평화로워졌음을 나타내었다.

5-2 선수명 宣受命

옛날의 <사비옹행>이다. ≪고금악록≫에서 말하기를 "<선수명>은 선황제가 제갈량을 막아내고 위엄과 장중함을 길러 뛰어난 군대를 부리니 제갈량이 두려워하다 죽었음을 말하였다."라고 하였다.

古<思悲翁行>. ≪古今樂錄≫曰, <宣受命>, 言宣皇帝禦諸葛亮,[1] 養威重,[2] 運神兵,[3] 亮震怖而死.[4]

주석

1) 宣皇帝(선황제) : 사마의司馬懿. 손자 사마염司馬炎이 태시泰始 원년(265)에 서진西晉을 세운 후 선제宣帝로 추존하였다.

   禦諸葛亮(어제갈량) : 제갈량을 막다. 제갈량은 227~234년까지 다섯 차례에 걸쳐 북벌을 시도하였다. 사마의는 첫 번째를 제외하고 모두 전쟁에 참여하여 제갈량과 맞서 싸웠다. 마지막에는 별다른 공격 없이 방어전략을 펼치며 대치하였는데 그러던 중에 제갈량의 병이 악화되어 세상을 떠나게 되었다.

2) 威重(위중) : 장중하다.

3) 神兵(신병) : 뛰어난 군대. 왕의 뛰어난 군대를 가리킨다.

4) 震怖而死(진포이사) : 두려워하다 죽다. 제갈량이 여러 번 선공을 해왔으나 사마의가 전략상 지구전을 펼치며 적극 대응하지 않았다. 결국 제갈량은 별다른 성과를 내지 못하고 청룡靑龍 2년(234) 8월에 병으로 세상을 떠났으며 촉나라 군대도 후퇴하였다.

宣受命,[1]　　　선황제가 천명을 받아

應天機.[2]　　　하늘의 때에 응하니,

風雲時動,　　　풍운이 때맞춰 움직이고

神龍飛.	신령한 용이 날아갔네.
禦諸葛,	제갈량을 막아 내고
鎭雍梁.3)	옹주와 양주를 지키니,
邊境安,	변방이 안정되고
夷夏康.4)	오랑캐와 중원 땅이 평안하였네.
務節事,5)	일을 절도 있게 하도록 애쓰고
勤定傾.6)	위기를 안정시키는데 힘쓰며,
攬英雄,7)	영특하고 용감한 이를 취하여
保持盈.8)	흥성함이 유지되게 지켰네.
淵穆穆,9)	깊이 공손하고
赫明明.	성대히 밝히시어,
沖而泰,10)	조화롭고 태평하니
天之經.11)	하늘의 법도였다네.
養威重,	위엄과 장중함을 길러
運神兵.	뛰어난 병사를 부려서,
亮乃震斃,12)	제갈량이 이에 두려워하다 죽으니
天下寧.13)	천하가 평안해졌다네.

주석

1) 宣(선) : 선황제. 사마의司馬懿.

2) 天機(천기) : 하늘이 정한 때.

3) 鎭(진) : 지키다.

   雍梁(옹량) : 옹주雍州와 양주梁州. 사마의가 이 두 지역을 관할하였다.

4) 夷夏(이하) : 이적夷狄과 화하華夏. 오랑캐 땅과 중원 땅을 가리킨다.

5) 節事(절사) : 일을 절도에 맞게 하다.

6) 定傾(정경) : 위기에 빠진 상황을 안정시키다.

7) 攬(람) : 취하다.

8) 持盈(지영) : 흥성함을 유지시키다. ≪국어國語‧월어하越語下≫에서, "무릇 나라의 일이란 흥성함을 유지하고, 기울어진 형세를 안정시키고 정사를 절도 있게 해야 한다.(夫国家之事, 有持盈, 有定倾, 有节事)"고 하였다.

9) 淵(연) : 깊다.
   穆穆(목목) : 정중히 공경하는 모양.

10) 沖而泰(충이태) : 조화롭고 태평하다.

11) 天之經(천지경) : 하늘의 법도.

12) 震(진) : 두려워하다.
   斃(폐) : 죽다. '사死'로 된 판본도 있다.

13) 寧(령) : 평안하다. ≪진서晉書≫에는 '안녕安寧'으로 되어 있다.

해설

이 시는 선황제 사마의가 북벌에 나섰던 촉나라 승상 제갈량의 공격을 막아내고 대처했던 전략을 칭송하였다. 결국 제갈량은 별다른 전과를 올리지 못한 채로 병사하고 말았는데 이를 계기로 사마의는 공적을 인정받아 태위太尉에 오르게 되었다. 제1~4구는 선황제가 천명을 받게 되었음을, 제5~8구는 제갈량의 공격을 막아내고 옹주와 양주 땅을 다스려 안정시켰음을, 제9~12구는 정무에 뛰어나고 인재 등용에 힘썼음을, 제13~16구는 하늘의 법도를 따라 충실히 이행했음을, 제17~20구는 위엄과 장중함으로 군대를 부려 대응하니 결국 제갈량이 죽고 세상이 태평해졌음을 나타내었다.

5-3 정요동 征遼東

옛날의 <예이장행>이다. ≪고금악록≫에서 말하기를, "<정요동>은 선황제가 대해의 바깥 땅으로 가서 공손연을 토벌하고 효수했음을 말하였다."라고 하였다.
古<艾而張行>. ≪古今樂錄≫曰, <征遼東>, 言宣皇帝陵大海之表,[1] 討滅公孫淵而梟其首也.[2]

주석

1) 宣皇帝(선황제) : 사마의司馬懿.

陵(능) : 넘어가다.

大海之表(대해지표) : 대해의 바깥 땅. 여기서는 요동遼東 땅을 가리킨다.

2) 討滅(토멸) : 토벌하여 전멸시키다.

公孫淵(공손연) : 자는 문의文懿. 요동 연燕나라의 마지막 왕. 경초景初 2년(238)에 공손연이
반란을 일으키자 사마의가 이를 정벌하고 요동 지역을 위나라에 병합하였다

梟(효) : '효수梟首'. 머리를 잘라 높이 내걸고 사람들에게 보여주다.

征遼東,	요동을 정벌하니
敵失據,	적들은 근거지를 잃었고,
威靈邁日域,[1]	위세의 신령함이 동쪽까지 멀리 이르자
公孫既授首,[2]	공손연은 이미 머리를 내주었네.
群逆破膽,[3]	뭇 반역자들은 담이 쪼개지는 듯
咸震怖.[4]	모두 두려워 떨었으니,
朔北響應,[5]	북쪽 땅이 따르고
海表景附.[6]	바다 밖 땅에서도 가까이하였네.
武功赫赫,	무공이 성대하여
德雲布.[7]	은덕이 두루 미쳤다네.

주석

1) 威靈(위령) : 위세의 신령함.

邁(매) : 멀리 가다.

日域(일역) : 해뜨는 곳. 여기서는 요동 땅이 있는 동쪽을 가리킨다.

2) 公孫(공손) : '연淵'으로 된 판본도 있다.

授首(수수) : 머리를 내주다.

3) 破膽(파담) : 담이 쪼개지다. 대단히 놀랐음을 나타낸다.

298

4) 咸(함) : 모두.

   震怖(진포) : 두려워 떨다.

5) 朔北(삭북) : 북쪽. 대체로 장성長城 이북을 가리킨다.

   響應(향응) : 따르다.

6) 海表(해표) : 바다 바깥 땅. 또는 중원에서 멀리 떨어진 곳을 말한다. 여기서는 사마의가
   공손연을 정벌한 요동을 가리키는 듯하다.

   景附(경부) : 가까이 하며 친하게 지내다.

7) 雲布(운포) : 두루 미치다.

   이 시는 사마의가 경초景初 2년(238)에 동쪽의 공손연公孫淵을 대파한 무공을 찬미한 것이다.
제1~4구는 요동을 정벌하고 공손연을 참수한 것이고, 제5~8구는 반란자들이 선황제의 위엄
에 압도되어 복종하여 따랐음을 말하였고 마지막 두 구는 선황제의 전공이 대단하여 그
은덕이 두루 미쳤음을 나타내었다.

5-4 선보정 宣輔政

옛날의 <상지회행>이다. ≪고금악록≫에서 말하기를, "선황제의 성스런 도가 깊어 어지
러움을 평정하여 올바름으로 되돌렸으며 문무의 인재를 끌어 모아 천하의 질서를 안정시켰
음을 말하였다."라고 하였다.

古<上之回行>. ≪古今樂錄≫曰, 言宣皇帝聖道深遠,¹⁾ 撥亂反正,²⁾ 網羅文武之才,³⁾
以定二儀之序也.⁴⁾

1) 宣皇帝(선황제) : 사마의司馬懿.

2) 撥亂(발란) : 어지러움을 평정하다.

反正(반정) : 올바름으로 되돌리다.

3) 網羅(망라) : 끌어 모으다.

4) 二儀(이의) : 천지天地. 또는 일월日月.

序(서) : 질서.

宣皇輔政,[1]	선황제가 국정을 보좌하니
聖烈深.[2]	성스러움이 대단히 깊었고,
撥亂反正,	어지러움을 평정하여 올바름으로 되돌리니
從天心.	하늘의 마음을 따른 것이네.
網羅文武才,	문무의 인재를 끌어 모으고
愼厥所生[3]	그 자제를 조심히 대하였는데,
所生賢,	자제가 뛰어나서
遺敎施.[4]	남기신 가르침을 펼쳤네.
安上治民,[5]	윗사람을 편안하게 하고 백성을 다스려
化風移.[6]	교화시켜 풍속이 변화되었고,
肇創帝基,[7]	제왕의 기틀을 새로 열어
洪業垂.[8]	대업이 펼쳐졌다네.
於鑠明明,[9]	아! 아름답게 밝으시어
時赫戲.[10]	때맞춰 환하시니,
功濟萬世,	공적이 많은 세대를 구제하며
定二儀.	세상을 안정시킬 것이고,
雲澤雨施,[11]	은덕이 널리 퍼져
海外風馳.[12]	바다 밖까지 빠르게 전해지리라.

주석

1) 輔政(보정) : 국정을 보좌하여 다스리다.

2) 烈(렬) : 심히. 대단히.

3) 愼(신) : 신중히 대하다. ≪진서晉書·제기帝紀·고조선제高祖宣帝≫에 따르면 제왕齊王이 즉위 후 사마의의 아들들에게 관직을 내렸으나 사마의가 사양하고 받지 않았다고 되어 있다. 또한 명제 사후 사마의는 조상曹爽과 국정을 보좌하였는데 그의 견제 때문에 자신을 비롯해 자식들도 조심시켰던 것으로 보인다.

   所生(소생) : 자제. 여기서는 사마의의 아들인 사마사司馬師, 사마소司馬昭를 가리키는 듯하다.

4) 遺敎(유교) : 남긴 가르침. 여기서는 명제明帝 조예曹叡의 가르침을 나타낸다.

5) 安上(안상) : 윗 사람을 편안하게 하다. 여기서 제왕齊王 조방曹芳을 나타낸다.

6) 移(이) : 변하다.

7) 肇創(조창) : 처음 열다.

8) 洪業(홍업) : 대업. 제왕의 공업을 가리킨다.

   垂(수) : 펼치다.

9) 於(오) : 감탄사.

   鑠(삭) : 아름답다.

10) 赫戲(혁희) : 밝고 환한 모양.

11) 雲澤(운택) : ≪진서晉書≫에서는 '택'이 '행行'으로 되어 널리 퍼지다는 의미를 갖는데 이를 맞게 보는 견해도 있다.

    雨施(우시) : 널리 고르게 퍼지다.

12) 風馳(풍치) : 바람이 쏜살같이 불다. 여기서는 은덕이 빠르게 전파되었음을 뜻한다.

해설

이 시는 사마의司馬懿가 경초景初 3년(239)에 제왕齊王 조방曹芳이 즉위한 후 황제를 보필하여 국정에 참여한 공적을 기린 것이다. 제1~4구는 선황제가 천심天心을 따라 황제를 보좌했음을 말하였고 제5~8구는 인재 등용에 힘쓰고 자식의 처신에 신중을 기했음을, 제9~12구는 황제와 백성을 살피며 나라를 잘 다스려 황제의 기반을 굳건히 다졌음을, 제13~18구는 선황제의 공업으로 오랜 세월 동안 안정되고 그 은덕이 널리 전해지길 바랐다.

5-5 시운다난 時運多難

옛날의 <옹리행>이다. ≪고금악록≫에서 말하기를, "<시운다난>은 선황제가 오나라를
토벌하였는데 정벌은 있어도 전쟁은 없었음을 말하였다."라고 하였다.
古<擁離行>. ≪古今樂錄≫曰, <時運多難>, 言宣皇帝致討吳方,[1] 有征無戰也.[2]

주석

1) 宣皇帝(선황제) : 사마의司馬懿.
   吳方(오방) : 오나라.

2) 有征無戰(유정무전) : 정벌은 있어도 전쟁은 없다. 싸우지 않고 승리했다는 뜻이다. ≪자치통
   감資治通鑑≫권74에 따르면 정시正始 2년(241) 5월에 오나라의 주연朱然 등이 형주 땅 번성樊
   城을 포위하여 사마의가 토벌에 나서자 오나라 군대가 이를 듣고 밤중에 도주하였다고
   하였다.

時運多難,	때의 운기가 많이 어려워
道敎痛.[1]	도덕 교화가 쇠해지고,
天地變化,	천지가 변하여
有盈虛.[2]	성쇠가 있었네.
蠢爾吳蠻,[3]	꿈틀거리며 오나라 오랑캐가
虎視江湖.[4]	세상을 호시탐탐 노리니,
我皇赫斯,[5]	우리 황제가 발끈하여
致天誅.[6]	제왕의 정벌에 나섰네.
有征無戰,	정벌은 있어도 전쟁은 없이
弭其圖.[7]	그 도모함을 멈추게 하니,
天威橫被,[8]	제왕의 위세가 두루 뒤덮어
廓東隅.[9]	동쪽 구석까지 확대되었네.

1) 痡(부) : 쇠하다.

2) 盈虛(영허) : 번영과 쇠퇴.

3) 蠢爾(준이) : 벌레가 꿈틀거리는 모양. 불순한 세력이 일을 벌이려고 애쓰는 것을 비유한다.

4) 我皇(아황) : 선황제 사마의司馬懿.

　　虎視(호시) : 범처럼 쏘아보다. 호시탐탐 기회를 노린다는 뜻이다.

5) 赫斯(혁사) : 황제가 화내는 모양.

6) 天誅(천주) : 황제의 정벌.

7) 其圖(기도) : 오나라의 침략 도모를 가리킨다.

　　弭(미) : 멈추다.

8) 天威(천위) : 황제의 위세.

　　橫被(횡피) : 두루 뒤덮다. 두루 퍼지다.

9) 廓(확) : 확대되다.

　　東隅(동우) : 동쪽 모퉁이. 여기서는 오나라를 가리킨다.

해설

　이 시는 정시正始 2년(241)에 오나라가 번성樊城을 포위하고 도발하자 선제宣帝 사마의司馬懿가 대항하여 전쟁 없이 물리친 것을 칭송하였다. 제1~4구는 시운과 도덕적 교화의 쇠락으로 성쇠의 변화가 일어나게 되었음을, 제5~8구는 오나라가 호시탐탐 노리니 사마의가 정벌에 나섰음을, 제9~12구는 큰 싸움 없이 정벌에 성공하여 그 위세가 크게 높아졌음을 나타내었다.

5-6 경룡비 景龍飛

옛날의 <전성남행>이다. ≪고금악록≫에서 말하기를, "<경룡비>는 경제가 위엄 있는 교화를 능히 밝힐 수 있어서 따르는 이에게는 상을 주고 거역한 이는 멸하자 복이 융성하고 끝이 없어 이 대업을 숭상하게 되었음을 말하였다."라고 하였다.

古<戰城南行>. ≪古今樂錄≫曰, <景龍飛>, 言景帝克明威敎,[1] 賞從夷逆[2] 祚隆無疆,[3] 崇此洪基也.[4]

주석

1) 景帝(경제) : 사마사司馬師. 자는 자원子元이고 시호는 경황제景皇帝이다. 사마의司馬懿의 장자로 그 역시 위나라 대신으로 활약하였다. 가평嘉平 원년(249)에 부친과 함께 제왕齊王 조방曹芳이 고평릉高平陵으로 행차한 틈을 타서 낙양으로 진군하여 위나라의 실권을 장악하였다. 가평 3년(251)에 사마의가 세상을 떠난 후 그 정권을 이어받아 서진西晉의 기틀을 세웠다.

克明(극명) : 능히 밝히다. ≪서書·요전堯典≫에 "큰 덕을 능히 밝힐 수 있어서 이로써 구족과 가까이 지내셨다.(克明俊德, 以親九族)"라고 하였다.

威敎(위교) : 위엄 있는 교화.

2) 賞從(상종) : 따르는 이에게 상을 주다.

夷逆(이역) : 거역한 이를 멸하다.

3) 祚隆(조융) : 복이 융성하다.

無疆(무강) : 끝이 없다.

4) 此洪基(차홍기) : 이 대업大業. 여기서는 경제景帝가 이룬 건국의 기틀을 나타낸다.

景龍飛,[1]	큰 용이 날아올라
御天威.[2]	하늘의 위세를 부리는데,
聰鑒玄察,[3]	감식에 밝고 살핌에 심오하니
動與神明協機.[4]	행동이 천지신명과 때에 부합하였네.
從之者顯,	추종하는 이는 드러내고
逆之者滅夷.[5]	거역하는 이는 멸하여,
文敎敷,[6]	문교가 펼쳐지고
武功巍.[7]	무공이 드높아졌네.
普被四海,[8]	세상을 두루 뒤덮고
萬邦望風,[9]	천하가 풍모를 우러러보며,
莫不來綏.[10]	와서 편안해하지 않는 이가 없었네.
聖德潛斷,[11]	성스런 덕으로 암암리에 결단하고

先天弗違,[12]	하늘보다 앞서 해도 위배되지 않으며,
弗違祥,	상서로움을 거스르지 않으니
享世永長.[13]	시대를 누리는 것이 영원하리라.
猛以致寬,[14]	엄격함으로써 관대함에 이르니
道化光.	도덕의 교화가 빛나고,
赫明明,	성대히 밝아
祚隆無疆.	복이 융성하여 끝이 없으리라.
帝績惟期,[15]	제왕의 공업이 기약되었고
有命旣集,[16]	천명이 이미 내려졌으니,
崇此洪基.[17]	이 대업을 숭상하도다.

주석

1) 景龍(경용) : 큰 용. 여기서는 경제景帝 사마사司馬師를 가리킨다.

2) 御天(어천) : 천도天道를 다스리다.

3) 聰鑒(총감) : 감식에 뛰어나다.

　　玄察(현찰) : 관찰에 심오하다.

4) 神明(신명) : 신명한 정신.

　　協機(협기) : 때에 부합하다.

5) 滅夷(멸이) : 멸하다.

6) 敷(부) : 펼쳐지다.

7) 巍(외) : 드높다.

8) 普被(보피) : 두루 뒤덮다. 널리 퍼지다.

9) 望風(망풍) : 명성을 듣다.

10) 綏(수) : 편안해하다.

11) 聖德(성덕) : 성스러운 덕. 황제의 덕을 가리킨다.

　　潛斷(잠단) : 암암리에 결단하다. 멸했다는 뜻이다.

12) 先天(선천) : 하늘보다 앞서다. ≪역易·건乾≫에 "하늘보다 앞서 해도 하늘을 어기지 않으며,

305

하늘을 뒤따라도 하늘의 때를 받든다.(先天而天弗違, 後天而奉天時)"라고 하였다.

13) 享世(향세) : 시대를 누리다. 황제가 통치하는 것을 말한다.

14) 猛以致寬(맹이치관) : 엄격함으로 관대함에 이르게 하다. 정치를 함에 엄격함과 관대함이 서로 조화를 이루며 도와야한다는 뜻이다. '관맹상제寬猛相濟'로도 쓰인다.

15) 期(기) : 기약하다.

16) 有命(유명) : 천명天命. '有'는 조사이다.

集(집) : 내리다.

이 시는 경제景帝 사마사司馬師가 사마의司馬懿의 뒤를 이어 뛰어난 문무文武를 바탕으로 서진西晉의 건국 기틀을 세운 공업을 칭송하였다. 제1~4구는 경제의 능력이 때에 부합하였음을 말하고, 제5~8구는 상벌의 운용과 문무의 업적을 말하였고, 제9~11구는 경제의 업적이 세상에 두루 퍼져 따르는 이가 많았음을 말하였고, 제12~15구는 성덕聖德의 통치력을 말하였고, 제16~19구는 맹관猛寬의 조화를 통해 도덕의 교화를 이뤘음을 말하였고, 제20~22구는 건국의 기틀을 마련한 경제의 공업을 높이 칭송하는 것이다.

5-7 평옥형 平玉衡

옛날의 <무산고행>이다. ≪고금악록≫에서 말하기를 "<평옥형>은 경제가 모든 나라의 다른 풍속을 통일하고 세상의 어그러진 마음을 가지런히 하였으며 어진 이를 예우하고 선비를 길러 나라를 세우는 큰 사업을 계승한 것을 말한 것이다."라 하였다.

古 <巫山高行>. ≪古今樂錄≫曰, <平玉衡>, 言景帝一萬國之殊風[1] 齊四海之乖心,[2] 禮賢養士而纂洪業也.[3]

1) 景帝(경제) : 사마사司馬師(208~255)를 이른다. 위나라의 관료였고 서진의 추존 황제이다.

자는 자원子元이다. 동생 사마소가 진왕에 봉해지자 경왕으로 추존되었으며, 조카 사마염
즉위 후 황제로 추존되었다.

一(일) : 하나로 하다, 통일시키다.

2) 乖心(괴심) : 어그러진 마음.

3) 纂(찬) : 잇다.

洪業(홍업) : 나라를 세우는 큰 사업.

이 구는 사마의가 펼친 진나라 건국의 기틀을 이었다는 의미이다.

平玉衡,[1]	북두성의 위치를 제대로 바로잡고
糾姦回.[2]	간사함을 바로잡으셨도다.
萬國殊風,	여러 나라가 풍속이 다르고
四海乖.	세상이 어그러졌었는데,
禮賢養士,	어진 이를 예우하고 선비를 길렀으며
羈御英雄,	비범한 인물을 거느려
思心齊.[3]	근심거리가 해결되었네.
纂戎洪業,[4]	홍업을 잇고 크게 이루었으며
崇皇階.[5]	황위를 높이셨네.
品物咸亨,[6]	만물이 모두 형통하게 되었고
聖敬日躋.[7]	성덕이 있고 공경하는 행위가 날로 진전하였네.
聰鑒盡下情,[8]	백성들의 사정을 모두 잘 살펴
明明綜天機.[9]	하늘의 기미대로 밝히 다스리셨네.

주석

1) 玉衡(옥형) : 북두성. 이 구는 하늘의 운행이 순리대로 되도록 바로잡은 것을 이른다.

2) 姦回(간회) : 간악하고 사악하다.

3) 思心(사심) : 우려와 근심.

齊(제) : 해결되다.

4) 纂戎(찬융) : 잇고 크게 하다.

5) 皇階(황계) : 황위.

6) 品物(품물) : 만물.

　咸亨(함형) : 만사가 순조롭고 형통되다.

7) 聖敬日躋(성경일제) : 성덕과 공경의 행위가 날로 발전하다. ≪시경・상송商頌・장발长发≫에서 "탕임금께서 늦지 않게 태어나시어 성덕과 공경의 행위가 날로 진전하였도다.(湯降不迟, 聖敬日躋)"라 하였다. 여기서는 경제의 덕과 행동이 나날이 발전하였음을 이른 것이다.

8) 聰鑒(총감) : 잘 듣고 잘 살피다.

　下情(하정) : 아랫사람들의 사정.

9) 綜(종) : 다스리다.

　天機(천기) : 하늘의 기미. 하늘의 뜻.

해설

　이 시는 경제가 혼란한 세상을 바로잡기 위해 인재를 길러 나라를 세우는 기틀을 이룬 것을 찬양한 것이다. 제1~2구는 경제가 이룬 것을 요약한 것으로, 하늘의 순리대로 간사한 것을 바로잡았다 하였다. 제3~7구에서는 세상이 어지러워지자 유능한 인물을 길러내어 근심거리를 없앴으며, 제8~13구에서는 나라를 세우는 일을 잇게 되니 모든 것이 순조로웠고 현명함과 공손함으로 백성들을 잘 살펴 하늘의 이치에 순응하는 다스림을 폈다고 하였다.

5-8 문황통백규 文皇統百揆

옛날의 <상릉행>이다. ≪고금악록≫에서 말하기를, "<문황통백규>는 문황제가 여러 벼슬아치를 거느리기 시작하여 인재를 씀에 차례를 두어 태평의 교화를 펼쳤음을 말한 것이다."라 하였다.

古<上陵行>. ≪古今樂錄≫曰, <文皇統百揆>, 言文皇帝始統百揆,[1] 用人有序, 以敷太平之化也.[2]

주석

1) 文皇帝(문황제) : 진 문제 사마소司馬昭(211～265). 사마의司馬懿의 둘째 아들. 형인 사마사司馬
師가 죽은 뒤 정권을 장악했다. 이에 위협을 느낀 당시의 황제 조모曹髦는 사병 300명을
동원하여 그를 제거하려 했는데 사마소가 미리 눈치를 챘고 조모는 제거되었다. 그 후
조환曹奐을 황제로 옹립한 후 전권을 쥐게 되자 이를 토대로 자신을 진왕晉王에 봉하였다.

百揆(백규) : 백관百官. 모든 벼슬아치.

2) 敷(부) : 펼치다.

文皇統百揆,	문황제께서 여러 벼슬아치를 통솔하여
繼天理萬方.	하늘의 뜻을 이어 만방을 다스리셨네.
武將鎭四隅,[1]	무장은 사방을 지켰고
英佐盈朝堂.[2]	빼어난 신하는 조정에 가득하니,
謀言協秋蘭,[3]	올리는 계책은 가을 난초와 같아서
淸風發其芳.	맑은 바람에 향기가 풍기는 듯했네.
洪澤所漸潤,[4]	큰 은혜가 점차 적셔지자
礫石爲珪璋.[5]	자갈도 귀한 옥그릇이 되었네.
大道侔五帝,[6]	큰 도리는 오제와 같았고
盛德踰三王.[7]	훌륭한 덕은 삼왕을 뛰어넘었네.
咸光大,[8]	모두가 빛나고 커져서
上參天與地,[9]	주상께서 하늘과 땅을 헤아리시니
至化無內外.[10]	지극한 교화가 나라 안팎을 가리지 않고 미침에,
無內外,	안팎을 가리지 않으니
六合並康乂.[11]	천하가 모두 평안하였네.
並康乂,	모두 평안하니
遘玆嘉會.[12]	이 아름다운 때를 만났도다.
在昔羲與農,[13]	옛날에 복희씨와 신농씨가 있었는데

大晉德斯邁.[14]　　위대한 진나라의 덕이 이들을 넘어섰네.

鎮征及諸州,　　여러 고을을 진압하고 정벌하여

爲蕃衛.[15]　　그것을 번국으로 삼았네.

玄功濟四海,[16]　　임금의 공이 세상을 구제하였으니

洪烈流萬世.[17]　　위대한 공업이 만세에 전하리라.

주석

1) 鎮(진) : 지키다.

　　四隅(사우) : 사방.

2) 朝堂(조당) : 조정.

3) 謀言(모언) : 진언進言. 계책.

　　協(협) : 부합하다.

4) 洪澤(홍택) : 큰 은혜.

5) 礫石(역석) : 자갈. 여기서는 재야의 보잘 것 없는 인재를 비유한다.

　　珪璋(규장) : 옥으로 만든 귀한 그릇. 여기서는 조정의 귀한 인재를 비유한다.

　　이 구는 왕의 은혜로 재야의 인재가 발탁되어 조정에서 귀한 인재로 쓰인 것을 의미한다.

6) 侔(모) : 가지런하다. 따르다.

　　五帝(오제) : 전설상의 다섯 성군聖君. 소호少昊, 전욱顓頊, 제곡帝嚳, 요堯, 순舜을 이르는데, 소호 대신 황제黃帝를 꼽기도 한다.

7) 盛德(성덕) : 크고 훌륭한 덕.

　　踰(유) : 넘다.

　　三王(삼왕) : 고대의 뛰어난 임금, 곧 하夏 우왕禹王, 은殷 탕왕湯王, 주周 문왕文王 혹은 무왕武王.

8) 光大(광대) : 빛나고 크다.

9) 參(참) : 간여하다. 헤아리다.

10) 至化(지화) : 지극히 아름다운 교화.

11) 六合(육합) : 천하.

康乂(강예) : 평안하고 안정되다. 잘 다스려지다.

12) 遘(구) : 만나다.

13) 羲與農(희여농) : 복희伏羲와 신농神農. 고대 전설상의 제왕으로 복희는 팔괘를 처음으로 만들고, 그물을 발명하여 고기잡이의 방법을 가르쳤다고 한다. 신농은 농사법, 의료, 교역 등을 백성에게 가르쳤다고 한다.

14) 邁(매) : 넘어서다. ≪삼국지三国志·위서魏书·고당륭전高堂隆传≫에 "삼왕을 넘어서고 오제를 뛰어넘었다.(三王可迈, 五帝可越)"라고 하였다.

15) 藩衛(번위) : 울타리. 여기서는 제후국을 의미한다.

16) 玄功(현공) : 위대한 공훈. 임금의 공적.

17) 洪烈(홍렬) : 위대한 공업.

해설

이 시는 진 문제가 관리를 두고 주변을 정벌하여 나라를 평안하게 함으로써 백성을 구제한 공을 칭송한 것이다. 제1~2구에서는 문제가 문무백관을 이용해 만방을 다스렸다고 하여 문제의 치적을 요약하였다. 제3~10구에서는 무관과 문관이 각각 역할을 잘 수행한다고 하면서 이는 임금의 은혜로 발탁되어 귀히 쓰이게 된 것이라 하면서 그들 덕에 삼왕오제를 능가할 정도가 되었다 하였다. 제11~21구에서는 교화가 나라 안팎으로 골고루 미쳐 번성하며 평안하졌음을 말하였고 제22~23구에서는 주변을 정리해 번국으로 삼아 백성을 안심시키니 이 위대한 공업은 길이길이 전해질 것이라 찬양하였다.

5-9 인시운 因時運

옛날의 <장진주행>이다. ≪고금악록≫에서 말하기를 "<인시운>은 문황제가 때에 따라 적절히 대처하여 성스러운 방책을 몰래 시행하였으니 긴 구렁이가 얽힌 것을 풀고 흉포한 무리를 떼어놓아 무용으로 문덕을 구제하고 큰 계책을 살피어 그 덕을 힘써 닦으셨음을 말한 것이다."라 하였다.

古<將進酒行>. ≪古今樂錄≫曰, <因時運>, 言文皇帝因時運變,[1] 聖謀潛施,[2] 解長蛇之交,[3] 離群桀之黨,[4] 以武濟文, 審其大計, 以邁其德也.[5]

주석

1) 文皇帝(문황제) : 진 문제 사마소司馬昭를 이른다.

因時運變(인시운변) : 시대가 달라지는 것에 따라 적절하게 대처하다.

2) 聖謀(성모) : 성스러운 방책. 여기서는 사마소의 방책을 가리킨다.

3) 長蛇(장사) : 큰 구렁이. 나라를 혼란에 빠트린 세력을 비유한다.

4) 桀(걸) : 흉포한 이들.

5) 邁(매) : 힘쓰다.

因時運,	때에 따라 적절히 대처하여
聖策施.1)	성스러운 계책을 시행하시니,
長蛇交解,	긴 구렁이 얽힌 것이 풀렸고
群桀離.	여러 흉포한 것이 떼어지게 되었네.
勢窮奔吳,2)	기세가 꺾여 오나라로 도망감에
虎騎厲.3)	용맹한 기병이 빨리 달렸으니,
惟武進,	오직 무용을 앞세워
審大計.	큰 계책을 살피셨네.
時邁其德,4)	늘 덕을 힘써 닦으시니
清一世.5)	세상이 태평해졌네.

주석

1) 聖策(성책) : 성스러운 계책.

2) 勢窮(세궁) 구 : 제갈탄諸葛誕의 난을 가리킨다. 제갈탄은 감로甘露 2년(257) 사마소에 대항에 반란을 일으키면서 그의 아들 제갈정과 부하를 오나라로 보내 지원을 요청하였다. 제갈탄은 양주에서 성을 걸어 잠그고 반란을 일으켰고 오의 원군도 왔지만 사마소와 조모가 함께 출정해 진압하자 결국 궤멸되었다.

3) 虎騎(호기) : 용맹스러운 기병.

厲(려) : 사납다. 빠르다.

4) 時(시) : 시시때때로. 항상.
5) 淸世(청세) : 세상을 태평하게 하다.

　이시는 때가 바뀜에 따라 문제가 계책을 써 갈등상황을 해결하였고 이로 인해 세상이
태평하게 된 것을 칭송한 것이다. 제1~4구에서는 시운이 변하자 몰래 술책을 써서 반란을
해결하고 흉포한 무리를 해체하였다고 하였고 제5~8구에서는 반란을 진압하여 반란군이
오나라로 도망하자 그를 해결하였다고 하였다. 제9~10구에서는 이 결과 임금께서 덕을 힘써
닦았으며 세상이 평안해졌다고 치켜세웠다.

5-10 유용촉 惟庸蜀

옛날의 <유소사행>이다. ≪고금악록≫에서 말하기를 "<유용촉>은 문황제가 만승의
촉을 평정하고 여러 나라에 제후를 봉하였으며 다섯 등급의 작위를 회복한 것을 말한
것이다."라 하였다.
古<有所思行>. ≪古今樂錄≫曰, <惟庸蜀>, 言文皇帝旣平萬乘之蜀,[1] 封建萬國,
復五等之爵也.[2]

1) 萬乘之蜀(만승지촉) : 병거兵車 만 대의 촉. 만승萬乘은 천자를 가리킨다. 이 구는 경원景元
　4년(263)에 위나라의 권신이었던 사마소가 종회鐘會, 등애鄧艾, 제갈서諸葛緒를 지휘관으로
　삼아 천자를 자처했던 촉한을 멸망시킨 사건을 이른다. 전쟁 이후 사마소는 진왕에 봉해졌
　으며, 그의 아들 사마염이 후에 진 황제에 올랐다.
2) 五等之爵(오등지작) : 다섯 등급의 작위. 황제가 공신이나 귀족 등에게 내린 봉호로, 주나라
　때에 공후백자남公侯伯子男 다섯 작위가 있었다. 여기서는 각 제후의 등급을 바로잡은 것을
　이른다.

惟庸蜀,[1]	용촉은
僭號天一隅.[2]	하늘 한 모퉁이에서 칭제하여,
劉備逆帝命,[3]	유비가 황제의 명을 거스르고
禪亮承其餘.[4]	유선과 제갈량이 그 유지를 이어,
擁衆數十萬,[5]	병사 수십만을 모아
闚隙乘我虛.[6]	빈틈을 살펴 우리의 허점을 틈탔네.
驛騎進羽檄,[7]	역마를 탄 전령이 시급한 격문을 올리자
天下不遑居.[8]	천하가 한가히 거하지 못하게 되었으며,
姜維屢寇邊,[9]	강유가 누차 변경을 침범하니
隴上爲荒蕪.[10]	농 땅이 황무지가 되었네.
文皇愍斯民,[11]	문황제께서 이 백성들이
歷世受罪辜.[12]	세세토록 죄과를 받는 것을 불쌍히 여기서서,
外謨蕃屏臣,[13]	밖으로는 많은 번신들과 계획하고
內謀衆士夫.	안으로는 여러 사대부와 모의하였네.
爪牙應指授,[14]	무장은 지시에 응하였고
腹心獻良圖.[15]	심복은 좋은 계획을 바치니,
良圖協成文,[16]	좋은 계획은 문덕을 이룸에 적합해
大興百萬軍.	크게 백만 대군을 일으켰네.
雷鼓震地起,[17]	우레 같은 북소리는 땅을 흔들며 일어나고
猛勢陵浮雲.	사나운 기세는 뜬 구름을 넘으니,
逋虜畏天誅,[18]	도망친 포로들은 천벌을 두려워하며
面縛造壘門.[19]	뒤로 손이 묶인 채 군영의 문으로 향했네.
萬里同風敎[20]	만 리에 교화가 같아졌고
逆命稱妾臣.[21]	명을 어기던 이들은 첩신이라 불렀으며,
光建五等,	다섯 등급을 분명히 세우고
紀綱天人.[22]	천도와 인도의 질서를 바로 잡았네.

1) 惟(유) : 어조사. 문장 앞에 쓰이며 별 뜻이 없다.

  庸蜀(용촉) : 사천 땅을 두루 이르는 말. 본래는 고대 나라 이름인데 용은 사천의 동쪽 기주夔州를, 촉은 성도成都 일대였다.

2) 僭號(참호) : 자신의 신분과 주제를 넘어 부르다. 여기서는 칭제한 것을 이른다.

3) 帝命(제명) : 황제의 명. 여기서는 위나라 명제明帝의 명을 이른다.

4) 餘(여) : 남긴 것. 여기서는 유비의 유지遺志를 이른다.

5) 擁衆(옹중) : 많은 병사를 모으다.

6) 闚隙(규극) : 빈틈을 살피다.

7) 驛騎(역기) : 역참驛站에 비치해 둔 전령을 전하는 이가 탔던 말.

  羽檄(우격) : 시급한 격문. 시급하다는 뜻으로 새의 깃을 달았다 한다.

8) 遑居(황거) : 한가하게 거하다.

9) 姜維(강유) : 중국 삼국 시대 촉한蜀漢의 장수(202~264). 자는 백약伯約. 제갈량諸葛亮이 북벌할 때 그를 따라가 촉한의 장수가 되어 수차례 전공을 세웠다. 위나라 종회鐘會의 침공으로 유선劉禪이 항복하자 종회에게 귀순하였다. 종회와 손잡고 사마소司馬昭에 대항하여 반란을 일으켰으나 발각되어 실패하고 자살하였다.

  寇邊(구변) : 외적이 변경을 침범하다.

10) 隴上(농상) : 농 땅 주변. 지금의 섬서성 북쪽과 감숙성 등 서쪽 일대를 이른다.

  荒蕪(황무) : 매우 거칠다.

11) 愍(민) : 불쌍히 여기다.

12) 歷世(역세) : 여러 세대.

  罪辜(죄고) : 죄과罪過.

13) 謨(모) : 꾀하다, 계획하다.

  蕃(번) : 많다.

  屛臣(병신) : 변신.

14) 爪牙(조아) : 동물의 발톱과 날카로운 어금니. 임금의 용맹한 무장武將을 이른다.

  指授(지수) : 지시하여 가르쳐 주다.

15) 腹心(복심) : 배와 가슴. 심복과 같이 매우 가까운 이를 이른다.

16) 協(협) : 적합하다.

　　成文(성문) : 문덕을 이루다. 이 구는 시호에 걸맞은 공을 세운 것을 이른다. 또 달리, '성문成文'을 군문서를 작성하다로 볼 수도 있으니, 그때 이 구는 '좋은 계획에 군령을 조화롭게 하였네'로 해석될 수 있다.

17) 雷鼓(뇌고) : 우레와 같은 소리가 나는 북.

18) 逋(포) : 도망가다.

　　天誅(천주) : 천벌.

19) 面縛(면박) : 두 손을 등 뒤로 돌려 묶고 앞을 보게 하다.

　　壘門(누문) : 군영의 정문.

20) 風敎(풍교) : 교화.

21) 逆命(역명) : 임금의 명을 거스르다. 반역을 이른다.

　　妾臣(첩신) : 전쟁으로 잡힌 포로. 여기서는 통치자에게 순종하게 된 이를 이른다.

22) 紀綱(기강) : 규율과 질서를 잡다.

　　天人(천인) : 천도天道와 인도人道.

해설

　　이 시는 진 문제가 촉한을 진압하고 왕이 된 후 백성을 편히 하고 작위 등급을 확립하는 등 나라의 기강을 바로 잡은 것을 칭송한 것이다. 제1~6구는 촉한이 허점을 노려 쳐들어왔음을, 제7~10구는 전쟁을 하여 황폐해지게 되었음을 말하였다. 제11~14구에서는 문제가 백성을 위해 안팎의 사람들과 의논해 계책을 세웠다고 하였고, 제15~18구에서는 무장과 심복의 계획을 바탕으로 군사를 일으켰다고 하였다. 제19~22구에서는 맹렬한 기세로 싸워 승리를 하였고 제23~26구에서는 그 결과 반역자를 처리하고 관작을 정립하여 나라의 기강이 세워지게 되었다고 하였다.

5-11 천서　*天序*

옛날의 <방수행>이다. ≪고금악록≫에서 말하기를 "<천서>는 성황께서 천수에 응하여

선양을 받아 널리 구제하고 크게 교화하였으며 사람을 씀에 각각 그 재주를 다한 것을
말한 것이다.”라 하였다.

古<芳樹行>. ≪古今樂錄≫曰, <天序>, 言聖皇應曆受禪,[1] 弘濟大化[2] 用人各盡其才也

주석

1) 聖皇(성황) : 임금을 높여 부르는 말. 여기서는 진의 초대황제 무제 사마염司馬炎(265~290
재위)을 이른다. 그는 사마소司馬昭의 아들로 265년에 위나라 원제元帝로부터 선양을 받아
즉위하고 낙양에 도읍하였으며 280년에 오吳를 멸망시켜 천하를 통일했다.

應曆(응력) : 천수天數에 응하다. 하늘이 정해준 시기에 응하다.

受禪(수선) : 선양을 받다.

2) 弘濟(홍제) : 널리 구제하다.

大化(대화) : 널리 교화하다.

天序,	하늘의 질서와
曆應受禪,[1]	천수에 응해 선양을 받고
承靈祜.[2]	신령한 복을 이으셨네.
御群龍,[3]	여러 용을 거느리고
勒螭虎.[4]	이무기와 범에 재갈을 물려,
弘濟大化,	널리 구제하고 크게 교화하셨으며
英俊作輔.	뛰어난 인재를 보좌로 삼으셨네.
明明統萬機,[5]	똑똑한 지혜로 여러 정무를 통솔하고
赫赫鎭四方.[6]	혁혁한 업적으로 사방을 지키시니,
咎繇稷契之疇,[7]	구요, 직, 설의 무리가
協蘭芳.[8]	난초의 향기와 어울리네.
禮王臣,[9]	여러 왕과 신을 예우하고
覆兆民.[10]	백성들을 감싸주시며,

化之如天與地,[11] 그들을 교화시킴이 마치 천지 같으니

誰敢愛其身. 누가 감히 그 몸을 아끼겠는가.

주석

1) 曆應(역응) : ≪진서晉書≫에 '응력應曆'으로 되어 있다.

2) 靈祜(영호) : 신령한 복.

3) 御(어) : 거느리다.

群龍(군룡) : 여러 용. 여기서는 현명한 신하들을 비유한다.

4) 勒(륵) : 굴레를 씌우다. 여기서는 (신하를) 제어한다는 뜻이다.

螭虎(이호) : 이무기와 범. 여기서는 용맹한 신하를 비유한다.

5) 明明(명명) : 또렷하고 똑똑함. 여기서는 똑똑한 지혜를 이른다.

萬機(만기) : 임금이 보는 정무政務 또는 여러 가지 정사政事.

6) 赫赫(혁혁) : 업적이나 공로가 빛나는 모양. 여기서는 빛나는 공로로 보았다.

7) 咎繇(교요) : 성은 언偃이다. 고대 황제黃帝의 장남인 소호少昊의 후예로, 순임금 때에 형법刑法을 관장하던 이관理官이었다.

稷(직) : 순舜 임금의 신하로 농사를 맡은 사람. 이름은 기棄. 중국 주周 나라의 시조이다.

契(설) : 중국 고대 선설상의 제왕 고신씨高辛氏 제곡帝嚳의 아들. 우禹 임금을 도와 물을 다스려 공을 세우고, 상商나라에 봉해져서 상나라의 시조가 되었다.

疇(주) : 무리. 짝.

이 구는 뛰어난 신하를 이른다.

8) 蘭芳(난방) : 난초의 향기. 이 구는 현명한 신하들이 난초의 향기와 같이 아름답고 고상학 서로 화합하고 협조하는 것을 이른다.

9) 王臣(왕신) : 왕과 신하.

10) 覆(부) : 덮다.

兆民(조민) : 일반 백성.

11) 天與地(천여지) : 하늘과 땅. 이 구는 교화의 영향력이 크고 넓음을 이른 것이다.

이 시는 진 문제의 즉위와 통일, 통치의 과정을 들어 그의 성덕을 기리고 있다. 제1~3구에서는 문제의 즉위는 하늘의 질서에 따라 선양을 받은 것이고 신령한 복을 이었다고 칭송하였다. 제4~7구에서는 여러 인재를 통솔하여 백성을 구제하고 교화하였다고 하였고 제8~11구에서는 정무를 행하고 사방을 안정시켜 옛날의 뛰어난 인물처럼 덕이 뛰어나다 하였다. 제12~15구에서는 신하를 예우하고 백성을 감싸주는 은혜가 지극한고로 누구든 그에게 충성할 것이라 하였다.

5-12 대진승운기 大晉承運期

옛날의 <상야행>이다. ≪고금악록≫에서 말하기를 "<대진승운기>는 성황이 상서로운 징조에 응하여 황제에 즉위하고 교화가 신명을 본받게 됨을 말하였다."고 하였다.
古<上邪行>. ≪古今樂錄≫曰, <大晉承運期>, 言聖皇應籙受圖,¹⁾ 化象神明也.²⁾

주석

1) 聖皇(성황) : 진의 초대황제 무제 사마염司馬炎을 이른다.
   應籙(응록) : 부명符命에 순응하다. 하늘이 왕이 될 만한 사람에게 내리는 상서로운 징조에 응한다는 의미이다.
   受圖(수도) : 하도河圖를 받다. 하백河伯이 하도를 대우大禹에게 주었고 이를 근거로 치수에 성공하였다. 왕이 천명을 받아 즉위하는 것을 이른다.
2) 象(상) : 따르다. 본받다.
   神明(신명) : 천지신명.

大晉承運期,¹⁾	위대한 진나라가 운수의 때를 이어
德隆聖皇.	덕이 크신 성황이 되셨으니,
時清晏,²⁾	때는 평안하고 안정되어

白日垂光.³⁾	해가 빛을 드리웠네.
應籙圖,	상서로운 징조에 응하여
陟帝位,⁴⁾	제위에 오르셔서
繼天正玉衡.⁵⁾	하늘의 뜻을 이어 북두성을 바로잡았네.
化行象神明,	교화를 행함에 신명을 따르니
至哉道隆虞與唐⁶⁾	지극하도다, 도가 융성했던 요임금 순임금처럼
元首敷洪化,⁷⁾	임금께서 너른 교화를 펼치시니
百寮股肱並忠良.⁸⁾	모든 관리들이 헌신하고 충성스러우며 선량했네.
民大康,⁹⁾	백성들이 태평하니
隆隆赫赫,¹⁰⁾	융성하고 빛이 나며
福祚盈無疆.¹¹⁾	복이 가득하여 끝이 없으리라.

주석

1) 運期(운기) : 시운時運.
2) 淸晏(청안) : 평안하고 안정되다.
3) 垂光(수광) : 빛을 드리우다. 임금의 은혜가 고루 퍼지는 것을 의미한다.
4) 陟(척) : 오르다. 등극하다.
5) 繼天(계천) : 천제天帝의 뜻을 잇다.
   正玉衡(정옥형) : 북두성을 바로잡다. 하늘의 운행이 순리대로 되도록 바로잡은 것을 이른다.
6) 虞與唐(우여당) : 중국 고대 임금인 우순虞舜, 즉 순舜임금과 도당陶唐, 즉 요堯 임금.
7) 元首(원수) : 우두머리, 임금.
   敷(부) : 펴다.
   洪化(홍화) : 큰 교화.
8) 百寮(백료) : 백관百官.
   股肱(고굉) : 고굉지력股肱之力. 허벅지와 팔뚝의 힘. 자신이 가진 모든 역량. 여기서는 온 힘을 다해 헌신하는 것을 이른다.

320

9) 民大康(민태강) : ≪진서晉書≫에는 '시태강時太康'으로 되어 있다.

10) 隆隆(융륭) : 세력이 크고 융성한 모양.

　　赫赫(혁혁) : 업적이 빛나는 모양.

11) 福祚(복조) : 복.

　　無疆(무강) : 끝이 없다.

해설

　이 시는 진 무제가 하늘의 뜻에 따라 즉위하고 교화하여 천하가 평안해졌음을 찬양한 것이다. 제1~3구는 왕위에 오름에 모든 것이 순조롭고 평안하였음을 말하였다. 제4~6구는 천명을 따라 제위에 올라 천문을 바로 잡았다 하였고 제7~10구는 신명을 따라 교화를 행함에 관리들도 충성스러웠다 하였다. 제11~13구는 그 결과 백성들도 평안하고 온 나라에 복이 가득하다고 찬양하였다.

5-13 금령운 金靈運

옛날의 <군마황행>이다. ≪고금악록≫에서 말하기를 "<금령운>은 성황이 즉위하여 종묘에 공경함을 올려서 효행의 도가 천하에 행해짐을 말한 것이다."라 하였다.

古<君馬黃行>. ≪古今樂錄≫曰, <金靈運>, 言聖皇踐祚,1) 致敬宗廟, 而孝道行於天下也.

주석

1) 聖皇(성황) : 진의 초대황제 무제 사마염司馬炎을 이른다.

　　踐祚(천조) : 임금의 자리를 계승하다.

金靈運,1)	금덕이 움직여
天符發.2)	하늘의 명이 발하니,
聖徵見,	성스러운 징조가 나타나

參日月.[3]	해와 달과 나란하였네.
惟我皇,	우리 황제께서
體神聖.[4]	거룩함과 존엄함을 체득하셔서,
受魏禪,	위나라의 선양을 받으시어
應天命.	천명에 응하셨네.
皇之興,	황제께서 일어나심은
靈有徵.	신령에게 징조가 있었으니,
登大麓,[5]	천자의 자리에 오르시어
御萬乘.[6]	만승의 병거를 거느리셨네.
皇之輔,	황제를 보필하는 이는
若闞虎.[7]	범이 으르렁대며 노려보는 것 같아서,
爪牙奮,[8]	발톱과 이빨을 떨치면
莫之禦.	막을 자가 없네.
皇之佐,	황제를 보좌하는 이가
讚清化.[9]	청명한 교화를 도우니,
百事理,	만사가 잘 다스려지고
萬邦賀.	만방이 하례하네.
神祇應,[10]	천신과 지신이 응하고
嘉瑞章.	상서로움이 드러나며,
恭享禮,[11]	공손하게 예물을 드려
薦先皇.[12]	선황제께 올렸네.
樂時奏,	음악이 때맞춰 연주되니
磬管鏘.[13]	경쇠와 피리 소리가 쟁그랑거리고,
鼓淵淵,[14]	북이 둥둥 울리며
鍾喤喤.[15]	종이 왕왕 울리는 도다.

322

奠樽俎,¹⁶⁾   술단지와 산적그릇을 올리고

實玉觴.¹⁷⁾   옥 술잔을 채우자,

神歆饗,¹⁸⁾   신명이 흠향하니

咸悅康.   모두가 기쁘고 평안하네.

宴孫子,¹⁹⁾   자손들이 편안하게 되고

祐無疆.²⁰⁾   복이 끝이 없으며,

大孝烝烝,²¹⁾   큰 효가 지극하고

德教被萬方.   덕의 교화가 만방에 덮이네.

주석

1) 金靈(금령) : 오행 중 금덕金德. 진나라가 오행의 금金에 해당하는 것을 이른다.

2) 天符(천부) : 하늘이 임금에게 내리는 상서로운 명령.

3) 參(참) : 나란히 하다. 이 구는 징조가 해와 달처럼 밝고 분명한 것을 이른다.

4) 神聖(신성) : 거룩하고 존엄하다.

5) 大麓(대록) : 큰 숲. 선양을 받아 천자에 오른 것을 의미한다. ≪서경書經≫에 "순에게 삼가 오륜을 아름답게 하라 하시니, 오륜이 잘 따르게 되었다. 여러 가지 직무를 맡기시니, 모든 직무가 조리 있게 되었다. 사방의 문에서 제후들을 맞아들이게 하시니, 사방의 문에는 화기가 넘치게 되었다. 큰 숲으로 들어가게 하시니, 심한 바람과 뇌우에도 길을 잃지 않으셨다. 요임금이 말씀하셨다. "오시오 그대 순이여. 그대의 행적을 조사하고 그대의 말을 살펴보건대, 그대의 말은 공적을 이룰 수 있소. 3년이 되었으니, 그대는 임금의 자리에 오르시오." 순이 덕이 있는 사람에게 사양하시며, 계승하지 않으셨다.(愼徽五典, 五典克從, 納于百揆, 百揆時敍, 賓于四門, 四門穆穆, 納于大麓, 烈風雷雨弗迷. 帝曰, 格汝舜, 詢事考言, 乃言底可績, 三載, 汝陟帝位. 舜讓于德, 弗嗣)"라고 하였다.

6) 萬乘(만승) : 만 대의 병거兵車. 천자나 천자의 자리를 의미한다.

7) 闞虎(함호) : 호랑이처럼 으르렁대며 노려보다.

8) 爪牙(조아) : 동물의 발톱과 날카로운 어금니. 임금의 용맹한 무장武將을 이른다.

9) 讚(찬) : 돕다.

清化(청화) : 청명한 교화.

10) 神祇(신기) : 천신과 지신.

11) 享禮(향례) : 예물을 드리는 의식.

12) 薦(천) : 드리다. 올리다.

13) 磬管(경관) : 경쇠와 피리. 음악소리를 이른다.

　鏘(장) : 금속이나 돌이 부딪히는 소리.

14) 淵淵(연연) : 북이 울리는 소리.

15) 喤喤(황황) : 종과 북이 크고 어울리게 울리는 소리.

16) 奠(전) : 올리다. 바치다.

　樽俎(준조) : 제사에 술을 담는 술 단지와 고기를 담는 산적그릇을 아울러 이르는 말.

17) 實(실) : (그릇에) 채우다.

18) 歆饗(흠향) : 신명神明이 제물祭物을 받다.

19) 宴(연) : 편안하게 하다. 안정시키다.

　孫子(손자) : 자손 후대.

20) 祐(우) : 복.

　無疆(무강) : 끝이 없다.

21) 大孝(대효) : 지극한 효도. 임금이 행하는 효를 가리킨다.

　烝烝(증증) : (효성 따위가) 지극한 모양. 성한 모양.

해설

　이 시는 진 무제 사마염이 즉위하고 신하의 보위를 잘 받아 천하가 평안해졌음을 찬양한 것이다. 제1~4구에서는 시운과 징조가 나타나 새로운 왕조에 대한 하늘의 뜻이 있음을 말하였다. 제5~12구에서는 천명을 따라 선양을 받아 황제가 되었다고 하였고 제13~20구에서는 신하들이 황제를 잘 보필하여 교화를 잘 펼칠 수 있었으며 그 결과 만방이 평안해졌다고 하였다. 제21~28구에서는 상서로운 징조가 생기고 사신이 예물을 올리며 궁궐에서는 음악이 끊이지 않는다 하였고 제29~36구에서는 천지신명께 제사를 지내어 자손 모두가 평안하며 교화가 잘 미쳐 자손들이 효를 행하고 복을 받는다고 하였다.

5-14 오목아황 於穆我皇

옛날의 <치자행>이다. ≪고금악록≫에서 말하기를 "<오목아황>은 성황이 명을 받고 덕이 신명과 부합함을 말한 것이다."라 하였다.
古<雉子行>. ≪古今樂錄≫曰, <於穆我皇>, 言聖皇受命, 德合神明也.[1]

주석

1) 神明(신명) : 천지신명.

於穆我皇,[1]	아! 아름답도다, 우리 황제여
盛德聖且明.[2]	크고 훌륭한 덕이 성스럽고도 밝으시니,
受禪君世,	선양을 받아 세상에 왕 노릇하시어
光濟群生.[3]	백성을 널리 구제하셨네.
普天率土,[4]	온 천하에서
莫不來庭.[5]	조정에 들어오지 않는 이가 없었으니,
顒顒六合內,[6]	천하 사람들이 앙모하고
望風仰泰淸.[7]	멀리서 풍모를 바라보며 황제를 우러렀네.
萬國雍雍,[8]	만국이 화락하고
興頌聲.	칭송의 소리가 일어나며,
大化洽,[9]	큰 교화가 흠뻑 적셔져
地平而天成.[10]	땅이 잘 다스려지니 하늘의 뜻이 이루어진 것이네.
七政齊,[11]	일곱 개의 별이 가지런해지고
玉衡惟平.	북두칠성이 바로잡히니,
峨峨佐命,[12]	임금을 보좌함에 위엄있고
濟濟群英.[13]	뭇 인재들이 가득하네.
夙夜乾乾,[14]	밤낮으로 애써서

萬機是經. [15]	모든 정무가 잘 다스려졌네.
雖治典,	비록 질서가 잡히고 흥해도
匪荒寧. [16]	지나치게 빠져 안일하지 않았으며,
謙道光,	겸손한 도가 밝고
沖不盈. [17]	텅 비어 있어 한계가 없었네.
天地合德,	하늘과 땅은 황제의 덕에 부합하였고
日月同榮.	해와 달은 황제의 영화와 같이하여,
赫赫煌煌, [18]	휘황찬란하게 빛나
曜幽冥. [19]	깊고 어두운 곳까지 비추었네.
三光克從, [20]	해와 달과 별이 잘 따르게 되어
於顯天, [21]	높은 하늘에서도
垂景星. [22]	상서로운 별을 드리웠네.
龍鳳臻, [23]	용과 봉새가 모여들고
甘露宵零.	감로가 밤새 떨어졌네.
肅神祇, [24]	천신과 지기를 공경하고
祇上靈. [25]	신령을 높이 받들어,
萬物欣戴, [26]	만물이 기꺼이 그를 받들게 되니
自天效其成. [27]	절로 하늘이 그 뜻을 드러내었네.

주석

1) 於(오) : 아. 감탄사.
   穆(목) : 아름답다.
2) 盛德(성덕) : 크고 훌륭한 덕.
3) 光濟(광제) : 넓게 구제하다.
   群生(군생) : 백성.
4) 普天率土(보천솔토) : 온 천하.

326

5) 來庭(내정) : 임금을 뵙기 위해 조정에 들어오다.

6) 顒顒(옹옹-) : 앙모하는 모양.

　六合(육합) : 사방과 상하. 천하를 이른다.

7) 望風(망풍) : 멀리서 위세를 바라보다.

　泰淸(태청) : 하늘. 여기서는 황제를 비유한다.

8) 雍雍(옹옹-) : 화락한 모양.

9) 洽(흡) : 흠뻑 적시다. 여기서는 교화가 두루 펼쳐지는 것을 이른다.

10) 地平天成(지평천성) : 땅이 다스려짐에 하늘의 뜻이 이루어지다. ≪상서尙书·대우모大禹谟≫에 "땅위의 홍수를 잘 다스려 하늘의 뜻을 이루어내었으니, 육부와 삼사를 잘 다스려 만대에 이르도록 오래토록 의지할 수 있는 것은 그대의 공로이다.(地平天成, 六府三事允治, 萬世永賴, 時乃功)"고 하였다. 육부는 수水·화火·금金·목木·토土·곡穀이고 삼사는 정덕正德·이용利用·후생厚生을 이른다.

11) 七政(칠정) : 해와 달과 5개의 별. 그 절도 있는 운행이 정사政事와 비슷하다고 하여 칠정이라 한다.

12) 峨峨(아아) : 위엄 있고 엄숙한 모양.

　佐命(좌명) : 하늘의 명령을 돕는다. 임금을 보좌한다는 의미이다.

13) 濟濟(제제) : 많은 모양.

　群英(군영) : 여러 뛰어난 인재.

14) 夙夜(숙야) : 밤낮.

　乾乾(건건) : 쉬지 않고 애쓰는 모양.

15) 萬機(만기) : 임금이 보는 여러 정무政務. 천하의 정치.

　經(경) : 다스려지다.

16) 荒寧(황녕) : (주색 따위에) 빠져 안일하다.

17) 沖不盈(충불영) : 비어 있어서 한계가 없다. ≪도덕경道德經·4장≫에 "도는 텅 비어 있어서 그것을 활용함에 끝이 없다.(道沖而用之或不盈)"고 하였다.

18) 赫赫(혁혁) : 빛나는 모양.

　煌煌(황황) : 휘황하게 빛나는 모양.

19) 曜(요.) : 비추다.

327

幽冥(유명) : 깊고 어두운 곳. 여기서는 소외되고 외진 곳을 이른다.

20) 三光(삼광) : 해와 달과 별.

　　克從(극종) : 잘 따르다.

21) 顯天(현천) : 높은 하늘.

22) 景星(경성) : 상서로운 별. ≪사기史記·권27·천관서天官書≫에 “경성은 덕성으로, 그 모양은 일정치 않은데 나라에 도가 있으면 출현한다.(景星者, 德星也. 其狀無常, 出于有道之國)”라고 하였다.

23) 臻(진) : 이르다. 모이다.

24) 肅(숙) : 공경하다.

　　神祇(신기) : 천신天神과 지기地祇.

25) 祇(지) : 공경하다.

　　上靈(상령) : 신령神靈.

26) 欣戴(흔대) : 기꺼이 떠받들다.

27) 效(효) : 나타내다.

해설

이 시는 진 무제가 황제에 올라 하늘의 뜻대로 천하를 잘 다스린 것을 칭송한 것이다. 제1~4구에서는 덕이 훌륭한 성황이 선양을 받아 황제에 올라 백성을 구제하였다고 하였고 제5~8구에서는 천하 모든 이가 그를 좇고 앙모한다고 하였다. 제9~12구에서는 만국이 평화롭고 황제를 칭송한 것은 황제의 교화가 골고루 펼쳐져 하늘의 뜻대로 땅을 잘 다스렸기 때문이라 하였고, 제13~16구에서는 천문도 안정이 되고 임금을 보좌하는 여러 인재가 있다고 하였다. 제17~22구는 황제가 애써 나라를 잘 다스리되 겸손하였다고 하였고, 제23~26구에서는 황제의 덕이 빛나 어두운 데까지 미친다 하였다. 제27~31구에서는 해와 달, 별, 용과 봉새, 감로 등 하늘의 영험한 징조가 드러났다고 하였고, 제32~35구에서는 황제가 하늘의 뜻대로 잘 다스리자 천하가 그를 받들게 되었다고 하였다.

5-15 중춘진려 仲春振旅

옛 <성인출행>이다. ≪고금악록≫에서 말하기를, "<중춘진려>는 위대한 진나라가 주
문왕과 무왕의 교화를 펴서, 사냥의 군사훈련을 시기적절하게 하는 것을 말한 것이다."라고
하였다.

古<聖人出行>. ≪古今樂錄≫曰, <仲春振旅>,[1] 言大晉申文武之教[2] 畋獵以時也.[3]

주석

1) 振旅(진려) : 군사를 훈련하다.

2) 文武之教(문무지교) : 문덕 文德과 무공武功.

3) 畋獵(전렵) : 사냥하다. 사냥을 통해 군사를 훈련하다.

以時(이시) : 때에 맞춰 시행하다. 알맞은 시기에 시행하다.

≪일주서逸周書≫에 의하면, 주나라 문왕이 천명을 받은 지 9년째 되던 봄에 아들(훗날의
무왕)을 불러, "수렵은 오직 때에 맞게 하나니, 어린 양을 죽이지 않고, 새끼 밴 암컷을
죽이지 않으며, … 만물은 그들의 본성을 잃지 않고 천하는 그들의 때를 놓치지 않게 된다.
(畋猶唯時, 不殺童羊, 不夭胎, … 萬物不失其性, 天下不失其時)"라고 하였다.

仲春振旅,[1]	2월 봄에 군사를 훈련하여
大致民,[2]	크게 백성을 소집하니
武教於時日新.[3]	무의 교화가 이때 날로 새로워진다.
師執提,[4]	사수가 제를 잡고
工執鼓.	악공이 북을 잡아,
坐作從,[5]	앉고 서기를 그에 따르니
節有序.[6]	절도와 질서가 있도다.
盛矣允文允武.[7]	성하구나, 문덕과 무공이여.
蒐田表禡,[8]	봄 사냥에서 푯대 세워 제사하고
申法誓.[9]	법과 호령을 펴서,

遂圍禁,¹⁰⁾	포위와 금지 구역을 이루고
獻社祭.¹¹⁾	토지신 제사를 바친다.
允以時,¹²⁾	진실로 때에 맞춰
明國制.	나라의 제도를 밝히노라.
文武並用,	문무를 아울러 쓰니
禮之經.	예법의 기강이로다.
列車如戰,¹³⁾	전쟁하듯이 늘어선 수레
大教明,	큰 교화가 빛나니,
古今誰能去兵.¹⁴⁾	고금에 누가 군대를 없앨 수 있겠는가.
大晉繼天,	위대한 진나라가 천명을 이어받아
濟群生.¹⁵⁾	만백성을 구제하노라.

주석

1) 仲春(중춘) : 음력 2월.

　振旅(진려) : 부대를 정돈하고 군사를 훈련하다.

2) 致民(치민) : 백성을 소집하다. '치'는 모은다는 뜻이다.

3) 武教(무교) : 무의 교화. 군사 교육을 가리킨다.

4) 師(사) : 사수師帥. ≪주례周禮≫에 의하면 군사제도에서 중사中師의 통수統帥를 가리킨다.

　提(제) : 말 위에 설치된 북. 굽은 나무로 떠받쳐서 말갈기 위에 세워두므로 '제'라 한다. ≪주례周禮·하관夏官·대사마大司馬≫에서 "군장이 진고를 잡고 사수가 제를 잡으며, 여수가 비를 잡고 졸장이 징을 잡는다.(軍將執晉鼓, 師帥執提, 旅帥執鼙, 卒長執鐃)"라고 하였다.

5) 坐作(좌작) : 앉고 일어서다. 군사 훈련을 가리킨다.

6) 節(절) : 절도節度. 절제.

7) 允文允武(윤문윤무) : 문덕文德과 무공武功. '윤'은 어기 조사이다.

8) 蒐田(수전) : 사냥. 원래는 봄 사냥을 뜻한다.

　表禡(표마) : 푯대를 세우고 제사하다. 진지나 군영 앞에 나무 기둥의 표지를 세우고 신에게 제사 지내는 것이다.

9) 法誓(법서) : 법과 호령. '서'는 군영에서 장수와 군사에게 경계를 알리거나 약속하는 호령을 뜻한다.

10) 圍禁(위금) : 포위와 금지 구역. 사냥 구역을 정해놓은 것을 가리킨다.

11) 社祭(사제) : 토지신에게 제사하다.

12) 以時(이시) : 때에 맞춰 시행하다. 적절한 시기에 따라 시행하는 것이다.

13) 列車(열거) : 늘어선 수레.
　　 이 구는 수레를 타고 사냥하는데, 그 규모가 웅장함을 말한다.

14) 去兵(거병) : 군사제도를 없애다.

15) 群生(군생) : 만백성. 생민生民.

해설

　이 시는 진나라가 문무의 교화를 펴서 사냥의 군사훈련을 알맞은 시기, 즉 2월에 거행한 것을 말하였다. 제1~3구는 2월에 군사훈련을 거행하기 위해 백성을 소집하여 무교武敎를 새로 펴는 것을 말하였고, 제4~8구는 북소리에 맞춰 군사훈련을 진행하는 모습을 묘사하였다. 제9~14구는 사냥하기에 앞서 군영 앞과 토지신에게 제사 지내는 것을 말하였고, 제15~21구는 이처럼 문덕과 무공을 아울러 펴서 교화를 빛내니, 진나라는 천명을 이어받아 만백성을 구제할 만하다고 찬미하였다.

5-16 하묘전 夏苗田

옛 <임고대행>이다. ≪고금악록≫에서 말하기를, "<하묘전>은 위대한 진나라가 사냥을 제때 맞춰 행하는데, 여름 사냥을 하여 해로움을 없애는 것을 말한 것이다."라고 하였다.
古<臨高臺行>. ≪古今樂錄≫曰, 夏苗田, 言大晉畋狩順時,[1] 爲苗除害也.[2]

주석

1) 畋狩(전수) : 사냥하다.
　　 順時(순시) : 제때를 따르다.

331

2) 苗(묘) : 여름 사냥. 여름철에 행하는 사냥.

夏苗田,[1]	여름에 사냥하나니
運將徂.[2]	운행이 장차 시작될 때라.
軍國異容,[3]	군대와 나라가 모습이 달라지고
文武殊.[4]	문덕과 무공이 남다르다.
乃命群吏,	이에 뭇 관리에게 명하여
撰車徒,[5]	병거와 보졸을 선발하고,
辨其號名,	그 호칭과 이름을 구별하여
讚契書.[6]	계약서를 천명하였다.
王軍啓八門,[7]	왕의 군대가 여덟 개의 성문을 열고
行同上帝居.[8]	행진하니 상제가 계신 듯이,
時路建大麾,[9]	천자의 수레는 큰 깃발을 세웠고
雲旗翳紫虛.[10]	구름 깃발은 자줏빛 하늘을 가린다.
百官象其事,[11]	백관들은 자기 직무를 체현하여
疾則疾,	빨리할 일은 빠르게 하고
徐則徐.	천천히 할 일은 천천히 한다.
回衡旋軫,[12]	수레 앞을 돌리고 수레 뒤를 돌리느라
罷陳弊車.[13]	대열이 흩어지고 수레가 부서진다.
獻禽享祀,[14]	짐승 바쳐 제사하는데
烝烝配有虞.[15]	풍성하게 배향하여 즐거움이 있도다.
惟大晉,	아! 위대한 진나라여
德參兩儀,[16]	덕이 천지와 나란하여
化雲敷.	교화가 구름처럼 펼쳐지노라.

332

1) 苗田(묘전) : 여름 사냥.

2) 運(운) : 운행. 여름의 운행을 가리킨다.

　祖(조) : 시작하다.

　이 구는 6월에 더운 여름이 시작되는 것을 뜻한다. ≪시경·소아·사월四月≫에서 "사월에 여름 되고, 유월에 무더위가 시작되네.(四月維夏, 六月徂暑)"라고 하였다.

3) 軍國(군국) : 군대와 나라. 군대의 통솔과 나라의 통치를 가리킨다.

4) 文武(문무) : 문덕文德과 무공武功.

5) 撰(선) : 선발하다.

　車徒(거도) : 병거兵車와 보졸步卒.

6) 讚(찬) : 천명하다. 밝히다.

　契書(계서) : 계약서.

7) 八門(팔문) : 여덟 개의 성문.

8) 居(거) : 처하다. 있다.

9) 時路(시로) : 옥로玉路. 천자가 타는 수레를 가리킨다.

　大麾(대휘) : 큰 깃발. 큰 기치旗幟.

10) 雲旗(운기) : 구름 깃발. 원래는 곰과 호랑이가 그려진 큰 깃발인데, 구름에 닿을 정도로 높이 세우므로 운기라고 하였다.

　翳(예) : 가리다.

　紫虛(자허) : 하늘. 허공. 구름 노을에 해가 비치면 자줏빛을 내므로 '자허'라고 한다.

11) 象(상) : 체현하다.

　이 구는 관리들이 각기 자기 직무를 행하는 것을 의미한다.

12) 回衡(회형) : 수레를 돌리다. '형'은 수레 앞에 가로지른 막대를 가리킨다.

　旋軫(선진) : 수레를 돌리다. '진'은 수레 뒤턱의 나무를 가리킨다.

13) 罷陳(파진) : 대열을 흩어지게 하다.

　弊車(폐거) : 수레를 부서지게 하다.

14) 享祀(향사) : 제사하다.

15) 烝烝(증증) : 풍성한 모양.

　　有虞(유오) : 즐거움이 있다. '우'는 독음이 '오娛'와 같아서, 즐겁다는 뜻이다.
16) 參(참) : 나란하다. 나열하다.
　　兩儀(양의) : 천지天地.

해설

　　이 시는 진나라가 6월 성하盛夏에 여름 사냥을 거행하는 것을 말하였다. 제1~8구는 여름 사냥에 앞서 수레와 보졸을 선발하고 이들과 각기 계약하는 것을 서술하였고, 제9~12구는 사냥이 성대하게 시작되는 장면을 묘사하였다. 제13~17구는 백관들이 사냥을 위해 제각기 바쁜 모습을 묘사하였고, 제18~22구는 사냥한 짐승을 제물로 바치게 되어 기뻐하면서 진나라의 교화를 찬양하는 것으로 마무리하였다.

5-17 중추선전 仲秋獮田

옛 <원기행>이다. ≪고금악록≫에서 말하길, "<중추선전>은 위대한 진나라가 비록 문치文治의 덕이 있지만 무공武功의 일을 폐하지 않아서, 때에 따라 죽이고 치는 것을 말하였다."라고 하였다.
古 <遠期行>.¹⁾ ≪古今樂錄≫曰, <仲秋獮田>, 言大晉雖有文德,²⁾ 不廢武事, 順時以殺伐也.³⁾

주석

1) 遠期行(원기행) : 한나라 <요가鐃歌> 18곡 중 제17곡 <원여기遠如期>를 가리킨다.
2) 文德(문덕) : 예악禮樂과 교화. 무공武功에 상응하는 말이다.
3) 順時(순시) : 마땅한 때를 따른다. 시기적절하게 하다.

仲秋獮田,¹⁾	음력 8월 가을에 사냥하나니
金德常剛,²⁾	금의 덕이 항상 굳셀 때로다.

涼風淸且厲,　　　서늘한 바람은 맑고도 거세고
凝露結爲霜.　　　엉긴 이슬은 서리로 맺힌다.
白藏司辰,[3]　　　가을 기운이 새벽을 주관할 때
蒼隼時鷹揚.[4]　　　푸른 새매가 때마침 맹위를 떨치는데,
鷹揚猶尙父,[5]　　　맹위 떨치는 모습은 주나라 태공망 같아서
順天以殺伐,　　　하늘의 법도에 따라 죽이고 치는데
春秋時斂.[6]　　　봄가을로 이어받아 따른다.
雷霆震威曜,[7]　　　우레처럼 빛나는 위엄을 떨치고
進退由鉦鼓.[8]　　　나아감과 물러남이 징과 북을 따른다.
致禽祀祊,[9]　　　짐승을 바쳐 연이어 제사 올리고
羽毛之用充軍府.[10]　　　짐승들은 군대 창고 채우는 데 쓴다.
赫赫大晉德,[11]　　　위대한 진나라의 덕이 혁혁하니
芬烈陵三五.[12]　　　공적이 삼황오제를 능가한다.
敷化以文,[13]　　　문덕文德으로 교화를 펼치어
雖治不廢武,[14]　　　비록 잘 다스려져도 무공을 폐하지 않으사,
光宅四海,[15]　　　사해를 널리 차지하고
永享天之祜.[16]　　　길이 천복을 누리노라.

주석

1) 仲秋(중추) : 음력 8월.
　　獼田(선전) : 가을 사냥.

2) 金德(금덕) : 금의 덕. 가을은 오행에서 금金에 해당한다.
　　常剛(상강) : 항상 굳세다. '강'은 ≪진서晉書≫에 '강綱'으로 되어있는데, 변함없는 법도라는
　　뜻이다.

3) 白藏(백장) : 가을 기운. '백'은 오행五行에서 가을을 나타내는 색상이고, '장'은 만물이 생명의
　　기운을 거둬들이는 가을의 본색을 나타낸다.

　　司(사) : 관장하다. 담당하다.

　　辰(진) : 다섯 번째 지지地支. 열두 시진時辰의 하나로서 오전 7시에서 9시 사이를 가리킨다.

4) 蒼隼(창준) : 푸른 새매.

　　鷹揚(응양) : 맹위를 떨치다. 위엄을 떨치다.

5) 尙父(상보) : 태공망太公望. 여망呂望을 가리킨다. 주 문왕을 도와 패업을 이루고, 주 무왕의 군사軍師가 되어 상나라를 치고 주나라 건국을 이룩하게 하였다.

6) 時敘(시서) : 이어받아 따르다. '시'는 '승承'과 통한다.

7) 雷霆(뇌정) : 우레.

　　威曜(위요) : 빛나는 위엄.

8) 鉦鼓(정고) : 징과 북. 군대에서 진퇴나 동정動靜을 지휘하는 데 사용한 악기들이다.

9) 祀祊(사팽) : 연이어 제사하다. '사'는 정제正祭이고, '팽'은 정제 다음 날 이어서 바치는 제사이다.

10) 羽毛(우모) : 새의 깃털과 짐승 털. 날짐승과 들짐승 등 짐승을 두루 가리킨다.

11) 赫赫(혁혁) : 혁혁하다. 밝게 드러난 모습을 가리킨다.

12) 芬烈(분렬) : 향기가 짙고 성하다. 공업이 성대한 것을 비유한다.

　　陵(릉) : 능가하다.

　　三五(삼오) : 삼황오제三皇五帝.

13) 敷化(부화) : 교화를 펴다.

　　以文(이문) : 문덕으로써 하다. 문덕은 예악과 제도를 가리킨다.

14) 治(치) : 잘 다스리다.

15) 光宅(광택) : 널리 소유하다.

16) 天之祜(천지호) : 천복. 하늘이 내려주신 복.

해설

　　이 시는 진나라가 잘 다스려지는 가운데 가을 사냥을 통해 시기적절하게 무공武功 또한 과시하는 것을 읊었다. 제1~4구는 음력 8월에 가을 사냥하게 되었음을 썼고, 제5~9구는 가을 사냥이 주나라 태공망처럼 용맹하게 거행됨을 말하였다. 제10~13구는 위엄 있게 징과 북의 소리에 따라 진퇴를 하고, 사냥한 수확물을 제물로 바치거나 군대 창고에 채워두는 것을 말하였다. 제14~19구는 진나라가 문덕의 교화를 펴면서도 가을 사냥을 통해 무공을 드날리어 길이 천복을 누린다고 찬미하였다.

5-18 순천도 順天道

옛 <석류행>이다. ≪고금악록≫에서 말하기를, "<순천도>는 겨울 11월에 군대를 대규모로 검열하면서 무공을 쓰고 문덕을 닦아, 위대한 진나라의 덕이 하늘과 짝하는 것을 말하였다."라고 하였다.
古<石留行>.[1] ≪古今樂錄≫曰, <順天道>, 言仲冬大閱, 用武修文, 大晉之德配天也[2]

주석

1) 石留行(석류행) : 한나라 <요가鐃歌> 18곡 중 제18곡 <석류石榴>를 가리킨다.
2) 配天(배천) : 하늘과 짝하다. 하늘에 견줄 만하다는 뜻이다.

順天道,	하늘의 도에 순응하고
握神契,[1]	신과의 소통을 장악하여,
三時示,[2]	세 계절 동안 보이면서
講武事.[3]	무예를 단련한다.
冬大閱,	겨울에 대규모로 군대를 검열하는데
鳴鐲振鼓鐸[4]	징 울리고 북과 종의 소리를 떨치며,
旌旗象虹霓.[5]	깃발은 무지개 같다.
文制其中,[6]	문덕으로는 그 내부를 통제하고
武不窮武.[7]	무덕으로는 무력을 다 쓰지 않네.
動軍誓衆,[8]	군대 출동에 앞서 병사에게 맹세하니
禮成而義擧.	예가 이루어져 의가 행해지네.

三驅以崇仁,⁹⁾	세 면에서 모는 사냥으로 어진 덕을 높이고

三驅以崇仁,9)　　세 면에서 모는 사냥으로 어진 덕을 높이고
進止不失其序.　　나가고 멈추는 데 그 질서를 잃지 않네.
兵卒練,　　병졸은 잘 훈련되었고
將如鬫虎.10)　　장군은 성난 호랑이 같네.
惟鬫虎,11)　　아! 성난 호랑이여
氣陵靑雲.　　기세가 푸른 구름을 넘어선다.
解圍三面,　　포위의 삼면을 풀어주고
殺不殄群.12)　　죽이지만 무리를 도륙하지 않는다.
偃旌麾,13)　　기와 대장기를 누이고
班六軍.14)　　군대를 돌아오게 한다.
獻享烝,15)　　바쳐서 겨울 제사를 올려
修典文.16)　　전장典章 제도의 문덕을 닦는다.
嘉大晉,　　아름답고 위대한 진나라
德配天.　　그 덕이 하늘과 짝할 만하다.
祿報功,17)　　복록으로 공 세운 이에게 보답하고
爵俟賢.　　관작으로 어진 이를 기다린다.
饗燕樂,18)　　연악을 누리면서
受玆百祿,19)　　이 많은 복을 받으사
嘉萬年.20)　　만세토록 즐기소서.

주석

1) 神契(신계) : 신령神靈과 서로 합하다. 신령과 소통하다.
2) 三時(삼시) : 세 계절. 봄, 여름, 가을의 세 계절을 가리킨다.
3) 講(강) : 훈련하다. 연습하다.
4) 鐲(탁) : 징.
　鼓鐲(고탁) : 북과 종. '탁'은 큰 방울의 일종인데, 징과 비슷한 형태이지만 가운데 나무나

쇠로 된 혀가 있다.

5) 旌旗(정기) : 기의 총칭. 깃발과 깃대를 아울러 가리킨다.

　　虹霓(홍예) : 무지개.

　　이 구는 무지개를 본뜬 깃발을 말한다. 무지개가 그려진 깃발로 보는 견해도 있다.

6) 制(제) : 통제하다.

　　其中(기중) : 군대를 가리킨다.

7) 窮武(궁무) : 무력을 다 쓰다.

8) 衆(중) : 병사. 군대.

9) 三驅(삼구) : 고대 제왕의 사냥 제도. 사냥할 때 반드시 한 면을 열어주고 남은 세 면으로부터 몰고 좇았는데, 이를 통해 생명 존중의 미덕을 내보였다.

10) 闞虎(한호) : 성이 난 호랑이. '한'은 호랑이가 성난 모습이다.

11) 惟(유) : 문장 처음에 쓰는 발어사.

12) 殄(진) : 다하다. 죽이다.

13) 旌麾(정휘) : 기와 대장기. 기를 가리킨다.

14) 班(반) : 군대를 돌리다.

　　六軍(육군) : 천자의 군대.

　　이 구는 군대가 목표를 달성하여 돌아가는 것을 의미한다.

15) 享烝(향증) : 겨울 제사.

16) 典文(전문) : 전장典章 제도에 의한 문치文治.

17) 報功(보공) : 공 세운 이에게 보답하다. 공덕에 보답하다.

18) 饗(향) : 향연饗宴을 열다. 연회하다.

　　燕樂(연악) : 음악의 이름. 제사 지내면서 임금과 신하가 술과 음식을 즐길 때의 음악.

19) 百祿(백록) : 많은 복. 다복多福.

20) 嘉(가) : 즐겁다. ≪진서晉書≫에 '수壽'로 되어있다.

해설

　이 시는 겨울 11월에 대규모 군사 훈련을 실행하면서 문덕과 무공을 아울러 추구하는바, 진나라가 아름답고 복되어서 하늘과 짝할 만하다고 칭송하였다. 제1~7구는 봄, 여름, 가을에 하늘의 도와 신과의 소통을 체현한 다음 겨울에야 비로소 대규모 군사 훈련을 실행하는 것을 말하였다. 제8~15구는 군사 훈련의 구체적인 모습을 썼다. 문무를 아울러서 예도 갖추고 의도 행하니, 장군과 병졸 모두 각자의 명분에 따라 재능을 드러내는 모습을 서술하였다. 제16~21구는 포위를 풀고 사냥을 마치면서 군대를 돌아오게 하는 것을 말하였다. 제22~30구는 군사 훈련의 성과를 제물로 바쳐 제사하면서 이를 공 세운 이, 어진 이들과 함께 즐기는데, 이에 진나라가 길이 복을 누릴 것이라고 찬미하였다.

5-19 당요 唐堯

옛 <무성행>이다. ≪고금악록≫에서 말하기를, "<당요>는 황제께서 제위에 오른 후, 그 덕의 교화가 천하에 빛나게 된 것을 말하였다."라고 하였다.
古 <務成行>.¹⁾ ≪古今樂錄≫曰, <唐堯>, 言聖皇陟帝位, 德化光四表也.²⁾

주석

1) 務成行(무성행) : 한나라 단소요가短簫鐃歌 22곡 중 하나이다. ≪진서晉書 · 악지樂志≫에서 "한나라 때 단소요가의 음악이 있었다. 그 악곡에는 … <무성>, <현운>, <황작행>, <조간> 등이 있는데, 고취곡에 열입되었다. 대부분 군영의 일을 서술하였다.(漢時有短簫鐃歌之樂. 其曲有 … 務成, 玄雲, 黃爵行, 釣竿等曲, 列于鼓吹, 多序戰陣之事)"라고 하였다.
2) 四表(사표) : 사방 천지. 천하를 가리킨다.

唐堯諮務成,¹⁾	요 임금은 무성에게 자문하시니
謙謙德所興.²⁾	삼가고 겸양하여 덕이 흥하게 된 바라네.
積漸終光大,³⁾	점차 쌓이어 마침내 광대해지시니
履霜致堅冰.⁴⁾	서리 밟아 단단한 얼음에 이르는 격.
神明道自然,⁵⁾	신명함이 자연의 이치를 본받으사
河海猶可凝.⁶⁾	온 천하에 그 덕이 맺힐 수 있었네.

舜禹統百揆,[7]	순과 우가 백관의 일을 통솔하면서
元凱以次升.[8]	팔원팔개의 인재를 차례로 등용하시니,
禪讓應天曆,[9]	선양으로써 천명에 순응하시어
睿聖世相承.[10]	성명하심이 대대로 이어졌다네.
我皇陟帝位,[11]	우리 황제께서 제위에 오르시어
平衡正準繩.[12]	법도를 고르게 하려고 준과 승을 바로잡으시니,
德化飛四表,	덕스러운 교화가 천지사방에 날리고
祥氣見其徵.	상서로운 기운이 그 징험을 드러내었네.
興王坐俟旦,[13]	건국의 왕은 앉아서 새벽을 기다리시고
亡主恬自矜.[14]	망국의 군주도 평온히 자긍심을 지켰네.
致遠由近始,	멀리 이르는 것은 가까운 데서 시작하나니
覆簣成山陵.[15]	한 삼태기 흙을 쏟아 산언덕을 이룬다네.
披圖按先籍,[16]	고대의 도서를 펼치고 선왕의 전적을 따르니
有其證靈液.[17]	그 징험으로 신령한 우로가 있게 되었네.

주석

1) 唐堯(당요) : 요堯 임금. 도陶와 당唐에 봉해져서 도당씨陶唐氏라고도 부른다.

務成(무성) : 무성자務成子. 무성巫成이라고도 한다. 자가 소소昭라서 무성소務成昭라고도 칭한다. 요임금이 그를 스승으로 삼았다고 한다. (한 왕부王符의 <잠부론潛夫論> 참조)

2) 謙謙(겸겸) : 겸손한 모습.

3) 積漸(적점) : 쌓여 점차 나가다. 점차 형성되다.

4) 履霜(니상) : 서리를 밟다.

이 구는 음기가 막 엉기며 서리가 되는데, 이 서리가 순조롭게 그 길에 도달하여 단단한 얼음이 된다는 말로서, 일이 점차 발전해가는 것을 의미한다.

5) 道(도) : 본받는다. 법으로 삼다.

6) 河海(하해) : 천하를 가리킨다.

凝(응) : 엉기다. 맺히다. 여기서는 교화가 구체적으로 나타나는 것을 뜻한다.

7) 舜禹(순우) : 우순虞舜과 하우夏禹의 병칭. 여기서는 순임금을 주로 가리킨다.

百揆(백규) : 백관百官의 일. 모든 관리를 가리킨다.

8) 元凱(원개) : 팔원팔개八元八凱의 약칭. 순이 요임금에게 그들을 천거했는데, 모두 잘 다스린다는 칭송이 있었다. 팔원팔개는 고신씨高辛氏의 여덟 재자才子를 가리키는 '팔원八元'과 고양씨高陽氏의 여덟 재자를 가리키는 '팔개八愷'를 합친 말이다.

升(승) : 위에 천거하다.

9) 禪讓(선양) : 제위를 다른 사람에게 양보하여 주다. 요임금이 순舜에게 제위를 물려준 일을 가리킨다.

天曆(천력) : 천명天命.

10) 睿聖(예성) : 성명聖明. 요임금의 성명하심을 가리킨다.

11) 我皇(아황) : 우리 황제. 진晉 무제武帝 사마염司馬炎을 가리킨다.

陟(척) : 오르다. 제위에 오르다.

12) 平衡(평형) : 저울대를 고르게 하다.

準繩(준승) : 수준기와 먹줄. '준'은 물의 수평을 재고, '승'은 곧게 만드는데, 모두 기준과 표준을 세우는 도구들이다.

이 구는 국가의 법도를 하나하나 바로잡는 것을 가리킨다.

13) 興王(흥왕) : 건국의 왕. 진 무제를 가리킨다.

俟旦(사단) : 새벽을 기다리다. 스스로 제위에 오르지 않고 선양 받을 때까지 기다리는 것을 가리킨다.

14) 亡主(망주) : 망국의 군주. 위나라의 마지막 황제 조환曹奐을 가리킨다.

恬(염) : 평온하다.

이 구는 '망국주자긍亡國主自矜'으로 된 판본도 있는데, "나라가 망해도 군주는 자긍심을 지킨다."라고 풀이된다.

이 구는 위 황제 조환이 기꺼이 진 무제에게 선양하였음을 말한다.

15) 覆簣(복궤) : 삼태기의 흙을 쏟아내다. 작은 것을 쌓아 큰 것을 이룬다는 비유이다.

16) 披圖(피도) : 도서圖書를 펼치다. '도'는 천명天命을 받은 것을 증명하는 하도낙서河圖洛書 등의 도서를 가리킨다.

按(안) : 의거하다. 따르다.

이 구는 천명을 받았다는 근거가 되는 전대의 도서와 전적에 기반하여 나라의 기강을 세우는 것을 말한다.

17) 靈液(영액) : 신령한 비. 만물을 적시는 우로雨露.

이 구는 천명을 세웠다는 징험으로서 하늘에서 우로가 내리는 것을 말한다.

해설

이 시는 진 무제가 요임금 때와 마찬가지로 덕을 베풀어 위 황제의 선양을 받는데, 이는 천명天命을 받은 일임을 천명하였다. 시의 내용은 크게 두 단락으로 나눌 수 있다. 첫 단락은 제1~10구인데, 요임금의 치도治道를 찬미하였다. 이는 다시 요임금이 무성에게 자문하면서 겸손하게 자연을 본받은 일, 또 백관을 통솔한 공이 있는 순에게 선양한 일로 양분된다. 둘째 단락은 제11~20구인데, 진나라 또한 요임금 때와 마찬가지로 덕을 베풀고 선양을 받아 천명의 징험을 보이는 것을 말하였다. 건국의 기반을 닦은 후 섣부르게 제위에 오르지 않는다거나, 위나라 황제 또한 당당한 모습을 보인다는 말에서 진나라의 건국 과정을 엿볼 수 있다.

5-20 현운 玄雲

옛 <현운행>이다. ≪고금악록≫에서 말하기를, "<현운>은 황제께서 사람을 등용하면서 각기 그 재능을 다 발휘하게 한 것을 말하였다."라고 하였다.

古<玄雲行>.[1] ≪古今樂錄≫曰, <玄雲>, 言聖皇用人, 各盡其材也.

주석

1) 玄雲行(현운행) : 한나라 단소요가短簫鐃歌 22곡 중 하나이다.

| 玄雲起丘山,[1] | 검은 구름이 산언덕에서 일어나면서 |
| 祥氣萬里會. | 상서로운 기운이 만 리에서 모여드네. |

龍飛何蜿蜒,[2]	용이 날아오르며 어찌나 꿈틀거리고
鳳翔何翽翽.[3]	봉황이 날갯짓하며 어찌나 퍼덕거리는지.
昔在唐虞朝,[4]	옛날 요순시대에
時見靑雲際.	때때로 푸른 구름 가에 보였다네.
今親遊萬國,[5]	지금 친히 천하 만방을 순행하시어
流光溢天外.	흐르는 빛이 하늘 밖까지 넘쳐나니,
鶴鳴在後園,[6]	학 울음이 후원에 있고
淸音隨風邁.[7]	맑은소리가 빠른 바람을 따르네.
成湯隆顯命,[8]	상나라 탕 임금이 하늘의 뜻을 존중하니
伊摯來如飛.[9]	이윤이 나는 듯이 찾아왔고,
周文獵渭濱,[10]	주 문왕이 위수 가에서 사냥하다
遂載呂望歸.[11]	마침내 여망을 수레 태워 돌아왔네.
符合如影響,[12]	서로 화합하여 그림자와 메아리 같고
先天天弗違.[13]	선견지명이 있어도 하늘의 뜻을 어기진 않았네.
輟耕綜時綱,[14]	농사를 그만두고 때에 맞는 법도를 정리하고
解褐衿天維.[15]	갈옷을 벗고 하늘의 기강을 잡아매었네.
元功配二王,[16]	큰 공업으로 두 제왕을 보좌한 것이니
芬馨世所稀.[17]	그 향기는 세상에 드문 바였네.
我皇敍群才,[18]	우리 황제는 뭇 인재를 등급 매겨 임용하시니
洪烈何巍巍[19]	큰 공업이 얼마나 높디높은가.
桓桓征四表,[20]	용감무쌍하게 천하를 정벌하시고
濟濟理萬機,[21]	가지런하게 온갖 정무를 다스리시니,
神化感無方,[22]	신묘한 교화가 천지사방을 감화시키고
髦才盈帝畿[23]	뛰어난 인재가 경기 지역에 가득하네.
丕顯惟昧旦,[24]	크게 드러남이 오직 동틀 무렵 같고

日新孔所咨.[25]　　　　날로 새로움이 매우 감탄할 만하네.

茂哉明聖德,[26]　　　　성대하도다, 밝은 성덕이시여

日月同光輝.　　　　　해와 달이 그 광채를 함께하도다.

주석

1) 玄雲(현운) : 검은 구름. 하늘의 기운을 품은 상서로운 구름을 가리킨다. <초사·구가九歌 ·대사명大司命>에서 "하늘 문을 활짝 열고, 나는 성한 기운의 검은 구름을 타노라.(廣開兮 天門, 紛吾乘兮玄雲)"라고 하였다.

2) 蜿蜿(완완) : 굽이진 모양.

3) 噦噦(홰홰) : 새가 날면서 깃을 치는 소리.

4) 唐虞朝(당우조) : 요순시대. 태평성대를 가리킨다.

5) 今親(금친) : 지금 친히. 서진西晉 황제를 가리킨다.

   萬國(만국) : 만방. 천하를 가리킨다. '만'은 '방方'으로 된 판본도 있다.

6) 鶴鳴(학명) : 학 울음. 숨어 사는 뛰어난 인재를 비유한다. ≪시경·소아·학명鶴鳴≫에 대한 정현鄭玄 전箋에서 "선왕에게 벼슬하지 않고 숨어 사는 인재를 찾으라고 가르친 것이다.(教 宣王求賢人之未仕者)"라고 하였다.

7) 淸音(청음) : 맑은 소리. 학 울음을 가리킨다.

   風邁(풍매) : 빠른 바람.

   이상 두 구는 천하의 숨은 인재들이 서진 황제를 따르는 것을 의미한다.

8) 成湯(성탕) : 탕 임금. 상商의 개국 군주인데, 걸왕桀王을 쳐서 무공을 이루었으므로 '성탕'이 라고 한다.

   顯命(현명) : 하늘의 뜻.

9) 伊摯(이지) : 이윤伊尹. '지'는 이름이다. 본래 유신국有莘國 사람인데 탕왕을 따라 상나라에 와서 재상에 임명되었다. 탕 임금을 도와 그를 서방 제후의 패자 즉, '서백西伯'으로 칭해지게 만든 일등 공신이다.

10) 周文(주문) : 주周 문왕文王. 주나라 건국의 기초를 닦았다.

    獵(렵) : 사냥하다.

渭濱(위빈) : 위수渭水 가.

11) 呂望(여망) : 여상呂尚. 강태공姜太公, 태공망太公望이라고도 한다. 문왕과 무왕을 도와 은殷
나라를 치고 주나라를 세웠는데, 그 공으로 제齊 나라에 봉해졌다.

12) 影響(영향) : 그림자와 메아리. 형체에 그림자가 따르고, 소리에 메아리가 따르듯이 서로
한 몸같이 부합하는 것을 가리킨다.

13) 弗違(불위) : 어기지 않다.
이 구는 선견지명이 있어도 하늘의 뜻을 어기지 않고 신중하게 행한 것을 말한다.

14) 輟耕(철경) : 농사를 그만두다.
綜(종) : 정리하다. 다스리다.
時綱(시강) : 시의적절한 법도. 당시 상황에 적합한 법도를 말한다.

15) 解褐(해갈) : 갈옷을 벗다.
衿(금) : 맺다. 묶다. 지니다.
天維(천유) : 하늘의 기강.
이상 두 구는 이윤과 여망이 포의布衣의 신분에서 벗어나 관로官路에 들어선 것을 말한다.

16) 元功(원공) : 큰 공. 건국의 기틀을 보좌한 것을 가리킨다.
二王(이왕) : 탕 임금과 주 문왕을 가리킨다.

17) 芬馨(분형) : 향기.

18) 我皇(아황) : 우리 황제. 서진 무제武帝 사마염을 가리킨다.
敍(서) : 순서 매기다. 서진 무제가 관품官品의 등급과 점전占田의 수량을 정하는 등, 이른바
'품관점전음객제品官占田蔭客制'를 시행한 것을 가리킨다.

19) 巍巍(외외) : 높고 위대하다.

20) 桓桓(환환) : 용맹하고 굳센 모양.
四表(사표) : 사방 먼 곳의 땅. 즉 천하를 가리킨다.

21) 濟濟(제제) : 가지런히 아름다운 모양.
萬機(만기) : 온갖 정무政務. 천자의 일을 가리킨다.

22) 無方(무방) : 천지사방. 한 지역에 국한되지 않는 것을 말한다.

23) 髦才(모재) : 인재를 선발하다.
帝畿(제기) : 경기 지역. 수도와 그 부근 지역을 가리킨다.

24) 丕顯(비현) : 크게 드러내다. 영명英明함을 뜻한다.

　　　昧旦(매단) : 여명. 동틀 무렵을 가리킨다.

25) 孔(공) : 매우. 심히.

　　　所咨(소자) : 감탄할 만하다. 찬탄할 만하다.

26) 明聖德(명성덕) : 성스러운 덕을 밝히다. ≪고악부古樂府≫에는 '명성'이 '성명聖明'으로 되어 있다. 또 '성'은 '인人'으로 된 판본도 있다.

해설

　이 시는 검은 구름을 통해 서진 황제가 뛰어난 인재를 잘 활용한 것을 찬미하였다. 제1~6구는 검은 구름이 일어나 상서로운 기운이 모여드니, 옛날 요순시대 같은 태평성대가 다시 온 것을 말하였다. 제7~10구는 서진 황제가 만방을 순행하면서 천하의 숨은 인재들이 그에게 모여든 것을 말하였다. 제11~20구는 탕 임금 때의 이윤이나 주 문왕 때의 여망처럼 뛰어난 인재들이 기꺼이 나와 그를 도와 건국의 기틀을 세우는 것을 서술하였다. 제21~30구는 무제武帝가 인재를 등용할 때 그들의 재능에 따라 관직을 부여하고 백관의 일을 공평하게 다스린 결과 그 덕화德化가 길이 빛난다고 찬양하였다.

5-21 백익 伯益

옛 <황작행>이다. ≪고금악록≫에서 말하기를, "<백익>은 붉은 까마귀가 단서丹書를 물고 오자 주 왕실이 흥했는데, 지금 황제께서 천명을 받아 신령한 새가 날아온 것을 말하였다."라고 하였다.

古<黃爵行>.¹⁾ ≪古今樂錄≫曰, <伯益>, 言赤烏銜書,²⁾ 有周以興, 今聖皇受命,³⁾ 神雀來也.

주석

1) 黃爵行(황작행) : 한나라 단소요가短簫鐃歌 22곡 중 하나이다.

2) 赤烏銜書(적오함서) : 붉은 까마귀가 단서를 물다. ≪여씨춘추·응동應同≫에서 "문왕 때에

하늘이 먼저 불을 보여주니, 붉은 까마귀가 단서를 물고 주나라 사직에 내려왔다.(及文王之時, 天先見火, 赤烏銜丹書集於周社)"라고 하였다.

3) 今聖皇(금성황) : 지금의 황제. 진 무제 사마염司馬炎을 가리킨다.

伯益佐舜禹,[1]	백익은 순임금과 우임금을 보좌하여
職掌山與川.[2]	산림과 하천을 담당하였네.
德侔十六相,[3]	덕은 열여섯 재상과 나란하여
思心入無間.[4]	위하는 마음이 세미한 곳까지 미쳤네.
智理周萬物,	지혜로운 다스림은 만물에 두루 미치어
下知衆鳥言.[5]	아래로 뭇 새소리도 알아들었네.
黃雀應淸化,[6]	황작은 맑은 교화에 응하나니
翔集何翩翩.[7]	깃을 치며 모이는데 얼마나 훨훨 나는가.
和鳴棲庭樹,	서로 따라 울어대며 정원 나무에 둥지 틀고
徘徊雲日間.	구름과 태양 사이를 배회한다네.
夏桀爲無道,[8]	하나라 걸 임금은 무도하여
密網施山河.[9]	촘촘한 그물을 산하에 펼쳤도다.
酷祝振纖網,[10]	잔혹한 기원으로 가는 그물을 펼치니
當奈黃雀何.	황작을 어찌해야 할까.
殷湯崇天德,[11]	은나라 탕 임금은 하늘의 덕을 높이어
去其三面羅.[12]	그물의 삼면을 제거하시니
逍遙群飛來,	자유자재로 무리 지어 날아들어
鳴聲乃復和.[13]	울음소리가 또다시 어우러졌네.
朱雀作南宿,[14]	주작은 남방 칠수를 만들어내고
鳳皇統羽群.[15]	봉황은 날짐승을 통솔하는바,
赤烏銜書至,	붉은 까마귀가 단서 물고 이르니
天命瑞周文.[16]	천명이 주 문왕을 상서롭게 한 것이네.

神雀今來遊,	신령한 새가 지금 와서 노니나니
爲我受命君.	천명 받은 우리 임금을 위해서라네.
嘉祥致天和,¹⁷⁾	좋은 징조가 천지의 온화함을 이르게 하고
膏澤降青雲.¹⁸⁾	윤택한 은혜가 푸른 구름에서 내려오네.
蘭風發芳氣,¹⁹⁾	난초 바람이 향기로운 기운을 펴내니
闔世同其芬.²⁰⁾	온 세상이 그 향기를 함께한다네.

주석

1) 伯益(백익) : 우임금의 치수를 도운 명재상. 위 원제元帝의 상국相國이었던 사마염司馬炎을 가리킨다.

2) 職掌(직장) : 담당하다. 관장하다.

3) 侔(모) : 가지런하다. 나란하다.

十六相(십육상) : 팔개八愷와 팔원八元. 순이 요임금에게 천거한 현신賢臣들을 가리킨다. 팔개는 원래 고양씨高陽氏의 후손이고 팔원은 고신씨高辛氏의 후예인데, 이들을 순이 요임금에게 추천하였다. 이들이 세운 공이 커서 모두 씨족을 하사하였는데, 이에 '십육족十六族'이라고도 칭한다.

4) 思心(사심) : 생각하는 마음. 즉, 임금과 백성을 위하는 마음을 가리킨다.

無間(무간) : 빈틈이 없다. 극히 세미한 부분을 가리킨다.

이 구는 임금과 백성을 위하는 마음이 극히 세미한 부분까지 두루 미친 것을 의미한다.

5) 知衆鳥言 : 뭇 새의 울음소리를 알아듣는다. 백익은 곤충과 초목의 일을 관장했기에 그를 '백충장군百蟲將軍'이라 불렀다고 한다.

6) 黃雀(황작) : 여기서는 일반 백성을 비유한다.

7) 翔集(상집) : 날갯짓하며 한곳으로 모이다.

翩翩(편편) : 훨훨 날다. 가볍고 날쌔게 나는 모양이다.

8) 夏桀(하걸) : 하나라의 마지막 임금. 이름은 이계履癸이고 황음무도하여 폭정을 일삼았다.

9) 密網(밀망) : 촘촘한 그물. 번잡하고 가혹한 법령을 비유한다.

10) 酷祝(혹축) : 잔혹한 기원. 잔혹한 바람.

11) 殷湯(은탕) : 은나라를 세운 개국 군주. 성탕成湯이라 이른다.

12) 其三面羅(기삼면라) : 그물의 삼면. ≪사기史記·은본기殷本紀≫에서 "탕이 출타하여, 들에 사방으로 그물을 치고 '천하 사방으로부터 모두 내 그물로 들어오소서'라고 비는 이를 보았다. 탕이 말하길 '아, 다 잡겠구나.'라고 말하고 이에 그 세 면을 제거하였다. '왼쪽으로 가려는 것은 왼쪽으로 가고, 오른쪽으로 가려는 것은 오른쪽으로 가라. 명을 듣지 않는 것만 오직 내 그물에 들어오게 하소서.'라고 빌었다. 제후들이 이 일을 듣고 '탕의 덕이 지극하구나. 짐승에게도 미치다니.'라고 말하였다.(湯出, 見野張網四面, 祝曰, 自天下四方皆入吾網. 湯曰, 嘻, 盡之矣. 乃去其三面. 祝曰, 欲左, 左. 欲右, 右. 不用命, 乃入吾網. 諸侯聞之, 曰, 湯德至矣, 及禽獸)"라고 하였다.

13) 乃(내) : 또.

14) 朱雀(주작) : 이십팔수二十八宿 가운데 남방 칠수七宿를 총칭한다.

15) 羽群(우군) : 날짐승.

16) 瑞(서) : 상서로움을 내리다. 길조를 보이다.

17) 嘉祥(가상) : 좋은 길조. 아름다운 복.

致(치) : 이르게 하다. 보내어 주다.

天和(천화) : 천지의 온화한 기운.

18) 膏澤(고택) : 윤택한 은혜. 여기서는 하늘의 은택을 가리킨다.

19) 芳氣(방기) : 향기로운 기운. 여기서는 황제의 미덕美德을 가리킨다.

20) 闔世(합세) : 온 세상. '합'은 ≪진서晉書≫에 '개蓋'로 되어 있다.

해설

이 시는 백익이 재상으로서 새소리도 알아들을 정도로 잘 다스렸듯이, 진나라 또한 신령한 새가 날아들며 태평성세의 징험을 보이는 것을 노래하였다. 제1~6구는 백익이 순임금과 우임금을 보좌하여 그 교화가 새들에게도 미친 것을 말하였고, 제7~10구는 백익의 교화에 응하여 황작이 날아온 것을 말하였다. 제11~14구는 하나라 걸왕은 황작을 잡으려고 촘촘한 그물을 친 것을 썼고, 제15~18구는 은나라 탕왕은 그물의 삼면을 제거함으로써 황작이 다시 날아온 것을 썼다. 제19~22구는 새는 하늘의 신령한 존재인바 주 문왕 때 붉은 까마귀가 단서를 물고 와서 천명을 전한 일을 말하였고, 제23~28구는 지금 신령한 새가 날아온 것은 진 무제가 천명을 받았다는 징조인데, 이에 그 교화가 천하에 두루 미칠 것이라고 찬미하였다.

5-22 조간 釣竿

옛 <조간행>이다. ≪고금악록≫에서 말하기를, "<조간>은 황제의 덕이 요순에 필적하고, 또 강태공 여망처럼 재상으로 보필함이 있어서 하늘이 준 직분을 이루고 태평성대에 이르게 된 것을 말하였다."라고 하였다.

古 <釣竿行>.¹⁾ ≪古今樂錄≫曰, <釣竿>, 言聖皇德配堯舜, 又有呂望之佐, 以濟天功,²⁾ 致太平也.

주석

1) 釣竿行(조간행) : 한나라 단소요가短簫鐃歌 22곡 중 마지막 작품이다.
2) 天功(천공) : 하늘의 직분. 제왕이 되는 일을 가리킨다. 고대 제왕은 하늘을 법으로 삼아 관직을 세우고 하늘을 대신하여 직무를 실행하였다.

釣竿何冉冉,¹⁾	낚싯대가 얼마나 낭창거리는지
甘餌芳且鮮.²⁾	맛난 미끼가 향기롭고 또 싱싱하다.
臨川運思心,³⁾	강물 대하며 천하를 위하는 마음을 쓰는데
微綸沉九淵.⁴⁾	가는 낚싯줄은 구중 깊은 못에 잠겨있다.
太公寶此術,⁵⁾	강태공은 천하를 낚는 이 방책을 보배로 여겨
乃在靈祕篇.⁶⁾	이에 신령스럽고 비밀스러운 저서를 두었도다.
機變隨物移,⁷⁾	임기응변으로 사물의 변화를 따르는데
精妙貫未然.⁸⁾	정묘하여 미연의 일을 관통하니,
遊魚驚著釣,⁹⁾	헤엄치던 물고기가 놀라서 낚싯대에 낚이고
潛龍飛戾天.¹⁰⁾	잠겨있던 용이 날아서 하늘에 이른다.

戾天安所至,　　　　하늘에 이르러 어디로 가려는가

撫翼翔太淸.[11]　　　날개 치며 푸른 하늘로 날아간다.

太淸一何異,[12]　　　푸른 하늘은 얼마나 기이한고

兩儀出渾成.[13]　　　하늘과 땅이 그 혼돈에서 나왔도다.

玉衡正三辰,[14]　　　북두성이 해와 달과 별을 바로잡고

造化賦群形.[15]　　　조화옹이 천태만상을 부여했도다.

退願輔聖君,[16]　　　물러가면서 성군을 보필하여

與神合其靈.　　　　신과 함께 그 신령함에 부합하길 바라셨다.

我君弘遠略,[17]　　　우리 임금은 계략이 원대했지만

天人不足幷.[18]　　　하늘과 사람을 아우르기에 부족하였다.

天人初幷時,　　　　하늘과 사람을 처음 아우를 때

昧昧何芒芒.[19]　　　어둑어둑 얼마나 흐릿했던가.

日月有徵兆,　　　　해와 달이 징험을 보이자

文象興二皇,[20]　　　문물제도가 복희와 신농 때에 일어났고,

蚩尤亂生民,[21]　　　치우가 백성을 어지럽히자

黃帝用兵征萬方.[22]　황제가 병력을 써서 만방을 정벌하였다.

逮夏禹而德衰,[23]　　하나라 우임금에 이르러 덕이 쇠하니

三代不及虞與唐.[24]　하상주 삼대가 요순시대만 못해졌다.

我皇聖德配堯舜,[25]　우리 황제는 성명한 덕이 요순에 필적하니

受禪卽祚享天祥.[26]　선위 받고 즉위하여 하늘의 복을 누리신다.

率土蒙祐,[27]　　　　사해의 땅이 복을 받아

靡不肅,[28]　　　　　공경하지 않음이 없고

庶事康.[29]　　　　　많은 일이 편안하도다.

庶事康,　　　　　　많은 일이 편안해지니

穆穆明明.[30]　　　　공경스럽고 밝으시구나.

荷百祿,[31]	많은 복을 이어받고
保無極,[32]	무궁한 덕을 보우하사
永太平.	길이 태평하리라.

주석

1) 冉冉(염염) : 부드럽고 약하여 아래로 드리운 모양.

2) 甘餌(감이) : 맛난 미끼.

3) 臨川(임천) : 강물을 대하다. 시내를 대하다.

   思心(사심) : 천하를 위하는 마음. 군주와 백성을 위하는 마음을 가리킨다.

4) 微綸(미륜) : 가는 낚싯줄.

   九淵(구연) : 깊은 연못. ≪장자·열어구列御寇≫에서 "대개 천금의 귀한 구슬은 반드시 구중 깊은 못에 있는데, 검은 용의 턱 아래에 있다.(夫千金之珠, 必在九重之淵, 而驪龍頷下)"라고 하였다.

   이상 네 구는 강태공이 낚싯대를 드리운 채 천하경영에 대한 계책을 생각하는 것을 서술하였다.

5) 太公(태공) : 태공망太公望. 강태공 여망呂望을 가리킨다. 여망은 주 문왕을 도와 주나라의 건국에 큰 공을 세웠다. 뛰어난 재상으로 유명하다.

   此術(차술) : 천하를 낚는 계책. 천하경영에 대한 계책.

6) 靈祕篇(영비편) : 신령스럽고 비밀스러운 책. 강태공이 지은 '육도삼략六韜三略'을 가리키는 듯하다.

7) 機變(기변) : 기모機謀. 계책. 임기응변.

8) 未然(미연) : 아직 이루어지지 않은 사실. 앞으로 일어날 일을 가리킨다.

9) 著釣(착조) : 낚싯대에 낚이다. 낚싯바늘에 걸리다.

10) 戾天(여천) : 하늘에 이르다.

11) 撫翼(무익) : 날개 치다. 떨쳐 오르는 것을 의미한다.

   太淸(태청) : 하늘. 푸른 하늘.

12) 一何(일하) : 얼마나. 어찌나.

13) 兩儀(양의) : 하늘과 땅.

渾成(혼성) : 천연 그대로의 상태. 인위를 가하기 전, 태초의 혼돈 상태를 가리킨다.

14) 玉衡(옥형) : 북두성北斗星.

三辰(삼신) : 일日, 월月, 성星을 가리킨다.

15) 造化(조화) : 조화옹. 조물주.

賦(부) : 주다. 부여하다.

群形(군형) : 천태만상千態萬象.

16) 退願(퇴원) : 물러가며 바라다.

이하 두 구는 조화옹이 천태만상을 부여한 후 물러나며 강태공에게 당부하는 내용이다.

17) 我君(아군) : 우리 임금. 사마염은 위 원제元帝 조환曹奐의 선양으로 제위에 오른 후, 사마씨司
馬氏의 선조들을 황제로 추존하였다. 즉, 선황제宣皇帝 사마의司馬懿, 경황제景皇帝 사마사司馬
師, 문황제文皇帝 사마소司馬昭를 가리킨다.

遠略(원략) : 원대한 계략.

18) 天人(천인) : 하늘과 사람. 하늘의 뜻과 백성의 뜻을 가리킨다.

19) 昧昧(매매) : 어두운 모양.

芒芒(망망) : 모호하여 밝지 않은 모양.

20) 文象(문상) : 문물과 전장典章 제도.

二皇(이황) : 복희伏羲와 신농神農.

21) 蚩尤(치우) : 전설상의 인물. 구려족九黎族의 수장인데 황제와 탁록涿鹿에서 싸우다 죽임을
당했다고 한다.

22) 黃帝(황제) : 고대 황제의 이름. 중화민족의 시조라고 한다.

23) 夏禹(하우) : 하나라 우임금. 치수治水의 공이 있다.

24) 三代(삼대) : 하夏, 상商, 주周의 세 조대朝代를 가리킨다.

虞與唐(우여당) : 당요唐堯와 우순虞舜. 요순 임금을 가리킨다.

25) 我皇(아황) : 우리 황제. 진 무제 사마염司馬炎을 가리킨다.

聖德(성덕) : 성명한 덕. 제왕을 칭송할 때 주로 쓰인다.

26) 受禪(수선) : 선위를 받다. 진 무제가 위 원제元帝 조환曹奐에게 선위 받은 일을 가리킨다.

卽祚(즉조) : 제위에 오르다.

天祥(천상) : 하늘이 내린 복. 하늘의 길조.

27) 率土(솔토) : '솔토지빈率土之濱'의 약칭. 사해四海 이내의 땅을 가리킨다.

28) 靡(미) : 없다. 아니다. '무無'의 뜻이다.

肅(숙) : 공경하다. 삼가다.

29) 庶事(서사) : 많은 일. 번다한 업무.

康(강) : 편안하다. 다스리다.

30) 穆穆(목목) : 공경하는 모양.

明明(명명) : 밝게 살피는 모양.

31) 荷(하) : 메다. 이어받다.

百祿(백록) : 많은 복.

32) 無極(무극) : 무궁한 덕. 다함 없는 덕화德化.

해설

이 시는 천하를 낚은 강태공처럼 사마염 또한 황제를 보필하는 명재상이었다가 천명을 받고 황위에 올라 복덕과 교화를 만방에 펼치게 된 것을 찬미하였다. 제1~10구는 강태공이 낚싯대를 드리우고 천하를 낚는 비책을 고심하다 마침내 물고기와 용을 잡고 하늘로 날아오르는 것을 말하였다. 제11~18구는 하늘에서 하늘과 땅의 기이함을 두루 경험하고 성군을 잘 보필하라는 조화옹의 당부를 받은 일을 서술하였다. 제19~22구는 서진의 초기 황제들은 하늘의 뜻과 백성을 통솔하는 데 아직 부족한 점이 있었음을 말하였다. 제23~28구는 해와 달의 밝은 은택을 받고 문물제도가 완비되고 또 치우 같은 반대 세력을 제거하지만, 결국 하상주 삼대의 덕이 쇠하는 지경에 이르른 것을 서술하였다. 제29~38구는 진 무제는 요순 임금처럼 덕이 많아 하늘의 복덕을 누리며 길이 태평하리라 칭송하였다.

6. 진개가 晉凱歌 2수

장화張華

6-1 명장출정가 命將出征歌

重華隆帝道,[1]	순임금께서 황제의 도를 높였어도
戎蠻或不賓.[2]	융만의 오랑캐는 간혹 복종하지 않았으니,
徐夷興有周,[3]	서융은 주나라 때 난을 일으켰고
鬼方亦違殷.[4]	귀방은 또한 은나라를 범하였다네.
今在盛明世,	지금은 성명한 시대인데
寇虐動四垠.[5]	잔학한 무리가 사방 변방에서 움직여서,
豺狼染牙爪,[6]	승냥이와 이리가 이빨과 발톱을 피로 물들이니
群生號穹旻.[7]	백성들이 푸른 하늘에 울부짖네.
元帥統方夏,[8]	원수께서 중원 군대를 통솔하여
出車撫涼秦.[9]	출정하여 양주와 진주를 다스릴 터,
衆貞必以律,[10]	충성스러운 뭇 군사들은 반드시 군율로써 다스리고
臧否實在人.[11]	포폄은 실로 각자의 공과에 달려있게 하시리.
威信加殊類,[12]	위엄과 신의를 이민족에게 베풀면
疏逖思自親.[13]	소원하던 곳도 친해질 것을 생각하리.
單醪豈有味,[14]	시냇물에 푼 한 동이 술이 어찌 맛이 있겠냐만
挾纊感至仁.[15]	솜옷 입은 듯이 지극한 어짊에 감동하리.

武功尚止戈,[16]　　무공은 전쟁의 종식을 숭상하여

七德美安民,[17]　　일곱 덕행 중 백성의 안정을 아름답게 여긴다네.

遠跡由斯擧,[18]　　원대한 업적이 지금 출정에서 시작되어

永世無風塵.[19]　　영원토록 전쟁의 흙먼지가 없어지리.

주석

1) 重華(중화) : 우순虞舜의 별칭. '화'는 문덕文德을 이르는바, 빛나는 문덕이 거듭 요 임금과 합치하여 성명함을 갖추게 되었다는 말이다. 눈동자가 겹쳐졌다고 보는 설도 있다.

隆(륭) : 성하게 하다. 흥성하게 하다.

帝道(제도) : 황제의 도. 제왕의 도.

2) 戎蠻(융만) : 사이四夷. 오랑캐를 가리킨다.

賓(빈) : 복종하다. 귀순하다.

3) 徐夷(서이) : 서융徐戎. 서주徐州의 오랑캐를 가리킨다.

興(흥) : 일으키다. 난을 일으킨 것을 가리킨다.

4) 鬼方(귀방) : 고대 종족의 이름. 은주殷周 시기 서북 변방에 있던 나라이다.

違(위) : 위반하다.

5) 寇虐(구학) : 잔학하고 흉포한 사람.

四垠(사은) : 사방의 변방 지역.

6) 豺狼(시랑) : 승냥이와 이리.

染(염) : 물들이다. 붉은 피로 물든 것을 가리킨다.

7) 群生(군생) : 백성.

穹旻(궁민) : 푸른 하늘.

8) 元帥(원수) : 전군全軍의 통솔자.

方夏(방하) : 중국. 사이四夷와 상대되는 말이다.

9) 出車(출거) : 병거兵車를 내다. 출정하는 것을 가리킨다.

撫(무) : 다스리다.

涼秦(양진) : 양주涼州와 진秦 땅. 양주는 지금의 감숙성 무위시武威市의 옛 이름이다.

10) 衆貞(중정) : 지조 있는 많은 이들.

　　以律(이율) : 율령으로써 하다. 법으로 하다.

11) 臧否(장비) : 품평. 포폄.

12) 威信(위신) : 위엄과 신의.

　　殊類(수류) : 이민족. 소수민족.

13) 疏逖(소적) : 소원하던 나라. '적'은 멀다는 뜻이다.

14) 單醪(단료) : 한 동이의 술. 여기서는 시냇물에 풀어 묽어진 술을 가리킨다. ≪여씨춘추呂氏春秋≫ 의 "무릇 전투에서는 반드시 상황을 익히 알고 두루 갖추어야 한다.(凡戰必悉熟偏備)"의 한 고유高誘 주에서 "옛날의 훌륭한 장수는 사람들이 한 동이의 술을 보내주면 그 술을 시냇물에 쏟아붓고 사졸들과 함께 하류에서 그것을 마셨으니, 자기 혼자 그 맛을 즐기지 않는다는 뜻을 보인 것이다.(古之良將, 人遺之單醪, 輸之於川, 與士卒從下流飮之, 示不自獨 享其味也)"라고 하였다.

15) 挾纊(협광) : 솜옷을 입다. 병사에 대한 세심한 배려를 나타낸다. ≪좌전左傳≫에서 "(선공宣 公 12년) 신공과 무신이 말하길, '병사들이 몹시 추워합니다.'라고 하자, 왕이 삼군을 돌면서 어루만지며 그들을 면려하니, 삼군의 병사들이 모두 솜옷을 입은 듯이 느꼈다.(申公巫臣曰, 師人多寒. 王巡三軍, 拊而勉之, 三軍之士皆如挾纊)"라고 하였다.

16) 止戈(지과) : 전쟁을 그치다. 싸움을 멈추다.

17) 七德(칠덕) : 무공의 일곱 가지 덕행. ≪좌전左傳≫에서 "(초 장왕莊王이 말하길), 무공은 폭력을 제지하고, 병기를 거두며, 높은 지위에서 편안히 지내며, 공업을 세우고, 백성을 안정시키고, 백성을 따르게 하며, 재물을 풍부하게 하는 것이다.(夫武, 禁暴, 戢兵, 保大, 定功, 安民, 和衆, 豐財者也)"라고 하였다.

18) 遠跡(원적) : 원대한 업적. 원적遠蹟.

　　擧(거) : 흥기하다. 발동하다.

19) 風塵(풍진) : 바람에 날리는 먼지. 전쟁을 비유한다.

해설

이 시는 장수의 출정에 앞서 당부하는 말이다. 제1~4구는 순임금이 다스리던 태평한 시대 에도 오랑캐가 쳐들어왔음을 말하였고, 제5~8구는 지금 다시 태평한 시대인데도 여전히 오랑캐가 쳐들어온 것을 말하였다. 제9～16구는 원수에게 당부하는 말이다. 충성스러운 군사들은 반드시 군율로써 다스리고 그들의 공과에 따라 포폄을 논하며, 이민족에게는 위엄과 신의를 보여 귀화하게 하며, 병사에게는 신의와 인덕을 베풀라고 당부하였다. 제17～20구는 승리한 후에 곧바로 전쟁을 그쳐 백성을 안정시키면 이로부터 원대한 공업을 세우고 전쟁도 영원히 그칠 것이라고 칭송하였다.

6-2 노환사가 勞還師歌

玁狁背天德,[1]	북방의 험윤이 하늘의 덕을 어겨서
構亂擾邦畿,[2]	난을 일으켜 도성 안팎을 소란하게 하니,
戎車震朔野,[3]	전차 소리가 북쪽 변방에 진동하며
群帥贊皇威.	뭇 장수들이 황제의 권위를 보좌하네.
將士齊心膂,[4]	장수와 병졸이 몸과 마음을 하나로 하여
感義忘其私.	의로움에 감화되어 그 사사로움을 잊으니,
積勢如鞾弩,[5]	기세를 모은 모습 쇠뇌를 당긴 듯하고
赴節如發機.[6]	부절에 응해 달려가는 모습 화살 병기를 발포한 듯.
嚻聲動山谷,[7]	시끄러운 소리가 산골짜기에 진동하고
金光耀素暉.[8]	금속 무기의 광채가 흰빛으로 빛나네.
揮戟陵勁敵,[9]	창을 휘둘러 강한 적을 능멸하고
武步蹈橫屍.[10]	씩씩한 걸음으로 널브러진 시신을 밟네.
鯨鯢皆授首,[11]	흉악한 적이 모두 머리를 바치니
北土永清夷.[12]	북방이 길이 태평하다네.
昔往冒隆暑,[13]	예전 갈 때는 무더위를 무릅썼는데
今來白雪霏,[14]	지금 올 때는 흰 눈이 펄펄 날리네.
征夫信勤瘁,[15]	출정 간 병사 진실로 고생하여 피로하기에

自古詠采薇.¹⁶⁾　　예로부터 <채미>를 노래하였네.

收榮於舍爵,¹⁷⁾　　관작을 사양하여 영예로움을 얻고

燕喜在凱歸.¹⁸⁾　　개선할 때 연회 열어 기뻐한다네.

주석

1) 玁狁(험윤) : 험윤獫狁. 고대 북방 소수민족의 이름인데, 북방 이민족을 가리킨다.

2) 構亂(구란) : 난을 일으키다.

　　邦畿(방기) : 왕성王城과 그 주변 천 리의 지역. 여기서는 조정과 도성 백성들을 가리킨다.

3) 戎車(융거) : 전차. 병거兵車.

　　朔野(삭야) : 북쪽 변방.

4) 心膂(심려) : 마음과 정력精力. '려'는 등골의 뼈라는 뜻으로 몸 전체를 가리킨다.

5) 積勢(적세) : 기세를 모으다. 힘을 축적하다.

　　轉弩(곽노) : 쇠뇌를 당기다. 곽은 활을 당긴다는 '구彀' 자와 통한다.

　　이 구는 아군이 팽팽한 긴장 속에서 전쟁 준비를 차곡차곡 진행하는 모습을 나타낸다.

6) 赴節(부절) : 병부兵符에 응하여 전장戰場으로 달려가다.

　　發機(발기) : 화살 쏘는 기구를 발포하다.

　　이 구는 아군이 한꺼번에 빠르게 전장으로 달려가는 모습을 나타낸다.

7) 囂聲(효성) : 시끄러운 소리.

　　이 구는 함성을 지르며 싸움에 임하는 상황을 말하였다.

8) 金光(금광) : 금속 병기의 광채.

　　素暉(소휘) : 흰빛. 밝은 광휘.

　　이 구는 병기兵器가 빛나는 모습을 통해 아군의 사기가 충만한 모습을 그려내었다.

9) 揮戟(휘극) : 창을 휘두르다. '극'은 창끝이 갈라진 창이다.

　　陵(릉) : 능가하다. 넘어서다.

　　勁敵(경적) : 강한 적.

10) 武步(무보) : 걸음을 씩씩하게 하다.

　　橫屍(횡시) : 여기저기 쓰러져 있는 시신.

11) 鯨鯢(경예) : 고래. 흉악한 적을 비유한다.

　授首(수수) : 머리를 바치다. 머리는 '수급首級'을 뜻한다.

　이 구는 적이 항복하면서 죽기를 청하는 것을 말한다.

12) 清夷(청이) : 태평해지다.

13) 隆暑(융서) : 무더위. 한여름.

14) 霏(비) : 비나 눈이 성하게 내리는 모습.

　이상 두 구는 ≪시경 · 소아 · 채미采薇＞의 "옛날 내가 떠날 때는 버들가지 푸르렀는데, 지금 오니 눈만 펄펄 날리네.(昔我往矣, 楊柳依依. 今我來思, 雨雪霏霏)" 구절을 활용한 것이다.

15) 勤瘁(근췌) : 고생하여 피로하다.

16) 采薇(채미) : ≪시경 · 소아≫의 편명. 이 시는 변경을 지키러 전쟁터에 나가는 사람을 보낼 때 부르는 노래인데, 그 내용은 변경을 지키러 간 사람이 자신의 노고를 읊는 것이다.

17) 收榮(수영) : 영예를 거두다. 영예로움을 얻다.

　舍爵(사작) : 관작官爵을 사양하다.

　이 구는 관작을 사양함으로써 공을 세우려고 싸운 것이 아니고 그래서 더 영예롭다는 점을 말하였다.

18) 燕喜(연희) : 연회를 열어 기뻐하다. '연'은 연회를 열어 술 마시고 즐기는 것이다.

해설

　이 시는 북방 이민족이 난을 일으키자 난을 평정하고 돌아온 군사를 위로해주는 것이다. 제1~4구는 북방 이민족이 난을 일으키자 장수들이 출전하게 된 상황을 말하였고, 제5~8구는 장수와 병사들이 한마음 한뜻으로 출전하는 모습을 말하였다. 제9~14구는 접전하여 승리하는 과정을 읊었는데, 골짜기에 집결하여 적을 무찌르고 결국 승리하는 모습이 구체적으로 나타나 있다. 제15~20구는 오랜 출정으로 인해 피로해진 병사들에게 영예를 수여하고 연회를 열어주는 등 그간의 노고를 위로하는 것으로 마무리하였다.

7. 송고취요가 宋鼓吹鐃歌 3수

≪송서 · 악지≫에서 말하기를, "고취요가는 네 편인데, 지금 <상야> 등 세 편만 남았고, 한 편은 소실되었다."라고 하였다. ≪고금악록≫에서 말하기를, "<상야> 4해이고, <만지곡> 9해는 한 요가 <원기>가 아마도 그 악곡일 것이다. <예이장> 3해이다. 심약은 '악공들이 음과 소리를 전하고 있지만, 훈고하여 다시 이해할 수 없다. 무릇 옛 음악의 기록은 모두 큰 글자가 가사이고 작은 글자가 소리인데, 소리와 가사를 합쳐 써서, 그래서 이해할 수 없게 된 것이다.'라고 하였다."라고 하였다.

≪宋書 · 樂志≫曰, 鼓吹鐃歌四篇, 今唯有<上邪>等三篇, 其一篇闕. ≪古今樂錄≫曰, <上邪曲>四解, <晩芝曲>九解, 漢曲有<遠期>, 疑是也. <艾如張>三解. 沈約云, 樂人以音聲相傳, 訓詁不可復解. 凡古樂錄, 皆大字是辭, 細字是聲, 聲辭合寫, 故致然爾.

해설

송고취요가 4편은 3편만 전하니, 즉 <상야곡>, <만지곡>, <예이장>이다. 하지만 이 3편은 또한 그 내용을 이해할 수 없다. 송 심약의 말에 의하면, 옛 기록은 글자 크기를 통해 가사와 소리를 구분했는데, 이것이 합쳐지면서 그 구분이 없어졌기 때문이라고 한다. 따라서 다음 3편은 원문만 수록하기로 한다.

7-1 상야곡 4해 上邪曲四解

大竭夜烏自雲何來堂吾來聲烏奚姑悟姑尊盧聖子黃尊來餭淸嬰烏白日爲

隨來郭吾微令吾

應龍夜烏由道何來直子爲烏奚如悟姑尊盧雞子聽烏虎行爲來明吾微令吾

詩則夜烏道祿何來黑洛道烏奚悟如尊爾尊盧起黃華烏伯遼爲國日忠雨令吾

伯遼夜烏若國何來日忠雨烏奚如悟姑尊盧面道康尊錄龍永烏赫赫福祚夜

音微令吾

7-2 만지곡 9해 晚芝曲九解

幾令吾幾令諸韓亂發正令吾

幾令吾諸韓從聽心令吾若裏洛何來韓微令吾

尊盧忌盧文盧子路, 子路爲路雞如文盧炯烏諸祚微令吾

幾令諸韓或公隨令吾

幾令吾幾諸或言隨令吾黑洛何來諸韓微令吾

尊盧安成隨來免路路子爲吾路奚如文盧炯烏諸祚微令吾

幾令吾幾諸或言隨令吾

幾令吾諸或言幾苦黑洛何來諸韓微令吾

尊盧公洴隨來免路子子路子爲路奚姑文盧炯烏諸祚微令吾

7-3 예이장곡 3해 艾如張曲三解

幾令吾呼曆舍居執來隨咄武子邪令烏衝針相風其右其右

幾令吾呼群議破葫執來隨吾咄武子邪令烏今烏今□入海相風及後

幾令吾呼無公赫吾執來隨吾咄武子邪令烏無公赫吾□立諸布始布

8. 송고취요가 宋鼓吹鐃歌 15수

하승천何承天

《송서 · 악지》에서 말하기를, "고취요가 15편은 하승천이 동진 의희 연간 말에 개인적으로 지은 것이다. 첫째는 <주로>, 둘째는 <사비공>, 셋째는 <옹리>, 넷째는 <전성남>, 다섯째는 <무산고>, 여섯째는 <상릉자>, 일곱째는 <장진주>, 여덟째는 <군마>, 아홉째는 <방수>, 열째는 <유소사>, 열한째는 <치자유원택>, 열둘째는 <상야>, 열셋째는 <임고대>, 열넷째는 <원기>, 열다섯째는 <석류>이다."라고 하였다. 살펴보건대 이 곡들은 모두 하승천 개인의 창작이므로, 아마도 일찍이 노래를 입힌 적은 없는 듯하다. 비록 한나라의 옛 악곡 명을 사용했지만, 대체로 별도의 새로운 뜻을 가미했으므로 그 의미는 한나라의 옛 가사와 함께 살펴보면 맞지 않는 것이 많다고 하겠다.

《宋書 · 樂志》曰, 鼓吹鐃歌十五篇, 何承天晉義熙末私造.[1] 一曰<朱路>, 二曰<思悲公>, 三曰<雍離>, 四曰<戰城南>, 五曰<巫山高>, 六曰<上陵者>, 七曰<將進酒>, 八曰<君馬>, 九曰<芳樹>, 十曰<有所思>, 十一曰<雉子遊原澤>, 十二曰<上邪>, 十三曰<臨高臺>, 十四曰<遠期>, 十五曰<石流>. 按此諸曲皆承天私作, 疑未嘗被於歌也. 雖有漢曲舊名, 大抵別增新意, 故其義與古辭考之多不合云.

주석

1) 義熙(의희) : 동진東晉 안제(安帝, 사마덕종司馬德宗) 때의 연호. 405년부터 418년까지 14년 동안 사용되었다.

8-1 주로편 朱路篇

朱路揚和鸞,[1]	붉은 어가는 방울 소리 드높고
翠蓋耀金華.[2]	비취 수레 덮개는 금빛 광채 빛난다.
玄牡飾樊纓,[3]	검은 수컷 말은 복대와 굴레로 장식하고
流旌拂飛霞.[4]	깃발은 떠 있는 노을까지 스친다.
雄戟闢曠塗,[5]	웅극으로 큰길을 열고
班劍翼高車.[6]	반검으로 높은 수레를 보좌한다.
三軍且莫喧,[7]	삼군은 잠시 떠들지 말고
聽我奏鐃歌.[8]	제가 연주하는 요가를 들으시오.
清鞞驚短簫,[9]	맑은 비고 소리는 단소 가락을 놀라게 하고
朗鼓節鳴笳.[10]	밝은 북소리는 명가 가락을 박자 맞춘다.
人心惟愷豫,[11]	사람 마음이 화락하니
茲音亮且和.[12]	이 음악 소리 밝고도 온화하다.
輕風起紅塵,	가벼운 바람에 붉은 먼지 피어나고
渟瀾發微波.[13]	깊은 물에 잔물결이 일어난다.
逸韻騰天路,[14]	치솟는 운율은 하늘길을 치달리고
頹響結城阿.[15]	드리운 음향은 성과 언덕에 맺힌다.
仁聲被八表,[16]	인덕 있는 소리는 먼 팔방까지 뒤덮고
威震振九遐.[17]	위엄 있는 울림은 높은 하늘까지 떨친다.
嗟嗟介冑士,[18]	아아 갑옷 입은 후예시여
勗哉念皇家.[19]	힘쓰시어 황실을 생각하도다.

주석

1) 朱路(주로) : 천자가 타는 수레. 붉은색으로 칠하여 주로라고 불린다. '주로朱輅'라고도 한다.

和鸞(화란) : 방울. 수레 앞의 횡목에 거는 것을 '화'라 하고, 말의 재갈이나 수레 틀에 거는 것을 '란'이라고 한다.

2) 翠蓋(취개) : 비취 새의 깃털로 장식한 수레.

金華(금화) : 금빛 광채. '화'는 광채, 광휘의 뜻이다.

3) 玄牡(현모) : 검은 수컷 말. '모'는 수컷 말을 가리킨다.

樊纓(번영) : 말에 씌운 띠 장식. '번'은 말의 복대이고 '영'은 말의 목에 하는 가죽 장식이다.

4) 流旌(유정) : 깃발. '유'는 원래 '유旒'인데, '유'와 음이 같아 통한다.

이 구는 깃발이 높이 솟은 모습을 말한다.

5) 雄戟(웅극) : 춘추 시기 오나라 명검의 이름. 오나라 간장干將과 막야莫耶는 진군晉君을 위해 칼을 만들었는데, 검에 웅자雄雌의 구분이 있었으니 천하의 명검이었다.

闢(벽) : 열다. 물리다.

曠塗(광도) : 큰길. 대로.

6) 班劍(반검) : 무늬 장식이 있는 칼. 혹은 호피로 장식했다고 한다. '반'은 무늬를 뜻하는 '반斑'과 통한다. 후대에는 의장용으로 무사들에게 차게 하거나 공신들에게 하사하였다.

7) 三軍(삼군) : 군대의 통칭.

8) 鐃歌(요가) : 군가. 여기서는 하승천 자신의 고취요가를 가리킨다.

9) 淸鼙(청비) : 맑은 비고 소리. '비'는 군중에서 사용되는 음악 연주용 북이다.

短簫(단소) : 취주 악기의 이름.

10) 朗鼓(낭고) : 밝은 북소리.

鳴笳(명가) : 관악기의 이름.

11) 愷豫(개예) : 화락하다.

12) 玆音(자음) : 이 음악 소리. 고취요가를 가리킨다.

13) 渟(정) : 깊다.

14) 逸韻(일운) : 치솟는 운율.

이 구는 고음이 위로 펼쳐지는 모습을 나타낸다.

15) 頹響(퇴향) : 드리운 음향.

이 구는 저음이 아래로 깔리는 모습을 나타낸다.

16) 仁聲(인성) : 인덕의 소리. 풍속을 교화하여 순박하게 하는 음악을 가리킨다.

八表(팔표) : 팔방 밖의 먼 지역을 가리킨다.

17) 九遐(구하) : 높은 하늘. '구천九天'의 뜻이다.

18) 嗟嗟(차차) : 감탄사. 부르는 것을 나타낸다.

介胄(개주) : 갑옷과 투구. 여기서는 훗날 송 무제가 되는 유유劉裕를 가리킨다.

19) 勖哉(욱재) : 힘쓰다. '재'는 조사로 '감탄'을 나타낸다.

皇家(황가) : 황실. 여기서는 동진 왕조를 가리킨다.

해설

　이 시는 한 요가 <주로朱鷺>를 제목으로 한 작품인데, 발음에 착안하여 천자의 수레를 뜻하는 '주로朱路'로 바꾸어 노래하였다. 또 천자의 수레를 따르는 군사들에게 이 노래를 들려주는 형식을 취하여 개선을 축하하고 당부의 말을 전하였다. 첫 단락은 제1~8구로 천자의 수레를 따르는 말 탄 기병과 깃발의 화려한 위용을 서술하였고, 둘째 단락은 제9~16구로 고취요가의 음악 소리를 다양하게 묘사했으며, 끝 단락은 자신이 들려주는 고취요가처럼 인덕과 위엄을 갖추고 동진 황실을 위해 힘써 달라 당부하였다.

8-2 사비공편 思悲公篇

思悲公,1)	슬픈 주공을 생각하니
懷哀衣.2)	용포 입은 성왕을 품어주셨네.
東國何悲,3)	동쪽 노나라는 얼마나 슬픈지
公西歸.4)	주공께서 서쪽으로 돌아가셨네.
公西歸,	주공께서 서쪽으로 돌아가시어
流二叔,5)	두 아우를 유배 보내셨는데,
幼主旣悟,6)	어린 군주가 이미 깨달으시니
偃禾復.7)	쓰러진 벼가 다시 일어났네.
偃禾復,	쓰러진 벼가 다시 일어나서

聖志申.[8]	성인의 뜻이 펼쳐졌나니,
營都新邑,[9]	새 읍에 도성을 세워서
從斯民.[10]	백성을 따르게 하셨네.
從斯民,	백성을 따르게 하시니
德惟明.	덕화德化가 밝아지셨네.
制禮作樂,[11]	예악을 제정하여
興頌聲.	찬미의 소리가 일어났네.
興頌聲,	찬미의 소리가 일어나니
致嘉祥.	아름다운 길상이 이르고,
鳴鳳爰集,[12]	봉황이 이에 내려오니
萬國康.	만국이 편안해졌네.
萬國康,	만국이 편안해져도
猶弗已.	여전히 그치지 않으시고,
握髮吐餐,[13]	머리카락을 잡고 씹던 음식을 뱉어
下群士.	뭇 선비에게 낮추셨네.
惟我君,[14]	우리 군왕께서는
繼伊周,[15]	이윤과 주공을 계승하셨나니,
親睹盛世,	성대한 시대를 직접 보게 되니
復何求.	또다시 무엇을 구하리오.

주석

1) 悲公(비공) : 슬픈 주공. '공'은 시의 내용상 주공周公을 가리키는데, 주 무왕이 죽어 슬퍼하는 것이다.

2) 袞衣(곤의) : 곤룡포. 제왕들이 입던 예복인데, 여기서는 주 성왕成王을 가리킨다.

3) 東國(동국) : 노魯 나라를 가리킨다. 주공은 처음에 노나라 곡부曲阜에 봉해졌다.

4) 西歸(서귀) : 서쪽으로 돌아가다. 주 무왕의 죽음으로 어린 조카 성왕을 보필하기 위해,

주공이 노나라 곡부에서 주나라 수도 호경(鎬京, 지금의 섬서성 서안 서남쪽)으로 간 일을 가리킨다.

5) 二叔(이숙) : 주공의 두 아우인 관숙管叔과 채숙蔡叔. 두 사람은 상나라 주왕紂王의 아들 무경武庚과 결탁하여 반란을 일으켰는데, 주공이 성왕의 명을 받들어 이들을 평정하였다. 관숙과 무경은 주살하고 채숙은 유배 보냈는데, 이 일을 가리킨다.

6) 幼主(유주) : 어린 군주. 주 성왕成王을 가리킨다.

7) 偃禾(언화) : 쓰러진 벼.

復(복) : 회복하다. 다시 돌아오다.

이 구는 주공에 대한 성왕의 오해가 풀린 일을 가리킨다. 주 성왕은 주공이 관숙과 채숙의 반란을 평정한 후 나라의 권력을 독점하여 사직을 위태롭게 할 것이라는 비방을 듣고 주공을 가두려고 하였다. 이에 주공은 노나라로 달아났다. ≪상서尙書≫에 의하면, 주공이 노나라로 간 지 2년째 되던 해에 하늘에서 큰바람이 일어나 벼가 다 쓰러지고 큰 나무가 다 뽑혔는데, 성왕이 금등金縢 안에 넣어둔 주공의 글을 보고 다시 주공을 맞아들이자, 하늘이 이에 바람의 방향을 돌리어 쓰러진 벼들이 다시 일어났다고 한다.

8) 聖志(성지) : 성인의 뜻. 주공이 성왕을 대신하여 다스린 것을 가리킨다.

9) 新邑(신읍) : 새 읍. 낙읍(洛邑, 지금의 낙양洛陽)에 따로 도성을 세운 일을 가리킨다.

10) 斯民(사민) : 백성.

11) 制禮作樂(제례작악) : 예악의 전장典章 제도를 만들다. 주공은 낙읍을 세운 후 천하의 제후들을 불러들여 성대한 의식을 거행하였다. 이때 천하의 제후들을 정식으로 책봉하였고 아울러 각종의 전장 제도를 선포하여 주 왕실의 안녕을 기원하였다.

12) 鳴鳳(명봉) : 봉황. 치세治世의 상서로운 징험을 대표한다.

13) 握髮吐餐(악발토찬) : 머리카락을 잡고 먹던 음식을 뱉다. ≪사기·노주공세가魯周公世家≫에서 "주공은 백금에게 경계하여 말하길, '나는 문왕의 아들로서 무왕의 동생이자 성왕의 숙부이니, 나는 천하에서 또 신분이 낮지 않다. 그러나 나는 한 번 머리 감을 때 세 번 머리카락을 잡고, 한 번 밥 먹을 때 세 번 먹던 음식을 뱉어내어 일어나 선비를 우대했지만, 그래도 오히려 천하의 현명한 인재를 잃을까 걱정하였다. 너는 노나라에 가서 삼가며 국군國君이라 하여 남에게 교만하게 굴지 말아라.'라 하였다.(周公戒伯禽曰, 我文王之子, 武王之弟, 成王之叔父, 我於天下亦不賤矣. 然我一沐三捉髮, 一飯三吐哺, 起以待士, 猶恐失天下之賢人.

369

子之魯, 愼無以國驕人)"라고 하였다.

14) 我君(아군) : 송왕宋王 유유劉裕를 가리킨다.

15) 伊周(윤주) : 상나라 이윤伊尹과 주나라 주공周公. 이윤은 탕왕을 도와 하나라를 무너뜨리고 상나라를 세웠으며, 주공은 문왕을 도와 은나라를 무너뜨리고 주나라를 세웠다. 두 사람 모두 새 나라의 건국에 큰 공이 있고, 또 건국 후에는 어린 왕을 도와 섭정하여 성세盛世를 이루었다.

이 구는 유유가 동진의 황제 안제安帝를 복위시켜 황실을 안정시키고, 또 많은 군공으로 인해 상국相國의 지위를 부여받고 송왕宋王에 봉해진 일을 가리킨다.

해설

이 시는 주공周公의 공적을 통해 송 무제 유유劉裕를 찬미하였다. 시는 네 구씩 한 단락을 이루어 주공의 업적을 서술했는데, 매 단락의 마지막 구를 다음 첫 구에서 그대로 되풀이하여 음악적 효과를 가미하였다. 주공이 무왕의 죽음으로 인한 슬픔 속에서 어린 성왕을 보필하러 서쪽으로 간 일, 관숙과 채숙의 반란을 평정한 후 성왕의 오해를 받은 일, 금등 안에 넣어둔 글을 통해 오해가 풀리면서 본격적으로 정사를 펼쳐 낙읍을 세우고 백성을 다스린 일, 백성의 교화로부터 더 나아가 국가의 예악을 제정하여 칭송을 받은 일, 성세의 길상인 봉황이 날아들며 만국이 평안해진 일, 평안 속에서도 끊임없이 선비를 예우한 일 등을 차례로 서술하였다. 마지막 네 구는 이런 주공의 뒤를 송 무제 유유가 계승하고 있다고 찬미하였다.

8-3 옹리편 雍離篇

雍士多離心,[1)	옹주 장수는 배반의 마음 많았고
荊民懷怨情.[2)	형주 사람은 원망의 심정 품었네.
二凶不量德,[3)	두 원흉은 자기 품덕을 헤아리지 못하고
搆難稱其兵.[4)	원수가 되어 싸우며 각자의 병사를 일으켰네.
王人銜朝命,[5)	왕의 사람들은 조정의 명을 받들고

正辭糾不庭,[6]   올바른 조서로써 조회 오지 않은 일을 바로잡았네.

上宰宣九伐,[7]   재상께서 아홉 가지 죄목을 선포하자

萬里擧長旌.[8]   만 리에서 긴 깃발을 들고 일어났네.

樓船掩江濆,[9]   누선 타고 경구 강가에서 엄습하였고

駟介飛重英.[10]   전차 몰며 창 자루의 겹 장식을 드날리는데,

歸德戒後夫,[11]   덕장에게 귀의함에 늦게 오는 이를 경계하였고

賈勇尚先鳴.[12]   용장을 불러들임에 먼저 우는 이를 숭상하였네.

逆徒旣不濟,[13]   반역의 무리는 이미 이루지 못한 데다

愚智亦相傾.[14]   어리석은 지혜가 또 서로를 꺾어버렸네.

霜鋒未及染,   서릿발 칼끝이 피로 물들기도 전에

鄢郢忽已淸.[15]   초나라 언영이 문득 벌써 맑아졌네.

西川無潛鱗,[16]   서쪽 촉 땅에 숨으려던 어룡이 없어지니

北渚有奔鯨.[17]   북쪽 물가에 치달리는 고래가 나타났네.

凌威致天府,[18]   서슬 퍼런 위엄이 비옥한 땅에 이르러

一戰夷三城.[19]   한 번 싸워 세 군데 성을 평정하였네.

江漢被美化,[20]   장강과 한수의 형초 땅이 좋은 교화를 입고

宇宙歌太平.[21]   온천지가 태평함을 노래하네.

惟我東郡民,[22]   우리 동쪽 군내 백성들은

曾是深推誠.[23]   일찍부터 마음 깊이 성심을 칭송했다네.

주석

1) 雍士(옹사) : 옹주 장수. 사마휴지司馬休之를 가리킨다. 그는 환현桓玄의 난이 평정된 후 유유劉裕의 세력이 커지는 것을 반대하여 옹주자사 노종지魯宗之와 연합하여 병란을 일으켰지만 결국 유유에게 토벌되었다.

　離心(이심) : 배반의 마음. '리'는 이반離叛의 뜻이다.

2) 荊民(형민) : 형주 사람. 환현을 가리킨다. 그는 융안隆安 3년(399) 말 은중감殷仲堪과 양전기楊

佺期를 멸한 후 이듬해 형주와 옹주를 강탈하고 제 맘대로 형주자사가 되었다.

3) 二씨(이흉) : 사마휴지와 환현을 가리킨다.

不量德(불량덕) : 품덕을 헤아리지 못하다. 자기 역량을 과대평가하는 것을 의미한다.

4) 搆難(구난) : 원수가 되어 교전하다.

이 구는 사마휴지가 융안 2년(398) 왕공王恭의 난 때 양성襄城 태수로서 사마도자司馬道子를 지원하자 환현이 이들을 공격한 일을 가리킨다.

稱(칭) : 일으키다.

5) 王人(왕인) : 왕의 사람들. 동진 안제安帝를 복위하고자 유유와 함께 봉기한 27명의 사람을 가리킨다.

6) 正辭(정사) : 올바른 조서. 명분 있는 올바른 글임을 나타낸다.

不庭(부정) : 조회 오지 않다. '정'은 '정廷'과 통한다.

이상 두 구는 원흥元興 2년(403) 환현이 황위를 찬탈하고 초제楚帝에 오르자 이를 토벌하려고 유유가 정식으로 거병한 일을 말한다.

7) 上宰(상재) : 재상. 유유를 가리킨다.

8) 擧長旌(거장정) : 긴 깃발을 들다.

이상 두 구는 원흥 3년(404) 유유가 환현을 타도하려는 명분을 내세워 북부군의 남은 세력을 결집한 일을 가리킨다.

9) 江濆(강분) : 강가. 경구(京口, 강소성 진강鎭江)를 가리킨다.

10) 駟介(사개) : 갑옷 입은 네 마리 말이 끄는 전차.

重英(중영) : 창의 자루 위에 달린 이중의 채색 장식.

11) 歸德(귀덕) : 덕 있는 이에게 귀의하다. 유유에게 귀의하는 것을 가리킨다.

12) 賈勇(고용) : 용사를 불러들이다.

이상 네 구는 원흥 3년(404) 유유와 북부군이 경구에서 환현의 병력을 물리치고 유유가 맹주로 추대되어 사방에 격문을 전하고 각지의 호응을 얻게 된 일을 말하였다.

13) 逆徒(역도) : 반역의 무리. 환현과 그 추종자들을 가리킨다.

14) 相傾(상경) : 서로를 기울게 하다.

이상 두 구는 환현이 두려운 나머지 경릉竟陵 태수에 임명한 유매劉邁를 중안후重安侯에 봉했다가 얼마 안 되어 죽이고, 원덕元德, 호흥扈興, 후지厚之 등도 죽인 일을 가리킨다.

15) 鄢郢(언영) : 초나라 도읍지를 가리킨다. '언'과 '영'은 모두 초나라의 수도 이름이다.

    이 구는 동진 안제를 협박하여 선위 받고 환초桓楚를 세운 환현이 진압된 것을 가리킨다.

16) 西川(서천) : 서쪽 촉 땅.

    이 구는 환현이 강릉에서 한중漢中을 거쳐 촉 땅으로 도망치려다 익주독호益州督護 풍천馮遷에게 참수당한 일을 가리킨다.

17) 北渚(북저) : 북쪽 물가.

    이 구는 환현의 반란 끝에 연주(兗州, 지금의 산동성) 자사 신우辛禹와 북청주(北青州, 지금의 산동 북부) 자사 유해劉該가 반란을 일으킨 것을 가리킨다.

18) 天府(천부) : 비옥한 땅. 환현과 그 반란 무리가 점거한 지역을 두루 가리킨다.

19) 夷三城(이삼성) : 세 군데 성을 평정하다.

    이 구는 원흥 3년(404) 말 노성魯城, 언월루偃月壘, 파릉巴陵을 수복한 일을 가리킨다.

20) 江漢(강한) : 장강長江과 한수漢水의 사이와 그 부근. 당시 형초荊楚 지역을 두루 가리킨다.

21) 宇宙(우주) : 온 천지.

22) 東郡民(동군민) : 동진의 백성을 가리킨다.

23) 推誠(추성) : 성심을 칭송하다. '추'는 장려하고 칭송한다는 뜻이다.

해설

이 시는 동진 말 혼란한 시기에 유유劉裕가 환현을 비롯한 여러 반란을 진압하고 나라가 다시 태평해진 일을 서술하였다. 한 요가 '옹리翁離'는 '옹리雍離'로 된 판본도 있는데, '옹'자와 '리' 자의 본뜻에 착안하여 옹주雍州의 반란을 연상해내었다. 시는 네 구씩 한가지의 일을 서술했는데, 제1~4구는 옹주와 형주에서 사마휴지와 환현이 서로 싸우다 결국 반란을 일으키게 된 상황을 말하였다. 제5~8구는 환현의 반란을 진압한다는 명분을 내세워 유유가 정식 조서를 받고 거병한 일을 말하였고, 제9~12구는 유유가 경구에서 환초의 병력을 진압하고 각지의 호응을 얻은 것을 말하였다. 제13~16구는 환현의 반란 무리가 서로 싸우다 결국 토벌되었음을 말하였고, 제17~20구는 환현이 죽고 나서도 크고 작은 반란이 일어나 이를 평정한 것을 말하였다. 제21~24구는 마침내 태평한 시기가 이르면서 백성들이 마음속 깊이 유유를 칭송함을 말하였다.

8-4 전성남편 戰城南篇

戰城南,	성 남쪽에서 싸워서
衝黃塵.	누런 먼지 일으키니,
丹旌電烻,[1]	붉은 기는 번개처럼 빛나고
鼓雷震.	북은 우레처럼 울린다.
勍敵猛,[2]	강한 적은 사납고
戎馬殷.[3]	전투마는 많지만,
橫陣亙野,[4]	늘어선 군진은 들에 펼쳐져
若屯雲.[5]	구름 무더기 같구나.
仗大順,[6]	하늘의 도에 기대고
應三靈.[7]	해와 달과 별에 부응하며,
義之所感,[8]	대의에 격분되어
士忘生.[9]	용사는 살기를 잊고 싸운다.
長劍擊,	긴 칼로 내리치고
繁弱鳴.[10]	큰 번약 활로 울려대니,
飛鏑炫晃,[11]	날아가는 살촉은 번득이며
亂奔星.[12]	유성우처럼 마구 쏟아진다.
虎騎躍,	용맹한 기병이 뛰어오르며
華耗旋,[13]	화려한 장식도 빙빙 도는데,
朱火延起,[14]	붉은 불이 연이어 일어나서
騰飛煙.	허공의 연기를 피워 올린다.
驍雄斬,	날랜 우두머리가 베어지고
高旗搴,[15]	높은 깃발이 뽑히고 나니,
長角浮叫,[16]	긴 뿔피리가 허공에 울리며

374

響清天. 　　　　　맑은 하늘에 울려 퍼진다.

夷群寇, 　　　　　뭇 도적 떼를 평정하고

殲逆徒.[17] 　　　반역 무리를 쓰러뜨리니,

餘黎霑惠.[18] 　　남은 백성은 은혜를 받고

詠來蘇.[19] 　　　다시 살아났다 노래한다.

奏愷樂,[20] 　　　개선가를 연주하며

歸皇都. 　　　　　수도로 돌아왔는데,

班爵獻俘,[21] 　　작위를 받고 포로를 바치니

邦國娛. 　　　　　온 나라가 즐거워하도다.

주석

1) 丹旌(단정) : 붉은 깃발.

　　電烻(전연) : 번개처럼 빛나다.

2) 勍敵(경적) : 강한 적.

3) 戎馬(융마) : 전투마.

　　殷(은) : 많다.

4) 橫陣(횡진) : 가로로 늘어선 군진軍陣.

　　亘野(긍야) : 들판에 두루 펼쳐져 있다.

5) 屯雲(둔운) : 구름 무더기. 쌓이고 모인 구름 기운을 가리킨다.

6) 大順(대순) : 천도天道.

7) 三靈(삼령) : 해, 달, 별.

8) 義(의) : 도의道義. 전쟁의 대의명분을 가리킨다.

9) 忘生(망생) : 살기를 잊다.

　　이 구는 용사들이 목숨을 내놓고 용맹하게 싸우는 것을 말한다.

10) 繁弱(번약) : 고대 양궁良弓의 이름인데, 큰 활을 대표한다.

11) 鏑(적) : 살촉.

　　炫晃(현황) : 번득이다. 현황炫煌으로도 쓴다.

12) 奔星(분성) : 혜성. 유성.

13) 華珥(화이) : 화려한 전투 장식. 주로 말이나 활과 창의 끝에 매달아 장식한다. '이'는 새 깃털이나 짐승 털로 꾸미는 것이다.

14) 延起(연기) : 연속하여 일어나다. 계속 일어나다.

15) 驍雄(효웅) : 날랜 우두머리. 적장賊將을 가리킨다.

15) 搴(건) : 빼어내다. 뽑다.

　　이상 두 구는 적장의 머리가 베어지고 군대의 깃발이 뽑히면서 패전하게 된 것을 말한다.

16) 長角(장각) : 긴 뿔피리 소리.

　　이 구는 승리를 알리는 뿔피리 소리가 길게 울리는 것을 말한다.

17) 殪(에) : 쓰러뜨리다. 죽이다.

18) 餘黎(여려) : 남은 백성. 살아남은 백성들을 가리킨다.

19) 來蘇(내소) : 소생하다. 다시 살아나다.

20) 愷樂(개악) : 승리를 축하하는 군악軍樂. 원래 사당에 전공戰功을 바칠 때의 음악을 가리킨다.

21) 班爵(반작) : 작위를 받다. '반'은 작위의 등급을 나누는 것을 뜻한다.

해설

　　이 시는 성 남쪽에서 싸워서 승리하는 과정을 노래하였다. 크게 세 단락으로 나눌 수 있는데, 첫 단락은 제1~8구로 성 남쪽에서 전투가 일어나 적과 아군이 대치하는 상황을 제시하였다. 둘째 단락은 제9~24구까지로 네 구씩 나누어 전투 장면을 묘사하였다. 첫 네 구는 하늘의 뜻에 따라 용맹하게 싸우려는 의지를 썼고, 다음 네 구는 칼과 활을 써서 맹렬히 교전하는 것을 썼으며, 다음 네 구는 기병의 활약으로 불이 타오르며 승리의 기세를 잡은 것을 말하였고, 마지막 네 구는 적장의 수급을 베어 승리를 알리는 모습을 말하였다. 마지막 단락은 제25~32구로 전쟁의 승리로 인해 백성들의 삶은 안정되고, 자신들도 전공을 인정받으며 온 나라의 축하를 받는 상황을 서술하였다. 전쟁의 참상보다는 승리의 과정을 노래하여 굳세고 씩씩한 기상이 느껴진다.

8-5 무산고편 巫山高篇

巫山高,	무산은 높고
三峽峻.[1]	삼협은 험준하니,
青壁千尋,[2]	푸른 절벽이 천 길이요
深谷萬仞.	깊은 계곡이 만 길이라.
崇巖冠靈,[3]	높은 바위산은 관을 쓴 신령인 듯
林冥冥.[4]	숲은 어둑어둑하다.
山禽夜響,[5]	산짐승은 밤마다 울어대고
晨猿相和鳴.[6]	새벽 원숭이는 서로를 따라 운다.
洪波迅澓,[7]	큰 물결은 급하게 휘돌면서
載逝載停.[8]	흐르다가 멈추곤 한다.
悽悽商旅之客,[9]	슬프디슬픈 나그네 상인들
懷苦情.[10]	괴로운 심정을 품었구나.
在昔陽九,[11]	지난날 영가의 난으로
皇綱微.[12]	황실의 기강이 쇠미해진 때,
李氏竊命,[13]	이씨가 황명을 사칭했지만
宣武耀靈威.[14]	환온이 영험한 위엄을 빛냈도다.
蠢爾逆縱,[15]	어리석은 역적의 무리
復踐亂機.[16]	또다시 반란을 일으키니
王旅薄伐,[17]	왕의 군대가 정벌하고
傳首來至京師.[18]	참수한 머리를 전하여 수도에 이르렀다.
古之爲國,[19]	옛날의 위정자들
惟德是貴.	덕화德化만이 귀한데도,
力戰而虐民,	전쟁에 힘써 백성을 학대하니

鮮不顚墜.20)	쇠망하지 않은 적이 드물었다.
矧乃叛戻,21)	하물며 반란의 무리야
伊胡能遂.	이 어찌 이룰 수 있겠는가.
咨爾巴子,22)	아 너희 파자국은
無放肆.23)	제멋대로 굴지 말지어다.

주석

1) 三峽(삼협) : 사천성과 호북성 경계에 있는 무협巫峽, 구당협瞿塘峽, 서릉협西陵峽을 아울러 가리킨다.

2) 千尋(천심) : 천 길. '심'은 길이의 단위로 8척이다.

3) 崇巖(숭암) : 높은 바위산. 무산십이봉巫山十二峰을 가리킨다.
   冠靈(관령) : 신령에게 관을 씌우다.

4) 冥冥(명명) : 어두운 모양.

5) 山禽(산금) : 산짐승. '금'을 짐승을 총칭한다.

6) 相和(상화) : 서로 따르다. '화'는 따라서 소리 내는 것이다.

7) 迅澓(신복) : 급하게 휘돌며 흐르다.

8) 載(재) : 조사.

9) 悽悽(처처) : 슬픈 모양. 처량한 모양.

10) 苦情(고정) : 괴로운 심정. 험준한 무산과 삼협으로 인해 돌아가지 못하고 멀리서 그리는 심정을 가리킨다.

11) 陽九(양구) : 재난. 재해. 여기서는 영가永嘉 연간(307~311) 흉노의 침입으로 인해 서진 왕조가 혼란해진 시기를 가리킨다. 음양오행설에 의하면, 사천 육백 십칠 년을 일원一元이라고 하는데 초입 106년 안에 가뭄이 드는 9년이 있는데, 이를 '양구'라 한다.

12) 皇綱(황강) : 황실의 기강. 서진 왕조를 가리킨다.

13) 李氏(이씨) : 성한成漢을 세운 이특李特과 그의 아들 이웅李雄을 가리킨다.
   竊命(절명) : 황명을 훔치다.
   이 구는 302년 이특이 스스로 사지절使持節, 대도독大都督, 진북장군鎭北將軍이라 칭하고 이듬

378

해 성도成都를 공략한 일을 가리킨다.

14) 宣武(선무) : 환온桓溫. 그는 영강寧康 원년(373)에 62세의 나이로 병들어 죽었는데, 승상丞相에 추증되었고 선무의 시호를 받았다.

이 구는 영화永和 원년(345) 환온이 안서장군安西將軍, 형주도독荊州都督으로서 성한 왕조를 패망시킨 일을 가리킨다.

15) 蠢爾(준이) : 무지하게 행하는 모습.

逆縱(역종) : 역적 무리. 윗구의 '이씨李氏', 즉 이특과 이웅을 가리킨다.

16) 復踐(부천) : 다시 일으키다. 다시 시행하다.

이 구는 303년 이특이 성도를 공격하여 익주자사益州刺史 나상羅尙과 싸우다 죽었는데, 이듬해 그의 아들 이웅이 수령이 되어 스스로 성도왕으로 봉했다가 306년 황제라 칭하고 대성(大成, 즉 성한成漢)을 건국한 일을 가리킨다.

17) 薄伐(박벌) : 정벌하다. '박'은 조사로서 강조의 어기를 나타낸다.

18) 傳首(전수) : 참수한 머리를 전송하다.

京師(경사) : 서진의 수도 낙양洛陽을 가리킨다.

이 구는 태안太安 2년(303) 진 혜제惠帝가 3만 대군을 보내 나상羅尙을 구원하자, 나상은 2월 대군을 이끌고 이특의 군대를 대패시켜 이특과 이보李輔, 이원李遠을 죽이고 그들의 수급首級을 낙양으로 보내왔는데, 이 일을 가리킨다.

19) 爲國(위국) : 나라를 다스리다.

20) 顚墜(전추) : 무너지다. 쇠망하다.

21) 叛戾(반려) : 배반하다. 반란을 일으키다.

22) 咨爾(자이) : 아, 너희. 원래 '자'는 감탄, '이'는 너희를 뜻하는데, 나중에는 구절 첫머리에 쓰여 찬탄함을 나타내게 되었다.

巴子(파자) : 파자국巴子國. 주나라 초에 봉하여 자국子國으로 삼고 '파자국'이라 칭하였다. 여기서는 성한成汉이 세워진 촉 지방을 가리킨다.

23) 放肆(방사) : 함부로 하다. 제멋대로 굴다.

해설

이 시는 무산의 협곡을 오가는 상인들의 슬픔을 통해, 반란을 일으켰다. 멸망 당한 성한成漢

379

의 뼈아픈 역사를 되새기며 다시는 촉 지방에서 반란을 일으키지 말라고 권고하였다. 시는 크게 세 단락으로 나뉘는데, 첫 단락은 제1~12구로 한 요가 <무산고巫山高>의 시상을 이어 받아 무산이 높고 삼협이 험준하여 상인들이 건너가기 힘들어 슬퍼하는 것을 말하였다. 다음 단락은 제13~20구로 영가 연간에 촉 지방에서 일어난 성한成漢의 반란과 이를 정벌한 일을 말하였고, 마지막 단락은 제21~28구로 반란의 무리는 반드시 패망하니, 함부로 반란을 일으키지 말라고 경고하였다.

8-6 상릉자편 上陵者篇

上陵者,	언덕에 오르는 자들이
相追攀.[1]	서로 따라 올라간다.
被服纖麗,[2]	의복이 곱고 아름다워
振綺紈.[3]	비단옷을 나부끼고,
攜童幼,[4]	어린아이 손을 끌고
升崇巒.[5]	높은 산등성이에 오른다.
南望城闕,	남쪽 성궐을 바라보니
鬱盤桓.[6]	빽빽하고 드넓은데,
王公第,[7]	왕공의 저택들이
通衢端.[8]	사거리 끝까지 이어져서,
高甍華屋,[9]	높은 기와의 화려한 지붕
列朱軒.[10]	창문 있는 붉은 복도가 늘어섰다.
臨濬谷,[11]	깊은 골짜기에 임하여
掇秋蘭.[12]	가을 난초 따는데,
士女悠奕,[13]	귀한 집 여인들 빼어나고 어여뻐
映隰原.[14]	낮은 데나 넓은 곳이나 그 모습이 비친다.

指營丘,[15]	제나라 수도 영구를 가리키며
感牛山.[16]	짧은 인생 슬퍼하는 우산의 비애를 느끼나니,
爽鳩旣沒,[17]	상구씨도 이미 죽었고
景君歎.[18]	제 경공도 탄식했었다.
嗟歲聿,[19]	해 저문다고 탄식해도
逝不還.	흘러간 시간은 돌아오지 않나니,
志氣衰沮,[20]	의지와 기상 쇠하고 막힌 데다
玄鬢斑.[21]	검은 머리도 희끗해졌다.
野莽宿,[22]	들의 풀도 여러 해 묵었고
墳土乾.	무덤의 흙도 메말랐다.
顧此纍纍,[23]	이 수많은 무덤을 돌아보니
中心酸.	마음속이 쓰라리다.
生必死,	태어나면 반드시 죽나니
亦何怨.	또 어찌 원망하겠는가.
取樂今日,	오늘의 즐거움을 취하여
展情歡.[24]	마음속 기쁨을 펼치노라.

주석

1) 追攀(추반) : 뒤를 따라 오르다.

2) 纖麗(섬려) : 섬세하고 아름답다.

3) 綺紈(기환) : 화려한 비단옷. '기'는 꽃문양이 있는 비단이고, '환'은 올이 가는 흰색 비단이다.

4) 童幼(동유) : 어린아이. 아동.

5) 崇巒(숭만) : 높은 산등성이.

6) 鬱(울) : 밀집하다. 모여있다.

   盤桓(반환) : 광대한 모양. 또는 구불구불 이어진 모양.

7) 第(제) : 큰 주택. 저택.

8) 通(통) : 이어져 있다. 이어져 나란하다.

　　衢端(구단) : 사거리 끝.

9) 高甍(고맹) : 높은 기와.

10) 朱軒(주헌) : 창문이 있는 붉은 복도. '헌'은 창문이 나 있는 긴 복도이다.

11) 濬谷(준곡) : 깊은 골짜기.

12) 秋蘭(추란) : 가을 난초.

13) 士女(사녀) : 사녀仕女. 즉 귀족 부녀를 가리킨다.

　　悠奕(유혁) : 빼어나고 아름답다.

14) 隰原(습원) : 낮은 습지와 넓고 평평한 땅.

15) 營丘(영구) : 주 무왕이 여상呂尙에게 제 땅을 봉해주었는데, 그 수도가 있던 곳이다. 즉, 제나라의 수도 임치臨淄를 가리킨다. 지금의 산동성 치박시淄博市 임치臨淄 북쪽에 있다.

16) 牛山(우산) : 산 이름. 춘추 시기 제齊 경공景公이 이 산에 올라 인생의 유한함을 깨닫고 슬퍼했다고 한다. 이는 '우산비牛山悲'의 전고로 전하고 있다.

17) 爽鳩(상구) : 상구씨爽鳩氏. 전설 상 소호少昊의 사구司寇인 상구씨가 처음으로 영구營丘 땅에 거했다고 한다. 나중에 태공망 여상呂尙의 봉지가 되었다. 여기서는 명재상을 가리킨다.

18) 景君(경군) : 춘추 제齊 나라 경공景公을 가리킨다.

19) 聿(율) : 조사. 구절의 첫머리나 중간에 사용된다. ≪시경 · 당풍唐風 · 실솔蟋蟀≫에서 "귀뚜라미가 집에 드니, 이 해도 저무는구나(蟋蟀在堂, 歲聿其莫)"라고 하였다.

20) 衰沮(상저) : 쇠하고 막히다. 의지가 약해지고 실의한 상태를 나타낸다.

21) 玄鬢(현빈) : 검은 머리카락.

　　斑(반) : 검은 머리에 흰머리가 섞인 것을 가리킨다.

22) 野莽(야망) : 들풀.

　　宿(숙) : 격년이나 다년에 걸쳐 자라다. 황폐해진 것을 말한다.

23) 纍纍(누루) : 많은 모양. 겹쳐서 쌓여있는 모양. 여기서는 많은 무덤을 가리킨다.

24) 情歡(정환) : 마음속의 즐거움.

해설

　이 시는 높은 산에 올라 번화한 도성과 무덤을 바라보면서 인생무상의 감회를 느끼고 그래서 지금 한껏 즐기자고 노래하였다. 크게 네 단락으로 나뉘는데, 첫 단락은 제1~6구로 여러 사람이 화려하게 차려입고 언덕에 올라가는 장면을 말하였다. 둘째 단락은 제7~16구로 높은 산에서 남쪽 성궐을 바라보는 것을 서술하였다. 왕공의 저택이 사거리 끝까지 늘어서 있고, 귀한 집 여인이 여기저기서 보이니, 그야말로 번화한 도성의 모습이라 할 수 있다. 셋째 단락은 제17~28구로 번화한 풍경으로부터 옛 제나라의 수도인 영구를 회상하는데, 제 경공이 우산에서 인간의 유한성을 깨닫고 탄식했듯이, 당시의 권문세족들도 결국 눈앞의 무덤이 되고 말았다고 슬퍼하였다. 마지막 단락은 제29~32구로 태어나면 죽는 법이니 그저 즐기면서 살자고 말하였다.

8-7 장진주편 將進酒篇

將進酒,[1]	술 마시기를 청하니
慶三朝.[2]	새해 첫날을 축하하며,
備繁禮,[3]	후한 예를 갖추고
薦嘉肴.[4]	좋은 안주를 바치네.
榮枯換,[5]	무성함과 메마름이 바뀌고
霜霧交.[6]	서리와 안개가 교차하는 이때,
緩春帶,[7]	봄옷 띠를 느슨히 풀고
命明僚.[8]	현명한 동료를 부르네.
車等旗,[9]	수레는 깃발 높이를 같게 하고
馬齊鑣.[10]	말들은 재갈을 나란히 하면서,
懷溫克,[11]	온화하게 이겨내길 생각하며
樂林濠.[12]	숲속 강가에서 즐긴다네.
士失志,	선비는 뜻을 잃으면
慍情勞.[13]	분노의 감정으로 힘든데,

思旨酒,	좋은 술을 생각하며
寄遊遨.[14]	마음껏 즐기네.
敗德人,[15]	덕이 무너진 사람은
甘醇醪.[16]	맛난 술을 즐기면서,
耽長夜,	긴 밤 내내 탐닉하며
或淫妖.[17]	삿된 미인에게 유혹되네.
興屢舞,[18]	일어나서 계속 춤추고
屬哇謠.[19]	속된 노래로 소리 지르니,
形僛僛,[20]	모습은 비틀비틀
聲號呶.[21]	소리는 고래고래.
首既濡,[22]	머리도 이미 술에 젖었고
志亦荒.[23]	생각도 또한 없어져서,
性命夭,[24]	목숨도 일찍 잃고
國家亡.	나라도 망한다네.
嗟後生,	아 후손들이여
節酣觴.[25]	술 마시기를 절제하라,
匪酒辜,[26]	술의 죄가 아니라면
孰爲殃.[27]	어찌 재앙이 생기겠는가.

주석

1) 將(장) : 청컨대. 원컨대.

2) 三朝(삼조) : 1월 1일. 정월 초하루. 해, 달, 일이 시작되므로 '삼조'라 하였다.

3) 繁禮(번례) : 번다한 예의. 예를 후히 하는 것이다.

4) 嘉肴(가효) : 좋은 안주.

5) 榮枯(영고) : 초목의 무성함과 메마름. 사물의 성쇠를 가리킨다.

6) 霜霧(상무) : 겨울 서리와 봄 안개.

이상 두 구는 1월 1일이 겨울과 봄이 교차하는 때임을 말하였다.

7) 春帶(춘대) : 봄옷의 띠. '대'는 '춘의春衣'의 띠를 가리킨다.

8) 命(명) : 부르다.

明僚(명료) : 현명한 동료. '료'는 동료를 뜻한다.

9) 等旗(등기) : 깃발의 높이를 같게 하다.

10) 齊鑣(제표) : 재갈을 나란히 하고 달리다.

이상 두 구는 자신과 동료들이 사이좋게 가는 모습을 나타낸다.

11) 溫克(온극) : 온화하고 이겨내다. ≪시경·소아·소완小宛≫의 "사람이 총명하고 지혜로우면, 술을 마셔도 온유하게 이겨내건만(人之齊聖, 飮酒溫克)"에 대한 정현鄭玄 전箋에서 "정직하고 지혜로운 사람은 술을 마셔서 비록 취하더라도 온유하게 자신을 견지하며 이겨낸다.(中正通知之人, 飮酒雖醉猶能溫藉自持以勝)"라고 하였다.

이 구는 술을 마시고 취하더라도 온화하게 취기를 이겨내는 것을 말한다.

12) 林濠(임호) : 숲속 강가. 깊고 그윽한 곳을 나타낸다.

13) 慍情(온정) : 분노의 감정. 원한.

14) 寄(기) : 붙여내다. 외물에 맡기어 풀어내다.

遊遨(유오) : 마음껏 노닐다.

이 구는 마음껏 노닐겠다는 말이다.

15) 敗德(패덕) : 덕이 무너지다. 품덕이 훼손되다.

16) 甘(감) : 좋아하다. 즐기다.

醇醪(순료) : 맛 좋은 술.

17) 或(혹) : 유혹되다. '혹惑' 자와 통하고 이 글자로 된 판본도 있다. '혹'을 간혹의 뜻으로 보면 '간혹 음탕하고 사악해진다'로 풀이할 수 있다.

淫妖(음요) : 삿되게 아름답다. 아름답지만 바르지 못하다.

18) 屢(루) : 계속. 줄곧.

19) 厲(려) : 소리 지르다. 소리를 높고 급히 내는 것이다.

哇謠(왜요) : 속된 노래. 속요俗謠.

20) 偨偨(사사) : 취하여 춤추며 흐트러진 모습. ≪시경·소아·빈지초연賓之初筵≫에서 "가죽 모자 비뚤게 쓰고, 계속 춤추면서 비틀비틀(側弁之俄, 屢舞偨偨)"이라고 하였다.

21) 號呶(호노) : 시끄럽게 외치다. 고함 지르다.

　　이상 두 구는 술에 취해 예의를 잃은 모습이다.

22) 濡(유) : 축축하다. 젖다. 술에 흠뻑 취했다는 말이다.

23) 荒(황) : 없어지다. 텅 비다.

24) 夭(요) : 일찍 죽다.

25) 節(절) : 절제하다.

　　酣觴(감상) : 마구 마시다.

26) 匪(비) : 아니다. '非' 자와 같다.

　　酒辜(주고) : 술에 취한 탓에 받는 죄.

27) 爲殃(위앙) : 재앙이 생기다. 재앙이 되다.

　　이상 두 구는 술이 모든 재앙의 근원임을 말하였다.

해설

　이 시는 새해 첫날 술자리를 열어서 좋은 동료를 초대하면서 지나친 음주를 경계하자고 노래하였다. 시는 크게 네 단락으로 나뉘는데, 첫 단락은 제1~8구로 새해 첫날 술과 안주를 마련하여 술자리를 열고 현명한 동료를 초대하는 것을 말하였다. 둘째 단락은 제9~16구로 술자리를 미리 상상한 것으로, 동료들과 사이좋게 즐기면서 술을 통해 분노의 감정을 잘 풀어내고 있다. 셋째 단락은 제17~28구로 지나친 음주를 경계하였다. 현명한 이들과 달리 덕이 없는 사람은 술에 취해 패악을 부리다 몸도 망치고 나라도 망한다고 한 것이다. 마지막 단락은 제29~32구로 술 마시기를 절제하여 자기 스스로 재앙을 초래하지 말기를 당부하였다.

8-8 군마편 君馬篇

君馬麗且閑,[1]	군왕의 말은 아름답고 숙련되어
揚鑣騰逸姿,[2]	재갈 날리며 빼어난 자태로 뛰어오르는데,
駿足躡流景,[3]	빠른 걸음으로 흘러가는 햇빛을 밟고

高步追輕飛,[4]	높은 보폭으로 가벼운 새를 좇는다.
冉冉六轡柔,[5]	낭창낭창 여섯 줄 고삐는 부드럽고
奕奕金華暉,[6]	번쩍번쩍 금속 장식은 빛나며,
輕霄翼羽蓋,[7]	가벼운 운기가 수레 깃 장식을 파닥이게 하고
長風靡淑旂,[8]	긴 바람이 쌍용 깃발을 펄럭이게 한다.
願爲范氏驅,[9]	원하건대 범씨에게 몰게 하여
雍容步中畿,[10]	위엄 있고 당당하게 도성을 다녔으면.
豈效詭遇子,[11]	어찌 속임수로 이익 좇는 자를 본받아
馳騁趨危機,[12]	치달리며 위험한 기회를 좇겠는가.
金陵策良駒,[13]	금릉에서는 좋은 말에게 채찍질하는데
造父爲之悲,[14]	조보가 이 모습 본다면 슬퍼하리라.
不怨吳阪峻,[15]	오판의 길이 험준하다 원망하지 않고
但恨伯樂稀,[16]	다만 백락이 드문 것을 한탄한다.
赦彼岐山盜,[17]	저 기산의 말 도둑을 용서했기에
實濟韓原師,[18]	실제로 한원 땅의 포위 군사를 구원했건만,
奈何漢魏主,[19]	어찌하여 한나라 위나라 제왕들은
縱情營所私,[20]	제멋대로 굴며 사리사욕을 도모했던가.
疲民甘藜藿,[21]	곤궁한 백성은 명아주잎과 콩잎도 달게 먹으나
厩馬患盈肥,[22]	마구간의 말들은 비대해질까 걱정하는바,
人畜貿厥養,[23]	사람과 짐승을 기르는 방법이 뒤바뀌니
蒼生將焉歸[24]	백성들은 어디로 돌아가야 하는가.

주석

1) 閑(한) : 숙련되다. 익히다. ≪시경 · 대아 · 권아卷阿≫의 "군자의 말은 이미 익숙하게 달려가네.(君子之馬, 旣閑且馳)"에 대한 정현鄭玄 전箋에서 "'한'은 익히는 것이다(閑, 習也)"라고 하였다.

2) 揚鑣(양표) : 재갈을 날리다.
   騰(등) : 뛰어오르다.

3) 駿足(준족) : 빠른 발걸음. '준'은 빠르다는 뜻이다.
   躡(섭) : 밟다.

4) 輕飛(경비) : 가벼운 새. '비'는 날짐승을 가리킨다.

5) 冉冉(염염) : 부드러워 아래로 드리운 모양.
   六轡(육비) : 여섯 줄의 고삐. 옛날에 수레는 네 마리 말이 끌었는데, 한 마리마다 고삐가 두 줄이었다. 양쪽 가장자리 참마驂馬는 안쪽 고삐를 수레 앞 가로막대에 매었으므로, 말 모는 이는 여섯 줄의 고삐만 잡았다.

6) 奕奕(혁혁) : 빛나고 밝은 모양.
   金華(금화) : 금속으로 된 꽃장식. 화려한 장식을 가리킨다.

7) 輕霄(경소) : 가벼운 구름 기운.
   羽蓋(우개) : 깃털로 장식한 수레 덮개.

8) 靡(미) : 쏠리다. 바람 따라 기울어지고 뒤집히다.
   淑旗(숙기) : 서로 기댄 두 마리 용을 그린 깃발.

9) 爲范氏驅(위범씨구) : 범씨에게 말을 몰게 하다. 범씨는 고대에 말을 잘 모는 자였다. ≪문선 동도부東都賦≫의 "양유기養由基가 활을 쏘고 범씨가 수레를 모는데, 활은 정면의 새를 쏘지 않고, 수레는 법도에 어긋나게 몰지 않네.(由基發射, 范氏施御, 弦不睼禽, 轡不詭遇)"에 대한 이선李善 주에서 "≪괄지도≫에서 하나라의 덕이 성하여 두 마리 용이 내려왔다. 우가 범씨에게 그것을 몰게 하여 남방을 돌아다녔다.(括地圖曰, 夏德盛, 二龍降之. 禹使范氏御之以行經南方)라고 하였다."라고 하였다.

10) 雍容(옹용) : 위엄 있고 당당한 모습을 형용한다.
    中畿(중기) : 경기京畿. 도성과 그 부근을 가리킨다.

11) 詭遇(궤우) : 법도에 어긋나게 수레를 몰아 짐승을 잡다. 橫橫으로 화살을 쏴서 맞추는 것인

데, 이는 활쏘기의 올바른 예법이 아니었다. ≪맹자·등문공하滕文公下≫의 "나는 그를 위해 법도대로 하여 내가 말을 몰아 달리니 종일토록 한 마리도 잡지 못하였다. 그를 위해 법도에 어긋나게 몰아 짐승을 잡으니 하루에 열 마리를 잡았다.(吾爲之範我馳驅, 終日不獲一. 爲之詭遇, 一朝而獲十)"에 대한 유희劉熙 주에서 "횡으로 하여 활 쏘는 것을 '궤우'라고 한다.(橫而射之曰詭遇)"라고 하였다.

12) 馳騁(치빙) : 말을 내달리게 하다.

　　危機(위기) : 숨어 있는 위험이나 재앙.

　　이상 네 구는 편법을 써서 앞으로 화가 될 수도 있는 일을 자초하지 않겠다는 말이다.

13) 金陵(금릉) : 지명. 남조 송나라의 수도로서 지금의 강소성江蘇省 남경南京이다.

　　駟(사) : 수레 모는 네 마리 말. 고대 수레는 네 마리 말이 한 단위가 되어 몰았다.

14) 造父(조보) : 고대 말을 잘 몰았다는 사람 이름. ≪사기·조세가趙世家≫가 의하면, 주목왕이 조보에게 말을 몰게 하여 서쪽으로 가 서왕모를 만나 즐기면서 돌아오길 잊었는데, 이때 서언왕徐偃王의 반란이 일어나자 목왕이 하루에 천 리를 달려 대파하고 조보의 공을 높이 사서 그에게 조성趙城을 하사했다고 한다.

　　이상 두 구는 금릉에서 좋은 말이 수레나 몰뿐 제 능력을 다 발휘하지 못하는 것을 안타까워하였다.

15) 吳阪(오판) : 옛 지명. 즉 우판虞阪으로, 춘추 우국(虞國, 지금의 산서성 평육현平陸縣)에 있었는데, 길이 좁고 험했다고 한다.

16) 伯樂(백락) : 춘추 진 목공穆公 때 사람으로 천리마를 잘 알아보는 것으로 유명하였다. ≪문선·답로심시병서答盧諶詩並書≫에서 "옛날에 천리마가 오판의 비탈길에서 수레 끌채에 기댔다가, 왕량王良과 백락伯樂을 보고 길게 울었는데, 이는 자기를 알아주는 이와 알아주지 못하는 이를 구별해서라네.(昔駼驥倚輔於吳阪, 長鳴於良樂, 知與不知也)"라고 하였다.

　　이상 네 구는 천리마가 그 재능을 알아보는 조보나 백락 같은 이를 만나지 못해 수도 금릉에서 수레나 몰고 있는 신세임을 한탄하였다.

17) 岐山盜(기산도) : 기산의 말 도둑. '기산'은 지금의 섬서성 기산현岐山縣에 있는 산 이름이다.

18) 韓原師(한원사) : 한원 땅의 군대. 즉 춘추 시기 한원에서 진晉 나라 군사에게 포위된 진秦 목공穆公의 군사를 가리킨다.

　　이상 두 구는 백성들에게 은혜를 베풀어 한원 땅의 전투에서 승리한 진 목공의 일을 말하였다. 진 목공은 수레를 타고 나갔다가 수레의 말이 달아났는데, 농민들이 그 말을 잡아먹은 일이 있었다. 이때 진 목공은 그들을 벌주는 대신 말고기와 함께 술을 내려주었다. 이듬해 진 목공은 한원 땅에서 싸우다 진晉 나라 군대에 포위되었는데, 이때 기산에서 말을 잡아먹었던 농부 3백여 명이 진 목공을 보호하면서 힘써 싸웠다. 마침내 진 목공은 큰 승리를 거두고 진 혜공惠公을 포로로 사로잡았다고 한다.

19) 奈何(내하) : 어찌하여.

20) 縱情(종정) : 제멋대로 굴다.

21) 藜藿(여곽) : 명아주잎과 콩잎. 변변치 못한 음식을 비유한다.

22) 盈肥(영비) : 풍만하고 살지다.

23) 貿(무) : 뒤바뀌다. 바꾸다.

　　이 구는 맹자의 말을 인용하여 말보다 백성을 위해야 함을 말하였다. ≪맹자·양혜왕상梁惠王上≫에서 "군왕의 푸줏간에는 살진 고기가 있고 마구간에는 살진 말이 있는데, 백성들은 굶주린 기색이 있고 들에는 굶어 죽은 시신이 있다면, 이는 짐승을 몰아 사람을 잡아먹게 한 것과 같습니다.(庖有肥肉, 廐有肥馬, 民有饑色, 野有餓莩, 此率獸而食人也)"라고 하였다.

24) 蒼生(창생) : 백성.

　　焉(언) : 어디. 어느 곳.

　　歸(귀) : 귀의하다.

해설

　　이 시는 군왕이 말들을 우대하지만, 정작 천리마는 제대로 된 대우를 못 받고 백성들도 궁핍한 생활을 하는 것을 말하였다. 시는 크게 세 단락으로 나뉘는데, 첫 단락은 제1~8구로 '군왕의 말이 위용을 부리며 화려한 수레를 모는 모습을 묘사하였다. 둘째 단락은 제9~16구로 정작 천리마는 수도 금릉에서 제대로 된 평가를 받지 못하고 채찍질이나 당하는 상황임을 말하였다. 여기서 천리마는 뛰어난 재능을 가졌어도 백락처럼 알아주는 이가 없어 홀대받고 있는 인재를 비유하는데, 작자 자신을 가리킬 수도 있다. 마지막 단락은 제17~24구로 진 목공처럼 말보다 백성을 아껴야 하는데, 한위漢魏의 군왕들은 말을 더 소중히 여겼으니 결국 백성들은 의지할 데가 없어졌음을 말하였다.

8-9 방수편 芳樹篇

芳樹生北庭,[1]	아름다운 나무 북쪽 정원에 자라는데
豐隆正徘徊.[2]	높고 커서 한창 배회하나니,
翠穎陵冬秀,[3]	초록 이삭은 겨울 넘기며 수려해지고
紅葩迎春開.[4]	붉은 꽃은 봄을 맞아 피어났네.
佳人閑幽室,[5]	미인은 그윽한 집에서 한가한데
惠心婉以諧.[6]	지혜로운 마음 온순하고 조화롭네.
蘭房掩綺幌,[7]	난초 규방은 비단 휘장으로 가리었고
綠草被長階.[8]	초록 풀이 긴 계단을 뒤덮었네.
日夕遊雲際,	저녁에 구름 가를 노닐면서
歸禽命同棲.[9]	돌아가는 새에게 같이 살자 부르네.
皓月盈素景,[10]	밝은 달은 흰빛을 채워주고
涼風拂中閨.	시원한 바람은 규방을 쓸어주네.
哀絃理虛堂,[11]	슬픈 현이 텅 빈 당에서 연주되는데
要妙清且悽.[12]	아름답고 좋은 소리 맑고도 슬프네.
嘯歌流激楚,[13]	긴 읊조림이 격하게 비통하게 흐르면서
傷此碩人懷.[14]	이 미인의 마음을 슬프게 만드네.
梁塵集丹帷,[15]	들보의 먼지가 붉은 휘장에 모여들고
微飆揚羅褂.[16]	가벼운 바람이 비단옷을 치켜드는데,
豈怨嘉時暮,[17]	어찌 좋은 봄이 저문다고 원망하랴만
徒惜良願乖.[18]	단지 좋은 소망 어긋나서 애석할 뿐이네.

주석

1) 北庭(북정) : 북쪽 정원.
2) 豐隆(풍융) : 높고 크다.

徘徊(배회) : 머뭇거린다. 차마 떠나지 못하다.

3) 陵冬(능동) : 겨울을 넘기다. 월동하다.

秀(수) : 수려秀麗. 빼어나고 아름답다.

4) 紅葩(홍파) : 붉은 꽃.

5) 幽室(유실) : 그윽한 집. 여인의 거처를 가리킨다.

6) 惠心(혜심) : 지혜로운 마음. '혜'는 '慧'와 통한다.

婉以諧(완이해) : 순하고 조화롭다. '이'는 '而'와 같다.

7) 蘭房(난방) : 난향蘭香이 나는 규방. 여인의 처소를 가리킨다.

綺幌(기황) : 비단 휘장.

8) 被長階(피장계) : 긴 계단을 덮다.

이상 두 구는 찾아오는 사람이 없는 것을 의미한다.

9) 命(명) : 부르다.

10) 素景(소경) : 흰 달빛.

이 구는 밝은 달이 여인의 처소를 비춰주는 것을 말한다.

11) 理(리) : 연주하다.

12) 要妙(요묘) : 아름답고 좋은 모양.

13) 嘯歌(소가) : 길게 읊조리며 노래하다.

激楚(격초) : 높고 슬프다.

14) 碩人(석인) : 미인.

15) 梁塵(양진) : 들보의 먼지. ≪태평어람太平御覽≫에 인용된 한 유향劉向의 ≪별록別錄≫에서 "한나라가 흥한 이래 노래 잘 부르는 자로 노나라 사람 우공이 있었는데, 그가 소리를 내면 맑고 슬퍼서 들보를 뒤덮어 그 먼지를 풀썩이게 하였다.(漢興以來, 善歌者魯人虞公, 發聲淸哀, 蓋動梁塵)"라고 하였다.

16) 微飆(미표) : 가벼운 회오리바람. 미풍.

羅褂(나괘) : 비단옷. '괘'는 겉옷을 뜻한다.

17) 嘉時(가시) : 좋은 시절. 이 봄을 가리킨다.

暮(모) : 저물다. 다해간다.

18) 良願(양원) : 좋은 소망. 임과 함께하길 바라는 심정을 가리킨다.

乖(괴) : 어긋나다.

　이 시는 아름다운 나무를 미인에게 비유하여 임에게 버림받게 된 안타까운 심정을 노래하
였다. 제1~8구는 '방수'와 '가인'을 네 구씩 노래했는데, 북쪽 정원의 나무와 달리 새봄에도
여인은 외부와 단절된 채 홀로 살아감을 말하였다. 다음 제9~12구는 미인을 집중적으로
묘사했는데, 그녀가 홀로 지내면서도 새, 달, 바람 등 자연과 어우러져 함께 지내는 것을
말하였다. 제13~18구는 미인이 내는 현 소리와 읊조림이 슬프고 감동적인 것을 말하였다.
마지막 두 구는 미인이 이처럼 아름답고 우아하며 음악적 재능이 뛰어나지만, 결국 임과
잘되지 못하고 어긋나버린 것을 애석해하였다.

8-10 유소사편 所思篇

有所思,	그리운 사람이 있나니
思昔人.	옛사람을 생각하노라.
曾閔二子,[1]	증참과 민자건 두 분은
善養親.	부모 공양 잘하시어,
和顏色,	얼굴색을 온화하게 하고
奉昏晨,[2]	새벽 문안과 밤의 잠자리 살피기를 받드니,
至誠烝烝,[3]	도탑고 아름다운 지극 정성
通明神.[4]	밝은 신령에게 통하였다.
鄒孟軻,[5]	추 땅의 맹가는
爲齊卿.[6]	제나라 객경이 되셨는데,
稱身受祿,[7]	자기 본분에 맞게 봉록 받고
不貪榮.	영화를 탐하지 않으셨다.
道不用,	도가 쓰이지 않자

獨擁楹.[8]	홀로 기둥 안고 탄식하셨다.
三徙旣誶,[9]	세 번 이사로 이미 꾸지람 받고
禮義明.	예의가 밝아지셨으니,
飛鳥集,	날던 새도 내려앉고
猛獸附.[10]	사나운 짐승도 따랐다.
功成事畢,	공 이루고 일 마치자
乃更娶.[11]	이에 부인과 다시 함께 지냈다.
哀我生,	내 인생을 슬퍼하나니
遘凶旻.[12]	흉한 일을 만났도다.
幼罹荼酷,[13]	어려서 혹독한 일을 겪고 나서
備艱辛.[14]	모두 다 힘들고 괴로웠다.
慈顔絶,[15]	어머님 돌아가시어
見無因.[16]	뵐 수가 없으니,
長懷永思,	길고 긴 그리움을
託丘墳.[17]	무덤에 부치노라.

주석

1) 曾閔(증민) : 증참曾參과 민자건(閔子騫, 즉 민손閔損)의 병칭. 모두 공자孔子의 제자들인데, 뛰어난 효행으로 칭해진다.

2) 昏晨(혼신) : 혼정신성昏定晨省. 부모를 섬기는 일상 예절인데, 새벽에 문안 인사를 드리고 밤에 잠자리를 살피는 것을 가리킨다.

3) 烝烝(증증) : 도탑고 아름답다. 효의 덕성을 형용하는 말이다.

4) 明神(명신) : 밝은 신령.
이 구는 천지신명도 그들의 효행을 잘 알고 있다는 것을 말한다.

5) 鄒(추) : 땅 이름. 전국 시기 노魯 목공穆公이 주국邾國을 '추'로 고쳤다.
孟軻(맹가) : 맹자孟子. 전국 시기 유가儒家를 대표하는 철학가로서 이름이 '가'였다.

6) 齊卿(제경) : 전국 제齊나라의 경卿.

　　이 구는 맹자가 제나라 선왕宣王의 객경客卿이 된 일을 가리킨다.

7) 稱身(칭신) : 자신의 재능과 덕행에 맞게 하다.

8) 擁楹(옹영) : 기둥을 안다. 맹자가 기둥을 안고 탄식한 일을 가리킨다.

　　이상 여섯 구는 ≪열녀전·추맹가모鄒孟軻母≫의 일화를 축약하여 서술하였다. 이에 의하면, 맹자는 제나라 객경으로 있을 때 어머니가 그의 근심하는 기색을 보고 이유를 물었지만 대답하지 않았다. 다른 날에 한가로이 있으면서 기둥을 안고 탄식하자 어머니가 또 그 이유를 물었다. 맹자가 대답하기를, 군자는 자기 본분에 맞는 지위에 나아갈 뿐 구차하게 영화로움을 탐하지 않으며, 제후가 말을 듣기만 하고 실천하지 않으면 그의 조정에서 물러나야 하는 법인데, 어머니가 연로하여 그러지 못하고 이에 근심하는 것이라고 하였다. 그러자 맹모는 아들의 뜻을 따르는 것이 부덕婦德라고 말하여 맹자가 물러날 수 있도록 하였다.

9) 三徙(삼사) : 세 번의 이사.

　　誶(수) : 꾸짖다. 욕하다.

　　이 구는 맹모孟母의 삼천지교三遷之教를 말하였다.

10) 附(부) : 따르다. 의지하다.

11) 更娶(갱취) : 부인을 다시 지내게 하다. 부인과 다시 함께 살다.

　　이 구는 맹자가 어머니의 꾸짖음을 듣고 부인을 친정으로 보내지 않고 다시 산 일을 말하였다. ≪열녀전≫에 의하면, 맹자는 부인이 내실에서 옷을 단정치 못하게 입었다는 이유로 그녀를 싫어했는데 이에 부인이 친정으로 떠나길 청하였다. 하지만 그의 어머니는 누가 있는지 묻지도 않고 소리도 내지 않은 맹자가 도리어 무례를 범했다고 꾸짖었다. 이에 맹자는 사죄드리고 그의 부인을 머물게 했다고 한다.

12) 遘(구) : 만나다. 조우하다.

　　凶閔(흉민) : 재앙. 불길한 일.

　　이 구는 어머니가 돌아가신 일을 가리킨다.

13) 罹(리) : 걸리다. 당하다.

　　荼酷(도혹) : 혹독한 고난. '혹'은 ≪송서宋書≫에 '독毒'자로 쓰여 있다.

　　이 구는 어려서 부친을 여의고 힘들게 산 일을 말하였다.

14) 備(비) : 모두. 다.

15) 慈顔(자안) : 어머니 얼굴. '자'는 자기 어머니를 칭하는 말이다.

16) 無因(무인) : 기대는 바가 없다. 근거할 바가 없다.

　　이 구는 어머니가 돌아가시어 다시 볼 수 있는 방도가 없다는 말이다.

17) 丘墳(구분) : 무덤. 분묘墳墓.

　　託(탁) : 기탁하다. 부치다.

해설

　이 시는 효행이 뛰어난 옛사람들을 통해 어머니에 대한 그리움을 노래하였다. 시는 크게 세 부분으로 나뉘는데, 첫 단락은 제1~8구로 효행으로 뛰어난 증삼과 민자건을 말하였다. 둘째 단락은 제9~20구로 맹자가 어머니에게 가르침을 받은 세 가지 일화를 서술하였다. 즉, 제나라 객경으로 있을 때 기둥을 안고 탄식하다 어머니의 말씀을 듣고 물러난 일, 자신의 교육을 위해 세 차례 이사한 일, 부인의 무례함을 들어 싫어하다 어머니의 꾸지람을 듣고 다시 함께 지낸 일 등이 그것이다. 마지막 단락은 제21~28구로 작자 자신의 이야기이다. 하승천은 어려서 부친을 여의었는데, 힘든 상황 속에서 길러주신 어머니가 돌아가시자 이에 다시 보고 싶은 그리움을 말하였다.

8-11 치자유원택편 雉子遊原澤篇

雉子遊原澤,¹⁾	새끼 꿩은 들판 못에서 노니는데
幼懷耿介心.²⁾	어려서 정직하고 청렴한 마음 품었기에,
飲啄雖勤苦,	마시고 쪼아 먹는 일이 비록 힘들지만
不願棲園林.³⁾	동산 숲에 깃들이길 원치 않는다네.
古有避世士,⁴⁾	옛날에 세상을 피한 선비는
抗志清霄岑.⁵⁾	고상한 뜻이 하늘 높은 산에 있었네.
浩然寄卜肆,⁶⁾	호연지기 지닌 채 점집에 살면서

揮棹通川陰.⁷⁾	노를 저어 그늘진 강까지 통하였다.
逍遙風塵外,⁸⁾	세상 밖에서 소요하며
散髮撫鳴琴.⁹⁾	머리 풀어 헤치고 금을 탔다네.
卿相非所眖,¹⁰⁾	경과 재상의 지위도 곁눈질할 바 아닌데
何況於千金.¹¹⁾	하물며 천금의 재물에 있어서랴.
功名豈不美,	공명이 어찌 아름답지 않겠냐만
寵辱亦相尋.¹²⁾	영광과 치욕 또한 서로 따르오니,
冰炭結六府,¹³⁾	얼음과 숯불이 오장육부에 맺히면
憂虞纏胸襟.¹⁴⁾	근심과 걱정이 마음속에 얽혀든다.
當世須大度,¹⁵⁾	세상을 따르려면 도량이 커야 하지만
量己不克任.¹⁶⁾	스스로 헤아리면 중한 임무 맡을 수 없나니,
三復泉流誡,¹⁷⁾	강가 은거의 각오를 재차 다지는데
自驚良已深.¹⁸⁾	진실로 이미 뜻이 깊어 절로 놀라워하네.

주석

1) 原澤(원택) : 들판의 못.

2) 耿介(경개) : 정직하여 영합하지 않고 청렴하다.

3) 園林(원림) : 인공적으로 조성한 동산과 숲. 제1구의 '원림'과 상대되는 공간이다.

4) 避世(피세) : 세상을 피하다. 난세를 피하다.

5) 抗志(항지) : 고상한 뜻.

   清霄(청소) : 하늘.

   이 구는 뜻이 높은 것을 말한다.

6) 浩然(호연) : 호연지기浩然之氣.

   卜肆(복사) : 점괘를 알려주고 돈을 받는 가게. 점집.

7) 揮棹(휘도) : 노를 젓다. 배를 타는 것을 가리킨다.

   川陰(천음) : 그늘진 강.

이상 두 구는 한나라 엄군평嚴君平이 관직에 나가지 않고 성도成都에서 점을 치면서, 세상의 부귀영화를 초연하게 여긴 것을 말한다.

8) 風塵(풍진) : 먼지 날리는 세상. 즉 세상을 비유한다.

9) 散髮(산발) : 머리를 풀어 헤치다. 격식과 예의에서 벗어난 상태를 가리킨다.

撫(무) : 연주하다.

鳴琴(명금) : 금琴.

이상 두 구는 위魏나라 혜강嵇康이 격식에 얽매이지 않고 죽림에서 금을 타며 유유자적하게 은거한 것을 가리킨다.

10) 卿相(경상) : 경과 재상. 높은 관직을 가리킨다.

眄(면) : 엿보다. 곁눈질하다.

11) 何況(하황) : 하물며. 더구나.

12) 寵辱(총욕) : 영광과 치욕.

相尋(상심) : 서로 따르다.

이 구는 공명을 추구하면 영광과 치욕이 모두 따라온다는 것을 말한다.

13) 冰炭(빙탄) : 얼음과 숯. 물과 불처럼 상반되어 서로 융화할 수 없는 것을 가리킨다.

六府(육부) : 육부六腑. 오장육부 등 인체人體를 대표한다.

이 구는 공명 추구와 관련하여 출사와 은거처럼 상반된 지향이 있는 것을 가리킨다.

14) 憂虞(우우) : 근심.

纏(전) : 얽히다.

이 구는 상반된 지향으로 인해 마음속에 갈등과 근심이 생기는 것을 말한다.

15) 當世(당세) : 세속을 따르다.

大度(대도) : 도량이 크다. 마음을 크고 넓게 가지는 것을 말한다.

16) 量己(양기) : 자신의 재능을 헤아려 보다.

17) 三復(삼복) : 여러 번 반복하다.

泉流誡(천류계) : 강가에서 은거한다는 각오. '계'는 경계, 각오, 다짐을 뜻한다.

18) 良(량) : 진실로. 참으로.

이 구는 자신도 놀랄 정도로 은거의 각오가 이미 굳건한 것을 말한다. '경'을 경계의 경警 자로 보고 "스스로 경계함이 진실로 이미 깊다"라고 볼 수도 있다.

　이 시는 야생의 자유로운 삶을 선택한 새끼 꿩처럼, 높은 뜻을 지닌 선비 또한 혼란한 세상을 피해 은거하려는 생각이 있음을 말하였다. 제1~4구는 새끼 꿩이 풍요롭지만 구속받는 원림의 삶 대신 자유로운 야생의 삶을 선택하는 것을 말하였다. 제5~12구는 높은 뜻을 지닌 옛 선비들도 엄군평과 혜강의 예처럼 세상의 명리를 추구하지 않았음을 말하였다. 제13~16구는 공명을 추구하면 출세할지 은거할지 온갖 근심을 안고 살게 되는 것을 말하였다. 제17~20구는 세상을 따르기 어려우므로 자신은 은거하며 살겠다는 의지를 피력하였다.

8-12 상야편 上邪篇

上邪下難正,[1]	윗사람이 그르면 아랫사람이 바르기 어렵나니
衆枉不可矯.[2]	뭇사람이 구부러지면 바로잡을 수 없도다.
音和響必清,	소리가 조화로우면 울림이 반드시 맑고
端影緣直表.[3]	반듯한 그림자는 곧은 표에서 나온다.
大化揚仁風,[4]	큰 교화가 어진 바람 드날리면
齊人猶偃草.[5]	백성들은 누운 풀과 같나니,
聖王旣已沒,	성군께서 이미 벌써 돌아가시니
誰能弘至道.[6]	누가 지극한 도를 넓힐 수 있으랴.
開春湛柔露,[7]	봄이 시작되면 부드러운 이슬 많아지고
代終肅嚴霜.[8]	계절이 바뀌면 된서리가 심해지는 법,
承平貴孔孟,[9]	태평성대 이으려면 공맹의 유가 사상 숭상하고
政弊侯申商.[10]	폐단을 다스리려면 신불해와 상앙의 법가 사상 따른다.
孝公明賞罰,[11]	진 효공은 상과 벌을 분명히 정하여
六世猶克昌.[12]	여섯 세대가 여전히 자손 창대했건만,
李斯肆濫刑,[13]	이사가 제멋대로 형벌을 남용하니

秦民所以亡.　　　　　진나라가 망한 원인이로다.

漢宣隆中興.[14]　　　　한 선제가 중흥의 기치를 높인 이래

魏祖寧三方.[15]　　　　위 태조가 삼국을 안정시켰으니,

譬彼針與石.[16]　　　　비유하자면 저 침과 약석藥石이

效疾而稱良.[17]　　　　질병에 효험 있어 좋다고 칭해지는 격.

行葦非不厚.[18]　　　　<행위>에서 충후하지 않음이 없다 했으니

悠悠何詎央.[19]　　　　길이길이 어찌 다하겠는가.

琴瑟時未調.[20]　　　　금슬은 때때로 음이 맞지 않으면

改弦當更張.[21]　　　　악기 줄을 바꿔 다시 조여야 하나니,

矧乃治天下.[22]　　　　하물며 천하를 다스리는 방면에서

此要安可忘.[23]　　　　이 요체를 어찌 잊을 수 있겠는가.

주석

1) 上邪(상사) : 윗사람이 그르다. 한 요가 <상야上邪>에서 조사 '야邪' 자를 그르다는 '사邪' 자로 활용하였다.

2) 枉(왕) : 굽다. 즉, 바르지 못하다는 뜻이다.

　矯(교) : 바로 잡다.

3) 端影(단영) : 반듯한 해그림자.

　直表(직표) : 곧은 표. '표'는 고대 천문의天文儀 규표圭表의 한 부분인데, 곧게 선 막대 형태로 해그림자의 길이를 재는 데 사용되었다.

　이 구는 해시계의 표가 곧아야 해그림자도 반듯해진다는 말이다.

4) 大化(대화) : 원대하고 심원한 교화敎化.

5) 齊人(제인) : 평민. 백성.

　偃草(언초) : 누운 풀. ≪논어·안연顏淵≫에서 "군자의 덕은 바람이고 소인의 덕은 풀인데, 풀 위에 바람이 불면 반드시 눕는다.(君子之德風, 小人之德草, 草上之風, 必偃)"라고 하였다.

6) 至道(지도) : 지극한 도. 유가에서 인의仁義로써 천하를 다스리는 왕도王道를 가리킨다.

7) 開春(개춘) : 봄이 시작되다. 일반적으로 음력 정월이나 입춘 전후를 가리킨다.

湛(담) : 이슬이 많은 모양.

8) 代終(대종) : 계절이 바뀌다. 가을로 바뀌는 것을 가리킨다.

肅(숙) : 숙살肅殺. 엄혹하다.

嚴霜(엄상) : 된서리.

9) 承平(승평) : 태평한 시대를 잇다.

孔孟(공맹) : 공자孔子와 맹자孟子. 유가儒家 사상을 가리킨다.

10) 政弊(정폐) : 폐단을 다스리다.

侯(후) : 말미암다. ~때문이다.

申商(신상) : 신불해申不害와 상앙商鞅. 법가法家 사상을 가리킨다.

11) 孝公(효공) : 전국 진秦 효공孝公.

이 구는 진 효공이 상앙商鞅의 변법을 수용하여 군공軍功에 따라 작위 주는 제도를 시행한 일을 가리킨다.

12) 六世(육세) : 진 효공 이후로 진시황까지 여섯 왕의 치세, 즉 혜문왕惠文王, 무왕武王, 소양왕昭襄王, 효문왕孝文王, 장양왕莊襄王, 진시황秦始皇을 가리킨다.

克昌(극창) : 자손이 창대하다.

13) 李斯(이사) : 진시황 때의 재상.

肆(사) : 제멋대로 하다.

濫刑(남형) : 형벌을 남용하다.

이 구는 이사가 혹독하게 형벌을 시행하고, 한비자韓非子를 죽이고 분서焚書를 행한 것을 말한다.

14) 漢宣(한선) : 한나라 선제宣帝. 한나라의 제10대 황제(재위 B.C.74∼B.C.49)로서 지방 행정제도를 정비하고 상평창常平倉을 설치하여 빈민을 구제했으며, 대외적으로 흉노를 격파하고 서역 36개국과 남 흉노를 복속하였다. 한 무제武帝 이후 한나라의 위세가 최고조에 이르도록 하였다.

15) 魏祖(위조) : 위나라 태조太祖. 즉 조조曹操를 가리킨다.

三方(삼방) : 삼국. 위촉오魏蜀吳 삼국을 가리킨다.

16) 石(석) : 약석藥石. 병을 치료하는 약물과 돌침.

17) 而(이) : 그래서. ≪송서宋書≫에는 '고故' 자로 되어있다.

18) 行葦(행위) : 《시경》 대아大雅의 편명.

　　非不厚(비불후) : 충후하지 않은 것이 아니다. 즉 충후하다는 말이다.

　　이 구는 귀족 집안의 연회를 노래한 <행위行葦>를 통해 주 왕실의 충후함을 말하였다.

19) 悠悠(유유) : 끊임없이 이어지는 모양.

　　何詎(하거) : 어찌.

　　央(앙) : 다하다. 끝나다.

20) 未調(미조) : 아직 조화롭지 않다. 음이 맞지 않는 것을 가리킨다.

21) 更張(갱장) : 다시 조이다.

22) 矧(신) : 하물며. 더구나.

23) 此要(차요) : 이러한 요체.

해설

　　이 시는 윗사람이 바르지 않으면 결국 바로잡을 수 없다는 논리를 내세워 왕조 교체의 정당성을 서술하였다. 크게 세 단락으로 나뉘는데, 첫 단락은 제1~8구로 백성들은 윗사람을 그대로 따르는데, 지금은 교화를 펼칠 성군이 없는 상황임을 말하였다. 둘째 단락은 제9~16구로 계절이 바뀌듯이 정치도 바뀌어야 하는데, 그렇지 않으면 진나라처럼 치세가 이어지다가도 결국 망하게 됨을 말하였다. 셋째 단락은 제17~26구로 한위漢魏 왕조의 충후한 덕이 지금까지 이어지지만, 그래도 잘못되지 않도록 개혁할 필요가 있음을 말하였다.

8-13 임고대편 臨高臺篇

臨高臺,	높은 누대에 임하여
望天衢.[1]	하늘을 바라보자니,
飄然輕擧,[2]	훌쩍 가볍게 들리면서
陵太虛.[3]	하늘로 올라간다.
攜列子,[4]	열자와 손을 잡고

超帝鄕.[5]　　　하늘나라로 넘어가는데,

雲衣雨帶,　　　구름옷과 빗방울 허리띠

乘風翔.[6]　　　바람 타고 펄럭인다.

肅龍駕.[7]　　　용 수레를 가지런히 몰아

會瑤臺.[8]　　　요대에서 만나는데,

淸暉浮景,[9]　　맑은 광채와 반짝이는 노을빛

溢蓬萊.[10]　　 봉래산에 넘쳐난다.

濟西海.[11]　　 서쪽 바다로 넘어가서

濯洧盤.[12]　　 유반수에서 머리 감고,

佇立雲嶽.[13]　우두커니 구름 덮인 산에 서서

結幽蘭.[14]　　 그윽한 난초를 엮다가,

馳迅風,　　　　빠른 바람을 치달려서

遊炎州.[15]　　 무더운 남방을 노닌다.

願言桑梓,[16]　고향 부모님이 그립고

思舊遊.　　　　옛 친구가 생각나매,

傾霄蓋.[17]　　 구름 덮개 기울이고

靡電旌.[18]　　 번개 깃발 기울어지며,

降彼天塗,[19]　저 하늘길을 내려가고

頹窈冥.[20]　　 먼 곳에서 내려오며,

辭仙族,　　　　신선들에게 하직하고

歸人群.　　　　인간 세상으로 돌아온다.

懷忠抱義,　　　충성과 의로움을 품고서

奉明君.　　　　현명한 군주를 받드는데,

任窮達.[21]　　 곤궁과 영달을 내맡긴 채

隨所遭.[22]　　 닥쳐오는 상황을 따르리라.

403

| 何爲遠想,23) | 어찌 멀리 노니는 상상을 하느라 |
| 令心勞.24) | 마음 쓰게 하겠는가. |

주석

1) 天衢(천구) : 하늘. 하늘은 공간이 넓어 어디로 가나 길이 되므로 이렇게 칭하였다.

2) 飄然(표연) : 가볍고 빠른 모양.

3) 太虛(태허) : 하늘.

4) 列子(열자) : 열어구列御寇. 전국 초기의 도가道家 사상가. ≪장자·소요유逍遙遊≫에서 "열자
는 바람을 부리면서 타고 다닌다.(夫列子御風而行)"라고 하였다.

5) 帝鄕(제향) : 하늘나라. 천제天帝가 사는 신선 세계를 가리킨다.

6) 翔(상) : 날갯짓하다. 바람에 나부끼는 것을 가리킨다.

7) 肅(숙) : 정돈하다. 가지런히 하여 질서 있게 하다.

   龍駕(용가) : 용이 끄는 수레.

8) 瑤臺(요대) : 서왕모가 거하는 곤륜산에 있다는 못의 이름. 신선의 거처를 가리킨다.

9) 浮景(부경) : 움직이면서 흘러가는 노을빛.

10) 蓬萊(봉래) : 봉래산蓬萊山. 전설상 동해에 있다는 신선 산중 하나이다. 선경仙境을 가리킨다.

11) 济(제) : 넘어가다. 지나가다.

12) 洧盤(유반) : 전설상의 물 이름. ≪초사·이소離騷≫의 "저녁에 궁석으로 돌아와 묵고, 아침에
유반수에서 머리 감는다.(夕歸次於窮石兮, 朝濯髮乎洧盤)"에 대한 동한 왕일王逸 주에서
"유반은 물 이름이다(洧盤, 水名)"라고 하였다.

13) 雲嶽(운악) : 높은 산. 구름 속까지 높이 솟은 산.

14) 幽蘭(유란) : 난초.
   이 구는 ≪초사·이소離騷≫의 "난초를 엮고 우두커니 서 있거늘(結幽蘭而延佇)"을 활용한
   것으로, 선계에서 신선처럼 노니는 것을 말하였다.

15) 炎州(염주) : 남방. ≪초사·원유遠游≫에서 "남방의 불의 덕을 좋게 여기고, 계화의 겨울꽃을
   아름답게 여기네.(嘉南州之炎德兮, 麗桂樹之冬榮)"라고 하였다.

16) 願言(원언) : 그리움이 간절한 모양. '원'은 그리워한다는 '념念'자의 뜻이고, '언'은 조사이다.

桑梓(상재) : 뽕나무와 가래나무. 고향의 부모님을 가리킨다. ≪시경·소아·소변小弁≫의 "뽕나무와 가래나무를 대하여도, 반드시 공경하나니.(維桑與梓, 必恭敬止)"에 대한 송 주희 朱熹 집전集傳에서 "'상재'는 두 나무이다. 예전에 5무의 집은 담장 아래 이 두 나무를 심어서 자손들에게 양잠하고 가구 만드는 데 쓰라고 남겨 주었다.(桑梓二木. 古者五畝之宅, 樹之墻下, 以遺子孫給蠶食具器用者也)"라고 하였다.

17) 霄蓋(소개) : 구름 덮개. 구름으로 만든 수레 덮개를 가리킨다.

18) 靡(미) : 바람에 거꾸러지다.

　　이상 두 구는 아래로 방향을 돌려 내려가는 것을 말한다.

19) 天塗(천도) : 하늘의 길.

20) 頹(퇴) : 아래로 떨어지다.

　　窈冥(요명) : 매우 먼 곳.

21) 窮達(궁달) : 곤궁함과 영달함.

22) 所遭(소조) : 닥쳐오는 상황. 맞닥뜨린 상황.

23) 遠想(원상) : 멀리 이르는 생각. 하늘의 신선 세계를 노니는 상상을 가리킨다.

24) 勞(로) : 수고롭게 하다. 마음 쓰게 하다.

해설

　　이 시는 높은 누대에 임하여 하늘나라에 갔다 오는 상상을 펼친 후에, 어떤 상황에서도 현명한 군주를 따르겠다는 다짐을 말하였다. 시는 네 부분으로 나뉘는데, 첫 단락은 제1~4구로 높은 누대에 올라 하늘로 올라감을 말하였다. 둘째 단락은 제5~18구로 하늘의 신선 세계를 노니는 상상을 펼쳤는데, 열자와 함께 날아올라 요대와 봉래산을 거쳐 서쪽 바다의 유반수에 갔다 다시 남방까지 노니는 과정을 서술하였다. 셋째 단락은 제19~26구로 고향 생각에 다시 인간 세상으로 내려오는 것을 썼으며, 넷째 단락은 제27~32구로 어떤 상황이 닥치더라도 자신은 현명한 군주를 따르겠다고 다짐하였다.

8-14 원기편 遠期篇

遠期千里客,[1]	멀리서 기약하신 천 리 밖의 손님들
肅駕候良辰.[2]	수레 정돈하여 좋은 때를 기다리고,
近命城郭友,	가까이 명을 받은 성곽 안의 친우들
具爾惟懿親.[3]	형제들이고 가까운 친척들이라.
高門啓雙闕,[4]	높은 문과 작은 궐문 열리니
長筵列嘉賓.	긴 연회 자리에 귀빈이 줄지어 있는데,
中唐舞六佾,[5]	중앙 대청에는 육일무를 추고 있고
三廂羅樂人.[6]	삼면 행랑에는 악공이 늘어서 있다.
簫管激悲音,[7]	퉁소와 피리는 슬픈 소리 격하게 불고
羽毛揚華文.[8]	깃과 털로써 아름다운 문무文舞 드날린다.
金石響高宇,[9]	금석의 악기 소리 높은 건물에 울리고
絃歌動梁塵.[10]	현과 노랫가락 들보 먼지를 풀썩인다.
修標多巧捷,[11]	깃발 세우기는 얼마나 재빠르고 민첩한지
丸劍亦入神.[12]	칼과 공을 던져 받기 또한 입신의 경지로다.
遷善自雅調,[13]	개과천선은 고아한 곡조에서 시작되고
成化由淸均.[14]	교화의 완성은 맑은소리에서 비롯된다.
主人垂隆慶,[15]	군주께서 융숭하게 치하하시니
群士樂亡身.[16]	뭇 선비들 기꺼이 죽음도 잊어버린다.
願我聖明君,	원하건대 우리의 성명하신 군주님
邇期保萬春.[17]	가깝게만 기약해도 만년은 보존하소서.

주석

1) 千里客(천리객) : 천 리 밖에서 온 손님. 여기서는 변방 국가의 사신을 가리킨다.
2) 候(후) : 기다리다.

肅駕(숙가) : 수레를 정돈하다. '숙'은 가지런히 하여 질서 있게 한다는 뜻이다.

3) 具爾(구이) : 모두 가깝다. 형제를 가리킨다. ≪시경·대아·행위行葦≫의 "친한 형제들이 멀리 가지 않고 모두 가까이 있으면(戚戚兄弟, 莫遠具爾)"에 대한 주석에 "구는 '구俱' 자와 같고, 이는 '이邇'자와 통한다."라고 하였다.

懿親(의친) : 가까운 친척.

이상 네 구는 외빈과 내빈이 모두 찾아오는 것을 말하였다.

4) 雙闈(쌍위) : 궁문. '위'는 원래 궁궐 옆의 작은 문을 가리킨다.

5) 中唐(중당) : 중당中堂. '당'은 대문에서 당堂으로 가는 길을 가리킨다.

六佾(육일) : 육일무六佾舞. 주周 나라 제후의 춤이다. 여섯 줄이고 줄마다 여섯 명이 서서 모두 서른여섯 명이 춘다. 혹은 줄마다 여덟 명으로 여섯 줄에 모두 사십팔 명이라고도 한다.

6) 三廂(삼상) : 삼면의 행랑. '삼'은 무대와 통하는 한 면을 제외한 나머지 면을 가리킨다.

7) 激(격) : 격하게 불다. 세게 불다.

悲音(비음) : 슬픈 소리. 청아淸雅한 음악을 가리킨다.

8) 羽毛(우모) : 새의 깃털과 짐승의 털. 무구舞具로 쓰인다.

華文(화문) : 화려한 문무文舞. 문무는 무무武舞와 함께 주나라 이후 교묘郊廟 제사에 사용된 아무雅舞이다.

9) 金石(금석) : 금석 악기. 종경鐘磬 류의 악기를 가리킨다.

10) 絃歌(현가) : 금슬 같은 현악기에 따라 노래하다. 원래는 고대 ≪시경≫을 전수할 때 현악기에 맞춰 노래하던 방식인데, 나중에는 예악의 교화를 가리키게 되었다.

梁塵(양진) : 들보의 먼지. ≪태평어람太平御覽≫에 인용된 한 유향劉向의 ≪별록別錄≫에서 "한나라가 흥한 이래 노래 잘 부르는 자로 노나라 사람 우공이 있었는데, 그가 소리를 내면 맑고 슬퍼서 들보를 뒤덮어 그 먼지를 풀썩이게 하였다.(漢興以來, 善歌者魯人虞公, 發聲清哀, 蓋動梁塵)"라고 하였다.

11) 修標(수표) : 고대 잡기의 일종으로, 깃발이나 기둥을 세우는 것인 듯하나 정확하지 않다.

巧捷(교첩) : 교묘하고 민첩하다.

12) 丸劍(환검) : 고대 잡기의 일종으로 칼과 공을 번갈아 던졌다 받는 기술이다.

13) 遷善(천선) : 개과천선改過遷善.

407

雅調(아조) : 고아한 곡조.

14) 成化(성화) : 교화를 완성하다.

清均(청운) : 맑은소리. 청운淸韻. '운'은 '운韻'의 옛 자이다.

이상 두 구는 예악을 통해 통치하는 것을 말한다.

15) 隆慶(융경) : 융숭하게 상을 주다.

16) 亡身(망신) : 몸 바쳐 죽다. 죽다.

이상 두 구는 군주가 후히 대우하여 선비들이 몸을 바쳐 충성하는 것을 말한다.

17) 邇期(이기) : 기한을 짧게 잡다. 최소한의 기한을 가리킨다.

保(보) : 보존하다. 안정하게 하다.

해설

이 시는 변방 사신들을 접대하면서 예악으로 교화하는 것을 찬미하였다. 첫 단락은 제1~4구로 나라 안팎의 손님들이 찾아온 것을 말하였고, 둘째 단락은 제5~14구로 귀빈들에게 연회를 베푸는 모습을 문무, 아악, 잡기 등으로 나누어 서술하였다. 셋째 단락은 제15~20구로 이러한 예악을 통해 교화를 이루고 오래도록 평안하길 축원하였다.

8-15 석류편 石流篇

石上流水,	돌 위로 흐르는 물
湔湔其波.[1]	그 물결이 잔잔한데,
發源幽岫[2]	깊은 산에서 발원하여
永歸長河[3].	긴 황하로 길이 흘러든다.
瞻彼逝者[4]	흘러가는 저 모습을 보자니
歲月其偕.[5]	세월이 함께 흘러가는구나,
子在川上,	공자께서 냇가에 계시면서
惟以增懷.[6]	슬픈 감회를 더하셨도다.

嗟我殷憂,[7]	아, 나의 근심이여
載勞寢寐.[8]	밤낮으로 애쓰는구나.
遘此百罹,[9]	이처럼 온갖 난리를 겪으니
有志不遂.[10]	뜻이 있어도 이루기 어렵고,
行年忪忽,[11]	나이 드는 것은 빠르지만
長勤是嬰.[12]	기나긴 고생만 하게 되니,
永言沒世,[13]	죽음을 읊으면서
悼兹無成.[14]	지금 이룬 바 없음을 슬퍼하노라.
幸遇開泰,[15]	다행히 평온해진 시절 만나
沐浴嘉運.[16]	국운 창대한 가운데 씻고 멱 감으며,
緩帶安寢,[17]	허리띠 느슨히 한 채 편히 잠드니
亦又何慍.[18]	또 어찌 성을 내겠는가.
古之爲仁,	옛날의 어진 사람은
自求諸己.[19]	스스로 자기에게서 찾았다 하니,
虛情遙慕,[20]	헛된 마음으로 요원한 일을 바라면
終於徒己.[21]	헛되이 그치는 데서 끝나리라.

주석

1) 潺潺(전전) : 물이 흐르는 모양. 물이 흐르는 소리.

2) 幽岫(유수) : 깊은 산. '수'는 동굴이 있는 산을 뜻한다.

3) 長河(장하) : 황하黃河.

4) 瞻(첨) : 보다. 바라보다.

5) 偕(해) : 함께. 함께 하다.

6) 增懷(증회) : 감회를 더하다.

이상 네 구는 공자가 말한바 시간이 물같이 흘러가는 것을 말하였다. ≪논어·자한子罕≫에서 "공자께서 냇가에 계시면서 말씀하시길, 가는 것이 이와 같나니, 낮이나 밤이나 그치지 않는구나.(子在川上曰, 逝者如斯夫, 不舍晝夜)"라고 하였다.

7) 殷憂(은우) : 근심.

8) 載(재) : 어조사.

　　 寤寐(오매) : 깨고 잠들다. 낮과 밤을 가리킨다.

9) 遘(구) : 만나다. 조우하다.

　　 百罹(백리) : 불행한 상황. 수많은 근심.

10) 遂(수) : 이루다. 완수하다.

11) 行年(행년) : 나이 들다. 나이 먹다.

　　 倐忽(숙홀) : 빠르게 지나는 모양. 문득. 갑자기.

12) 嬰(영) : 걸리다. 만나다.

13) 永言(영언) : 읊다. 말을 길게 하다.

　　 沒世(몰세) : 죽음. 죽다.

14) 悼(도) : 슬퍼하다. 애도하다.

　　 玆(자) : 지금. 현재.

15) 開泰(개태) : 형통하고 안정되다.

16) 沐浴(목욕) : 목욕하다. 은택을 받는 것을 의미한다.

　　 嘉運(가운) : 국운이 창성한 시기.

17) 緩帶(완대) : 허리띠를 느슨하게 하다. 여유 있고 느긋한 모습을 나타낸다.

18) 何慍(하온) : 어찌 성을 내랴. 성내지 않겠다는 '불온不慍'의 의미이다. ≪논어 · 학이學而≫에서 "남이 알아주지 않아도 성내지 않으면, 또한 군자가 아니겠는가.(人不知而不慍, 不亦君子乎)"라고 하였다.

19) 自求諸己(자구저기) : 스스로 자기에게서 찾다. ≪맹자 · 공손추公孫丑≫에서 "인자의 마음가짐은 활 쏠 때와 같다. 활 쏘는 자는 자세를 바로잡은 뒤에 발사하며, 발사하여 과녁을 적중시키지 못하더라도 자기를 이긴 자를 원망하지 않고, 그 원인을 자신에게서 찾을 뿐이다.(仁者如射. 射者正己而後發, 發而不中, 不怨勝己者, 反求諸己而已矣)"라고 하였다.

20) 虛情(허정) : 헛된 마음.

　　 遙慕(요모) : 멀리서 바라다. 요원한 일을 바라다.

21) 徒已(도이) : 헛되이 그치다.

　이 시는 돌 위로 흐르는 물을 통해 세월은 가도 이룬 일은 없어 근심하지만, 그래도 성내지 말고 자신을 돌아볼 것을 말하였다. 첫 단락은 제1~8구로서 제목 상의 '석류'로부터 세월이 가는 아쉬움을 제시하였다. 둘째 단락은 제9~16구로서 짧은 인생에서 온갖 난리를 다 겪으면서 이룬 바 없이 고생만 했음을 말하였다. 마지막 단락은 제17-24구로 평온해진 세상에서 이룬 바 없다고 성내지 말고 자기 자신을 돌아보자고 다짐하였다. <송고취요가宋鼓吹鐃歌> 열다섯 수를 마치면서 요원한 일을 바라지 말고 자기 자신을 돌아보자고 다짐하고 있지만, 이는 도리어 그 창작을 통해 유송劉宋 왕조에게 기대하는 바가 있었음을 나타낸다.

9. 제수왕고취곡 齊隨王鼓吹曲 10수

사조謝朓

제나라 영명 8년(490)에 사조가 형주로 가는 도중 진서장군 수왕의 교지를 받들어 지은 것이다. 첫째 <원회곡>, 둘째 <교사곡>, 셋째 <균천곡>, 넷째 <입조곡>, 다섯째 <출번곡>, 여섯째 <교렵곡>, 일곱째 <종융곡>, 여덟째 <송원곡>, 아홉째 <등산곡>, 열번째 <범수곡>이 그것이다. <균천>까지 세 곡은 황제의 공을 칭송하였고 <교렵>까지 세 곡은 번국의 덕을 칭송하였다.

齊永明八年, 謝朓奉鎭西隨王敎於荊州道中作[1], 一曰<元會曲>, 二曰<郊祀曲>, 三曰 <鈞天曲>, 四曰<入朝曲>, 五曰<出藩曲>, 六曰<校獵曲>, 七曰<從戎曲>, 八曰<送遠曲>, 九曰<登山曲>, 十曰<泛水曲>. <鈞天>已上三曲頌帝功, <校獵>已上三曲頌藩德

주석

1) 鎭西(진서) : 진서장군鎭西將軍 소자륭蕭子隆을 이른다. 소자륭은 제나라 무제 소색蕭賾의 여덟 째 아들이다. 영명永明 4년(486)에 소자륭의 속관이 되었다가 얼마 후 다른 곳으로 옮겼다. 다시 영명 8년에 소자륭이 진서장군, 형주자사에 임명되자 진서공조鎭西功曹의 자격으로 그를 따라 형주로 갔다. 가는 도중 적지 않은 시를 남겼다.

9-1 원회곡 元會曲

二儀啓昌曆,[1]   하늘과 땅이 창성한 한 해를 열고

三陽應慶期.[2]	정월이 경사스러운 때에 응하였네.
珪贄紛成序,[3]	옥을 든 사신들은 분분히 대열을 이루었고
鞮譯憬來思.[4]	이민족은 귀의할 것을 몹시 바라였네.
分階絁組練,[5]	계단을 나누어 선 군사의 군복이 붉고
充庭羅翠旗.[6]	뜰 가득히 물총새 깃털 단 깃발 늘어서 있네.
觴流白日下,	흰 해 아래서 술잔을 띄우고
吹溢景雲滋.[7]	상서로운 구름 자욱할 때 피리소리 넘쳐나네.
天儀穆藻殿,[8]	천자의 의용은 화려한 전각에서 엄숙한데
萬宇壽皇基.[9]	온 천하가 황실의 기초가 오래가시길 축수하네.

주석

1) 二儀(이의) : 하늘과 땅.

  昌曆(창력) : 창성한 해.

2) 三陽(삼양) : 정월. ≪주역≫에 따르면 동짓달에 일양一陽이 생기는 복괘復卦, 섣달에는 이양二陽이 생기는 임괘臨卦, 정월에는 삼양三陽이 생기는 태괘泰卦가 된다고 하였다. 그래서 정월을 두고 삼양이라 하고 혹은 삼양개태三陽開泰는 새해가 시작된다는 의미가 있다.

  이 두 구는 새해가 되어 정월을 맞이하였음을 이른다.

3) 珪贄(규지) : 옥을 들고 뵙기를 청한다. 임금을 알현하는 사절을 가리킨다.

4) 鞮譯(제역) : 원래는 이민족의 말을 통역하는 사람을 이르나 여기서는 변방의 이민족을 가리킨다.

  憬(경) : 동경하다.

  來思(내사) : 돌아오다. 조정에 귀의하는 것을 이른다.

5) 絁(혁) : 붉다.

  組練(조련) : 본래 갑옷을 연결하는 끈을 이르는데, 여기서는 무장한 병사를 이른다. ≪좌전左傳≫ 공영달孔穎達의 설명에 따르면 수레를 모는 병사는 옻칠한 끈으로 갑옷을 연결하고 보병은 비단 끈으로 갑옷을 연결하였다.

6) 翠旗(취기) : 물총새 깃털로 장식한 달린 깃발. 천자의 기를 이른다.

7) 吹溢(취일) : 피리소리가 넘쳐나다.

　　景雲(경운) : 상서로운 구름.

　　滋(자) : 늘다. 많아지다.

8) 天儀(천의) : 하늘의 의용. 천자의 의용을 가리킨다.

　　穆(목) : 엄숙하다.

　　藻殿(조전) : 화려하게 장식한 전각.

9) 萬宇(만우) : 천하.

　　壽(수) : 축수하다.

　　皇基(황기) : 황국의 기초. 여기서는 황제를 이른다.

해설

　원회元會는 정회正會라고도 하며 황제가 원단元旦에 군신과 조회를 하는 것을 이른다. 이 시는 정월을 맞이하여 열린 궁중의 조회의 성황과 황제에 대한 축수를 담고 있다. 제1～2구는 새해가 되었음을 말하였고, 제3～6구는 원회에 모인 국내외 신하들의 성대함을 표현하였다. 제7～8구는 술과 음악이 있는 조회의 풍성한 모습을 말하였고 제9～10구는 천자의 위용을 찬양하며 온 천하가 그를 위해 축수한다고 하였다.

9-2 교사곡 郊祀曲

六宗禋祀岳,[1]　육종 제사는 사악에서 지내고

五時奠甘泉.[2]　오치 제사는 감천궁에서 드리네.

整蹕游九闕,[3]　길을 정돈하여 구중궁궐에서 나오심에

淸簫開八壖.[4]　맑은 피리소리가 저자거리에 울려퍼지네.

鏘鏘玉鑾動,[5]　댕그랑거리며 옥방울이 흔들리고

溶溶金陣旋.[6]　많고 많은 굳센 군사들이 휘도네.

郊宮光已屬,[7]　교궁에 빛이 모여있고

升柴禮旣虔.[8]　　시제사의 예는 경건하네.

福響靈之集,[9]　　복이 퍼져 신령이 모이시니

南岳固斯年.[10]　　남쪽 산이 올해도 굳게 지켜주시리라.

주석

1) 六宗(육종) : 제사 지내야 할 여섯 가지의 대상을 가리키는 말로 육신六神이라고도 한다. 육종의 구체적 내용은 이설이 분분한데, 사시四時·한서寒暑·일日·월月·성星·수한水旱이라 하기도 하고, 천지天地와 춘하추동이라 하기도 하였다. 또는 일日·월月·성星·하河·해海· 대岱라 하기도 하였고 오제五帝와 천황대제天皇大帝를 칭하기도 하였다.

禋(인) : 희생물을 태워 연기로 제사를 드리다.

祀岳(사악) : 제사 지내는 산.

2) 五畤(오치) : 진한 시기에 천제天帝에 제사 드리던 곳으로 옹주雍州(지금의 섬서성陝西省 봉상현鳳翔縣 지역)에 속한다. 진한 때 부치鄜畤, 밀치密畤, 오양상치吳陽上畤, 오양하치吳陽下 畤, 북치北畤를 두어 각각 백제白帝, 청제靑帝, 적제赤帝, 황제黃帝, 흑제黑帝에게 제사 지냈다.

奠(전) : 제사를 지내다.

甘泉(감천) : 궁 이름. 옹주雍州에 있다.

3) 整蹕(정필) : 천자가 행차할 때 길을 치우고 통행을 금하다.

九闕(구궐) : 황제의 궁궐.

4) 八壥(팔전) : 저자거리. 번화한 곳.

5) 鏘鏘(장장) : 쇠나 돌이 울리는 소리.

玉鑾(옥란) : 옥으로 된 방울. 임금의 수레에 달았으므로 임금의 수레를 의미하기도 한다.

6) 溶溶(용용) : 매우 많은 모양.

金陣(금진) : 견고한 군진. 막강한 군사를 뜻한다.

旋(선) : 휘돌다.

7) 郊宮(교궁) : 천자가 천지에 제사 지내는 곳.

光(광) : 빛. 여기서는 제사 지내는 무리들이 내는 빛을 이른다.

屬(촉) : 모이다.

8) 升柴(승시) : 시제사柴祭祀. 섶을 불살라 올려 하늘에 지내는 제사를 이른다.

9) 響(향) : 울리다. 여기서는 복이 퍼진다는 의미이다. 이 글자는 '향饗'으로 된 판본도 있는데 '복향福饗'은 천지신명이 복을 내려준다는 뜻이다.

10) 南岳(남악) : 남쪽 산. 여기서는 오악 중 하나인 형산衡山을 가리키는 것으로 보인다.

斯年(사년) : 이번 해.

해설

교사郊祀는 교제郊祭라고도 하며 천자가 수도 100리 밖에서 행하던 제천의식을 이른다. 이 시는 천자가 지내는 제사 의식의 성대함을 읊고 있다. 제1~2구에서는 산과 궁에서 드리는 제사에 대해 말하였고 제3~6구에서는 황제가 궁을 떠나 제사 지내러 가는 모습을 묘사하였으며 제7~10구는 정성껏 제사를 지냈다고 하면서 한 해의 복을 바라는 것으로 맺었다.

9-3 균천곡 鈞天曲

《사기》에서 말하기를 "조간자가 병이 나서 닷새 동안 사람을 알아보지 못하였다. 이틀 반이 지나서야 조간자가 깨어나 대부들에게 이르기를 '나는 천제가 계신 곳에 가서 매우 즐거웠는데, 여러 신들과 함께 균천에서 노닐었으며 광악이 여러 번 연주되었고 만무가 추어졌소.'라 하였다."고 하였다. 균천이라는 이름은 여기서 취한 것일 것이다.

《史記》曰[1], 趙簡子疾,[2] 五日不知人. 居二日半. 簡子寤,[3] 語大夫曰, 我之帝所甚樂, 與百神遊于鈞天,[4] 廣樂九奏萬舞.[5] 鈞天之名, 蓋取諸此.

주석

1) 史記曰(사기왈) : 《사기》에 인용된 고사는 《사기·세가世家》 권43 조세가趙世家에 전한다.

2) 趙簡子(조간자) : 조앙趙鞅(?~BC.476?). 조간자는 시호이다. 진(晉)나라 진양조씨晉陽趙氏의 종주로, 조趙나라를 일으키는 바탕을 마련했다.

3) 寤(오) : 잠을 깨다.

4) 鈞天(균천) : 하늘의 중심으로 천제天帝가 사는 곳을 이른다.

5) 廣樂(광악) : 성대한 음악. 신선의 음악을 이른다.

九奏(구주) : 본래 순舜 임금 음악인 구성九成을 이른다. 궁중에서 예를 행할 때 연주되는 음악이 아홉 번 연주하는 데서 이렇게 불린다. 여기서는 광악이 여러 번 연주된 것을 이른다.

萬舞(만무) : 고대의 춤 이름. 무무武舞와 문무文舞로 나뉘는데 무무는 무기를 들고 추고 문무는 새 깃털과 악기를 들고 춘다.

高宴浩天臺,[1)	호천대에서 성대한 연회를 열었고
置酒迎風觀[2)	영풍관에서 주연을 가졌네.
笙鏞禮百神,[3)	생황과 큰 종을 연주해 온갖 신께 예를 올리는데
鍾石動雲漢.[4)	종과 경쇠 소리는 은하수를 흔드네.
瑤臺琴瑟驚,[5)	요대에서 울리는 금슬 소리는 놀랄만하고
綺席舞衣散.[6)	비단 자리에서 춤추는 이들은 흩어져 있네.
威鳳來參差,[7)	상서로운 봉새가 이리저리 날아오고
玄鶴起凌亂.[8)	검은 학이 어지러이 날아가네.
已慶明庭樂,[9)	조정의 음악으로 경하드렸으니
詎慚南風彈.[10)	<남풍> 연주한 것에 어찌 부끄럽겠는가.

주석

1) 高宴(고연) : 성대한 연회.

浩天臺(호천대) : 누대 이름. 호천대顥天臺라고도 하는데 하늘에 닿을 듯 높은 누대라는 뜻이다. 구체적으로 어떤 것을 가리키는지는 알 수 없다.

2) 置酒(치주) : 술자리를 갖다. 주연을 베풀다.

迎風觀(영풍관) : 궁궐의 전각 이름. 한무제가 감천산甘泉山에 지었다고 한다.

3) 笙鏞(생용) : 생황과 큰 종. 제례악을 연주하는데 필요한 악기를 이른다. 원래 생황은 동쪽에, 큰 종은 서쪽에 설치했는데, 이들 악기는 나라를 잘 다스리려고 할 때 갖추어야 할 필수적인 요소로 간주되었다.

4) 鍾石(종석) : 종과 경쇠.

5) 瑤臺(요대) : 옥으로 장식한 아름다운 누대.

琴瑟(금슬) : 가야금과 비파. 음악소리를 이른다.

驚(경) : 놀랍다. 빠르다.

6) 舞衣(무의) : 춤출 때 입는 옷. 여기서는 무희를 이른다.

7) 威鳳(위봉) : 봉황새. ≪서경書經 · 우서虞書≫에 "순임금의 음악을 아홉 번 연주하자 봉황이 날아와 의례를 하였다.(簫韶九成, 鳳皇來儀)"고 하였다. 이는 태평성세를 이른다.

參差(참치) : 어지럽고 번잡한 모양.

8) 玄鶴(현학) : 검은 학. 최표崔豹의 ≪고금주古今注 · 조수鳥獸≫에 따르면 학은 천년이 지나면 푸르게 변하고 다시 2천년이 되면 검게 변하는데 이를 현학이라 한다고 하였다.

凌亂(능란) : 순서가 뒤바뀌어 어지러운 모양.

9) 慶(경) : 하례하다.

明庭(명정) : 성명聖明한 조정.

10) 詎(거) : 어찌.

南風(남풍) : 고대 악곡 이름. 순舜 임금이 부른 노래로, 이 노래를 불렀더니 천하가 저절로 다스려졌다 한다.

彈(탄) : 연주하다.

해설

이 시는 궁중에서 열린 성대한 연회의 성황을 쓰면서 태평성대임을 찬양하였다. 제1~2구에서는 궁궐에서 연회가 열렸다고 하였고 제3~5구에서는 좋은 음악이 있고 아름다운 춤이 있어 성대한 연회를 묘사하였다. 제6~10구에서는 봉새와 학도 음악을 즐기며 지금이 태평한 시대임을 찬양하면서 <남풍>을 읊었던 순임금 때 못지않게 천하가 잘 다스려지고 있다고 치켜세웠다.

9-4 입조곡 入朝曲

江南佳麗地,	강남은 아름답고 고운 곳이고
金陵帝王州.[1]	금릉은 제왕의 도읍이라네.
逶迤帶綠水,[2]	구불구불 푸른 강물이 둘러 흐르고
迢遞起朱樓.[3]	아득히 붉은 누각이 솟아있네.
飛甍夾馳道,[4]	날아갈 듯한 용마루는 천자의 길 양쪽에 있고
垂楊蔭御溝.[5]	수양버들은 궁궐 하천을 덮고 있네.
凝笳翼高蓋,[6]	느린 피리 소리는 높은 수레를 호위하고
疊鼓送華輈.[7]	북을 두드리는 소리는 화려한 수레를 전송하네.
獻納雲臺表,[8]	충언을 바치면 운대에 표창하리니
功名良可收.[9]	공적과 명예는 진실로 거둘 수 있으리라.

주석

1) 帝王州(제왕주) : 제왕의 도읍.

2) 逶迤(위이) : 구불구불한 모양.

3) 迢遞(초체) : 먼 모양.

4) 飛甍(비맹) : 용마루. 그 형세가 꼭 나는 모습이라 하여 이렇게 부른다.

   夾(협) : 끼다. 여기서는 길 양쪽에 집이 있다는 뜻이다.

   馳道(치도) : 임금이나 지체 높은 이들이 다니는 길.

5) 蔭(음) : 덮어 가리다.

   御溝(어구) : 궁궐에서 흘러나오는 하천.

6) 凝笳(응가) : 천천히 연주하는 피리 소리.

   翼(익) : 받들다. 호위하다.

   高蓋(고개) : 높은 수레. 신분이 높은 사람이 타는 수레이다.

7) 疊鼓(첩고) : 중첩된 북소리.

華輈(화주) : 화려한 수레.

이상 두 구는 느린 피리 소리와 북소리가 들리며 번왕이 궁궐로 행차하고 있음을 이른 것이다.

8) 獻納(헌납) : 충언을 바쳐 받아들여지다.

雲臺(운대) : 한나라 때의 누각 이름. 한나라 명제明帝가 공신을 추념하기 위해 28명의 초상을 남궁南宮의 운대에 그려두었다. 여기서는 조정을 의미한다.

表(표) : 표창하다. 혹은 '끝'이란 뜻도 있는데 이 뜻을 적용하면 '운대에서'라고 번역된다.

9) 功名(공명) : 공적과 명예.

해설

이 시는 수도인 금릉의 아름다운 모습과 번왕이 입조하는 모습을 담은 후 충성을 다할 것을 권하였다. 제1~6구에서는 도읍의 화려한 모습을 묘사하였고 제7~8구는 음악이 연주되는 가운데 번왕이 입조하는 모습을 그렸다. 제9~10구에서는 임금에게 충언을 한다면 공명을 얻을 수 있다고 하였다.

9-5 출번곡 出藩曲

雲披紫微內,1)	구름 걷힌 궁궐 안에서
分組承明阿.2)	조를 나누어 영명하신 이를 받들다가,
飛艎游極浦,3)	나는 듯이 날렵한 배가 먼 포구로 출발하고
旌節去關河.4)	깃발과 부절도 변방으로 떠났네.
眇眇蒼山色,5)	아득히 멀리 푸른 산이 펼쳐져 있고
沉沉遠水波.6)	깊고 깊은 먼 물에는 파도가 이네.
鐃音巴渝曲,7)	징은 파유곡에 소리 맞춰 울리고
簫管盛唐歌.8)	피리소리는 당요의 노래를 연주하네.
夫君邁遺德,9)	임금께서 선제의 유덕을 멀리 퍼뜨리셔서

江漢仰淸和.[10]   강한에서도 고요함과 평화를 바라보게 되리라.

주석

1) 披(피) : 헤치다. 열다.

   紫微(자미) : 제왕의 궁전.

2) 明阿(명아) : 밝은 언덕. 영명한 이를 비유하는데 여기서는 황제를 이른다.

3) 艎(황) : 큰 배.

   極浦(극포) : 먼 물가. 여기서는 부임하는 곳을 가리킨다.

4) 旌節(정절) : 깃발과 부절. 의장의 하나로 사신이 들고 다녔다.

   關河(관하) : 함곡관과 황하. 변방을 이른다.

5) 眇眇(묘묘) : 아득하게 먼 모양.

6) 沉沉(침침) : 물이 깊은 모양.

7) 鐃(뇨) : 징.

   巴渝曲(파유곡) : 파유지역의 노래. '파유巴渝'는 촉蜀의 옛 지명이다.

8) 盛唐(성당) : 상고의 제왕인 당요唐堯의 시대. 당요의 노래는 요의 태평성대를 구가한 <격양
   가擊壤歌>를 이른다. "해가 뜨면 일하고 해가 지면 쉬고 우물 파서 마시고 밭을 갈아 먹으니
   임금의 덕이 내게 무슨 소용이 있으랴(日出而作, 日入而息, 鑿井而飮, 耕田而食, 帝力于我何
   有哉)"

9) 君(군) : 임금. 여기서는 수왕을 가리킨다.

   邁(매) : 멀리 퍼뜨리다.

   遺德(유덕) : 선제가 후세에 남긴 은덕.

10) 江漢(강한) : 장강과 한수 사이와 그 부근. 여기서는 형주 지역을 가리킨다.

    淸和(청화) : 고요하고 평화로움.

해설

이 시는 수왕隨王이 형주荊州로 부임하러 가면서 동행했던 시인이 보는 광경과 바람을 담고
있다. 제1~4구에서는 조정에서 황제를 모시다가 지방으로 발령을 받아 배를 타고 부임하게
되었다고 하였다. 제5~8구에서는 행차하는 모습과 임지에 도착한 상황을 담았는데 오는

길에서 보았던 풍경과 함께 임지에서 음악으로 반기는 모습에 대해 썼다. 제9~10구에서는 황제의 덕을 먼 곳까지 잘 퍼뜨려서 임지도 평화롭게 잘 다스려질 것을 바랐다.

9-6 교렵곡 校獵曲

凝霜冬十月,	서리가 맺히는 시월 겨울이라
殺盛涼飆哀.[1]	숙살의 기운이 성해져 가을바람이 슬피 부네.
原澤曠千里,[2]	들판과 못이 사방 천 리로 트여있어
騰騎紛往來.[3]	내달리는 기병이 어지러이 오고 가네.
平罝望烟合,[4]	토끼그물을 잘 펼쳐 연기를 엿보다 덮치고
烈火從風迴.[5]	불을 붙여서 바람을 좇아 돌아오게 하네.
殪獸華容浦,[6]	화용의 나루에서 짐승을 죽여
張樂荊山臺.[7]	형산의 돈대에서 음악을 펼치네.
虞人昔有諭,[8]	옛날에 우인이 올린 말이 있었으니
明明時戒哉.[9]	밝도다! 적절한 때에 사냥을 하라는 경계로다!

주석

1) 殺(살) : 숙살肅殺의 기운. 초목을 말려 죽일 정도의 쌀쌀하고 냉랭한 기운.
   涼飆(양표) : 가을바람.
   이 구는 가을에서 겨울로 넘어가는 시점을 이른 것이다.
2) 曠(광) : 넓다. 탁 트이다.
3) 騰騎(등기) : 빠르게 내달리는 기병.
4) 罝(저) : 토끼를 잡는 그물.
   望(망) : 엿보다. 망보다.
   이 구는 토끼굴에 연기를 내고 입구에 그물을 쳐 덮치는 사냥 방법을 이른다.
5) 烈火(열화) : 불을 놓다.

이 구는 바람길을 읽어 들판에 불을 둥글게 놓아 사냥감을 모는 것을 이른다.

6) 殪(예) : 죽다.

華容(화용) : 옛 현縣 이름. 치소治所가 지금의 호북성湖北省 잠강시潛江市 서남쪽에 있다.

7) 張樂(장악) : 음악을 펼치다.

8) 虞人(우인) : 산림이나 사냥터를 관장하는 관직명.

諭(유) : 깨우침.

이 구는 <우잠虞箴>을 이른다. 이는 사냥을 관장하는 이가 수렵을 경계하기 위해 쓴 것으로 알려져 있다. ≪좌전左傳·양공4년襄公四年≫에 따르면, 주나라 태사 신갑辛甲이 관원에게 왕의 허물을 경계하는 말을 하도록 하자 사냥을 관장하는 우인虞人이 우임금은 사람들에게 잠잘 곳과 묻힐 곳을 정해주고 짐승에겐 무성한 수풀을 주어 각각 처소를 분명하게 하여 덕을 세웠는데, 사냥질에 정신이 팔린 하나라 임금 이예夷羿는 무분별하게 사냥을 하여 결국 자기 나라를 지키지 못하였다며 경계의 말을 하였다.

9) 明明(명명) : 밝은 모양.

時戒(시계) : 때에 적절한 경계. 사냥을 함에 있어 아무 때나 함부로 하지 않고 적당한 시기와 방법을 살펴서 해야 함을 경계한 것을 이른다.

해설

교렵은 나무로 울을 만들어 짐승의 도주로를 막고 사냥하는 것을 이르는데, 이 시는 가을에서 겨울로 가는 때에 사냥을 하는 모습을 묘사한 후 이 시기가 적당함을 찬양하였다. 제1~2구는 가을에서 겨울로 넘어가는 시점이 되어 사냥하기 적당한 때임을 밝혔고 제3~8구는 사냥을 하는 모습을 묘사하였다. 넓은 들판에서 여러 방법으로 사냥을 한 후 사냥감을 나누고 즐긴다고 하였다. 제9~10구는 우인이 사냥을 경계한 말처럼 수왕이 때에 맞춰 적절한 시기에 사냥을 하고 있음을 찬미하였다.

9-7 종융곡 從戎曲[1]

選旅辭轘轅,[2]	선발된 군대는 환원산을 떠나서
弭節赴河源.[3]	병거兵車를 몰아 황하의 근원으로 치닫는다.
日起霜戈照,[4]	해가 뜨니 서리 내린 창이 빛나고
風迴連騎翻.[5]	바람이 빠르게 도니 연잇는 기병이 뛰어오른다.
紅塵朝夜合,	붉은 먼지에 아침저녁으로 앞이 가려지고
黃沙萬里昏.	누런 모래로 만리가 어두운데,
寥戾淸笳囀,[6]	휑하니 처량하게 맑은 호가가 소리를 내고
蕭條邊馬煩.[7]	외롭게 야윈 변방의 말이 시름에 겨워한다.
自勉輟耕願,[8]	농사를 그만두려는 바람을 스스로 힘썼으니
征役去何言.[9]	군역으로 떠나는 것에 무슨 말을 하리오.

주석

1) 從戎(종융) : 종군從軍.

2) 轘轅(환원) : 산 이름이자 관문 이름. 하남성河南城 등봉현登封縣 부근에 있다. 산길에 굽이가 많고 험해서 '환원'이라고 하였는데 낙양洛陽으로 통하는 주요 군사 요충지였다. 한 고조 유방은 낙양을 출발해서 환원으로 간 다음 한韓을 공략하였다. 환원이 제수왕이 속한 남제南齊 의 땅은 아니지만, 이 시에서는 중요한 군사적 출발을 한다는 의미로 사용한 듯하다.

3) 弭節(미절) : 수레를 몰다. 본래는 '수레를 멈추다'의 뜻이었으나 '수레를 몬다'는 뜻으로 의미가 확장되었다.
   河源(하원) : 황하의 근원. 부대가 서쪽으로 간다는 의미다.

4) 霜戈(상과) : 빛이 나고 예리한 창.

5) 連騎(연기) : 연달아 치닫는 기병. 기병의 강성함을 형용한다.
   雲布(운포) : 구름처럼 퍼지다.

6) 寥戾(요려) : 소리가 슬프고 높은 것을 묘사한다.
   淸笳(청가) : 슬픈 소리를 내는 호가胡笳. 또는 호가의 슬픈 소리.

囀(전) : 소리에 변화를 주다.

7) 蕭條(소조) : 수척하게 야윈 모습.

8) 輟耕(철경) : 경작을 그만두다. 농사와 같은 사소한 일을 그만두고 큰일(나라에 공을 세우는 일)을 하려 하다.

9) 征役(정역) : 군역.

해설

  이 시는 종군의 어려움과 각오에 대해 노래하였다. 시의 제1∼4구는 전쟁을 위해 출발하는 부대의 용맹한 위세를 말했지만 제5∼8구는 원정의 고난함과 슬픔에 대해 말했다. 마지막 9, 10구는 전쟁에서 공을 세우려는 각오를 말하였다.

9-8 송원곡 送遠曲

北梁辭歡宴,[1)	북쪽 다리는 좋아하는 이와 작별하는 잔치 자리
南浦送佳人.[2)	남쪽 물가에서는 아름다운 사람을 떠나보내네.
方衢控龍馬,[3)	탁 트인 큰 길에서 용마를 타고
平路騁朱輪.[4)	평평하게 잘 닦인 길에서 붉은 수레를 몰리라.
瓊筵妙舞絶,[5)	옥 자리에서는 오묘한 무용이 절묘한데
桂席羽觴陳.[6)	계화나무 자리에는 우상 술잔들이 늘어섰네.
白雲丘陵遠,	하얀 구름은 낮은 구릉에서 멀리 떠 있고
山川時未因.	산과 강은 이따금씩 끊어지리.
一爲清吹激,[7)	서글픈 피리 소리 한바탕 빠르게 부니
潺湲傷別巾.[8)	눈물 줄줄 흐르는 이별에 슬퍼하는 수건.

주석

1) 辭歡宴(환연) : 좋아하는 사람과 작별하다.

2) 佳人(가인) : 아름다운 사람.

3) 方衢(방구) : 사통팔달의 대도.

　控(공) : 말을 몰다. 타다.

4) 平路(평로) : 평탄한 도로.

　騁(빙) : 말을 달리다.

　控(공) : 말을 몰다. 타다.

　朱輪(주륜) : 바퀴가 붉은 마차. 고귀한 신분의 사람들의 탈것을 의미한다.

5) 瓊筵(경연) : 옥으로 된 자리. 화려한 연회를 비유한다.

6) 羽觴(우상) : 새 모양으로 만들어서 양 옆에 날개 모양이 있는 술잔.

7) 淸吹(청취) : 맑고 처량한 소리의 관악기.

　激(격) : 급박하게 불다.

8) 潺湲(잔원) : 물이 끊이지 않고 흐르는 모양. 또는 소리.

　傷別(상별) : 이별 때문에 슬퍼하다.

해설

　이 시는 떠나는 사람을 송별하는 자리의 화려하고 감정적인 모습을 그렸다. 제1, 2구는 친한 사람이 떠나는 연회가 열린다는 것을 알린다. 제3, 4구는 떠나는 이의 용맹한 포부를 전한다. 제5, 6구는 송별하는 연회 자리의 화려함을 표현하였다. 제7, 8구는 서로 이별하고 떠나갈 먼 곳을 망연히 바라보며 하는 말이다. 마지막 제9, 10구에서 사람들은 결국 작별의 눈물을 참지 못하고 펑펑 울었다.

9-9 등산곡 登山曲

天明開秀崿,[1]	하늘의 밝은 빛이 꽃이 만발한 절벽을 드러내고
瀾光媚碧堤.[2]	물결의 반짝이는 빛이 푸른 풀 덮인 제방을 장식하네.
風盪飄鶯亂,[3]	바람이 부딪치니 나부끼는 꾀꼬리들 어지럽고

雲行芳樹低.[4]	구름 떠가니 꽃 핀 나무들이 드리웠네.
暮春春服美,	늦은 봄에 아름답게 봄옷을 입고
游駕凌丹梯.[5]	놀러 나온 마차가 붉은 계단을 오르니,
升嶠旣小魯,[6]	높은 산에 올라 노나라를 작게 여겼다가
登巒且悵齊.[7]	작은 산에 올라 제나라를 슬퍼하기도 하였네.
王孫尙游衍,[8]	고귀한 그대가 그래도 즐거워해 주니
蕙草正萋萋.	혜초가 한창 무성하다네.

주석

1) 秀崿(수악) : 꽃이 만발한 낭떠러지.

2) 媚(미) : 아름답다. 아양떨다.

3) 盪(탕) : 부딪치다.

   飄鸎(표앵) : 가볍게 이리저리 쏜살같이 나는 꾀꼬리들

   이 구절은 '풍탕번앵행風盪翻鸎行'으로 된 곳도 있는데, '바람 부딪치니 이리저리 꾀꼬리들 가는데'의 뜻이다.

4) 이 구절은 '비행방수저飛行芳樹低'로 된 곳도 있는데, '꽃 핀 나무 아래로 날아간다'의 뜻이다.

5) 丹梯(단제) : 붉은 계단. 높은 산을 가리킨다. 꽃이 만발한 산길을 가리키는 것으로 보기도 한다.

6) 嶠(교) : 높고 뾰족한 산.

   小魯(소노) : 노나라를 작다고 여기다. ≪맹자孟子·진심盡心≫에서 "공자는 동산에 올라 노나라를 작다고 여겼고, 태산에 올라 천하를 작다고 여겼다.(孔子登東山而小魯, 登泰山而小天下)"라고 하였다.

7) 巒(만) : 작고 뾰족한 산.

   悵齊(창제) : 제나라를 슬퍼하다. 아름답고 흥성한 나라를 두고 죽을 것을 슬퍼한다는 뜻이다. ≪안자춘추晏子春秋·간상諫上≫에 보면, 제齊의 경공景公이 우산牛山에 놀러갔다가 도성을 바라보고 눈물을 흘리며 어떻게 여기를 떠나 죽겠는가라며 슬퍼하였다. 시종드는 신하들이 모두 같이 눈물을 흘렸는데 오직 안자晏子만이 시간이 흐르면 죽는 것이 당연하다면서

옛날 왕이 죽어서 지금 왕이 되었으면서도 우는 주군과 그것을 따라 우는 신하들을 비웃었다고 한다. 이 시에서는 자연의 아름다움과 인생의 유한함을 함께 말하였다.

8) 王孫(왕손) : 상대방에 대한 미칭.

游衍(유연) : 실컷 놀다. 마음껏 즐기다.

9) 蕙草(혜초) : 향초의 일종.

萋萋(처처) : 초목이 무성한 모습.

해설

이 시는 산에 오르면서 보고 느낀 바를 썼다. 제1~4구는 산에 오르기 전에 바라본 산과 하천의 경치를 묘사하였다. 제5~6구에서 비로소 마차를 타고 산에 오른다. 제7~8구는 산에서 느낀 감정으로 호연지기를 느끼기도 하고 인생무상의 슬픔을 느끼기도 하였다. 마지막 제9~10구에서는 동행한 사람에게 함께 온 보람을 이야기하였다.

9-10 범수곡 泛水曲

玉露霈翠葉,¹⁾	옥색 이슬은 축축하게 푸른 잎을 적시고
金風鳴素枝.²⁾	쇠의 바람은 꽃이 없는 가지를 울게 하네.
罷遊平樂苑,³⁾	평락원에서 노니는 것을 쉬고
泛鷁昆明池.⁴⁾	곤명지에 배를 띄우네.
旌旗散容裔,⁵⁾	깃발은 물결처럼 흩어지고
簫管吹參差.⁶⁾	관악기는 빠르게 참치를 분다네.
日晚厭遵渚,⁷⁾	저녁에 나는 기러기를 많이 보고
採菱贈淸漪.⁸⁾	마름을 따면서 맑은 물결을 선물하네.
百年如流水,	인생 백 년이 흐르는 물과 같으니
寸心寧共知.	한 촌 작은 마음을 어찌 함께 알아주리.

1) 玉露(옥로) : 옥색 이슬. 가을 이슬을 가리킨다. 이견이 있지만 옥은 오행에서 금金에 속하고 금은 가을을 의미한다.

2) 金風(금풍) : 가을 바람. 금金은 오행에서 가을을 의미한다.

   素枝(소지) : 꽃이 없는 가지.

3) 平樂苑(평락원) : 평락원은 평락관平樂觀이라고도 한다. 한漢 고조高祖 때 지은 궁관으로 한漢 무제武帝 때 중수하였다. 장안長安의 상림원上林苑에 있었다.

4) 泛鷁(범익) : 배를 띄우다. 익鷁은 물새의 일종으로 백로와 비슷하게 생겼다. 물귀신이 이 새를 두려워하고 바람을 잘 견딘다고 전해져서 뱃머리에 이 새의 그림을 그리거나 돛대 끝에 조각을 매달았다고 한다. 그래서 전통적으로 익조를 배를 가리키는 것으로 사용하였다.

   昆明池(곤명지) : 한漢 무제武帝 때 장안長安의 서남쪽 근교에 만든 호수.

5) 旌旗(정기) : 깃발. 여기에서는 임금이 탄 배의 깃발.

   容裔(용예) : 파도가 물결치는 모양. 또는 느리게 하늘거리는 모양.

6) 簫管(소관) : 관악기.

   參差(참치) : 고대의 관악기의 명칭으로 퉁소의 일종이다. 전설에 따르면 순舜 임금이 만들었으며 봉황의 날개가 들쑥날쑥(참치參差)한 것을 닮았다고 해서 이름했다고 한다. 생笙과 비슷한 형태로 추측하며 그 소리가 빠르고 경쾌했다고 한다.

7) 日晚(일만) : 해 질 무렵. 저녁.

   厭(염) : 충분히 즐기다.

   遵渚(준저) : 기러기. 나는 기러기. ≪시경·빈풍豳風·구역九罭≫에서 "기러기가 날아서 물가를 따라가니, 공께서 돌아가심에 갈 곳이 없으리오(鴻飛遵渚, 公歸無所)"라 하였다.

8) 淸漪(청의) : 물이 맑은데 잔물결이 있는 모습. ≪시경·위풍魏風·벌단伐檀≫에서 "황하의 물은 맑으면서 물결이 일어난다.(河水淸且漣猗)"라고 하였다. ≪시경≫에서는 박달나무를 베어서 물에 버려놓는다는 내용으로 박달나무가 황하에 빠지며 물결이 일어난다는 뜻이다.

이 시는 가을에 물놀이를 하는 것을 묘사하였다. 제3, 4구에서 시인은 장안에서 노닐다가 배를 타는 모습을 그렸는데 뱃놀이를 장중하게 비유한 것으로 보인다. 제5, 6구에서 경쾌하게 즐기던 뱃놀이는 제7, 8구에서 날이 저물자 분위기가 바뀌는데 제9, 10구에서는 하루가 빠르게 지나가는 것을 보고 사람의 인생도 배에서 보이는 흐르는 물처럼 빠르게 지나갈 것이고 그 속에서 사람의 진심을 아무도 알아주지 않을 것이라고 탄식하였다.

10. 제고취곡 齊鼓吹曲 3수

10-1 입조곡 入朝曲[1]

당唐 이백李白

金陵控海浦,[2]	금릉은 바닷가 포구를 통제하고
綠水帶吳京.[3]	푸른 물은 오나라의 수도를 감돈다.
鐃歌列騎吹,[4]	군가를 연주하며 기마 악대가 열을 이뤄서
颯沓引公卿.[5]	성대하게 공경들을 이끌고,
槌鍾速嚴妝,[6]	종을 치니 정숙한 차림의 사람들을 재촉하고
伐鼓啓重城.[7]	북을 치니 궁성의 문을 연다.
天子憑玉案,	천자는 옥 안궤에 기대시고
劍履若雲行.[8]	검을 차고 신을 신은 중신들은 구름이 지나가는 것 같으며,
日出照萬戶,[9]	해가 솟아 수많은 집을 비추니
簪裾爛明星.[10]	비녀와 치마가 밝은 별처럼 빛난다.
朝罷沐浴閒,[11]	조회가 끝나자 한가롭게 목욕하고
遨遊閬風亭.[12]	낭풍정에서 즐겁게 노니,
濟濟雙闕下,[13]	쌍궐 아래에 많이 모여서
歡娛樂恩榮.[14]	기뻐하며 천자의 은혜를 즐긴다.

주석

1) 入朝曲(입조곡) : 이 시의 제목은 왕기王琦의 ≪이태백전집李太白全集≫에는 <고취입조곡鼓吹入朝曲>으로 되어있다.

2) 金陵(금릉) : 지금의 강소성江蘇省 남경시南京市. 금릉은 남조南朝의 수도였다.

   控(공) : 통제하다. 조절하다.

   海浦(해포) : 바닷가. 바닷가 포구.

   이 구절에서 금릉이 바닷가 포구를 통제한다는 것은 금릉이 장강 하류 지역과 바닷가를 모두 관리한다는 뜻이다.

3) 綠水(녹수) : 푸른 물. '녹수淥水'로 된 판본도 있는데 '맑은 물'이라는 뜻이다.

   帶(대) : 둘러싸다. 감돌다.

   吳京(오경) : 오나라의 수도. 금릉金陵을 가리킨다.

4) 鐃歌(요가) : 군가. 고취곡의 하나로 말을 타고 연주했다.

   列(열) : 대열을 이루다.

   騎吹(기취) : 고대의 군중에서 말을 타고 연주하던 음악. 또는 그 음악대.

5) 颯沓(삽답) : 아주 많은 모습.

6) 槌鍾(추종) : 종을 치다. '종鍾'은 '종鐘'과 같다.

   嚴妝(엄장) : 단정한 차림새. 정장. 이 시에서는 복장을 갖춘 신하로 보인다.

7) 伐鼓(벌고) : 북을 치다.

   重城(중성) : 궁성. 도성.

8) 劍履(검리) : 대신, 또는 중신. 검을 차고 신을 신은 중신. 보통 신하는 천자를 뵐 때 칼을 풀고 신을 벗어야 하나 특별히 천자의 허락을 받은 중신은 이러한 예를 면하기도 하였다. 그래서 칼과 신은 천자의 은택을 받은 중신을 가리키는 의미로 쓰였다.

   雲行(운행) : 구름이 가다. 사람이 많은 것을 비유하였다. 또는 천자의 은혜를 널리 받았다는 의미도 된다.

9) 萬戶(만호) : 만 개의 집. 매우 많은 집. 여기에서는 궁궐의 많은 전각을 의미하는 것으로 보인다.

10) 簪裙(잠군) : 비녀와 치마. 궁궐의 아름다운 여인들을 가리키는 것으로 보인다. '잠거簪裾'로 된 판본도 있는데 '비녀와 옷자락'이라는 뜻으로 현귀顯貴한 사람들의 의복과 치장을 의미

하였다. 이 경우에는 궁궐에 있는 많은 고급 관료들을 가리킨다.

爛(란) : 빛나다. 아름답다. 많다.

11) 閒(한) : 한가하다. '한閑'과 같은 의미이며 '한閑'으로 된 판본도 있다.

12) 遨遊(오유) : 즐겁게 놀다.

閬風亭(낭풍정) : 금릉金陵에 있던 정자의 이름이라고 한다.

13) 濟濟(제제) : 수가 많은 모습. 또는 엄숙하고 공경하는 모습.

雙闕(쌍궐) : 한 쌍의 궐문. 궐은 궁문이나 성문, 또는 사당이나 무덤 앞에 세운 한 쌍의 누대이다. 이 시에서는 궁문으로 이해하기도 하고 실제로 금릉에 있던 누대를 가리키는 것으로 보기도 한다.

14) 恩榮(은영) : 천자의 은총과 은혜.

해설

이 시는 사조의 <입조곡>을 본떠서 금릉에서 천자의 조회에 참여했다가 물러나는 신하들의 모습을 상상으로 묘사하였다. 제1, 2구는 금릉에 대한 소개이자 찬사이다. 제3~6구는 고취곡의 음악을 배경으로 공경들이 입조하는 모습을 그렸다. 제7~10구는 천자를 모시고 조회를 하는 모습이다. 제11~14구는 조회가 끝난 뒤에 물러난 신하들이 여유를 즐기면서도 천자의 은혜에 감사하는 모습을 엄숙하게 그렸다.

10-2 송원곡 送遠曲

장적張籍

戲馬臺南山簇簇,[1]   희마대 남쪽은 산이 빽빽하게 들어섰는데

山邊飲酒歌別曲.   산 아래에서 술을 마시며 이별의 노래를 부른다.

行人醉後起登車,   길 떠나는 사람은 취한 다음에 일어나 마차에 오르는데

席上回樽勸僮僕,[2]   술자리에서는 술잔을 돌려 하인에게 권한다.

青天漫漫覆長路,[3]   푸른 하늘은 아득하게 먼 길을 덮는데

遠遊無家安得住.	멀리 길을 떠나 집이 없으니 어디에서 머물 수 있을까.
願君到處自題名,[4]	그대가 도처에서 스스로 이름을 남기길 바라니
他日知君從此去.	다른 날 그대가 이곳으로부터 떠난 것을 기억하기를.

주석

1) 戲馬臺(희마대) : 항우項羽가 진秦을 멸한 다음에 팽성彭城에 도읍을 정하고 성의 남쪽의 산에 만든 누대. 말을 훈련시키는 것을 구경했다고 한다. 지금의 강소성江蘇省 동산현銅山縣 남쪽에 있다. 뒤에는 연회 장소로 유명하였다.

簇簇(족족) : 빽빽하게 모여 있거나 늘어선 모양.

2) 席上(석상) : 이별의 연회석상.

回樽(회준) : 술잔을 돌려받다. 행인이 술에 취해 마차에 오르자 행인의 잔을 돌려받았다는 뜻이다.

僮僕(동복) : 하인. 이 시에서는 술자리 주최자의 하인. 본래는 같이 술을 마실 신분이 아니지만, 이별의 슬픔이 크고 술도 많이 취했기 때문에 신분의 차이를 넘어서 음주의 감정을 나누었다.

金陵(금릉) : 지금의 강소성江蘇省 남경시南京市. 금릉은 남조南朝의 수도였다.

控(공) : 통제하다. 조절히다.

海浦(해포) : 바닷가. 바닷가 포구.

이 구절에서 금릉이 바닷가 포구를 통제한다는 것은 금릉이 장강 하류 지역과 바닷가를 모두 관리한다는 뜻이다.

3) 漫漫(만만) : 멀고 끝없는 모양.

覆(부) : 덮다. 가리다.

長路(장로) : 먼 길.

이 구절에서 하늘이 길을 가린다는 말은 지평선 끝으로 나그네가 떠나가 길이 사라진다는 뜻이다.

4) 到處(도처) : 곳곳마다. 가는 곳마다. 도처에서.

題名(제명) : 이름을 앞에 적다. 옛날 사람들은 무언가를 기념하기 위하여 자신의 이름을 장소나 비석이나 서적 등에 적어서 남겼다. 그리고 이 시의 경우처럼 시를 남기기도 하였다.

　이 시는 장적의 유명한 송별시이다. 제1~2구는 이별의 장소와 이별연의 거행을 알리는데 구체적인 장소를 말해서 이별의 현실감을 높였다. 제3~4구는 연회가 끝나 술에 취한 행인은 길은 떠나고 보내는 사람은 감정을 다스리지 못하는 것을 보여준다. 제5~6구는 행인이 떠나갈 여정과 목적지가 아득하게 알 수 없다는 불안감을 나타냈다. 마지막 제7~8구에서 시인은 행인의 앞길이 무탈하고 영광스럽기를 바라면서 자신의 시로부터 행인이 자신과의 이별을 기억하기를 바란다.

10-3 범수곡 泛水曲

　　　왕건王建

載酒入烟浦,	술을 싣고 안개 낀 물가로 들어가니
方舟泛綠波.[1]	배를 나란히 하여 녹색 물결에 띄운다.
子酌我復飲,	그대가 술을 따르면 내가 다시 마시고
子飮我還歌.	그대가 술을 마시면 내가 또 노래를 한다.
蓮深微路通,	연꽃 우거진 곳에 작은 길이 이어지고
峰曲幽氣多.[2]	봉우리 구비진 곳에 그윽한 기운 많다.
閱芳無留瞬,[3]	꽃을 구경하느라 잠시도 머무름이 없고
弄桂不停柯.[4]	계화나무 노를 저으며 배를 멈추지 않는다.
水上秋月鮮,[5]	물 위는 가을 달 아래에서 고운데
西山碧峨峨.[6]	서쪽 산은 푸르게 우뚝 섰다.
茲歡良可貴,	이러한 즐거움 참으로 귀한데
誰復更來過.	누가 다시 또 와서 들릴까.

주석

1) 方舟(방주) : 2척의 배를 나란히 하다. 또는 나란히 마주하는 2척의 배.

2) 幽氣(유기) : 어둡고 푸르스름하고 희미한 산의 빛과 기운과 분위기 또는 연무. 산람山嵐과 같은 의미로 보인다.

3) 閱芳(열방) : 꽃을 구경하다.

   無留瞬(무류순) : 눈을 깜작일 시간도 머물지 않다. 아주 짧은 시간도 멈추지 않는다. 또는 '눈을 깜작일 시간을 남기지 않는다'로 해석할 수도 있다.

4) 桂(계) : 계화나무. 보통 가을에 꽃이 핀다. 여기에서는 계화나무로 된 노를 의미한다.

   柯(가) : 여기에서는 배. '가舸'와 통한다.

   이 구는 '계화나무를 희롱하며 배를 멈추지 않는다'로 해석할 수도 있다.

5) 秋月(추월) : 가을의 달. ≪전당시全唐詩≫를 포함한 대부분의 판본에는 '가을의 낮秋日'로 되어있다. 이 경우 시의 시점時點에 대한 해석이 달라진다.

6) 峨峨(아아) : 높은 모습.

해설

   이 시는 가을에 물에 배를 띄우고 즐기는 모습을 노래하였다. 시인은 하루 종일 물에서 배를 타고 논 것으로 보인다. 제1, 2구에서 안개 낀 오전에 배를 타고 물에 들어가, 제3, 4구에서 배 위에서 동행과 함께 술을 마시고 노래를 부른 다음, 제5~8구에서 계속 배를 타고 물 주위의 경치를 즐기며 돌아나녔고, 세9, 10구에서 마침내 밤이 되어 하늘에 달이 뜨고 먼 산이 우뚝하게 보인다. 마지막 제11, 12구에서 시인 자신만이 이 시기의 경치를 즐긴다는 것을 노래하였다.

11. 양고취곡 梁鼓吹曲 12수

양梁 심약沈約

≪수서·악지≫에서 말하기를, "양나라 고조가 고취 신가 12곡을 만들었다."라고 하였다.
첫째는 <목기사>, 둘째는 <현수산>, 셋째는 <동백산>, 넷째는 <도망>, 다섯째는
<침위>, 여섯째는 <한동류>, 일곱째는 <학루준>, 여덟째는 <혼주자음특>, 아홉째는
<석수국>, 열째는 <기운집>, 열한째는 <오목>, 열두째는 <유대량>이다.
≪수서·樂志≫曰, 梁高祖制鼓吹新歌十二曲.[1] 一曰<木紀謝>, 二曰<賢首山>, 三
曰<桐柏山>, 四曰<道亡>, 五曰<忱威>, 六曰<漢東流>, 七曰<鶴樓峻>, 八曰<昏
主恣淫慝>, 九曰<石首局>, 十曰<期運集>, 十一曰<於穆>, 十二曰<惟大梁>.

주석

1) 양고조(梁高祖) : 양무제梁武帝 소연蕭衍(464~549, 재위기간은 502~549)을 가리킨다. ≪수서
·악지≫에는 고조가 송과 제에서 쓰이던 한나라의 악곡 16곡에서 4곡을 제거하고 12곡을
남겼다는 기술만 나온다. 다만 심약沈約(441~513)이 이 시들을 지은 자세한 상황에 대해서는
관련된 기록을 찾을 수 없다.

2) 十二曲(12곡) : 이 연작의 고취곡은 양무제 소연이 처음에 제나라의 장수로서 명성을 얻은
사건부터 시작하여 제나라에 반기를 들고 전쟁을 일으켜서 마침내 제나라를 멸망시키고
양나라를 세운 일까지의 내용을 노래하였다.

11-1 목기사 木紀謝

≪수서·악지≫에서 말하기를, "한나라 요가의 첫째 곡인 <주로>를 고쳐서 <목기사>를 만들었는데, 제나라가 쇠퇴하고 양나라가 흥기하였음을 말하였다."라고 하였다.
≪隋書·樂志≫曰, 漢第一曲<朱鷺>, 改爲<木紀謝>, 言齊謝梁升也.

木紀謝,[1]	나무의 기강이 쇠퇴하자
火運昌.[2]	불의 운세가 창성하였으니,
炳南陸[3]	남쪽 대지에서 빛을 내시어
耀炎光.[4]	불타는 광채를 빛내셨네.
民去癸,[5]	백성들이 북쪽을 떠나서
鼎歸梁.[6]	구정이 양나라로 돌아왔고,
鮫魚出,[7]	거대한 물고기가 나타나고
慶雲翔.[8]	오색구름이 날아다녔네.
鞭五帝,[9]	오제를 포용하고
軼三王.[10]	삼왕을 앞질렀으니,
德無外,[11]	덕은 제외함이 없고
化溥將.[12]	교화는 넓고도 크셨네.
仁蕩蕩,[13]	인자함은 끝이 없었고
義湯湯.[14]	의로움은 거침이 없었으니,
浸金石,[15]	금석에 스며들어
達昊蒼.[16]	하늘까지 다다랐네.
橫四海,	사해를 가로지르고
被八荒.	팔황을 뒤덮으니,
舞干戚,[17]	간척의 춤을 추시고

垂衣裳,[18]   의상을 내려뜨렸네.

對天眷,[19]   하늘의 돌보심을 마주하며

坐巖廊.[20]   조정의 높은 곳에 자리하시니.

胤有錫,[21]   후손은 물려받음이 있고

祚無疆.[22]   복에는 끝이 없으리라.

風教遠,   교화는 멀리까지 미치고

禮容盛.   예악의 위용이 성대하여,

感人神,   사람과 신령을 감동시키니

宣舞詠.[23]   춤과 노래를 펼치셨네.

降繁祉,[24]   많은 복이 내려져서

延嘉慶.   아름다운 경사가 이어지리라.

주석

1) 木紀(목기) : 목기木紀는 목덕木德과 같은 의미로, '나무의 덕', '나무의 기강'의 뜻이다. 오행상생五行相生의 주장에 따르면, 제齊나라를 가리킨다.

謝(사) : 쇠퇴하다.

2) 火運(화운) : 불의 운세. 오행상생의 순서에 따른다면 양梁나라는 화덕火德에 기반을 하였다. 판본에 따라 '염운炎運'으로 된 곳도 있는데, 같은 뜻이다.

3) 炳(병) : 빛나다. 타오르다.

南陸(남륙) : 남쪽 땅. 남조南朝를 의미한다.

4) 炎光(염광) : 불의 빛. 화덕을 가리킨다.

5) 癸(계) : 천간의 하나. 북방을 가리킨다. 여기에서는 북조北朝의 통치 구역을 의미하는 것으로 보인다.

6) 鼎(정) : 구정九鼎. 천자의 권력을 상징한다.

7) 鮫魚(교어) : 거대한 물고기. 고대 전설에 나오는 거대한 물고기로 상서로운 조짐을 나타낸다.

8) 慶雲(경운) : 경사스런 조짐의 구름. 오색구름.

9) 韊(란) : 포용하다. 본래는 어깨에 걸치는 가죽제 화살통이다.

　　五帝(오제) : 전설상의 삼황오제의 오제를 가리킨다.

10) 軼(일) : 앞지르다. 본래는 뒤차가 앞차를 앞지른다는 뜻이다.

　　三王(삼왕) : 고대의 삼대의 성군으로, 하夏나라의 우禹임금, 상商나라의 탕湯임금, 주周나라
　　의 무武임금을 가리킨다.

11) 無外(무외) : 바깥이 없다. 바깥사람이 없다. 모두에게 미치다.

12) 溥將(부장) : 광대하다. 넓고도 크다. ≪시경 · 상송商頌 · 열조烈祖≫에서 "내가 명을 받음이
　　넓고 크도다.(我受命溥將)"라고 하였다.

13) 蕩蕩(탕탕) : 넓고 거침이 없고 자유롭다.

14) 湯湯(탕탕) : 넓고 거침이 없고 빠르다.

15) 金石(금석) : 단단한 사물. 교화가 단단한 무생물에 스며들 만큼 강하다는 뜻이다.

16) 호천(호천) : 하늘.

17) 干戚(간척) : 방패와 도끼. 무무武舞를 출 때 쥐고 있는 것이다. 보통 다른 곳에서는 춤의
　　일종인 간척무干戚舞로 해석하지만, 여기에서는 천자가 되어 교화를 베푸는 것을 의미한다.
　　≪상서尙書 · 대우모大禹謨≫에서 "순임금이 이에 문덕을 크게 베푸시어, 방패와 깃을 들고
　　두 섬돌 사이에서 춤을 추니, 70일 만에 유묘씨가 이르렀다.(帝乃誕敷文德, 舞干羽于兩階,
　　七旬有苗格)"라고 히였다. 여기에서 '방패와 깃'을 '방패와 도끼'로 보기도 한다. 그래서
　　조예曹叡의 <도가행棹歌行>에서는 '중화(순임금)이 간척의 춤을 추니, 유묘씨가 규씨(순임
　　금)에게 복종하였다. (重華舞干戚, 有苗服從嬀)'라고 하였다.

18) 垂衣裳(수의상) : 의상을 단정히 내려뜨리다. 천자가 무위의 정치를 한다는 의미로 쓰였다.
　　≪역易 · 계사하繫辭下≫에서 "황제, 요, 순이 의상을 내려뜨리고 천하를 다스렸다.(黃帝, 堯,
　　舜垂衣裳而天下治)"라고 하였다.

19) 天眷(천권) : 하늘의 돌아보심. 보살핌. 관심. 군주의 신하에 대한 은총을 나타내기도 한다.

20) 巖廊(암랑) : 높은 궁실. 조정朝廷을 비유한다.

21) 胤(윤) : 후손. 자손.

　　錫(석) : 하사받다. 보배로운 것을 물려받다. 여기에서는 지존의 지위를 이어받는다는 의미
　　이다.

22) 祚(조) : 복

22) 舞詠(무영) : 춤과 노래.
22) 繁祉(번지) : 많은 복.

해설

이 시는 양무제의 양나라가 거창하게 시작하였음을 알리는 내용이다. 그래서 천하의 주인
으로서의 양나라의 국운을 천지 만물과 인간 역사의 이치를 밝힘으로써 증명하고 있다. 시의
전반부 제1구~8구는 제나라의 운이 양나라로 전해졌으며 자연과 인간이 모두 양나라를 인정
하고 있다는 내용이다. 시의 중반부 제9~22구는 양의 위용에 대한 찬사로서, 과거부터 시를
쓰는 현재까지 망라하여 양나라가 최고라고 찬양한다. 시의 후반부 제23~30구는 양의 위대
한 국운이 영원히 이어지기를 희망하였다.

11-2 현수산 賢首山

≪수서·악지≫에서 말하기를, "한 요가의 둘째 곡인 <사비옹>을 고쳐서 <현수산>을
만들었는데, 무제가 위나라 군대를 사주의 부서에서 격퇴하여 제왕의 공적을 시작하였음을
말하였다."라고 하였다.
≪隋書·樂志≫曰, 漢第二曲<思悲翁>, 改爲<賢首山>,[1] 言武帝破魏軍於司部,[2] 肇
王迹也.[3]

주석

1) 賢首山(현수산) : 산의 이름. 하남성河南城 신양현信陽縣 서남쪽에 있다. 현재는 현산賢山이라
고 부른다. 495년(제나라 명제明帝 건무建武 2년)에 북위北魏의 군대가 의양義陽 가까이까지
공격해오자 소연蕭衍은 부장으로 사주司州(치소가 의양이었다)에 파견되었다. 군사력의 열
세에도 불구하고 현수산의 제나라 수비군을 구출한 기세를 타고 현수산을 쳐내려 북위군
을 기습하여 그들을 크게 물리쳤다. 이 업적으로 소연은 명성을 떨쳤으며 관직도 높아졌다.
이 전쟁을 현산대첩賢山大捷이라고 부른다.

2) 司部(사부) : 사주司州의 지휘부. 사주는 하남성河南城 신양현信陽縣에 있었다. '사부司部'를
   '사주司州'의 다른 이름이나 오기로 보기도 한다.

3) 肇(조) : 시작하다.

賢首山,	현수산은
險而峻.	험하고도 높으니,
乘峴憑,[1]	산의 기세를 타고
臨胡陣.	오랑캐 진영을 내려보았네.
騁奇謀,[2]	신기한 묘책을 펼쳐서
奮卒徒.	병졸들을 격발시켜서,
斷白馬,[3]	백마 나루를 차단하고
塞飛狐.[4]	비호 통로를 막았다네.
殪日逐,[5]	일축왕을 쓰러뜨리고
殲骨都.[6]	골도후를 멸했으며,
刃谷蠡,[7]	곡려왕을 베고
馘林胡.[8]	임호 부족을 죽였네.
草旣潤,[9]	풀은 피로 젖었고
原亦塗.[10]	들판은 피로 칠해졌고,
輪無反,[11]	적의 전차의 바퀴는 돌아간 것이 없고
幕有烏,[12]	적의 군막에는 까마귀가 있었으니,
掃殘孽,[13]	남은 무리를 쓸어버리고
震戎逋.[14]	도망가는 적들을 떨게 하였네.
揚凱奏,[15]	개선곡을 크게 울리며
展歡酺.[16]	기쁨의 주연을 펼쳤고,
詠杕杜,[17]	<체두>의 시를 노래하며
旋京吳.[18]	경오로 돌아왔네.

1) 峴憑(현빙) : 산의 기세.

2) 騁(빙) : 펼치다. 사용하다.

3) 白馬(백마) : 백마진白馬津. 백마 나루는 하남성河南城 활현滑縣 북쪽에 있다. 백마현白馬縣은 옛날부터 중요한 군사적인 요충지였으며 그 입구인 백마진 또한 매우 중요한 지점이었다.

4) 飛狐(비호) : 비호구飛狐口. 비호구蜚狐口라고도 한다. 험준한 통로이다. 하북성河北城 내원현淶源縣 북쪽, 울현蔚縣 남쪽에 있다. 높은 협곡 사이로 좁은 길이 있어서 옛날부터 하북평원河北平原과 북방 지역을 연결하는 교통의 요지였다.

   이상 2구는 초한쟁패기에 유방의 참모였던 역이기酈食其가 유방에게 하남성의 형양滎陽을 탈환하고 성고成皐를 요새로 삼으며 태항太行의 길을 막고 비호蜚狐의 입구에 걸터앉아 백마白馬의 나루를 지키면 천하가 유방에게 올 것이라고 조언했던 고사를 빌려 쓴 것이다.

5) 殪(에) : 죽이다.

   日逐(일축) : 일축왕. 흉노의 서쪽 변경을 담당하는 왕의 명칭.

6) 殲(섬) : 죽이다.

   骨都(골도) : 골도후骨都侯. 한漢나라 때 흉노의 관직 이름. 묵특(묵돌)선우冒頓單于가 만들었다. 선우의 정치를 보좌하는 근신近臣이었다. 묵특선우는 한나라의 원수로서, 유방의 침략을 격퇴하고 여태후를 희롱하였다.

7) 刃(인) : 베다.

   谷蠡(곡려) : 곡려왕. 흉노의 관직 이름. 묵특선우가 만들었다. 최고 벼슬인 도기왕屠耆王의 아래 지위로 군사와 행정을 담당하였으며, 선우의 자제 중에서 임명하였다.

8) 馘(괵) : 베다. 본래는 귀를 자른다는 뜻으로 고대의 전쟁에서 적군의 왼쪽 귀를 잘라서 공적을 계산하는 것을 가리켰다. 죽이다. 잡다 등의 뜻도 된다.

   林胡(임호) : 전국시대 때 산서성 서쪽부터 내몽고 지역에 걸쳐 살던 종족. ≪사기≫에서는 흉노의 일족으로 보았다.

   이상 4구에서 흉노족을 거론한 것은 북위가 선비족의 일족인 탁발선비拓跋鮮卑가 세운 나라이기 때문이다. 흉노족과 선비족은 다르지만 모두 중국 북쪽의 이민족이었기 때문에 뭉뚱그려서 비하한 것이다.

9) 潤(윤) : 젖다. 여기에서는 피에 젖었다는 뜻이다.

10) 塗(도) : 칠하다. 여기에서는 피로 칠했다는 뜻이다. 이백李白의 ＜고풍古風 · 십구十九＞에서 '흐르는 피는 들풀을 칠하고(流血塗野草)'라고 하였다.

11) 輪無反(윤무반) : 전차가 돌아간 것이 없다. 적이 전멸했다는 뜻이다. ≪공양전公羊傳 · 희공삼십삼년僖公三十三年≫에서 "그래서 진나라 군대와 강융이 효산에서 그들(진秦나라 군대)를 막아 격퇴하니 말과 전차가 돌아간 것이 없었다.(然而晉人與姜戎要之殽而擊之, 匹馬隻輪無反者)"라고 하였다.

12) 幕有鳥(막유오) : 군막에 까마귀가 있다. 적의 군대가 도망갔거나 힘을 잃었다는 뜻이다. ≪좌전左传 · 장공이십팔년庄公二十八年≫에서 "(초가 정을 공격하자) 제후들이 정나라를 구원하니 초나라 군대가 밤에 달아났다. 정나라 사람들이 동구로 달아나려 했는데, 첩자가 알리길 '초나라 군막에는 까마귀가 있다'고 하자, 도망을 그만두었다.(诸侯救郑, 楚师夜遁. 郑人将奔桐丘, 谍告曰, 楚幕有乌. 乃止)"라고 하였다.

13) 掃(소) : 평정하다. 끝장내다.
    殘孽(잔얼) : 남은 무리. 잔존세력.

14) 震(진) : 겁을 주다. 떨게 만들다.
    戎逋(융포) : 적의 도망자.

15) 凱奏(개주) : 승리의 악곡. 개선곡.

16) 酺(포) : 연회.

17) 杕杜(체두) : ≪시경 · 소아小雅≫의 시. 부역이나 원정을 나갔던 군졸들이 돌아오길 기다리는 아내와 가족의 마음을 담아서 군졸들을 위로한 시이다. 여기에서는 개선하는 병사들의 즐거운 마음을 묘사하였다. 이 부분은 이 시가 참조한 한나라 요가 ＜사비옹＞의 비극적인 상황, 즉 귀환한 병사에게 아무런 가족도 남지 않았던 것과 대비된다.

18) 京吳(경오) : 오땅의 수도. 남경南京.

해설

이 시는 양무제 소연蕭衍이 아직 제나라의 신하로서 처음 명성을 크게 떨친 현수산에서의 북위와의 전쟁 성과를 노래했다. 이 전쟁의 공적을 바탕으로 소연은 차츰 제나라 조정에서 실권을 잡아갔다. 시의 전반부 제1~8구는 소연이 현수산에서 전투태세를 갖추었음을 말하였다. 중반부 제9~18구는 소연이 북위의 침략군을 완벽히 무찌르고 승리하였음을 말하였다.

후반부 제19~22구는 승리하고 개선하는 모습으로 그 기쁨을 병사들과 함께하며 수도에 전하고 있다.

11-3 동백산 桐柏山

≪수서·악지≫에서 말하기를, "한 요가의 셋째 곡인 <예이장>을 고쳐서 <동백산>을 만들었는데, 무제가 사주를 다스려서 제왕의 사업이 더욱 분명해졌음을 말하였다."고 하였다.
≪隋書·樂志≫曰, 漢第三曲<艾如張>, 改爲<桐柏山>, 言武帝牧司,[1] 王業彌章也.

주석

1) 牧司(목사) : 사주를 다스리다. '주의 책임자를 맡다'로 해석하기도 한다. ≪남사南史·양본기梁本紀≫에는 현수산의 전투 이후에 소연이 사주자사司州刺史가 되었으며 큰 명성을 얻었다고 나온다. 그러나 소연이 정말로 사주자사가 되었는지 여부는 역사적으로 이견이 있다. ≪양서梁書·무제본기武帝本紀≫에는 소연이 의양 전투의 공을 인정받아 사주별가司州別駕가 되었다고만 나오지 사주자사가 되었다는 말은 없다. 북위는 의양 전투 이후에도 사주와 옹주雍州 쪽으로 여러차례 침략을 했는데, 소연은 방어의 공을 인정받아 옹주자사雍州刺史까지 되었다. 남조의 옹주는 대략 양양襄陽 부근에 있었고 사주 옆이었다.

桐柏山,[1]	동백산은
淮之首.[2]	회하의 으뜸이라,
肇基帝迹,[3]	제왕의 업적의 기반을 여니
遂光區有.[4]	천하에 빛을 비추게 되었고,
大震邊關,[5]	변경의 관문을 크게 흔드니
殪獯醜.[6]	더러운 훈육을 쓰러뜨렸네.
農旣勸,	농사를 이제 권면하니
民惟阜.[7]	백성이 이에 많아졌고,

穗充庭,[8]	이삭이 마당에 가득하며
稼盈畝.[9]	곡식이 이랑에 가득하구나.
迨嘉辰,[10]	좋은 날이 되면
薦芳糗.[11]	향긋한 말린 곡식을 귀신에게 바치고,
納寒場,[12]	빈 마당을 정리해서
爲春酒.	봄 술을 만들어,
昭景福,[13]	큰 복을 밝히고
介眉壽.[14]	장수를 돕는다네.
天斯長,	하늘은 이처럼 영원하고
地斯久.	땅도 이처럼 영원하니,
化無極,	교화는 무궁하고
功無朽.	공업은 불후하리라.

주석

1) 桐柏山(동백산) : 산의 이름. 호북성湖北省과 하남성河南省의 경계에 있다. 지금의 양양襄陽과 신양信陽의 사이에 있으며 하남성에 너 많이 자리한다. 과거에는 옹주와 사주의 사이에 있었던 큰 산이자 산맥이다.

2) 淮(회) : 회수淮水. 회수는 몇 개의 상류가 있지만 가장 큰 물줄기가 동백산에서 시작한다.

3) 肇基(조기) : 기틀을 시작하다.
   帝迹(제적) : 제왕의 업적.

4) 區有(구유) : 천하.

5) 邊關(변관) : 변경의 관문. 사주나 옹주는 모두 북위의 침략을 지키는 전방 지역이었다.

6) 獯醜(훈추) : 더러운 훈육獯鬻. 훈육은 흉노의 고대 명칭이다. 하상夏商 때 훈육이라 불렀고 주周 때는 험윤獫狁이라고 불렀고 진한秦漢 때 흉노라고 불렀다. 여기에서는 북위를 가리킨다.

7) 阜(부) : 많아지다. 백성의 인구가 많아졌다는 뜻이다.

8) 穗(수) : 이삭.

9) 稼(가) : 곡식.

畝(무) : 밭이랑.

10) 迨(태) : 미치다. 놓치지 않다. 기다리다.

　　嘉辰(가신) : 좋은 날.

11) 薦(천) : 제사를 지내 바치다.

　　糗(구) : 말린 곡식.

12) 寒場 : 텅 빈 마당. 추수가 끝나서 둘 것이 없어서 텅 빈 마당. 이 빈 마당에서 다음 해 봄에 마실 술을 만든다는 것이다.

15) 景福(경복) : 큰 복. 홍복洪福.

14) 介(개) : 돕다.

　　眉壽(미수) : 장수長壽. ≪시경·빈풍豳風·칠월七月≫에서 "10월에 벼를 수확하여 봄 술을 만들어서 미수를 돕는다.(十月穫稻, 爲此春酒, 以介眉壽)"고 하였다. '장수를 돕는다'는 것은 '장수를 축원한다'는 의미이다.

해설

　이 시는 소연蕭衍이 사주 자사가 되어 명성을 얻고 내치에 힘써서 그 내실을 키운 사실을 노래했다. 시의 전반부 제6구까지는 소연이 동백산 부근에서 북위의 침략을 물리치고 터전을 쌓은 것을 말하였다. 중반부 제7~16구는 소연이 지역의 농사를 장려하고 백성의 민생을 제고시켰음을 칭송하였다. 살기가 좋아서 변방임에도 백성이 늘어났고, 농사가 잘되어 그 수확으로 제사도 지내고 술도 만들었다. 후반부 제16~20구는 소연의 공덕이 하늘과 땅과 함께 왕의 업적으로 영원히 계속될 것이라고 칭송하였다.

11-4 도망 道亡

≪수서·악지≫에서 말하기를, "한 요가의 넷째 곡인 <상지회>를 고쳐서 <도망>을 만들었는데, 동혼이 도를 잃어서, 정의로운 군사가 번과 등에서 일어났음을 말하였다."라고 하였다.
≪隋書·樂志≫曰, 漢第四曲<上之回>, 改爲<道亡>, 言東昏喪道,[1] 義師起樊鄧也.[2]

주석

1) 東昏(동혼) : 소보권蘇寶卷(483~501). 제 명제의 차남으로 명제의 뒤를 이어 왕위에 올랐으나 양무제의 반란으로 폐위되어 폐제廢帝로도 불린다. 죽은 다음에 지위가 강등되어 동혼후東昏侯가 되었기 때문에, 동혼후 또는 동혼이라고 많이 불렸다. 소보권은 498년에 15세로 제위에 오른 뒤에 폭정을 일삼고 많은 정적을 학살하고 백성을 도륙하였다. 500년 10월에 소연의 형인 상서령尙書令 소의蕭懿를 독살하였고 내침김에 옹주자사였던 소연도 죽이려 하였으나 501년에 소연에게 패배하였고, 소연은 황제를 소보융蕭寶融(화제和帝)로 바꿨다가 다음해인 502년에 자신이 황제에 즉위하였다.

2) 義師(의사) : 정의를 위해 싸우는 군대.
　　樊鄧(번등) : 옹주雍州를 의미한다. 번樊은 번성樊城으로 지금의 양양襄陽에 위치하여 옹주의 치소였으며, 등鄧은 등성鄧城으로 옹주의 서북쪽에 있다.

道亡數極歸永元,[1]	도가 망하고 이치가 다하는 일이 영원 연간에 일어나니
悠悠兆庶盡含冤.[2]	무수한 백성들이 모두 원한을 품었다네.
沈河莫極皆無安,[3]	황하에 몸을 던짐이 끝이 없으나 모두 안정되지 못했고
赴海誰授矯龍翰.[4]	바다로 달려가지만 누가 곧은 교룡의 비늘을 주리오.
自樊漢[5]	번성의 한수로부터
仙波流水清且瀾,[6]	신선의 파도와 흐르는 물이 맑고도 일렁이니,
救此倒懸拯塗炭.[7]	이 거꾸로 매달려 도탄에 빠진 백성을 구하신다네.
誓師劉旅赫靈斷,[8]	군사에게 맹세하여 적을 무찌르시니 영명한 결단이 빛나고
率兹八百驅十亂.[9]	이 천하의 제후들을 이끌고 온갖 난리를 몰아내시네.
登我聖明由多難,[10]	높으신 우리 성명하신 분이 많은 재난 거치시더니
長夜杳冥忽云旦.[11]	긴 밤 어둡던 것이 갑자기 아침이 되었다네.

주석

1) 道亡數極(도망수극) : 도의 이치가 사라지고 끝나다. 도수道數는 '도의 이치'이다.
　　永元(영원) : 폐제 소보권의 연호로 499년부터 501년까지이다.

2) 悠悠(유유) : 많은 모양.

　　兆庶(조서) : 백성.

3) 沈河(침하) : 황하에 뛰어들어 죽다. ≪장자·외편≫에 따르면 은殷나라의 신도적申徒狄은

　　허유許由나 무광務光처럼 천하를 마다하고 관수窾水에 은둔한 현인 기타紀他를 흠모하여

　　황하여 몸을 던져 자진하였다고 한다. ≪장자·도척≫에 따르면 신도적은 왕에게 간언했으

　　나 들어주지 않자 돌을 짊어지고 스스로 황하에 몸을 던졌다고 한다.

4) 矯龍翰(교룡한) : 강건한 용의 비늘. 전통적으로 용한龍翰(용의 비늘)은 봉익鳳翼(봉의 날개)

　　과 함께 걸출한 능력, 사건의 핵심, 뛰어난 인재 등을 비유하였다.

5) 樊漢(번한) : 번성의 한수. 옹주의 번성(양양襄陽) 남쪽으로 한수가 흐른다.

6) 仙(선) : 왕실의 미칭. 양무제를 가리킨다.

　　瀾(란) : 물결. 물결이 일다. 물결의 모양.

7) 倒懸(도현) : 거꾸로 매달다. 매우 곤경에 처한 상황. 곤경에 처한 백성을 비유한다.

　　塗炭(도탄) : 진흙과 숯. 매우 비참한 상황. 비참한 상황의 백성을 비유한다.

8) 誓師(서사) : 군대 출정 전에 군사 앞에서 결의의 맹세를 하다.

　　劉旅(유여) : 적의 군대를 이기다.

　　靈斷(영단) : 군왕의 영명한 결단.

9) 八百(팔백) : 천하. 상商나라 때 제후諸侯의 숫자가 8백이었다고 한다.

　　十亂(십난) : 모든 소란. 많은 난리.

10) 登(등) : 높은.

　　聖明(성명) : 성스럽고 밝음. 황제를 칭송하는 수사.

　　由(유) : 거치다. 지나다. 판본에 따라 '거去'로 된 곳도 있는데 '제거하다'는 뜻이다.

11) 長夜杳冥(장야묘명) : 어두운 긴 밤. 기나긴 밤. 좋지 않은 상황을 비유한다.

　　云(운) : 어조사.

　　이상 2구는 소보권 치하에서 암울하던 천하의 상황이 양무제로 인해 좋아졌다고 한 것이다.

해설

　　이 시는 소연蕭衍이 소보권의 폭정을 바로잡으러 기의起義한 사실을 찬양하였다. 제1~4구
는 동혼후가 다스린 제齊나라에서 백성은 고통을 받을 뿐이어서 누군가 그들을 구원해야

449

했다고 노래하였다. 제5~9구는 소연이 옹주에서 군사를 일으켜서 백성을 구원하고 천하를 이끌었음을 찬양하였다. 제10~11구는 소연이 많은 어려움을 헤치고 모두를 밝은 세상으로 인도하신다고 노래하였다.

11-5 침위 忱威¹⁾

≪수서 · 악지≫에서 말하기를, "한 요가의 다섯째 곡인 <옹리>를 고쳐서 <침위>를 만들었는데, 가호를 격파하고 원훈이 세워졌음을 말하였다."라고 하였다.
≪隋書 · 樂志≫曰, 漢第五曲<擁離>, 改爲<忱威>, 言破加湖,²⁾ 元勳建也.³⁾

주석

1) 忱威(침위) : 참된 위엄. 판본에 따라 이 시의 제목을 '항위抗威'로 보는 곳도 있는데, '높은 위엄'의 뜻이다.

2) 加湖(가호) : 옛 호수 이름. 지금의 호북성湖北省 무한시武漢市 황피구黃陂區 동남쪽에 있었다고 한다. 소연은 501년 2월에 번성에서 반군을 일으킨 다음에 형주荊州의 반군과 함께 제나라를 공격하였다. 그는 한수를 따라 장강長江으로 내려와서 장강長江 연안의 영성郢城(영주성郢州城. 지금의 호북성湖北省 무한시 무창구武昌區 부근)과 노산魯山(지금의 호북성 무한시 귀산龜山 부근)의 성을 포위하였으나, 정성과 노산성은 방어만 하였고 소보권의 조정군이 보낸 원군이 가호加湖에 이르렀다. 소연은 7월에 우선 가호를 공격하여 조정의 원군을 대파하였다. 그 결과 7월 안에 노산성과 정성도 차례로 소연에게 항복하였다. 소연의 제나라 공격 전쟁 초기에 정성 공략은 군사적으로 매우 중요하였다.

3) 元勳(원훈) : 으뜸가는 공적.

忱威授律命蒼兕,¹⁾ 참된 위엄으로 법령을 내려 수군에 명령하니
言薄加湖灌秋水.²⁾ 가호를 공격하니 가을 물이 불어났다고 하셨네.
迴瀾瀹汨泛增雉,³⁾ 거칠게 휘도는 파도에 높은 누선을 띄우니

爭河投岸掬盈指.[4] 강과 언덕으로 다투어 도망가느라 잘린 손가락을 두 손에 한
　　　　　　　　가득 쥐었네.
犯刃嬰戈洞流矢,[5] 칼과 창 사이로 화살이 마구 날아다니니
資此威烈齊文軌.[6] 이 위엄과 맹렬함에 힘입어 나라를 바로잡으리라.

주석

1) 忱威(침위) : 참된 위엄. 이 구절도 '항위抗威'로 된 곳이 있다.
　授律(수율) : 법령을 내리다. 다스림을 내리다.
　蒼兕(창시) : 푸른 외뿔소 전설상의 수중 동물. 돌파를 잘했기 때문에 수군의 장수를 가리키
　기 하고, 수군을 가리키기도 하였다.
2) 薄(박) : 공격하다. 또는 가깝다. '가호에 가까우니'.
　秋水(추수) : 가을 물. 가호를 공격한 7월은 초가을이다. 가을 물이 불어나 전쟁을 할 수
　있음을 말하였다.
3) 迴瀾(회란) : 휘도는 파도. 거센 물결.
　瀄汨(즐율) : 물이 거세고 빠르게 흐르는 모습.
　增雉(층치) : 겹쳐진 성가퀴. 여기에서는 누선이 높은 모습을 비유한 것이다.
4) 投(투) : 도망가다. 몸을 피하다. 뛰어들다.
　掬盈指(국영지) : 손가락을 두 손에 가득 쥐다. 여기에서는 배에서 황급히 도주하는 적들이
　손가락이 잘리는 줄도 모를 정도로 다급했기 때문에 배에 잘린 손가락이 가득했다는 의미
　이다. ≪좌전·선공(宣公) 12년≫에 따르면, 춘추시대 때 필邲에서 초나라와 진나라가 싸웠
　는데, 초나라 진영으로 진晉나라 군대가 접근하자, 초나라는 병력을 내보내 진나라 군대를
　공격하였다. 이에 진나라의 환자桓子가 어찌할 줄을 모르고 북을 치며 말하기를 "먼저 황하
　를 건너 후퇴하는 자에게 상을 주겠다"라고 하였다. 그러자 모든 군대가 배에 다투어 올랐는
　데, 배 안에는 잘린 손가락이 두 손으로 움켜쥘 정도였다고 한다.
5) 犯刃(범인) : 해치는 칼.
　嬰戈(영과) : 찌르는 창.
　洞(동, 통) : 꿰뚫다. 통하다. 지나가다.

451

流矢(유시) : 흐르는 화살.

6) 威烈(위렬) : 위세. 위엄.

文軌(문궤) : 문자와 바퀴 궤도. 여기에서는 통일 국가를 의미한다. 문궤는 고대 국가의 기본 문물 제도를 의미하였고, 이 문궤를 바로잡는 것은 국가의 기강을 통일시킨다는 뜻이다.

해설

이 시는 소연蕭衍이 소보권에게 반란 전쟁 수행에서 중요한 요충지였던 영성郢城 지역의 점령 작전 중에서, 소연의 군대가 소보권의 지원군을 먼저 타격해서 영성을 고립시킨 가호加湖 공격을 노래하였다. 제1~2구는 가호에 대한 공격을 결정하여 실행함을 말하였다. 제3~4구는 거친 물결 속에서 위대한 위세를 보이는 소연의 군대와 전의를 상실하고 급급히 도주하는 소보권의 군대의 모습을 대비시켰다. 제5~6구는 전쟁을 무릅쓴 군대의 용맹함을 통해 나라를 평정하겠다는 소연의 의지를 나타냈다.

11-6 한동류 漢東流

《수서·악지》에서 말하기를, "한 요가의 여섯째 곡인 <전성남>을 고쳐서 <한동류>를 만들었는데, 정의로운 군사가 노산의 성을 함락하였음을 말하였다."라고 하였다.

《隋書·樂志》曰, 漢第六曲<戰城南>, 改爲<漢東流>, 言義師克魯山城也.[1]

주석

1) 魯山(노산) : 지명으로 지금의 호북성 무한시 귀산龜山 부근. 남서쪽에서는 장강이, 북서쪽에서는 한수가 흘러와 교차하는 지점의 장강 북쪽 강변에 있었다.

漢東流,	한수가 동쪽으로 흘러
江之汭.[1]	강수와 만나는 곳에,
逆徒蜂聚,[2]	역도의 무리가 벌처럼 모이니

旌旗紛蔽.[3]   깃발들이 분분히 덮였네.

仰震威靈[4]   위를 보며 신령한 위력 떨치시고

乘高騁銳[5]   높이 오르며 용맹한 위력을 보이셨으니,

至仁解網,[6]   지극한 인자함은 그물을 열어주어

窮鳥入懷[7]   곤궁한 새가 품으로 들어왔다네.

因此龍躍,[8]   이로부터 용이 뛰어올라

言登泰階.[9]   삼태성의 자리에 오르리라.

주석

1) 汭(예) : 물길이 모이는 곳. 두물머리.

2) 逆徒(역도) : 반역의 무리.

   蜂聚(봉취) : 벌처럼 모이다. 매우 어지러운 모습이다.

3) 旌旗(정기) : 군대의 깃발. 역도의 깃발. 해석에 따라 소연의 군대의 모습으로 볼 수도 있다.

4) 震(진) : 떨치다. 울리다.

   威靈(위령) : 신령한 위력威力.

5) 乘高(승고) : 높은 곳을 오르다.

   騁銳(빙예) : 매서운 위력을 보이다.

6) 至仁(지인) : 최대의 인덕.

   解網(해망) : 그물을 열다. ≪사기·은본기殷本紀≫에서 "탕이 나갔다가 야외에서 4면에 그물을 친 사람을 보았는데 축원하여 말하길, '천하 사방으로부터 모두 내 그물로 들어오라.'고 하였다. 탕은 '아, 다 잡으려 하는구나.'라고 말하고 바로 그 3면의 그물을 치웠다. 축원하여 말하길, '왼쪽으로 가려면 왼쪽으로 가라. 오른쪽으로 가려면 오른쪽으로 가라. 명을 듣지 않으려면 내 그물에 들어오라.'라고 하였다. 제후가 그것을 듣고 '탕의 덕이 지극하여 금수에도 미쳤구나.'라고 하였다.(湯出, 見野張網四面, 祝曰, 自天下四方皆入吾網. 湯曰, 嘻, 盡之矣, 乃去其三面. 祝曰, 欲左左, 欲右右, 不用命, 乃入吾網. 諸侯聞之曰, 湯德至矣, 及禽獸.)"라고 하였다. 이 시에서는 소연이 항복한 노산의 제나라 군대에게 자비를 베풀어 그들을 받아줬다는 뜻이다.

7) 窮鳥入懷(궁조입회) : 곤궁한 새가 사람의 품으로 들어간다. 원래 뜻은 오갈 데 없는 집 없는 새가 사람의 품으로 들어간다는 의미로, 곤경한 처지의 사람이 다른 사람에게 의지한 다는 비유이다. 이 시에서는 항복한 제나라 군대가 소연에게 귀의하였음을 말하였다.

8) 龍躍(용약) : 용이 물에서 뛰어오르다. 왕이 흥기했음을 비유하였다. 《주역 · 건괘乾卦》의 효사爻辭에서 "용이 연못 위로 뛰어오르기도 하고 잠복하기도 하니 허물이 없다.(或躍在淵, 無咎)"라고 했다. 용이 기회를 잡아 뛰어오른다는 의미이다.

9) 言(언) : 어조사. 뜻이 없다.

泰階(태계) : 삼태성三台星을 가리킨다. 삼태성의 여섯별이 두별씩 기울어서 배치된 것이 계단과 같아서 생긴 이름이다. 여기에서는 조정朝廷을 의미한다. 소연은 동혼후 소보권을 쫓아낸 다음에 제나라 정권을 장악하고 스스로 중서감中書監中书监, 대사마大司馬, 녹상서錄尙書, 표기대장군驃騎大將軍 등의 벼슬을 차지하였다.

해설

이 시는 소연蕭衍이 노산의 성을 함락한 것을 노래하였다. 제1~2구는 노산의 위치를 말하였고, 제3~4구는 노산을 지키는 소보권의 군대의 상황을 말하였다. 제5~6구는 소연의 군대가 위대한 모습으로 노산성을 압도했음을 노래하였고, 제7~8구는 항복한 제나라 군대를 인자한 소언이 포용했음을 말하였다. 마지막 제9~10구는 소연이 마침내 떨쳐 일어나 찬란한 미래를 획득할 것이라고 찬양하였다.

11-7 학루준 鶴樓峻

《진서 · 악지》에서 말하기를, "한 요가의 일곱째 곡인 <무산고>를 고쳐서 <학루준>을 만들었는데, 영주성을 평정하니 군대의 위세가 무적이었음을 말하였다."라고 하였다.
《晉書 · 樂志》曰,[1] 漢第七曲<巫山高>, 改爲<鶴樓峻>, 言平郢城.[2] 兵威無敵也.

1) 晉書(진서) : ≪악부시집≫에서 이 <학루준>만 ≪진서·악지≫의 해설로 설명하였다. 그러나 ≪진서·악지≫에는 이러한 내용이 없다. 그러므로 이 해제는 다른 <양고취곡>의 노래들과 마찬가지로 ≪수서·악지≫의 설명으로 이해해야 한다.

2) 郢城(영성) : 영주郢州의 성. 지금의 호북성湖北省 무한시 무창구武昌區에 고영주성古郢州城의 유적지가 남아있다. 동오東吳의 손권孫權이 223년에 무창군武昌郡의 황학산黃鶴山에 하구성夏口城(하수夏水-한수의 다른 이름-의 입구를 바라보는 성)을 만들어서 장강의 맞은편이 하구(지금의 호북성 무한시 한양구漢陽區)가 되었다. 그래서 하구라는 이름은 무창의 하구성을 가리키기도 하고, 한양의 하구를 가리키기도 한다. 이 하구를 남조南朝 송宋나라 때(454)에 효무제孝武帝가 영주郢州로 이름을 바꾸었고, 하구성夏口城을 정비하여 영주성郢州城을 만들었다. 이것을 줄여서 영성郢城이라고 불렀기에, 영성의 명칭은 영주성만 가리킬 수도 있고 영주 지역을 가리킬 수도 있다.

鶴樓峻,[1]	황학루는 높이 솟아
連翠微.[2]	푸른 산과 이어지는데,
因巖設險池永歸.[3]	높음에 의지해 험조를 설치하니 못이 영원히 모였네.
唇亡齒懼,[4]	입술이 없어져서 이빨이 두려워하니
薄言震耀靈威.[5]	신령한 위세로 울리고 번쩍이셔서,
凶衆稽顙,[6]	흉한 군사들이 머리를 땅에 찧으니
天不能違.	하늘은 어길 수가 없다네.
金湯無所用,[7]	금성탕지라도 소용이 없으니
功烈長巍巍.[8]	공훈과 업적은 영원토록 위대하리라.

1) 鶴樓(학루) : 황학루黃鶴樓. 무한시 무창구에 있는 고대의 유명한 누각. 황학을 타고 떠난 신선의 전설로 유명하여 많은 고대 중국시의 소재가 되었다. 역사적으로 황학루는 하구성에 있던 전투와 전망을 위한 누대였으며, 하구성을 만들 때 만들어졌다.

2) 翠微(취미) : 산의 깊은 곳의 푸른 빛. 푸른 산을 가리키기도 한다. 이 시에서는 황학산(사산蛇山)을 가리킨다.

3) 巖(암) : 높은 산. 언덕.

　設險(설험) : 험조에 근거하여 방어구조를 설치하다. 또는 험조를 설치하다.

4) 脣亡(순망) : 입술이 없어지다. '순脣'은 '순脣'과 같은 글자로 '입술'이다.

　이 구절은 '순망치한脣亡齒寒'의 고사성어를 활용하였다. '입술'은 '가호'와 '노산성'이고 '이빨'은 '영성'이다. 가호와 노성에서 소보권의 제나라 군이 패배했기 때문에 영성의 제나라 군을 도와줄 곳이 없다는 뜻이다.

5) 薄言(박언) : 어조사. 뜻이 없다.

　震耀(진료) : 천둥처럼 진동시키고 번개처럼 번쩍이다. 귀를 울리고 눈을 부시게 하다.

6) 衆(중) : 군대. 병사.

　稽顙(계상) : 무릎을 꿇고 절하다. 이마를 땅에 찍으며 절을 하며, 극도의 예의를 표할 때 쓴다.

7) 金湯(금탕) : '금성탕지金城湯池'의 준말. 쇠로 만든 성과 끓는 물이 찬 해자. 난공불락의 요새를 의미한다. 여기에서는 영성을 가리킨다.

8) 功烈(공렬) : 공훈과 업적.

　巍巍(외외, 위위) : 높고 위대하다. 소연의 위대함을 가리킨다.

해설

　이 시는 소연蕭衍이 영성을 평정한 것을 노래하였다. 노산의 성을 함락한 것을 노래하였다. 제1~3구는 황학루에서 시작하는 영성의 모습을 그리면서 영성이 천연의 요새임을 밝혔다. 제4~7구는 소연의 군대가 영성을 함락한 일을 말하였다. 가호와 노산이 함락되어 고립무원의 영성이 겁에 질리자, 소연은 천둥과 번개처럼 압도하여 완전한 항복을 받아냈다. 제8, 9구는 소연의 위대함은 난공불락의 요새도 함락시키며 영원히 빛날 것이라고 칭송하였다.

11-8 혼주자음특 昏主恣淫慝

≪수서·악지≫에서 말하기를, "한 요가의 여덟째 곡인 <상릉>을 고쳐서 <혼주자음특>을 만들었는데, 동혼후의 정치가 어지러워 무제가 기의를 하였으니, 구강과 고숙을 평정하고, 주작항을 대파하고, 죄를 처벌하고 백성을 위로하였음을 말하였다."라고 하였다.
≪隋書·樂志≫曰, 漢第八曲<上陵>, 改爲<昏主恣淫慝>, 言東昏政亂,[1] 武帝起義, 平九江姑熟,[2] 大破朱雀,[3] 伐罪弔民也.[4]

주석

1) 東昏(동혼) : 소보권蘇寶卷(483~501). 제나라의 폐제廢帝로 죽은 다음에 지위가 강등되어 동혼후東昏侯가 되었기 때문에, 동혼후 또는 동혼이라고 불렸다.

2) 九江(구강) : 지명으로 현재의 강서성江西城 구강시九江市이다. 춘추시대에 장강에서 초楚와 오吳가 갈리는 지점에 있었다. 팽택호彭澤湖로 들어가는 입구이기도 하다. 역사적으로 여러 명칭으로 불렸고, 지역적으로도 통합과 분할이 여러 차례 있었다. 구강九江은 수隋나라 때의 지명이다. 양무제 때는 주로 심양군尋陽郡이나 강주군江州郡(강주군은 같은 이름의 주州인 강주江州의 치소이기도 했다.)이라고 불렸다. 양무제 소연은 7월에 영성을 함락한 다음, 8월에 심양을 함락하였다.
   姑熟(고숙) : 지명으로 현재의 안휘성安徽省 마안산시馬鞍山詩 당도현當涂縣에 있었다. 당시 제나라의 수도인 건강建康(남경南京)과 매우 가까웠다. 소연은 9월에 고숙을 점령한 다음 건강을 포위하였다.

3) 朱雀(주작) : 주작항朱雀航. 또는 주작항朱雀桁. 일종의 부교浮橋였다. 지금의 남경시秦淮區에 있는 주작교朱雀橋 자리에 있었다. 건강성의 남문인 주작문朱雀門 바깥의 진회하秦淮河에 있던 건강에서 가장 큰 부교였다. 역사적으로 더 정확한 대상으로는 주작항 남쪽의 대로에 진을 쳤던 제나라 군대를 가리킨다. 소보권은 10여만명의 군사로 이 주작항의 남쪽 대로에서 진을 펼치고 건강성을 지키게 하였으나, 10월에 소연은 소보권의 십만 군대를 대파하였다.

4) 伐罪弔民(벌죄조민) : 죄 있는 군주를 토벌하고 난리를 겪은 백성을 위무하다.

昏主恣淫慝,[1]	동혼후는 음란하고 사특한 짓을 자행하니
皆曰自昌盛.[2]	그때마다 모두가 창성하기 위해서라 말했지만,
上仁矜億兆,[3]	지극히 인자한 이는 억조창생을 긍휼히 여기셔서
誓師爲請命.[4]	출정에 앞서 맹세하시니 생명을 구하기 위해서라 하셨네.
旣齊丹浦戰,[5]	이미 단포의 전투와 나란하셨고
又符甲子辰.[6]	또한 갑자일의 때와 부합하셨으니,
龕難伐有罪,[7]	난리를 평정하고 죄 있는 이를 토벌하시고,
伐罪弔斯民.[8]	죄를 토벌하여 우리 백성을 위로하셨네.
悠悠萬姓,[9]	수많은 모든 백성이
於此睹陽春.[10]	이로써 따뜻한 봄을 보게 되었네.

주석

1) 昏主(혼주) : 혼탁하고 모자란 군주. 동혼후 소보권을 가리킨다.

  淫慝(음특) : 음란하고 사특하다. 사악하다.

2) 曰(왈) : 말하다. 동혼후의 변명으로 보인다.

  自(자) : ~ 때문이다. ~로부터 나왔다.

  昌盛(창성) : 창성하다. 흥성하다.

3) 上仁(상인) : 지극한 인자함. 또는 그러한 인자함을 지닌 사람. 여기에서는 소연을 가리킨다.

  矜(긍) : 불쌍히 여기다.

  億兆(억조) : 매우 많은 일반 백성. 억조창생. 만민.

4) 誓師(서사) : 군사들에게 맹세하다. 군대의 출정 전 군대 앞에서 결의를 다지다. 여기에서는 소연의 군대가 건강에 진입하기 전에 소연이 군사들에게 서계誓戒한 것을 가리키는 것으로 보인다.

  請命(청명) : 생명을 구하고 고난을 제거하기를 바라다.

5) 丹浦戰(단포전) : 단수丹水 물가의 싸움. 단수丹水는 현재 단강丹江이라고 하는데, 섬서성陝西省 상현商縣 서북쪽에서 발원하여 하남성河南省을 지나 호북성湖北省 균현均縣에 이르러 한수漢水로 들어간다. ≪문선≫에 실린 심약의 <낙유원에서 응조하여 여승진을 전별한 시應詔樂遊苑

餞呂僧珍詩〉에서, "단포에서는 즐기는 전투가 아니었으니, 무거운 부담을 진 것이 임금의 통치에 절실했기 때문이네.(丹浦非樂戰, 負重切君臨)"라고 하였다. 이에 대한 이선李善의 주에서 ≪육도六韜≫를 인용하여 "요임금이 유묘씨와 단수의 물가에서 싸웠다.(堯與有苗, 戰于丹水之浦)"라고 하였다. 그러므로 단포에서의 전투는 요임금이 통치를 위해 이민족과 벌인 전투였다.

6) 甲子辰(갑자진) : 갑자일의 때. 주나라 무왕武王이 상나라 걸왕桀王을 정벌하며 맹세한 날이 갑자일이다. ≪상서・주서周書・목서牧誓≫에서, "때는 갑자일 이른 새벽에 왕께서 상나라의 교외인 목야에 이르러 군사들에게 맹세하셨다.(時甲子昧爽, 王朝至于商郊牧野, 乃誓)"라고 하였다.

이 상 두 구는 소연의 전쟁이 요임금과 주무왕의 전쟁과 성격이 같다고 주장하는 것이다.

7) 戡難(감난) : 변란을 평정하다. '감戡'은 '감戡'과 통하여 평정한다는 뜻이다.

8) 斯民(사민) : 우리 백성.

9) 悠悠(유유) : 많은 모양.
   萬姓(만성) : 만민. 만백성. 이 구절은 ≪예문류취藝文類聚≫에는 '만백성萬百姓'으로 되어있다.

10) 睹(도) : 보다.

이 시는 소연蕭衍이 전쟁을 훌륭하게 진행하여 제나라의 수도 건강에 성공적으로 진입하였음을 노래하였다. 제1~4구에서는 동혼후가 패악을 저지르며 창성을 위해서라 변명한 것과 달리, 소연은 지극한 인자함으로 백성을 위해 생명을 구하는 전쟁을 시작하였다고 비교하며 두 사람의 천자로서의 자격을 대비시켰다. 제5~8구는 소연의 전쟁은 고대의 성왕聖王의 전쟁과 성격이 같아서 죄인을 토벌하고 백성을 위로한 것이라고 밝혔다. 제9~10구는 주작항 전투의 승리로 인해 완연한 승기를 잡았음을 노래하였다.

11-9 석수국 石首局

≪수서・악지≫에서 말하기를, "한 요가의 아홉째 곡인 <장진주>를 고쳐서 <석수국>을

만들었는데, 의로운 군사가 경성을 평정하고 혼주를 폐위시키고 대업을 안정시킨 일을 말하였다."라고 하였다.

≪隋書·樂志≫曰, 漢第九曲＜將進酒＞, 改爲＜石首局＞,[1) 言義師平京城。仍廢昏定 大事也.[2)

주석

1) 石首(석수) : 석수산. 석두산石頭山이라고도 하였다. 지금의 강소성 남경시 청량산淸凉山이다. 청량산은 옛 남경에서는 남경의 서쪽에 있었으며 앞으로 진회하秦淮河를 마주하는 중요한 군사적 요충지에 있었다. 이 석수산에 초나라 때 금릉성金陵城을 만들었는데, 동오의 손권이 212년에 석두성石頭城으로 개축하였다. 소연의 군대는 10월에 주작항에서 동혼의 조정군을 대파한 다음에 석두산에 주둔하고 남경성의 6문을 포위하였다. 동혼후는 성안을 불태운 다음에 20만의 군사를 성안에 끌어모았다. 소연은 사방에 포위성을 만들어서 건강성을 압박하였고 동혼후의 군대는 차례로 항복하였다. 소연이 이렇게 압박하는 중인 12월에 소보권의 부하들이 소보권을 죽여서 그 머리를 들고 항복하였다.

2) 廢昏(폐혼) : 혼주昏主를 폐위시키다. 혼주는 소보권을 가리킨다.
　　定大事(정대사) : 대업을 안정시키다.

石首局,[1)	석수산 부근에
北墉墐.[2)	북쪽 성벽을 매끄럽게 매흙질했으니,
新堞嚴,[3)	새로 만든 성가퀴는 가지런하고
東壘峻.[4)	동쪽 보루는 높았네.
共表裏,[5)	안과 밖을 모아서
遙相鎭.[6)	멀리서 상대를 진압하였네.
矢未飛,	전쟁 개시를 알리는 화살이 아직 날지 않고
鼓方振.[7)	북소리가 막 울리자마자,
競銜璧,[8)	다투어 구슬을 입에 물었고

並輿櫬.[9]	나란히 관을 수레에 실었네.
酒池擾,[10]	술로 만든 연못은 어지러워지고,
象廊震.[11]	상아로 만든 복도는 흔들렸으니,
同伐謀,[12]	제나라의 계략을 깨뜨렸고
兼善陳.[13]	위엄 있는 군진을 잘 펼쳤다네.
闔應和.[14]	백성들이 호응하고 따르는 응답과 화해의 시대를 열고
掃煨爐.[15]	타고 남은 재를 쓸어내셨으니,
翦庶惡,	많은 나쁜 것들을 잘라내시고
靡餘胤.[16]	악의 후예들을 정리하셨네.

주석

1) 局(국) : 부근.

2) 墉(용) : 성벽. 석두성을 가리킨다.

  墐(근) : 매흙질하다. 벽의 겉에 매끄럽게 매흙을 바르다.

3) 嚴(엄) : 가지런하다.

4) 東樓(동루) : 동쪽 누각. 석두산에 만든 포위성을 가리킨다.

5) 表裏(표리) : 안과 밖. 모든 힘. 즉 소연이 가지고 있던 모든 힘을 의미한다. 건강성 주위의 지역들을 의미할 수도 있다. 소연은 건강성을 포위한 상태에서 주변 지역도 함락시켰다.

6) 鎮(진) : 누르다. 압박하다.

7) 鼓(고) : 북소리. 전쟁 개시를 알리는 소리.

8) 銜璧(함벽) : 옥벽을 입에 물다. 본래는 제후가 항복을 했음을 나타낸다. 여기에서는 소보권의 조정군이 항복했음을 나타낸다. ≪춘추좌씨전春秋左氏傳·희공僖公6年≫에 "허나라 제후가 손을 뒤로 묶고 입에 옥벽을 물었으며, 대부는 상복을 입었고, 사는 관을 싣고 따랐다.(許男面縛銜璧, 大夫衰絰, 士輿櫬.)"라고 하였다. 허나라가 초나라에 항복을 하는 장면을 묘사한 설명이다.

9) 輿櫬(여츤) : 수레에 관을 싣다. 자신의 관을 수레에 실었다는 의미로, 죽을 죄를 지었음을 자인하거나 죽을 각오를 했음을 나타낼 때 쓰였다. 여기에서는 항복했음을 나타낸다.

461

10) 酒池(주지) : 술로 만든 연못. 하나라 걸왕桀王이 만들었다는 전설이 있다. 주로 무도한 군주의 사치한 실정失政의 대명사로 쓰였다. 여기에서는 소보권의 조정을 의미한다.

11) 象廊(상랑) : 상아로 장식한 복도. 하나라 걸왕이 만들었다는 전설이 있다. 주로 무도한 군주의 사치한 실정을 상징하였다. 여기에서는 잘못된 소보권의 조정을 의미한다.

12) 伐謀(벌모) : 적의 계략을 공격하다. 싸우지 않고 적의 전의를 무찔러 승리하는 것이다. ≪손자孫子 · 모공謀攻≫에서 "백 번 싸워 백 번 이기는 것은 최선이 아니다. 싸우지 않고 적의 군사를 굴복시키는 것이 최선이다. 그러므로 상책의 용병은 적의 계략을 공격하고, 그다음은 적의 외교관계를 공격하고, 그다음은 적의 군사를 공격하고, 그 아래는 적의 성을 공격한다.(百戰百勝, 非善之善者也. 不戰而屈人之兵, 善之善者也. 故上兵伐謀, 其次伐交, 其次伐兵, 其下攻城)"라고 하였다.

13) 善陳(선진) : 군진軍陣을 잘 짜다. 군진을 위세 있게 잘 짜면 적이 겁을 먹어 싸울 엄두를 내지 못한다. 그러므로 싸우지 않고 적을 굴복시키는 방법이다. ≪춘추곡량전春秋穀梁傳 · 장공莊公8년≫에서 "나라를 잘 다스리는 자는 무력의 군사를 쓰지 않으며, 강한 군사를 잘 쓰는 자는 위협하는 군진을 짜지 않으며, 군진을 잘 짜는 자는 적과 싸우지 않으며, 잘 싸우는 자는 죽지 않으며, 제대로 잘 죽는 자는 명성이 사라지지 않는다.(善爲國者不師, 善師者不陳, 善陳者不戰, 善戰者不死, 善死者不亡.)"라고 하였다.

이상 2구는 소연의 군대가 피를 흘리는 전투를 겪지 않고 그 계책과 위세로 제나라 정부 군대를 압도하여 항복을 받았다는 것을 의미한다.

14) 應和(응화) : 반응하고 화해하다. 임금의 바른 정치에 백성이 응하고 따른다는 뜻이다. ≪춘추좌씨전 · 소공昭公28년≫에서, "마음이 능히 의로움을 제정하는 것을 도라고 하고, 덕이 곧아서 상대가 응하고 화하는 것을 막이라 하고, 사방을 비추어 임하는 것을 명이라고 하고, 부지런히 베풀며 사사로움이 없는 것을 류라고 하고, 가르치고 깨우치기를 게을리하지 않는 것을 장이라고 한다.(心能制義曰度, 德正應和曰莫, 照臨四方曰明, 勤施無私曰類, 敎誨不倦曰長)"라고 하였다.

15) 煨燼(외신) : 불이 타고 남은 재. 소보권의 조정의 남은 패악을 가리킨다.

16) 靡(미) : 없애다. 타도하다.

餘胤(여윤) : 후예. 나머지.

이 시는 소연의 군대가 석수산에 주둔하였다가 건강성을 함락시킨 일을 노래하였다. 제1~6구는 소연의 군대가 석수산에서 포위성을 만들어 건강성을 강하게 압박한 일을 노래했다. 제7~14구는 싸움이 시작하자마자 건강성을 지키던 제나라 군대가 다투어 항복했고 제나라 왕실과 조정이 전복되었으니 이것은 모두 소연의 뛰어난 전략과 위력 때문이었다고 말하였다. 제15~18구는 소연이 백성의 희망이 되어 모든 구악舊惡을 일소할 것이라고 확신하였다.

11-10 기운집 期運集

≪수서·악지≫에서 말하기를, "한 요가의 열째 곡인 <유소사>를 고쳐서 <기운집>을 만들었는데, 무제가 하늘의 뜻에 따라서 천자의 자리를 양위 받으니 그 덕이 성하고 그 교화가 멀리까지 미침을 말하였다."라고 하였다.
≪隋書·樂志≫曰, 漢第十曲<有所思>, 改爲<期運集>, 言武帝膺籙受禪,¹⁾ 德盛化遠也

주석

1) 膺籙(응록) : 제왕이 하늘로부터 명령을 받음을 가리킨다. '록籙'은 하늘이 제왕에게 내리는 부명符命 문서이다.

受禪(수선) : 선위를 받다. 소연은 501년 2월에 번성樊城에서 기의한 다음에 진군을 하면서, 3월에는 강릉江陵에서 소보융蕭寶融을 황제로 옹립하여 화제和帝로 세웠다. 12월에 소보권이 건강에서 죽고 소연이 건강을 함락시켰고 다음해 502년 3월에 화제가 강압에 밀려 제위에서 물러났다. 4월에 소연은 건강에서 제위에 올랐고 나라 이름을 양梁으로 바꿨으며 연호를 천감天監으로 하였다. 심약沈約은 502년 초에 아직 본격적으로 선양을 요구하길 주저하는 소연에게 적극적으로 간하여 양위의 작업에 착수하도록 권했다고 한다.

期運集,¹⁾　　　기회의 운세가 모이니

惟皇膺寶符.²⁾	황제께서 하늘의 부명을 받으셨으니,

惟皇膺寶符.2) 황제께서 하늘의 부명을 받으셨으니,
龍躍淸漢渚,3) 용은 맑은 한수 물가에서 뛰어올랐고,
鳳起方城隅.4) 봉새는 방성 귀퉁이에서 날아올랐네.
謳歌共適夏,5) 노래하고 송찬함은 모두 여름과 어울리고
獄訟兩違朱.6) 옥사와 송사는 둘 다 붉은색과 어긋나네.
二儀啓嘉祚,7) 하늘과 땅이 아름다운 복을 열어주니
千載猶旦暮.8) 천년이 하루와 같으리.
舞蹈流帝功,9) 무용은 제왕의 공적을 드러내고
金玉昭王度.10) 금과 옥의 소리가 제왕의 품도를 밝히네.

주석

1) 期運(기운) : 기회나 시기의 운세와 이동. '기期'는 '기機'와 같은 의미로 '기회'의 뜻이다.
2) 膺(응) : 받다. '응應'으로 된 판본도 있는데 같은 뜻이다.
   寶符(보부) : 하늘이 내린 부명符命.
3) 漢渚(한저) : 한수 물가. 여기에서는 소연이 기의를 한 번성樊城을 가리킨다.
4) 方城(방성) : 지금의 하남성河南城 남양시南陽市에 있던 성으로 소연 당시에는 번성과 같이 옹주雍州에 속했다. 이 부분이 '남성南城'으로 된 곳도 있는데, 이 경우에는 봉새를 화제 소보용으로 볼 수도 있다. 강릉을 역사적으로 남군南郡으로 통칭하였기 때문이다.
5) 謳歌(구가) : 노래하며 송찬하다.
   夏(하) : 여름. 또는 남쪽이나 불. 오행五行의 원칙에 따라 여름, 남쪽, 불은 모두 양나라를 가리킨다. 남조南朝를 의미할 수도 있다.
6) 獄訟(옥송) : 옥사와 송사.
   違(위) : 어긋나다. 맞지 않다.
   朱(주) : 붉은색. 오행에 따라 여기에서는 양나라를 상징한다.
   이 2구절은 양나라에는 노래와 송찬만 있고 옥사와 송사는 없다는 내용이다.
7) 二儀(이의) : 하늘과 땅. 해와 달이라고도 한다.

佳祚(가조) : 아름다운 복. 제왕의 업적의 복. '가조嘉祚'로 된 곳도 있는데 같은 뜻이다.

8) 旦暮(단모) : 아침과 저녁. 하루. 남조 송宋의 포조鮑照의 <하청송河淸頌>의 서문에서 "맹자가 말하길 '천 년에 한 번 성인이 나오면 하루인 것이다'라고 하였으니 어찌 믿을 수 없겠느냐. (孟軻曰, 千載一聖, 是旦暮也, 豈不信哉.)"라고 하였다. 맹자가 말한 것은 성인은 천년에 한 번만 나와도 그 기간을 하루로 칠 만큼 나오기 힘들다는 뜻이다. 심약의 이 시에서 '천년이 하루와 같다'는 것은 '양무제가 성인이기 때문에 천년의 기다림이 바로 오늘 하루에 이뤄졌다'는 의미이다.

9) 流(유) : 드러나다.

10) 金玉(금옥) : 황금과 주옥. 여기에서는 칭송하는 시문을 가리킨다. 판본에 따라 '금석金石'으로 된 곳도 있는데 종경류의 궁전음악을 가리킨다.
    王度(왕도) : 제왕의 품도. 또는 제왕의 법도.

해설

이 시는 소연이 제의 화제에게 선양을 받아 새로운 양나라를 세웠음을 노래하였다. 제1~4구는 소연이 하늘의 선택을 받아 새로운 나라의 왕이 되었고 영물들이 그 징조를 보였음을 밝혔다. 제5~8구는 양나라에는 하늘이 복을 내린 성인을 위한 송찬의 노래만 들린다고 칭송하였다. 제9~10구는 무용과 송시頌詩로 새로운 나라의 위대한 왕을 찬미하였다.

11-11 오목 於穆

≪수서·악지≫에서 말하기를, "한 요가의 열한째 곡인 <방수>를 고쳐서 <오목>을 만들었는데, 위대한 양나라가 운이 열려서, 군신이 화락하며, 제왕의 운이 영원할 것이라고 말하였다."라고 하였다.

≪隋書·樂志≫曰, 漢第十一曲<芳樹>, 改爲<於穆>, 言大梁闢運,[1] 君臣和樂, 休祚方遠也.

주석

1) 闡(천) : 열다.

2) 休祚(휴조) : 아름다운 복. 제위에 대한 미칭이다.

於穆君臣,[1]	아름답도다 임금님과 신하들이여
君臣和以肅.	임금님과 신하가 조화롭고 장엄하니,
關王道,[2]	왕도의 관건을 잡고
定天保,[3]	하늘의 보우하심을 약정하셨다.
樂均靈囿,[4]	즐거움은 주문왕의 영유에서와 동등하고
宴同在鎬.[5]	잔치는 주무왕의 호경에 있는 것과 같으니,
前庭懸鼓鐘,[6]	앞 정원에는 북과 종을 매달았고
左右列笙鏞.[7]	좌우로는 생과 큰 종을 배열했구나.
纓佩俯仰,[8]	영패를 찬 관인들이 고개를 숙였다가 들며
有則備禮容.[9]	법도가 있어서 예의의 의용을 갖췄으니,
翔振鷺,[10]	날개를 펼쳐 날아오르는 많은 백로요
騁群龍.[11]	능력을 펼치는 여러 용이로다.
隆周何足擬,[12]	융성한 주나라라도 본뜨기에 부족하니
遠與唐比蹤.[13]	멀리 요임금의 당나라와 그 업적을 비교하리라.

주석

1) 於穆(오목) : 아름답구나. 위대하도다. 아름답거나 위대한 대상에 대한 찬사. '오於'는 '아'의 감탄사이고, '목穆'은 '아름답다' 또는 '위대하다' 등의 뜻이다.

2) 關(관) : 핵심을 장악하다.

3) 天保(천보) : 하늘의 보우하심.

4) 均(균) : 같은 등급이다. 동급이다.
   靈囿(영유) : 주周 문왕文王의 원유苑囿의 이름. ≪시경詩經 · 대아大雅 · 영대靈臺≫에서 "왕이 영유에 계시니, 암사슴과 사슴이 그 자리에 엎드려 있네.(王在靈囿, 麀鹿攸伏)"라고 하였다.

5) 在鎬(재호) : 호경에 있다. 주 무왕武王이 처음 도읍으로 정한 곳이다. ≪시경詩經·소아小雅·어조魚藻≫에서, "왕이 호경에 계시니, 쾌락하여 술을 마시도다.(王在在鎬, 豈樂飲酒)"라고 하였다.

6) 前庭(전정) : 앞쪽 정원. '정전庭前'으로 된 판본도 있는데, '정원 앞'이라는 뜻이다.

7) 笙鏞(생용) : 생과 큰 종. 생은 동방의 악기를 상징하고 용은 서방의 악기를 상징한다. 그러므로 왼쪽에는 생을, 오른쪽에는 용을 배치했다는 의미이다. ≪서경·익직益稷≫에서, "생과 큰 종을 번갈아 울리니, 새와 짐승이 덩실덩실 춤을 추고(笙鏞以間, 鳥獸蹌蹌)"라고 하였다.

8) 纓佩(영패) : 관복에 부착하는 치장물. 영은 '끈' 장식물이고 패는 '옥' 장식물이다. 여기에서는 관복을 입은 관인들을 가리킨다.

9) 則(칙) : 법도.
   禮容(예용) : 예의에 맞는 차림새나 태도.

10) 振鷺(진로) : 많은 백로. 고결한 선비를 가리킨다. ≪시경·주송周頌·진로振鷺≫에서, "많은 백로가 날아가니 저 서쪽 못에서라네.(振鷺於飛, 于彼西雝)"라고 하였다.

11) 騁(빙) : 마음껏 능력을 발휘하다.
   群龍(군룡) : 여러 용. 여기서는 양무제의 능력 있는 신하들을 가리킨다.

12) 隆周(융주) : 강성한 주나라.

13) 比蹤(비종) : 종적을 비교하다. 업적이나 명성을 비교하다.

해설

이 시는 무제의 양나라가 하늘의 복을 받아 크게 융성하고 군신이 화락할 것이라고 찬미하였다. 제1~4구는 양나라의 왕과 신하가 화락하니 왕도를 실현하고 하늘의 복을 받을 것이라고 노래하였다. 제5~8구는 주나라의 성왕의 잔치에 비견되는 양무제의 잔치에 여러 악기들이 배치되었음을 이야기하였다. 제9~12구는 잔치에 참석한 엄숙한 신하들이 고결한 군자이며 뛰어난 능력자라고 칭찬하였다. 제13~14구는 잠시 비교했던 주나라를 뛰어넘어서 양나라가 요임금의 당나라와 비슷한 업적을 남길 것이라고 찬양하였다.

11-12 유대량 惟大梁

≪수서·악지≫에서 말하기를, "한 요가의 열두째 곡인 <상야>를 고쳐서 <유대량>을 만들었는데, 양나라의 덕이 넓고 멀리 퍼져, 어짊으로 널리 교화되었다."라고 하였다.
≪隋書·樂志≫曰, 漢第十二曲<上邪>, 改爲<惟大梁>, 言梁德廣運,[1] 仁化洽也.[2]

주석

1) 廣運(광운) : 넓게 퍼지고 멀리 전해지다.
2) 化洽(화흡) : 교화가 널리 퍼지다.

惟大梁開運,[1]	위대한 양나라가 나라의 운을 여니,
受籙膺圖.[2]	하늘의 명을 받고 하도를 받았도다.
君八極,[3]	군왕의 도리가 팔극에 미치고
冠帶被五都.[4]	천자의 교화가 오도를 덮었도다.
四海並和會,[5]	사해가 함께 화해하여 안정되어
排闕疑塞無異塗.[6]	궐문을 열고 변방을 안정시키니 다른 길이 없도다.

주석

1) 開運(개운) : 국운을 열다. 새로운 왕조를 건립하였음을 가리킨다.
2) 受籙(수록) : 부록符籙을 받다. 부록은 하늘이 내리는 부명符命이 실린 문서.
   膺圖(응도) : 하도河圖를 받다. 하도는 복희씨伏羲氏 때 황하에서 용마가 지고 나왔다는 55개의 점이 그려진 그림. 우주 생성의 기본 이치가 담겨있다고 생각되었다.
3) 八極(팔극) : 팔방의 온 천하.
4) 冠帶(관대) : 관과 허리띠. 예교의 복장으로 여기에서는 천자의 예교와 교화를 가리킨다.
   五都(오도) : 다섯 방향의 도회지. 천하의 번성한 도시.
5) 四海(사해) : 천하.
   和會(화회) : 화해하여 안정되다.

6) 排闥(배궐) : 대궐의 문을 열다.
　　疑塞(응새) : 변방을 안정시키다. '응疑'은 '응凝'과 통하여 '안정시키다'의 뜻이다.

　　이 시는 양나라가 하늘의 명을 받아 국운이 창성하고 만방을 평정할 것이라고 축원하였다. 제1～2구는 양나라가 하늘의 명을 받아 천하를 지배하게 되었음을 말하였다. 제3～4구는 양무제의 권위와 교화가 온 세상에 미친다고 말하였다. 제5～6구는 천하가 양나라를 따르니 양나라 이외의 다른 미래는 없다고 강조하였다.

12. 수개악가사 隋凱樂歌辭[1] 3수

1) 隋凱樂歌辭(수개악가사) : 수나라가 전쟁에서 이긴 것을 축하하는 노래. 누가 언제 왜 지었는
지는 분명하지 않다.

12-1 술제덕 述帝德

於穆我后,[1]	아름답구나 우리의 군왕이시여
睿哲欽明.[2]	지혜롭고 명철하시며 엄숙하시고도 밝으시니,
膺天之命,[3]	하늘의 임명을 받으셔서
載育群生.[4]	백성을 기르시네.
開元創曆[5]	신기원을 열고 새 여법을 창제하시고
邁德垂聲.[6]	덕을 힘써 베풂으로 명성을 남기시니,
朝宗萬宇,[7]	천자께 조회를 드리는 온 천하여
祇事百靈.[8]	천자를 존경해 섬기는 많은 신령이여.
煥乎皇道,[9]	황제의 법도를 빛내고
昭哉帝則.[10]	황제의 법도를 밝히니,
惠政滂流,[11]	은혜로운 정치는 넓고 크게 퍼지고
仁風四塞.[12]	인자한 교화는 사방을 채웠네.

淮海未賓,[13]	회수와 바다는 아직 손님으로 오지 않고
江湖背德.[14]	장강과 동정호는 덕을 저버렸으니,
運籌必勝,[15]	반드시 이기는 필승의 전략을 짜서
濯征斯克.[16]	크게 정벌하여 이에 무찌르셨네.
八荒霧卷,[17]	팔방 먼 곳까지 안개가 걷히고
四表雲褰.[18]	사방 끝까지 구름이 개었으니,
雄圖盛略,[19]	웅대한 계획과 왕성한 책략이
邁後光前.[20]	후대보다 뛰어나고 전대보다 빛났네.
寰區已泰,[21]	천하가 이미 태평해져서
福祚方延.[22]	하늘의 복이 바야흐로 이어지리니,
長歌凱樂,[23]	오래도록 승리의 음악을 부르리라
天子萬年.[24]	천자여 만세를 누리소서.

주석

1) 於穆(오목) : 아름답구나. 위대하도다. 아름답거나 위대한 대상에 대한 찬사. '어於'는 '아'의 감탄사이고, '목穆'은 '아름답다' 또는 '위대하다' 등의 뜻이다.
   后(후) : 임금. 군주.
2) 睿哲(예철) : 지혜롭고 명철함. 또는 그러한 군주를 가리킨다.
   欽明(흠명) : 엄숙하고 명찰함.
3) 膺(응) : 받다.
4) 載(재) : 뜻 없는 조사.
   群生(군생) : 백성. 많은 사람.
5) 開元(개원) : 새로운 기원을 열다.
   創曆(창력) : 새로운 역법을 창제하다.
6) 邁德(매덕) : 힘써 덕을 펼치다. ≪상서尙書·대우모大禹謨≫에서 "고요는 힘써 덕을 펼쳐서, 덕이 내려가서 백성들이 그를 그리워하였다.(皐陶邁種德, 德乃降, 黎民懷之)"라고 하였다.
   垂聲(수성) : 명성을 남기다.

7) 朝宗(조종) : 제후가 천자를 뵙다. 아랫사람이 윗사람을 뵙다.

萬宇(만우) : 온 천하.

8) 祗事(지사) : 공경하여 섬기다.

百靈(백령) : 많은 신령.

9) 煥(환) : 빛나다.

皇道(황도) : 황제의 법도.

10) 昭(소) : 밝게 빛나다.

帝則(제칙) : 황제의 준칙.

11) 惠政(혜정) : 은혜로운 정치. 인정仁政.

滂流(방류) : 많고 성대하게 흐르다. 넓게 퍼지다.

12) 仁風(인풍) : 인자한 바람. 은택이 바람처럼 퍼진다는 뜻.

四塞(사색) : 사방을 채우다. 온 천하에 퍼지다.

13) 淮海(회해) : 회수淮水와 바다. 회수 이북으로 동해에 이르는 지역을 가리킨다. 이 시에서는
북제北齊를 의미하는 것으로 보인다.

賓(빈) : 손님으로 방문하다. 신하의 입장으로 조회한다는 뜻이다.

14) 江湖(강호) : 장강長江과 태호太湖. 장강과 태호 이남의 남조 지역을 가리킨다. 이 시에서는
진陳나라를 의미한다.

背德(배덕) : 은덕을 저버리다. 은덕을 배신하다.

15) 運籌(운주) : 계책을 세우다. 전략을 짜다.

16) 濯征(탁정) : 크게 정벌하다. 《시경 · 대아 · 상무常武》에서 "(왕의 군대는) 측량할 수 없고
감당할 수 없으니, 서국을 크게 정벌하도다.(不測不克, 濯征徐國)"라고 하였다. 《시경 · 상무》
는 주周나라 선왕宣王이 서주徐州의 이민족을 정벌한 내용인데, 서주는 회수淮水 북쪽으로
고대에 회해淮海라고도 불렸다.

斯(사) : 이에. 연사連詞다.

17) 八荒(팔황) : 팔방의 먼 곳. 천하.

18) 四表(사표) : 사방의 먼 바깥. 천하.

褰(건) : 흩어지다. 개다.

19) 雄圖(웅도) : 크고 원대한 포부와 기획.

20) 邁後(매후) : 후대를 뛰어넘다. 뒷사람이 미치지 못하다.

　　光前(광전) : 전인의 업적보다 빛나다. 앞사람을 뛰어넘다.

21) 寰區(환구) : 천하.

22) 福祚(복조) : 복. 복록.

　　延(연) : 이어지다. 연속되다. 펼쳐지다.

23) 凱樂(개악) : 승리를 축하하는 음악.

24) 萬年(만년) : 만세. 장수를 기원하는 축원사.

해설

　이 시는 <수개악가사> 3수의 첫째 작품이다. 그 내용은 수나라의 전쟁 승리를 축하하는 것인데, 적국을 특정하지 않고 승리를 강조하였다. 제1~8구는 수나라가 개국하여 천하의 새로운 주인이 되었음을 찬양하였다. 제9~16구는 수나라가 교화를 펼침에도 불구하고 그 위대한 법도를 따르지 않는 북제와 남진과 같은 나라가 있었지만 그들을 크게 정벌하여 완전히 무찔렀음을 노래하였다. 제17~24구는 전쟁의 승리로 수나라가 천하를 안정시켰으니 오직 천자만이 만수무강하리라 노래를 부르며 축원하였다.

12-2 술제군용명 述諸軍用命[1]

帝德遠覃,[2]	황제의 덕이 멀리 퍼지고
天維宏布.[3]	하늘의 법도가 널리 펼쳐졌으니,
功高雲天,[4]	공은 높은 하늘보다 높고
聲隆韶濩.[5]	명성은 <소호>보다 컸다네.
惟彼海隅,[6]	오직 저 바다 귀퉁이가
未從王度.[7]	아직 왕의 법도를 따르지 않았으니
皇赫斯怒,[8]	황제께서 크게 노하시어
元戎啓路.[9]	대군이 길을 열었다네.

桓桓猛將,¹⁰⁾	굳세고 굳센 용맹한 장수와

桓桓猛將,10) 굳세고 굳센 용맹한 장수와
赳赳英謨,11) 굳세고 굳센 뛰어난 계책으로,
攻如燎髮,12) 공격은 초목을 태우는 듯하고
戰似摧枯.13) 전투는 마른 가지를 꺾는 듯하였네.
救玆塗炭, 이 도탄에 빠진 백성을 구하고자
克彼妖逋,14) 저 사악한 도주자들을 무찔렀으니,
塵清兩越,15) 먼지가 양월에서 깨끗해지고
氣靜三吳.16) 기운은 삼오에서 고요해졌네.
鯨鯢已夷,17) 고래는 이미 주살하였고
封疆載闢,18) 강역의 경계가 열리기 시작했으니,
班馬蕭蕭,19) 해산하여 이별을 하는 말은 히히힝 울고
歸旌奕奕.20) 고향으로 돌아갈 깃발은 크게 펄럭이네.
雲臺表効,21) 운대는 그 공을 드날리고
司勳紀績.22) 사훈이 그 업적을 기록하니,
業並山河, 제왕의 업적은 산과 강과 나란하고
道固金石. 제왕의 법도는 금과 돌보다 견고하리라.

주석

1) 用命(용명) : 명령을 듣다. 따르다. 명령을 실천하다.
2) 帝德(제덕) : 천자의 덕성.
   覃(담) : 퍼지다.
3) 天維(천유) : 하늘의 법도. 국가의 기강.
   宏(굉) : 널리. 크게.
4) 雲天(운천) : 높은 하늘.
5) 韶濩(소호) : 고대 악곡의 이름. 상商의 탕왕湯王의 음악이라고 한다. '소韶'는 '잇는다'는 뜻으로 탕왕이 대우大禹를 이을 수 있다는 뜻이고 '호濩'는 '보호한다'는 뜻으로 '백성을

보호한다'는 뜻이다. '소호'를 순舜임금의 음악인 <소昭>와 탕왕湯王의 음악인 <호濩>로 이해하기도 한다. 이 시에서는 새 왕조를 열었다는 의미로 이해하여 <소호>로 해석하였다.

6) 海隅(해우) : 바다 귀퉁이. 바닷가. 여기에서는 남진南陳을 가리키는 것으로 보인다.

7) 王度(왕도) : 제왕의 법도.

8) 赫斯(혁사) : 제왕이 매우 화난 모습. '혁赫'은 '크게'의 뜻이고, '사斯'는 조사이다. ≪시경 · 대아 · 황의皇矣≫에 "왕이 크게 노하셔서 이에 그 군대를 정비하시고(王赫斯怒, 爰整其旅)"라고 하였다. 주周의 문왕文王이 그 명을 어긴 밀密나라를 벌하는 것을 노래한 것이다.

9) 元戎(원융) : 대군.
   啓路(계로) : 길을 열다. 길을 이끌다.

10) 桓桓(환환) : 용감한 모습. ≪시경 · 노송魯頌 · 반수泮水≫에서 "굳세고 굳세게 정벌하여, 저 동남을 무찌르고(桓桓于征, 狄彼東南)"라고 하였다.

11) 赳赳(규규) : 용감한 모습. ≪시경 · 주남周南 · 토저兔罝≫에서 "굳세고 굳센 무부여, 공후의 간성이구나.(赳赳武夫, 公侯干城)"라고 하였다.
    英謨(영모) : 뛰어난 계책. 또는 뛰어난 계책을 가진 사람.

12) 燎(요) : 잡초를 태우다.
    髮(발) : 초목.

13) 摧(최) : 꺾다.
    枯(고) : 마른 나무.

14) 妖(요) : 사악하고 부정하고 음란하다.
    逋(포) : 달아나는 사람. 도망자.

15) 兩越(양월) : 본래는 남월南越과 동월東越로 중국의 남쪽 벽지의 이민족 지역을 가리키는 말이었는데, 뒤에는 절강성浙江省을 범칭하는 말로도 쓰였다. 이 시에서는 남진을 가리키는 것으로 보인다.

16) 三吳(삼오) : 본래는 오흥吳興, 오군吳郡, 회계會稽를 가리키는 말이었으며, 나중에는 장강 이남을 범칭하는 말로도 쓰였다. 이 시에서는 남진 지역을 가리키는 말로 보인다.

17) 鯨鯢(경예) : 고래. 악적이나 흉악한 무리, 도적 등을 가리키는 말로 많이 쓰였다.
    夷(이) : 죽이다. 도살하다. 말살하다.

18) 封疆(봉강) : 영토의 경계. 강역. 영토.

載(재) : 시작하다.

闢(벽) : 열다.

19) 班馬(반마) : 무리와 헤어지는 말.

蕭蕭(소소) : 말이 우는 소리.

20) 歸旆(귀정) : 돌아가는 깃발. 전쟁이 끝나 고향으로 돌아가는 부대를 가리킬 수도 있고, 전쟁이 끝나 더 이상 쓰이지 않게 되어 이제 마지막으로 크게 펄럭이는 깃발로 볼 수도 있다.

奕奕(혁혁) : 크고 성한 모양.

21) 雲臺(운대) : 남궁운대南宮雲臺. 후한後漢의 명제明帝가 광무제光武帝의 공신 28명의 화상을 그려 붙였다. 뒤에 공신과 명장을 기념하는 장소의 범칭으로 쓰였다.

表(표) : 표창하다. 밝히다.

効(효) : 공. 노력. '효效'의 속자俗字.

22) 司勳(사훈) : 공훈과 포상을 관리하는 관청과 관리의 이름. ≪주례周禮 · 하관夏官≫에서 "사훈은 육향의 땅을 상으로 내리는 법을 관장하여 그 공로에 등급을 부여한다. … 무릇 공이 있는 자는 살았으면 이름을 왕의 태상 깃발에 적고, 죽었으면 태증에 제사하며 사훈이 그것을 신에게 아뢴다.(司勳, 掌六鄕賞地之法以等其功.…凡有功者, 銘書於王之大常, 祭於大烝, 司勳詔之)"라고 하였다. 수나라는 이부吏部에 사훈시랑司勳侍郎을 두었다.

해설

제2수는 수나라의 군대가 황제의 명령을 잘 수행하여 전쟁에 승리하였음을 칭찬하고 축하하였다. 제1~8구는 황제의 은덕이 매우 컸음에도 불구하고 위대한 수나라에 굴복하지 않는 무리 때문에 황제가 대노하여 정벌을 시작하였음을 이야기했다. 제9~16구는 수나라의 용맹한 군대가 뛰어난 능력과 계책으로 적군을 쉽게 이겼으며 해당 지역도 완전히 평정되었음을 말하였다. 제17~24구는 전쟁이 끝나 군대가 해산하지만, 그 업적은 영원히 기록에 남을 것이라고 칭찬하면서 이 모든 것이 황제의 은공이라고 찬양하였다.

12-3 술천하태평 述天下太平

阪泉軒德,[1]	판천에서 승리하신 헌원의 덕이고
丹浦堯勳.[2]	단포에서 전쟁하신 요임금의 공훈이니,
始實以武,	토벌의 시작은 실로 무덕으로 하셨는데
終乃以文.	그 마치기는 바로 문덕으로 하셨네.
嘉樂聖主,	기쁘고 즐거운 성스로운 군주여
大哉爲君.	크시도다 군주 노릇 하심이여,
出師命將,	병사를 내시고 장수에게 명령하시며
廓定重氛.[3]	온갖 흉한 조짐을 말끔히 안정시키셨네.
書軌旣并,[4]	글자와 바퀴폭은 이미 같아졌고
干戈是戢.[5]	전쟁은 이제 그쳤으며,
弘風設教,	풍교를 넓히고 교화를 베푸니
政成人立.	정치가 이루어져 사람이 바로 섰네.
禮樂聿興,[6]	예와 악이 흥기하고
衣裳載緝.[7]	옷과 치마가 조화롭게 만들어지니,
風雲自美,	바람과 구름은 절로 아름다워
嘉祥爰集.	아름답고 상서로운 징조가 여기에 모였네.
皇皇聖政,[8]	위대하고 위대한 성스러운 정치와
穆穆神猷.[9]	지극히 뛰어난 신령스런 지모는,
牢籠虞夏,[10]	유우씨와 하나라를 수용하고
度越姬劉.[11]	주나라와 한나라를 뛰어넘네.
日月比耀,	해와 달과 나란히 빛을 내고
天地同休.[12]	하늘과 땅과 같이 복을 누리시며,
永淸四海,	영원토록 사해를 맑게 하고
長帝九州.[13]	영구하게 구주에 군림하시리라.

주석

1) 阪泉(판천) : 옛 지명으로 어디인지는 분명하지 않다. 전설에 따르면 헌원軒轅이 신농神農과 천하를 두고 전쟁을 벌여 승리한 곳이라고 한다.

軒德(헌덕) : 헌원의 덕.

2) 丹浦(단포) : 단수丹水의 물가. ≪여씨춘추呂氏春秋 · 소수召數≫에서, "요는 단수의 물가에서 싸워서 남만을 복속시켰다.(堯戰於丹水之浦以服南蠻)"라고 하였다.

3) 廓(확) : 말끔히. 크게.

重氛(중분) : 갖은 흉악한 조짐. 갖은 재앙.

4) 書軌(서궤) : 글자와 바퀴 폭. 글자와 수레바퀴 폭의 통일은 국가 통일의 대표적인 일례이다. 그래서 뒤에 국가 통일을 상징하는 의미로 많이 쓰였다.

幷(병) : 합병하다. 같아지다.

5) 干戈(간과) : 전쟁

戢(집) : 그치다. 거두다. ≪시경 · 주송 · 시매時邁≫에서, "방패와 창을 거두고, 활과 화살을 활집에 넣는다.(載戢干戈, 載櫜弓矢.)"라고 하였다. 이 시는 주周나라가 제후국을 순시하는 내용이다.

6) 聿(율) : 뜻 없는 조사.

7) 載(재) : 뜻 없는 조사.

緝(집) : 옷을 만들다.

8) 皇皇(황황) : 아름답고 장엄하고 위대한 모습.

聖政(성정) : 위대한 정치.

9) 穆穆(목목) : 빼어나고 뛰어난 모양.

神猷(신유) : 신령한 방책. 거대한 지모.

10) 牢籠(뇌롱) : 포괄하다.

虞夏(우하) : 순임금의 유우씨有虞氏와 우임금의 하나라.

11) 度越(도월) : 넘어서다.

姬劉(희유) : 희성인 周나라와 유성인 漢나라.

12) 休(휴) : 복을 누리다.

13) 帝(제) : 황제 노릇을 하다. 군림하다.

해설

　　제3수는 전쟁의 승리 이후 수나라가 태평성대를 누릴 것이라고 칭송하였다. 제1~8구는 헌원과 요임금과 맞먹는 황제의 위대한 공덕으로 전쟁을 승리하여 천하에 완전히 평정되었음을 노래하였다. 제9~16구는 천하의 문물제도를 통일하고 올바른 교화와 정치를 베푸는 수나라에 아름다운 예악이 넘쳐난다고 말하였다. 제17~24구는 황제의 위대한 다스림으로 인해 수나라가 고대의 위대한 나라들을 뛰어넘어 영원히 군림할 것이라고 찬양하였다.

13. 당개악가사 唐凱樂歌辭[1] 4수

≪당서·악지≫에서 말하길, "당의 제도에는, 무릇 장수에게 출정을 명하였는데, 큰 공적이 있어서 포로나 적의 귀를 바치게 되면, 그 개선악은 요취 2부악을 사용하였고, 악기에는 적, 필률, 소, 호가, 요, 고, 노래의 7종이 있었다. 차례로 <파진악>등 네 곡을 연주하니, 첫째는 <파진악>, 둘째는 <응성기>, 셋째는 <하성환>, 넷째는 <군신동경락>이었다. 당 초기에 태종이 낙양을 평정하고, 송금강을 격파하였을 때, 나중에 소정방이 하로를 붙잡았을 때, 이적이 고구려를 평정하였을 때, 모두 군대의 의장과 예용을 갖추고 개선악을 연주하며 수도로 들어왔다. 그런데 ≪정관례≫, ≪현경례≫, ≪개원례≫에는 모두 이에 대한 의례 규정이 없다. 태상시에는 원래 <파진악>, <응성기> 두 곡의 가사가 있었는데, 태화 3년(829)에 이르러 비로소 의례 규정을 갖추었고, 또 두 곡을 보완하여 작성해서 네 곡이 되었다."라고 하였다.

≪唐書·樂志≫曰, 唐制, 凡命將出征, 有大功獻俘馘。[2] 其凱樂用鐃吹二部,[3] 樂器有笛篳篥簫笳鐃鼓歌七種。[4] 迭奏<破陣樂>等四曲,[5] 一<破陣樂>, 二<應聖期>, 三<賀聖歡>, 四<君臣同慶樂>. 初, 太宗平東都,[6] 破宋金剛,[7] 其後蘇定方執賀魯,[8] 李勣平高麗,[9] 皆備軍容凱歌以入。[10] 而貞觀顯慶開元禮並無儀注。[11] 太常舊有<破陣樂><應聖期>兩曲歌辭,[12] 至太和三年始具儀注,[13] 又補撰二曲爲四曲云。[14]

주석

1) 唐凱樂歌辭(당개악가사) : 제1수인 <파진악破陣樂>이 당唐 태종太宗의 작품으로 많이 알려져 있으나, 당 태종이 지은 것이 제목은 같지만, 여기의 <당개악가사>의 <파진악>인지는 분명하지 않다. 그리고 나머지 3수는 작자가 알려져 있지 않다.

2) 獻(헌) : 바치다. 군대 예식으로 개선한 다음에 종묘에서 바치는 의식.

   俘馘(부괵) : 포로와 귀. '부俘'는 '전쟁에서 산 채로 사로잡은 적의 포로'이고 '괵馘'은 전공을 계산하기 위해 '전쟁에서 죽인 적에게서 자른 왼쪽 귀'이다.

3) 鐃吹(요취) : 요부鐃部와 취부吹部. 타악기 담당과 관악기 담당 부대. 고취곡鼓吹曲의 구성 요소이다.

   部(부) : 부대. 악단.

4) 篳篥(필률) : 관악기. 주로 군대에서 쓰였다. 단소와 비슷하게 생겼으나 취구는 피리의 모양이다. 일설에는 우리말 피리의 어원이 중국의 필률이라고 한다.

5) 迭奏(질주) : 바꿔가며 또는 차례대로 연주하다.

6) 太宗(태종) : 당 태종 이세민李世民.

   東都(동도) : 낙양洛陽. 618년 이연李淵이 장안長安에서 당唐나라를 세웠다. 619년에 왕세충王世充이 낙양을 중심으로 정鄭나라를 세워 제위에 올랐다. 620년에 이세민은 송금강宋金剛을 패퇴시키고, 그 뒤에 낙양을 공격해서 왕세충을 붙잡고 정나라를 멸망시켰다.

7) 宋金剛(송금강) : 수말당초隋末唐初 시기의 장수의 이름. 정양定楊을 건국한 유무주劉武周의 휘하에 있었다. 돌궐의 지원을 받은 유무주를 도와 하동지역을 장악하였으나 619년에 이세민이 이들을 공격하여 패퇴시켰고 유무주와 송금강은 돌궐로 도주했다가 살해되었다.

8) 蘇定方(소정방) : 당나라의 장수. 655년 고구려를 공격하였고 656년에 서돌궐을 공격하였다. 660년에 백제를 공격하여 사비성을 함락하고 백제를 멸망시켰다.

   賀魯(하로) : 서돌궐의 칸. 당나라에 투항하였다가 다시 독립하였다. 658년에 소정방의 정벌군에게 잡혔다.

9) 李勣(이적) : 당나라의 장수. 666년 요동도행군대총관遼東道行軍大總管이 되어 당 고종高宗의 고구려 침략을 지휘하였고, 668년 고구려를 멸망시켰다

   高麗(고려) : 고구려.

10) 軍容(군용) : 군대와 군인의 예의 법도.

    凱歌(개악) : 개선악.

11) 貞觀(정관) : ≪정관례貞觀禮≫. 당 태종 때 만든 당나라의 예악 제도에 관한 100권의 책. 정관(627~649)은 당 태종의 연호.

    顯慶(현경) : ≪현경례顯慶禮≫. 당 고종高宗 때 ≪정관례≫를 보완하여 만든 130권의 예악

제도 책. 현경은(656~661) 당 고종의 두 번째 연호.

開元禮(개원례) : ≪대당개원례大唐開元禮≫. 당 현종玄宗 때 만든 예악 제도를 완비한 150권의 책. 당나라 예악의 기본 도서. 개원(713~741)은 당 현종의 두 번째 연호.

儀注(의주) : 제도. 예절. 여기에서는 문자화된 예절 내용.

12) 太常(태상) : 태상시太常寺. 종묘의 제사와 예악을 전담하는 관청.

13) 太和(태화) : 대화大和. 대화(827~835)는 당나라 문종文宗의 첫 번째 연호이고, 대화 3년은 829년이다.

14) 補撰(보찬) : 보충하여 편찬하다. <하성환>과 <군신동경락>에 빠졌던 가사를 보충하여 만들었다는 의미이다.

13-1 파진악 破陣樂

受律辭元首,[1]	명령을 받아 출병하며 천자께 하직하고
相將討叛臣.[2]	저 배신한 신하를 서로 같이 토벌하였네.
咸歌破陣樂,[3]	모두 <파진악>을 부르고
共賞太平人.[4]	함께 태평한 시대를 감상하네.

주석

1) 受律(수율) : 명령을 받아 출병하다.

   元首(원수) : 군주. 황제.

2) 相將(상장) : 서로 함께. '장수를 도와'로 볼 수도 있다.

   叛臣(반신) : 배신한 신하.

3) 破陣樂(파진악) : 악곡 이름. '적진을 격파하는 노래'라는 뜻이다.

4) 賞(상) : 감상하다.

   太平人(태평인) : 태평한 시대. '인人'은 운韻을 위해 쓰인 것으로 보인다.

이 시는 반란 도당을 토벌하였음을 찬양하고 축하하는 내용이다. 제1~2구에서는 토벌 전쟁의 승리에 대해 노래하였고, 제3~4구에서는 태평한 시대가 시작하였음을 축하하였다.

13-2 응성기 應聖期

聖德期昌運,[1)	성인의 덕행이 번창한 국운을 기약하셨으니
雍熙萬宇淸.[2)	화락하고 태평하여 천하가 맑아져서,
乾坤資化育,[3)	하늘과 땅이 교화와 교육을 도와주고
海嶽共休明.[4)	대해와 고산이 천자의 휴명하심을 함께하네.
闢土欣耕稼[5)	토지를 개간하여 농사짓는 것을 기쁘게 하고
銷戈遂偃兵.[6)	무기를 없애서 마침내 전쟁을 그치는 것을 완성하니,
殊方歌帝澤,[7)	이역 멀리에서도 임금님의 은택을 노래하며
執贄賀昇平.[8)	예물을 가져와서 태평 시대를 축하하네.

1) 期(기) : 기약하다. 기대하다. 만나다.
   昌運(창운) : 번창한 국운.
2) 雍熙(옹희) : 화락하고 태평하다.
   萬宇(만우) : 온 세상. 천하.
   淸(청) : 맑아지다. 천하의 분란이 진압되었다는 뜻이다.
3) 乾坤(건곤) : 하늘과 땅.
   資(자) : 돕다. 공급하다.
   化育(화육) : 교화와 교육.
4) 海嶽(해악) : 바다와 산.
   休明(휴명) : 아름답고 밝다. 천자의 천품이나 성세를 찬양할 때 쓰였다.

5) 闢土(벽토) : 땅을 넓히다. 토지를 개간하다.

　　耕稼(경가) : 농사. 또는 농사꾼.

6) 銷戈(소과) : 창을 녹이다. 무기를 없애다.

　　偃兵(언병) : 전쟁을 그치다.

7) 殊方(수방) : 먼 지방. 이역.

8) 執贄(집지) : 높은 사람을 알현할 때 예물을 가져와 바침.

　　昇平(승평) : 태평.

해설

　이 시는 전쟁의 승리로 당나라의 국운이 번창하고 민생이 안정되고 나라 안팎이 평안함을
찬양하였다. 제1~4구는 천하가 안정되고 나라 안의 자연환경이 국력 배양에 이상적임을
말하였다. 제5~8구는 이에 따라 농업이 순조롭고 천하가 평화로우며 변방의 이역에서도
천자에게 예물을 바치고 충성함을 찬미하였다.

13-3 하성환 賀聖歡

四海皇風被,[1]　　사해가 황제의 교화의 바람으로 덮이니
千年德水淸.[2]　　천년 만에 황하가 맑아졌다네.
戎衣更不著,[3]　　전쟁의 옷을 다시 입지 않게 되었으니
今日告功成.[4]　　오늘 공이 이루어졌음을 아뢰네.

주석

1) 皇風(황풍) : 황제의 교화.

2) 德水(덕수) : 황하黃河. ≪습유기拾遺記 · 신고高辛≫에서 "단구는 천년에 한 번 불타고, 황하
　 는 천년에 한 번 맑아진다.(丹丘千年一燒, 黃河千年一淸)"라고 하였다. 이강李康의 <운명
　 론運命論>에서, "황하가 맑으면 성인이 태어나고, 향리의 사단이 울리면 성인이 나타나고

군룡이 나타나면 성인이 다스린다.(夫黃河淸而聖人生, 里社鳴而聖人出, 群龍見而聖人用.)"
라고 했다.

3) 戎衣(융의) : 군복. 전쟁의 옷.

著(착) : 입다.

4) 告(고) : 알리다. 전쟁의 승리를 황제에게 보고한다는 뜻이다.

해설

이 시는 황제의 교화의 덕으로 전쟁이 끝났음을 말하며 황제에게 감사한 내용이다. 제1~2구는 황제가 천년 만에 태어난 성인이며 그 교화가 천하를 뒤덮었다고 찬양하였다. 제3~4구는 그래서 더 이상의 전쟁이 없을 것이라고 황제에게 보고하고 있다.

13-4 군신동경악 君臣同慶樂

主聖開昌曆,1)	성명한 군주께서 창성한 시대를 여셨고
臣忠奉大猷,2)	충성스런 신하가 국가 경영의 지모를 바쳤네.
君看偃革後,3)	그대 보시오, 전쟁이 끝난 뒤가
便是太平秋.4)	바로 태평한 시대라네.

주석

1) 昌曆(창력) : 창성한 연대.

2) 奉(봉) : 바치다. '주奏'로 된 곳도 있는데 같은 뜻이다.

大猷(대유) : 큰 지모. 나라를 다스리는 대도大道.

3) 偃革(언혁) : 무기를 눕히다. 전쟁이 그치다.

4) 太平秋(태평추) : 태평한 시대.

해설

이 시는 전쟁의 승리가 황제의 성덕과 신하의 충성으로 이루어졌음을 찬양하였다.

14. 당개가 唐凱歌[1] 6수

당唐 잠참岑參

잠참은 <봉대부가 출사하여 서쪽으로 정벌하는 것을 전송하다>의 서문에서 말하길, "천보 중에 흉노와 회흘이 변경을 침범하여, 화문을 넘어, 금산을 침략하니 봉화와 먼지가 서로 이어져서 서쪽 변경까지 침범하였다. 천자께서 이 때문에 봉상청에게 군권을 주셨으니 출병하여 그들을 정벌하게 하였다."라고 말하였다. 파선진을 깨뜨리고 승전보를 알리자 잠참이 이에 개가를 만들었다고 한다. ≪당서·봉상청전≫을 살펴보면 "개원 말에 달해부족이 배반을 하여 흑산 북쪽으부터 서쪽으로 쇄엽에까지 치달렸다. 그 뒤에 봉상청이 적을 깨뜨리는 데에 공을 세웠다. 천보 6년(747)에 다시 고선지를 따라서 소발율을 깨뜨렸다."라고 말했지만, 파선은 이야기하지 않았으니 아마도 사서에서 빠뜨린 것 같다.

岑參送封大夫出師西征序曰,[2] 天寶中,[3] 匈奴回紇寇邊,[4] 踰花門,[5] 略金山,[6] 烟塵相連,[7] 侵軼海濱.[8] 天子於是授鉞常淸,[9] 出師征之. 及破播仙,[10] 奏捷獻凱,[11] 參乃作凱歌云. 按≪唐書·封常淸傳≫曰, 開元末,[12] 達奚背叛,[13] 自黑山北向,[14] 西趣碎葉.[15] 其後常淸破賊有功.[16] 天寶六年,[17] 又從高仙芝破小勃律.[18] 不言播仙, 疑史之闕文也.

> **주석**

1) 凱歌(개가) : 이 시는 <봉대부가 파선을 격파한 것에 바치는 개가獻封大夫破播仙凱歌>의 제목으로도 알려져 있다.

2) 岑參(잠참) : 이 시를 썼을 당시에 잠참은 봉상청의 밑에서 북정도호부의 판관判官으로 종사했다고 한다.

送封大夫出師西征(송봉대부출사서정) : 잠참의 <윤대의 노래로 봉대부가 출사하여 서정하는 것을 전송하다輪臺歌奉送封大夫出師西征>로 보인다. 다만 현재는 시의 서문이 남지 않아 확인할 수 없다.

封大夫(봉대부) : 당나라 장수 봉상청封常淸(?~756년). 봉상청은 당나라 장수 고선지高仙芝의 부관으로 고선지를 도와 서역 정벌에 공을 세워 안서절도사安西節度使가 되었다. 봉상청은 천보13년(754)에 어사대부御史大夫가 되었다.

3) 天寶中(천보중) : 천보 연간(742~756)에. 봉대부라는 호칭으로 보아, 천보13년(754년)이나 14년(755년)이다.

4) 回紇(회흘) : 지금의 '위구르'를 가리킨다.

寇邊(구변) : 변경을 침범하다.

5) 蹂(유) : 이기다.

花門(화문) : 산 이름. 회흘과 당나라의 경계에 있었으며 지금의 내몽고자치구의 거연해居延海의 북쪽에 있었다고 한다. 화문산에는 당나라의 변경을 지키는 화문산보花門山堡가 있었다. 천보 연간에 회흘이 점령하였다.

6) 金山(금산) : 산 이름. 지금의 알타이 산. '알타이'는 몽골어로 '황금'을 의미한다. 알타이산맥이 매우 큰 산맥인 것처럼, 지금의 알타이 산은 신강의 알타이 자치구에 있지만, 한시에 나오는 금산은 대개 구체적이지 않은 상징적인 의미로 쓰였다.

7) 烟塵(연진) : 봉화의 연기와 전장의 먼지.

8) 侵軼(침일) : 침범하여 습격하다.

海濱(해빈) : 바닷가. 고대에는 청해靑海나 서해西海처럼 서북쪽 변경의 사막이나 호수를 바다라고 불렀다. 그러므로 여기에서는 당나라의 서북 변경을 가리키는 것으로 보인다.

9) 授鉞(수월) : 병권을 전하다. 고대에 장군이 출정할 때 천자가 도끼를 줬다.

10) 播仙(파선) : 파선진播仙鎭. 고대에는 차말성且末城이라고 했다. 지금의 신강 위구르 자치구의 차말현且末縣에 있었다. 파선을 정벌하고 북정北庭으로 개선했다고 보는 것이 현재의 일반적인 해석이다. 봉상청은 어사대부가 된 다음에 북정절도사北庭節度使를 겸임하였다. 북정도호부北庭都護府는 투르판의 북쪽에 있었고 지금의 신강 창길회족자치주昌吉回族自治州 길목살이현吉木薩尔縣에 있었다.

11) 奏捷(주첩) : 전쟁의 승리를 보고하다.

獻凱(헌개) : 전쟁의 승리를 보고하다.

12) 開元末(개원말) : 개원 연간(713~742) 말기. 여기에서는 고선지가 달해부락의 병사를 토벌한
개원 29년(741년)이다.

13) 達奚(달해) : 달해부(達奚部). 천산산맥 서쪽에 있던 부족.

14) 黑山(흑산) : 천산산맥 남쪽에 있던 산의 이름. 현재 신강의 아극소지구阿克蘇地區의 파초현巴楚縣
부근의 타클라마칸사막 경계에 있다.

15) 碎葉(쇄엽) : 쇄엽성. 지금의 키르키스스탄 악베심 부근에 있었다.

16) 有功(유공) : 공이 있다. 봉상청은 고선지가 부몽영찰夫蒙靈察의 명을 받아 달해부락의 병사를
공격할 때 고선지의 시종이면서도 전투에 많은 도움을 주어서, 뒤에 그 공을 인정받아 지위
가 높아졌다.

17) 天寶六年(천보육년) : 747년. 747년에 당 현종은 고선지에게 소발율小勃律을 정벌하라고 명했다.

18) 高仙芝(고선지) : 당나라의 장수(?~756). 당나라의 서역 정벌에 많은 공헌을 하였다. 안사의
난 때 봉상청과 함께 사형을 당했다.

小勃律(소발율) : 나라 이름. 지금의 카시미르 서북쪽에 있었으며 토번吐蕃과 당나라 사이의
교통의 요지에 있었다. 소율국은 당나라의 속국이었으나 토번吐蕃과 결혼 외교를 하며 당나
라에 대한 조공을 중단하였다. 수차례 당나라의 공격을 받다가 고선지에게 망했다.

14-1

漢將承恩西破戎,[1]	한나라의 장수가 은혜를 받아 서쪽으로 오랑캐를 깨뜨리니
捷書先奏未央宮,[2]	승리의 서신이 먼저 미앙궁에 아뢴다네.
天子預開麟閣待,[3]	천자께선 기린각을 미리 열어 기다리시니
祗今誰數貳師功.[4]	지금에는 누가 이사장군의 공적을 헤아리랴.

주석

1) 漢將(한장) : 한나라의 장수. 여기에서는 봉상청을 가리킨다.
承恩(승은) : 은혜를 받다. 황제의 임명을 받았다는 의미이다.

戎(융) : 오랑캐. 이 시에서는 회흘을 가리킨다.

2) 捷書(첩서) : 전쟁의 승리를 보고하는 서신.

未央宮(미앙궁) : 미앙궁. 한나라 때 장안에 세운 궁전. 여기에서는 당나라의 조정을 가리킨다.

3) 麟閣(린각) : 기린각麒麟閣. 한나라 때 미앙궁 안에 있던 각의 이름. 선제宣帝가 기린각에 공신 11명의 그림을 그려서 그들의 공적을 기리게 하였다. 그 뒤로 '기린각에 그려진다'는 것은 최고의 공훈을 이루었음을 인정받았다는 의미로 사용되었다.

4) 祗今(지금) : 지금. 현재.

數(수) : 세다. 헤아리다.

貳師(이사) : 한나라의 이사장군貳師將軍 이광리李廣利. 이사는 본래 서역의 대완大宛의 성 이름. 대완은 한혈마汗血馬 등의 명마가 많이 나는 나라였는데, 이광리는 한 무제武帝의 명을 받아 대완을 침략해서 명마 수천 마리를 노락질했다.

해설

제1수는 봉상청 장군의 군대가 전쟁에서 승리했음을 왕실에 아뢰면서 그 공적이 한나라의 이광리의 그것보다 높다고 주장하였다.

14-2

官軍西出過樓蘭,[1]	관군이 서쪽으로 나가 누란국에 다다르니
營幕傍臨月窟寒.[2]	군영의 막사가 차가운 월굴의 옆에 있네.
蒲海曉霜凝劍尾,[3]	포창해의 새벽 서리는 칼끝에서 얼었고
葱山夜雪撲旌竿.[4]	총산에 밤에 내린 눈은 깃대를 쳤다네.

주석

1) 樓蘭(누란) : 누란국. 한나라 때 서역에 있던 나라. 한나라와 흉노의 사이에 위치하며 교역과 전략의 요지에 있었다. 이 시에서는 서쪽 변방이라는 의미이다.

2) 營幕(영막) : 군영軍營의 막사幕舍.

月窟(월굴) : 고대 전설에서 달이 지는 곳. 매우 먼 서방을 의미한다.

3) 蒲海(포해) : 포창해蒲昌海. 현재의 신강 위구르 자치구의 로프노르 호수를 가리킨다. 로프노르 호수는 본래 염수호로 그 자리는 지금의 누란 고성 부근에 있는데, 고대에 있었던 날씨의 건조화 때문에 누란국이 쇠퇴하면서 호수의 물도 말라서 현재는 사막만 남았다.

　劍尾(검미) : 칼의 끝. 판본에 따라 '마미馬尾'로 된 곳도 있는데 '말꼬리'의 뜻이다.

4) 葱山(총산) : 총령葱嶺. 총령은 고대에 파미르고원을 부르던 명칭이다. 시에서는 대략 파미르 고원과 카라코람산맥, 곤륜산맥의 신강 접경 지역의 여러 산의 총칭이다.

　撲(박) : 때리다.

　旌竿(정간) : 깃대.

해설

　제2수는 먼 서역에 원정 나갔던 봉상청 장군의 군대가 겪는 여러 어려움에 대해 노래했다. 멀리 누란국까지 싸우러 간 당나라 군대는 밤을 새웠고 서리와 눈을 무릅쓰고 전쟁을 수행하였다.

14-3

鳴笳擂鼓擁回軍,[1]	높은 호가 소리와 잦은 북소리가 돌아가는 군대를 감싸는데
破國平蕃昔未聞.[2]	나라를 깨뜨리고 번국을 평정하니 전고미문이라네.
大夫鵲印搖邊月,[3]	봉대부의 황금 인장은 변경의 달빛 속에 흔들리고
天將龍旗掣海雲.[4]	하늘 장군의 용 깃발은 변새 호수의 구름 속에 나부끼네.

주석

1) 鳴笳(명가) : 호가胡笳 소리. '급하고 높은 호가 소리'라는 해석도 있다.

　擂鼓(뢰고) : 급하게 치는 북소리. 판본에 따라 '첩고疊鼓'로 된 곳도 있는데 같은 뜻이다.

　擁(옹-) : 둘러싸다.

　回軍(회군) : 돌아가는 군대.

2) 破國(파국) : 적국을 격파하다.

平蕃(평번) : 번국을 평정하다. '번蕃'은 '번藩'과 통하여 '변신', '속국'의 뜻이다.

3) 大夫(대부) : 어사대부御史大夫. 봉상청을 가리킨다. 이 부분은 '장부丈夫'로 된 판본이 더 많다.

鵲印(작인) : 까치 인장. 금인金印이다. 장군의 인장이다. 당나라의 간보干寶의 ≪수신기搜神記≫에서 "상산 장호는 양나라의 재상이었는데, 하늘에서 비가 새로 내린 다음에 어떤 산까치와 같은 새가 시장으로 날아들었다가 갑자기 땅에 떨어졌다. 사람들이 다투어 그것을 가지려 했는데, 둥그런 돌이 되었다. 장호가 망치로 그것을 깨어 황금 인장 하나를 얻었는데 글에 쓰이길 '충효후 인장'이라고 되어있었다. 장호가 이것을 임금에게 아뢰니 그것을 비부에 넣어두었다. 뒤에 의랑인 여남의 번형이가 상소하길 '요순의 시대에 본래 이 관직이 있었는데, 지금 하늘이 인장을 내렸으니 마땅히 다시 설치해야 합니다.'라고 하였다. 장호는 뒤에 관직이 태위에 이르렀다.(常山張顥爲梁相, 天新雨後, 有鳥如山鵲, 飛翔入市, 忽然墜地. 人爭取之, 化爲圓石. 顥椎破之, 得一金印, 文曰, 忠孝侯印. 顥以上聞, 藏之秘府. 後議郎汝南樊衡夷上言, 堯舜時舊有此官, 今天降印, 宜可復置. 顥後官至太尉.)"라고 하였다.

搖(요) : 흔들리다. 판본에 따라 '영迎'이라고 된 곳도 있는데, '맞이하다' 또는 '향하다'의 뜻이다.

4) 天將(천장) : 하늘이 내린 장군. 대장의 미칭이다. 판본에 따라 '대장大將'으로 된 곳도 많다.

龍旗(용기) : 용 깃발. 정벌을 전담하는 장수의 깃발.

掣(체) : 빠른 모양. 깃발이 나부끼는 모양.

海雲(해운) : 변방과 사막의 호수의 구름. 고대에는 큰 호수를 '바다'라고 많이 불렀는데, 특히 새외塞外의 호수를 바다라고 많이 불렀다. 2구에 나온 '포해蒲海'를 가리킬 수도 있다.

해설

제3수는 승리한 다음에 회군하는 봉상청의 군대를 노래했다. 고취곡의 음악 속에 군대는 전고미문의 공을 세우고 돌아온다. 장군의 인장에 달빛이 빛나고 장군의 깃발이 구름 속에 펄럭인다.

14-4

日落轅門鼓角鳴,[1]   해가 지는 군영의 문에는 북소리와 호각 소리가 들리고

千群面縛出蕃城,[2]   수천의 무리가 스스로 손을 등 뒤로 묶고 번성을 나왔네.

洗兵魚海雲迎陣,[3]   어해에서 병기를 씻으니 구름이 군진을 맞이하고

秣馬龍堆月照營.[4]   백룡퇴에서 말을 먹이니 달이 군영을 비췄네.

주석

1) 日落(일락) : 해가 지다. 판본에 따라 '월락月落'으로 된 곳도 있는데 '달이 지다'의 뜻이다.

轅門(원문) : 수레 끌채로 만든 문. 병영兵營의 문을 가리킨다. 고대에 군대가 원정을 가서 주둔을 하면, 주둔지 들레에 병거兵車로 울타리를 만들었다.

鼓角(고각) : 북과 호각.

2) 千群(천군) : 수천의 무리. 여기선 포로로 투항한 적의 무리를 가리킨다.

面縛(면박) : 두 손을 등 뒤로 묶다. 투항했음을 의미한다.

蕃城(번성) : 변방의 성. 당시 회흘이 점령했던 성을 가리킨다.

3) 洗兵(세병) : 병기를 씻다. 전쟁이 끝나서 병기에 남은 전쟁의 흔적을 씻어낸다는 뜻이다.

魚海(어해) : 호수 이름. 고대에는 휴도택休屠澤이나 백정해白亭海라고도 불렸다. 지금의 내몽골의 아라산우기阿拉善右旗와 감숙성甘肅省 무위시武威市 민근현民勤縣 사이에 있었는데 지금은 거의 사막이 되었다.

4) 秣馬(말마) : 말을 먹이다. 전쟁이 끝나고 전마를 쉬게 하는 것이다.

龍堆(용퇴) : 백룡퇴白龍堆. 한나라의 서쪽 끝에 있던 지명으로 누란국에 가까이 있었다. 사구沙丘이기 때문에 그 위치가 고정되지 않았다. 대략 신강과 감숙성 돈황시敦煌縣 사이의 쿰탁사막에 있었다.

해설

제4수는 전쟁에서 승리한 다음의 봉상청의 군대의 모습을 노래했다. 변성에서 수천의 적군이 투항하였다. 전쟁이 끝난 병사들은 서역의 호수에서 병기를 씻고 사막의 모래 산에서 말에 먹이를 먹였다.

14-5

蕃軍遙見漢家營,[1)	번국의 군대가 멀리 한나라의 군영을 보더니
滿谷連山遍哭聲.[2)	온 골짜기와 산에 울음소리가 가득 찼네.
萬箭千刀一夜殺,	화살 만 개와 칼 천 개로 하룻밤에 죽이니
平明流血浸空城.[3)	여명 무렵 흐르는 피가 빈 성을 적시네.

주석

1) 蕃軍(번군) : 번국의 군대. '번蕃'은 '번藩'과 통한다.

   漢家(한가) : 한나라. 여기에서는 당나라를 가리킨다.

2) 連山(연산) : 산 가득.

3) 平明(평명) : 여명. 아침에 해가 뜨는 시각.

   浸(침) : 적시다. 담그다.

해설

제5수는 봉상청의 군대가 적군을 섬멸하였음을 찬양하였다. 당나라에 침입했던 번성을 점령했던 적군은 당나라 군대의 위용을 보고 겁에 질렸다. 막강한 당나라 군대는 전혀 용서함 없이 그들을 몰살시켰다.

14-6

暮雨旌旗濕未乾,	저녁에 내린 비로 군대의 깃발은 마르지 않고 축축한데
胡塵白草日光寒.[1)	오랑캐 땅의 먼지와 백초에는 햇빛이 차갑네.
昨夜將軍連曉戰,	어젯밤에 장군께서 새벽까지 전투를 하셨으니
蕃軍只見馬空鞍.[2)	오랑캐 군에는 빈 안장의 말만 보이네.

주석

1) 胡塵(호진) : 오랑캐 땅의 먼지와 모래. 오랑캐의 병마가 일으킨 모래와 먼지로 보기도

한다. '호연胡煙'으로 된 판본도 있는데 '오랑캐 땅의 연기'라는 뜻이다.

白草(백초) : 풀 이름. 목초牧草의 일종이다. 서역에서 많이 자랐다고 한다. 그래서 고대 한시에서는 주로 서역의 황량한 모습을 상징하는 용도로 많이 쓰였다.

2) 蕃軍(번군) : 번국의 군대. '번蕃'은 '번藩'과 통한다.

해설

제6수는 봉상청의 군대가 적군을 토벌하였음을 찬양하였다. 저녁에 내린 비로 습한 날씨가 추워서 아침까지도 햇빛이 차갑다. 장군께서 밤새 수행한 전투로 인해 오랑캐 군대는 전멸하였고 그들이 있던 곳에는 주인 잃은 빈 안장의 말만 보인다.

15. 당고취요가 唐鼓吹鐃歌 12수

유종원柳宗元

<당고취요가>12곡은 유종원이 고조와 태종의 공덕과 정벌하고 수고한 일을 기록하려고 만들었다. 첫째는 <진양무>, 둘째는 <수지궁>, 셋째는 <전무뢰>, 넷째는 <경수황>, 다섯째는 <분경패>, 여섯째는 <포얼>, 일곱째는 <하우평>, 여덟째는 <철산쇄>, 아홉째는 <정본방>, 열째는 <토욕혼>, 열한째는 <고창>, 열두째는 <동만>이다. 이여러 곡을 살펴보면 사서에는 실리지 않았는데, 아마도 유종원이 개인적으로 지어서 황제에게 상주한 적이 없거나, 또는 비록 상주했지만 채택되지 않아서 노래를 입히지 않은 것 같으니, 하승천이 남조 송나라의 고취곡을 지은 경우와 같다고 하겠다.

唐鼓吹鐃歌十二曲,[1] 柳宗元作以紀高祖太宗功德及征伐勤勞之事. 一曰<晉陽武>, 二曰<獸之窮>, 三曰<戰武牢>, 四曰<涇水黃>, 五曰<奔鯨沛>, 六曰<苞枿>, 七曰<河右平>, 八曰<鐵山碎>, 九曰<靖本邦>, 十曰<吐谷渾>, 十一曰<高昌>, 十二曰<東蠻>. 按此諸曲, 史書不載,[2] 疑完元私作而未嘗奏, 或雖奏而未嘗用, 故不被於歌, 如何承天之造宋曲云.[3]

주석

1) 唐鼓吹鐃歌(당고취요가) : 이 시는 ≪유하동집柳河東集≫이나 ≪전당시≫에 모두 <당요가고취곡唐鐃歌鼓吹曲>으로 되어있다.

2) 史書不載(사서부재) : 역사서에 실리지 않았다. ≪유하동집≫에는 이 시와 함께 유종원의 서문이 있는데 ≪전당시≫는 이 서문을 아예 표表(왕에게 상주하는 글의 일종)로 표기하였다. 그 내용도 폄적된 유종원이 당나라 황제에게 글을 쓴 이유와 자신의 충성심을 아뢰는

것이다. 그러니 실제로 유종원이 이 표와 함께 이 곡을 조정에 바쳤고 그것이 왕에게 올라갔다면 그 기록이 있어야 하는데 그 기록이 없다는 것이다. 그래서 유종원이 표는 썼지만 상주하지 않았거나, 또는 상주했지만 아래 단계에서 기각되어 기록에 남을 자격도 얻지 못했을 것이라고 곽무천이 추측한 것이다.

3) 何承天(하승천) : 남조 송나라의 문인 겸 학자. 사적私的으로 <송고취요가宋鼓吹鐃歌>15수를 만들었다. 그래서 그의 고취곡은 음악이 없었다.

15-1 진양무 晉陽武

<진양무>는 수나라의 혼란함이 이미 극에 달하여 당나라의 군사가 진양에서 일어나서 간사한 세력을 평정하고 백성의 의로운 주군이 되었으니, 인자한 정치를 위해 무력을 일으켰음을 말하였다. 첫째 곡이다.

晉陽武, 言隋亂旣極,[1] 唐師起晉陽,[2] 平姦豪,[3] 爲生人義主,[4] 以仁興武也. 第一.

주석

1) 言(언) : 말하다. 유종원의 <당요가고취곡唐鐃歌鼓吹曲>12수는 12곡 모두가 시의 앞에 짧은 서문이 달려있다. ≪악부시집≫은 이 서문들을 인용해서 해설을 하였는데, 곡에 따라 그 인용의 정도가 다르다.

2) 晉陽(진양) : 지명. 지금의 산서성山西省 태원시太原市 서남 지역이다. 수 양제煬帝 때 당국공唐國公 이연李淵(훗날의 당 고조)이 유수留守로 있었다. 617년에 거병하여 장안長安을 공격하였다.

3) 姦豪(간호) : 간사한 세력.

4) 生人(생인) : 백성.
　　義主(의주) : 의로운 군주. 정의를 행하는 패왕.

晉陽武,	진양에서 무위를 발휘하시니
奮義威.	의기와 위엄을 떨치셨네.
煬之渝,[1]	양제가 천명을 저버리니

德焉歸.[2]	천자의 덕행은 어디로 돌아가고,
氓畢屠,[3]	백성들이 모두 학살당하는데
綏者誰.[4]	이를 안무할 이는 누구일까.
皇烈烈,[5]	크고도 강력한 위엄으로
專天機.[6]	천기를 오로지하시니,
號以仁,	인자함으로 호통치시며
揚其旗.	그 깃발을 드날리셨네.
日之昇,	태양이 떠올라서
九土晞.[7]	구주 천하가 밝아지고,
斥田圻,[8]	넓은 대지를 개척하시니
流洪輝.[9]	거대한 빛 보내셨네.
有其二,[10]	천하의 삼분의 이를 소유하시고도
翼餘隋.[11]	마지막 수나라를 보필하시니,
斮梟鸒.[12]	올빼미와 야생마를 베고
連熊螭.[13]	곰과 이룡을 모두 잡으셔서,
枯以肉,[14]	말랐던 이가 살이 찌고
勍者羸.[15]	강했던 자는 약해졌다네.
后土蕩,[16]	대지는 광대하고
玄穹彌.[17]	현묘한 창공은 영구하니,
合之育,[18]	하늘과 땅을 어우러지게 하여 만물을 기르시며
莽然施.[19]	광대하게 은혜를 베푸신다네.
惟德輔,[20]	하늘은 오직 덕이 있는 자를 도우시니
慶無期.[21]	경사가 무궁하리라.

<진양무>는 26구이고, 매 구가 3자이다.

晉陽武二十六句, 句三字.

주석

1) 煬(양) : 수양제隋煬帝를 가리킨다.

   渝(투) : 배신하다. 변하다.

2) 德(덕) : 덕. 천자가 마땅히 지켜야 할 덕목. ≪주역 · 건괘乾卦≫에서, "대인은 하늘과 땅과 그 덕을 합치하고, 해와 달과 그 밝음을 합치하고, 사계절과 그 순서를 합치하고, 귀신과 그 길흉을 합치한다.(夫大人者, 與天地合其德, 與日月合其明, 與四時合其序, 與鬼神合其吉凶)" 라고 하였다.

   焉(언) : 어디.

3) 氓(맹) : 백성.

   屠(도) : 죽이다. 학살하다.

4) 綏(수) : 안무하다. 학살되는 백성들을 위로하고 다독이다.

5) 皇(황) : 크다. 아름답다.

   烈烈(열렬) : 위엄있고 강직한 모습.

6) 天機(천기) : 하늘이 기밀로 다루는 중요한 사명.

7) 九土(구토) : 구주九州와 같은 뜻.

   晞(희) : 밝다.

8) 斥(척) : 개척하다. 확대하다.

   田圻(전기) : 전야田野. 광활한 토지.

9) 洪輝(홍휘) : 거대한 광채. 제왕의 품덕을 의미한다.

10) 有其二(유기이) : 그 삼분의 이를 가지다. 국가 대부분의 신망을 받는 신하가 그 덕이 없는 군주를 여전히 보필하고 선도하려는 인자한 태도를 가짐을 의미한다. ≪논어 · 태백泰伯≫에서, "천하를 삼분하여 그 둘을 소유함에도 은나라를 섬겼으니 주나라의 덕은 지극한 덕이라고 말할 수 있다.(三分天下有其二, 以服事殷, 周之德, 可謂至德也已矣)"라고 하였다.

11) 翼(익) : 돕다. 보필하다.

   餘隋(여수) : 말년의 마지막 수나라. 617년에 장안으로 쳐들어간 이연은 도망간 양제를 폐위하고 수나라 최후의 황제인 양유楊侑(공제恭帝)를 옹립하였다. 이연은 대도독내외제군사大都督內外諸軍事 및 대승상大丞相이 되었다.

12) 斲(착) : 베다.

梟鶩(효오) : 올빼미와 야생마. 거칠고 흉포한 무리를 비유한다. '오鶩'가 '오鶩'로 되어있는 판본도 있는데, '오鶩'는 '오새'의 뜻이고 이 새는 전설상의 흉조로서 이 새가 보이면 나라가 망한다고 하였다. 이 경우 '효오'는 '올빼미와 오새'로 간악하고 흉측한 무리를 비유한다.

13) 連(연) : 연이어 잡다. 같이 잡다.

　　熊螭(웅리) : 곰과 뿔 없는 용. 모두 맹수이며, 강하고 사나운 무리를 비유한다.

14) 枯以肉(고이육) : 말랐다가 살이 찌다. 여기에서는 도탄에 빠졌던 백성들이 새 삶의 기회를 가진다는 의미이다.

15) 勍者(경자) : 강한 자. 여기에서는 포악한 이를 가리킨다.

　　羸(리) : 약해지다.

16) 后土(후토) : 대지.

　　蕩(탕) : 광대하다.

17) 玄穹(현궁) : 현묘하고 원대한 하늘.

　　彌(미) : 영구하다. 광대하다.

18) 合(합) : 합하다. 여기에서는 당나라의 천자가 천지를 합한다는 의미이다. ≪예기禮記·악기樂記≫에서, "하늘과 땅이 감응하여 합해지고, 음과 양이 서로 조화를 이루어서, 온화하고 따뜻하고 만물을 덮어주고 기른다.(天地訢合, 陰陽相得, 煦嫗覆育萬物)"라고 했다.

　　之(지) : 개사로 '이以'와 같은 '~로써'의 뜻이다.

19) 莽然(망연) : 크고 많은 모양.

20) 有德(유덕) : 덕이 있는 자. ≪상서·채중지명蔡仲之命≫에서, "하늘은 친한 사람이 없으니 오직 덕이 있는 사람을 돕고, 민심은 정해진 것이 없으니 오직 은혜를 베푸는 자를 그리워한다.(皇天無親, 惟德是輔, 民心無常, 惟惠之懷)"라고 하였다.

　　輔(보) : 돕다.

21) 無期(무기) : 무궁하다. 끝이 없다.

해설

　제1수는 당나라가 수나라의 실정으로 떠나간 하늘의 뜻과 백성의 신망을 오로지하여 천하의 주인이 되었다고 찬양하였다. 제1~10구는 수양제의 학정으로 백성은 도탄에 빠지고 천명이 어긋나자 이연이 하늘의 명령을 받아 정의의 군대를 일으켰다고 말하였다. 제11~20구는 천하를 제패한 이연이 천하의 혼란을 수습하고 수나라 말기를 도와서 난폭한 지방 군웅들을 제압하고 백성들을 보살폈다고 말하였다. 제21~26구는 당나라가 천지신명의 도움을 받아 영원히 태평성대를 누릴 자격이 충분하다고 찬양하였다.

15-2 수지궁 獸之窮

<수지궁>은 이밀이 망산에서 패배한 것 때문에 그 수하들이 모두 배신하였고 패권과 왕권의 사업을 하늘이 당나라에 주었음을 알아서, 마침내 도덕을 가진 당나라에 귀의하여 우리 당나라의 작명을 받았음을 말하였다. 둘째 곡이다.

獸之窮, 言李密自邙山之敗,[1] 其下皆貳,[2] 霸王之業,[3] 知天授在唐, 遂歸於有道,[4] 享我爵命也.[5] 第二.

주석

1) 李密(이밀) : 이밀(582~619)은 수말당초隋末唐初의 정치가이자 군웅이다. 616년에 적양翟讓이 이끌던 농민반란군인 와강군瓦崗軍에 참여하였다. 617년에 여양黎陽을 함락하여 명성을 얻고 적양에게 물려받아 와강군의 우두머리가 되어 위魏나라를 만들어 위공魏公이라고 불렸다. 617년에 와강군이 낙양을 공격하자 수나라는 왕세충王世充을 보내 낙양을 지키게 하였다. 여러 차례 왕세충과의 전투에서 승리하던 중에 이연이 진양에서 기의해서 이밀에게 연합을 요청했는데 이밀 본인은 자신이 연합의 수장이 되어야 한다고 생각했다. 이밀이 압도적인 병력의 차이에도 불구하고 왕세충의 저항으로 낙양을 함락하지 못하는 와중에 이연은 618년에 장안을 함락하고 당나라를 세웠다. 이밀은 결국 낙양 공략에 실패하고 618년에 왕세충에게 망산에서 대패하니 위나라는 망했다. 617년에 이밀이 적양을 죽였기 때문에 이밀은 적양의 친구이자 와강군의 부하였던 서세적徐世勣(뒤에 이적李勣으로 개명)이 주둔하던 여양으로 돌아가지 못하고 당나라의 이연에게 귀순하였다. 이연은 그에게 광록경光祿卿의 벼슬과 형국공邢國公의 작위를 하사하였지만 619년에 다시 배반하였다가 살해되었다. 이밀은 당나라에 귀순하면서 여양의 호구戶口 기록을 바쳤다고 한다. 뒤에 서세적은 당나라에 귀순하여 이름을 바꾸고 이연과 이세민의 충신이 되었다.

邙山(망산) : 낙양 부근에 있는 산. 낙양의 북쪽에 있어서 북망산北邙山이라고도 불렸다.

2) 貳(이) : 배신하다.

3) 霸王(패왕) : 패업과 왕업. 패업은 수말의 여러 나라의 우두머리가 되는 것이고, 왕업은 천하의 주인이 되어 중국을 다스리는 것이다.

4) 有道(유도) : 도덕을 가진 자. 당나라 이연을 가리킨다.

5) 爵命(작명) : 작위를 받아 임명되다.

獸之窮,¹⁾	짐승이 곤궁해지자
奔大麓.²⁾	산기슭으로 도망을 왔으니,
天厚黃德,³⁾	하늘이 당나라의 덕을 두텁게 해주시어
狙獷服.⁴⁾	사람을 무는 사나운 개가 복종한 것이네.
甲之櫜弓,⁵⁾	병사들은 활을 활집에 넣었고
弴矢箙.⁶⁾	화살통은 버렸으며,
皇旅靖,⁷⁾	황제의 군사는 평안하였고
敵逾蹙.⁸⁾	적군은 점점 더 곤궁하였으니,
自亡其徒,⁹⁾	스스로 그 따르는 무리를 잃은 것이지
匪予戮.	우리가 죽인 것이 아니었다네.
屈贙猛,¹⁰⁾	사나운 맹수를 굴복시켜서
虔慄慄.¹¹⁾	공경하며 두려워하였으니,
縻以尺組,¹²⁾	짧은 끈으로 묶어두고
啖以秩.¹³⁾	녹봉을 먹였다네.
黎之陽,¹⁴⁾	여산의 남쪽은
土茫茫.	그 땅이 아득히 넓어서,
富兵戎,¹⁵⁾	병사가 풍부하고
盈倉箱.¹⁶⁾	창고와 수레도 가득 찼는데,
乏者德,	부족한 것은 덕이었기에

莫能享.	누릴 수가 없었다네.
驅豺兕,¹⁷⁾	승냥이 외뿔소와 같은 맹수 몰아내어
授我疆.	하늘이 우리에게 강토를 주셨다네.

<수지궁>는 21구이고, 19구는 매 구가 3자이고, 3구는 매 구가 4자이다.
獸之窮二十一句,¹⁸⁾ 其十九句句三字, 三句句四字.

주석

1) 獸(수) : 짐승. 이밀을 가리킨다.

2) 大麓(대록) : 산기슭. ≪상서·순전舜典≫에서 "(요임금이 순을) 산기슭에 들게 하시니, 열렬한 바람 우레와 비가 그를 어지럽히지 못했다.(納于大麓, 烈風雷雨弗迷)"라고 하였다. 공영달孔穎達은 대록을 벼슬 이름으로 해석하였지만, 정현鄭玄은 산기슭으로 해석하였다.

3) 厚(후) : 후대하다. 두텁게 대우하다.
   黃德(황덕). 노란색 덕. 당나라의 덕. 노란색은 흙의 색이다. 당나라는 흙의 덕을 표방하였다.

4) 狙獷(저광) : 사람을 무는 사나운 개.
   이상 네 구는 이밀이 전쟁에 진 다음에 당나라에 귀순해 당나라의 보호를 받게 되었다는 의미이다.

5) 甲(갑) : 병사
   櫜弓(고궁) : 활을 활집에 넣다. 전쟁이 끝났다는 의미이다.

6) 弭(이) : 버리다.
   矢箙(시복) : 화살통. 화살을 넣고 몸에 차는 주머니.

7) 皇旅(황려) : 황제의 군대. 여기에서는 당나라 군대.
   靖(정) : 편안하다. 고요하다.

8) 敵(적) : 적. 여기에서는 이밀의 군대.
   逾(유) : 점점 더.
   蹙(축) : 곤궁하다. 근심하다.

9) 其徒(기도) : 그를 따르는 무리. 이밀은 오만한 성격을 가진 사람으로, 적양이 이밀에게

와강군의 영수의 자리를 물려주고 계속 이밀을 지지했음에도 적양을 살해하였다. 이 때문에 적양과 친했던 와강군의 부하 가운데 많은 사람이 그를 좋아하지 않게 되었다.

10) 犭(견) : 전설상의 맹수. 이밀을 가리킨다.

11) 虔(건) : 공경하다.

慄慄(율율) : 두려워하는 모양. ≪구당서·태종기太宗紀≫에서 "이밀이 태종의 하늘이 내린 자질과 신과 같은 무위와 군대의 위용이 엄숙함을 보고 놀라고 두려워하며 탄복하고는 조용히 은개산에게 말하길, '참으로 영명한 주군이구나. 이와 같지 않았다면 어떻게 재앙과 변란을 평정했으리오?'라고 하였다.(密見太宗天姿神武, 軍威嚴肅, 驚悚歎服, 私謂殷開山曰, 眞英主也, 不如此, 何以定禍亂乎)"라고 하였다.

12) 縻(미) : 얽어매다. 묶다.

尺組(척조) : 한 척의 끈. 짧은 조수組綬. 낮은 관직을 의미한다. 조수는 관리가 옥을 찰 때 매는 끈인데, 척조는 소관小官의 끈이다. 여기에서는 이밀에게 광록경의 벼슬을 내린 것을 말하였다.

13) 噉(담) : 먹이다.

秩(질) : 녹봉.

14) 黎之陽(여지양) : 여산黎山의 남쪽. 여양黎陽을 가리킨다. 지금의 하남성河南省 학벽시鶴壁市 준현浚縣 동쪽에 있었다. 이밀이 할거할 때 중심지역이었다. 이밀이 몰락한 다음에 619년 와강군의 수하였던 서세적이 여양과 하남의 10개 군을 당나라에 바치고 투항하여 여주총관黎州總管의 벼슬을 받고 조국공曹國公에 봉해졌고, 자신의 이름을 이세적으로 바꿨다가 태종이 즉위하자 이적으로 바꿨다.

15) 兵戎(병융) : 병사나 무기. 여양은 대규모의 곡식 창고가 있는 지역으로 물자와 사람이 풍부하였다.

16) 倉箱(창상) : 곡식 창고와 곡식 수레. ≪시경·소아·보전甫田≫에서, "천 개의 창고를 구하고 만 개의 수레 상자를 구하네.(乃求千斯倉, 乃求萬斯箱)"라고 말했다. 창상을 가득 채우는 것은 수확인 풍년이었음을 의미한다. 이밀은 처음 여양을 점령하고 대규모의 곡식 창고인 낙구창洛口倉을 개방하여 명성을 크게 얻었지만 그 신망을 오래 유지하지 못했다.

17) 豺兕(시시) : 승냥이와 외뿔소. 모두 흉악한 맹수다. 이밀을 가리킨다.

18) 二十一句(이십일구) : 사실은 22구가 맞으나 ≪악부시집≫의 원문을 따랐다.

해설

　제2수는 잠시 위나라를 이끌던 이밀이 당나라에 항복한 일을 이야기했다. 제1～4구는 이밀을 짐승에 비유하여 이밀이 당나라에 복종해 들어왔음을 이야기했다. 제5～10구는 당나라가 수나라를 멸하고 승승장구한 것과 달리 이밀은 자신의 잘못으로 곤경에 처했다고 이야기했다. 제11～14구는 이밀이 당나라에 귀순하여 사소한 벼슬을 받았음을 말하였다. 제15～20구는 이밀의 근거지였던 여양이 백성도 많고 소출도 풍부한 곳이었지만, 이밀의 덕이 부족하여 이밀은 다스릴 수 없었다고 이야기했다. 제21～22구는 여양이 당나라의 땅이 되었음을 찬미하였다.

15-3 전무뢰 戰武牢

<전무뢰>는 태종이 왕세충을 토벌하자, 두건덕이 그 반역을 도왔는데, 군대가 무뢰 아래에서 분격하여 두건덕을 체포하고, 마침내 왕세충을 투항시켰음을 말하였다. 셋째 곡이다.
戰武牢, 言太宗師討王充,[1] 竇建德助逆,[2] 師奮擊武牢下擒之,[3] 遂降充也. 第三.

주석

1) 王充(왕충) : 왕세충王世充(?～622). 당 태종 이세민李世民을 피휘避諱하려고 왕충이라고 하였다. 수말당초隋末唐初의 장수이자 군웅이다. 수나라의 장수로서 여러 반란을 토벌하여 수양제의 신임을 받았고 617년에는 낙양에서 이밀의 반란군의 공격을 방어했다. 618년에 장안이 이연에 의해 함락되고 폐위된 수양제가 강도江都에서 부하 장수였던 우문화급宇文化及에게 사망하자 이연은 당나라의 황제에 올랐고 왕세충은 낙양에 있던 수양제의 손자 양동楊侗을 옹립하고 이밀을 격퇴하였다. 왕세충은 619년에 양동을 죽이고 정鄭나라를 세워 왕이 되었다. 당나라 군대에게 계속 패하다가 620년에 이세민의 당나라 군대가 낙양을 포위하자 후하後夏의 두건덕竇建德에게 지원을 요청했으나, 621년에 두건덕이 당나라에 패해 붙잡히자 왕세충은 당나라에 항복했고 장안에 잡혀갔다가 622년에 암살되었다.

2) 竇建德(두건덕) : 두건덕(573～621)은 수말당초의 군웅으로 후하後夏의 건국자였다. 수나라의 장수였다가 수나라가 망하자 618년에 하북河北에서 후하를 세우고 한단邯鄲을 수도로

삼아 인정을 펼쳤으나 621년에 왕세충의 정나라를 돕다가 호뢰관虎牢關에서 대패하여 장안으로 잡혀가서 처형되었다.

3) 武牢(무뢰) : 호뢰관虎牢關. 지금의 하남성 정주시鄭州市 동북쪽의 사수현汜水縣에 있던 관문. 남쪽에는 숭산嵩山, 북쪽에는 황하가 있기 때문에 낙양을 방어하는 중요한 군사적 요충지였는데 우리나라에서는 호로관이라고도 불렸다. 당 고조 이연의 조부인 이호李虎가 태조太祖로 추존되자 피휘하기 위해서 당나라에서는 무뢰관이라고 불렀다.

戰武牢,	무뢰관에서 싸우며
動河朔.[1]	황하 북쪽을 진동시키니,
逆之助,[2]	반역을 도우려고
圖掎角.[3]	협공을 꾀한 것이네.
怒鷇麑,[4]	성난 새끼 새와 새끼 사슴이
抗喬嶽.[5]	태산을 대적하고,
翹萌牙,[6]	막 돋아난 새싹이
傲霜雹.[7]	서리와 우박을 우습게 보는 꼴이었네.
王謀內定,[8]	제왕의 책략이 안에서 정해졌고
申掌握.[9]	그 권능을 펼치시니,
鋪施芟夷,[10]	전략을 써서 적을 베고
二主縛.[11]	두 우두머리를 생포하셨네.
憚華戎,[12]	중국의 안과 밖을 모두 떨게 만드시니
廓封略.[13]	국경을 확장하셨고,
命之瞀,[14]	하늘의 명령을 모른다면
卑以斷.[15]	참하게 명하셨으니,
歸有德,[16]	덕이 있는 분에게 귀의하는 건
唯先覺.[17]	오직 먼저 깨달은 자뿐이었다네.

<전무뢰>는 18구이고, 16구는 매 구가 3자이고, 2구는 매 구가 4자이다.
戰武牢十八句, 其十六句句三字, 二句句四字.

주석

1) 河朔(하삭) : 황하 북쪽. 고대에 황하 이북 지역을 범칭하던 말이다. 이 시에서는 두건덕이
   점령했던 하북지역을 의미한다.

2) 逆(역) : 반역자. 왕세충을 가리킨다.

3) 掎角(기각) : 다리를 잡고 뿔을 잡다. 양쪽에서 적을 공격하거나, 협력하여 적을 공격하는
   것을 가리킨다. ≪좌전·양공14년≫에서 "사슴을 잡는 것에 비유하자면, 진나라 사람은
   뿔을 잡고 여러 융은 다리를 잡아서 진나라 사람과 같이 바닥에 엎어뜨린 것과 같다.(譬如捕
   鹿, 晉人角之, 諸戎掎之, 與晉踣之)"라고 하였다. 여기에서는 왕세충과 두건덕이 양쪽에
   서 당나라 군대를 협공하려고 했다는 의미이다.

4) 鷇麛(규미) : 새끼 새와 새끼 사슴.

5) 抗(항) : 대적하다.

   喬嶽(교악) : 태산泰山.

6) 翹(교) : 솟아나다.

   萌牙(맹아) : 새싹. '맹아萌芽'와 같다.

7) 傲(오) : 경시하다. 무시하다.

   雹(박) : 우박.

   이상 네 구는 왕세충과 두건덕이 능력도 안되면서 강한 적에 대항했음을 비유하였다.

8) 內定(내정) : 내부에서 결정하다. 외부에 알리지 않고 처리하다.

9) 掌握(장악) : 수중에 확보한 것. 이 시에서는 계책이나 권능을 의미한다.

10) 鋪施(포시) : 배치하다. 지휘하다.

    芟夷(삼이) : 제거하다. 섬멸하다.

11) 二主(이주) : 두 우두머리. 여기에서는 왕세충과 두건덕을 가리킨다.

12) 憚(탄) : 떨게 하다. 위협하다.

    華戎(화융) : 한족과 이민족. 중국의 안과 밖. 중국 내의 반란군과 밖의 다른 나라.

13) 廓(곽) : 확장하다. 개척하다.

506

封略(봉략) : 강역. 변경.

14) 命(명) : 천명. 하늘의 뜻.

曹(몽) : 어둡다. 몽매蒙昧하다.

15) 卑(비) : 시키다. '필畢'로 봐야 한다는 주장도 있는데 이 경우에는 '모두'의 뜻이다.

斷(착) : 베다. 참하다.

16) 有德(유덕) : 덕이 있는 자. 여기에서는 이세민李世民을 가리킨다.

15) 先覺(선각) : 먼저 깨달은 자. 여기에서는 이세민李世民이 유덕자여서 그에게 귀의해야 한다
는 것을 먼저 깨달은 자이다.

해설

제3수는 이세민이 왕세충과 두건덕의 반란을 진압한 일을 찬양하였다. 제1~8구는 두건덕
이 왕세충과 공조하여 당나라를 협공하려 했지만 당랑거철의 행위에 불과했음을 말하였다.
제9~12구는 이세민이 위대한 능력으로 반란군을 무찌르고 왕세충과 두건덕을 잡았음을 말
했다. 제13~18구는 이세민이 그 위세를 만방에 떨쳐서 모두가 겁에 질리게 하였으니, 이세민
을 거역하였다가 처벌을 받지 않으려면 오직 먼저 깨닫고 이세민에게 귀의하는 방법뿐이었다
고 이세민을 찬양하였다.

15-4 경수황 涇水黃

<경수황>은 설거가 경주를 점거하고 죽었는데 그 자식인 인고가 더욱 사납고 난폭했지만
군대가 그를 평정했음을 말하였다. 넷째 곡이다.

涇水黃, 言薛擧據涇以死,[1] 其子仁杲尤勇以暴, 師平之也. 第四.

주석

1) 薛擧(설거) : 설거(?~618)는 수말당초의 군웅으로 설진薛秦의 초대 황제였다. 농서隴西에서
아들 설인고와 함께 기병하여 617년에는 설진薛秦을 세웠다. 618년에 경주涇州에 침입하여
이세민의 군대를 격파하고 장안을 위협했으나 갑자기 병에 걸려 죽었다. 아들인 설인고가

뒤를 이었으나 설인고가 부하들과 불화하고 병략이 부족해서 경주의 경수 부근의 절척성折
墌城(지금의 섬서성 경천현涇川縣 북쪽)에서 이세민李世民에게 항복했다. 설인고는 장안에서
참수되었다.

　涇(경) : 경주涇州. 감숙성甘肅省에 있던 지명으로 지금의 안정현安定縣이 치소였다. 경수涇水
로 인해 경주라고 불렀다.

涇水黃,[1]	경수는 누렇고
隴野茫.[2]	농서의 벌판은 아득히 넓은데,
負太白,[3]	반란군이 태백성을 짊어지니
騰天狼.[4]	천랑성이 떠올랐네.
有鳥鷙立,[5]	어느 새가 사납게 우뚝 서서
羽翼張.[6]	날개깃을 펼치니,
鉤喙決前,[7]	갈고리 같은 부리는 앞을 찢어내고
鉅趯傍.[8]	뒷발톱은 주위를 내차는데,
怒飛飢嘯,	세차게 날며 배고파 우짖으니
翾不可當.[9]	그 빠름을 대적할 수 없었네.
老雄死,[10]	늙은 두목이 죽더니
子復良.[11]	자식 또한 상당했으니,
巢岐飲渭,[12]	기산에 둥지를 틀고 위수에서 물을 마시며
肆翺翔.[13]	거침없이 날아다녔네.
頓地紘,[14]	땅을 묶은 끈을 정돈하시고
提天綱.[15]	하늘의 법도를 높이시니,
列缺掉幟,[16]	번개가 깃발을 휘둘렀고
招搖耀鋩.[17]	초요성이 칼끝에서 빛났네.
鬼神來助,	귀신이 도우러 오고
夢嘉祥.[18]	상서로운 징조를 꿈꾸시니,

腦塗原野,[19]　　　적군의 뇌수가 흘러 들판을 칠하고

魄飛揚.[20]　　　그들의 넋이 날아가 버렸네.

星辰復,[21]　　　별들이 모습을 회복하니

恢一方.[22]　　　한쪽 지역을 회복하였네.

<경수황>은 24구이고, 15구는 매 구가 3자이고, 9구는 매 구가 4자이다.

涇水黃二十四句, 其十五句句三字, 九句句四字.

1) 涇水(경수) : 경수는 황하의 지류로 감숙성 경원현涇源縣 부근에서 발원하여 동남쪽으로 흘러 섬서성 서안시 북쪽에서 위수渭水로 들어간다.

2) 隴野(농야) : 농서隴西의 들판. 농산隴山은 감숙성, 섬서성에 걸친 큰 산인데, 농산의 서쪽은 주로 감숙성이다. 농서에서 출병한 설거는 농산을 넘어서 내려가다가 당나라 군대의 저항에 막혔다.

3) 負(부) : 등에 지다. 의지하다.
太白(태백) : 태백성. 금성金星. 고대에 살육과 전쟁을 상징하였다. 진秦 지역의 분성分星으로 진땅을 대표했다.

4) 天狼(천랑) : 천랑성天狼星. 낭성狼星이라고도 했다. 고대에는 도적과 침략을 주관한다고 여겼다. 서방의 별로 진秦 땅에 해당한다.

5) 鷙(지) : 사납고 무섭다. 여기에서는 설거를 비유하였다.

6) 羽翼(우익) : 깃털 덮인 날개.
張(장) : 펼치다.

7) 鉤喙(구훼) : 갈고리 같은 부리. 뾰족하고 굽은 모양의 새 부리.

8) 鉅(거) : 새의 며느리발톱. 수컷 새의 발 뒤쪽에 있는 각질의 돌기물. '鉅'를 '距'(며느리발톱)과 통하는 것으로 보았다.
趯(적) : 차다. 공격하다.

9) 翾(현) : 빠르게 날다.

10) 老雄(노웅) : 늙은 우두머리. 여기에서는 설거를 가리킨다.

11) 子(자) : 자식. 여기에서는 설거의 큰아들 설인고를 가리킨다.

　　良(양) : 능력이 있다. 여기에서는 나쁜 의미로 쓴 말이다.

12) 岐(기) : 기산岐山. 지금의 섬서성 기산현岐山縣 부근에 있는 산. 부근에 위수渭水가 흐른다.

　　渭(위) : 위수渭水. 황하의 지류로 감숙성 위원현渭源峴의 위하원渭河源 부근에서 발원하여 감숙성을 통과하고 섬서성을 관통해서 동남쪽으로 흘러 섬서성의 끝인 위남시渭南市 동관현潼關縣 부근에서 황하에 합류한다. 이 시에서 기산과 위수는 모두 섬서성의 지명으로 설인고가 섬서성까지 진출하였음을 말하였다.

13) 翱翔(고상) : 빙빙 돌며 높이 날다.

14) 頓(돈) : 정돈하다. 가지런히 하다. 땅을 발로 다지다.

　　地紘(지굉) : 땅의 기강. 땅의 끈. '굉紘'은 끈이나 벼리의 뜻인데, 고대 중국인은 땅이 8개의 끈으로 묶여있다고 생각했다.

15) 提(제) : 들다. 벼리를 당기다. 구체적으로는 하늘의 벼리를 당겨서 하늘의 그물(천망天網)을 조인다는 의미이다. 여기에서는 법도를 높인다는 의미이다.

　　天綱(천강) : 하늘의 법도. 하늘의 벼리. 제왕의 권위나 조정의 기강을 의미하는 것으로 많이 쓰였다.

16) 列缺(열결) : 번개. 섬전閃電

　　掉(도) : 흔들다. 요동하다.

　　幟(치) : 기. 깃발. 기치.

17) 招搖(초요) : 초요성. 북두칠성의 7번째 별. 파군성破軍星이라고 불렸다. 적의 군대를 파괴한다는 의미이다.

　　耀(요) : 빛나다.

　　鋩(망) : 칼 등의 무기의 날카로운 끝. 서슬.

18) 嘉祥(가상) : 상서로운 징조.

19) 腦(뇌) : 머리가 깨져서 뇌수가 흘러나오다.

20) 魄(백) : 넋. 혼백.

　　飛揚(비양) : 이리저리 흩날리다.

21) 復(복) : 모습을 회복하다. 제자리를 찾다.

22) 一方(일방) : 한쪽 지역. 여기에서는 농서 지역을 가리킨다.

해설

  제4수는 이세민이 설거와 설인고를 격퇴하고 진땅을 안정시킨 사실을 찬양하였다. 제1~10
구는 설거가 농서에서 일어나서 세력을 떨친 일을 이야기했다. 설거는 파죽지세로 섬서로
넘어오려고 했다. 제11~14구는 설거가 죽자 아들 설인고가 그 뒤를 이어 행패를 부린 일을
이야기했다. 제15~22구는 이세민이 수비를 정비하여 설인고를 격퇴하여 말살한 것을 이야기
했다. 제23, 24구는 반란이 진압되어 농서 지역을 수복하였음을 찬양하였다.

15-5 분경패 奔鯨沛

<분경패>는 보씨가 장강과 회수 지역에 근거하여 동해에 도달하니, 장수에게 그를 평정
하도록 명령한 것을 말하였다. 다섯째 곡이다.
奔鯨沛, 言輔氏憑江淮,[1] **竟東海,**[2] **命將平之也.**[3] **第五.**

주석

 1) 輔氏(보씨) : 보공석輔公祏(?~624). 수말당초의 군웅으로 보송輔宋의 군주였다. 수나라 말기
    (613년)에 두복위杜伏威를 따라 떼강도를 조직하여 회남淮南 지역을 약탈하고 강동江東을
    제패했다. 619년에 당나라에 귀순하여 두복위와 보공석 모두 벼슬을 받았는데, 보공석은
    지위가 낮은 회남도행대상서좌복야淮南道行臺尚書左僕射가 되어 두복위에게 불만을 가졌다.
    622년에 두복위가 당나라 조정에 입조하며 보공석을 감시하게 하였으나, 623년에 보공석은
    두복위에게 반란을 일으키는 동시에 당나라에도 반란을 일으켜서 단양丹陽(지금의 강소성
    단양시丹陽市)에 송宋나라를 세웠다. 당나라는 조군왕趙郡王 이효공李孝恭을 원수元帥로 삼아
    그를 토벌하게 하였고 624년에 보공석은 도망가다 체포되어 단양으로 잡혀가 처형되었다.
    江淮(강회) : 장강長江과 회수淮水 지역.
 2) 竟(경) : 이르다. 다다르다.

東海(동해) : 해주海州. 현재의 강소성江蘇省 연운항시連雲港市 부근에 있었다. 회수 이북으로 동해에 인접한 지역이다. 수나라 때 동해東海로 이름을 바꿨다가 당나라 때 다시 해주가 되었다. 보공석은 서소종徐紹宗에게 해주를 공격하라고 시켰다.

將(장) : 장수. 이효공李孝恭(591~640)을 가리킨다. 이효공은 고조 이연의 5촌 조카로 장수로서 많은 공을 세워 보공석 토벌 전쟁 이전에 이미 조군왕趙郡王에 봉해졌다. 그는 원수로서 보공석의 토벌과 처형에도 큰 공을 세워 그 뒤에 하간왕河間王에 봉해졌고 죽은 뒤에는 능연각凌煙閣의 24공신에 들었다.

奔鯨沛,[1]	날뛰는 고래가 질주하며
蕩海垠.[2]	바닷가에 부딪쳤고,
吐霓翳日,[3]	무지개를 토해내 해를 가리니
腥浮雲.[4]	비린내가 구름까지 떠돌았네.
帝怒下顧,	황제께서 성을 내며 내려보시고
哀墊昏.[5]	재난을 당한 백성을 슬퍼하셨으니,
授以神柄,[6]	신령한 권력을 주시며
推元臣.[7]	중신을 천거하셨네.
手援天矛,[8]	하늘의 창을 손수 잡고
截修鱗.[9]	큰 고래를 처단했으니,
披攘蒙霧,[10]	어두운 안개를 물리쳐서
開海門.[11]	바다의 문을 열었네.
地平水靜,	땅이 평탄하고 물이 고요해졌고
浮天根.[12]	천근성이 그 위에 떴는데,
義和顯耀,[13]	태양이 환하게 빛을 내며
乘清氛.	맑은 기운에 타고,
赫炎溥暢,[14]	강렬한 햇빛이 널리 퍼지니
融大鈞.[15]	하늘과 융합하였네.

<분경패>는 18구이고, 10구는 매 구가 3자이고, 8구는 매 구가 4자이다.
奔鯨沛十八句, 其十句句三字, 八句句四字.

주석

1) 奔鯨(분경) : 날뛰는 고래. 불의하고 흉포한 사람. 이 시에서는 보공석을 가리킨다.
   沛(패) : 빠른 모양.
2) 盪(탕) : 부딪치다. 흔들다.
   海垠(해은) : 바닷가. 여기에서는 동해를 가리킨다.
3) 霓(예) : 무지개. 사악한 기운을 상징한다.
   翳(예) : 가리다.
4) 腥(성) : 비린내.
5) 墊昏(점혼) : 환란을 당하다. 액운에 빠지다. 여기에서는 환란을 당한 백성을 가리킨다.
6) 神柄(신병) : 신령한 권력. 황제의 병권兵權. 본래는 신령한 무기의 칼자루라는 뜻이다.
7) 推(추) : 천거하다.
   元臣(원신) : 중신重臣. 여기에서는 이효공을 가리킨다.
8) 手援(수원) : 손수 잡다. 손수 들다.
   天矛(천모) : 하늘의 창. 제왕의 무기.
9) 截(절) : 자르다. 처단하다.
   修鱗(수린) : 큰 물고기. 여기에서는 앞에 나온 고래를 가리킨다.
10) 披攘(피미) : 물리치다. 걷어내다.
   蒙霧(몽무) : 어두운 안개.
11) 海門(해문) : 바다로 나가는 출입구. 여기에서는 동해를 가리킨다.
12) 天根(천근) : 별자리 이름. 동방의 별자리로 네 개의 별로 이루어졌다. 동방칠수東方七宿의
   세 번째 별자리이다. '천근'의 '근'은 뿌리라는 뜻으로 '천근'은 '하늘의 근간'을 의미한다.
   천근 별자리가 춘추시대의 송나라에 해당해서 보공석의 송나라와 이름이 같아 보공석의
   송나라 지역이 평안해졌다는 것을 의미하는 것으로 볼 수도 있다.
13) 羲和(희화) : 태양. 본래는 고대 신화에서 태양 마차를 모는 신이다. 이 시에서는 당나라
   황제를 비유한다.

14) 赫炎(혁염) : 강렬한 태양 빛. 뜨거운 열기.

溥暢(부창) : 널리 퍼지다.

15) 融(융) : 융합하다. 조화를 이루다.

大鈞(대균) : 하늘. 자연. 본래 뜻은 도기를 빚을 때 쓰는 회전 원판이다.

해설

　제5수는 보공석이 송나라를 세워 당나라에 반기를 든 것을 토벌한 이야기이다. 제1~4구는 보공석이 반란을 일으켜 동해까지 세력을 뻗쳤음을 고래로 비유해 표현하였다. 제5구~12구는 당 고조 이연이 백성들을 동정하여 명장을 보내 보공석을 토벌하게 한 것을 노래하였다. 제13~18구는 반란이 평정된 중국에 황제의 태양이 떠서 국운이 번성할 것이라고 찬양하였다.

15-6 포얼 苞栬

<포얼>은 양나라의 후손이 형형, 파무 지역을 차지하고 남월까지 이르렀는데 뛰어난 장수가 그들을 제압하면서 군사를 쓰지 않았음을 말하였다. 여섯째 곡이다.

苞栬, 言梁之餘,[1] 保荊衡巴巫,[2] 窮南越,[3] 良將取之,[4] 不以師也. 第六.

주석

1) 梁(량) : 후량(後梁). 양나라 소명태자昭明太子의 아들 소찰蕭詧이 강릉江陵 지역에 세운 북조北朝의 왕조. 587년 수양제隋煬帝에게 망했다.

　餘(여) : 후예. 여기에서는 수말당초의 군웅인 소선蕭銑(583~621)을 가리킨다. 소선은 후량의 선제宣帝(소찰)의 증손이었는데 나중에 수양제의 외척이 되어 나천현령羅川縣令이 되었다. 617년에 봉기를 하며 스스로 양왕梁王이라고 칭하였으며 618년에 자신도 황제(정제靖帝)라고 칭하였고 후량의 옛 근거지인 강릉으로 도읍을 옮겼다. 영토를 확장해 북쪽으로는 한강漢江 지역에, 남쪽으로는 교지交趾 지역에, 서쪽으로는 삼협三峽 지역에 달하였으나, 620년 당고조의 명을 받은 이효공李孝恭이 파 지역을 함락하였고 621년 이효공李孝恭과 이정李靖이 파촉巴蜀의 병사를 지휘해 장강을 따라 토벌하여 내려와서 강릉을 압박하였다. 소선은 투항했는데 장안에 이송되어 참수되었다.

2) 保(보) : 차지하다. 점유하다.

荊衡(형형) : 형주荊州와 형주衡州. 지금의 호북성湖北省 남부 및 호남성湖南省 북부 지역과 호남성 중부 및 남부 지역.

巴巫(파무) : 파 지역과 무산巫山. 지금의 중경시重慶市 부근과 호북성과 중경시 사이의 장강 유역. 소선의 군대는 파 지역의 통주通州와 개주開州까지 진출했었다.

3) 窮(궁) : 다다르다.

南越(남월) : 오령五嶺의 이남. 대략 중국 남부의 광동廣東과 광서廣西 지역.

4) 良將(양장) : 뛰어난 장수. 이효공을 가리킨다.

取(취) : 제압하다. 나포하다.

苞枿黯矣,1)	잘린 나무의 밑동 뿌리에 싹이 무성하나
惟根之蟠.2)	겨우 뿌리를 두를 뿐이었으니,
彌巴蔽荊,3)	파 땅까지 미치고 형주를 차지하고
負南極以安.4)	남쪽 끝에 의지하여 안주했다네.
曰我舊梁氏,5)	자기가 우리의 옛 양나라 성씨라고 억지 쓰며
緝綏艱難.6)	간난을 다스려서 통치하였고,
江漢之阻,7)	강수와 한수가 험한 곳에
都邑固以完.8)	도읍도 견고하게 완성했었네.
聖人作,9)	성인께서 일어나시어
神武用.10)	신령한 무덕을 사용하시니,
有臣勇智,11)	신하는 용감하고 지혜로워
奮不以衆.	분투하며 대군을 쓰지 않고,
投跡死地,12)	사지에 몸을 던져서
謀猷縱.13)	계책을 마음껏 펼쳤네.
化敵爲家,	적을 교화하여 일가가 되게 하려는

慮則中,¹⁴⁾	계책이 적중하여서,
浩浩海裔,¹⁵⁾	드넓은 바다 끝까지
不戒而同.¹⁶⁾	싸우지 않고 같은 편이 되었네.
係纍降王,¹⁷⁾	포박하여 왕 앞에서 항복시키고
定厥功.	그 공업을 확정했으니,
澶漫萬里,¹⁸⁾	넓고도 먼 만리에
宣唐風,	당나라의 풍교를 선양하여,
蠻夷九譯,¹⁹⁾	사방 이민족과 변방의 나라가
咸來從.	모두 와서 복종하였네.
凱旋金奏,²⁰⁾	개가를 연주하며 종을 치며 돌아오니
象形容,²¹⁾	그 모습을 그리게 하였고,
震赫萬國,²²⁾	위세를 떨쳐 만국을 놀라게 하니
罔不龔.²³⁾	공경하지 않은 이가 없었네.

<포얼>은 28구이고, 16구는 매 구가 4자이고, 3구는 매 구가 5자이고, 9구는 매 구가 3자이다.
苞栵二十八句, 其十六句句四字, 三句句五字, 九句句三字.

주석

1) 苞栵(포얼) : 잘린 나무 밑동에서 난 싹. '포苞'는 '뿌리'이고 '얼栵'은 '움'이다. 여기에서 잘린 나무의 뿌리는 후량이고 싹은 소선이다.
   黚(대) : 무성하다.
2) 蟠(반) : 감다. 두르다. 여기에서는 나라를 새로 크게 성장하지 못하고 옛 나라의 자리에 머물 뿐이라는 의미이다.
3) 彌(미) : 멀리 미치다.
   蔽(폐) : 뒤덮다. 차지하다.
4) 負(부) : 의지하다. 자리잡다.

516

南極(남극) : 남방의 먼 땅. 남극성南極星을 가리킬 수도 있다. 이 구는 남월 지역을 차지했다는 의미이다.

5) 冒(모) : 거짓으로 대다. '모冒'(무릅쓰다)의 의미이다.

我(아) : 우리.

舊梁氏(구양씨) : 옛 양나라 성씨. 여기에서 옛 양나라는 남조의 양나라를 의미한다.

6) 緝綏(집수) : 다스려서 안정시키다.

7) 阻(조) : 험준함. 험준한 곳.

8) 都邑(도읍) : 소선이 옮긴 강릉江陵의 도읍을 가리킨다.

9) 聖人(성인) : 당 고조를 가리킨다.

作(작) : 진작하다. 일어나다.

10) 神武(신무) : 신령한 무용. 천자의 무력.

11) 有臣(유신) : 신하. 이효공을 가리킨다.

12) 投跡(투적) : 뛰어들다. 진입하다.

13) 謀猷(모유) : 계책. 전략.

縱(종) : 풀어놓다. 마음껏 펼치다.

14) 慮則(여칙) : 생각하고 계획하다. 이효공과 이정은 강릉을 압박하면서, 포획한 소선 측의 선박을 장강에 방류시켰다. 떠내려온 선박 무리를 본 소선의 원군은 이미 강릉이 함락되었다고 오해해서 당나라 군사에게 항복하였다. 그 바람에 장강의 양측으로 압박을 받은 소선은 강릉에서 항복하였다.

15) 浩浩(호호) : 드넓은.

海裔(해예) : 바다 끝.

16) 威(위) : 무력을 사용하다.

17) 係縲(계류) : 속박하다. 묶다.

降王(항왕) : 왕 앞에서 항복시키다. 소선은 항복한 다음에 장안으로 압송되었다.

18) 澶漫(단만) : 넓고도 먼 모양.

19) 蠻夷(만이) : 중국 사방의 이민족. 특히 남방의 이민족.

九譯(구역) : 원방遠方의 이역이나 외국. 통역을 아홉 번 거쳐야 말이 전해질 정도로 먼 곳이라는 뜻이다.

517

20) 凱旋(개선) : 개가를 연주하며 돌아오다.

　　金奏(금주) : 종을 치며 연주하다.

21) 象(상) : 모사하다. 그리다. 고조는 이효공이 양을 멸한 것에 기뻐서 이효공에게 형주대총관
　　荊州大總管의 벼슬을 내렸고, 화공으로 하여금 이효공이 소선을 격파하는 모습을 그려서
　　바치도록 시켰다.

22) 震赫(진혁) : 위세를 떨쳐서 놀라게 하다.

23) 鞏(공) : 공손하다. 받들다. '조공을 바치다'로 해석하기도 한다.

해설

　제6수는 당고조의 명을 받은 이효공이 군사를 쓰지 않고 소선의 양나라를 토벌한 일을
찬양하였다. 제1~8구는 소선이 양나라의 후예라고 주장하며 거짓 나라를 세우고 영토를
차지한 일을 이야기했다. 제9~18구는 고조의 명을 받은 장수들이 계책을 내어 큰 희생 없이
소선의 투항을 받은 일을 미화하였다. 제19~24구는 소선의 항복시킨 당나라의 위세가 천하
를 위진하여 변방의 이국들도 당나라에 복종했다고 과장하였다. 제25~28구는 당나라 군대가
개선하는 모습을 묘사하였다.

15-7 하우평 河右平

<하우평>은 이궤가 하우 지역을 차지하고 있을 때 군사들이 왔으나 이궤의 마음을 변하
게 할 수 없자 누군가가 사로잡아 항복시킨 것을 말한 것이다. 일곱 번째이다.
<河右平>, 言李軌保河右,[1] 師臨之, 不克變,[2] 或執以降也.[3] 第七.

주석

1) 李軌(이궤) : 이궤(?~619)는 수나라 말 봉기했던 군웅 중 하나로 무위군武威郡 고장현姑臧縣
　　(지금의 감숙성 무위시武威市) 사람이며 자는 처칙處則이다. 안수인安修仁 등과 하우河右에서
　　거병하여 대업大業 13년(617)에 하서대량왕河西大涼王이라 자칭하였다. 하서河西 5군郡을 공
　　격해 점령하여 당나라 고조高祖로부터 종제從弟로 인정받은 후 양주총관涼州總管에 임명되었

고 양왕涼王에 봉해졌다. 그런데 고조는 이궤가 스스로를 대량大涼의 황제라고 칭한 것에
분노하여 안수인의 형제를 사주해 이궤를 잡아 장안에서 참수하였다.

河右(하우) : 하서河西의 별칭. 황하의 서쪽 지구를 가리키며 지금의 영하회족자치구寧夏回族
自治區와 감숙성 일대를 이른다.

2) 不克變(불극변) : 변하게 할 수 없다. 여기서는 이궤의 마음을 변하게 할 수 없음을 이른다.
당나라에서 안수인의 동생 안흥귀安興貴를 이궤에게 보내 귀순시키도록 하였으나 이궤는
귀순할 의사가 없다는 마음을 바꾸지 않았다. 결국 안흥귀는 그를 사로잡은 뒤 장안으로
압송하였다.

3) 或(혹) : 누군가. 여기서는 안흥귀를 가리킨다.
執(집) : 잡다.

河右澶漫,[1]	하우 지역은 광활한데
頑爲之魁.[2]	흉악한 이가 우두머리가 되었네.
王師如雷震[3]	황제의 군대가 우레와 번개 같으니
崑崙以頹.[4]	곤륜산도 무너질 정도였네.
上聾下聰,[5]	아랫사람은 귀가 밝아도 윗사람이 귀가 어두워
鷔不可迴[6]	오만함에 마음을 돌이키지 않았네.
助讎抗有德,[7]	원수를 도와 덕 있는 군주에 대항하면
惟人之災.	오직 사람들의 재앙이 될 뿐이었는데,
乃潰乃奮[8]	성을 내고 떨쳐 일어나
執縛歸厥命.[9]	결박하여 황제의 명을 따랐네.
萬室蒙其仁,[10]	모든 이가 황제의 어짊을 입었는데
一夫則病.	한 사내만 병통이 되었네.
濡以鴻澤,[11]	그를 큰 은혜로 적시니
皇之聖.	황제의 성은이로다.
威畏德懷,[12]	위엄으로 겁주고 덕으로 감싸안으니

功以定.   공을 이루어 안정시켰네.

順之于理,   이치에 순응하도록 하니

物咸遂厥性.[13]   만물이 모두 그 본성을 이룬 것이네.

<하우평>은 18구이고, 11구는 매 구가 4자이고, 5구는 매 구가 5자이고, 2구는 매 구가 3자이다.

河右平十八句, 其十一句句四字, 五句句五字, 二句句三字.

주석

1) 澶漫(단만) : 넓고 먼 모양.

2) 頑(완) : 흉악한 사람. 여기서는 이궤를 가리킨다.

    魁(괴) : 우두머리.

3) 雷震(뇌진) : 우레와 번개. 이 구는 황제의 군대의 용맹과 신속함을 이른 것이다.

4) 崑崙(곤륜) : 곤륜산昆侖山. 이궤의 근거지인 양주涼州에 있다.

    頹(퇴) : 무너지다.

5) 上聾(상롱) : 윗사람이 귀가 먹다. 여기서는 이궤가 황제의 말을 듣지 않고 황제를 참칭한 것을 가리킨다.

    下聰(하총) : 아랫사람이 귀가 밝다. 여기서는 안흥귀安興貴가 황제의 말을 듣고 그에 따르는 것을 가리킨다.

6) 驁(오) : 거만하다.

7) 讎(수) : 원수. 여기서는 이궤를 가리킨다.

    有德(유덕) : 덕 있는 사람. 여기서는 당 고조를 가리킨다.

8) 潰(궤) : 성내다.

9) 執縛(집박) : 결박하다. 이 구는 이궤를 결박하여 당 고조가 있는 장안으로 보낸 것을 가리킨다.

    厥命(궐명) : 그의 명령. 여기서는 황제의 명을 이른다.

10) 萬室(만실) : 만호萬戶. 여기서는 많은 백성을 가리킨다.

11) 濡(유) : 적시다.

鴻澤(홍택) : 큰 은혜. 황제의 은혜를 이른다.

12) 威畏(위외) : 위세로 겁주고 두렵게 하다.

13) 遂(수) : 이루다.

이 시는 이궤가 칭제하자 당 고조가 안흥귀를 사주해 그를 항복시킨 일을 읊은 것이다. 제1~4구에서는 이궤가 하우 지역에서 거병하여 우두머리가 되자 황제의 군대가 그를 치러 왔음을 말하였다. 제5~8구에서는 이궤가 마음을 바꾸지 않고 왕에 반항하여 근심거리가 되었다고 하였다. 제9~12구에서는 안흥귀가 황제의 명을 따라 이궤를 생포한 것을 말하였고, 제13~18구는 황제의 위엄으로 그를 제압하고 덕을 베풀어 나라를 안정시켜 모두가 본성을 지키며 평안할 수 있었다고 찬양하였다.

15-8 철산쇄 鐵山碎

<철산쇄>는 돌궐의 강대함은 옛날의 어떤 변방의 민족도 그보다 막강하지 않았는데, 황제의 군대가 그들을 대파하여 나라를 항복시킨 후 종묘에 고한 것을 말한 것이다. 여덟 번째이다.

<鐵山碎>, 言突厥之大,[1] 古夷狄莫强焉.[2] 師大破之, 降其國, 告于廟也. 第八.

1) 突厥(돌궐) : 옛날 흉노 북부 부족 이름이자 나라 이름이다. 6세기 무렵 금산金山 서남쪽에서 일어났다. 돌궐은 수隋 말년에 시필극한始畢可汗이 즉위한 이래 당 고조를 도운 일을 계기로 세력을 확장하면서 중원까지 욕심을 내자 태종太宗은 이정李靖에게 군사를 주어 토벌하게 하였다. 결국 돌궐은 제압되었고 당왕조의 국경은 확대되었다.

2) 夷狄(이적) : 변방의 이민족. 동쪽에 있는 이민족을 이, 북쪽에 있는 민족을 적이라 하였다.

鐵山碎,[1]	철산이 격파되고
大漠舒,[2]	너른 사막이 평정되었네.
二虜勁,[3]	두 오랑캐는 굳센데다
連穹廬,[4]	천막집까지 잇닿아 있었는데,
背北海,	북해를 등지고
專坤隅,[5]	남서쪽을 차지하고 있으면서,
歲來侵邊,	해마다 변방을 침범하고,
或傅于都.[6]	때로는 도읍까지 접근했네.
天子命元帥,[7]	천자께서 원수에게 명하시어
奮其雄圖.	그 웅대한 계획을 펼치셨으니,
破定襄,[8]	정양을 격파하고,
降魁渠.[9]	우두머리를 항복시켰네.
窮竟窟宅,[10]	소굴을 끝까지 다하여
斥余吾.[11]	여오까지 개척하였네.
百蠻破膽,[12]	모든 이민족이 간이 떨어질 만큼 놀랐고
邊氓蘇.[13]	변방의 백성들은 되살아났네.
威武輝耀,[14]	군대의 위세가 밝게 빛나
明鬼區.[15]	변방의 먼 곳까지 밝혔고,
利澤彌萬祀,[16]	이로움과 은택이 오래도록 가득하여
功不可踰.[17]	그 공은 누구도 넘을 수가 없는지라,
官臣拜首,[18]	관리들이 두 손을 모아 절하는데
惟帝之謨.[19]	이는 모두 천자가 이룬 계책이었네.

<철산쇄>는 22구이고, 11구는 매 구가 3자이고, 9구는 매 구가 4자이고, 2구는 매 구가 5자이다.

鐵山碎二十二句, 其十一句句三字, 九句句四字, 二句句五字.

1) 鐵山(철산) : 옛 산 이름. 지금의 내몽고자치구 음산陰山 북쪽이다.

2) 大漠(대막) : 중국 서북부 일대의 넓은 사막지구.

   舒(서) : 평정하다.

3) 二虜(이로) : 두 오랑캐. 힐리극한頡利可汗과 돌리극한突利可汗을 가리킨다. 돌궐의 우두머리
   인힌 힐리극한의 세력이 장안까지 육박하자 당나라는 위협을 느꼈다. 힐리극한과 조카
   돌리극한이 불화를 일으키자 태종은 이정李靖에게 군사 10만을 주어 격파하였고 이로써
   당나라에 복속되었다.

4) 穹廬(궁려) : 장막을 친 천막집. 게르를 이른다.

5) 專(전) : 차지하다.

   坤隅(곤우) : 남서쪽.

6) 傅(부) : 다가가다. 접근하다.

7) 元帥(원수) : 장수의 으뜸. 여기서는 이정李靖을 가리킨다.

8) 定襄(정양) : 지명. 지금의 산서성山西省 흔주시忻州市 부근. 정관貞觀 3년(629) 이정은 대주代州
   의 행군총관行軍總管이 되어 돌궐의 정양성을 격파하였다.

9) 魁渠(괴거) : 우두머리. 괴수魁首.

10) 窮竟(궁경) : 끝까지 철저하게 다하다.

    窟宅(굴택) : 소굴. 나쁜 무리가 은신하는 곳.

11) 斥(척) : 개척하다.

    余吾(여오) : 옛 강이름. 지금의 몽골의 악이혼하鄂爾渾河, 즉 오르콘강.

12) 百蠻(백만) : 옛날 남쪽 이민족에 대한 통칭.

    破膽(파담) : 담이 부서지다. 간담이 서늘해져 놀라고 두려운 것을 이른다.

13) 邊氓(변맹) : 변방의 백성.

14) 威武(위무) : 군대의 위력. 무력.

    輝耀(휘요) : 밝게 빛나다.

15) 鬼區(귀구) : 변방의 먼 곳.

16) 利澤(이택) : 이익과 은택.

    彌(미) : 가득하다.

523

萬祀(만사) : 만세. 오랜 세월.

17) 踰(유) : 넘다. 이 구는 공이 커서 아무도 넘볼 수가 없다는 의미이다.

18) 官臣(관신) : 천자가 임명한 관리.

　　拜首(배수) : 배수拜首. 꿇어앉은 후 두 손을 마주하고 고개를 숙여 절하는 것을 이른다.

19) 謨(모) : 계획. 계책.

　　이 시는 돌궐이 세력을 확장하자 천자가 이들을 격파하고 나라를 평온하게 했음을 송양한 것이다. 제1~2구는 돌궐을 격파하고 분란을 평정했음을 개괄하였다. 제3~8구는 돌궐이 세력을 키워 수도까지 위협하는 존재가 되었음을 말하였고, 제9~14구는 천자가 이를 제압한 것을 말하였다. 이정을 보내어 대파하여 항복을 받았으며 영토도 여오까지 확장하였다고 하였다. 제15~22구는 돌궐을 제압하여 변방의 백성을 편하게 하였고 천자의 은혜와 공이 크니 온 관리들이 그에게 예를 표하였다고 하였다.

15-9 정본방 靖本邦

<靖本邦>은 유무주가 배적을 패퇴시키고 진 땅을 모두 차지하자 태종이 그를 멸한 것을 말하였다. 아홉 번째이다.

<靖本邦>, 言劉武周敗裴寂,¹⁾ 咸有晉地, 太宗滅之也.²⁾ 第九.

1) 劉武周(유무주) : 유무주(?~620)는 수나라 말 할거했던 군웅 중 하나이다. 수 양제를 따라 고구려를 침공하였으며 군웅이 어지러운 형세를 보고 반란을 일으켰다. 돌궐에 의지하여 진양晉陽을 점거하였고 하동河東을 공격하는 등 관중關中을 압박하였다. 무덕武德 2년(619) 유무주는 병주幷州를 침범하였는데 고조는 이중문李仲文과 배적裴寂을 보내 진압하려 했으나 실패하였다. 유무주는 다시 진주晉州를 공략하여 함락하였는데, 다음 해 태조는 이세민을 보내 유무주를 격파하였다. 유무주는 성을 버리고 도망하다 돌궐에게 살해되었다.

裴寂(배적) : 배적(573~632)은 당나라 개국 공신 중 하나이다. 자가 현진玄眞이다. 이연李淵 과 이세민李世民이 진양晉陽에서 군사를 일으켜 당나라를 세울 때 공로가 있었다. 그러나 지략이 평범하여 전쟁에서도 매번 패퇴하였고 별다른 업적이 없다.

2) 太宗(태종) : 이세민李世民을 가리킨다. 유무주가 진주晉州를 공략하였는데 태조는 이세민을 보내 그를 격파하였다.

本邦伊晉,[1]	나라의 기원인 저 진 지역이
惟時不靖,[2]	때때로 안정되지 못하였는데,
根柢之搖,[3]	뿌리가 흔들리면
枝葉攸病.[4]	가지와 잎이 병이 든다네.
守臣不任,[5]	임명된 신하가 임무를 제대로 맡지 못하여
勛于神聖,[6]	신성하신 분에게 수고를 끼쳐서,
惟越之興,[7]	도끼를 들어
翦焉則定.[8]	처단하여 안정시켰네.
洪惟我理,[9]	우리의 다스림을 넓혀
式和以敬.[10]	화순하면서도 공손하게 하니,
群頑旣夷,[11]	완고한 무리들이 이미 평정되고
庶績咸正.[12]	여러 사업이 모두 바르게 되었네.
皇謨載大,[13]	황제의 계책은 위대하시니
惟人之慶.	백성들의 경사로다.

<정본방>은 14구이고, 매 구가 4자이다.

靖本邦十四句, 句四字.

주석

1) 本邦(본방) : 자기 나라. 당나라를 세우며 처음으로 병사를 일으킨 곳이 진 땅이었으므로 이렇게 이른 것이다.

2) 靖(정) : 평안하다.

3) 根柢(근저) : 근저根底. 뿌리. 사물의 기초를 이른다.

4) 攸(유) : 이. 이에.

5) 守臣(수신) : 어떤 지역을 지키는 지방관. 여기서는 배적을 가리킨다.

　　不任(불임) : 감당하지 못하다.

6) 勩(예) : 수고롭다.

　　神聖(신성) : 거룩하고 존엄하다. 제왕에 대한 존칭. 여기서는 이세민을 가리킨다. 이 구는 배적이 유무주 토벌에 실패하여 이세민이 친히 나가게 된 것을 이른다.

7) 越(월) : ≪유하동집柳河東集≫에 '월鉞'로 되어 있다. 부월斧鉞, 즉 황제에게 하사받은 군대의 전권을 이른다.

8) 翦(전) : 처단하다. 여기서는 태조가 이세민을 시켜 유무주를 제거한 것을 이른다.

9) 惟(유) : 어조사.

10) 式(식) : 어조사.

11) 夷(이) : 평정하다.

12) 庶績(서적) : 여러 사업.

13) 載(재) : 어조사.

해설

　　이 시는 유무주가 진 땅을 차지하자 당 고조가 배적을 보내 쳤으나 실패한 후 이세민이 직접 나서서 그를 격퇴하여 평온을 찾은 것을 칭송한 작품이다. 제1~4구는 당나라의 뿌리와 같은 진 땅을 유무주가 차지한 일을 썼고 제5~8구는 배적을 보내어 그들을 쳤으나 실패한 후 이세민이 직접 병사를 끌고 그를 쳐서 성공했음을 말하였다. 제9~14구는 진 땅이 다시 평온해지고 잘 다스려져 황제의 큰 계책 덕에 백성이 복을 누린다고 하였다.

15-10 토욕혼 吐谷渾

<토욕혼>은 이정이 토욕혼을 서해 가에서 멸한 것을 말하였다. 열 번째이다.

<吐谷渾>, 言李靖滅吐谷渾於西海上也.[1] 第十.

주석

1) 李靖(이정) : 이정(571~649)의 자는 약사藥師. 옹주雍州 삼원三原(지금의 섬서성 삼원현三原縣 의 동북) 사람이다. 이연李淵의 거병을 수 양제에게 밀고하였는데 나중에 이연에 체포되었으 나 이세민에 의해 풀려났고 그의 막료가 되었다. 이후 당나라가 영남嶺南 지역을 장악하는 데에 큰 공을 세웠다. 630년 돌궐에 대한 공격을 감행한 후 정관貞觀 8년(634)에 서해도행군 대총관西海道行軍大總管이 되어 토욕혼 정벌에 나섰고, 이듬해 정벌에 성공하였다.

吐谷渾(토욕혼) : 옛날 선비족의 일부. 본래 요동에 거주하다 서진 때 우두머리였던 토욕혼 의 지휘로 감숙甘肅, 청해靑海 등지로 이동하였으며 그 손자 때 국호를 토욕혼으로 정하였다. 당나라가 건립된 후 여러 번 변방을 침범하자 정관貞觀 9년(635) 당 태종은 이정李靖을 보내 정벌하였다. 결국 토욕혼의 복윤伏允은 패한 후 도주하다 자결하였다.

西海(서해) : 청해호靑海湖의 별칭. 청해성靑海省 내 청장고원靑藏高原의 동남부에 위치한 중국 최대의 호수인데, 수나라 때 서해군西海郡을 설치했다.

吐谷渾盛强,	토욕혼이 강성하여
背西海以夸.[1]	서해를 등지고 제멋대로 하여,
歲侵擾我疆,[2]	해마다 우리 땅을 침범해 어지럽히고는
退匿險且遐.[3]	물러나 험하고 먼 곳에 숨어버리곤 하자,
帝謂神武師,[4]	황제께서 신성한 군대에게 이르시길
往征靖皇家.[5]	가서 정벌해 황실을 안정시키라 하였네.
烈烈旂其旗,[6]	위엄있고 씩씩하게 날리는 깃발에는
熊虎雜龍蛇.[7]	곰과 호랑이가 용과 뱀과 섞여 있고,
王旅千萬人,[8]	황제의 군사 천만 명은
銜枚黙無譁.[9]	나뭇가지를 물고 묵묵히 아무 소리도 내지 않으며,
束刃踰山徼,[10]	무기를 묶은 채 산과 변방을 넘어서
張翼縱漠沙.	날개 펴고 사막을 내달았네.

一擧刈羶腥.[11]	일거에 누린내 나는 것들을 베어버려서
尸骸積如麻.[12]	시신이 마처럼 엉클어져 쌓여있고,
除惡務本根.[13]	악을 없애려 뿌리부터 자르기에 힘썼으니
況敢遺萌芽.	하물며 그 싹을 감히 남겼겠는가.
洋洋西海水.[14]	드넓은 서해의 물이여!
威命窮天涯.[15]	위엄 있는 명령이 하늘 끝까지 이르렀도다.
係虜來王都.[16]	포로를 묶어 수도로 데려오니
犒樂窮休嘉.[17]	음식과 음악이 매우 아름답고 경사스러웠네.
登高望還師,	높은 곳에 올라 귀환하는 군대 바라보니
竟野如春華.[18]	들판 끝까지 봄꽃이 핀 듯한데,
行者靡不歸,	전쟁하러 떠났던 이 모두 돌아오고
親戚歡要遮.[19]	친척들은 기뻐하며 그들을 막아서네.
凱旋獻淸廟.[20]	개선의 소식 종묘에 바치니
萬國思無邪.[21]	천하에 사특한 생각이 없어졌네.

<토욕혼>은 26구이고, 매 구가 5자이다.

吐谷渾二十六句, 句五字.

주석

1) 夸(과) : 제멋대로 하다. 침범하다.

2) 侵擾(침요) : 침범하여 어지럽히다.

3) 退匿(퇴닉) : 물러나 숨다.

4) 神武師(신무사) : 신령하고 용맹한 군사. 여기서는 이정의 군사를 이른다.

5) 靖(정) : 안정시키다.

6) 烈烈(열렬) : 위엄있고 씩씩한 모양.

    旆(패) : 깃발을 날리다.

7) 熊虎雜龍蛇(웅호잡룡사) : 곰과 호랑이가 용과 뱀과 섞여 있다. 이 구는 황제의 군대가 든 깃발에 그려진 동물로 볼 수도 있고, 용맹하고 날랜 군사를 비유한다고 볼 수도 있다.

8) 王旅(왕려) : 황제의 군대.

9) 銜枚(함매) : 행군할 때 소리 내지 않도록 나무막대기를 입에 물리다.

　譁(화) : 시끄럽다.

10) 束刃(속인) : 무기를 묶다. 행군할 때 소리가 나지 않거나 덜렁거리지 않도록 무기를 몸에 묶는 것을 이른다.

　山徼(산요) : 산과 변방.

11) 刈(예) : 베다. 베어 죽이다.

　羶腥(전성) : 고기 누린내. 여기서는 토욕혼을 가리킨다.

12) 尸骸(시해) : 시신.

　積如麻(적여마) : 마처럼 엉클어져 쌓여있다.

13) 除惡務本根(제악무본근) : 악을 없애려면 뿌리부터 없애기를 힘써야 한다. ≪서경書·주서周書·태서하泰誓下≫에 "덕을 심으려면 잘 자라도록 힘쓰고, 악을 제거하려면 뿌리부터 없애기를 힘써야 한다.(樹德務滋, 除惡務本)"라고 하였다.

14) 洋洋(양양) : 물이 많은 모양.

15) 威命(위명) : 위엄 있는 명령. 이 구에서는 황제가 이정에게 토욕혼 정벌을 명하였고 이정이 정벌에 성공한 것을 이른다.

16) 係虜(계로) : 포로를 묶다.

　王都(왕도) : 천자의 도성.

17) 犒(호) : 호궤(犒饋). 군사를 위로하기 위해 주는 음식. 맛 좋은 음식.

　窮(궁) : 매우.

　休嘉(휴가) : 아름답고 경사스럽다.

18) 竟野(경야) : 들판 끝까지. 온 들판.

19) 要遮(요차) : 맞이하여 가로막다. 여기서는 기뻐하며 환영하는 모습을 묘사한 것이다.

20) 淸廟(청묘) : 고대 제왕의 종묘.

21) 思無邪(사무사) : 사특한 생각이 없다. ≪논어論語·위정爲政≫에 "≪시경≫ 300편을 한마디 말로 개괄할 수 있으니 생각에 사특함이 없음이다.(子曰, 詩三百, 一言以蔽之, 曰思無邪)"라

고 하였다. 여기서는 유가의 법도로 잘 다스려지게 됨을 이른 것이다.

해설

이 시는 토욕혼이 침범하자 이정의 군대를 보내어 정벌한 일을 칭송한 것이다. 제1~6구에서는 토욕혼이 강성하여 국경을 어지럽히자 당나라 황제가 정벌할 것을 명하였다고 하였고, 제7~12구는 군사들이 씩씩하고 용맹하게 정벌에 임한 모습을 말하였다. 일사불란하게 조용하면서도 민첩하게 행동하여 변방에 이르렀다고 하였다. 제13~20구는 적을 철저히 토벌하였고 엄청난 기세로 하늘끝까지 위엄을 떨쳐 결국 포로를 사로잡아 수도로 압송하였으며 군사들에게는 음식과 음악으로 위로하였음을 말하였다. 제21~26구는 무사히 돌아온 군대를 환영하고 승리를 기뻐하면서 종묘에 승전을 고하니 천하가 평안해졌다고 칭송하였다.

15-11 고창 高昌

<고창>은 이정이 고창을 멸한 것을 말하였다. 열한 번째이다.
<高昌>, 言李靖滅高昌也.[1] 第十一.

주석

1) 李靖(이정) : 이정은 貞觀 9년(635) 서해도행군대총관西海道行軍大總管으로 후군집侯君集 등과 이적李勣 연합군을 통솔하여 서해에서 토욕혼을 격파하였다. 정관 13년(639) 후군집은 고창국을 격파하였고 이듬해에 그 지역에 서주西州를 두었다. ≪신당서≫와 ≪구당서≫에 모두 이정이 고창을 멸한 사적에 대한 기재가 없다. 유종원은 앞에서 이정이 토욕혼을 무찌른 사건에 대해 썼으므로 그가 혼동했을 것 같지는 않다. 아마도 후군집이 일찍이 이정의 부하였으므로 고창을 멸한 것도 이정이 한 것으로 본 것이 아닐까 추측한다.
高昌(고창) : 고창국. 장안 서쪽 4,300리 되는 곳에 위치하며 지금의 신강新疆 지역이다. 정관貞觀 13년(639) 겨울에 태종은 후군집侯君集을 교하도대총관交河道大總管으로 삼아 고창왕高昌王 국문태麴文泰를 공격하였고 이듬해 도성을 함락해 국문태의 아들 지성智盛을 투항시킨 후 그곳에 서주西州를 두었다.

麴氏雄西北,[1] 국씨가 서북방의 우두머리 되어

別絶臣外區.[2] 신하국으로 섬기는 것을 그만 두었으니,

訑恃遠且險[3] 지역이 멀고 험한 것을 믿고서

縱傲不我虞.[4] 제멋대로 굴며 우리나라를 겁내지 않았네.

烈烈王者師,[5] 용맹한 황제의 군대가

熊螭以爲徒.[6] 곰과 교룡 같이 뛰어난 이를 무리로 삼으니,

龍旆翻海浪,[7] 용 깃발이 파도와 같이 펄럭이고

駬騎馳坤隅.[8] 전령은 남서쪽으로 내달렸네.

賁育搏嬰兒,[9] 맹분과 하육이 어린아이를 때리듯

一掃不復餘. 깡그리 소탕하여 조금도 남기지 않았으니,

平沙際天極,[10] 모래가 하늘 끝까지 펼쳐져 있는데

但見黃雲驅.[11] 그저 누런 구름 치달리는 것만 보였네.

臣靖執長纓[12] 신하 이정이 긴 줄을 잡고

智勇伏囚拘.[13] 지략과 용기로 포로를 항복시켜,

文皇南面坐,[14] 문황께서 남쪽을 향해 앉으시니

夷狄千群趨.[15] 수많은 이민족 무리들이 종종걸음으로 걸어왔네.

咸稱天子神, 모두가 천자의 신성함을 칭송함을

往古不得俱.[16] 예전에는 다 갖출 수 없었는데,

獻號天可汗,[17] 천극한이란 칭호를 헌상하는 소리가

以覆我國都.[18] 우리나라의 수도를 뒤덮었네.

兵戎不交害,[19] 전쟁으로 서로 해치지 않고

各保性與軀.[20] 각기 목숨과 몸을 보전할 수 있었네.

<고창>은 22구이고, 매 구가 5자이다.

高昌二十二句, 句五字.

주석

1) 麴氏(국씨) : 국문태麴文泰(?~640). 고창국高昌國의 국군國君으로 국백아麴伯雅의 아들이다. 당 고조高祖 무덕武德 2년(619) 왕위를 이었다. 태종 정관貞觀 4년(630) 입조하여 그의 아내 우문씨宇文氏가 상락공주常樂公主에 봉해졌다. 그러나 점차 당과 적대적이 되어 서융西戎의 여러 나라들로 하여금 당과의 관계를 끊게 하고 서돌궐西突厥과 함께 언기焉耆를 공격했다. 태종이 후군집 등에게 명해 토벌하게 했는데, 당나라 군대가 쳐들어온다는 소식을 듣고 두려워하다가 병사했다.

2) 別絶(별절) : 끊어버리다.
臣外區(신외구) : 신하로서 거주하는 본토 외의 구역. 여기서는 고창국이 신하국 노릇하는 것을 그만두었다는 것을 이른다.

3) 恃(시) : 믿다.

4) 縱傲(종오) : 제멋대로 굴다.
虞(우) : 조심하다. 겁내다. 이 구는 고창국 왕이 멋대로 굴며 당 왕조를 겁내지 않게 된 것을 이른 것이다.

5) 烈烈(열렬) : 용맹하고 씩씩한 모양.

6) 熊螭(웅리) : 곰과 교룡. 호걸豪傑을 비유한다.

7) 龍旗(용기) : 용 두 마리가 그려진 깃발. 전권을 위임받은 장수의 깃발.

8) 馹騎(일기) : 본래는 역마를 이르나 여기서는 전쟁의 상황을 보고하는 전령을 이른다.
坤隅(곤우) : 남서쪽. 여기서는 고창국을 가리킨다.

9) 賁育(분육) : 맹분孟賁과 하육夏育. 용사의 범칭으로 쓰인다. 맹분은 전국 시대 제齊나라 역사力士로, 물에서는 교룡蛟龍을, 뭍에서는 호랑이를 제압할 정도였고 화가 나서 소리를 지르면 천지가 진동할 정도라 하였다. 하육은 위衛나라 맹사猛士로, 힘이 매우 세서 천균千鈞의 무게를 들고 살아있는 소의 꼬리를 뽑을 정도였다고 한다.
搏(박) : 치다. 때리다.

10) 平沙(평사) : 사막.

11) 黃雲(황운) : 누런 구름. 전쟁하며 일어난 구름을 이른다.
驅(구) : 치달리다.
이 구는 적을 소탕한 뒤 누란 구름만 보일 뿐 아무것도 남지 않았음을 이른다.

532

12) 長纓(장영) : 긴 줄. 적을 포박하는 긴 줄을 이른다. ≪한서漢書·종군전終軍傳≫에 "군이 자청하여 '원컨대 긴 끈을 받아서 반드시 남월왕을 붙잡아 임금님 앞에 끌고 오겠나이다.'라 하였다.(軍自請, 願受長纓, 必羈南越王而致之闕下)"라고 하였다. 여기서는 이정이 적을 사로잡은 것을 이른다.

13) 囚拘(수구) : 생포된 포로.

14) 文皇(문황) : 당 태종 이세민李世民. 태종의 시호가 문무대성황제文武大聖皇帝이기 때문에 이렇게 칭한 것이다.

南面(남면) : 예전에 임금이 남쪽을 향해 앉아 조례를 받았으므로 제왕의 지위를 이르는 말로 쓰인다.

15) 夷狄(이적) : 옛날에 동쪽에 있는 부족을 이, 북쪽에 있는 부족을 적이라 하였는데 이민족을 통칭한다.

趨(추) : 종종걸음으로 걷다. 경외하여 공손한 모양으로 걷는 것을 이른다.

16) 往古(왕고) : 옛날. 이 구는 예전에는 모든 이민족을 다 아우르지 못했음을 이른다.

17) 天可汗(천극한) : 당대에 서북 이민족의 우두머리가 사용했던 태종에 대한 존칭. 태종 정관 4년(630)에 돌궐을 멸하자, 사방 족장들이 대궐에 와서 황제에게 천극한이 되어줄 것을 청하였다.

18) 覆(부) : 덮다.

이 구는 이민족 족장들이 천극한이란 칭호를 헌상하며 칭송하는 소리가 온 도성에 가득한 것을 이른다.

19) 兵戎(병융) : 전쟁.

20) 性(성) : 목숨.

이 구는 당나라와 이민족 병사 모두 목숨과 몸을 보존할 수 있었다는 뜻이다.

해설

이 시는 태종이 이정에게 명해 고창을 정벌한 상황을 서술한 후 정벌의 결과 나라 안팎이 화평하게 되었음을 칭송한 것이다. 제1~4구에서는 고창국이 세력을 키워 당나라에 위협이 되었음을 말하였고, 제5~8구에서는 황제가 보낸 군대의 기세가 용맹함을 묘사하였다. 제9~12구에서는 용맹한 군사가 적을 간단히 소탕하였다고 하였으며 제13~16구에서는 이정이 정벌에 성공하여 여러 이민족이 황제께 항복하였음을 말하였다. 제17~22구에서는 이민족이 천자에게 칭호를 바치며 신하 노릇 할 것을 청하자 모두가 목숨을 보존하며 평안해졌다고 하였다.

15-12 동만 東蠻

<동만>은 동만을 복속시킨 후 신하들이 ≪주서周書 · 왕회王會≫처럼 이민족의 모습을 그릴 것을 청한 것을 말한 것이다. 열두 번째이다.
<東蠻>, 言旣克東蠻,¹⁾ 群臣請圖蠻夷狀²⁾, 如周書王會也.³⁾ 第十二.

주석

1) 東蠻(동만) : 옛 부족 이름. 동사만東謝蠻이라고도 한다. 당나라 때 지금의 귀주성貴州省 북동쪽에 살았는데 우두머리의 성이 사謝였다. 태종은 사원심謝元深의 땅을 응주應州로 삼고 그를 자사刺史로 삼았으며 검주도독부黔州都督府에 예속시켰다.

2) 請圖(청도) : 그림 그릴 것을 청하다. 정관 3년(629)에 추장 사원심謝元深이 조알朝謁하였을 때 검은 곰 가죽으로 만든 관을 썼고 금은을 이마에 둘렀으며 털로 짠 배자를 걸쳤고 무두질한 가죽으로 행전行纏(걷기 간편하기 위해 바짓가랑이를 좁혀 정강이를 매는 물건)을 둘렀으며 신발을 신었다. 그의 복장이 매우 특이하여 안사고顏師古가 그 모습을 그려 왕회도王會圖로 남길 것을 청하였다.

3) 周書王會(주서왕회) : ≪주서周書 · 왕회王會≫를 이른다. 주周 무왕武王이 제후와 이민족 등 조공 사절을 회견한 것을 기록한 것이다.

東蠻有謝氏,¹⁾	동만에 사씨가 있어
冠帶理海中.²⁾	관리를 두어 해중을 다스리면서,
自言我異世³⁾	스스로 자신이 다른 지역 사람이라 말하자
雖聖莫能通.⁴⁾	비록 천자라도 그 지역에 통할 수 없었네.

王卒如飛翰,[5]	왕의 군사들은 나는 새와 같아서
鷵騫駭群龍.[6]	수리새가 높이 날아 용들을 놀래킬 정도라,
轟然自天墜,[7]	요란하게 하늘에서 떨어지니
乃信神武功.	실로 신통한 무공이로다.
繫虜君臣人,	오랑캐 군신과 백성을 묶어
累累來自東.[8]	동쪽으로부터 끝도 없이 데리고 왔는데,
無思不服從,	복종하지 않겠다고 생각하는 이 없었으니
唐業如山崇.	당 왕조의 위업은 산처럼 높았네.
百辟拜稽首,[9]	여러 두목들이 절하며 머리를 조아리자
咸願圖形容.	모두가 원하기를 이 모습을 그려,
如周王會書,	≪주서周書 · 왕회王會≫처럼
永永傳無窮.	영원히 무궁하게 전하자고 하였네.
睢盱萬狀乖,[10]	눈을 부릅뜬 것이 모두 생김새가 다르고
咿嗢九譯重.[11]	웅얼웅얼하는 말은 여러 번 통역이 거듭되어야 했네.
廣輪撫四海,[12]	온 땅 온 세상을 어루만지며
浩浩知皇風.[13]	널리 황제의 교화를 알리니,
歌詩鐃鼓間,[14]	요고 반주에 시를 노래하여
以壯我元戎.[15]	우리 큰 군대를 찬양하네.

<동만>은 22구이고, 매 구가 5자이다.

東蠻二十二句, 句五字.

주석

1) 謝氏(사씨) : 동만의 우두머리인 사원심謝元深을 이른다.
2) 冠帶(관대) : 관과 띠. 관리를 비유한다. 이 구는 동만이 나름대로 관료 체재를 두어 다스린

것을 이른다.

海中(해중) : 검서黔西에서 전동滇東에 이르는 이해洱海 일대. 지금의 귀주성貴州省과 운남성雲南省 일대에 해당한다.

3) 異世(이세) : 다른 세상. 이역異域을 가리킨다.

4) 聖(성) : 제왕에 대한 존칭.

5) 王卒(왕졸) : 왕의 군대.

飛翰(비한) : 나는 새.

6) 鵰(조) : 수리새. ≪유하동시집≫에는 '붕鵬'으로 되어 있다.

騫(건) : 높이 날다.

駭(해) : 놀래 흩어지게 하다.

7) 轟然(굉연) : 소리가 크고 요란스럽다.

8) 累累(누루) : 연속하여 그침이 없는 모양.

9) 百辟(백벽) : 백관. 여러 제후. 여기서는 동만의 여러 두목을 이른다.

稽首(계수) : 머리를 조아리다.

10) 睢盱(휴우) : 눈을 부릅뜨고 쳐다보다.

乖(괴) : 다르다. 어긋나다.

11) 咿嗢(이온) : 알아듣지 못하는 말소리를 형용하는 말.

九譯(구역) : 아홉 번 통역하다. 여러번 통역해야 뜻이 통한다는 것이다.

12) 廣輪(광륜) : 땅의 면적. 광은 동서, 륜은 남북의 뜻인데 여기서는 당나라를 이른다.

撫(무) : 어루만지다.

13) 浩浩(호호) : 넓어 끝없는 모양.

皇風(황풍) : 황제의 교화.

14) 鐃鼓(요고) : 북의 일종.

15) 壯(장) : 추앙하다. 찬양하다.

元戎(원융) : 큰 군대.

해설

이 시는 동만을 복속시킨 후 조회에 오게 되자 그것을 왕회도로 남긴 일을 묘사하면서 천자의 교화가 고루 미치게 되었음을 찬양하였다. 제1~4구에서는 동만이 당왕조에 복종하지 않았다고 하였고 제5~12구에서는 천자가 용맹한 군대를 보내어 그들을 진압한 뒤 모두 복종시켰다고 하였다. 제13~18구에서는 동만이 조회하자 이것을 그림으로 그려 전할 것을 제안하였고 그들의 모습과 언어가 다름을 말하였다. 제19~22구에서는 이민족을 복속한 후 황제의 교화가 그곳까지 전파되었음을 찬양하였다.

작자 소개

강총(江總, 519~594)

남조와 수나라 문인으로 자는 總持이고 제양군濟陽郡 고성현考城縣(지금의 하남 상구商丘 민권현民權縣) 사람이다. 어려서부터 뛰어난 재주로 이름이 났으며 양무제梁武帝가 그의 시를 보고 감탄하여 그를 중하게 썼고 그 뒤에도 여러 벼슬을 역임하다가 진陳나라 때는 재상이 되었다. 그는 정무를 보지 않고 진후주陳後主와 후궁에서 연회와 오락을 즐겨서 당시 사람들이 압완지객狎玩之客(줄여서 압객)이라고 불렀다 한다. 진나라가 수나라에 의해 망한 뒤에는 수나라에서 상개부上開府를 했다. 그는 남조의 궁체시 계열 문학 풍조의 대표적인 작가이며 통치계급의 음란한 오락에 부합했다는 평을 듣는다. 현재 ≪강령군江令君集≫이 1권 전한다.

고야왕(顧野王, 519~581)

남조 문인으로 자는 희풍希馮이고 오군吳郡 오현吳縣(지금의 강소성 소주蘇州) 사람이다. 남조 양나라 때 태학박사, 진나라 때 국자박사, 황문시랑黃門侍郎 등의 관직에 있었다. ≪설문해자≫를 계승 발전시킨 자서字書인 ≪옥편玉篇≫ 30권을 지은 것으로 유명하다.

관휴(貫休, 832~912)

당말 오대五代 때의 승려이다. 속성俗姓은 강姜이고 자는 덕은德隱, 호는 선월禪月이다. 난계蘭溪(지금의 절강성 금화金華) 사람으로 오월吳越, 전촉前蜀 등지를 주유했다. 시와 그림에 두루 능했으며, ≪서악집西岳集≫에 실린 <십륙나한도十六羅漢圖> 등의 작품이 전한다.

구지(丘遲, 464~508)

남조 양나라 문인으로 자는 희범希範이며 오흥吳興(지금의 절강성 호주湖州) 사람이다. 영가태수永嘉太守, 사도종사중랑司徒從事中郎을 지냈다. 변려문에 뛰어나며 <진백지에게 주는 편지與陳伯之書> 등의 작품이 전한다.

나은(羅隱, 833~909)

당나라 문인으로 항주杭州 신성新城(지금의 절강성浙江省 항주杭州) 사람이다. 본명은 횡橫이고 자가 소간昭諫, 자호는 강동생江東生이다. 일찍이 과거에 낙방하여 불운하였으나, 절도사의 막료로 있는 동안에 전구錢璆에게 인정을 받아 중용되었다. 어려서부터 재능이 뛰어났고 특히 시에 명성이 있어 나규羅虬·나업羅鄴과 함께 '삼라三羅'로 일컬어졌다. ≪강동갑을집江東甲乙集≫, ≪참서讒書≫ 등이 있다.

노동(盧仝, 795~835)

당나라 문인으로 초당사걸 노조린盧照鄰의 손자이다. 하남河南 제원濟源 사람인데 소화산小華山에서 은거하다가 낙양으로 옮겨 살았다. 자호는 옥천자玉川子이다. 가난하게 살았지만 공부에 몰두하여 경사에 박학하였고 시문을 잘 지었다. 관직에 오르지 않으려 하여 홀로 살았다. 한맹시파韓孟詩派의 중요인물이며 감로지변甘露之變으로 죽었다.

노사도(盧思道, 535~586)

수나라 문인으로 은자 노도량盧道亮의 아들이다. 자는 자행子行이고 범양范陽 탁현涿縣(지금의 하북성河北省 탁주涿州) 사람이다. 북제北齊 때 급사황문시랑給事黃門侍郎를 담당하였다. 문선제文宣帝 고양高洋(526-559)이 서거하자 만가挽歌를 지었는데, 다른 문인들이 각 10편씩 지은 것과 달리 홀로 8편을 지어 '팔미노랑八米盧郞'으로 불렸다. 북제가 망한 뒤 북주北周에 투항하였고, 수나라 건국 초기에는 무양태수武陽太守, 산기시랑散騎侍郎 등을 역임하였다. 문집으로 ≪노무양집盧武陽集≫이 전한다.

노조린(盧照鄰, 637?~689)

당나라 문인으로 자가 승지升之이고 호가 유우자幽憂子이며 유주幽州 범양范陽(지금의 하북성 보정保定) 사람이다. 등왕부전첨鄧王府典籤, 익주신도위益州新都尉를 지냈다. 초당사걸初唐四傑로 일컬어지며, ≪노조린집盧照鄰集≫에 약 100수의 시가 전한다.

대호(戴暠, ?~?)

남북조 시기 문인으로 생애가 자세히 알려져 있지 않다. ≪악부시집≫에 9수의 시가 남아 있다.

맹교(孟郊, 751~814)

당나라 문인으로 자가 동야東野이며 호주湖州(지금의 절강성 호주) 사람이다. 율양현위溧陽縣尉,

협률랑協律郎, 검교병부상서檢校兵部尚書 겸 동도유수東都留守를 지냈다. 시수詩囚, 정요선생貞曜先生 등으로 일컬어졌으며, <유자음遊子吟> 등 500여 수의 시가 전한다.

모처약(毛處約, ?~?)

남북조 시기 문인으로 자세한 행적은 알려져 있지 않다. ≪악부시집≫ 고취곡사에 1수의 시가 남아 있다.

무습(繆襲, 186~245)

삼국시대 위나라 문인으로 자가 희백熙伯이고 동해東海 난릉蘭陵(지금의 산동성 난릉) 사람이다. 위나라 네 군주를 섬기면서 산기상시散騎常侍, 광록훈光祿勳을 역임하였다. 시로는 <위고취곡魏鼓吹曲> 12수와 <만가시挽歌詩> 1수가 남아 있다.

배양지(裴讓之, ?~555?)

북조 북위北魏와 북제北齊 문인으로 자가 사례士禮이며 하동河東 문희聞喜(지금의 산서성 문희) 사람이다. 중서사인中書舍人까지 관직을 하였으며 정치적 업적이 많았다. 시문으로 세상에 이름이 알려졌다.

배헌백(裴憲伯, ?-?)

남조 때 문인으로 생애가 자세히 알려져 있지 않다.

범운(范雲, 451~503)

남조 제나라 문인으로 자가 언룡彦龍이며 남향南鄉 무음현舞陰縣(지금의 하남성 필양沘陽) 사람이다. 경릉왕竟陵王 소자량蕭子良의 막부에서 활동하여 경릉팔우竟陵八友로 꼽힌다. 양나라 때 상서우복야尚書右僕射를 지냈고, 소성현후霄城縣侯에 봉해졌다. 사후에 시중侍中, 위장군衛將軍에 추증되었으며, 시호는 문文이다. ≪문선≫에 <서주자사 장직에게 주다贈張徐州稷>, <옛 뜻을 저어 왕 중서에게 주다古意贈王中書>, <옛 시를 본뜨다效古>가 전한다.

부현(傅玄, 217∽278)

삼국시대 위나라와 서진西晉의 문인으로 자가 휴혁休奕이고, 북지北地 이양泥陽(지금의 섬서陝西

동천銅川) 사람이다. 위나라 제왕齊王 조방曹芳 때에 낭중郎中이 되고 ≪위서魏書≫ 편찬에 참여하였다. 이후 사마소司馬昭 휘하에서 군사업무를 맡다가 홍농태수弘農太守, 전농교위典農校尉가 되었다. 함희咸熙 원년(264) 순고남鶉觚男에 봉해지고 사마염司馬炎이 무제武帝로 즉위하면서 순고자鶉觚子로 작위가 올라가고 부마도위駙馬都尉가 더해졌으며 어사중승御史中丞, 태복太僕, 사마교위司馬校尉을 지냈다. 당시 유행하였던 청담사상을 반대하고 유학을 숭상하였다. 또한 시에도 출중하여 악부시로 명성이 높았는데 전아典雅하고 정교하면서도 화려한 풍격을 띠었다.

비창(費昶, 510년 전후)
남조 양나라 문인이다. 자는 알 수 없고 강하江夏(지금의 호북성 무한武漢) 사람이다. 악부시를 잘 지었고 고취곡鼓吹曲도 있다. ≪수서隋書·경적지經籍志≫에 문집 3권이 있다고 하지만 지금 전하지는 않는다.

사조(謝朓, 464~499)
남조 제나라 문인으로 자는 현휘玄暉이며 진군陳郡(지금의 하남성 주구周口) 사람이다. 남조 송나라의 문인으로 ‘대사大謝’인 사령운謝靈運에 견주어 ‘소사小謝’로 일컬어진다. 선성태수宣城太守, 상서이부랑尙書吏部郎 등을 지냈다. 경릉왕竟陵王 소자량蕭子良의 막부에서 활동하여 경릉팔우竟陵八友로 꼽힌다. 격률을 중시한 영명체永明體의 대표 시인으로, ≪사선성집謝宣城集≫이 전한다.

서언백(徐彦伯, ?~714)
당나라 문인 서홍徐洪인데 ‘언백’은 그의 자字이다. 연주兗州 하구瑕丘(지금의 산동성 연주兗州) 사람이다. 문장에 뛰어났는데, 당시 송사를 잘 판단하던 사호司戶 위호韋鷟, 서예에 뛰어난 사사司士 이긍李亙과 더불어 ‘하동삼절河東三絶’로 불렸다. ≪삼교주영三敎珠英≫의 편찬에 참여하였다.

소각(蕭慤, 561년 전후)
남조 양나라 종친으로 상황후上黃侯 소엽蕭曄의 아들이다. 자가 인조仁祖이고 난릉蘭陵(지금의 강소성 상주常州) 사람이다. 양나라 말에 북제北齊로 들어가 태자선마太子洗馬가 되었고 진나라 후주後主 때 제주녹사참군齊州錄事參軍을 지냈으며, 수나라에서 기실참군記室參軍을 역임하였다. ≪북제서北齊書≫에 전傳이 있다.

소명태자(昭明太子, 501~531)

남조 양나라 무제武帝의 맏아들 소통蕭統으로 자가 덕시德施이다. 천감天監 원년(502년)에 태자로 책봉되었는데 병으로 사망하자 시호를 소명으로 하였다. 주나라부터 양나라 당시까지의 각종 체재의 문장을 가려 뽑은 ≪문선文選≫을 편찬하였다. ≪소명태자집昭明太子集≫에 27수의 시가 작품이 전한다.

소자경(蕭子卿, ?~?)

남조 진나라 문인으로, 생애가 자세히 알려져 있지 않다.

소전(蕭詮, ?~?)

남조 진나라 문인으로 황문랑黃門郎을 지낸 것 외에는 알려진 것이 없다. <가끔 외로운 산이 비치에 관해서 읊다賦得往往孤山映>, <진흙을 문 한 쌍의 제비啣泥雙燕>, <밤에 우는 원숭이를 읊다詠夜猿啼> 등의 시가 전한다.

심약(沈約, 441~513)

남조 문인으로 자가 휴문休文이며 무강武康(지금의 절강성 덕청德淸) 사람이다. 송宋, 제齊, 양梁에서 저작랑著作郎, 상서복야尚書僕射, 태자소부太子少傅 등의 관직을 두루 지냈다. 박식하고 음률에 정통하여 시에 있어 사성팔병설四聲八病說을 제창하였다. 남조 영명체永明體의 대표로서 당대 근체시 발전의 토대가 되었다. 저서로 ≪진서晉書≫, ≪송서宋書≫, ≪제기齊紀≫ 등의 역사서가 있다.

심전기(沈佺期, 656~714?)

당나라 문인으로 자가 운경雲卿이고 내황內黃(지금의 하남성 내황) 사람이다. 상원上元 2년(675) 진사에 급제하여 급사중給事中, 고공낭중考功郎中을 역임하였다. 장역지張易之를 추종하다가 그가 죽은 뒤 환주驩州로 유배되었다. 궁중으로 돌아와 수문관직학사修文館直學士, 중서사인中書舍人, 태자첨사太子詹事를 역임하였다. 송지문과 더불어 심송沈宋으로 병칭되며 응제시應制詩를 많이 지었다. 형식적인 면에 치중하였으며 율시의 형성에 큰 공헌을 하였다. ≪전당시全唐詩≫에 시 3권이 전한다.

양 간문제(梁 簡文帝, 503~551, 재위 549~551)

남조 양나라 제2대 황제로 이름은 소강蕭綱이고 자는 세찬世贊이며, 건강建康(지금의 강소성 남경南京) 사람이다. 무제武帝 소연蕭衍의 셋째 아들이자 소명태자昭明太子의 동생이다. 소명태자 사후에 황태자로 책봉되었으며, 후경侯景의 난으로 무제가 옥사한 후 황제로 즉위하였다. 후에 후경에 의해 진안왕晉安王으로 폐출되었다가 피살되었다.

양 무제(梁 武帝, 464~569, 재위 502~549)

남조 양나라의 초대황제로 이름은 소연蕭衍이고 자字는 숙달叔達이며 남란릉南蘭陵(지금의 강소성 단양丹陽)사람이다. 501년 남제南齊의 황제 동혼후東昏侯를 타도하고, 다음 해인 502년 4월 제위에 올랐다. 경릉팔우竟陵八友 중 한 사람으로 문무 재간이 뛰어났다. 저서로는 ≪주역강소周易講疏≫, ≪모시대의毛詩大義≫ 등 주석 200여 권이 있다.

양 원제(梁 元帝, 508~555)

남조 양나라 무제武帝 소연蕭衍의 일곱째 아들 소역蕭繹이다. 천감天監 13년(514) 상동군왕湘東郡王에 책봉되었는데 병으로 인해 한쪽 눈을 실명하였다. 나중에 후경侯景의 난을 평정하고 승성承聖 원년(552) 강릉江陵에서 즉위하였다. 서위西魏와 연합하여 익주益州를 공격하여 무릉왕武陵王 소기蕭紀를 없앴지만 결국 익주가 적의 수중으로 넘어간다. 승성 3년(554) 서위의 공격을 받고 성문을 열고 투항하여 죽임을 당했다. 작품으로 <금루자金樓子>가 있다.

오균(吳均, 469~520)

남조 양나라 문인으로 자가 숙상叔庠이고 오흥吳興 고장故鄣(지금의 절강성 안길安吉) 사람이다. 양나라 무제武帝 천감天監 초에 주부主簿를 맡았고 이후 기실記實, 봉조청奉朝請을 지냈다. 시문과 사학에 뛰어났다. 시는 청신清新하고 사회현실을 많이 반영하였다. 문체는 청아하고 옛 기운이 있으며 경물 묘사에 뛰어났는데 이를 가리켜 '오균체吳均體'라 불렀다. ≪후한서주後漢書注≫, ≪오균집吳均集≫이 있었으나 유실되었지만 후대에 ≪오균집교주吳均集校注≫가 지어졌다. 이외에 ≪속제해기續齊諧記≫가 전한다.

왕건 (王建, 767?~831?)

당나라 문인으로 자가 중초仲初이고 영천潁川(지금의 하남성 우주禹州 부근) 사람이다. 헌종 때 처음 벼슬을 하였고 여러 한직을 거치다가 문종 때 섬주사마陝州司馬를 해서 왕사마王司馬라고 불린다. 백거이의 문학 주장에 동조하였고 장적張籍과 함께 악부시를 잘 지어서 장왕악부張王樂府라고 불렸다. 하층민의 생활을 많이 시로 썼으며 <궁사宮詞> 1백 수가 유명하다. 문집으로는 ≪왕사마집王司馬集≫이 전한다.

왕균(王筠, 481∼549)

남조 양나라 문인으로 자는 원례元禮, 덕유德柔이고 소자小字는 양養이며 낭야琅邪 임기臨沂(지금의 산동山東省 임기) 사람이다. 양나라 대신 왕승건王僧虔의 손자다. 어려서부터 문장을 잘 지어 소명태자昭明太子 소통蕭統 등에게 인정받아 그의 속관이 되었고, 관직이 태자첨사太子詹事에 이르렀다. 이후에 후경侯景의 난이 터지자 우물에 빠져 죽었다. 스스로 문장을 정리해 1백 권이나 엮었는데, 지금은 전하지 않는다.

왕발(王勃, 650∼676?)

당나라 문인으로 자가 자안子安이고 강주絳州 용문(지금의 산서성 하진河津) 사람이다. 초당사걸의 한 명이다. 괵주참군虢州參軍을 지내다가 제명된 뒤 부친을 따라 남쪽으로 갔다가 돌아오던 도중 물에 빠져 죽었다고 한다. 이와 달리 684년까지 살았다는 설도 있다. 문학의 경세교화經世敎化 기능을 주장하면서 문학 기풍을 변화시키는 데 공적이 있었다. 오언율시와 절구에 능했다. 80여 수의 시와 90여 편의 문장이 남아 있다.

왕승유(王僧孺, 465∼522)

남조 양나라 문인으로, 동해東海 담현郯縣(지금의 산동성 담성郯城) 사람이다. 몰락한 사족士族 가문 출신으로 남제南齊 때 박학한 학식과 뛰어난 문재로 인해 태학박사太學博士에 천거되었으며 경릉왕竟陵王 소자량蕭子良의 문하에서 교류하였고, 후에 치서시어사治書侍御史, 전당령錢塘令을 역임하였다. 양나라에 들어와 남해태수南海太守, 상서좌승尚書左丞, 난릉태수蘭陵太守 등을 역임하였다. 전적을 좋아하고 만여 권의 장서를 소장하여 심약沈約, 임방任昉과 더불어 당시 삼대장서가三大藏書家로 꼽혔다.

왕융(王融, 467∼493)

남조 제나라 문인으로 자가 원장元長이며 낭야琅邪 임기臨沂(지금의 산동성 임기) 사람이다.

동진의 재상 왕도王導의 후손으로, 중서랑中書郞, 영삭장군寧朔將軍을 지냈으며, 경릉왕竟陵王 소자량蕭子良의 막부에서 활동하여 경릉팔우竟陵八友로 꼽힌다. 격률을 중시한 영명체永明體의 대표 시인으로, ≪왕영삭집王寧朔集≫이 전한다.

왕태(王泰, ?~?)

남조 양나라 문인으로 자는 중통仲通이며 낭야琅邪 임기臨沂(지금의 산동성 임기) 사람이다. 동진東晉의 승상 왕도王導의 후손으로 시중侍中, 이부상서吏部尙書 등을 지냈다. 시호는 이夷이다.

우분(于濆, ?~?)

당나라 문인으로 자가 자의子漪이고 호가 일시逸詩이며 형주邢州(지금의 하북성 형대邢臺) 사람이다. 의종懿宗 때 사주판관泗州判官을 지냈다. ≪전당시≫에 45수의 시가 전한다.

우희(虞羲, ?~?)

남조 제나라 문인으로 자가 자양子陽 또는 사광士光이며 회계會稽 여요餘姚(지금의 절강성 영파寧波) 사람이다. 시안왕시랑始安王侍郞 등을 지냈다. ≪문선≫에 <곽거병 장군의 북벌을 읊다詠郭將軍北伐>가 전한다.

원진(元稹, 779~831)

당나라 문인으로 자가 미지微之며 낙양洛陽 사람이다. 정원 9년(793) 명경과에 급제하여 좌습유左拾遺가 되었고 하중河中의 막부로 가서 교서랑校書郞, 감찰어사監察御史 등을 역임하였다. 동주자사同州刺史, 상서우승尙書右丞, 무창군절도사武昌軍節度使를 지냈다. 백거이와 같이 급제하여 평생 교유하였으며 원백元白이라 불렸다. 신악부운동을 주창했으며 원화체元和體라는 문풍을 형성하였다. 현재 830여 수의 시가 남아있다.

위 문제(魏文帝, 187~226)

삼국 위나라 개국황제인 조비曹丕이다. 자가 자환子桓이고 패국沛國 초현譙縣(지금의 안휘성 박주亳州) 사람이다. 재위기간은 220년부터 226년까지로 무제武帝 조조曹操의 아들이다. 북방을 안정시키고 변방의 이민족을 제압하였다. 문학에 성취가 많았으며 특히 오언시에 능하였다. 조조, 동생 조식曹植과 더불어 건안삼조建安三曹라 불린다. ≪위문제집魏文帝集≫ 두 권이 전한다.

저서에 ≪전론典論≫이 있는데 그 중 <논문論文>은 문학 비평으로 유명하다.

위소(韋昭, 204∽273)

삼국 오나라 중신이자 사학자로 자는 홍사弘嗣이고 오군吳郡 운양雲陽(지금의 강소성 단양丹陽) 사람이다. 진晉나라 사마소司馬昭의 이름을 피해 요曜로 이름을 바꾸었다. 젊은 시절에 승상연丞相掾, 상서랑尚書郎, 태자중서자太子中庶子, 태사령太史令을 역임하였다. 경제景帝 때 중서랑中書郎과 박사좨주博士祭酒가 되고, 오나라 말기 손호孫皓 때에 고릉정후高陵亭侯에 봉해졌다가 중서복야中書僕射, 시중侍中으로 옮겨갔는데 봉황鳳皇 2년(273)에 황명을 받고 자결하게 되었다. 저서로 ≪오서吳書≫, ≪한서음의漢書音義≫, ≪국어주國語注≫, ≪관직훈官職訓≫, ≪삼오군국지三吳郡國志≫ 등이 있다.

위응물(韋應物, 737~792)

당나라 문인으로 경조京兆 장안長安(지금의 섬서성 서안시西安市) 사람이다. 비부원외랑比部員外郎, 저주滁州와 강주江州의 자사刺史를 거쳐 소주자사蘇州刺史로 관직을 마쳤다. 그래서 그를 '위소주韋蘇州'로 부르기도 한다. 그의 시는 대부분 산수전원의 아름다움을 노래하거나 은일 사상을 노래한 것으로 왕유王維·맹호연孟浩然·유종원柳宗元 등과 함께 '왕맹위류王孟韋柳'로 불린다. ≪위소주집韋蘇州集≫10권이 있다.

유가(劉駕, 822~?)

당나라 문인으로 자가 사남司南이며 강동江東 사람이다. 조업曹鄴과 친하면서 오언고시에 능해 '조류曹劉'로 병칭되었다. 진사에 낙방하고 장안에 머물다가 하황河湟 지역을 수복하였을 때 악부시 10수를 지어 바쳤다. 이후 진사에 급제하여 국사박사國子博士 등을 역임하였다. 관료들의 부패한 모습을 비판하고 백성들의 고통을 반영한 시를 많이 지었다. 68수의 시가 ≪전당시≫에 수록되어 있다.

유견오(庾肩吾, 487?~551?)

남조 양나라 문인으로 남양南陽 신야新野(지금의 하남성 신야) 사람이다. 자가 자신子愼, 또는 신지愼之이고, 유신庾信의 아버지이다. 시를 잘 지었고 시풍이 빼어나게 아름다워 궁체시의 대표작가 가운데 한 사람으로 꼽힌다. 시의 형식상으로는 대구를 강조하고 성률에 치중하여,

이후 율시의 발전에 영향을 끼쳤다. 문집 10권이 있었으나 소실되었고, 명나라 사람이 편집한 ≪유탁지집劉度支集≫이 있다.

유방평(劉方平, ?~758?)

당나라 문인으로 낙양 사람이다. 진사 시험에 실패하고 종군도 좌절하자 은거해 살다가 죽었다. 황보염皇甫冉 등과 시로 교유하였고 그의 시는 대체로 규정閨情이나 향수와 같은 섬세한 주제를 다뤘다. ≪전당시≫에 시가 전한다.

유성사(庾成師, ?~?)

남북조 시기 문인으로 생애가 자세히 알려져 있지 않다. ≪악부시집≫ 고취곡사에 1수의 시가 남아 있다.

유씨운(劉氏雲, ?~?)

남편이 유씨劉氏이고 이름이 운雲인 여인이다. 부인이 아니라 애첩일 수도 있다. 생애에 대해서는 알려져 있지 않다. ≪악부시집≫ 고취곡사와 상화가사에 각각 1수의 시가 남아 있다.

유종원(柳宗元, 773~819)

당나라 문인으로 자가 자후子厚이다. 조상이 하동河東 사람이어서 유하동柳河東 또는 하동선생이라고도 불렸고, 마지막으로 얻은 벼슬이 유주자사柳州刺史였기 때문에 유유주柳柳州라고도 불렸다. 시도 잘 지었지만 특히 산문으로 유명해서 한유韓愈와 함께 고문운동古文運動을 주도했으며 당송시대 고문의 대가인 당송팔대가唐宋八大家의 하나이다. 정치적으로는 혁신 운동에 실패하여 영주사마永州司馬로 폄적되는 등 불우한 편이었다. 600여 편의 시문을 지었으며 ≪하동선생집河東先生集≫이 전한다.

유회(劉繪, 458~502)

남조 제나라 문인으로 자가 사장士章이며 서주徐州 팽성彭城(지금의 강소성 서주) 사람이다. 중서랑中書郎, 황문랑黃門郎, 태자중서자太子中庶子, 장사태수長沙太守 등을 지냈다.

유효작(劉孝綽, 481~539)

남조 양나라 문인 유염劉冉으로 효작은 그의 자이다. 서주徐州 팽성彭城(지금의 강소성 서주徐州) 사람이다. 어려서부터 신동이라는 말을 들었고 문장에 매우 뛰어났다. 여러 중요 관직을 역임하고 비서감秘書監이 되었고 양나라 고조高祖의 총애를 받았다. 직언을 잘하는 성격이었으며 시문은 화려했다.

육계(陸系, ?~?)

남북조 시기 문인으로 생애가 자세히 알려져 있지 않다. 《악부시집》 고취곡사에 1수의 시가 있다.

이거인(李巨仁, ?~?)

수나라 문인으로 생애가 자세히 알려져 있지 않다. 고취곡사 1수 등 5수의 시가 남아 있다.

이단(李端, 743~782)

당나라 문인으로 자가 정이正己이며 조주趙州(지금의 하북성 조현) 사람이다. 어려서 여산廬山에 살았으며 시승詩僧 교연皎然에게 수학하였다. 대력大曆 5년(770) 진사에 급제하였으며 비서성秘書省 교서랑校書郎, 항주사마杭州司馬를 역임하였다. 만년에 관직을 그만두고 호남湖南의 형산衡山에서 은거하였다. 《이단시집李端詩集》 3권이 남아있는데 응수한 시가 대부분이다. 세속을 피해 사는 흥취를 노래한 작품이 많으며 규원의 정을 노래한 것도 있다. 시풍은 사공서司空曙와 유사하고 대력십재자大曆十才子 중의 한 명이다.

이백(李白, 701~762)

당나라 문인으로 자가 태백太白이고 호號는 청련거사靑蓮居士이다. 한림공봉翰林供奉을 역임했다. 안록산의 난이 일어난 뒤 영왕永王의 군대에 힙류하였다가 반역죄로 유배되었으나 도중에 사면되었다. 자유로운 시풍을 선호하여 가행체歌行體, 장편 악부시에 능하였다. 그는 수백여 수의 악부시를 직접 지었고 그가 처음 창작한 신제악부新題樂府도 다수 포함되었다.

이상(李爽, ?~?)

남조 진나라 문인으로 중기실中記室을 지냈다. 진나라 선제宣帝 때 서백양徐伯陽, 장정견張正見

등과 어울려 노닐며 지은 시가 세상에 유행했다. <향기로운 나무芳樹>, <산가 규원의 원망山家閨怨> 등의 작품이 전한다.

이하(李賀, 790~816)

당나라 문인으로 자가 장길長吉이며 당나라 황실의 후예이다. 재능이 출중하여 한유韓愈와 황보식皇甫湜의 인정을 받았지만, 부친의 휘諱가 문제가 되어 진사시進士試를 치르지 못하였다. 독특하고 기괴한 시를 많이 지어 시귀詩鬼라 불린다.

잠참(岑參, 715?~770?)

당나라 문인으로 대표적인 변새시인邊塞詩人이다. 남양南陽 극양棘陽(지금의 하남성 신야新野) 사람이다. 744년 진사에 급제하고 749년에 안서사진절도사安西四鎭節度使 고선지高仙芝의 막부幕府에서 장서기掌書記로 종군하였고, 755년에 안서북정절도사安西北庭節度使 봉상청封常淸의 막부에서 판관判官으로 종군하였다. 이후 기거사인起居舍人, 괵주장사虢州長史, 태자중윤太子中允, 고부낭중庫部郎中 등의 벼슬을 거쳐 가주자사嘉州刺史를 지냈는데, 잠가주岑嘉州라고도 불렸다. 그의 아들이 편집한 ≪잠가주시집岑嘉州詩集≫이 전한다.

장남걸(莊南傑, ?~?)

당나라 문인으로 자가 영재英才이며, 월越(지금의 절강성 일대) 사람이다. 당나라 문종文宗 태화太和(827~835) 초기에 활동했다고 전해진다. 진사에 급제했고 가도賈島에게서 배웠으며, 악부시에 뛰어났다. 이하李賀와 시풍이 비슷하다는 평이 있으며, ≪전당시≫에 시 5수가 전한다.

장솔(張率, 475~527)

남조 양나라 문인으로 자가 사간士簡이고 오군吳郡 오현(지금의 강소성 소주蘇州) 사람이다. 건무建武 3년(496) 수제秀才에 천거되어 태자사인太子舍人이 되었으며 저작좌랑著作佐郎, 비서승祕書丞, 양주별가揚州別駕, 황문시랑黃門侍郎, 신안태수新安太守 등을 역임하였다. 저서로는 ≪문형文衡≫ 15권과 문집 40권이 남아 있다.

장순지(張循之, ?~684)

당나라 문인으로 낙양洛陽 사람이다. 아우 장중지張仲之와 함께 측천무후則天武后 때 관직에 올랐다. ≪전당시全唐詩≫에 시 6수가 전한다.

장적(張籍, 766?~830?)

당나라 문인으로 자가 문창文昌이며 화주和州 오강烏江(지금의 안휘성 오강) 사람이다. 한유의 추천으로 진사에 급제하였으며 태상시太常寺 태축太祝, 국자감國子監 박사博士, 비서랑秘書郎, 수부원외랑水部員外郎, 국자사업國子司業 등을 역임하였다. 장수부張水部, 장사업張司業이라고 불린다. 한유의 문하에 있으면서 그의 영향을 많이 받았으며 악부시는 왕건王建과 이름을 나란히 하였다. 이신李紳, 원진元稹, 백거이白居易와 교유하면서 신악부운동의 주창자가 되었다.

장정견(張正見, ?~?)

남조 진나라 문인으로 자가 견색見賾이며 기주冀州 청하淸河(지금의 하북성 형수衡水) 사람이다. 통직산기시랑通直散騎侍郎을 지냈다. ≪장산기집張散騎集≫에 시문이 전한다.

저량(褚亮, 560~647)

남조 진나라 및 수당시기 문인으로 자가 희명希明이고 항주杭州 전당錢塘(지금의 절강성 전당) 사람이다. 진나라 후주後主의 인정을 받아 상서전중시랑尙書殿中侍郎이 되었고 수나라 때는 동궁학사東宮學士, 태상박사太常博士 등을 역임하였다. 이세민과 함께 출정하여 공을 세웠으며 당나라 때는 홍문관학사弘文館學士, 산기상시散騎常侍를 역임하였다. 문집 20권이 있었지만 실전되었다.

정세익(鄭世翼, ?~637?)

당나라 문인으로 자는 미상이며 정주鄭州 형양滎陽(지금의 하남성 형양) 사람이다. 고조高祖 때 만년승萬年丞, 양주揚州 녹사참군錄事參軍을 지냈다. 5수의 시가 전한다.

제기(齊己, 860?-937?)

당나라 승려로 본래 성은 호胡이고 이름은 득생得生이며 담주潭州 익양(益陽, 지금의 호남성 영향寧鄕) 사람이다. 형주荊州에 있던 기간에 많은 시를 썼다. 사후에 ≪백련집白蓮集≫이 출간되어 전한다.

진자량(陳子良, 575~632)

수당시기 문인으로 오군吳郡 오현吳縣(지금의 강소성 소주蘇州) 사람이다. 경사經史에 박식하여 수隋나라에서 양소기실楊素記室을 지냈고, 당나라 때 우위율부장사右衛率府長史, 상여현령相如縣令을 역임하였다. ≪전당시≫에 시 13수가 수록되어 있고 ≪전당문≫에 문장 6편이 전한다.

진 후주(陳 後主, 553~604, 재위 582~589)

남조 진나라 마지막 군주인 진숙보陳叔寶로, 자는 원수元秀이고 소자小字는 황노黃奴이다. 주색에 빠져 사치향락을 즐기며 정치를 등한시하였다가 588년 수나라 문제文帝가 진나라의 수도 건강建康을 함락시켜 체포되었다. 장안長安으로 압송되었는데 문제의 극진한 예우로 석방되어 삼품관三品官의 신분으로 있었다. 인수仁壽 4년(604)에 낙양洛陽에서 병사하였다. 강총江總 등의 문인들과 염사艷詞를 짓고 <춘강화월야春江花月夜>, <옥수후정화玉樹後庭花>, <임춘락臨春樂> 등과 같은 곡을 지었다. 저서로 ≪진후주집陳後主集≫이 있다.

채군지(蔡君知, ?~?)

남조 진나라 문인으로 제양濟陽 고성考城(지금의 하남성 개봉開封) 사람이다. 수나라 때 촉왕부蜀王府 기실記室을 지냈다.

하승천(何承天, 370~447)

남조 송나라 문인으로 동해東海 담현郯縣(지금의 산동성 담성郯城) 사람이다. 서진西晉 좌위장군右衛將軍 하륜何倫의 조카 손자이다. 동진東晉 말 보국부참군輔國府參軍, 심양潯陽 태수 등의 관직을 역임하였다. 남조 송나라 때 상서대승尙書載丞, 이부랑吏部郞을 역임하였다. 역법에 밝아 원가력元嘉曆을 만들었으며, ≪송서宋書≫를 편찬하다가 완성하지 못하고 죽었다.

황보염(皇甫冉, 717?~771?)

당나라 문인으로 자가 무정茂政이며 안정安定 조나朝那(지금의 영하회족자치구 고원固原) 사람이다. 서진西晉의 문인 황보밀皇甫謐의 후손이다. 대종代宗 때 우보궐右補闕을 지냈다. 대력십재자大曆十才子로 일컬어지며, ≪전당시≫에 약 240수의 시가 전한다.

편자 소개

곽무천(郭茂倩, 1041~1099)

북송北宋 수성須城(지금의 산동성 동평현東平縣) 사람으로 자가 덕찬德粲이다. 내주통판萊州通判을 지낸 곽권郭勸의 손자이자 태상박사太常博士를 지낸 곽원명郭源明의 아들로, 신종神宗 원풍元豐 7년(1084)에 하남부河南府 법조참군法曹參軍을 역임하였다. 《악부시집樂府詩集》 100권을 편찬하여 한위漢魏 이래 당唐, 오대五代에 이르기까지의 역대 악부시들을 수집 정리하고, 치밀한 고증과 상세한 해제를 통해 후대 악부시 연구에 많은 자료를 제공하였다.

역해자 소개

주기평(朱基平)

서울대학교 중어중문학과를 졸업하고 같은 대학원에서 문학석사, 문학박사 학위를 취득하였다. 서울대학교 규장각한국학연구원의 책임연구원과 서울대학교 인문학연구원의 객원연구원을 역임하였으며, 현재 서울대와 서울시립대 등에서 강의하고 있다.

주요 저서로 《육유시가연구》, 《조선 후기 유서와 지식의 계보학》(공저), 역서로 《정선육방옹시집》, 《향렴집》, 《천가시》, 《육유사》, 《육유시선》, 《잠삼시선》, 《고적시선》, 《왕창령시선》, 《당시삼백수》(공역), 《송시화고》(공역), 《악부시집 · 청상곡사 1, 2》(공역), 《유원총보 역주》(공역), 《제주한시 300수》(공역) 등이 있다.

이지운(李智芸)

이화여자대학교 중어중문학과를 졸업하고 서울대학교 대학원에서 문학박사 학위를 취득하였다. 이화여자대학교 강의전담교원, 성균관대학교 전임연구원을 지냈다. 현재 방송통신대학에서 강의하고 있다.

저역서로 《이청조 사선》, 《온정균 사선》, 《이상은》, 《글쓰는 여자는 잊히지 않는다》(공저), 《당시삼백수》(공역), 《사고전서총목제요의 주해와 해설》(공역), 《송시화고》(공역), 《협주명현십초시》(공역), 《사령운 사혜련 시》, 《이의산시집》(공역), 등이 있으며 주요 논문으로 <모호한 아름다움, 몽롱미-이상은 시의 난해함에 대한 시론>, <단절된 공간, 불온한 시선-당대 여성시인 어현기의 삶과 시>, <당시에서의 호희형상으로 본 당대의 이문화 인식>,

<명말청초 여성의 문학 활동에 대한 시론-≪오몽당집≫을 중심으로->, <송대 여성작가 주숙진과 그의 시 연구> 등이 있다.

서용준(徐榕浚)

서울대학교 중어중문학과를 졸업하고 동 대학원에서 문학박사 학위를 취득하였다. 현재 서울대 등에서 강의하고 있다.

저역서로 ≪사시전원잡흥≫, ≪협주명현십초시≫(공역), ≪사령운 사혜련 시≫(공역), ≪진자앙 시≫(공역), ≪악부시집·청상곡사 1, 2≫(공역) 등이 있으며, 악부시 관련 논문으로 <이백 악부시 '오서곡' 연구-시의 화자를 중심으로>, <고악부 '오야제'와 '오서곡'의 기원과 계승 연구-육조시기 악부시를 중심으로>, <악부시 '오야제'와 '오서곡'의 계승과 변화에 대한 연구-당대부터를 중심으로> 등이 있다.

김수희(金秀姬)

이화여자대학교 중어중문학과를 졸업하고 서울대학교 대학원에서 문학박사 학위를 취득하였다. 서울대학교와 이화여자대학교에서 강의하였고, 현재 중앙대학교 아시아문화학부 중국어문학전공 조교수로 재직 중이다.

저역서로 ≪악부시집·청상곡사 1, 2≫(공역), ≪이제현 사선≫(공역), ≪풍연사 사선≫(단독), ≪심의수 사선≫(단독) 등이 있으며, 주요 논문으로 <'동귀기사'로 본 명대 여성여행과 여행의식>, <宋代 여행문화와 詞의 공간인식 변화>, <北宋 文人詞의 희극성 고찰>, <사대부 은일의 전형: 北宋 蘇軾의 은일 고찰>, <채련곡의 공연방식과 그 문학화 고찰>, <唐代 〈霓裳羽衣〉 樂舞와 문학의 상관적 고찰>, <宋代 隊舞와 문학의 상관적 고찰 - 鄧峰眞隱大曲 수록 採蓮舞의 戲劇化를 중심으로> 등이 있다.

홍혜진(洪惠珍)

숙명여자대학교 중어중문학과를 졸업하고 서울대학교 대학원에서 문학박사 학위를 취득하였다. 단국대 초빙교수를 지냈으며, 현재 서울대와 동국대 등에서 강의하고 있다.

저역서로 ≪진자앙시≫(공역), ≪악부시집·청상곡사 1, 2≫(공역)이 있으며, 주요논문으로 <시학전문서 ≪수원시화≫의 기능>, <강남도시와 원매 전기류 작품의 상관성>, <계보에서 취향으로-袁枚의 <不飮酒二十首>를 중심으로>, <袁枚의 시가창작의 활성화를 위한 방법 고찰> 등이 있다.

임도현(林道鉉)

서울대학교 금속공학과와 영남대학교 중어중문학과를 졸업하고 서울대학교 대학원에서 문학박사 학위를 취득하였다. 이화여대 중문과에서 박사후연구원을 지냈으며, 현재 영남대 인문과학연구소 연구교수로 재직 중이다.

저역서로 ≪건재 한시집-오리는 잘못이 없다≫, ≪쫓겨난 신선 이백의 눈물≫, ≪당시삼백수≫, ≪이태백시집 1-7≫(공역), ≪하늘이 내린 내 재주 반드시 쓰일 것이니 - 이백의 시와 해설≫, ≪시의 신선 이백 글을 짓다-이태백문집≫(공역), ≪한유시집(상, 하)≫(공역), ≪한유시선 - 고래와 붕새를 타고 돌아오리라≫, ≪두보전집초기시역해 1, 2≫(공역), ≪두보전집기주시기기역해 1, 2, 3, 4≫(공역), ≪시의 성인 두보 글을 짓다 - 두보문집≫ 등이 있다.

이욱진(李旭鎭)

서울대학교 중어중문학과를 졸업하고 동 대학원에서 문학박사 학위를 취득하였다. 해군사관학교 중국어교관 및 서울대학교 자유전공학부 전문위원을 지냈으며, 현재 충북대학교 중어중문학과 조교수로 재직 중이다.

역서로 ≪시언지변≫, ≪협주명현십초시≫(공역), ≪악부시집 · 청상곡사 1, 2≫(공역)이 있으며, 주요 논문으로 <≪시경≫ 자연 경물 모티프의 은유>, <친족에서 정적까지 — ≪시경≫ '붕우(朋友)'의 성격>, <전고 사용의 은유와 환유-교연 ≪시식≫의 용사관> 등이 있다.

악부시집·고취곡사

초판 인쇄 2025년 2월 12일
초판 발행 2025년 2월 20일

지   음 ㅣ 곽무천
역   해 ㅣ 주기평 이지운 서용준 김수희
             홍혜진 임도현 이욱진
펴 낸 이 ㅣ 하운근
펴 낸 곳 ㅣ 學古房

주   소 ㅣ 경기도 고양시 덕양구 통일로 140 삼송테크노밸리 A동 B224
전   화 ㅣ (02)353-9908 편집부(02)356-9903
팩   스 ㅣ (02)6959-8234
홈페이지 ㅣ http://hakgobang.co.kr
전자우편 ㅣ hakgobang@naver.com
등록번호 ㅣ 제311-1994-000001호

ISBN 979-11-6995-576-8 94820
      979-11-6586-428-6 (세트)

값 : 50,000원